À l'ombre de
L'échafaud

MICHEL ROUVÈRE

DU MÊME AUTEUR

Un Rêve de Pierre
La Comtesse Wisigothe
La Cité des Sables
Le Vicomte de Lescran
Le Cercle Sacré
La Statuette Étrusque
Le Souverain de Tikal
Le Peintre de Mennefer
La Colline Celtique
Le Fléau d'Athènes

Mariage sur un volcan

Par un après-midi ensoleillé du mois d'octobre 1788, une adolescente courait dans les rues de Paris. Vêtue d'une simple robe de coton châtain ample du bas et très ajustée à la taille, les épaules couvertes d'un châle beige clair croisé sur le devant, elle aurait pu facilement passer pour une servante allant faire une course pour sa patronne si de fines bottines de cuir lustré n'avaient remplacé les galoches habituellement portées par les domestiques. Son bonnet blanc, laissant s'échapper quelques mèches folles, d'un blond cendré, qu'elle se souciait peu d'attacher et ses yeux bleus pétillants de malice lui donnaient l'air candide d'une petite fille, en dépit de ses seize ans bien sonnés.

Elle suivit la rue Étienne Marcel en évitant les flaques que la pluie des jours précédents avait laissées sur la chaussée puis elle obliqua sans ralentir dans la rue Quincampoix. Elle passa devant les bureaux de la Compagnie des Indes et s'arrêta quelques pas plus loin pour ne pas se faire bousculer par une voiture qui sortait du porche sous lequel elle voulait entrer.

L'immeuble présentait un aspect cossu avec sa vaste façade blanche percée de grandes ouvertures qui laissaient entrer la lumière à flot, les frises de fleurs et de fruits qui encadraient les fenêtres et sa porte cochère haute de deux étages pour permettre aux berlines fermées d'y pénétrer. À l'intérieur du porche sur la gauche s'ouvrait la porte de la loge où habitaient Mr et Mme Debray, les concierges, de braves gens dont le fils unique était mort à la guerre quelques années plus tôt. Depuis ce drame, ils vivaient repliés sur eux-mêmes et se montraient facilement geignards. Malgré cela, les enfants de l'immeuble les aimaient bien, car ils avaient toujours une douceur à leur glisser quand ils passaient auprès d'eux.

En face de la loge, une porte vitrée donnait accès à un escalier majestueux dont les marches de marbre étaient recouvertes d'un tapis rouge et sur lequel ouvraient tous les appartements de la façade. Au fond du porche, on trouvait une cour dallée sur laquelle donnaient, à droite et à gauche, d'autres escaliers moins larges qui conduisaient aux logements de l'arrière. Enfin, ouvrant directement sur le rez-de-chaussée, se trouvait un petit local de deux pièces, servant originellement d'atelier à un maître verrier qui fabriquait des vitraux magnifiques destinés aux plus belles églises de France et de Navarre. Lorsque cet artisan avait cessé son activité pour se retirer en province auprès de ses enfants, le local avait été transformé en magasin avant de devenir un logis petit, mais fort agréable. Une verrière faisait office de toit, ce qui permettait d'obtenir la lumière que les fenêtres, trop basses, étaient bien incapables de procurer.

La jeune fille s'engouffra dans l'immeuble, traversa la cour sans reprendre haleine et ouvrit triomphalement la porte du logis.

— Ça y est ! Papa a dit oui ! s'écria-t-elle.

La jeune femme agenouillée devant l'âtre se releva en souriant et essuya ses mains à son tablier.

— Allons, Hélène, calme-toi et explique-moi clairement de quoi tu parles.

— Mais, de mon mariage avec Paul ! Papa est enfin d'accord ! Oh, Catherine, je suis si heureuse !

Hélène se mit à danser autour de la pièce en chantonnant et Catherine l'observa un moment d'un air amusé. Elles n'avaient qu'un an d'écart et malgré leurs caractères opposés, elles étaient proches comme deux sœurs. Sans doute était-ce parce qu'elles ne s'étaient jamais quittées. La mère d'Hélène était morte à sa naissance et son père l'avait confiée à la mère de Catherine pour qu'elles soient élevées ensemble. Pendant des années, elles avaient tout partagé, leur chambre, leurs jeux, les câlins et les disputes. Hélène appelait les parents de Catherine : « mon oncle » et « ma tante » ; et eux, de leur côté, la considéraient comme le deuxième enfant qu'ils n'avaient pas eu la chance d'avoir. Elles avaient suivi ensemble les cours d'une préceptrice puis elles étaient parties toutes les deux en pension chez les sœurs. Aux vacances, elles revenaient mettre de l'animation dans l'appartement de la rue Quincampoix où le père d'Hélène venait parfois lui rendre visite. L'année précédente, elles avaient quitté définitivement le couvent et, tout naturellement, Hélène était revenue s'installer avec Catherine dans leur chambre d'enfant.

Mais depuis le mariage de Catherine, Mr Roux, le père d'Hélène, avait demandé à sa fille de venir vivre avec lui. L'âge aidant, il commençait à ressentir le poids de la solitude que son métier ne suffisait plus à combler. L'imprimerie héritée de son père lui avait offert les plus grandes joies de sa vie si l'on exceptait la naissance de sa fille unique. Il aimait les beaux livres et les textes bien tournés, et ressentait une profonde jubilation lorsque après des jours de labeur acharné, il tenait dans ses mains l'ouvrage enfin achevé à la perfection. Depuis quelque temps, cependant, cette satisfaction devenait moins intense et, bien souvent, il se prenait à désirer une présence chaleureuse dans son foyer. Hélène était donc venue habiter dans l'appartement où elle était née au-dessus de l'imprimerie. Elle aidait son père en allant porter les livres terminés aux clients qui les avaient commandés et c'est au cours d'une de ces courses qu'elle avait rencontré Paul. Malheureusement, il n'était que valet de chambre dans une grande maison et Mr Roux, très jaloux de son statut d'artisan, refusait toute idée d'union entre eux.

Catherine, quant à elle, avait eu plus de chance. Son père était négociant en tissus, il allait chercher en province les marchandises nécessaires aux tailleurs de la capitale. Comme il était fort habile à reconnaître un tissu de qualité, presque toutes les commandes passaient par lui. Cela lui donnait tant de travail qu'il avait dû embaucher un apprenti et ce jeune homme, nommé Pierre, avait su plaire à la gentille Catherine. Mr et Mme Leblanc, ses parents, s'étaient montrés enchantés de ce gendre qui, par la suite, pourrait reprendre à son compte le négoce du père. C'est ainsi que, à peine six mois après sa sortie de pension, Catherine était devenue Mme Pierre Boredoux. Le jeune couple s'était installé dans les deux pièces où Mr Leblanc recevait ses clients lorsqu'il avait commencé son activité, avant qu'il eût pignon sur rue.

Catherine s'assit sur une chaise, désigna un siège à son amie et réclama des explications supplémentaires.

— Comment se fait-il que ton père ait soudainement changé d'avis ?

— J'ai réussi à obtenir qu'il prenne Paul comme apprenti. Tu comprends, c'est mon arrière-grand-père qui a fondé cette imprimerie et papa se désolait de ne pas avoir de fils pour reprendre sa succession. Si j'épouse Paul, il peut se dire que l'imprimerie restera dans la famille et, qui sait, peut-être que son petit-fils continuera la tradition !

— Voilà un argument de poids. Eh bien, toutes mes félicitations ! Quand vous mariez-vous ?

— Dès que Paul aura obtenu son congé de la maison où il travaille. Je compte sur vous pour la fête.

— Bien sûr, je ne raterais cela pour rien au monde.

Cependant, Catherine avait répondu distraitement et son regard, qui se tournait machinalement vers la porte, alerta Hélène.

— Qu'y a-t-il ? demanda-t-elle. Avez-vous des ennuis, Pierre et toi ? Ou serait-ce tes parents ?

— Non, répondit la jeune femme, mon inquiétude vient de ces rumeurs qui circulent dans tout le pays. On dit que le peuple est mécontent et veut obtenir du Roi qu'il instaure des réformes très importantes. Tu sais, quand même, que le souverain a convoqué les États Généraux pour le 1er mai 1789, n'est-ce pas ? Tout cela ne me dit rien qui vaille. On raconte que ce n'était pas arrivé depuis l'année 1614 !

Hélène remit en place les mèches blondes arrachées à son bonnet par le vent de la course et, ne tenant plus en place, se remit à virevolter autour de la table.

— Eh bien, moi, je ne m'inquiète pas, déclara-t-elle d'un ton insouciant, le Roi saura rétablir l'ordre au moment opportun. Et puis, je vais avoir assez à m'occuper avec mon mariage pour ne pas me faire de soucis pour rien.

Catherine ne répondit pas. Elle savait qu'Hélène n'avait jamais aimé les discussions sérieuses et ne se préoccupait que des personnes de son entourage. Mais si l'on cherchait noise à ceux qu'elle affectionnait, elle s'enflammait comme une torche et se montrait capable d'audaces imprévues. Cependant, en temps ordinaire, elle préférait passer des heures à parler chiffons ou cuisine, ses deux seules passions.

Les deux amies étaient aussi dissemblables que possible, autant sur le plan physique que moral. Catherine dépassait Hélène d'une bonne tête. Ses cheveux châtains, raides comme des baguettes, lui faisaient envier les anglaises naturelles de son amie, et ses yeux, d'un vert d'eau changeant avec son humeur, lui paraissaient bien banals. Pierre avait beau lui affirmer qu'elle était très séduisante et que la beauté classique d'Hélène ne lui plaisait pas du tout, rien n'y faisait, Catherine se trouvait laide. Et pourtant, même si elle nouait sa chevelure en un chignon sévère et s'habillait sans recherche aucune, les hommes se retournaient sur son passage alors qu'ils n'accordaient qu'un regard distrait à son amie.

Son attitude, calme et posée, contrastait avec la vivacité d'Hélène et la faisait paraître bien plus âgée que ses dix-sept ans. En pension, déjà, ses maîtresses la citaient comme un modèle de sagesse et d'obéissance pour ses camarades. Sans être particulièrement brillante, elle se montrait curieuse de tout et avide d'apprendre. Elle s'intéressait aussi bien à la littérature ou la musique qu'à ce qui se passait dans le monde dans lequel elle vivait. Depuis que les émeutes se multipliaient, elle suivait, au jour le jour, l'évolution d'une situation qui la terrifiait. Elle était respectueuse de l'ordre établi et, sans être spécialement attachée au Roi, elle le considérait comme un élément de référence indispensable. C'est pourquoi les cris hostiles, qu'elle entendait parfois dans les rues, la remplissaient d'une crainte superstitieuse.

Elle dut faire un effort pour ramener son attention sur le babillage d'Hélène, qui ne cessait de clamer son bonheur, si bien que l'arrivée de sa mère lui procura un grand soulagement en offrant à son amie un nouvel auditoire. Mme Leblanc écouta patiemment la jeune fille et la félicita pour son idée qui arrangeait si heureusement leurs affaires, puis elle s'enquit de l'organisation de la fête. Hélène demeura embarrassée, ne sachant que répondre. Depuis que son père avait accepté son mariage, elle marchait sur un nuage et les contingences terrestres n'existaient plus. La mère de Catherine sourit.

— Désires-tu que j'apprête tes noces comme je l'ai fait pour Catherine ? proposa-t-elle.

— Oui, ma tante, répondit la jeune fille avec soulagement, je vous en serais très reconnaissante.

— Très bien, montons à l'appartement, nous y serons plus à l'aise pour causer.

L'appartement des parents Leblanc était situé au troisième étage au-dessus de la cour, son exposition à l'ouest permettant à ses occupants de profiter du soleil tout l'après-midi lorsque le temps était au beau. La porte d'entrée ouvrait au centre d'un long couloir qui desservait les pièces principales du logement. À gauche, tout au fond, se trouvait la chambre où les deux jeunes femmes avaient passé leur enfance, puis la salle dans laquelle toute la famille vivait dans la journée. En face de la porte venait le salon d'apparat où l'on recevait les visiteurs importants, puis, en continuant vers la droite, la chambre des parents dans laquelle les filles ne rentraient jamais et enfin, luxe inouï, une salle d'eau avec un bassin servant de baignoire comme chez les grands seigneurs. La mère de Catherine avait mis longtemps avant d'oser utiliser ces installations qui la remplissaient de timidité, mais les filles, par contre, avaient toujours pris leur bain ensemble en s'aspergeant gaiement et en riant très fort. À droite de la porte d'entrée ouvrait un couloir moins large qui menait aux communs où officiait une servante bourrue, répondant au nom de Mélanie, qui n'acceptait pas que l'on empiétât sur son territoire. Tel qu'il était, cet appartement contenait tous les souvenirs de bonheur des deux amies et Hélène ne pouvait y pénétrer sans ressentir l'impression de revenir enfin chez elle.

Les trois femmes s'installèrent dans la salle de séjour tandis que Mélanie leur servait du lait chaud et des friandises.

— Bien, dit Mme Leblanc, la première chose à faire est d'établir la liste des gens que tu souhaites inviter, ensuite tu demanderas à ton père de t'imprimer des cartes d'invitation pour tout ce monde.

— Catherine et moi avons des amies de pension qui habitent en province, j'aimerais les convier, mais je ne sais pas où je pourrais les loger. Et puis, ma tante, je serais heureuse que votre famille et vos proches amis participent à la fête.

— C'est très gentil de ta part, ma fille. J'y réfléchirai et je te soumettrai quelques noms si tu le veux.

— S'il y a autant de monde, où allons-nous organiser la réception ? intervint Catherine. Nous n'avons pas la place ici ni chez ton père, Hélène.

— J'avais pensé à la grange que vous possédez à l'extérieur des murs, dit timidement Hélène.

— C'est une excellente idée, répondit Mme Leblanc, d'autant plus que mon mari vient d'acheter une grande bâtisse juste à côté, pour y ranger les tissus qu'il reçoit avant de les livrer aux tailleurs. Il nous faudrait peu d'aménagements pour y loger les invités qui viennent de province.

— Tiens, observa Catherine, Pierre ne m'a pas parlé de cet achat.

— Ton père a conclu la vente hier et je ne sais pas s'il a eu le temps d'en parler à ton mari, je ne l'ai appris moi-même que ce matin.

— Qu'importe, lança Hélène, grâce à cette idée providentielle, voilà tous les problèmes d'organisation résolus d'un seul coup.

— Peut-être pas tous, mais une grande partie en tout cas. Maintenant, le plus important est de fixer la date, quand veux-tu te marier ?

— Je ne sais pas quand Paul pourra quitter la maison où il travaille. Son maître veut d'abord trouver quelqu'un pour le remplacer et il ne semble pas pressé de s'en occuper.

— Papa, qui côtoie tant de monde, ne connaîtrait-il pas un remplaçant ? hasarda Catherine.

— Nous lui en parlerons, répondit sa mère, mais ne vous bercez pas d'illusions. Je ne serais pas surprise que Paul doive encore travailler tout l'hiver avant d'obtenir son congé. Il vaut mieux prévoir la noce pour le printemps prochain.

— Oh, non ! Pas si longtemps ! gémit Hélène. Cela me paraît une éternité.

— Allons, ma fille, calme-toi. Nous avons tant de choses à préparer que ces quelques mois passeront vite, tu verras ! Il nous faudrait quelques musiciens pour animer la soirée, mais où pourrions-nous en dénicher ?

— Pierre a des amis qui ont formé un orchestre de musique de chambre, peut-être accepteront-ils de venir nous faire danser, suggéra Catherine.

— C'est parfait ! Eh bien, voilà de quoi nous occuper sans relâche dans les semaines à venir.

La sonnette de la porte d'entrée retentit à cet instant et Mélanie introduisit le mari de Catherine dans la salle.

— Bonsoir à vous trois, mesdames ! lança-t-il en s'inclinant avec un grand sourire. Je pensais bien vous trouver ici en ne voyant personne chez moi.

Lorsque Pierre arrivait quelque part, on ne pouvait l'ignorer. Sa haute taille et sa prestance le faisaient remarquer systématiquement et, dès qu'il se mettait à parler, sa voix de basse lui ouvrait un large auditoire. Avec ses cheveux bruns coupés courts, sa forte moustache et sa barbe toujours bien soignée, il inspirait confiance à tous ceux qui le côtoyaient. Auprès de lui, Catherine oubliait tous ses soucis et se persuadait qu'il saurait la protéger de tous les pièges de la vie.

Le jeune homme baisa la main de sa belle-mère, embrassa son épouse et s'assit dans un fauteuil en acceptant, de bonne grâce, la tasse de thé que la servante lui tendait.

— Te voilà bien gaie, Hélène, remarqua-t-il. Aurais-tu reçu de bonnes nouvelles ?

— Mon père a accepté mon mariage avec Paul et il le prendra comme apprenti à l'imprimerie, il va falloir que tu me trouves de quoi me faire une belle robe.

— Voilà une excellente raison de se réjouir ! Nous t'offrirons les tissus que tu désires afin que tu sois la plus ravissante des mariées. Où habiterez-vous après le mariage ?

— Dans l'appartement au-dessus de l'imprimerie, et papa s'installera au fond du rez-de-chaussée, dans les deux pièces qui servaient de débarras. Il va y effectuer des travaux afin de les rendre confortables, ainsi nous aurons notre indépendance sans l'abandonner à sa solitude.

— C'est une excellente solution. Je vous souhaite beaucoup de bonheur à tous les deux.

Les jours qui suivirent furent pleins d'un immense labeur pour tous ceux qui, de près ou de loin, étaient concernés par le mariage d'Hélène. Après une conversation houleuse avec Paul, la jeune fille avait dû se résoudre à repousser la date de leur mariage au mois de juin de l'année suivante. Alors, pour calmer son impatience, elle se plongea avec frénésie dans les préparatifs de la fête, déployant une activité brouillonne, courant partout et énervant tout le monde avec ses conseils et ses idées farfelues. Elle demandait à Catherine de modifier le plan de table dix fois par jour, se disputait avec son fiancé sur la présentation des cartes d'invitation et changeait sans cesse la composition du cortège nuptial.

Un soir, alors que Pierre était rentré de bonne heure, Catherine et lui discutaient de l'Assemblée des Notables[1], réunie par le Roi depuis le 6 novembre afin de préparer les États Généraux, et se demandaient si les conseillers accepteraient le doublement du Tiers État, ce qui équilibrerait le nombre de voix entre les privilégiés et les autres, lorsque l'on frappa à la porte. La jeune femme regarda son mari avec inquiétude, car ils n'attendaient personne, mais le jeune homme lui adressa un sourire rassurant avant d'aller ouvrir.

---

[1] Assemblée composée de personnes choisies uniquement par le roi

— Ma chérie, je te présente François Monrê, Patrick Cornway, Louis Ferron et Camille Dufour qui ont formé un orchestre de chambre, annonça-t-il. Je leur ai demandé de venir nous rendre visite afin de parler du mariage d'Hélène.

Catherine les reçut fort aimablement et, tandis que les cinq hommes s'installaient confortablement pour mettre au point tous les détails, elle leur servit des rafraîchissements et proposa aux visiteurs de rester pour le souper, ce qu'ils acceptèrent volontiers. La soirée se déroula dans une ambiance tellement agréable qu'ils se promirent de se revoir régulièrement à l'avenir, Pierre se sentant particulièrement heureux que son épouse appréciât autant ses amis.

La Nativité fut fêtée avec faste, comme il se doit et, malgré les nuages qui s'amoncelaient dans le ciel du royaume, cette année 1789 apparut comme une messagère de bonheur pour Catherine et les siens. Dans les derniers jours du mois de janvier, la jeune femme surgit dans le salon de sa mère, essoufflée et radieuse.

— J'ai vu la sage-femme, annonça-t-elle, et elle a confirmé mes espoirs, je vais être mère. Oh, maman, je suis si heureuse !

— Voilà une merveilleuse nouvelle, ma chérie. Pierre est-il au courant ?

— Pas encore, mais je compte le lui apprendre dès son retour.

— Quand la naissance est-elle prévue ?

— Pour le début du mois de septembre, si tout va bien.

— Venez dîner avec nous ce soir, ton mari et toi. Nous fêterons comme il convient cet enfant à venir.

Ce même après-midi, Catherine courut à l'imprimerie pour faire part de sa joie à sa meilleure amie qui se réjouit avec elle. Et le soir venu, les futurs parents et les futurs grands-parents célébrèrent gaiement cet heureux événement. Mme Leblanc décréta que désormais Catherine se consacrerait à la confection de sa layette et se reposerait le plus possible.

— Mais je me sens bien, maman, je ne vois pas pourquoi je devrais rester tranquille pendant que vous vous activez. Hélène a beaucoup participé aux préparatifs de mon mariage, je veux en faire autant pour elle.

— Tu en as déjà fait suffisamment, rassure-toi. Et je ne t'empêche pas de terminer ce que tu as entrepris, comme le plan de table par exemple. De toute façon, il y a tant de monde à vouloir nous aider que je ne sais pas ce que je pourrais leur donner à faire.

— Rester seule chez moi à coudre et tricoter pendant que vous préparez la fête, voilà qui n'est guère réjouissant. Je ne sais si mon enfant réclame un tel sacrifice.

— Vois-tu, ma fille, si j'avais pu me reposer davantage lorsque je t'attendais, ta naissance aurait été plus facile et j'aurais eu la chance d'avoir d'autres enfants. Je ne veux pas que tu prennes les mêmes risques que moi ! D'ailleurs, je viendrai te tenir compagnie chaque fois que l'on n'aura pas besoin de moi.

Catherine resta donc chez elle pour préparer la naissance et, si la pensée de cet enfant tant désiré lui permit de s'y résigner sans trop de difficulté, une nouvelle d'importance rendit à Hélène l'énergie qui lui manquait depuis la défection de son amie. Le maître de Paul, qui s'inquiétait fort de la tournure que prenaient les événements, décida de quitter la France avec toute sa famille. Si bien que le jeune homme se trouva libéré plus tôt qu'il ne l'espérait. Comme il n'était pas convenable qu'il s'installât sous le même toit que sa future épouse, les parents Leblanc lui offrirent de l'héberger jusqu'au mariage.

Durant les mois qui suivirent, les fiancés n'eurent que peu de temps à passer ensemble. Hélène partait dès le matin pour veiller aux moindres détails de la fête, pendant que Paul venait s'initier au métier d'imprimeur sous l'égide de son futur beau-père qui avait appris à apprécier ce gendre d'abord méprisé. Seules les circonstances de la vie avaient conduit le jeune homme à servir les autres et, en apprenant son histoire, le vieux monsieur avait dû réviser son jugement trop hâtif. Paul avait perdu ses parents fort jeune et son tuteur, peu soucieux de s'encombrer d'un enfant, l'avait placé comme garçon de ferme chez un maître très dur. Après avoir enduré des mauvais traitements pendant des années, l'adolescent s'était enfui pour venir dans la capitale où il avait trouvé à s'employer comme domestique. C'était une vie de rêve en regard de ce qu'il avait connu et il se sentait parfaitement heureux. Comme son maître lui laissait un libre accès à sa bibliothèque, le jeune homme mettait à profit ses heures de repos pour cultiver son esprit en lisant tout ce qui lui tombait sous la main. Si bien que lorsqu'il avait rencontré Hélène, Paul était en mesure de suivre n'importe quelle conversation et d'approfondir un grand nombre de sujets. En observant les gens qu'il servait, il avait également appris les règles du savoir-vivre ce qui lui permettait de se comporter avec aisance en société. Stimulé par le souci de plaire à son futur beau-père, il se montra capable de travailler seul en peu de temps et, même, il lui soumit quelques idées pour améliorer le procédé et gagner du temps sur l'impression d'un ouvrage. Lorsque Catherine allait retrouver Hélène dans son futur logement, elle avait toujours plaisir à rencontrer Paul qu'elle considérait un peu comme son beau-frère.

Mais ce qui plaisait surtout aux deux amies, c'était l'affection que Pierre et Paul ressentaient l'un pour l'autre. Souvent quand il faisait beau le dimanche, après la messe, ils partaient tous les quatre se promener dans le grand landau des parents Leblanc. Ils sortaient des murs de Paris pour vagabonder dans la campagne alentour au gré de leur humeur et lorsqu'ils apercevaient un endroit qui leur plaisait, ils demandaient au cocher de s'arrêter et s'installaient sur l'herbe pour dévorer de bel appétit les provisions que Mélanie leur préparait dans un grand panier. Puis ils marchaient un peu, cueillaient des fleurs, riaient et chahutaient comme des enfants en liberté. Lorsque Catherine se déclarait fatiguée, ils remontaient dans la voiture qui les ramenait à Paris, saoulés par le grand air.

Au milieu de la joyeuse agitation qui secouait les siens, Catherine était la seule à s'intéresser aux graves événements nationaux. Souvent, elle en discutait avec Pierre le soir après le souper. Elle se montrait plus angoissée encore depuis qu'elle attendait un enfant et son mari s'efforçait vainement de la rassurer. Lorsqu'elle apprit que son père et son époux allaient partir en province pour visiter leurs fournisseurs, elle pleura et les supplia de s'en abstenir. Mais rien n'y fit, ils se rirent de ses craintes et, profitant de la douceur du printemps, se mirent en route le 5 mai, alors même que s'ouvraient les États Généraux. Dès ce moment, la jeune femme vécut dans la crainte d'une catastrophe. Elle se sentait très seule, car, à l'approche du mariage, personne n'avait de temps à lui consacrer.

Quelques semaines plus tard, un roulement continu, annonçant qu'une voiture entrait dans la cour, la mit en transe. Anxieuse, elle alla ouvrir la porte pour voir qui arrivait ainsi et reconnut son mari avec soulagement. Elle courut vers lui et l'embrassa.

— Par quel miracle es-tu là ? Rien de grave ne s'est produit, j'espère ?

— Non, rassure-toi, ton père va bien. Je l'ai laissé sur la route de Lyon où il allait voir des soyeux.

— Pourquoi ne l'as-tu pas accompagné ?

— En province, les rumeurs les plus folles et les plus contradictoires circulent sur ce qui advient à Paris. Je m'inquiétais de vous savoir seules, ta mère et toi. Alors nous avons décidé que ton père continuerait le voyage et que je rentrerais pour vous protéger éventuellement. J'ai donc loué une voiture dans la ville où nous faisions étape et me voilà.

— Si tu es revenu, c'est que mes craintes étaient fondées.

— Avant de te rejoindre, j'ai fait un tour dans les rues. Je les ai trouvées plus calmes que je ne m'y attendais, les Parisiens ne sont pas aussi violents qu'on le dit. Je crois que toutes ces émeutes feront long feu. Allons, tu te tourmentes beaucoup trop, ce n'est pas bon pour le bébé que tu portes. Voyons, même si les revendications du Tiers État sont inquiétantes, ce n'est pas un petit groupe d'excités qui va renverser un ordre millénaire. Rassure-toi ! Tout va s'arranger, tu verras !

Elle sourit faiblement sans oser insister, mais ni la présence de Pierre ni ses paroles apaisantes ne dissipèrent son angoisse. Lorsque son père revint une semaine plus tard afin d'être présent au mariage d'Hélène, les choses s'étaient aggravées, mais personne dans le petit cercle des intimes ne voulait admettre que le Tiers État commué en Assemblée Constituante pût tenir longtemps. L'on s'imaginait encore que le Roi conservait suffisamment d'autorité pour rassembler les trois Ordres[2] sous sa houlette.

Et le grand jour arriva. Depuis le matin, une pluie battante trempait les trottoirs et rendait les rues glissantes, mais la gaieté affichée par tous les invités fit naître le soleil dans le cœur des fiancés et ce fut d'un air radieux qu'ils échangèrent leurs vœux devant le prêtre. Après l'église, les participants à la noce voulurent, malgré le temps, former un cortège pour suivre à pied la voiture des mariés. Ils plaisantèrent et chantèrent tout le long du chemin en se protégeant de l'averse comme ils pouvaient, mais, bien entendu, ils arrivèrent trempés à la salle. Mme Leblanc, qui n'était jamais prise au dépourvu, fit circuler des serviettes et l'on se sécha joyeusement tout en admirant le travail des décorateurs. Des guirlandes de fleurs tressées, agrémentées de loin en loin par des nœuds de dentelle blanche, étaient suspendues sur toute la longueur de la grange. Les murs disparaissaient sous des branches d'arbres couvertes de feuilles vert tendre supportant de fines dentelles formant les mots : « Longue vie aux mariés ».

---

[2] La Noblesse, le Clergé et le Tiers État

Une grande table en trois parties occupait tout l'espace disponible, les assiettes en porcelaine et les couverts en argent que l'on ne sortait qu'aux grandes occasions étincelaient sur les nappes blanches. Des guirlandes de fleurs rappelant celles du plafond serpentaient entre les verres en cristal, et des candélabres, disposés à intervalles réguliers, éclairaient le décor.

Ce fut une belle fête malgré le temps, l'on rit, l'on chanta et l'on festoya avec insouciance. Les discours et les toasts portés à la santé des mariés ne parlaient que d'avenir radieux et de lendemains qui chantent, personne ne voulant faire allusion aux événements qui secouaient le pays. Les invités avaient rivalisé d'imagination pour offrir au jeune couple des cadeaux originaux ou utiles qui leur rendraient la vie plus agréable si bien que, dès l'arrivée, l'assistance s'était groupée dans le fond de la grange, où les présents avaient été entreposés, admirant tous ces trésors avec, pour certains, une petite pointe d'envie. Parmi toutes ces belles choses, le cadeau qui fit le plus de plaisir aux nouveaux époux fut celui de Pierre et Catherine. Peut-être parce qu'ils attendaient un heureux événement, les jeunes gens avaient pensé au bébé qui ne manquerait pas de s'annoncer bientôt, aussi avaient-ils préparé un superbe berceau en osier surmonté d'un voile d'une blancheur immaculée. Hélène sauta au cou de son amie et Paul, très ému, donna une accolade à Pierre en guise de remerciement. Pour couper court à cet attendrissement, Mme Leblanc demanda à l'intendance que l'on servît le dîner puis, avec l'aide de Catherine, elle réussit à faire asseoir tout le monde à table.

Après la pièce montée qui clôturait traditionnellement le repas, Paul se leva et invita tous les convives à sortir devant la grange pour assister à une retraite aux flambeaux organisée en leur honneur par les habitants du hameau. L'idée amusa fort l'assemblée et l'on se précipita dehors en plaisantant. Pendant ce temps, les serviteurs débarrassèrent les tables et les entassèrent le long des murs afin de faire de la place pour danser, puis ils montèrent une estrade improvisée, faite de caisses de bois, sur laquelle l'orchestre s'installerait. Lorsque tout le monde fut revenu, enchanté de cette distraction, les jeunes époux ouvrirent le bal. Les musiciens infatigables enchaînaient morceau sur morceau, et comme tous les hommes présents voulaient faire danser la mariée, la jeune femme passa de cavalier en cavalier durant une grande partie de la soirée. Mais, après une dizaine de danses diverses, elle demanda grâce et rejoignit un groupe de messieurs et de dames d'âge mûr assis dans un coin de la grange, qui regardaient les plus jeunes évoluer au son de la musique tout en évoquant les sujets les plus variés. Comme souvent dans ces cas-là, les gens âgés racontaient leurs propres épousailles et parlaient du temps passé qu'ils paraient inévitablement des plus belles couleurs. Hélène s'éleva vivement contre ce parti pris et affirma avec force sa confiance dans un avenir qu'elle assurait bien plus riant qu'on ne le pensait. Personne n'osa la détromper, mais pendant quelques instants un silence grave pesa sur le petit groupe que Pierre rompit en arrivant fort à propos pour inviter la jeune Mme Langlé à danser.

Lorsque les mariés s'esquivèrent pour entamer leur nuit de noces, Catherine demanda à son mari de la ramener chez eux. Elle se sentait lasse d'avoir trop dansé, le bébé dans son ventre se vengeait en lui lançant des coups de pied et elle ne désirait plus que dormir. Pour les plus résistants, la fête continua fort avant dans la nuit et nombre d'invités très éméchés s'endormirent sur place. Le souvenir de ce mariage devait rester pour beaucoup d'entre eux comme le dernier jour de bonheur avant la plongée dans le chaos et la terreur.

Paris s'embrase

Dans les semaines qui suivirent, les deux amies passèrent le plus clair de leur temps à mettre en place dans le petit appartement des Langlé tous les cadeaux reçus lors du mariage. Elles accrochèrent des rideaux aux fenêtres, posèrent un tapis de laine devant la cheminée du salon et remplacèrent le tissu passé des fauteuils. Au fur et à mesure, la pièce prenait un aspect cossu et douillet qu'Hélène ne lui avait jamais vu. Toute joyeuse, elle imaginait déjà les longues soirées d'hiver qu'elle passerait au coin du feu avec son époux. Dans la chambre, elles posèrent sur le lit un gros édredon neuf qui constituait, lui aussi, un cadeau de mariage et installèrent le berceau dans un coin de la pièce. Elles le garnirent d'un intérieur de soie, blanc comme le duvet d'un cygne, et ajoutèrent un matelas moelleux qu'elles couvrirent de draps de coton et d'une couverture de laine.

— C'est magnifique, s'écria Hélène, comme je voudrais déjà y mettre un bébé !

— Il n'y a pas un mois que vous êtes mariés. Ne t'inquiète pas, voyons ! Je suis sûre que dans moins d'un an, il y aura un beau poupon dans ce berceau.

— Je l'espère bien et Paul aussi, même mon père y fait quelques allusions. En fait, je t'envie surtout d'être si près du terme, ce doit être merveilleux.

— Je ne dirais pas ça, le bébé ne doit pas arriver avant septembre, c'est encore bien loin. Et même si le sentir bouger me fait plaisir, je ne me sens pas vraiment à mon aise. Si tu n'as plus besoin de moi, je crois d'ailleurs que je vais rentrer pour me reposer un peu.

— Alors je vais demander à Paul de te raccompagner, les rues ne sont pas sûres en ce moment avec tous ces émeutiers et je ne voudrais pas que tu sois bousculée.

Catherine s'arrondissait de plus en plus et les chaleurs de ce début d'été l'accablaient plus que de raison. Elle ne sortait plus que rarement de chez elle pour marcher un peu et prendre l'air, ses jambes enflaient et elle se sentait terriblement lourde et poussive. Elle aspirait chaque jour un peu plus à la délivrance qui lui paraissait encore si lointaine. Hélène venait souvent lui rendre visite, le matin, mais son babillage futile fatiguait la jeune femme. Elle ne savait que parler de son bonheur conjugal, de son désir d'avoir, elle aussi, un enfant, et se moquait éperdument de la fièvre qui montait de toutes parts dans le royaume. Lorsque son amie s'en allait enfin, Catherine poussait un soupir de soulagement et se replongeait courageusement dans son ménage. Mme Leblanc venait également tenir compagnie à sa fille tous les après-midi, ce qui plaisait davantage à Catherine. Les deux femmes cousaient ensemble sans prononcer plus de mots qu'il ne fallait et le temps passait tranquillement dans un engourdissement que les bruits extérieurs n'arrivaient pas à secouer. Ici, les cris des anarchistes et les discours des députés de la nouvelle Assemblée n'arrivaient qu'assourdis comme si un tel détachement pouvait conjurer le mauvais sort.

Un soir de juillet où il avait fait particulièrement chaud, Catherine reposait dévêtue sur le lit de la chambre tandis que sa mère tricotait dans l'autre pièce lorsque la porte d'entrée fut ouverte brutalement. La jeune femme entendit la voix de Pierre qui parlait avec une excitation totalement inhabituelle chez lui, alors elle se leva péniblement, jeta un châle sur ses épaules et ouvrit la porte de communication.

— Que se passe-t-il ?

— Ils ont pris la Bastille !

— Mais qui, « ils » ?

— Les révolutionnaires, pardi ! Je n'aurais jamais cru que les choses pouvaient aller aussi loin. Le Roi n'a pas réussi à empêcher cela, je ne sais pas ce qui va arriver maintenant, mais rien ne sera plus comme avant. Notre monde est en train de crouler.

Catherine chercha un siège, elle avait les jambes qui tremblaient.

— Mon Dieu ! Qu'allons-nous faire ?

— Rien pour le moment. Nous ne pouvons qu'attendre et voir ce qui va suivre, ensuite nous aviserons. De toute façon, tant que le bébé n'est pas né, nous n'avons rien d'autre à faire. Montons à l'appartement voir si ton père est rentré.

— Je ne crois pas, intervint Mme Leblanc, il serait certainement venu nous rejoindre.

— Montons quand même, nous serons mieux là-haut. En l'attendant, je boirais bien une tasse de café.

Ils s'installèrent dans la salle de séjour et, pendant que la servante apportait du café et des petits fours, Pierre s'efforça de rassurer les deux femmes. La sonnette de la porte d'entrée les fit sursauter, mais ce n'était que Paul, Hélène et Mr Roux qui se montrèrent fort étonnés de les trouver aussi tranquilles.

— Vous n'êtes pas au courant de ce qui vient d'arriver ? demanda Paul.

— Si, bien sûr, répondit Pierre, mais asseyez-vous donc. Vous prendrez bien une tasse de café ?

— Euh, volontiers… Mr Leblanc n'est pas là ?

— Non, il n'est pas encore rentré, il est allé chercher des tissus que la diligence devait lui apporter aujourd'hui. Il ne va pas tarder, je pense.

— Nous nous proposions, mon beau-père et moi, d'aller effectuer une reconnaissance en ville, dit Paul à Pierre, viendrez-vous avec nous ?

— Oui, répondit son ami, c'était aussi mon intention. Nous irons dès que Mr Leblanc sera de retour.

— Non, cria Hélène, c'est dangereux ! Et puis, vous n'allez pas nous laisser seules !

— Ici, vous ne risquez rien, voyons, gronda son père.

— Et puis, nous ne nous exposerons pas inutilement, renchérit Pierre, nous voulons juste savoir ce qui se prépare.

— Moi, j'ai entendu dire que le Roi va faire arrêter et fusiller les émeutiers par les troupes qui entourent Paris, reprit Paul.

— Tu es mal renseigné, mon garçon, dit Mr Leblanc qui était entré sans que personne ne l'entendît.

— Papa ! s'exclama Catherine. Je suis bien soulagée de vous voir sain et sauf, avez-vous des nouvelles fraîches ?

— Vous vous inquiétez tous pour pas grand-chose, le roi est dépassé par les événements, il ne bougera pas.

17

— Nous pensions aller tous les quatre en ville voir ce qui se passe, proposa Pierre, êtes-vous d'accord ?

— Si vous voulez, bien qu'à mon sens ce soit inutile, l'agitation est calmée pour le moment.

Restées seules, les trois femmes se resservirent une tasse de café et s'efforcèrent d'aborder des sujets plus riants. Mais malgré elles, le silence retombait au bout de quelques phrases et l'on n'entendait plus que le tic-tac de la grande horloge qui rythmait des minutes longues comme des heures. Le calme qui régnait dans les rues leur paraissait trompeur et bien plus inquiétant que les clameurs qui l'avaient précédé. Hélène, incapable de rester assise, tournait en rond dans la pièce en déclarant que l'attente lui était insupportable et Mme Leblanc venait de lui intimer l'ordre de s'asseoir lorsqu'elles entendirent la porte de l'entrée s'ouvrir. Elles se dressèrent toutes les trois.

— Rassurez-vous, dit Mr Leblanc en entrant dans la salle, tout est calme comme je l'avais dit. Les rues sont à peu près désertes, les gens sont rentrés chez eux. Bien sûr, l'agitation règne dans les clubs révolutionnaires et à la Commune de Paris, mais elle se traduit en paroles et non plus en actes. La nuit sera tranquille, rentrez tous chez vous et allez vous coucher, c'est ce qu'il y a de mieux à faire pour le moment.

Ils obtempérèrent comme le bon sens le voulait, Hélène retourna chez elle, avec son mari et son père, et Catherine suivit son époux après avoir embrassé ses parents. Mais elle fut incapable de trouver le sommeil. Allongée auprès de Pierre dont elle entendait la respiration régulière, elle repassait dans sa tête les péripéties de la journée. Ainsi l'épreuve tant redoutée était arrivée et elle se sentait totalement démunie devant des événements qui la dépassaient. Même si la présence de son mari à ses côtés la rassurait, elle se rendait compte qu'ils n'étaient que des fétus de paille devant un tel raz-de-marée. Elle ne savait même pas s'ils pourraient protéger leur enfant des passions qui venaient de se déchaîner. Mais elle était sûre au moins d'une chose, ils lutteraient de toutes leurs forces pour préserver les leurs et s'ils succombaient dans ce désastre ce ne serait pas sans avoir combattu.

Pourtant, dans les jours qui suivirent, Catherine put constater que son père avait raison. Les nouvelles que Pierre ramenait semblaient prouver que le Roi capitulait sur tous les plans et que l'Assemblée dictait sa loi. Le 17 juillet, ils étaient à la mairie de Paris pour voir Mr Bailly présenter la cocarde tricolore à Louis XVI qui l'accepta. Dès lors, la jeune femme cessa de s'alarmer, il lui semblait que l'ordre allait revenir puisque le Roi et l'Assemblée paraissaient d'accord pour mettre au point les réformes indispensables au bon fonctionnement du royaume. Elle approuva la province qui suivait Paris dans sa révolution municipale[3] et se moqua de la pusillanimité des nobles qui émigraient hors de France. Enfin, elle se montrait prête à rire de ses craintes, finalement son enfant naîtrait dans un monde où l'ordre régnait.

Vers la fin juillet, Mr Leblanc et son gendre repartirent en province pour visiter les tisseurs qui travaillaient pour eux, afin de savoir si les troubles du printemps avaient retardé la confection des étoffes que leurs clients parisiens attendaient. Les rumeurs qui annonçaient la reprise de la jacquerie dans les campagnes n'inquiétèrent pas outre mesure Catherine et sa mère. La jeune femme ne pensait plus qu'à la venue de son bébé et restait allongée le plus souvent possible, à cause de la chaleur lourde qui rendait toute activité pénible. Sa mère s'installait près d'elle et, ensemble, elles évoquaient les absents. Mme Leblanc rassurait Catherine qui craignait que Pierre ne fût pas revenu à temps pour la naissance puis elles cherchaient des prénoms pour l'enfant. Serait-ce un garçon ou une fille ? Hélène venait fréquemment leur apporter les nouvelles du dehors que les trois femmes commentaient autour de boissons fraîches et de petits fours. C'est ainsi que, le 5 août, elles apprirent que l'Assemblée avait décrété la suppression des privilèges, ce qu'elles approuvèrent sans restriction et le 27 août, lorsque Hélène leur apporta le texte de la « Déclaration des droits de l'Homme et du Citoyen » que l'Assemblée avait adopté la veille, elles le lurent avec une grande attention. Mr Roux avait été chargé d'en éditer un grand nombre d'exemplaires afin qu'ils soient placardés partout dans le pays. Si les trois femmes trouvèrent admirables les principes énoncés, elles se rangèrent à l'opinion de Catherine qui craignait que ces grands sentiments ne soient pas traduits en actes et, malheureusement, quelques jours plus tard, elles trouvèrent une confirmation de leurs craintes dans le refus du Roi de sanctionner ces décrets. Mais toutes ces discussions se fondirent dans la joie du retour de Pierre et de son beau-père à la fin

---

[3] Premier pas vers la création des communes

du mois d'août. Leur voyage avait été couronné de succès, ils ramenaient dans leurs bagages de nombreux tissus d'excellente qualité pour leurs clients, l'approvisionnement paraissait assuré, enfin l'hiver pour eux s'annonçait sous les meilleurs auspices.

Septembre arriva. Les Boredoux et leur entourage, insensibles à la disette qui réapparaissait dans Paris, ne vivaient plus que pour la naissance, maintenant toute proche. Dans la nuit du 5 au 6 septembre, Pierre fit irruption dans l'appartement de ses beaux-parents, tout affolé.

— Que t'arrive-t-il, mon garçon ? demanda Mr Leblanc mal réveillé.

— Catherine se trouve mal, elle dit que le bébé va venir.

— J'y vais, dit sa belle-mère avec décision, envoie Mélanie quérir la sage-femme et calme-toi, Catherine est solide, tout se passera bien.

Le jeune homme passa le reste de la nuit à tourner en rond dans la salle de séjour. Mr Leblanc tentait maladroitement de le réconforter en évoquant la nuit de la naissance de Catherine, mais le futur père ne l'écoutait même pas.

— Bon sang, que c'est long ! soupirait-il. J'ai bien envie d'aller voir ce qui se passe. Ce silence est inquiétant, c'est sûrement mauvais signe.

— Laisse faire les femmes ! Elles ont l'habitude, voyons ! Que pourrais-tu faire de plus sinon les gêner ? Ne t'inquiète pas, Catherine est en train de te faire un bel enfant, j'en suis sûr.

Lorsque le jour se leva, Mr Leblanc se rendit à la cuisine où il réussit à composer un petit-déjeuner présentable qu'il apporta dans le salon. Il eut quelque peine à persuader Pierre de se restaurer, car le jeune homme était trop tendu pour avoir faim. Il céda cependant pour faire plaisir à son beau-père et se força à boire le café insipide que celui-ci avait si gentiment confectionné. Les deux hommes terminaient leur repas lorsque Mme Leblanc arriva, dissimulant sa fatigue sous un large sourire. Elle présenta à Pierre un paquet de langes blancs au milieu duquel apparaissait un petit minois tout fripé.

— Voici ton fils ! annonça-t-elle fièrement. Vois comme il est mignon, tu peux féliciter ta femme.

Pierre, un peu surpris, se pencha sur l'enfant et tenta de dissimuler sa déception en le voyant ainsi tout rouge et chiffonné. Mr Leblanc sourit, amusé.

— Un bébé à la naissance, c'est toujours plissé comme ça. Moi aussi j'ai été étonné quand j'ai vu Catherine la première fois, mais tu verras, dans quelques jours il sera déjà moins gonflé. Comment allez-vous l'appeler ?

— Euh… à vrai dire, je ne sais pas encore.

— Catherine m'a parlé de Quentin, intervint Mme Leblanc, cela te convient-il ?

— Pourquoi pas ? Va pour Quentin. Puis-je voir Catherine maintenant ?

— Oui, tu peux descendre. Je vous ramènerai le petit tout à l'heure, ne fatigue pas ton épouse.

Fou de joie, Pierre dévala les escaliers quatre à quatre, mais il s'arrêta avant d'entrer dans la chambre. Ce n'était plus la même femme qu'il allait retrouver, elle était mère maintenant et il hésitait avant de l'aborder. Il poussa la porte avec circonspection et s'avança timidement vers le lit, mais le sourire de Catherine le rassura immédiatement. Bien sûr, elle était très fatiguée et, ainsi appuyée sur ses oreillers, elle semblait bien pâle, mais elle tendit ses mains vers lui d'un air joyeux.

— L'as-tu vu ? demanda-t-elle. Il est beau n'est-ce pas, notre fils ?

— Oui, ta mère me l'a montré, il est magnifique, ma chérie. Tu veux l'appeler Quentin, m'a-t-elle dit ?

— Je trouve que ce prénom lui va bien, qu'en penses-tu ?

— Si tu le dis… Espérons qu'il lui portera chance en tout cas.

— Pourquoi dis-tu ça ? As-tu appris de mauvaises nouvelles ?

— Non, non, rassure-toi ! J'ai dit ça sans y penser. Repose-toi maintenant et ne te fais pas de souci. Tu m'as donné un superbe enfant, c'est tout ce qui compte pour l'instant.

À cet instant, Mme Leblanc entra dans la chambre avec le petit garçon et le mit dans les bras de sa mère.

— Je crois qu'il a faim, ma chérie, il faudrait lui donner à boire. Veux-tu que je t'aide pour la première tétée ?

— Je crois que ce ne sera pas nécessaire, répondit Catherine en riant. Regarde ! Il a trouvé le chemin tout seul !

Le bébé avait fourré sa petite tête dans la poitrine de la jeune femme et s'était mis à téter goulûment le sein que celle-ci lui présentait. Pierre, un peu gêné par l'intimité de l'enfant et de la mère, quitta la pièce discrètement.

Dans les semaines qui suivirent, toute l'attention de la famille fut tournée vers le bébé. Mr et Mme Leblanc avaient mis à la disposition de leur gendre la chambre de jeune fille de Catherine, qu'il occupa jusqu'aux relevailles de sa femme. Pendant que Pierre et son beau-père s'occupaient de leur négoce, Mme Leblanc passait le plus clair de son temps auprès de la jeune maman pour lui apporter les lumières de son expérience. Tout à la joie de pouponner, les deux femmes n'accordaient aucune importance aux appels à l'émeute diffusés par les journaux révolutionnaires. Hélène, qui venait souvent les rejoindre, se montrait plus soucieuse. Elle savait qu'en ville les incidents se multipliaient à cause de la disette et elle disait souvent qu'il suffisait d'une étincelle pour mettre le feu aux poudres, mais Catherine et sa mère ne l'écoutaient pas.

Elles durent, cependant, renoncer à organiser un grand baptême pour Quentin, les circonstances ne s'y prêtant pas. Même s'ils ne souffraient pas de la famine, il paraissait difficile d'offrir un repas de fête à leurs amis alors que des gens mouraient de faim tous les jours. À l'issue de la messe, ils ne furent donc qu'un petit nombre à se réunir dans l'appartement des Leblanc en l'honneur du nouveau-né. Il n'y avait là, en plus des heureux parents et grands-parents, que Mr le Curé naturellement, Hélène et Paul Langlé ainsi que Mr Roux et Messieurs Monrê, Cornway, Ferron et Dufour, les amis musiciens de Pierre. Les convives s'efforcèrent de maintenir un climat joyeux, mais, malgré eux, la conversation revenait toujours sur les émeutes qui ressurgissaient à cause de la disette et ce climat d'insécurité qui régnait dans la ville. Malgré les appels au calme de l'Assemblée, on pouvait craindre le pire. Le dîner faillit, d'ailleurs, tourner à l'affrontement, car les quatre musiciens se révélèrent d'ardents révolutionnaires et déclarèrent que le meilleur décret de l'Assemblée serait la condamnation à mort de Louis Capet, comme ils le nommaient dédaigneusement. Catherine protesta avec indignation et la discussion se serait rapidement envenimée si Mr Leblanc n'avait rappelé à sa fille les plus élémentaires devoirs de l'hospitalité afin de ramener la concorde parmi ses invités. Mais, après le départ des jeunes gens, la maman de Quentin demanda à son mari de ne plus fréquenter des individus qui se faisaient une gloire de sentiments aussi néfastes pour le pays.

Lorsqu'ils apprirent, le 2 octobre, qu'à Versailles, lors d'un banquet offert aux officiers du régiment de Flandre récemment arrivé, le roi avait foulé aux pieds la cocarde tricolore pour reprendre la blanche, ils surent que le pire n'allait pas tarder à se produire. Cette provocation de la part de Louis XVI ne resterait pas sans réponse venant du peuple. Catherine se tourna vers ses parents.

— Il vaut mieux que vous n'alliez pas à cette réception demain. Les rues ne sont pas sûres en ce moment.

— Voyons, ma chérie, répondit Mme Leblanc, tu sais bien que le monsieur qui nous a invités est un gros client de ton père, nous devons y aller sous peine de le froisser.

— Les affaires ne sont pas si bonnes actuellement, je ne peux pas me permettre de perdre de telles commandes, renchérit Mr Leblanc. D'ailleurs, nous ne risquons rien, ce n'est pas à nous que les gens en veulent.

— Je crois, moi aussi, que tu t'inquiètes trop, reprit Pierre. La garde nationale veille au maintien de l'ordre dans la ville.

Catherine n'insista pas, mais elle n'était guère rassurée. Le lendemain, elle regarda ses parents partir, le cœur serré, puis elle vaqua distraitement à ses occupations. Même l'arrivée d'Hélène ne l'égaya pas, le bavardage de son amie l'énervait, au contraire, et elle sursautait au moindre bruit. Elle regardait à peine les premiers sourires du petit Quentin, le prit sans plaisir pour lui donner une tétée et le mit dans les bras d'Hélène, sa marraine, dès qu'il fut repu. Pendant que son amie changeait l'enfant en s'extasiant sur son air éveillé, Catherine sortit dans la cour et alla se poster à l'entrée du porche pour guetter le retour de ses parents. Pierre, en rentrant, la trouva assise sur une borne de pierre au coin de la porte, regardant sans les voir les rares attelages qui passaient dans la rue. Il la prit par les épaules et la ramena chez eux en grondant.

— Voyons, es-tu folle ? Tu veux attraper la mort en restant dehors par ce froid ! Et Quentin, qui s'en occupe pendant ce temps ?

— Hélène est là. Elle ne demande pas mieux que de pouponner, tu sais. Mes parents ne sont toujours pas rentrés, cela m'inquiète.

— Tes parents sont à l'abri. Peut-être que leurs hôtes veulent les garder pour la nuit afin d'éviter qu'il ne leur arrive quelque chose.

— Pourquoi dis-tu cela ? Y a-t-il eu de nouvelles émeutes aujourd'hui ? Mais parle, voyons !

— La provocation du roi a fortement échauffé les esprits, les gens se réunissent dans la rue pour conspuer la monarchie et plus particulièrement la reine que l'on soupçonne d'influencer le roi contre l'Assemblée. Il s'est produit plusieurs échauffourées dans l'après-midi et j'espère que tes parents auront la prudence d'attendre demain pour rentrer, les gardes nationaux ne semblent pas très efficaces.

— Mon Dieu, pourvu qu'il ne leur soit rien arrivé !

— Je pense que nous aurions été prévenus s'il s'était passé quelque chose de grave.

— Peut-être devrions-nous garder Hélène ici cette nuit, qu'en penses-tu ?

— La rue Étienne Marcel n'est pas loin, j'irai la raccompagner lorsqu'elle voudra partir. Rentrons maintenant.

Mise au courant de ce qui se passait, Hélène s'efforça également de rassurer Catherine et refusa de rester dormir chez eux. Cependant, elle ne se montrait pas pressée de les quitter, car elle sentait qu'ils appréciaient sa présence. Le bébé s'était endormi, ils s'installèrent donc dans la cuisine pour le laisser tranquille et, tandis que Catherine leur préparait du café, Pierre et Hélène firent assaut de gaieté pour raconter les derniers potins dont ils avaient eu connaissance. Pour oublier ses inquiétudes, Catherine se mit de la partie si bien qu'ils riaient aux éclats lorsque la porte s'ouvrit brutalement. Paul se tenait sur le seuil, l'air si sombre que le silence tomba sur eux comme une chape de plomb, personne n'osant prononcer le premier mot. Enfin, le jeune homme s'avança dans la pièce.

— Un grand malheur vient d'arriver, dit-il.

— Mes parents ! cria Catherine.

— Ils sont morts tous les deux.

— Noooon !!! gémit-elle.

Pierre se précipita vers sa femme qui s'accrocha désespérément à lui en sanglotant. Hélène se dirigea vers le fourneau en ravalant ses larmes et se mit à préparer une tisane calmante pour son amie. Paul ne savait quoi dire, il se sentait accablé par la terrible nouvelle qu'il avait eu la charge d'annoncer.

— Viens donc m'aider à la conduire dans la chambre, demanda Pierre, je voudrais qu'elle s'allonge un peu.

Catherine se laissa guider comme une somnambule, but sagement la tisane que lui présentait son amie, puis ferma les yeux tandis que Pierre la couvrait tendrement. Le jeune homme s'assura que sa femme était bien endormie avant de rejoindre Paul et Hélène dans la cuisine.

— Raconte-moi ce qui est arrivé et comment tu es au courant, demanda-t-il à Paul.

— C'est un de mes anciens collègues avec lequel j'ai gardé des relations qui est venu me prévenir. Il a vu ce qui arrivait et sachant que je connaissais les Leblanc, il s'est précipité pour nous mettre au courant. Nous y sommes allés immédiatement, mon beau-père et moi, mais quand nous sommes arrivés tout était fini. La voiture était couchée sur le côté et tes beaux-parents gisaient par terre ainsi que le cocher. Comme je ne voulais pas les ramener ici sans vous avoir prévenus au préalable, nous les avons conduits à l'imprimerie où des voisines sont en train d'aider mon beau-père à les rendre présentables en effaçant toute trace de violence.

— Mais pourquoi les a-t-on tués ? Qui a fait ça ?

— D'après ce que l'on m'a dit, les émeutiers les ont pris pour des ci-devant, c'est pourquoi ils se sont jetés sur la voiture. Quelques personnes dans la foule ont reconnu les Leblanc, mais ils n'ont pas réussi à se faire entendre de tous ces enragés.

— Mon Dieu, c'est un véritable drame ! soupira Hélène. Catherine avait bien raison de se faire du souci. Comment va-t-elle s'en remettre maintenant ?

— Nous l'aiderons de toute la force de notre affection, répondit Pierre, je compte sur vous. Pour l'instant, le plus important c'est de ramener Mr et Mme Leblanc chez eux, je m'occuperai des formalités du deuil demain matin. Hélène, peux-tu rester auprès de Catherine pendant que Paul et moi nous procéderons au transport ?

— Bien sûr, allez tranquilles, je prendrai soin d'elle et du petit.

Le soir même, les parents de Catherine furent confiés aux bons soins de Mélanie qui poussait des grands cris et jurait à qui voulait l'entendre que le Bon Dieu avait abandonné le royaume de France.

Le lendemain, Catherine se leva malgré les conseils de son mari qui aurait préféré qu'elle restât au lit toute la journée. Elle prodigua les soins habituels à son bébé, refusant de penser au malheur qui venait de la frapper. Mais quand l'enfant fut propre et rassasié, au lieu de le remettre dans son berceau, elle s'assit sur une chaise en le serrant fort contre elle comme si elle craignait de le perdre, lui aussi. Hélène, en arrivant, la trouva ainsi, les yeux dans le vague. Elle eut bien du mal à la ramener à la réalité et à la convaincre de coucher Quentin qui s'était endormi. Puis elle la gronda pour le négligé de sa tenue et l'envoya faire sa toilette pendant qu'elle préparait du café.

Lorsque Pierre rentra peu après, il se montra satisfait de trouver son épouse toute pimpante et s'assit avec les deux femmes pour leur faire part du résultat de ses démarches.

— Je reviens de l'église, Mr le curé et moi-même avons décidé que l'enterrement aurait lieu dans trois jours. C'est inutile d'attendre plus longtemps, de toute façon avec tous les événements actuels, nos relations qui habitent en province ne pourront pas se déplacer. Nous préviendrons les gens que nous connaissons à Paris afin qu'ils puissent être présents et plus tard nous écrirons à tous les autres.

— Je veux monter les voir, dit Catherine, qui n'avait rien écouté.

— Je ne crois pas que ce soit une bonne idée, s'inquiéta Pierre.

— Je dois le faire, insista Catherine, je veux voir la vérité en face même si c'est dur à supporter.

— Très bien, mais nous t'accompagnons, Hélène et moi.

Ils montèrent donc à l'appartement où la servante les accueillit par des gémissements à n'en plus finir.

— Arrête tes jérémiades, ordonna Pierre durement, ça ne les fera pas revenir et tu nous casses les oreilles.

Tous trois pénétrèrent dans la chambre, transformée en chapelle ardente, où les époux Leblanc étaient allongés côte à côte sur le lit conjugal. Ils semblaient dormir, parés de leurs plus beaux atours, les mains jointes dans une attitude de recueillement. Des cierges allumés étaient placés aux quatre coins du lit et une couronne de dentelle noire ornait le mur au-dessus de la tête des gisants. Catherine chancelante s'appuya sur son mari et, à nouveau, des larmes jaillirent de ses yeux. Pleurant elle aussi, Hélène prit le bras de Pierre.

— Je réalise seulement maintenant, murmura-t-elle.

Pierre les entraîna hors de la pièce et les ramena au rez-de-chaussée. Les deux jeunes femmes s'installèrent autour de la table de la cuisine pour dresser la liste des Parisiens à prévenir pour les funérailles, tandis que Pierre en faisait autant pour les amis de province. Lorsque Paul les rejoignit, vers midi, Mélanie leur apporta le repas qu'elle avait préparé et ils ne furent pas trop de trois pour convaincre Catherine d'absorber quelque nourriture. Ils montèrent ensuite prendre le café à l'appartement puis commencèrent à apprêter les pièces d'apparat pour recevoir les visiteurs.

Dans l'après-midi, les premières personnes se présentèrent pour rendre leurs derniers devoirs aux défunts. Catherine dut renfoncer son chagrin en les écoutant chanter les louanges de ses parents. Si elle avait eu le cœur à rire, elle se serait bien amusée en voyant que c'était surtout les gens, que ses parents n'appréciaient guère de leur vivant, qui en disaient le plus de bien. Mais elle eut bien du mal à taire son indignation quand elle croisa dans le salon un groupe de visiteurs ne cachant pas qu'ils ne connaissaient pas du tout les Leblanc. Ils étaient là uniquement dans le but de profiter du buffet que la servante avait dressé afin de nourrir ceux qui venaient de loin rendre hommage aux disparus. La jeune femme se contint cependant en pensant que la famine sévissait dans Paris et que ces gens n'avaient probablement rien mangé depuis plusieurs jours. Par contre, quand elle vit apparaître sur le seuil les quatre musiciens, anciens amis de Pierre, elle quitta vivement la pièce par une autre porte et se mit à la recherche de son mari. Il les avait aperçus, lui aussi, et se dirigeait déjà vers eux, alors la jeune femme rassurée rejoignit un petit groupe dans le fond du salon. Tout en écoutant leurs condoléances, elle vit du coin de l'œil partir les indésirables.

Elle se coucha le soir, saoulée de vaines paroles qui irritaient sa tristesse au lieu de l'apaiser. Les deux jours qui suivirent se déroulèrent de la même manière, tout le monde félicitait la jeune femme pour le courage dont elle faisait preuve devant ce malheur. Mais personne hormis ses amis proches ne comprenait sa douleur. Les rares moments de plaisir qu'elle goûtait lui étaient offerts par son fils. Le changer, le nourrir et le pouponner constituaient les seules activités agréables de ces jours de peine. Sachant cela, Hélène s'arrangeait toujours pour être indisponible lorsque Quentin réclamait de l'attention et des soins.

Lorsqu'elle passait dans le salon en veillant au bien-être de chacun, Catherine n'accordait qu'une oreille distraite aux conversations des visiteurs qui hantaient l'appartement. Cependant, lors de la dernière soirée avant les funérailles, les propos indignés émanant d'un petit groupe l'arrêtèrent.

— De quoi parlez-vous ? demanda-t-elle.

— Comment, vous n'êtes pas au courant ? Des milliers de femmes du peuple suivies par la garde nationale ont marché sur Versailles, hier[4] pour exiger que le Roi leur fournisse du pain et des vivres.

— Et le Roi les a reçues ?

---

[4] *5 octobre 1789*

— Pis que cela ! Elles ont envahi le château et obligé le Roi et sa famille à venir s'installer aux Tuileries où ils sont arrivés aujourd'hui.

— Mon Dieu ! Mais c'est un crime de lèse-majesté !

— Il n'y a plus personne pour le punir, la monarchie est prisonnière et certains parlent même de l'abolir pour établir une république. C'est la porte ouverte à l'anarchie, nous n'allons pas vers des jours heureux, croyez-moi !

La jeune femme était catastrophée, mais elle devait recevoir les visiteurs toujours plus nombreux, veiller à ce que des rafraîchissements soient offerts à chacun et écouter les condoléances et les conseils qu'on lui prodiguait. Son époux étant sorti et Hélène se montrant aussi occupée qu'elle-même, elle n'avait personne avec qui partager l'angoisse que ces inquiétantes nouvelles suscitaient en elle. L'absence de ses parents commençait à lui peser lourdement et le soutien qu'ils lui avaient toujours généreusement accordé lui faisait cruellement défaut. Elle découvrait, avec désespoir, qu'elle n'avait plus personne en qui placer cette confiance instinctive que les enfants ressentent envers ceux qui leur ont donné le jour. Bien sûr, Pierre la rassurait, mais elle savait malheureusement qu'il n'empêcherait pas les catastrophes à venir.

Les derniers visiteurs étant partis depuis longtemps, Catherine coucha son fils après la tétée et retourna auprès de Pierre dans la cuisine. Elle s'assit en face de lui et put enfin lui faire part de ce qu'elle avait appris.

— Je suis au courant, répondit son mari.

— Comment, tu savais et tu ne m'as rien dit !

— Je ne vois pas ce que ça pourrait changer, tu as suffisamment de ta peine à porter.

— Réalises-tu ce que cela veut dire ? Toutes nos valeurs vont disparaître les unes après les autres. Je ne veux pas voir ça, allons-nousen d'ici.

— Où veux-tu aller ? Allons, sois raisonnable ! Peut-être quelque chose de bon va-t-il sortir de tous ces bouleversements.

— Rien de bien ne sort jamais de l'anarchie, qu'espères-tu ?

— Je ne sais pas… Un monde plus juste peut-être. Après tout, l'abolition de tous les privilèges est une bonne décision. Si la république donnait à tous l'égalité des chances, ce serait magnifique.

— Alors tu es pour la révolution ?

— Oui, si l'Assemblée ne se contente pas de tout casser. Si elle met fin à l'injustice et à la misère, si elle construit un monde où l'on ne voit plus les gens mourir de faim dans la rue, je suis entièrement d'accord.

— Mais que fais-tu du Roi dans tout ça ?

— Il n'a pas su conduire le pays convenablement, il n'a écouté que les flatteurs et les ambitieux en laissant le peuple misérable. Je pense que l'Assemblée devrait lui servir une rente et l'envoyer résider en province avec sa famille tout en le surveillant pour éviter un coup d'État. Mais il ne faut plus lui donner l'occasion de gouverner, il a largement démontré son incapacité.

— Eh bien, je n'imaginais pas que tu puisses avoir de telles idées, tu ne m'en avais jamais parlé.

— Je sais que tu as peur de la révolution, mais c'est parce que tu ne vois que ton petit monde restreint. Si ton père n'avait pas fait fortune dans les tissus, si tu n'avais rien à manger, tu verrais les choses autrement, crois-moi et tu aspirerais certainement à des lois plus égalitaires.

— Oui... peut-être... mais ce qui est arrivé à mes parents, crois-tu vraiment que ce soit le signe d'un monde meilleur ? Dès que tu sors, j'ai peur qu'il t'arrive la même chose. Que ferions-nous sans toi, Quentin et moi ? Comment pourrais-je l'élever et le protéger toute seule ? Partons, je t'en prie, ici je ne parviens plus à trouver la quiétude.

— Soit, nous en reparlerons après l'enterrement. J'essaierai de trouver une solution satisfaisante pour nous tous, car tu oublies un peu trop vite que mon négoce est ici. Comment vivrons-nous sans argent ?

— Oui, c'est vrai. Je n'avais pas pensé à ça. Mon Dieu, la vie est bien compliquée !

— Le mieux à faire pour le moment est d'aller nous coucher, une rude journée nous attend demain.

Le lendemain, un soleil d'automne éclairait le convoi de ses froids rayons. La voiture funéraire sortit la première de la cour de l'immeuble suivie par Mr et Mme Boredoux, puis venaient Mr et Mme Langlé accompagnés par Mr Roux et enfin la foule des amis et relations à des degrés divers des époux Leblanc. La procession se dirigea vers l'église où le service funèbre eut lieu puis se reforma dans le même ordre pour suivre le curé qui mena le deuil avec ses enfants de chœur jusqu'au cimetière. Catherine, appuyée sur le bras de son mari, marchait comme un automate, rien ne semblait pouvoir la distraire de sa douleur et même les cris joyeux des enfants qui tranchaient sur le recueillement général ne lui firent pas tourner la tête. Lorsque les premières pelletées de terre tombèrent sur les cercueils, elle eut un long frisson silencieux et se laissa aller plus lourdement contre son époux. Pierre lui prit la main et la trouva glacée, alors, très inquiet, il passa son bras autour de ses épaules et la serra fort contre lui sans qu'elle parût y prendre garde. À la fin de la cérémonie, il se tourna vers les Langlé qui venaient de les rejoindre.

— Je vais ramener Catherine chez nous au plus vite, annonça-t-il, elle ne me paraît pas bien du tout. J'ai peur que le froid et le chagrin conjugués ne l'aient rendue malade.

— Nous t'accompagnons, décréta Hélène. Au fait, qu'avez-vous fait de Quentin ?

— Il est resté au chaud à la maison sous la garde de Mélanie. Crois-tu, Paul, que l'on puisse trouver une voiture ?

— Je vais me renseigner.

Peu après, Paul venait les chercher. Le conducteur de la voiture funéraire s'était proposé pour les raccompagner ce qui leur permit de refaire bien plus rapidement le chemin parcouru en sens inverse. Mais l'état de Catherine ne s'améliorait pas, elle ne paraissait pas avoir conscience de ce qui l'entourait et même la vue de son bébé ne la ramena pas à la réalité. Hélène et Mélanie se chargèrent de la mettre au lit pendant que Pierre courait chercher un médecin.

Il ne revint que plusieurs heures plus tard. En ces temps troublés, il devenait difficile de trouver les gens chez eux. Soit ils avaient fui l'agitation de la capitale, soit ils étaient sortis pour suivre les délibérations à l'Assemblée ou dans les différents clubs révolutionnaires. Pierre avait suivi la piste du Dr Courin à la Commune et dans divers comités, pour finalement le trouver au club des Jacobins où il débattait de plusieurs propositions qui seraient présentées à l'Assemblée le lendemain. Le médecin le suivit sans enthousiasme.

Ils trouvèrent Catherine rouge et brûlante de fièvre, des gouttes de sueur perlaient sur son front et elle était plongée dans une profonde torpeur dont rien ne semblait pouvoir la sortir. Hélène et la servante, alternativement, lui passaient de l'eau fraîche sur le visage sans résultat. Le docteur diagnostiqua un sérieux refroidissement, il ordonna de couvrir la malade chaudement afin qu'elle transpirât abondamment pour éliminer le mal et prescrivit une décoction de simples à lui faire boire le plus souvent possible dans la journée. Puis il annonça qu'il allait pratiquer une saignée, demanda une bassine et fit sortir tout le monde de la chambre sauf Mélanie qui le seconda. Lorsqu'il parut sur le seuil de la porte après l'opération, trois paires d'yeux s'attachèrent à lui avec angoisse.

— Ne craignez rien, elle s'en tirera, affirma-t-il, elle a une forte constitution. Je reviendrai demain pour voir comment elle va. En attendant, laissez-la se reposer.

Après son départ, Pierre s'assit dans la cuisine d'un air très abattu. Maintenant qu'il n'avait plus besoin de s'activer, l'angoisse prenait le dessus. Comment Catherine allait-elle s'en sortir ? Le médecin semblait sûr de lui, mais s'il se trompait ? Malheureusement, personne ne pouvait répondre à ses questions et la confiance qu'Hélène et Paul affichaient ne le rassurait pas du tout.

— Veux-tu que nous prenions Quentin chez nous ? demanda Hélène. Mélanie aura bien assez à s'occuper avec Catherine sans avoir le bébé en plus.

— Et puis une chambre de malade n'est pas un endroit sain pour un enfant si jeune, renchérit Paul.

Pierre hésita avant de répondre. Il risquait de perdre sa femme et, en plus, on voulait lui retirer son enfant ! Cette perspective lui parut d'abord insupportable, mais en y réfléchissant davantage, il réalisa que son attitude était bien égoïste. Choyé par Paul et Hélène, Quentin se porterait beaucoup mieux que s'il restait à la maison au milieu des adultes angoissés par la maladie de sa mère.

— Très bien, dit-il d'une voix morne, vous pouvez emmener le petit. Je vous prête ma voiture pour transporter toutes ses affaires et j'irai le voir dès que possible.

— Je n'ai pas besoin de grand-chose, répondit Hélène. Il ira dans le berceau que vous nous avez offert à notre mariage, il me faut seulement son linge.

— Tout cela est bien joli, intervint Paul, mais comment allons-nous le nourrir, cet enfant ?

— Mais oui, tu as raison ! s'exclama Pierre. Je vais demander à Mélanie si elle connaît une nourrice. Sinon, Hélène, pourrais-tu en trouver une ?

— Mon Dieu, non ! Je ne vois pas… soupira-t-elle, songeuse, puis elle se tut un instant. Vous entendez ? Il pleure ! Ce doit être l'heure de sa tétée. Pauvre petit, il a faim. Comment allons-nous faire ?

— Je vais voir Mélanie, dit Pierre en se levant.

Pendant qu'il montait à l'appartement où la servante préparait le repas du soir, Hélène alla prendre le bébé et le berça pour essayer de calmer ses cris. Peu après, une jeune femme avenante frappa au carreau de la cuisine. Paul ouvrit la porte et la fit entrer dans la pièce.

— Je suis la voisine du deuxième étage, expliqua l'arrivante, j'ai rencontré Mr Boredoux dans l'escalier et il m'a fait part de vos ennuis. Moi-même, j'ai eu un enfant récemment, aussi je viens donner une tétée au petit, mais cela ne pourra pas se reproduire longtemps, car mon fils est un gros mangeur et je n'ai pas trop de lait.

Hélène, ravie, emmena la généreuse jeune maman dans l'appartement des Leblanc pour qu'elle fût au calme et lui confia Quentin qui cherchait avidement le sein, puis elle alla retrouver Pierre qui parlait avec la servante.

— Nous sommes sauvés pour ce soir, dit-elle, mais nous devons trouver une solution définitive très rapidement.

— Justement, répondit Pierre, nous étions en train d'en parler. Mélanie connaît une nourrice qui habite tout près de chez toi, elle ira la trouver après le repas pour savoir si elle est disponible pour Quentin.

— Ce serait parfait. Redescendons maintenant en attendant que votre charmante voisine nous ramène le petit.

Un peu plus tard, la jeune femme réapparut, portant dans ses bras le bébé repu et somnolent.

— Je reviendrai lui donner à boire demain matin, promit-elle, mais ensuite il vous faudra trouver quelqu'un d'autre.

Hélène la remercia chaleureusement et Mélanie lui offrit un panier rempli de nourritures savoureuses pour elle et son mari. Après son départ, les trois jeunes gens s'attablèrent pour souper, mais, aucun d'eux n'ayant faim, ils laissèrent le repas presque intact. Tout en grignotant, ils commentèrent les derniers événements. Paul et Hélène répugnaient à laisser Pierre seul cette nuit, et puis il n'était pas question qu'ils emmènent Quentin chez eux avant d'avoir trouvé une personne pour le nourrir. Après maintes discussions, ils finirent par décider de rester dormir dans l'appartement des Leblanc où le jeune père et son fils s'installeraient également. Mélanie, quant à elle, descendrait veiller Catherine. Pierre voulait s'en charger, mais ils finirent par le convaincre qu'il serait bien plus utile pour calmer le bébé si celui-ci pleurait dans la nuit. Comme la servante devait aller rue Étienne Marcel pour voir la nourrice, elle fut chargée de prévenir en passant Mr Roux des dernières décisions afin qu'il ne s'inquiétât pas.

Mélanie était revenue avec une bonne nouvelle, la nourrice pressentie se trouvait enceinte et ne pouvait donc pas s'occuper de Quentin. Mais, par contre, elle avait une amie qui venait d'accoucher d'un enfant mort-né et qui ne demandait pas mieux que de transférer sur un autre bébé sa tendresse inemployée. Elles avaient donc convenu que cette jeune femme, répondant au prénom de Marie, viendrait chez Hélène pour s'occuper du fils de Catherine. Lorsque la gentille voisine se présenta le lendemain matin pour nourrir le petit, Pierre put lui confirmer que l'enfant n'aurait plus besoin de ses soins à l'avenir. Pour lui prouver sa reconnaissance, le jeune homme lui offrit une pièce de tissu assez grande pour qu'elle pût y tailler des vêtements pour elle-même, son mari et son fils. Elle le remercia avec confusion.

— J'ai fait cela uniquement pour vous rendre service, vous ne devez pas vous sentir obligé de me donner quoi que ce soit.

— Prenez, insista Pierre, cela me paraît bien peu en regard de ce que vous avez fait pour mon fils.

— Merci beaucoup et, si vous avez besoin d'aide, n'hésitez pas à venir frapper à notre porte.

Hélène et Paul arrivèrent dans la matinée pour emmener le bébé. Malgré sa peine, Pierre les aida à charger toutes les affaires de Quentin dans la voiture, puis il embrassa l'enfant et le mit dans les bras d'Hélène. Il restait sur le seuil de sa porte à regarder la berline s'éloigner en emportant son fils quand l'arrivée du Dr Courin fournit une distraction à son chagrin, il le suivit dans la chambre où reposait Catherine. Le médecin examina la jeune femme et se déclara fort satisfait de l'évolution de la maladie, la fièvre semblait déjà moins forte.

— Continuez les soins comme je vous l'ai indiqué hier et je pense qu'elle devrait aller mieux sous huitaine. Je ne reviendrai que dans quelques jours, mais si, d'ici là, l'état de la malade s'aggravait, prévenez-moi.

Les jours qui suivirent furent chargés d'angoisse. Malgré les propos rassurants du médecin, Catherine ne semblait pas aller mieux. Ce n'était pas pire non plus, d'ailleurs, mais rien ne paraissait pouvoir la sortir de sa torpeur. Mélanie lui faisait avaler la décoction prescrite par le docteur, plusieurs fois par jour, sans résultat visible et Pierre désespérait de voir sa femme guérir un jour. Les soucis l'accablaient de toutes parts, l'absence de son enfant lui pesait et, chaque fois qu'il allait le voir chez Hélène, il rêvait de l'emporter dans ses bras comme un voleur. Pourtant le bébé se portait bien, il jouissait des attentions qu'Hélène et sa nourrice lui prodiguaient et son père voyait bien qu'il avait choisi la meilleure solution en admirant ses sourires joyeux. Lorsqu'il quittait l'imprimerie, le jeune homme devait encore courir dans toute la ville pour retrouver ses clients et obtenir le paiement des tissus qu'il avait livrés, mais beaucoup d'entre eux restaient introuvables. Certains avaient fui la ville par crainte des pillages, d'autres avaient fermé leurs échoppes pour s'enrôler dans les comités révolutionnaires. Ceux qui restaient n'avaient plus de travail et ne pouvaient donc plus honorer leurs traites. Pierre se refusait à saisir leurs biens en gage, le malheur n'épargnant personne, il répugnait à en être l'instrument. La pagaille régnait également en province, les routes n'étaient plus sûres et les rares colis, que ses fournisseurs lui envoyaient, n'arrivaient pas à destination. Le soir, il rentrait découragé et s'asseyait auprès de sa femme malade, d'un air morne, n'entrevoyant pas la plus petite lueur d'espoir et commençant à douter qu'il y eût encore un avenir.

Or, une semaine après l'enterrement des parents Leblanc, le médecin annonça à Pierre que sa femme allait bientôt guérir. Le jeune homme le regarda avec stupeur, se demandant si son interlocuteur ne perdait pas la tête.

— Êtes-vous sûr de ce que vous dites ? Chaque jour, j'espère une amélioration qui ne vient pas, et vous prétendez qu'elle va se remettre ? À quoi voyez-vous cela ?

— Je comprends votre incrédulité, venez avec moi.

Ils pénétrèrent dans la chambre aux rideaux tirés et s'approchèrent du lit. Oh, miracle ! Catherine les regardait venir en souriant faiblement à son mari. Il tomba à genoux près d'elle et serra la main de la jeune femme entre les siennes en balbutiant « Ma chérie ! », ne trouvant que ces mots tant son émotion était forte. Le médecin le releva et le laissa embrasser la malade avant de l'entraîner dans l'autre pièce.

— Il faut la laisser se reposer maintenant, elle doit refaire ses forces. Je vais vous indiquer un nouveau remède que vous lui administrerez à la place de la décoction, mais surtout, évitez qu'elle s'agite et épargnez-lui toute émotion. Elle peut voir son fils, mais pas s'en occuper et empêchez-la de se lever avant ma prochaine visite.

— Je vous remercie, docteur.

Pierre attendit que Mélanie vînt le remplacer auprès de la malade pour lui transmettre les consignes du médecin, puis il se rendit à l'imprimerie pour porter la bonne nouvelle à ses amis. Ce jour-là, il serra son fils sur son cœur avec un plaisir qu'il n'avait plus éprouvé depuis la mort de ses beaux-parents. Enfin, la vie lui était rendue et il se sentait la force du lion pour abattre tous les obstacles qui se dresseraient sur sa route. Ses amis se réjouissaient de le voir si heureux et participaient à son bonheur. Hélène décida de passer voir Catherine le soir même et promit de lui amener Quentin dès qu'elle le demanderait. Le jeune père partit régler ses affaires avec une énergie décuplée par l'espoir.

La jeune femme se remettait rapidement et, bientôt, elle voulut savoir ce que son mari avait fait de leur fils. Elle craignait secrètement qu'il n'eût pas trouvé de nourrice en temps voulu et n'osait pas formuler son inquiétude, mais elle s'attendait au pire.

— Il est chez Hélène et se porte comme un charme, répondit Pierre, tu n'as aucun souci à te faire. D'ailleurs, elle te l'amènera quand tu le voudras et tu pourras constater par toi-même qu'il va bien.

— Mais elle n'a pas de lait, comment avez-vous fait ?

Le jeune homme narra toute l'histoire par le menu, Catherine l'écoutait les larmes aux yeux devant la générosité de leur voisine et le dévouement des siens qui avaient si bien su protéger son enfant.

— Jamais nous ne pourrons assez les remercier pour tout ce qu'ils ont fait, dit-elle.

La voyant fatiguée, son mari ôta quelques oreillers, puis l'aida à se rallonger avec un tendre sourire.

— Peut-être, un jour, la vie nous le permettra-t-elle ? En tout cas, nous ne l'oublierons jamais et nous saisirons chaque occasion de leur prouver notre reconnaissance.

Le lendemain, Hélène conduisit Quentin chez sa mère qui le serra dans ses bras avec émotion. Elle s'extasia sur sa santé et loua son amie pour les soins qu'elle lui avait prodigués. Le petit garçon gazouillait joyeusement et essayait d'attraper les cheveux dénoués de sa maman, ce qui amusa beaucoup les deux femmes. Catherine avoua sa mélancolie en voyant comme il avait déjà changé loin d'elle et aspirait à le reprendre tout en sachant que ce ne serait pas possible avant plusieurs semaines, car elle était encore trop faible.

La fuite vers l'inconnu

L'hiver passa dans un calme trompeur, on savait que les séances de la Constituante étaient souvent houleuses, que des factions s'étaient formées qui s'affrontaient fréquemment entre elles, que le roi refusait systématiquement de ratifier les décrets de l'Assemblée. Mais les gens raisonnables estimaient que le pire était passé et que l'on s'acheminait vers un retour à l'ordre. Les Boredoux et leurs amis l'espéraient sans oser y croire vraiment.

Dès que Catherine avait été remise, elle s'était installée avec son mari et son fils dans l'appartement de ses parents pour laisser le logis de la cour à Marie. La nourrice de Quentin, qui était mariée avec un garde national, avait perdu son époux lors d'une émeute sanglante à l'Assemblée. Comme elle s'était attachée à l'enfant, elle était volontiers venue s'installer rue Quincampoix pour continuer à l'allaiter. Les deux femmes avaient sympathisé et passaient leurs journées ensemble dans la salle où, naguère, Catherine cousait avec sa mère. L'après-midi, quand le temps était au beau, elles allaient promener le bébé sur les berges de la seine, mais lorsqu'une trop grande agitation régnait dans les rues, elles rentraient bien vite se mettre à l'abri. Souvent, Hélène venait leur rendre visite et les trois femmes échangeaient leur point de vue autour d'une tasse de thé. La jeune mariée se désolait, car aucun bébé ne s'annonçait encore et les deux autres s'efforçaient de la rassurer, le mariage étant récent, elle avait bien le temps de concevoir un enfant. Mais rien n'y faisait et la jeune femme soupirait en voyant Quentin, tellement plein de vie dans les bras de sa mère ou de sa nourrice.

Catherine ne parlait plus de quitter la capitale. Comment auraient-ils pu courir les routes avec un enfant si jeune ? Et puis, où seraient-ils allés ? Leur demeure était à Paris ainsi que leurs amis les plus proches, il paraissait déraisonnable de vouloir aller ailleurs. Et, même si Pierre avait de plus en plus de mal à faire rentrer l'argent, leur subsistance venait de son métier, qu'il ne pourrait pas exercer en province. Enfin, le calme relatif de la ville réconfortait la jeune femme, en rendant ce départ inutile.

Le soir du 13 février 1790, Pierre rentra harassé par ses longues courses vaines à travers les rues, ne rêvant que d'un bain chaud et d'une soirée tranquille auprès des siens. Mais il dut renoncer à ses projets en trouvant sa maison en ébullition. Dès qu'elle l'aperçut, Catherine se précipita vers lui, tandis que Marie et Mélanie se lamentaient à haute voix.

— As-tu appris ce que l'Assemblée a décidé aujourd'hui ? lui demanda son épouse.

— Non, je ne sais rien. Mais est-ce si important, pour vous exciter pareillement ?

— Ils ont osé toucher à l'Église ! Ces impies ont aboli les ordres monastiques et veulent expulser les religieux de leurs cloîtres. T'en rends-tu compte ?

— Tu as raison, c'est un sacrilège. Mais, ce qui est plus grave encore, c'est que le Pape va lever contre nous toutes les cours d'Europe afin de laver cet affront. Et comment résisterons-nous ? Tout le royaume est désorganisé, l'armée la première ! Les soldats n'obéissent plus à leurs officiers. Les députés ont fait preuve de beaucoup de légèreté en adoptant ce décret.

— J'ai peur, le peuple va se révolter à nouveau en apprenant cette profanation.

— Oui, nous risquons la guerre civile.

— Allons-nous-en d'ici, Pierre, je t'en prie ! Cela devient trop dangereux.

— C'est encore plus risqué de courir les routes, voyons ! Pense à Quentin, nous ne pouvons pas le traîner ainsi. Et comment le nourririons-nous ?

— Je veux partir, moi aussi, intervint Marie, emmenez-moi avec vous. Comme ça, je pourrais continuer à nourrir le petit.

— Et moi aussi, ajouta Mélanie. J'aurais trop peur de rester toute seule ici.

— Calmez-vous, toutes les trois, ordonna Pierre, et ne vous affolez pas ainsi. Nous ne prendrons aucune décision ce soir. Nous devons attendre pour voir ce qui va se passer maintenant. Le roi ne va pas laisser bafouer l'Église de cette façon, il va forcément réagir et j'espère qu'il obtiendra l'annulation de ce décret. Pour le moment, Mélanie prépare-moi un bain chaud et occupe-toi du repas. Catherine et Marie, vaquez à vos occupations en oubliant tout ceci. Nous n'en reparlerons pas avant plusieurs jours, le temps d'apprécier les réactions devant cette provocation.

Quelques jours plus tard, Pierre avait oublié les résolutions de l'Assemblée et les diverses réactions qu'elles suscitaient, car il se trouvait confronté à des soucis bien plus graves. Dans cette débâcle de tout le pays, un nouveau drame s'annonçait pour eux. À force de ne pas vouloir assigner en paiement ses clients, le jeune homme se trouvait lui-même acculé à la faillite. Il ne pouvait plus honorer ses traites ni entretenir sa famille et, sous peu, un huissier viendrait saisir tous ses biens. Il s'enferma avec sa femme pour lui avouer l'étendue du désastre et chercher des solutions. Mais, ils eurent beau tourner le problème dans tous les sens, rien ne semblait pouvoir les sauver.

— Alors, dit Catherine, nous n'avons plus le choix, il faut partir dès demain.

— Mais où irons-nous ? Que ferons-nous de Mélanie et Marie ?

— Nous emmènerons Marie avec nous, comme elle l'a demandé, ainsi Quentin ne souffrira pas. Quant à Mélanie, nous lui proposerons d'aller s'installer chez Paul et Hélène, il y a longtemps qu'ils cherchent quelqu'un de confiance pour tenir leur ménage. Par contre, je ne sais pas où nous pourrions aller, tu connais le pays mieux que moi.

— Je n'ai aucune idée précise, mais je pense qu'il vaut mieux descendre vers le sud, car c'est la seule direction que les nobles n'empruntent pas et je ne tiens pas à ce que l'on nous prenne pour des ci-devant en fuite. De plus, je connais quelqu'un à Fontainebleau, il se nomme Carbon. C'était un ami de mon père, peut-être pourra-t-il nous aider.

— Nous ferons comme tu voudras.

Lorsqu'ils annoncèrent aux deux femmes ce qu'ils avaient décidé, Marie s'en déclara enchantée, mais Mélanie fut désolée de ne pas les accompagner. Elle se soumit avec bonne grâce, cependant, lorsque Pierre lui expliqua que plus ils voyageraient nombreux, plus ils risquaient d'attirer l'attention sur eux, ce qui les mettrait tous en péril. Puis, les époux se rendirent rue Étienne Marcel pour mettre leurs amis au courant de ce qui leur arrivait et quelle décision ils avaient prise. Paul et Hélène poussèrent des hauts cris, offrirent de les aider en épongeant leurs dettes, car l'imprimerie marchait bien, mais rien n'y fit. Pierre et Catherine ne fléchirent pas. Alors il fut entendu que Mélanie se présenterait le lendemain matin devant Hélène, puis les quatre amis se firent des adieux déchirants, car, en ces temps troublés, ils ne savaient pas s'ils se reverraient un jour. Et les Boredoux retournèrent passer leur dernière nuit rue Quincampoix. Le lendemain matin, Catherine envoya Mélanie chez les Langlé tandis que Marie enveloppait les hardes et les menus objets qu'ils emporteraient dans leur exil.

Ils partirent à pied comme les pauvres hères qu'ils avaient dédaignés auparavant quand ils passaient, indifférents, dans leur landau. Pierre marchait en tête en portant les paquets les plus lourds, suivi de Catherine chargée de sacs plus légers et Marie fermait la marche en serrant sur son cœur Quentin bien enveloppé dans des langes pour qu'il ne prît pas froid. Tout l'argent, qu'ils possédaient encore, était dans une bourse que Pierre avait cachée sous sa chemise afin de ne pas se faire détrousser. Ils franchirent la porte sud de la ville et la route s'étendit devant eux, à perte de vue, sur laquelle ils s'engagèrent bravement sans un regard en arrière. Désormais, ils ne pouvaient compter que sur eux-mêmes.

Ils marchèrent tout le jour, ne s'arrêtant que pour manger les quelques vivres emportés et faire boire l'enfant lorsqu'il réclamait. Des deux côtés de la route, la plaine déroulait son panorama monotone dont seuls quelques bouquets d'arbres semblaient rompre l'uniformité. En cette saison, les champs vides de culture montraient leur terre brune que les laboureurs mettaient à nu dans l'attente des semailles. Contrastant avec le calme de la nature, le chemin, que les jeunes gens suivaient, était très animé. Des voyageurs de tous bords s'y pressaient, s'y croisaient, s'y bousculaient, mêlant leurs exclamations teintées d'accents venus des quatre coins du royaume et même parfois de pays étrangers. Des bourgeois vaquant à leurs affaires côtoyaient des paysans revenant de leurs champs, des sans-culottes arborant fièrement la cocarde tricolore tendaient un poing vengeur vers les voitures fermées des aristocrates, des cavaliers excédés par l'encombrement de la chaussée s'engageaient sur le bas-côté pour y galoper librement et une diligence tentait vainement de se frayer un passage à travers la cohue. Mais, à mesure qu'ils s'éloignaient de la capitale, la foule s'éclaircissait et, bientôt, ils traversèrent de grandes étendues désertiques, rencontrant de loin en loin quelque petit groupe dont les membres les saluaient sans s'arrêter.

Quand le soleil se coucha sur l'horizon, ils avaient déjà parcouru un bon bout de chemin, mais les deux jeunes femmes étaient épuisées. Pierre avisa un paysan qui rentrait chez lui, sa houe sur l'épaule, et lui demanda s'il connaissait une auberge pas trop loin.

— Il n'y a pas d'auberge par ici, mais vous pouvez coucher dans mon étable si ça ne vous rebute pas. Ma femme vous fera à souper.

Ils remercièrent le brave homme et le suivirent dans son humble logis où on leur servit une soupe épaisse qui reconstitua leurs forces. Puis le paysan les conduisit dans l'étable et leur laissa la lampe afin qu'ils puissent s'installer confortablement avec le petit. Ils se couchèrent dans le foin en reposant avec délice leurs membres raidis par la longue marche et s'endormirent aussitôt. Le chant du coq les réveilla à l'aube, ils firent une rapide toilette avec l'eau du puits sans oublier Quentin puis ils retrouvèrent leurs hôtes autour d'une table assez bien garnie.

— Je croyais que la disette régnait dans tout le pays comme à Paris, s'étonna Pierre.

— Ici, nous n'avons pas trop à en souffrir, répondit le paysan, mais j'ai ouï dire que dans d'autres régions les gens n'ont plus rien à manger. C'est bien triste tout ça !

Après le déjeuner, ils prirent congé de ces braves gens en les remerciant encore de leur hospitalité. La femme du paysan les ayant pourvus généreusement en vivres pour au moins deux jours, ils suivirent la route d'un cœur plus léger que la veille. Pierre avait voulu les dédommager en leur offrant quelques écus, mais ils avaient refusé avec hauteur en leur représentant que les lois de l'hospitalité ne souffraient aucun paiement. Ils reprirent donc leur chemin en suppliant la providence de continuer à les soutenir comme elle venait de le faire. Cependant, ils n'avançaient pas vite, les deux femmes lourdement chargées ne pouvaient pas soutenir une allure rapide, si bien qu'ils ne parcouraient que quatre à cinq lieues par jour. Le soir de la deuxième journée, ils ne trouvèrent pas d'endroit où passer la nuit et durent se résoudre à dormir à la belle étoile. Ils s'installèrent à l'abri d'un bosquet et, pendant que Pierre veillait pour éviter toute mauvaise surprise, Marie et Catherine se serrèrent autour du bébé afin de préserver sa chaleur pendant son sommeil. Au matin, ce fut Quentin qui les réveilla en réclamant vigoureusement sa première tétée de la journée. Elles étirèrent leurs corps moulus par la dureté de la couche et, tandis que Marie nourrissait l'enfant, Catherine prépara le déjeuner avec l'aide de son époux.

Ils atteignirent Fontainebleau en fin d'après-midi et se présentèrent timidement à la porte de Mr Carbon, mais le jeune homme dut insister pour qu'on allât quérir le maître de maison, tant leur aspect de coureur des bois poussait à la méfiance. Mr Carbon se montra enfin, l'air peu aimable, mais son visage s'éclaira lorsqu'il reconnut Pierre. Il lui donna l'accolade et les invita à entrer dans le vestibule. Comme il les observait avec une curiosité non dissimulée, le jeune homme lui fournit les explications qui s'imposaient. Leur hôte se tourna vers son majordome.

— Préparez immédiatement des chambres pour mes invités et affectez des domestiques à leur service. Faites-leur également couler un bain chaud et qu'on mette à leur disposition tout ce dont ils pourraient avoir besoin, ordonna-t-il. Je vous attends au salon pour le souper afin que vous me contiez votre aventure par le menu, ajouta-t-il en souriant à l'adresse des trois jeunes gens.

Ils profitèrent avec bonheur des largesses de leur hôte puis, lorsque Quentin fut couché dans un berceau douillet, ils descendirent le rejoindre au salon. Pendant le souper, ils racontèrent les détails de leur voyage à Mr Carbon qui les écoutait avec attention.

— C'est bien triste, ce qui vous arrive, mais malheureusement cela devient fréquent par les temps qui courent. Les affaires marchent très mal et je ne puis vous aider comme je le voudrais, mais au moins je veux vous garder quelques jours ici afin de voir si l'on ne trouve pas une solution pour vous.

— Je vous remercie beaucoup, répondit Pierre, nous acceptons votre offre avec grand plaisir.

Pendant les trois jours suivants, Mr Carbon se dépensa sans compter pour leur trouver un moyen de subsistance. Il alla frapper à toutes les portes, utilisa ses relations encore prospères en vantant les qualités et la capacité de travail de Pierre. Mais rien n'y fit. Dans la tempête qui secouait le pays, chacun se souciait d'abord de son propre salut. Ce que voyant, le jeune homme invita son ami à cesser ses recherches et lui annonça qu'il était décidé à reprendre la route. Mr Carbon n'insista pas, sentant bien que toute protestation était vaine, il se contenta de leur souhaiter bonne chance pour trouver enfin un endroit moins hostile. Au matin du quatrième jour, ils prirent congé de leur hôte en lui exprimant toute leur gratitude pour son accueil chaleureux et s'enfoncèrent dans la forêt avec l'espoir renouvelé de trouver un établissement qui leur conviendrait.

Ils marchèrent des heures en suivant des chemins pleins d'ornières où les jeunes femmes se tordaient les chevilles. La végétation devenait de plus en plus dense et Marie, inquiète, croyait voir bouger les buissons sur leur passage. Pierre avait ramassé un morceau de bois épais et noueux pour le cas où il aurait à se défendre et Catherine se pressait contre lui sans rien dire. Comme pour rendre leur progression encore plus difficile, la pluie se mit à tomber à grosses gouttes, les obligeant à chercher refuge au pied des arbres sous peine d'être trempés. Ils continuèrent malgré tout à avancer dans les sous-bois en évitant les grosses racines qui tendaient leur piège sous le tapis de feuilles mortes. Il leur fallait marcher courbés en deux pour que les branches basses ne les griffent pas au visage et Marie avait bien du mal à protéger Quentin qu'elle serrait fort contre sa poitrine.

— Allons-nous bientôt quitter cette affreuse forêt ? demanda-t-elle.

— La pluie nous retarde beaucoup, répondit Pierre, j'ai bien peur que nous n'atteignions pas la lisière avant ce soir. Il va falloir nous résigner à trouver une clairière pour passer la nuit.

— Oh non, je t'en prie ! supplia Catherine. Regagnons le chemin, et tant pis si nous sommes mouillés ! Je veux quitter cet endroit qui me fait peur, le plus vite possible.

Comme pour répondre à sa prière, une éclaircie se fit jour au milieu des nuages. Mais, en reprenant pied sur le chemin, les jeunes gens déchantèrent rapidement. L'averse avait transformé la terre du sentier en boue et rempli les ornières d'eau sale, si bien qu'ils glissaient à chaque pas et risquaient à tout moment de s'étaler sur le sol. Ils furent obligés de retourner dans le sous-bois et, comme Quentin pleurait, ils s'assirent sur un tronc d'arbre abattu pour que Marie pût le faire boire. Ils n'avaient aucune idée de l'heure, car les hautes futaies ne laissaient passer que peu de lumière et il faisait toujours sombre au ras du sol, mais ils supposaient que l'après-midi était déjà bien avancé. En conséquence, Pierre décida de chercher un endroit suffisamment abrité pour dormir, malgré la peur que les deux jeunes femmes ressentaient dans cette forêt obscure. Heureusement, ils n'eurent pas à marcher beaucoup avant de trouver un gîte. À quelques pas devant eux, un tapis de mousse s'étalait dans le triangle formé par les troncs de trois gros chênes centenaires. Pendant que Catherine et Marie sortaient les provisions pour préparer le dîner, le jeune homme ramassa des branches aussi sèches que possible pour faire du feu afin d'éloigner les bêtes sauvages. Il fut le seul à manger de bon appétit puis, lorsque tout fut ramassé, il eut bien du mal à obtenir que ses compagnes s'allongent sur les couvertures posées à même le sol. Elles se prétendaient trop anxieuses pour fermer l'œil, mais la fatigue aidant, le sommeil finit quand même par les emporter. Cependant, elles furent réveillées en sursaut, avant le jour, par des hurlements sinistres qui venaient des sous-bois.

— Que se passe-t-il ? cria Catherine. Où est Pierre ?

Les deux jeunes femmes se regardèrent avec terreur, redoutant le pire, car la disparition du jeune homme confirmait toutes leurs craintes de la veille. Elles se seraient enfuies en abandonnant toutes leurs affaires si Quentin, imperméable à leurs peurs irraisonnées, n'avait réclamé sa tétée comme tous les matins. Alors elles se ressaisirent, Marie s'occupa de l'enfant pendant que Catherine relançait le feu en le tisonnant avec une branche fine. Mais toutes deux ne cessaient de s'interroger sur les événements de la nuit lorsque, dans la pâle lueur de l'aube, elles virent, avec soulagement, Pierre apparaître entre les arbres.

— Comment, vous êtes déjà réveillées ! s'étonna-t-il.

— Mon Dieu, mais où étais-tu passé ? s'écria Catherine en se jetant dans ses bras.

— Je suis allé chasser des loups qui s'approchaient trop près de nous. Ne me dis pas que tu t'es inquiétée, fit-il en la regardant avec attention.

— Ce sont les hurlements des loups qui nous ont réveillées, intervint Marie, et, en ne te voyant pas, nous avons cru qu'ils t'avaient fait un mauvais sort.

— Vous vous affolez trop vite, toutes les deux. Bon, puisque le jour se lève, nous allons faire comme Quentin. Catherine, prépare donc le déjeuner, ensuite nous reprendrons la route.

Ils mirent peu de temps pour atteindre l'orée de la forêt sans encombre. Le soulagement des deux jeunes femmes était tel qu'elles entonnèrent un chant joyeux en suivant le chemin qui serpentait à travers la campagne. Pierre riait en se moquant d'elles gentiment, heureux de les voir si alertes. La pluie de la veille ne tombait plus, mais de gros nuages noirs, annonciateurs de nouvelles giboulées si courantes au mois de mars, couraient dans le ciel, chassés par un vent glacial qui se glissait sous les vêtements les mieux ajustés. Marie avait rajouté une couverture par-dessus les langes épais de Quentin pour tenter de le maintenir au chaud, mais tous trois s'inquiétaient pour la santé de l'enfant.

La forêt qu'ils venaient de traverser marquait la frontière entre la plaine de Seine et un paysage au relief plus varié. Ils suivaient maintenant des vallons peu profonds au milieu desquels sinuaient des petits cours d'eau. Des sentiers encaissés entre des talus à l'herbe déjà reverdie contournaient les collines plantées d'arbres qui fermaient l'horizon. Parfois, ils apercevaient au loin les bâtiments d'une ferme enfouie dans la verdure ou blottie au flanc d'un coteau.

Ce soir-là, ils eurent la chance de trouver, au bord du chemin, une cabane abandonnée dont le toit et les murs se révélèrent suffisamment étanches pour leur offrir un abri contre les intempéries. Sachant bien que les bêtes sauvages ne s'aventuraient guère dans les habitations, ils dormirent mieux que la nuit précédente et se réveillèrent frais et dispos. Contrairement aux inquiétudes des jeunes gens, Quentin se portait comme un charme et semblait fort apprécier d'être toujours tenu dans les bras de l'un ou l'autre. Lorsqu'il ne dormait pas en souriant aux anges, il gazouillait joyeusement en agitant ses petites mains et parfois, même, il éclatait de rire sans que l'on sût pourquoi. Il faisait montre d'un solide appétit aiguisé par le grand air et Marie avait peine à le rassasier.

Vers le milieu du jour, ils arrivèrent au bord d'une rivière assez large, bordée de grands prés où poussaient déjà quelques fleurs précoces. Marie s'assit dans l'herbe pour allaiter l'enfant à son aise, tandis que Catherine déballait leurs provisions et que Pierre allait puiser de l'eau claire pour le repas. Le ciel s'était dégagé durant la nuit et, malgré le froid persistant, le soleil embellissait le paysage, donnant à la nature comme un avant-goût de printemps. Les trois jeunes gens se sentaient le cœur en fête, leur errance désolée prenait un air de randonnée charmante qui les réconfortait. Ils décidèrent de profiter de ces instants bénis pour reprendre des forces et, tandis que Pierre partait à la découverte des environs, les deux jeunes femmes s'étendirent dans l'herbe tendre auprès de Quentin qui dormait déjà comme un bienheureux.

Catherine fut tirée brutalement de son sommeil par un cri perçant tout près d'elle. En se redressant, elle vit Marie qui tentait vainement de s'arracher à l'étreinte d'un homme sale et dépenaillé, à la mine farouche. Avant qu'elle eût le temps de se remettre sur pied, une poigne solide la souleva de terre tandis qu'une main impatiente commençait à déchirer ses vêtements. Sans grand espoir, elle se débattit sauvagement, mais fut extrêmement surprise de sentir son agresseur lâcher prise. Instinctivement, elle se jeta en avant, attrapant au passage le bébé qui pleurait et s'enfuit vers la rivière, tenaillée par la peur en entendant le bruit d'une course derrière elle ainsi qu'une respiration haletante.

— Attends, attends ! supplia soudain une voix au timbre familier.

Elle s'arrêta net et se retourna pour voir son amie échevelée qui la suivait de près. D'un même mouvement, elles portèrent leurs regards vers l'endroit qu'elles venaient de quitter et comprirent enfin à quelle intervention, elles devaient leur salut. En revenant de sa promenade, Pierre avait aperçu les brigands près d'elles et s'était donc immédiatement porté à leur secours pour leur permettre de fuir. Mais si elles étaient saines et sauves ainsi que l'enfant, il n'en allait pas de même pour leur protecteur. Le premier instant de surprise passé, les bandits s'étaient ressaisis et faisaient front devant l'attaquant. Pierre était vaillant et la rage qui le prenait à la pensée qu'on s'en fût pris aux siens décuplait ses forces si bien que la victoire aurait pu lui revenir sans la félonie de ses adversaires. Il avait terrassé l'un des deux larrons qui, tombé lourdement dans l'herbe, ne semblait pas devoir se relever, et se jetait avec courage sur le second, en tournant imprudemment le dos au soi-disant blessé, quand celui-ci sortit sournoisement un poignard de sa poche et le lança sur le jeune homme qui s'écroula sans un cri. Tandis que son complice se relevait, le premier assaillant se pencha sur leur victime et, soulevant sa chemise, s'empara de la bourse cachée dessous. Puis, sans hâte, ils rassemblèrent les quelques paquets et provisions épars dont ils se chargèrent et s'éloignèrent tranquillement sans chercher à retrouver les deux jeunes femmes qui s'étaient cachées dans les bosquets au bord de l'eau.

Lorsqu'ils eurent disparu à l'horizon, Catherine se dressa au-dessus des fourrés et poussa un hurlement en voyant Pierre gisant face contre terre dans l'herbe. Abandonnant Quentin dans les bras de Marie, elle se mit à courir de toute la vitesse de ses jambes en criant le nom de son mari. Comme il ne répondait pas, elle se jeta à genoux auprès de lui et agrandit la déchirure de sa chemise pour examiner la blessure. En constatant qu'elle ne saignait presque plus, la jeune femme se sentit quelque peu soulagée, mais l'inconscience persistante du jeune homme la souciait malgré tout. Marie, l'ayant rejointe entretemps, se chargea d'aller chercher de l'eau fraîche dont elle bassina les tempes du blessé qui commençait à reprendre ses esprits.

Il balbutia quelques mots incompréhensibles en cherchant péniblement à se relever, mais Catherine l'en empêcha.

— Là ! murmura-t-elle à son oreille. Tout va bien, mais ne bouge pas, tu te ferais saigner à nouveau. Nous allons te panser tout d'abord, ensuite nous aviserons.

— Que s'est-il passé ? souffla-t-il tout en se laissant faire docilement.

— Ces sauvages t'ont lâchement frappé par-derrière, mais ce ne sera pas grave. La lame a glissé sur l'os de l'épaule, le sang ne coule déjà plus, tu seras guéri dans peu de temps.

La jeune femme affichait une confiance qu'elle était loin de ressentir. Cette attaque les laissait démunis de tout, ils n'avaient plus de quoi se vêtir, ni se nourrir, ni la moindre piécette pour acquérir le strict nécessaire. Dans ces conditions, comment pourraient-ils subsister ? Et, plus grave encore, de quelle manière soutenir les forces de Pierre sans remède, sans nourriture ? Le printemps était encore trop loin pour pouvoir espérer cueillir des simples dans la campagne afin de concocter des tisanes et des cataplasmes cicatrisants. Marie se taisait, soucieuse elle aussi, et lorsque Quentin, insensible à leurs préoccupations, réclama vigoureusement sa tétée, elle prit l'enfant dans ses bras et l'allaita machinalement, sans paraître y prendre garde.

Le silence des deux femmes alerta Pierre qui somnolait et le sortit de sa torpeur. Il se redressa difficilement sur ses avant-bras et les regarda l'une après l'autre avec inquiétude.

— Vous me taisez quelque chose de grave, je le sens. Parlez, je veux savoir !

— Tu te trompes, mon ami, répondit Catherine, c'est seulement que cette grande frayeur, qui nous tenait, met longtemps à s'apaiser. Tu ne dois pas t'angoisser pour une broutille. Repose-toi. Aujourd'hui, nous resterons ici afin de ne pas t'épuiser et, demain, nous serons tous plus dispos pour poursuivre notre route.

— Non, je sens que vous me cachez un fait d'importance par égard pour ma blessure, mais je suis plus vaillant qu'il n'y paraît. Il vous faut m'instruire de toute l'étendue de notre infortune, je le supporterai mieux que cette incertitude.

Comme Catherine hésitait encore, ce fut Marie qui lui révéla toute la vérité sur leur triste sort. Pierre était atterré, ces fâcheuses circonstances compromettaient sérieusement leurs chances d'atteindre un lieu d'asile où ils pourraient reconstruire leur vie. Il refusa cependant de se laisser abattre par ce nouveau malheur.

— Avec l'aide de Dieu, nous en sortirons assurément, affirma-t-il. Ne désespérez pas, Il nous protégera et pourvoira à nos besoins. Pour l'heure, comme le jour tombe, je vous conseille de vous étendre et dormir, c'est encore le plus sûr moyen de refaire ses forces. Ayez confiance, demain nous trouverons bien une issue.

Le lendemain, ils remontèrent le cours de la rivière en suivant ses berges verdoyantes, mais ils n'avançaient pas vite. Pierre, encore chancelant, s'appuyait souvent sur l'épaule de son épouse et Marie les suivait en portant l'enfant qui pleurait. N'ayant rien mangé depuis la veille, elle n'avait plus guère de lait à lui offrir et Quentin, habitué à plus d'abondance, criait famine avec indignation. Les deux jeunes femmes craignaient de voir réapparaître les brigands qui les avaient détroussés, mais la journée s'écoula sans qu'ils rencontrent âme qui vive, ni aperçoivent la moindre habitation.

Le soleil se couchait, quand ils arrivèrent en vue d'un pont de bois qui enjambait l'eau noire. Sur l'autre bord, enfoui dans un repli de terrain, se devinait un toit de chaume surmonté d'une cheminée de laquelle ne sortait aucune fumée. Peut-être trouveraient-ils là-bas un abri pour la nuit. Catherine se tourna vers son mari.

— Ne crois-tu pas qu'il serait sage d'aller voir si ce gîte peut nous convenir ?

Pierre ne répondit pas. Il s'appuyait lourdement contre le tronc d'un arbre, pâle, le visage défait.

— J'irai m'assurer que nous pouvons y passer la nuit, déclara Marie d'un ton sans réplique. Si tout va bien, je vous ferai signe et vous me rejoindrez. Je ne serai pas longue.

Elle déposa le nourrisson dans les bras de sa mère, traversa la rivière sans hésitation et disparut à la vue de ses compagnons. Quelques instants plus tard, grimpée sur une hauteur, la jeune femme les appelait à grand renfort de gestes joyeux.

La maison ne semblait pas abandonnée depuis longtemps, les quelques meubles étaient restés en bon état et garnis de tous les objets usuels que l'on pouvait souhaiter. Mais, à leurs yeux, le plus grand trésor que ce lieu recelât consistait en quelques pommes à demi séchées, soigneusement rangées sur une étagère. Catherine et Marie aidèrent, tout d'abord, Pierre à s'allonger sur l'une des paillasses encore garnie d'une couverture de laine et le couvrirent d'une peau tannée assouplie par l'usage, puis elles mirent les pommes flétries à tremper dans l'eau pour leur redonner belle apparence. Pendant que Catherine empilait dans la cheminée le bois, trouvé sous l'appentis, pour faire une flambée, Marie s'installa au coin de l'âtre et offrit à l'enfant son sein, naguère si généreux, où il ne restait qu'un peu de lait clair. Puis, elles soupèrent de quelques fruits qui aiguisèrent leur appétit au lieu de l'apaiser et lavèrent à nouveau la blessure de Pierre dont les bords se flétrissaient de manière inquiétante, avant de s'étendre sur les paillasses qu'elles avaient tirées devant le feu.

Au lever du jour, les jeunes femmes trouvèrent le blessé rouge et fiévreux. Il geignait doucement sans parvenir à s'arracher au lourd sommeil peuplé de cauchemars qui le tenait. Elles nettoyèrent longuement la plaie souillée d'un liquide épais et jaunâtre qui semblait se creuser de jour en jour, et lui refirent un pansement propre, puis, avec une patience obstinée, elles lui passèrent de l'eau fraîche sur le visage jusqu'à ce qu'il reprît connaissance. Dès que Pierre fut capable de se tenir sur ses jambes, le petit groupe reprit la route. Il devenait urgent de trouver de l'aide, car le jeune homme perdait ses forces rapidement. Qu'arriverait-il si l'on ne le soignait pas bientôt efficacement ? Ses deux compagnes se refusaient à formuler une réponse, l'avenir sans lui ne pouvant exister.

Ils ne parcouraient que de petites distances à la fois, s'arrêtant souvent pour laisser le malade reprendre son souffle. Par moments, Catherine le portait presque, car il titubait d'épuisement. Au confluent de deux rivières, les jeunes femmes hésitèrent. Où aller ? À vrai dire, la direction importait peu. Elles décidèrent de suivre le plus petit des deux cours d'eau, car ses rives leur apparaissaient plus riantes que les autres.

Un autre sujet d'inquiétude vint approfondir leur angoisse lorsque Marie remarqua en allaitant Quentin que le nourrisson semblait dolent et anormalement chaud. Il ne protestait plus en trouvant ses seins presque taris et ne paraissait plus avoir le désir de téter. Catherine s'assit dans l'herbe d'un air accablé, allait-elle perdre à la fois son mari et son fils ?

— Allons, debout ! lança Marie en se remettant sur pied. Il ne sert à rien de se lamenter, continuons notre marche. Gémir nous fait perdre du temps ! Notre quête doit être fructueuse, tendons nos forces vers cet unique but.

— Tu as raison, convint son amie, allons donc puisque c'est notre seul espoir.

La pluie vint rendre, peu après, leur progression encore plus difficile, noyant toute chose sous son voile de brume. Le crépuscule assombrissait déjà le paysage et elles désespéraient de trouver un abri pour la nuit quand, devant eux, un village que la nuit rendait fantomatique surgit du brouillard. D'un même élan, elles rendirent grâce à Dieu de les avoir guidés vers cet asile qu'elles souhaitaient si ardemment.

Elles s'avancèrent lentement entre les maisons noires et hostiles, cherchant un quelconque signe de vie derrière ces volets bien clos. À leur gauche, se dévoila une masse sombre qui devait être l'église avec le presbytère accolé au mur de soutènement, puis un muret bas parut qui entourait probablement le cimetière. De l'autre côté de la rue, une lumière filtrait par la porte entrebâillée d'une cuisine comme en témoignaient les effluves appétissants qui s'en échappaient.

— J'irai là demander de l'aide, décida Catherine.

Marie l'aida à déposer Pierre dans l'herbe contre le mur bas sur lequel elle s'assit elle-même avec l'enfant, puis la jeune femme traversa le chemin. Elle frappa doucement à l'huis et l'ouvrit davantage tout en restant sur le seuil. Une femme revêche s'approcha et la regarda d'un air soupçonneux. Catherine comprit immédiatement qu'elle la prenait pour une mendiante. Avec ses vêtements en piteux état, ses cheveux dépeignés s'échappant en désordre de sa coiffe, sa maigreur et ses traits creusés par la fatigue et l'anxiété, elle ne pouvait pas inspirer confiance. La femme la rejeta rudement à la rue sans lui laisser le temps de s'expliquer et verrouilla le battant derrière elle. Catherine rejoignit ses compagnons, le cœur navré.

— Personne ne voudra nous aider en nous voyant ainsi, gémit-elle. Tu as vu comme elle ne m'a même pas écoutée ?

— Cette femme a le cœur dur, répondit Marie, tout le monde ne peut pas être comme elle.

— Les gens ont peur des étrangers par les temps qui courent. Après tout, nous pourrions être des voleurs. Nous ne pouvons pas les blâmer.

Son regard passa de Pierre qui restait immobile et muet, ignorant de ce qui l'entourait, à Quentin, silencieux lui aussi, serré contre Marie puis elle se mit à pleurer, la tête dans les mains, le corps secoué de longs sanglots. Tout son courage l'abandonnait. Sa compagne ne trouvait pas de mots pour la consoler, tout espoir semblait anéanti après la rebuffade qu'elles venaient d'essuyer. Le bébé ressentit peut-être l'abattement de ses protectrices, car il se mit soudain à brailler de toutes ses forces en s'agitant entre les bras de Marie qui s'efforçait sans succès de le calmer.

Quelques instants plus tard, des pas pesants se firent entendre sur le gravier qui recouvrait les allées entre les tombes. Épouvantées, les deux jeunes femmes se regardèrent et restèrent figées de peur tandis que le mystérieux visiteur s'approchait. En les éclairant de ses lueurs mouvantes, une lampe portée à bout de bras les ramena à une plus juste compréhension des choses. Elles virent s'arrêter près d'elles, une femme d'âge mûr aux formes imposantes dont la physionomie respirait la bonté et qui leur sourit gentiment.

— Qu'y a-t-il donc de si grave pour que vous pleuriez comme ça ? demanda-t-elle de sa voix chaude. Vous êtes-vous perdus par cette nuit noire ?

— Non, répondit Marie, nous n'avons nulle part où aller. Notre compagnon est malade et je n'ai plus de lait pour nourrir l'enfant.

— Venez avec moi au presbytère, mes pauvres enfants, notre bon curé ne refuse jamais son aide aux malheureux que le Ciel met sur son chemin.

La brave dame aida Catherine à soulever le blessé pour gagner la bâtisse toute proche. Elles l'étendirent sur un lit moelleux aux draps fleurant bon le savon et entreprirent de le déshabiller doucement pour ne pas rajouter à son mal. Sur ces entrefaites, le prêtre entra dans la pièce, salua fort civilement les deux jeunes femmes et s'approcha du malade.

— Que lui est-il arrivé ? demanda-t-il en examinant la plaie fraîchement lavée.

— Nous avons été attaqués par des bandits de grand chemin et dépouillés de tous nos biens, répondit Catherine, c'est en nous défendant que mon époux a pris ce mauvais coup.

— Nous allons appliquer sur la blessure un cataplasme de ma composition qui ôtera les impuretés et aidera à la cicatrisation. Dans peu de jours, votre mari sera sur pied, assura l'homme de Dieu, puis, se tournant vers Marie et son léger fardeau, il remarqua, cet enfant ne me paraît pas en meilleure forme, est-il blessé lui aussi ?

— Non, expliqua Marie, mais mon lait est tari, il a faim.

— Perrine va vous trouver de quoi le nourrir ainsi que vous deux, car vous semblez aussi affamées que votre bébé, puis elle vous conduira à votre chambre.

Les deux amies remercièrent leur sauveur avec effusion, grâce à lui les ténèbres s'éclaircissaient enfin pour elles. Après toutes ces épreuves, elles n'aspiraient plus qu'au repos.

L'installation à Villedhuis

Catherine traversa la cour, le panier en osier, plein des œufs frais qu'elle venait de ramasser, sous le bras et s'arrêta pour regarder en souriant le petit garçon qui s'avançait vers elle d'une démarche encore malhabile. Quentin ne marchait que depuis quelques semaines et il avait bien du mal à conserver son équilibre sur la terre pleine d'ornières ou sur l'herbe glissante. La jeune mère observait sa progéniture avec un mélange de fierté et d'amour, car il devenait chaque jour plus fort et, en grandissant, il ressemblait de plus en plus à son père, ce qui lui causait beaucoup de plaisir.

En cette matinée radieuse du 10 septembre 1790, le soleil encore chaud de ce début d'automne faisait briller les toits et enjolivait toute chose, les oiseaux chantaient gaiement dans les arbres qui ne perdaient pas encore leurs feuilles. La nature semblait jeter ses derniers feux avant le long sommeil de l'hiver. Elle poussa un soupir de bien-être en songeant combien il était doux d'avoir enfin retrouvé la sécurité d'un foyer et contempla avec plaisir son petit domaine.

D'abord l'habitation, une confortable maison de pierre d'un étage sous son toit de tuiles grises dont la porte principale donnait sur l'unique rue du village. Ensuite les dépendances qui formaient les trois autres côtés de la cour. Perpendiculaires à la rue et partant de part et d'autre de la demeure s'étendaient les bâtiments pour les animaux. Celui de droite était séparé en deux, d'un côté les volailles qui fournissaient les œufs et atterrissaient parfois sur la table lors d'un repas de fête, de l'autre le cochon que l'on engraissait en attendant de le transformer en mets savoureux. À gauche, on trouvait une étable vide, qui avait servi aux anciens maîtres du lieu à y loger des vaches disparues, et une écurie dans laquelle était installé depuis peu un splendide cheval bai qui acceptait aussi bien d'être monté qu'attelé. Enfin, accolées les unes aux autres, plusieurs petites bâtisses aux usages divers fermaient la cour sur l'arrière de part et d'autre d'un grand portail. Dans l'une s'entassait le bois de réserve pour les cheminées, dans l'autre on rangeait soigneusement sur des étagères de bois les légumes et les fruits récoltés pendant l'été, dans une troisième l'on serrait la nourriture des animaux. La dernière de la rangée avait été transformée en atelier par Pierre qui y passait ses journées au milieu de planches de bois qu'il sciait, rabotait, clouait, chevillait afin de confectionner le mobilier qui, une fois terminé, trouverait sa place dans le logis.

Quentin venait de s'étaler sur la terre sèche et hurlait, plus pour se faire plaindre que par véritable mal. Marie surgit de la cuisine et le prit dans ses bras pour le consoler tandis que Catherine pressait le pas pour les rejoindre, la matinée tirait à sa fin et elle avait encore une foule de choses à faire avant le repas. Tandis que Marie s'activait autour des fourneaux, elle déposa les œufs dans les alvéoles prévus à cet effet tout en surveillant son fils assis par terre qui jouait avec des cailloux.

— Après le dîner, j'irai porter des œufs à Perrine, annonça-t-elle, elle n'ose pas m'en demander, mais je sais bien qu'elle n'en a plus.

— Peut-être pourrais-tu lui donner quelques légumes du potager également, suggéra Marie.

— C'est une bonne idée, j'irai voir tantôt ce qu'il y a de mûr.

Pierre s'encadra dans l'ouverture de la porte et sourit aux deux jeunes femmes.

— J'ai faim, claironna-t-il, et ce que vous avez préparé sent rudement bon !

— Eh bien, à table alors, répondit sa femme en prenant le petit garçon dans ses bras.

Ils passèrent dans la grande salle dont les fenêtres ouvraient sur la rue. Elle était peu meublée encore, une grande table rectangulaire, flanquée d'un banc et de plusieurs chaises, en occupait la plus grande partie. La veille, Pierre avait placé un vaisselier, tout juste terminé, le long du mur extérieur tandis qu'une petite table à ouvrage posée entre les deux fenêtres et encadrée de deux chaises, destinées à être remplacées par des fauteuils, complétait l'ameublement. La chaise haute dans laquelle Catherine déposa Quentin faisait partie des premières réalisations du maître de maison et, même si la façon était encore maladroite, elle remplissait parfaitement son office. Depuis, la fabrication s'était beaucoup améliorée et les objets qui sortaient maintenant des mains de Pierre n'auraient pas été désavoués par un ébéniste du faubourg Saint-Antoine[5].

Après le dîner, Marie monta coucher Quentin pour la sieste tandis que Catherine se rendait au potager afin de cueillir les légumes les plus mûrs. Tout en arpentant les allées entre les plants, la jeune femme se remémorait leur arrivée dans le village et les premiers mois de leur installation à Villedhuis.

— Sans Perrine et le père Craimen, nous aurions été bien en peine, songea-t-elle.

Ils avaient soigné Pierre avec beaucoup de dévouement pendant tout le temps de sa maladie. Contrairement aux premières prévisions du prêtre, le jeune homme avait déliré durant des semaines avant que la fièvre abandonnât enfin la partie, puis il lui avait fallu encore bien des jours pour reprendre ses forces. Marie, Catherine et l'enfant n'avaient manqué de rien, ils logeaient au presbytère, choyés par Perrine, la gouvernante du curé, qui s'attendrissait devant les gazouillis de Quentin vite remis sur pied. Il avait été nourri au lait de vache coupé d'eau pendant quelques jours, mais Marie avait pu recommencer à l'allaiter rapidement.

Durant la convalescence de Pierre, ils avaient eu le temps de s'interroger sur leur avenir. Dès le lendemain de leur arrivée, les jeunes femmes avaient raconté leur triste histoire à leur hôte qui s'était montré attentif et réconfortant. Aussi, lorsque le malade fut guéri, ils en reparlèrent avec le père Craimen, devaient-ils rester ou repartir ? S'ils reprenaient la route, seul l'inconnu les attendrait, ils devraient à nouveau affronter le froid, la faim, la peur, ce qui ne leur souriait guère. Mais d'autre part, depuis leur installation au presbytère, Catherine et Marie n'avaient rencontré qu'hostilité et agressivité chez les habitants du village. Il ne servirait à rien de demeurer à cet endroit si les jeunes gens ne pouvaient se faire accepter.

— Je crois, cependant, que vous devriez vous établir ici, déclara le curé. Un peu plus loin dans le village, il y a une maison avec ses

---

[5] Célèbre quartier des artisans du bois à Paris

dépendances qui est vide depuis bientôt deux ans. Ses anciens propriétaires sont partis précipitamment pour Paris lorsque les premiers troubles ont commencé, c'était d'ardents révolutionnaires, ils ne reviendront plus. Cette demeure vous conviendra très bien, elle est assez grande pour que vous puissiez vous y loger et, même, agrandir votre famille. Je vous donnerai quelques poules et un coq, et Perrine vous aidera à défricher le potager. Il suffira que j'aille voir le maire, mon ami, Daniel Brisen, qui a déjà exercé son droit de préemption, cette maison appartient à la commune. Tel que je le connais, il vous l'attribuera volontiers.

— Je vous remercie beaucoup, répondit Pierre, mais que vont dire les gens du village qui ne nous aiment guère ?

— J'en fais mon affaire, affirma le prêtre, je saurai les convaincre, croyez-moi, ils vous laisseront tranquilles.

Ils avaient donc emménagé dans la grande maison vide, Perrine leur avait prêté quelques meubles et des matelas pour commencer et ils s'étaient mis courageusement au travail. Aucun des villageois n'était venu leur offrir de l'aide, mais au moins, ils ne les avaient pas ennuyés non plus. Pierre était allé dans la forêt pour couper les arbres qu'il débiterait en planches régulières afin de fabriquer le mobilier dont ils avaient besoin. Au début, il avait fait cela par devoir, mais peu à peu, il s'était mis à aimer le travail de ses mains. Il avait attrapé le coup d'œil pour tailler avec justesse une planche aux dimensions requises et appréciait le toucher, à la fois chaud et souple, de cette matière noble entre toutes. Mais ce qu'il adorait, par-dessus tout, c'était contempler l'œuvre enfin terminée, lui apparaissant exactement telle qu'il l'avait imaginée en coupant les morceaux de bois. De nouvelles idées lui venaient chaque jour qu'il accueillait avec plaisir, car il se demandait ce qu'il pourrait bien faire lorsque la maison serait entièrement meublée.

Catherine, de son côté, avait appris les gestes indispensables pour vivre à la campagne. Elle s'occupait des volailles, nettoyait leur bâtiment, les nourrissait, ramassait les œufs non couvés. Lorsque Perrine était arrivée, un beau jour, avec un porcelet dans les bras, elle avait poussé des hauts cris, jurant qu'elle ne savait pas soigner une bête pareille, mais la brave femme l'ayant assurée en riant que ce n'était pas plus difficile à élever qu'un poulet, elle avait ajouté l'engraissement du cochon à la liste de ses activités. Lorsqu'elle avait fini avec les animaux, elle poussait la barrière entre l'atelier et l'écurie pour se retrouver dans le jardin composé de deux parties distinctes séparées par une lice en bois. Elle avait défriché l'une des parcelles avec l'aide de l'indispensable gouvernante pour y planter les légumes qui leur avaient rapidement fourni de quoi se nourrir sans recourir à la charité de leurs bienfaiteurs. La jeune femme avait voulu réserver un carré dans le potager afin d'y semer des simples qui serviraient en cas de maladie de l'un ou l'autre membre de la maisonnée. La seconde partie du terrain se trouvait être un verger aménagé par les anciens propriétaires et qui n'avait eu besoin que d'un bon nettoyage pour ôter les ronces et autres liserons qui étouffaient les arbres fruitiers. Durant les après-midi chauds de l'été, Catherine et Marie s'étaient souvent installées à l'ombre des arbres avec Quentin qui dormait bien mieux là que dans la touffeur de sa chambre.

Marie, quant à elle, s'était réservé les travaux de la maison. Elle faisait la cuisine et le ménage, rangeait, cousait, tout en surveillant les jeux de Quentin qu'elle continuait à nourrir de son lait bien qu'il eût déjà commencé à manger comme les adultes, mais aucun des deux ne voulait renoncer à ce moment de grande tendresse. Comme l'enfant était encore très jeune, Catherine laissait faire. Quand Marie devait sortir, le petit garçon suivait sa mère dans ses diverses activités. Il se faisait un plaisir de courir après les poules qui picoraient dans la cour pour les voir s'enfuir en caquetant de tous côtés, puis il allait joyeusement piétiner les plates-bandes du potager malgré les remontrances de sa maman. Parfois, aussi, il échappait à la surveillance de la jeune femme pour se réfugier dans l'atelier de son père regorgeant de jeux défendus et d'outils mystérieux. Ce qu'il aimait le plus, c'était jouer avec les copeaux jonchant le sol qui prenaient toutes sortes de formes bizarres et lui égratignaient les mains.

Lorsque Catherine allait au presbytère, que Marie se rendait au lavoir, ou bien qu'ils se dirigeaient tous vers l'église pour la messe, ils constataient que l'animosité des villageois à leur égard restait toujours aussi vive. Le spectre toujours menaçant de la disette incitait les gens à se replier sur eux-mêmes en repoussant les faims du dehors. Toute charité oubliée, chacun ne pensait qu'à soi. Cette attitude désolait les jeunes gens malgré le réconfort apporté par Perrine et le curé. Seul le maire venait leur serrer la main chaleureusement lorsqu'il les rencontrait.

Sur le chemin du presbytère, cet après-midi-là, Catherine croisa la femme qui l'avait mise dehors le soir de leur arrivée. Celle-ci lui jeta un regard mauvais puis se détourna avec un mépris affiché, elle leur portait une haine particulière qui ne désarmait pas et menait une campagne active pour monter les Villedhuisiens contre eux. Elle leur en voulait surtout de s'en sortir aussi bien par eux-mêmes sans avoir à quémander de l'aide et de garder une certaine réserve face à l'hostilité qu'on leur témoignait. Lorsque, de la rue, on les entendait rire et chanter par les fenêtres ouvertes, elle serrait les poings sur sa rage impuissante et les maudissait.

Perrine accueillit la jeune femme avec un sourire paisible. La vie tranquille qu'elle menait depuis vingt ans auprès d'un homme d'église, au tempérament doux et à l'humeur égale, lui avait apporté le calme et la sérénité dont ses compatriotes semblaient tant manquer durant ces années sombres. Elle s'acheminait sans appréhension vers la cinquantaine, mais en paraissait dix de moins avec son visage sans rides, éclairé par un regard d'un gris très pâle, et encadré d'une masse de cheveux châtains dont les boucles ne montraient encore que peu de fils d'argent. Elle portait vaillamment un embonpoint disproportionné avec sa taille largement en dessous de la moyenne.

— Que m'apportez-vous donc là ? demanda-t-elle en regardant Catherine déposer son panier sur la table.

— Des œufs frais et des légumes du jardin. Si le temps se maintient, je vous donnerai des poires et des pommes la semaine prochaine. Il va être temps de les cueillir.

— Vous ne devriez pas vous donner tout ce mal, voyons. Il est vrai que mes poules ne pondent plus guère et que mes légumes sont rabougris, mais cela nous suffit largement au père Craimen et à moi. Nous avons moins de besoins que des jeunes en pleine force de l'âge comme vous. Enfin, merci bien ! Et comment va mon petit Quentin ? Il faudra me l'amener un de ces jours.

— Il est en excellente forme. Il fouine partout et se cache dans les endroits les plus invraisemblables, Marie passe son temps à courir après.

— C'est signe de bonne santé, vous ne pouvez pas vous en plaindre !

— Sans doute, mais je m'inquiète dès qu'il disparaît. C'est qu'il est encore petit et ne connaît pas tous les dangers qui le guettent.

— Il y a moins de danger dans nos campagnes que dans les villes. Ici, au moins, personne ne vous le volera et aucune voiture, roulant trop vite, ne l'écrasera. Rassurez-vous, rien ne lui arrivera.

— Je l'espère. Nous avons fêté son premier anniversaire, il y a quelques jours, il était tout fier d'être le roi de la fête même s'il ne comprenait pas vraiment pourquoi.

Les deux femmes, assises autour de la grande table, devisaient tout en buvant un vin aux noix concocté par Perrine. Elles évoquèrent, une fois encore, les événements qui secouaient le royaume. Depuis le départ des jeunes gens de Paris, la Constituante avait continué ses persécutions des hommes d'Église. On leur avait retiré l'administration de leurs biens, ce qui n'avait guère touché le curé de Villedhuis qui ne possédait rien et, surtout, l'Assemblée avait fait adopter une constitution civile du clergé qui avait indigné tous les fidèles. Pour le moment, cette décision était demeurée lettre morte dans les campagnes, mais l'avenir des officiants de l'église catholique en France était bien incertain.

— Le roi a refusé de ratifier les décrets de la Constituante, mais les députés ne semblent pas s'en soucier, soupira Catherine. Je crains que rien de bon ne sorte de tout cela.

— Nous verrons bien, répondit Perrine, de toute façon le père Craimen n'admettra pas que des quelconques révolutionnaires lui dictent la manière de célébrer une messe.

— Nous le soutiendrons toujours, comme tous ceux de sa paroisse, mais cela suffira-t-il ?

— Dieu seul sait ce qu'il adviendra de nous, mais Il ne le révélera que le moment venu, c'est pourquoi il est inutile de nous mettre martel en tête.

— Vous avez raison, approuva Catherine. Tiens, j'ai rencontré Mme Trise en venant vous voir, elle m'a regardée d'un air qui m'a glacé le sang. Je ne comprends pas pourquoi elle nous porte tant de haine.

— Berthe est une femme rigide, elle assiste ponctuellement aux offices, donne toujours à la quête et participe activement aux œuvres de bienfaisance, mais, je ne sais pourquoi, je ne l'ai jamais appréciée. J'ai toujours eu l'impression qu'elle cherchait surtout à se donner bonne conscience, elle n'a aucune bonté, aucune charité en elle. Ne vous en souciez pas, je ne crois pas qu'elle vous ferait du mal si l'occasion se présentait, elle se contente de vous le souhaiter.

— En tout cas, c'est fort décourageant de se sentir si mal accepté, sans vous et le père Craimen nous serions repartis depuis longtemps.

— Le temps qui passe joue en votre faveur. Ayez confiance, vous savez que nous vous aiderons autant qu'il est possible.

— Je sais et je vous en remercie de tout mon cœur. Allons, il est temps que je parte maintenant, ajouta la jeune femme en se levant, venez nous rendre visite, un de ces jours, cela nous fera plaisir.

Dans les semaines qui suivirent, Catherine, Marie et Pierre, qui avait abandonné son atelier pour leur donner un coup de main, s'activèrent dans le verger à cueillir les fruits mûrs qu'il fallait cuire et transformer en conserve pour l'hiver. Ils se rendirent aussi dans les forêts environnantes pour ramasser des châtaignes, des noix et des noisettes qui agrémenteraient plaisamment leurs repas. Pierre en profitait pour braconner un peu et ramener tous les gibiers à plumes et poils qui varieraient agréablement leur ordinaire tout en leur fournissant des fourrures chaudes pour les couvrir durant les frimas et des duvets soyeux pour garnir édredons et oreillers.

Au début de novembre, Perrine vint leur rendre visite après le dîner et se montra tout heureuse d'arriver à temps pour embrasser Quentin que Marie emmenait faire sa sieste. Elle s'installa dans le fauteuil que Pierre avait terminé la veille et accepta un peu de vin aux herbes préparé par Catherine.

— Racontez-moi donc ce qui vous met tellement en joie, demanda Catherine. Je vous vois l'œil brillant, quelle bonne nouvelle m'apportez-vous ?

— Je ne sais si c'est une bonne nouvelle, mais en tout cas l'idée qui m'est venue n'est pas mauvaise. Connaissez-vous ce jeune couple qui habite à la sortie du bourg sur la route de Pont-Ouanne ?

— Le savetier ? Oui, je l'ai rencontré une ou deux fois, mais je ne connais pas son nom. Ils ont un bébé, je crois.

— C'est cela. Ils s'appellent Jeanne et Philippe Levasseur, et Irène, leur petite fille, a six mois. C'est d'elle justement que je veux vous parler. Elle est un peu enrhumée en ce moment, rien de grave, rassurez-vous, mais on lui a prescrit du lait de poule afin de la fortifier. Or, ses parents n'ont pas d'œufs. Jeanne est venue, ce matin, pour m'en demander, mais mes poules ne pondent plus, vous le savez, alors je lui ai conseillé de venir vous voir. Si elle le fait, cela vous permettra de lier connaissance et peut-être même de sympathiser, ce serait un premier pas vers votre intégration dans ce village.

— Si elle vient, nous lui ferons bon visage et je lui donnerai autant d'œufs qu'elle le désire. Je serais si contente de briser enfin cet isolement dans lequel on nous tient.

— Je tenais à vous mettre au courant afin que vous ne vous étonniez pas de la voir. Maintenant, je vous laisse, il ne faudrait pas qu'elle me trouve ici lorsqu'elle viendra, elle pourrait supposer que nous sommes de connivence.

La brave dame partie, Catherine alla prévenir Marie de la visite qu'elle attendait puis, ne pouvant tenir en place, elle sortit rejoindre Pierre dans son atelier.

— Tu me sembles bien nerveuse, remarqua-t-il en la voyant tourner dans la pièce, ranger quelques objets, jouer machinalement avec les copeaux qu'elle avait ramassés.

— Il y a de quoi ! s'exclama-t-elle. Perrine est venue me faire part d'une idée qu'elle a trouvée et qui pourrait bien arranger nos affaires.

Elle lui raconta en détail la conversation qu'elle venait d'avoir avec la gouvernante. Pierre l'écoutait avec attention en approuvant par moments et lorsqu'elle eut fini, il sourit.

— C'est une excellente idée, reconnut-il, espérons que son plan réussisse ! Ce serait tellement agréable de rencontrer enfin des gens amicaux.

Catherine n'eut pas le temps de répondre, car Marie arrivait en courant pour leur annoncer, tout essoufflée, que la visiteuse tant désirée attendait au salon. La maîtresse de maison se hâta d'aller remplir ses devoirs d'hôtesse en priant pour que tout se passât bien.

Elle marqua une pause en entrant dans la cuisine. La porte de communication était entrouverte, ce qui lui permit d'observer sans être vue la personne qui attendait patiemment, debout entre la table et le vaisselier. Elle ne paraissait pas beaucoup plus âgée que Catherine et offrait à son examen attentif un visage avenant, respirant la gentillesse et la joie de vivre. On ne pouvait pas affirmer qu'elle fût jolie, mais ses joues rondes, sa bouche charnue et rouge comme une cerise, son nez retroussé et ses yeux bruns, veloutés comme ceux des biches, lui donnaient un attrait auquel on ne pouvait rester insensible. Ses cheveux châtains qui tombaient en vagues souples sur ses épaules et que, contrairement à la coutume, elle ne couvrait pas renforçaient encore son charme simple et naturel. Immédiatement, Catherine fut conquise et désira ardemment qu'elles deviennent amies. Elle s'assura que sa coiffure était bien en place, ôta le tablier qu'elle portait pour protéger sa robe et ouvrit complètement la porte, entrant dans le salon, le sourire aux lèvres.

— Bonjour, madame, dit-elle aimablement, prenez un siège, je vous en prie, et dites-moi ce qui me vaut l'honneur de votre visite.

Son interlocutrice s'assit, visiblement gênée, dans le fauteuil qu'on lui désignait et se décida brusquement à parler avec volubilité.

— Vous devez me trouver bien cavalière de venir vous trouver ainsi, alors que depuis des mois, personne dans le village ne veut vous adresser la parole. Je dois préciser cependant que mon mari et moi n'avons jamais adhéré à l'attitude hostile des gens d'ici, mais vous devez savoir que mon époux est savetier, nous n'avons que ça pour vivre et si nos clients ne viennent plus acheter nos sabots nous n'aurons plus de subsistance.

— Vous n'avez pas à vous excuser, la rassura Catherine, je comprends très bien vos raisons et ne vous en veux aucunement.

— Merci, vous êtes bonne. Perrine m'avait assuré que vous me recevriez sans ressentiment, c'est elle qui m'a suggéré de venir vous trouver, mais j'étais mal à l'aise quand même.

— Je suis bien trop heureuse de recevoir de la visite pour vous reprocher quoi que ce soit. Voulez-vous un peu de vin aux herbes ?

Pendant que Catherine remplissait les verres, Marie entra dans la salle et salua fort civilement la visiteuse. La jeune femme présenta son amie en précisant qu'elle servait de nourrice à son fils. Jeanne se montra très intéressée et l'on se mit à parler bébés, premières dents et premiers pas tout en sirotant la boisson épicée accompagnée de gâteaux juste sortis du four, ce qui amena tout naturellement la mère d'Irène à raconter la maladie de sa fille ainsi que la préparation prescrite par l'infirmière du village. Catherine proposa immédiatement de lui fournir les ingrédients dont elle manquait et envoya Marie quérir un plein panier d'œufs pour la petite malade. Jeanne se confondit en remerciements, rouge de honte devant la générosité de son hôtesse.

— Je vous en prie, répondit Catherine, cela me fait plaisir et n'hésitez pas à revenir si vous avez besoin de quoi que ce soit, nous serons toujours heureux de vous accueillir.

Le soir même, les jeunes gens festoyèrent gaiement pour célébrer comme il se devait ce premier pas vers la rupture de leur isolement.

Mais, dans les jours qui suivirent, rien ne sembla avoir changé dans le village. On affectait toujours autant de les ignorer, comme si la visite de Jeanne Levasseur devait être enfouie dans le silence comme une action honteuse. En se rendant au lavoir, Marie espérait bien rencontrer la femme du savetier pour voir comment elle se comporterait, mais celle-ci se contenta de lui faire un petit signe discret de la main accompagné d'un vague sourire aussitôt éteint, puis elle se retourna vers ses compagnes sans plus s'occuper d'elle. Cette attitude incompréhensible les déçut beaucoup. Perrine, à qui Catherine avait tout raconté, se montrait également fort surprise par la pusillanimité de Jeanne qu'elle avait toujours tenue comme une femme au caractère mieux trempé qu'il n'y paraissait.

Lorsque, quelque temps après, Jeanne se présenta avec Irène dans les bras, Catherine la reçut avec un mélange de surprise et d'amertume.

— Je suis venue vous présenter ma fille, dit la visiteuse, et aussi vous remercier, car grâce à vous elle a guéri rapidement.

— J'en suis très heureuse, répondit Catherine plus froidement qu'elle ne l'aurait voulu.

— Ne m'en veuillez pas, je vous prie ! supplia son interlocutrice avec élan. Si j'ai autant attendu pour venir vous assurer de ma reconnaissance, c'est parce que j'ai visité toutes les maisons du village afin de raconter partout votre générosité et de bien disposer les gens en votre faveur. Je n'ai pas réussi à chaque fois, hélas, mais je crois avoir obtenu quelques résultats encourageants. Ne vous étonnez donc pas si certains cherchent à vous rencontrer dans les jours à venir.

— Pourquoi, dans ce cas, avez-vous fait grise mine à Marie lors de votre rencontre au lavoir la semaine dernière ?

— Les femmes, avec qui j'étais, restaient sourdes à mes arguments, je n'ai pas voulu les défier ouvertement afin de pouvoir les amener à plus de souplesse par la suite.

— Je comprends et vous remercie du mal que vous prenez pour nous, sourit Catherine, plus détendue qu'au début de leur entretien, je vais demander à Marie de nous amener mon fils. Peut-être que cette petite puce désirerait un biscuit, ajouta-t-elle en se penchant vers Irène.

Marie déposa Quentin dans les bras de sa mère qui le présenta fièrement à sa visiteuse et se rendit dans la cuisine pour préparer le souper en laissant les deux jeunes femmes converser gaiement, tandis que les enfants jouaient ensemble par terre.

— Vous avez de très beaux meubles, remarqua soudain Jeanne admirative.

— C'est mon mari qui les a tous faits, répondit fièrement Catherine.

— Il est fort habile, s'émerveilla la femme du savetier, j'aimerais bien en avoir autant.

— Mais votre époux travaille admirablement le bois, ne vous fabrique-t-il pas les objets dont vous avez besoin ?

— Hélas non ! Il est capable d'exécuter un travail très adroit lorsqu'il s'agit de sabots, mais le reste ne l'intéresse pas. Mon mobilier est rare, mal adapté à son usage et je manque de tout ce qui fait le confort d'une maison. Croyez-vous, ajouta-t-elle après une pause, que votre mari accepterait de réaliser les meubles qui me font défaut ? Nous vous paierions bien sûr.

— Je ne sais pas, je dois lui en parler. Votre proposition me prend de court, mais pourquoi pas ?

— Nous vous donnerions des livres, pas des assignats, car mon mari se méfie de ces morceaux de papier qui n'ont pas de valeur sûre, il ne donne ses sabots que contre monnaie sonnante et trébuchante.

— Je vous approuve entièrement, jamais un billet ne pourra remplacer l'or, c'est une utopie dangereuse qui pourrait bien mener la nation à la faillite.

À ce moment-là, Pierre pénétra dans la pièce et salua aimablement la visiteuse. Catherine fit les présentations puis rapporta au jeune homme la proposition de sa nouvelle amie.

— Je ne dis pas non, répondit Pierre, mais votre époux risque d'être fort vexé si vous m'achetez des objets qu'il est assurément capable de fabriquer lui-même.

— Je crois, au contraire, qu'il serait soulagé si je cessais de le harceler pour qu'il améliore le confort de notre maison. Il ne peut que vous être reconnaissant de lui permettre de se consacrer uniquement à la création de ses sabots.

— Pourquoi ne viendriez-vous pas, tous les deux, souper avec nous un soir ? proposa Catherine. Nous pourrions ainsi convenir d'un arrangement qui plairait à tout le monde. Il est évident que Pierre ne peut pas vous façonner des meubles sans l'accord de votre mari.

— Peut-être pourrions-nous attendre un peu, répondit Jeanne un peu gênée, j'aimerais que d'autres habitants du village aient commencé à vous fréquenter avant... Je sais que je dois vous décevoir beaucoup, ajouta-t-elle précipitamment, mais si les gens nous battent froid, mon mari n'aura plus de clients et nous devrons quitter la région avec Irène. J'avoue que cette perspective me fait très peur.

— Je vous comprends parfaitement, assura Pierre, nous avons vécu cette situation déjà et nous savons combien elle est difficile à supporter. Nous attendrons donc que vos bons offices aient porté leurs fruits et nous vous sommes quand même très reconnaissants de l'amitié que vous nous témoignez.

Jeanne prit congé, très soulagée de l'accueil qu'elle avait reçu et fort mal à l'aise de ne pouvoir afficher ouvertement l'affection et l'admiration qu'elle ressentait pour les courageux jeunes gens. Elle se sentait prise entre deux feux et se promettait de redoubler d'efforts pour que cette situation cessât le plus rapidement possible. En rentrant, elle rejoignit son mari qui se trouvait dans l'atelier et lui raconta sans détours les détails de sa visite ainsi que sa conversation avec Pierre et Catherine. Il l'approuva sans réserve et promit d'essayer, lui aussi, d'amener ses clients à plus d'indulgence envers les nouveaux habitants du village.

Le lendemain, Perrine vint leur apporter le pain qu'elle achetait pour eux chaque semaine. La première fois que Marie s'était présentée à la boulangerie, le commis effaré avait couru consulter son patron et était revenu en déclarant qu'il n'avait pas de pain à lui vendre. La jeune femme s'était retirée sans commentaire, mais le cœur lourd et, depuis ce jour, Perrine s'entremettait pour leur fournir cette nourriture indispensable. Comme elle ne possédait pas d'argent, Catherine la payait en légumes et fruits frais ou en conserves selon la saison. Mais ce jour-là, la jeune femme annonça à Perrine son intention de se rendre elle-même à la boulangerie la semaine suivante pour voir si on lui réservait un meilleur accueil. La brave gouvernante l'approuva sans restriction et s'offrit à l'accompagner, mais Catherine préférait y aller seule.

Elle n'eut pas le temps de mettre son projet à exécution. Deux jours après cette conversation, Marie se rendit au presbytère avant d'aller au lavoir, pour proposer à Perrine de prendre son linge et de le laver avec le sien. Elle entra par la porte arrière sans frapper et s'immobilisa dans le couloir en entendant des voix venant de la salle. Supposant que le père Craimen recevait des paroissiens, elle allait se retirer sur la pointe des pieds quand quelques mots, qu'elle jugea particulièrement incongrus, lui firent dresser l'oreille. Elle s'approcha doucement de la porte entrouverte et jeta un coup d'œil dans la pièce. Le prêtre et sa gouvernante, tous deux rouges d'indignation, faisaient face à deux hommes étrangers au village. Leurs vêtements sales et leur mise peu soignée auraient pu les faire prendre pour des aventuriers de grand chemin s'ils n'avaient, chacun, porté un chapeau dont le côté relevé arborait la cocarde tricolore, les désignant, par là même, comme des envoyés de l'Assemblée Constituante. L'un des deux tenait à la main un parchemin qu'il lisait à haute voix et Marie, en entendant ce texte inouï, sentit la colère gronder en elle. Sentant qu'elle ne pourrait pas se contenir plus longtemps et voulant à tout prix éviter un esclandre qui risquerait de provoquer des conséquences fâcheuses, elle se retira en toute hâte et courut à toutes jambes vers sa maison. Laissant tomber son paquet de linge dans l'arrière-cuisine, elle alla retrouver Catherine qui ramassait les œufs dans le poulailler.

— Que t'arrive-t-il ? demanda celle-ci en la voyant si rouge et essoufflée. Quelqu'un t'a-t-il fait des misères au lavoir ?

— C'est bien pis que cela ! Viens, allons chercher Pierre et rentrons dans la maison, il se passe des choses très graves.

Sans attendre, elle partit en courant vers l'atelier et son amie fut bien obligée de la suivre sans comprendre, toutefois, ce qui pouvait l'alarmer autant. Pierre ne parvint pas davantage à calmer la jeune femme et jugea plus sage de la suivre dans la maison pour entendre ce qu'elle voulait leur raconter, avant que ses cris ameutent le voisinage.

— Eh bien, Marie, qu'as-tu donc de si important à nous apprendre ? demanda-t-il lorsque la porte de la maison fut refermée.

— En ce moment, dans le presbytère, il y a deux hommes. Des envoyés de l'Assemblée. Ils ont lu au père Craimen le texte d'une loi qui vient d'être adoptée par les députés et qui exige que tous les membres du clergé prêtent serment à la Constitution sinon on leur interdira de célébrer le culte et leurs églises seront fermées[6].

— Quoi ? Mais c'est une hérésie ! s'exclama Catherine. Où est la liberté dont nous parlent tous les révolutionnaires si une quelconque assemblée se mêle de dicter à chacun sa conduite et ses convictions ? C'est quelque chose que nous ne pouvons tolérer. Qu'en dis-tu, Pierre ? Tu restes bien silencieux.

---

[6] Décret du 27 novembre 1790

— Je suis anéanti ! Ces députés sont bien orgueilleux de vouloir s'attaquer à une telle Institution et bien maladroits de s'aliéner le peuple, dont ils ont grand besoin, en lui interdisant de croire en son Dieu. Ils vont trop loin et risquent de provoquer un nouveau soulèvement populaire dont ils seront, cette fois, les victimes.

— On ne peut pas rester les bras croisés, insista Marie, que pouvons-nous faire ?

— Je vais aller à la mairie prévenir Mr Brisen et ensuite faire le tour des maisons de Villedhuis pour ameuter les habitants afin qu'ils se rendent à la cure et soutiennent notre prêtre face à ces hérétiques.

— Ils ne t'écouteront pas, nous sommes trop mal vus par ici.

— Qu'importe, il faut que j'essaie puisque nous sommes les seuls à être au courant de cette horreur. Vous deux, vous restez à la maison, il pourrait y avoir une émeute et je ne veux pas vous voir courir un quelconque danger.

Après le départ de Pierre, les deux femmes se regardèrent en silence. Elles n'osaient pas exprimer à haute voix leur inquiétude comme pour conjurer le mauvais sort. Quentin, en se réveillant de sa sieste, leur fournit l'occasion de distraire leur angoisse. L'une le prit pour changer ses langes et l'autre se rendit à la cuisine pour préparer une bouillie, mais, tout en s'activant à ces tâches coutumières, elles ne pouvaient s'empêcher de tendre l'oreille pour saisir le moindre bruit venant de la rue. Elles achevaient de faire manger l'enfant, lorsqu'une rumeur sourde leur parvint. Tout d'abord, elles n'osèrent bouger, mais, comme le brouhaha ne cessait de s'enfler pour finir en un vacarme assourdissant, elles se précipitèrent aux fenêtres pour voir ce qui se passait. Tous les villageois étaient là, criant leur colère et se dirigeant d'un même pas vers le presbytère à la suite du maire et de Pierre au coude à coude. Elles poussèrent des exclamations incrédules devant ce prodige, comment le jeune homme avait-il fait pour les convaincre ? Dans la foule, elles remarquèrent Mme Berthe Trise et son mari dont l'hostilité n'avait pas désarmé depuis leur arrivée. Si eux s'étaient laissé persuader alors elles pouvaient espérer que tout le village se rallierait à leur cause et les accepterait enfin. Mais quand elles aperçurent Philippe et Jeanne Levasseur, celle-ci portant Irène dans ses bras, elles décidèrent de se joindre au groupe malgré les recommandations de Pierre. Il ne serait pas dit qu'elles se montreraient plus timorées que leurs voisins.

Toute la population du bourg était maintenant rassemblée devant l'église et réclamait à cor et à cri que les messagers parisiens se montrent. Le curé, alarmé, sortit sur le pas de sa porte pour tenter de calmer ses ouailles, sans succès. Alors, les deux hommes apparurent à leur tour et toisèrent la foule avec arrogance.

— Rentrez tous chez vous ! ordonna l'un des deux. Si vous ne vous soumettez pas aux lois édictées par la Constituante, vous serez considérés comme des traîtres à la Révolution. Je ferai mon rapport à l'Assemblée et l'on confisquera tous vos biens, il est temps d'assainir ce pays.

C'était plus que les villageois ne pouvaient supporter, ils se jetèrent sur les délégués avant que ceux-ci aient eu le temps de se mettre à l'abri et les lynchèrent à coups de poing, de pieds et de tous les objets qui leur tombaient sous la main. Perrine avait rejoint Catherine et Marie qui se tenaient à l'écart avec Jeanne et toutes les jeunes mamans désireuses de protéger leurs poupons de cette violence. Elles observaient la bagarre, à la fois tout aussi furieuses que leurs époux devant cet affront fait à l'Église et à la fois très inquiètes pour les répercussions que l'assassinat des deux messagers aurait sur leur vie. Pierre, debout auprès du père Craimen et du maire, regardait la scène d'un air soucieux.

— Arrêtez ! cria-t-il en voyant les hommes s'acharner sur les deux corps inertes. Je suis furieux moi aussi, mais vous avez été trop prompts à réagir. Ce meurtre risque de nous attirer à tous de nombreux ennuis, la Constituante va chercher à savoir ce qu'il est advenu de ses émissaires et ne tardera pas à découvrir qu'ils sont venus à Villedhuis, mais n'en sont jamais repartis. Nous devons agir rapidement afin d'égarer les soupçons. Quelqu'un a-t-il une suggestion à faire ?

Pendant sa harangue, un large cercle s'était formé autour des deux cadavres écroulés sur les marches de l'église et seul un silence pesant lui répondit. La peur succédait à l'hystérie à mesure que les gens prenaient conscience du geste irréparable qu'ils venaient de commettre et les clouait sur place, sans oser bouger ni se regarder, de crainte d'en précipiter sur eux les terribles conséquences.

— Rentrez chez vous et oubliez, si vous le pouvez, cet épisode tragique, conseilla le père Craimen, j'en prends toute la faute sur moi et si l'Assemblée demande un coupable, je me dénoncerais.

— Non, protesta un jeune homme en sortant du rang, si vous vous dénoncez, ils vous tueront ! Il faut trouver autre chose.

Catherine reconnut Romain Millon, le boulanger qui lui avait toujours refusé du pain. Pour une fois, elle était d'accord avec lui. D'ailleurs, un murmure général d'approbation courait dans l'assistance.

— Trouver quoi ? repartit le prêtre. Ils chercheront un coupable et finiront bien par en trouver un, sans se soucier de vérité. Et les innocents paieront à notre place. Je ne puis accepter cela.

— Vous devez vous cacher ainsi que Perrine. Quand les enquêteurs arriveront, nous dirons que vous êtes partis depuis longtemps et que les émissaires de l'Assemblée, ne vous ayant pas trouvés, ont continué leur chemin.

— Non, intervint Pierre, nous ne devons pas admettre que nous avons vu les messagers. Ils ne sont pas arrivés à Villedhuis, car aucun témoin ne les a vus en repartir vivants. Il faut donc qu'ils se soient fait attaquer avant d'arriver ici. Et prions pour que personne ne les ait rencontrés à l'entrée du bourg.

— Tout ça est très bien, insista le curé, même en admettant que les enquêteurs vous croient et partent chercher ailleurs leurs coupables, où voulez-vous que j'aille ? Ce n'est certainement pas dans la tempête que j'abandonnerais la paroisse dont j'ai la charge.

— Vous n'êtes pas obligés d'aller loin, suggéra Romain Millon, quelqu'un du village vous cachera le temps nécessaire.

— Ah, oui ! Et qui fera cela ? demanda Perrine en venant se placer auprès du père Craimen. Vous, je suppose ? N'oubliez pas que cela peut être dangereux.

— Pas moi, répondit Romain, je vis seul, donc il me sera difficile de dissimuler votre présence dans ma maison. Non, je pensais plutôt à une famille nombreuse qui vous permettra de vous fondre dans la masse. Pourquoi pas chez Mr et Mme Prévost ?

Georges et Annick Prévost possédaient la plus grosse ferme du bourg et étaient affligés d'une famille pléthorique qui leur causait bien du souci. Les enfants, qui s'étageaient sur tous les âges, ne cessaient de jouer des tours pendables aux habitants du village qui les vouaient aux gémonies. Cependant, l'ensemble de la population les aimait bien, car, dans les temps de disette, ils venaient toujours en aide aux plus démunis et, grâce à eux, personne n'était mort de faim dans la région depuis longtemps. Mais la proposition du boulanger ne les enchanta pas du tout.

— Pourquoi moi ? cria Georges, rouge de colère. Je ne suis pas le seul à avoir une grande famille dans le village, et je ne vois pas pourquoi je devrais faire courir un tel risque à mes enfants !

— C'est vrai, renchérit un autre père de famille nombreuse, Mr Millon est bien bon de faire le généreux tout en restant hors de danger. Pourquoi le père Craimen et Mlle Delray n'iraient-ils pas s'installer dans l'ancienne métairie abandonnée le long de la rivière à la sortie du village ? Personne n'irait les dénicher là-bas. Nous irions les ravitailler à la nuit tombée et ainsi nul ne courrait le moindre risque.

— Ce n'est pas une bonne idée, répondit Pierre, la métairie est très isolée. Des bandes de brigands peuvent s'y attaquer sans nous donner l'alarme et, de plus, les envoyés de l'Assemblée n'auront rien de plus pressé que de visiter toutes les bâtisses abandonnées dans les environs pour retrouver des traces de leurs coupables.

— Eh bien, que le maire prenne une décision ! reprit Georges Prévost. C'est son rôle après tout.

— Ne cherchez plus, intervint Pierre sans laisser parler Daniel, le père Craimen et Perrine viendront s'installer chez nous. Nous avons toute la place pour les loger, en outre la maison et les dépendances présentent d'innombrables recoins qui nous permettront de les cacher en cas de problème.

— C'est très généreux de votre part, s'exclama le curé, mais je ne veux pas vous mettre dans une telle situation. Je resterai au presbytère et à la grâce de Dieu !

Avec son bébé dans les bras, Catherine se fraya un chemin dans la foule et alla se placer à côté de Pierre, suivie de près par Marie. À son tour, elle tenta de convaincre le prêtre.

— Vous devez venir chez nous avec Perrine. Ce n'est pas en défiant ouvertement l'Assemblée que vous ferez œuvre utile. Allons, soyez raisonnable ! Vous cacher dans ces circonstances est un acte de bravoure et non de lâcheté.

— Soit, capitula le père Craimen, je vous écouterai donc en priant le Ciel que votre bonté ne vous attire pas d'ennuis. Rentrez tous chez vous et tâchez d'oublier cet incident fâcheux, conseilla-t-il en se tournant vers la foule silencieuse.

— C'est entendu, conclut le maire, je compte sur vous tous pour aider Mr et Mme Boredoux à protéger notre curé et sa gouvernante.

— Et surtout ne racontez rien de tout cela à personne, insista Pierre.

Catherine confia Quentin à Marie et prit Perrine par le bras.

— Venez, dit-elle, nous allons emballer les affaires que vous voulez emporter et prendre les dispositions nécessaires pour votre logement.

— Et moi, pendant ce temps, je vais m'occuper de ces envoyés du diable, ajouta Pierre.

À ces mots, Philippe Levasseur s'avança au pied des marches et s'exprima d'une voix forte afin d'être entendu de tout le monde.

— Il n'est pas question de vous laisser assumer tous les risques, seul ! Je vais vous aider à disposer des corps, c'est bien le moins !

— Moi aussi ! ajouta Romain Millon. Personne dans le village ne vous a témoigné la moindre gentillesse et, cependant, vous vous mettez en danger pour nous sauver tous ! Voilà qui devrait nous inciter à faire notre mea culpa. Veuillez accepter mon aide inspirée par un remords vraiment sincère.

La plupart des hommes présents s'avancèrent à la suite de Romain pour donner un coup de main. Pierre sourit.

— J'accepte votre aide de grand cœur, mais nous n'avons pas besoin d'être si nombreux, au contraire. À trois, nous suffirons largement à la tâche et passerons plus facilement inaperçus, il ne faudrait pas donner l'alarme aux habitants des environs.

Pierre, Philippe et Romain ainsi que le père Craimen, qui avait insisté pour être de la partie, soulevèrent les deux cadavres et les emportèrent hors du village à la faveur de l'obscurité. Ils gagnèrent une grande forêt située à plus d'une lieue de là sur la route que les messagers avaient dû emprunter et creusèrent un grand trou, au milieu des taillis, dans lequel ils enterrèrent les deux hommes. Le prêtre récita l'office des morts tandis qu'ils égalisaient la terre sur la tombe improvisée, afin d'effacer toute trace compromettante.

Lorsqu'ils regagnèrent le bourg, la foule s'était dispersée et il ne restait aucun témoignage de la violence qui s'était déchaînée à cet endroit. Les marches de l'église avaient été nettoyées à grande eau afin de faire disparaître les taches de sang et les portes étaient soigneusement fermées. À l'intérieur régnaient le calme et le silence. Les dalles avaient été lavées, elles aussi, et l'autel était débarrassé de sa nappe et de ses objets précieux. Le monument donnait une impression d'abandon et de désolation qui se confirmait lorsque l'on franchissait la porte qui menait au presbytère. Les meubles, trop bien rangés le long des murs, ne contenaient plus aucun objet usuel, les lits laissaient voir leurs matelas sans draps ni couverture. Enfin, tout dans la maison affirmait que ses occupants avaient fui depuis long-temps. Les quatre hommes s'entre-regardèrent, impressionnés.

— Les femmes ont vraiment fait du bon travail ! souffla Philippe. L'aspect de l'église et du presbytère convaincrait n'importe qui que vous êtes partis depuis des lustres.

— J'ai peine à imaginer que cette maison était encore habitée il y a quelques heures, renchérit Romain, on vous cherchera loin d'ici, c'est sûr !

— Il ne sert à rien de chercher à deviner l'avenir, intervint Pierre, pour l'instant, il ne nous reste plus qu'à nous séparer.

Le début d'une belle amitié

Le voyageur égaré, qui contemplerait Villedhuis du haut de la colline voisine, le croirait nettement plus grand qu'il n'est en réalité. Cette apparence était due à sa situation géographique particulière. Le village était construit au bord d'une petite rivière qu'on appelait l'Ouanne et dont il n'occupait qu'une seule berge, ce qui lui donnait un aspect très allongé. Les maisons se répartissaient le long d'une rue qui allait d'un bout à l'autre du bourg en croisant quelques rares venelles menant toutes à l'opposé de la rivière. On aurait dit que les villageois s'efforçaient d'ignorer cette eau qui courait tout près de chez eux. Même le lavoir, pourtant indispensable, était situé hors du village, loin en aval, mais aucune femme ne s'était plainte de cet éloignement.

En face, sur l'autre rive, on n'apercevait que des champs cultivés à perte de vue, sans la moindre construction. Mais, si notre voyageur traversait le bourg sans s'arrêter et suivait la route qui menait vers l'amont, il finirait par arriver sur un pont qui enjambait le cours d'eau. De l'autre côté, un sentier ombragé serpentait à travers un petit bois qui cachait l'entrée d'un deuxième village faisant pendant à Villedhuis sur la berge opposée et se nommant Pont-Ouanne.

Des rivalités de clan avaient présidé à la construction de ces deux bourgades ennemies, des siècles auparavant. Le temps passant, les villageois avaient oublié l'origine de ces vieilles querelles sans jamais parvenir à se réconcilier. Chaque bourg avait sa propre paroisse, son église et son curé, les communes étaient également distinctes et deux maires rivaux avaient été élus. L'Ouanne servait de frontière naturelle et, par un accord tacite, les habitants des deux communes ne revendiquaient que les terres situées de leur côté. Toute personne traversant le pont était observée avec méfiance et l'on ne l'accueillait que lorsqu'elle avait fourni la preuve qu'elle n'appartenait pas à la communauté ennemie. Mais, malgré ce statu quo, les autochtones ne rataient jamais une occasion de se chicaner et le tribunal du diocèse était encombré de litiges mineurs provenant des deux paroisses.

Cette année-là, l'hiver fut particulièrement rude. La neige tomba dès le début décembre et s'amoncela sur le sol gelé en formant des congères. Heureusement, la récolte avait été suffisamment abondante pour que les habitants de Villedhuis ne craignent pas la disette qui avait sévi l'année précédente. Ils se réjouissaient plutôt d'un temps qui ne pouvait que retarder la propagation des nouvelles et brouiller davantage la piste des envoyés de l'Assemblée. Le danger le plus immédiat venait de la commune voisine. Même si les deux populations n'avaient aucun rapport direct, elles passaient leur temps à s'espionner mutuellement. Pour cela, les travaux des champs ou d'innocentes promenades dans la campagne leur servaient de prétexte. Bien sûr, le froid intense diminuait les risques. Le sol, gelé en profondeur, ne pouvait pas être travaillé et le manteau neigeux qui recouvrait tout le paysage permettait de déceler le moindre mouvement à perte de vue. Cependant, les Villedhuisiens s'appliquèrent à dissimuler tous les détails qui pourraient mettre la puce à l'oreille de leurs voisins.

Perrine et le père Craimen s'étaient installés, un peu à contre-cœur, chez Catherine et Pierre, qu'ils craignaient de déranger, mais l'adaptation s'était faite très rapidement. Les jeunes gens étaient ravis de pouvoir enfin manifester leur gratitude à leurs bienfaiteurs. Ils n'oubliaient pas tout ce qu'ils leur devaient et s'ingéniaient à leur rendre la vie agréable de mille manières délicates. À l'étage, au-dessus des pièces communes, se trouvaient plusieurs chambres inoccupées qui ne demandaient qu'un bon nettoyage pour être utilisables. Par précaution, ils n'avaient aménagé que les pièces qui donnaient sur la cour afin qu'aucun changement ne fût visible de la rue. Pierre avait fabriqué, avec plaisir, les différents meubles dont ses invités avaient besoin pour ranger leurs quelques possessions. Le curé et sa gouvernante avaient à leur disposition un appartement confortable composé de deux chambres et d'un salon indépendant qui leur permettait d'être au calme sans devoir toujours se mêler à la famille. Pierre arrangea également le grenier au-dessus de l'écurie pour en faire un refuge en cas de danger. Il y mit quelques meubles et les objets nécessaires pour un séjour clandestin de plusieurs jours. Il ouvrit aussi un passage discret, mais assez large dans le plafond de l'étable pour y remiser rapidement tout l'ameublement de l'appartement du père Craimen et de Perrine.

Les jours s'écoulaient rapidement. Chacun vaquait à ses occupations habituelles et le village n'offrait aux regards qu'une activité tranquille, sans rien de suspect. Perrine aidait Catherine et Marie aux travaux domestiques et le prêtre passait de longues heures dans l'atelier de Pierre en admirant son habileté à travailler le bois. Le soir, autour du feu, ils échangeaient leurs impressions sur l'étrange époque qu'ils vivaient et les conséquences possibles sur leur avenir à tous. Naturellement, ni Perrine ni le père Craimen ne se montraient dans le bourg. Le curé avait d'abord pensé qu'il pourrait continuer à célébrer ses offices dans l'église, mais les villageois s'y étaient fermement opposés. Il n'était pas question de faire sonner les cloches qui pourraient être entendues du village voisin et aucun mouvement ne devait être surpris autour du lieu de culte. Le monument devait absolument paraître abandonné depuis longtemps pour qu'aucun doute ne subsistât. Mais le prêtre ne voulait pas renoncer à sa charge. Ses paroissiens avaient besoin d'entendre la messe au moins le dimanche, sans compter les baptêmes, les mariages et les enterrements qu'il entendait bien continuer à assurer. Aussi trouva-t-on un compromis. Le dimanche matin avant le jour, les fidèles se glisseraient discrètement dans l'étable de Pierre où le père Craimen célébrerait une courte messe, les mariages attendraient un moment plus propice, les enfants à baptiser seraient amenés de nuit à l'étable et le prêtre se rendrait également de nuit auprès des mourants. Quant aux enterrements, ils auraient lieu en plein jour et ouvertement sans officiant afin de prouver aux espions que les Villedhuisiens avaient abandonné le culte romain.

Malgré le temps, des guetteurs se relayaient jour et nuit le long du chemin qui menait à Villedhuis, depuis la grande forêt, où avaient été enterrés les messagers, jusqu'au village afin de prévenir toute arrivée impromptue. Mais le temps passait sans qu'aucun voyageur se montrât.

— Ils n'arriveront pas avant le redoux, affirmait l'un.

— Justement, c'est un leurre, répondait un autre, ils croient nous endormir et vont nous tomber dessus quand nous nous y attendrons le moins. Croyez-moi, nous devons rester vigilants.

Les Villedhuisiens fêtèrent Noël avec une ferveur particulière en cette année 1790. À minuit, tout le village était réuni dans l'étable de Pierre pour communier et prier Dieu de ramener l'ordre et la paix dans le royaume.

Au fil du temps, les rapports s'étaient faits plus chaleureux entre les villageois et les nouveaux arrivants. Le dévouement inépuisable de Pierre et Catherine envers le curé et Perrine était admiré de tous et soulageait grandement ceux qui ne voulaient pas courir un tel risque pour eux-mêmes et leur famille. Beaucoup également se sentaient un peu honteux de leur attitude passée et faisaient tout pour effacer ces mauvais souvenirs. Maintenant, Romain Millon apportait lui-même son pain chaque semaine à Catherine pour toute la maisonnée. Il en profitait pour bavarder un moment autour d'un café et jouer avec Quentin qui s'était pris d'affection pour lui. Le jeune boulanger ne manquait jamais une occasion de chanter les louanges de ses nouveaux amis auprès de ses clients. Philippe et Jeanne Levasseur étaient aussi devenus des habitués. Dès le lendemain de l'assassinat des deux messagers, ils arrivèrent avec Irène pour proposer leur aide aux jeunes gens. La sympathie réciproque entre les deux couples s'était rapidement muée en amitié, si bien qu'ils prirent l'habitude de se réunir souvent le soir après le travail. Comme Jeanne s'extasiait devant le beau fauteuil garni de coussins que Pierre venait de terminer, Philippe avoua que la fabrication du mobilier était son point faible.

— Que veux-tu ? expliqua-t-il. Moi, ce que j'aime c'est façonner des sabots de toutes les formes, en inventer de nouveaux et fignoler chaque détail de la décoration.

— Ça, c'est vrai, renchérit Jeanne, il peut passer des jours entiers sur un seul sabot. Si tu lui en commandes une paire, il vaut mieux que tu prévoies longtemps avant que les tiens ne soient inutilisables, car tu risquerais de te retrouver pieds nus !

— Dès demain, j'inspecterai mes souliers, répondit Pierre en riant.

— Il y a longtemps que Jeanne me parle de tes réalisations et se plaint que notre mobilier soit boiteux et mal adapté, reprit Philippe.

Crois-tu que tu aurais le temps de fabriquer quelques meubles pour nous ? Je te paierais bien entendu.

— Je réaliserais volontiers les objets dont tu manques, car il y a long-temps que je me demande ce que je ferai lorsque nous serons entiè-rement meublés, mais cela me gêne de te les faire payer.

— Oh, voyons ! Romain Millon ne te donne pas son pain, je sup-pose ?

— Euh, non…

— Alors, tu vois ! D'ailleurs, n'aie aucun scrupule, si tu me de-mandes de te confectionner des sabots, je te demanderais leur prix comme à tous mes clients. Il ne faut pas mélanger notre amitié et les affaires, je gagne ma vie et tu dois gagner la tienne. Je connais beau-coup de nos voisins qui auraient bien besoin de nouveaux meubles, peut-être pourrais-tu transformer ta passion en gagne-pain.

— Te voilà pourvu d'un nouveau métier, remarqua Marie, et il te va comme un gant si tu veux mon avis.

— Tu crois vraiment que je pourrais vendre des meubles aux gens d'ici ? demanda Pierre perplexe.

— Bien plus facilement que des tissus de luxe pour des vêtements que personne ne porte, répondit Philippe.

Les jeunes gens avaient raconté leurs tribulations à Jeanne et Phi-lippe qui leur avaient prêté une oreille compatissante. Dans leur petit village, les Villedhuisiens n'avaient pas encore eu à subir les coups du sort que connaissaient les habitants des grandes villes et la Révo-lution se réduisait pour eux à une série de nouvelles lointaines, bien qu'alarmantes, mais qui ne les concernaient pas vraiment. La jacque-rie, ressurgissant à la suite des disettes qui avaient sévi dans les cam-pagnes, leur avait paru bien plus inquiétante et réelle que les vagues bruits de révolte chez les Parisiens. Les Levasseur, pas plus que leurs concitoyens, n'avaient conscience de l'ampleur du drame qui se nouait autour d'eux. Ils s'imaginaient encore que le roi détenait le pouvoir de rétablir l'ordre. Le récit de Catherine et Pierre ainsi que le meurtre des envoyés de l'Assemblée avaient ouvert une brèche dans le mur de leur indifférence et les disposaient maintenant à croire que le monde qu'ils avaient connu commençait à s'écrouler. Ils attendaient le printemps en se demandant avec angoisse quel nouveau malheur il leur apporterait. Dans l'intervalle, ils n'avaient pas d'autre choix que de poursuivre leur vie comme si de rien n'était.

Dès que Pierre eut terminé le deuxième fauteuil promis à Catherine, il attaqua, avec enthousiasme, la fabrication de meubles usuels pour Jeanne en commençant par un lit pour Irène qui menaçait de passer par-dessus les bords trop bas de son berceau. Lorsqu'il remonta la rue principale en portant sur son dos le petit lit qu'il venait d'achever, plusieurs personnes sortirent sur le pas de leur porte pour le voir passer. Certains lui proposèrent leur aide qu'il refusa poliment en arguant que ce n'était pas lourd. Un peu plus loin, il entendit Annick Prévost s'extasier devant sa belle réalisation et regretter de n'avoir pas eu un meuble aussi beau et pratique pour élever ses enfants. La rumeur qui suivait le jeune homme alerta Jeanne bien avant qu'il arrivât devant sa maison. Elle vint à sa rencontre en exprimant son ravissement.

— Ce lit est magnifique ! s'exclama-t-elle. Je n'en ai jamais vu de si beau. Viens, je vais te montrer où le mettre.

Pierre la suivit jusque dans la chambre d'Irène où il remplaça le berceau trop petit par le meuble qu'il apportait.

— Je suis sûre qu'elle dormira beaucoup mieux maintenant, affirma Jeanne. La nuit, elle se cognait aux bords en se retournant et cela la faisait pleurer. Là, au moins, elle a toute la place nécessaire.

— Tant mieux, répondit Pierre, je parie que ses parents aussi auront des nuits plus paisibles.

— Sans aucun doute. Je n'aurai plus à me lever pour la consoler et la rendormir. Viens voir Philippe, il te donnera ce qu'on te doit.

— À vrai dire, je ne sais pas trop, répondit Pierre, un peu gêné. Je n'ai pas évalué le prix de mon travail.

— Bon, dans ce cas j'en parlerai à Philippe et nous viendrons ce soir pour en discuter, si tu préfères.

— Oui, c'est beaucoup mieux comme ça, approuva Pierre, soulagé. Venez souper avec nous.

De retour chez lui, Pierre raconta son entrevue avec Jeanne et annonça à Catherine qu'ils avaient des invités pour le repas du soir.

— Tu comprends, expliqua-t-il, je savais la valeur d'une pièce de tissu selon sa taille, sa qualité, sa texture, mais un meuble c'est différent. Le bois ne me coûte que la peine d'aller abattre un arbre et de le débiter en planches, la façon m'apporte beaucoup de plaisir. Alors quel en est le prix ? J'ai presque honte de demander de l'argent pour une activité qui me fait passer tant d'heures agréables.

— Tu en as déjà parlé avec Philippe et tu sais ce qu'il en pense, répondit Catherine. Je trouve d'ailleurs qu'il a raison. Tu es gêné parce que ce sont nos amis, mais si d'autres te demandent des meubles tu auras moins de scrupules à les faire payer.

— Tu n'as pas tort. J'ai reçu beaucoup de compliments sur mon lit en traversant le village. Peut-être que je recevrais d'autres commandes.

— Ce que je vois, moi, déclara Marie en entrant dans la pièce, c'est que nous allons pouvoir attendre longtemps les meubles dont nous aurons besoin, maintenant.

— Je te promets que tu auras tout le mobilier que tu réclames dans un délai raisonnable, assura Pierre en riant. D'ailleurs, pour le moment, ces commandes ne sont que pures suppositions de ma part, elles n'existeront peut-être jamais.

— Compte sur moi pour te harceler si jamais tu oublies ta promesse lorsque tu seras débordé de travail, affirma Marie.

Ce soir-là, il y eut d'âpres discussions après le souper. Philippe avait vu le lit et en proposait un prix beaucoup trop élevé selon Pierre qui ne voulait en accepter que la moitié. Catherine, abasourdie elle aussi, essayait de les mettre d'accord en trouvant un moyen terme. Jeanne appuyait les arguments de son époux et Marie, saoulée par tout ce bruit, s'était réfugiée dans la cuisine avec Perrine. Cette curieuse négociation à l'envers aurait pu tourner court si le père Craimen n'était intervenu avec son calme habituel.

— Je comprends vos scrupules, Pierre, dit-il, mais vous devez envisager l'avenir et ne pas vous arrêter à cette affaire. Je vous ai vu réaliser ce lit, je sais quelles difficultés vous avez rencontrées et le temps que cela vous a pris. Philippe a plus l'habitude que vous d'évaluer le travail d'un artisan, aussi je pense qu'il a raison. Voyez-vous, si d'autres habitants du village viennent vous commander des meubles parce qu'ils auront admiré la qualité de votre ouvrage, ils auront déjà en tête une idée du prix que vous leur demanderez. Si vous annoncez un montant trop bas, ils s'imagineront que vos réalisations sont fragiles ou mal finies et ne vous demanderont plus rien.

— Mais ils verront bien que ce n'est pas le cas ! protesta Pierre.

— Alors, ils se moqueront de vous, en secret, de ne pas connaître la valeur de votre travail. Ils vous rouleront tout en vous méprisant et n'attribueront jamais votre attitude à de la générosité. Croyez-moi, c'est un mauvais calcul !

— Bien dit ! approuva Philippe. J'ai failli courir pareille mésaventure lorsque je me suis installé comme savetier, c'est pourquoi je tiens tant à t'éviter de commettre semblable erreur.

— Mais, pourtant tu es d'ici, s'étonna Catherine. Ces gens te connaissent depuis toujours !

— Détrompe-toi, répondit Jeanne en souriant, Philippe a longtemps été considéré comme un ennemi par nos chers voisins. Moi, je suis native de Villedhuis, mais pas lui.

— D'où es-tu alors ? demanda Pierre. Si ce n'est pas indiscret bien sûr ! J'avais cru comprendre que tu n'avais jamais voyagé.

— Oh, je ne viens pas de bien loin, expliqua Philippe. Je suis originaire de Pont-Ouanne.

Un silence soudain suivit cette révélation. Bien que Villedhuisiens de fraîche date, Catherine et Pierre connaissaient la rivalité des deux bourgades et savaient que leurs commensaux disaient pis que pendre de leurs voisins d'en face. Comment, dans ces conditions, Philippe et Jeanne s'étaient-ils rencontrés et avaient-ils réussi à se marier ? Ce fut Jeanne qui prit sur elle de répondre aux questions qu'ils n'osaient pas lui poser.

— Notre histoire remonte à notre enfance, expliqua-t-elle. Je dois avouer que je n'ai jamais été ce que l'on appelle une petite fille sage. Le fruit défendu m'a toujours attirée, il suffisait que mes parents m'interdisent quelque chose pour que j'aie une irrésistible envie de le faire. Vous savez que les gens d'ici conseillent à leurs enfants d'éviter à tout prix de rencontrer les Pont-Ouannais, car il en résulterait tous les malheurs de la terre. C'est, bien sûr, ce qui m'a poussée à aller jouer de l'autre côté de la rivière chaque fois que je pouvais échapper à la surveillance de ma mère. Et là, j'ai fait la connaissance de Philippe qui avait reçu les mêmes recommandations de la part de ses parents. Nous avons joué ensemble tout un après-midi, puis Philippe m'a raccompagnée jusqu'au pont et nous avons décidé de nous revoir en cachette dès que possible. Nous avions alors cinq ou six ans.

— Nous avons pris goût à ces rencontres clandestines, poursuivit Philippe, et pendant des années nous nous sommes retrouvés dans les bois ou derrière les taillis. Toutes les précautions que nous devions prendre pour ne pas être vus pimentaient nos jeux et nous les rendaient encore meilleurs.

— Nous n'avons pas compris que, les années passant, nos relations changeaient de nature, reprit Jeanne. Mais lorsque ma mère m'a annoncé que je devenais trop grande pour courir la campagne et que désormais je devrais rester à la maison pour apprendre les travaux ménagers, j'ai cru que le monde s'écroulait. Mon père a commencé à faire quelques allusions à un éventuel mariage et j'ai compris que je ne voulais épouser que Philippe. Vous imaginez la situation !

— Cela ressemble à une pièce de théâtre que j'ai lue il y a quelques années. Elle était dans la bibliothèque de ton père, dit Pierre en se tournant vers Catherine. C'est un auteur anglais, il me semble, qui l'a écrite. T'en souviens-tu ?

— Ah, oui, répondit Catherine. Elle s'appelle « Roméo et Juliette » et c'est une tragédie, ils meurent tous à la fin si je me le rappelle bien.

— Heureusement, pour nous cela ne s'est pas passé comme ça, s'amusa Jeanne. Je ne connais pas la pièce dont vous parlez, mais je n'ai aucune envie d'aller la voir.

— Tu as raison, approuva Catherine. Raconte-nous comment vous vous en êtes sortis.

— Eh bien, je suis allée trouver le père Craimen pour tout lui raconter et lui demander de m'aider.

— Je m'en souviens très bien, assura le prêtre. Ce qui m'a surpris, c'est qu'une telle histoire ne soit pas arrivée avant. Il y avait longtemps que je redoutais que cette situation surgisse un jour ou l'autre. Cependant, je ne voyais pas comment faire. Parler aux parents de Jeanne n'aurait servi à rien, ils étaient tellement braqués contre les gens d'en face.

— Nous avons eu de la chance, même si ce n'est pas charitable d'en parler aussi légèrement, reprit Jeanne. La mère de Philippe est tombée dans la rivière en allant laver son linge au lavoir et son père s'est noyé à son tour en essayant de la rattraper, ils ne savaient nager ni l'un ni l'autre.

— Je ne me suis jamais entendu avec mes parents, dit Philippe, si bien que je n'ai pas vraiment pleuré leur mort. Je n'avais plus de famille et aucun habitant de Pont-Ouanne n'était disposé à m'accueillir. La famine sévissait et une bouche inutile ne faisait l'affaire de personne. C'est à ce moment-là que le père Craimen a montré sa grande générosité en m'offrant le gîte et le couvert.

— C'était bien naturel, protesta le curé. Et, de plus, cela arrangeait bien les affaires de Jeanne.

— Malgré leur méfiance, mes parents ne pouvaient pas faire grise mine au protégé de notre curé.

— Et donc, conclut Catherine, vous vous êtes mariés.

— Oui, répondit Jeanne, et mes parents ont appris à apprécier Philippe, petit à petit.

— Mais, ce mariage n'a rien arrangé dans les relations entre Pont-Ouannais et Villedhuisiens, déplora le prêtre. Les habitants des deux villages continuent à s'espionner ou, au mieux, à s'ignorer.

— Avez-vous essayé d'arranger les choses avec votre confrère de Pont-Ouanne ? demanda Pierre.

— Oui, mais la fraternité prônée par l'Église s'arrête aux limites de nos paroisses. Il m'a reçu assez courtoisement, mais ne veut faire aucun effort pour réconcilier ces deux communautés, il n'en voit pas l'intérêt dans la mesure où il n'y a pas de guerre ouverte entre les villageois. C'est ce qu'il m'a déclaré. Pour lui, c'est ainsi que cela se passe à la campagne. Voyez-vous, c'est un homme de la ville qui est arrivé ici avec des idées toutes faites, il trouve ses paroissiens rustauds et sans grande intelligence, mais ne cherche pas à les connaître vraiment. Il remplit son ministère sans amour, de façon un peu mécanique. Je ne serais pas surpris qu'il ait juré fidélité à la Constitution.

— Ça m'étonnerait, objecta Pierre. Il n'a pas pu voir les émissaires de l'Assemblée et s'il y en avait d'autres, arrivés par Pont-Ouanne, nous les aurions déjà rencontrés.

— Ah, oui, c'est vrai, j'oubliais. Mais il le fera quand l'occasion se présentera, pour ne pas avoir d'ennuis, j'en suis sûr.

— Eh bien, nous verrons, répondit Jeanne en bâillant. Il se fait tard, nous allons rentrer.

Philippe tendit une petite bourse de cuir à Pierre en souriant.

— J'espère que maintenant tu es convaincu et que tu ne vas plus refuser que je te règle ce que je dois.

— Et moi, je voudrais que tu me fasses un vaisselier comme le tien, ajouta Jeanne, si tu veux bien.

— Je le ferai avec plaisir, assura Pierre en acceptant finalement la bourse.

Dès le lendemain, Pierre attaqua le nouveau meuble avec enthousiasme au grand dam de Marie qui se mit à ronchonner de plus belle. Elle désirait une nouvelle table de cuisine, plus grande et plus haute que la sienne, mais elle voyait bien qu'elle devrait l'attendre encore longtemps. Quelques jours plus tard, la jeune femme poussa des hauts cris en entendant Romain Millon admirer les meubles de la salle et demander à Pierre s'il pourrait lui fabriquer une grande huche pour faire son pain. Cependant, elle n'abandonna définitivement l'espoir d'obtenir sa table que lorsque Catherine lui annonça que Mr et Mme Ferrant étaient venus commander le mobilier qui ferait partie de la dot de leur fille, Martine. À dix-huit ans, celle-ci n'était toujours ni mariée ni fiancée et cela commençait à les inquiéter. Perrine, quant à elle, se montrait ravie de la bonne fortune qui favorisait enfin ses amis et elle égayait souvent Marie en lui vantant tous les avantages que le nouveau métier de Pierre pouvait leur apporter. Catherine se chargea de tenir un carnet de commandes et promit à leurs clients que les délais de livraison seraient raisonnablement courts. Pierre prenait son travail très au sérieux et passait tout son temps dans son atelier à scier, raboter, cheviller... Debout dès l'aube, il avalait rapidement son déjeuner avant d'aller faire chanter ses outils. À midi, si Marie ou Catherine n'allait pas le chercher, il oubliait facilement de dîner et, le soir, il n'abandonnait à regret ses créations que lorsque la lumière du crépuscule ne lui permettait plus de distinguer ce qu'il faisait. Le jeune homme avait l'impression de revivre, car, pour la première fois depuis leur départ de Paris, il se sentait enfin utile à quelque chose. Il avait retrouvé un métier qui lui permettait de faire vivre sa famille et leur assurait l'indépendance. Dans ces temps d'incertitude, il savourait la stabilité toute relative qu'ils avaient enfin retrouvée. Mais son plus grand bonheur était de pouvoir, à son tour, aider Perrine et le père Craimen qui avaient tant fait pour eux à leur arrivée dans le village. Les jeunes gens se sentaient maintenant tout à fait acceptés par les Villedhuisiens et, seul le couple Trise continuait à leur faire grise mine.

L'hiver, qui paralysait tout, contribuait à les endormir dans une trompeuse sérénité faite de travaux routiniers ponctués par l'achèvement périodique d'un nouveau meuble que Pierre apportait à la maison pour le faire admirer par son petit monde avant de le livrer. Ces soirs-là, on observait attentivement et l'on critiquait âprement les moindres détails afin d'aider le jeune menuisier à améliorer toujours plus l'œuvre de sa main. Les commandes affluaient de plus en plus et Pierre regrettait plaisamment que Quentin ne fût pas assez grand pour devenir son apprenti.

Un soir de la fin janvier 1791, Pierre et le père Craimen assis dans les fauteuils devisaient tranquillement après le souper, les trois femmes étaient réunies autour de la table qu'elles venaient de débarrasser et Quentin crapahutait dans toute la pièce. Perrine tricotait en bavardant avec Marie tandis que Catherine faisait les comptes, le feu ronflait dans la cheminée, tout était calme, on entendait à peine le vent qui mugissait à l'extérieur. Catherine venait de demander à Marie d'aller coucher son fils lorsqu'un coup sec frappé sur la porte les fit sursauter. Ils s'entre-regardèrent en silence, une visite à cette heure-là ne présageait rien de bon. Marie attrapa Quentin, Perrine et le curé se dirigèrent sans bruit vers l'escalier et Catherine faisait le tour de la pièce pour effacer toute trace de leur présence lorsqu'un second coup fut donné et une voix s'éleva depuis la rue.

— Ouvrez-moi ! Je suis Berthe Trise, répondez s'il vous plaît !

Pierre courut vers la porte tandis que Perrine et le père Craimen revenaient dans la pièce. Mme Trise entra, mouillée, échevelée et visiblement mal à l'aise. Elle les regarda les uns après les autres, ne trouvant pas ses mots, toute sa superbe envolée. Catherine s'avança et prit les choses en main.

— Asseyez-vous, madame, dit-elle aimablement, et dites-nous ce qui vous amène.

— Eh bien, Berthe ! s'exclama Perrine. Qu'est-ce qui t'arrive pour te mettre dans un état pareil ?

— Mon mari est malade depuis quelques jours, expliqua Mme Trise, il a attrapé froid et garde le lit. Mais ce soir, il a été pris d'une crise d'étouffements, il est très rouge et respire difficilement, je n'ai rien pour le soigner.

Elle se tourna vers Catherine.

— Je crois que vous vous y connaissez un peu en médications et que vous cultivez des simples. Accepteriez-vous de l'aider ?

Catherine était stupéfaite et un peu ennuyée, elle se rendait bien compte que cette femme ne lui serait nullement reconnaissante, mais elle ne pouvait pas laisser mourir un homme sans essayer de lui porter secours. L'infirmière, qui avait soigné Irène Levasseur pour son rhume, avait depuis quitté définitivement le village.

— Naturellement, répondit-elle, je ferai mon possible, mais je ne suis pas médecin malheureusement, n'espérez pas un miracle. Je vais chercher des herbes et je vous suis.

— Moi aussi, je vous accompagne, décida Perrine.

— Prévenez-moi s'il désire les sacrements, demanda le curé.

— Je vous remercie tous beaucoup, dit Mme Trise, mais l'on sentait que ces mots lui écorchaient la bouche.

Catherine fut bientôt prête et les trois femmes sortirent dans la nuit pendant que Marie couchait enfin Quentin et que les deux hommes se réinstallaient dans les fauteuils pour attendre le résultat de la visite médicale. Perrine et Catherine rentrèrent deux heures plus tard, aussi épuisées l'une que l'autre.

— J'ai préparé plusieurs décoctions, raconta Catherine, et j'ai eu toutes les peines du monde à les lui faire avaler. Sa gorge était tellement encombrée que ça coulait à côté, il toussait et crachait sans parvenir à se dégager. Mais, finalement, ma tisane a réussi à le calmer un peu. Il a fini par s'endormir, mais sa respiration est sifflante et lourde. J'ai laissé des herbes à Mme Trise pour qu'elle lui refasse boire des infusions dans la nuit en espérant que cela suffira, mais je n'en suis pas sûre. J'ai promis d'y retourner demain. À aucun moment, il ne vous a demandé, mon père, ajouta-t-elle à l'intention du prêtre.

— Quant à moi, renchérit Perrine, j'ai passé la soirée à essayer de réconforter Berthe, mais j'ai eu, tout le temps, la désagréable impression que son affliction n'était nullement sincère.

Dans la matinée, Catherine se rendit au chevet de Mr Trise pour voir si son mal avait évolué favorablement, mais il n'y avait guère d'amélioration. Le malade somnolait entre deux quintes de toux, la fièvre ne baissait pas et Catherine s'inquiétait beaucoup. Bien sûr, Mr Trise n'avait jamais fait preuve de la plus élémentaire courtoisie en leur faveur. Dans la rue, il affectait de ne pas les voir et ne leur parlait en aucun cas, mais les jeunes gens avaient toujours été persuadés que cette attitude était dictée par sa femme. Au fond, Mr Trise devait être un brave homme, mais, sous la coupe d'une épouse aussi autoritaire, il ne pouvait pas se montrer sous son vrai jour. Catherine le plaignait un peu, c'est pourquoi elle se donnait tant de mal pour le soigner. Elle se rendit dans le jardin aux simples et dégagea la neige pour voir si quelques-unes de ses plantes étaient utilisables, mais la plupart était fanée. Les rares qui montraient encore des feuilles jaunes ou brunes tombèrent en poussière quand la jeune femme essaya de les prendre en main. Elle retourna donc à sa réserve qui s'amenuisait et tria les herbes à sa disposition. Elle choisit les plus efficaces pour tenter un mélange différent qui donnerait peut-être un meilleur résultat.

Durant plusieurs jours, Catherine traversa la rue matin et soir pour visiter son patient. Mme Trise lui faisait toujours de grands sourires, se montrait toujours empressée à lui apporter tout ce qu'elle demandait, mais son regard restait froid. Elle affichait une grande inquiétude pour son mari qui ne trompait ni Catherine ni Perrine qui l'accompagnait souvent. Cette femme ne déplorerait pas son veuvage, elle préférait calculer son héritage. Lorsque Catherine se rendit compte que ses soins ne pouvaient plus rien pour le malade, elle amena d'autorité le père Craimen pendant la nuit. Mme Trise, un peu surprise, fut bien obligée de le conduire au chevet de son époux. Le prêtre lui administra les derniers sacrements sans que le mourant en eût conscience, puis il prodigua des paroles de réconfort à la future veuve qui baissait la tête hypocritement et serrait dans sa main un mouchoir sec. En rentrant avec Catherine, le curé reconnut avec tristesse qu'elle et Perrine avaient raison.

— Je ne m'étais jamais rendu compte à quel point cette femme avait le cœur sec, soupira-t-il. Elle faisait partie de beaucoup de mes œuvres de charité et se dépensait sans compter pour la paroisse, je la croyais compatissante, mais je vois maintenant que ce n'est pas le cas, elle veut simplement s'en donner l'apparence.

Mr Trise agonisa toute la journée du lendemain et mourut la nuit suivante. Dans le sol gelé, il fallut deux jours aux terrassiers pour creuser sa tombe avec difficulté. Il fut porté en terre le troisième jour, accompagné par une grande partie du village, dont Catherine et Pierre. Perrine et le père Craimen ne se montrèrent pas. Les espions Pont-Ouannais purent constater que Villedhuis n'avait plus de prêtre, ce qui ne semblait gêner personne. La nouvelle fit le tour du bourg rival et alimenta les conversations pendant bien des jours. On s'interrogea sur les raisons de la disparition du curé et l'on avança les suppositions les plus folles sur ce cas étrange, mais personne ne trouva d'explication logique à cet état de fait, si bien que tous les villageois se transformèrent en détectives amateurs. Les Villedhuisiens se rendirent très vite compte que la rive d'en face regorgeait d'yeux inquisiteurs qui ne perdaient pas une miette de ce qui se passait chez eux. Ils redoublèrent donc de précautions pour que leur secret ne transpirât pas. Dans un sens, la curiosité de leurs voisins les arrangeait plutôt. Ils disposaient ainsi de nombreux témoins qui pourraient attester que leur curé s'était enfui depuis belle lurette quand les enquêteurs arriveraient de Paris.

Un étrange visiteur

Le dégel était arrivé, transformant les chemins en ruisseaux et les champs en marécages bourbeux. Il était encore difficile de se déplacer, mais les guetteurs du village redoublaient déjà d'attention et l'inquiétude grandissait au fil des jours. Pourtant, en apparence, la vie suivait le rythme immuable qui est le sien à la campagne. Les paysans allaient inspecter l'état de leurs prés pour évaluer les possibilités de semailles, chacun nettoyait son carré de jardin pour y planter des légumes. Enfin, les Villedhuisiens vaquaient tranquillement à leurs occupations comme si rien ne pouvait les troubler. La surveillance des Pont-Ouannais s'était quelque peu relâchée. Depuis l'enterrement de Mr Trise, ils n'avaient rien surpris d'anormal, l'église restait désaffectée et rien ne paraissait suspect dans l'attitude des villageois. Sur l'autre rive aussi, les travaux des champs devaient reprendre et comme la surveillance des voisins s'avérait ennuyeuse, ils finirent par laisser tomber.

Ce fut dans ce contexte difficile que l'un des guetteurs revint subrepticement au début de l'après-midi un jour de mars pour prévenir Pierre et le père Craimen qu'un étranger s'approchait du village. Aussitôt, ce fut le branle-bas de combat dans la maison. Tandis que le veilleur retournait à son poste, ils se mirent tous au travail pour faire disparaître les traces de la présence des occupants clandestins. Pierre et le curé transportèrent les meubles dans le grenier de l'étable pendant que Perrine et Catherine emportaient les vêtements et objets de première nécessité dans les pièces aménagées au-dessus de l'écurie et que Marie faisait le ménage dans les chambres ainsi vidées de leur contenu. Quand tout fut dissimulé, même leurs invités, les trois jeunes gens firent le tour de la maison et de ses dépendances pour s'assurer qu'aucun détail ne viendrait les trahir. Ensuite, ils se consacrèrent à des activités routinières comme si de rien n'était.

Peu de temps après, un pas de cheval résonna sur les cailloux de la grand-rue. Des visages curieux se montrèrent aux fenêtres, mais personne ne sortit au-devant de l'arrivant.

— C'est bizarre qu'il soit seul, commenta Pierre, des enquêteurs officiels viendraient à plusieurs, au moins deux ou trois.

— À moins que l'Assemblée ait décidé d'envoyer un espion déguisé en simple voyageur pour nous inspirer confiance, rétorqua Marie. Nous devons faire très attention.

— Ne t'inquiète pas, la rassura Catherine, nous n'irons pas lui confier tous nos secrets, même s'il se révèle très sympathique.

L'inconnu mit pied à terre devant l'église, attacha son cheval à un anneau fixé dans le mur et poussa la porte du monument. S'étonnant de la résistance qu'il rencontrait, il appuya sur le loquet plusieurs fois avant de se retourner vers la rue déserte. Son regard balaya les maisons de part et d'autre avant de revenir se poser, pensif, sur l'huis clos. Puis il se décida à redescendre les marches et se dirigea d'un pas ferme vers le presbytère voisin. Là, il frappa à coups redoublés puis, avisant la vieille chaîne rouillée qui pendait le long du mur, il tira dessus avec vigueur. La clochette retentit, réveillant tous les échos dans la maison vide, mais aucun son ne se fit entendre à l'intérieur. Le voyageur recula de quelques pas, se planta au milieu de la rue et appela d'une voix forte.

— Ohé ! Il y a quelqu'un ?

Personne ne répondit. Les rideaux pendaient immobiles aux fenêtres et aucun mouvement ne se laissait deviner derrière les vitres sombres. Le village, dans son entier, montrait son hostilité à l'étranger.

Catherine et Marie se terraient comme les autres en priant pour que Quentin ne se réveillât pas encore de sa sieste quotidienne. Comme leur maison était située du même côté de la rue que l'église et le presbytère, bien que nettement plus haut, elles ne pouvaient pas voir les mouvements de l'intrus. Par contre, elles l'entendirent clairement appeler, comme tout le monde. Elles se regardaient sans oser bouger, en espérant qu'il se lasserait et partirait enfin, lorsque Pierre entra dans la pièce.

— Je pense que quelqu'un devrait sortir et aller au-devant de notre visiteur, dit-il. Notre refus de répondre va fatalement paraître suspect.

— Quelqu'un, oui, mais pas toi, répondit vivement Catherine. Rien ne serait plus dangereux que de l'amener ici. De toute façon, c'est au maire de l'accueillir.

— Ce n'est pas forcément risqué. Et puis tu sais bien que personne ne va se montrer, nos amis sont trop couards pour cela, même Daniel. J'y vais ! annonça Pierre avec décision en se dirigeant vers la porte d'entrée.

— Et voilà ! se lamenta Marie. C'est bien de lui de prendre tous les risques, même quand ça ne s'impose pas. Qu'est-ce qui va encore nous arriver ?

— Nous verrons bien. Et ne prends pas cet air coupable et effrayé, sinon il va se douter de quelque chose. Sors de la pièce si tu ne sais pas te contrôler, lança Catherine agacée.

Pierre sortit de sa maison et descendit la rue d'un air tranquille. L'inconnu se tourna vers lui en arborant un large sourire.

— Je commençais à me demander si je n'étais pas tombé dans une ville fantôme, plaisanta-t-il. Pouvez-vous me dire où se trouve le prêtre de cette paroisse ?

— Nous n'avons plus de prêtre, répondit Pierre, il est parti avant l'hiver. Je ne sais pas pour quelle destination. Pourquoi le cherchez-vous ? Est-ce l'un de vos amis ?

— Je ne le connais pas du tout. Je cherche simplement un abri pour la nuit et, généralement, on est bien accueilli dans les presbytères. Mais si vous pouvez m'indiquer une auberge dans la région, cela me conviendra parfaitement.

— Il n'y a pas d'auberge à des milles à la ronde, mais on peut vous trouver un hébergement pour une nuit si vous le désirez. Venez avec moi.

— Je vous en suis très reconnaissant, affirma l'inconnu, puis il se tourna vers son cheval d'un air hésitant.

— J'ai aussi de la place pour votre monture, assura Pierre, allez donc la chercher.

Ils installèrent d'abord le cheval à l'écurie et, tout en regardant son hôte desseller et bouchonner l'animal, Pierre pensa au père Craimen et à Perrine qui devaient retenir leur respiration là-haut en redoutant le pire. Pendant l'opération, les deux hommes n'échangèrent que des banalités, puis Pierre conduisit son invité vers la maison. Il lui présenta sa femme et Marie puis lui proposa de s'asseoir tandis que Catherine leur apportait des rafraîchissements.

— Racontez-moi donc ce qui vous amène chez nous, monsieur… Euh, je ne crois pas connaître votre nom, dit Pierre en souriant.

— Je me nomme Cerruti, répondit l'inconnu, et je ne fais que passer dans votre région. En fait, je me rends en Italie.

— C'est un beau pays, m'a-t-on dit, remarqua Pierre. Ainsi, vous êtes italien ?

— Non, je suis français. Mais de lointaine ascendance italienne comme mon nom l'indique. Je vais là-bas pour me documenter sur mes ancêtres, voyez-vous, j'ai entrepris récemment de faire mon arbre généalogique.

— C'est passionnant ! Mais voyager de nos jours ne doit pas être de tout repos. Avec les événements qui secouent le pays, vous ne devez pas vous sentir en sécurité.

— Bah ! Qui voudrait du mal à un voyageur solitaire qui ne porte préjudice à personne ?

— On raconte que des bandes de brigands se multiplient et attaquent les voyageurs pour les voler, vous n'en avez pas rencontré ?

— Je n'ai pas croisé âme qui vive sur les chemins. Il faut dire que les conditions climatiques ne sont pas favorables aux longs déplacements. De toute façon, je n'ai aucun objet de valeur sur moi, seulement une bourse pas bien épaisse pour couvrir mes frais.

— Pourquoi n'avez-vous pas attendu que le temps soit plus clément pour entreprendre un tel voyage ? Rien ne vous pressait, j'imagine.

— Non, bien sûr. Mais rien ne me retenait non plus. Et puis les conditions vont aller en s'améliorant lorsque j'approcherai du sud, la saison doit être plus avancée qu'ici. Enfin, cela m'évite les rencontres désagréables que vous évoquiez tout à l'heure.

— Oui, bien sûr, ce n'est pas un mauvais calcul, reconnut Pierre.

Catherine revint dans la pièce pour inviter leur hôte à prendre possession de la chambre qu'elle venait de lui préparer. Comme elle lui avait fourni un broc d'eau chaude afin qu'il pût se laver de la poussière du chemin, il l'en remercia avec effusion. Puis elle le laissa se rafraîchir et retourna auprès de Pierre qui se tenait, pensif, devant la fenêtre.

— Alors ? demanda-t-elle. Comment le trouves-tu ?

— Je ne sais pas quoi en penser, répondit Pierre. Son histoire est manifestement fausse et pourtant, je ne crois pas qu'il soit ici pour nous. Malgré l'aisance qu'il affecte, je le crois terrifié. Il me semble qu'il fuit quelque chose, mais quoi ?

— Tu ne crois quand même pas qu'on peut lui faire confiance ?

— Nous ne lui dirons rien, rassure-toi. Mais j'aimerais l'amener à parler, je suis curieux de connaître son histoire.

— Espérons que cela ne nous apportera pas encore des ennuis, nous en avons déjà assez.

La soirée fut plus agréable que les jeunes gens ne l'avaient craint. Leur invité se montra détendu et de bonne compagnie. Il raconta quelques anecdotes avec beaucoup d'esprit et tourna galamment les compliments qu'il adressait aux deux femmes. Même Marie se déclara conquise par sa gentillesse et Quentin ne cessa de lui tourner autour en babillant.

Après le souper, Pierre décida de lancer l'offensive pour essayer d'en savoir plus sur ce convive trop discret.

— Il est assez rare que nous recevions des voyageurs par ici, les grandes routes nous évitent de plusieurs dizaines de lieues, aussi est-ce un grand plaisir d'entendre parler du vaste monde. D'où venez-vous ? Depuis combien de temps êtes-vous sur les chemins ?

— Je viens, euh… du nord et je suis parti depuis plusieurs semaines déjà. Il est difficile d'avancer rapidement avec ce temps.

— Du nord ? s'étonna Pierre. Ce n'est pas la route la plus directe pour aller en Italie, vous vous êtes égaré ! Êtes-vous passé par Paris ?

— Oui, bien sûr, j'ai traversé la capitale. Mais, comme je vous l'ai dit, je ne suis pas pressé, je préfère flâner en chemin et admirer de beaux paysages. C'est pourquoi je n'ai pas pris la grand-route.

— Que se passe-t-il à Paris ? Quelles nouvelles avez-vous de la Révolution ? Ici, vous savez, nous sommes coupés du monde, seules quelques rumeurs nous parviennent.

— L'Assemblée continue son travail, je crois. Le roi est pratiquement prisonnier au Louvre avec sa famille. Les révolutionnaires ne sont pas tous d'accord entre eux, ils se disputent souvent. Il est difficile de dire ce qui sortira de tout cela. Mais je n'ai guère de nouvelles précises à vous apprendre, je suis désolé.

— Ce qui m'étonne le plus, voyez-vous, c'est qu'il ne semble pas y avoir beaucoup de partisans du roi. J'ai entendu dire que beaucoup d'aristocrates ont émigré hors de France dès le début de la Révolution et ceux qui restent se terrent dans leurs châteaux en essayant de se faire oublier, semble-t-il.

— Les partisans de Sa Majesté sont prudents, mais ils n'en sont pas moins actifs, croyez-moi.

— Tiens, donc ! Alors vous savez des choses que j'ignore, sourit Pierre.

— Euh… J'ai seulement glané les bruits qui courent à Paris, balbutia Cerruti mal à l'aise.

— Racontez-moi ça, l'encouragea le jeune homme gentiment.

— Et bien, le mois dernier[7], un groupe d'aristocrates, qui se nomment eux-mêmes les Chevaliers du Poignard, a voulu enlever le roi pour lui faire franchir la frontière afin de rejoindre les émigrés et lever une armée. Malheureusement, ce complot a été trahi et la tentative n'a pas abouti.

— Qu'est-il arrivé aux conjurés ? Ont-ils été emprisonnés et exécutés ?

— Non, ils ont réussi à s'enfuir et à disparaître, pour la plupart. Ils ont dû émigrer à leur tour, j'imagine. Mais, parlez-moi plutôt un peu de vous. Comment se fait-il que votre village soit privé de son curé ? Est-ce que l'évêque va en nommer un autre ?

— Cela m'étonnerait beaucoup. Étant donné l'état des routes, nous n'avons pas envoyé de messager pour lui annoncer que notre cure est vacante. Et puis, avec la constitution civile du clergé, je pense qu'il a d'autres chats à fouetter pour le moment.

— Mais pourquoi votre curé vous a-t-il abandonnés ?

— Il a pris peur devant les événements, on ne peut pas le lui reprocher. Craignant qu'on lui demande un serment d'allégeance qui lui ferait renier la fidélité qu'il doit au Pape, il a préféré s'en aller tant que c'était encore possible.

— Alors, vous n'avez plus de messes, plus de sacrement ? Vous vivez sans Dieu ?

— Nous nous passons très bien de toute cette pompe. Quant à Dieu, n'est-il pas écrit qu'il retrouvera les siens quoi qu'il arrive ?

---

[7] 28 février 1791

— Vous êtes tout à fait dans l'air du temps, remarqua Cerruti sans pouvoir cacher sa désapprobation, il ne vous reste plus qu'à créer un club révolutionnaire dans votre village.

— Nous ne cherchons qu'à vivre tranquilles, loin de toute cette agitation, répondit Pierre. Chacun se conduit comme sa conscience le lui dicte, n'est-ce pas ?

Comme son invité n'osait pas répondre, Pierre se leva et lui souhaita une bonne nuit. Les femmes s'étant déjà retirées, le jeune homme éteignit les chandelles et fit le tour de la maison pour s'assurer que tous les feux avaient bien été couverts, avant de rejoindre sa chambre.

Le lendemain matin, après le déjeuner, Pierre accompagna son hôte à l'écurie pour l'aider à préparer son cheval. Marie les rejoignit en portant un paquet soigneusement enveloppé qu'elle tendit à Cerruti en souriant. Il le prit, intrigué.

— Ce sont des vivres pour plusieurs jours, expliqua Marie.

— Je ne peux pas accepter, se récria-t-il, vraiment vous êtes trop généreux !

— Prenez ! le rassura Pierre. Cela ne nous manquera pas. Je vous souhaite un bon voyage et j'espère que vous arriverez à votre but sans encombre.

Le voyageur rajouta le colis à son mince bagage et se mit en selle avec élégance. Catherine sortit dans la cour avec Quentin dans les bras pour assister à son départ. Cerruti franchit le portail en levant un bras pour les saluer, puis il disparut à leur vue et les jeunes gens entendirent le pas de son cheval décroître dans le lointain. Catherine et Marie regagnèrent la maison, tandis que Pierre sortait dans la rue pour voir si le visiteur était vraiment parti. Il alla jusqu'à une petite éminence à la limite du village et attendit patiemment de voir le cavalier s'engager sur le pont qui traversait l'Ouanne. Il ne rebroussa chemin que quand il eut la certitude que le voyageur ne reviendrait pas.

Catherine attendait son retour avec inquiétude.

— Crois-tu qu'il soit vraiment parti ? interrogea-t-elle. N'est-ce pas un piège ? Est-il raisonnable de réinstaller le père Craimen et Perrine dès maintenant ?

— Il n'y a pas plus de danger qu'avant, affirma Pierre. Cet homme est parti comme s'il avait le diable aux trousses, il ne reviendra pas.

Ils s'activèrent tous à réaménager les chambres du haut pour les rendre à nouveau habitables. Les clandestins n'avaient, somme toute, pas trop souffert de leur exil et n'avouèrent que l'angoisse qu'ils avaient ressentie pour leurs amis. Ils venaient de terminer lorsque les voisins arrivèrent. Tous voulaient savoir qui était l'étranger et ce qu'il cherchait. Pierre leur répéta les quelques informations qu'il avait obtenues et les rassura du mieux qu'il le put, tandis que le père Craimen les invitait à venir célébrer une messe d'action de grâce, la nuit suivante, avant de les renvoyer chez eux avec sa bénédiction. Catherine était amère. Personne n'était venu les aider à faire face à l'inconnu et maintenant que le danger était passé, tout le monde venait aux nouvelles le plus naturellement du monde. Elle imaginait sans peine que lorsque les enquêteurs arriveraient de Paris, ils se retrouveraient à nouveau seuls face au danger. Le curé était mécontent, lui aussi, et il promit de secouer ses ouailles lors de la cérémonie prévue.

Tandis que les trois femmes s'activaient dans la maison et les dépendances, le prêtre et Pierre s'enfermèrent dans le salon du premier étage pour échanger leurs points de vue sur la curieuse visite qui les avait bouleversés.

— Je veux bien croire que ce voyageur n'avait rien à voir avec les événements de notre village, dit le curé, mais alors, expliquez-moi ce qu'il faisait par ici. Ce n'est pas la route directe pour l'Italie, tant s'en faut. Il avait certainement une raison pour effectuer ce détour.

— Bien sûr qu'il avait une raison, répondit Pierre. Une excellente, assurément.

— Mais, pouvez-vous discerner laquelle ? Cette histoire d'admirer les paysages n'est qu'un prétexte, certainement.

— Et bien, il m'a parlé d'une tentative d'enlèvement du roi par un groupe d'aristocrates, les Chevaliers du Poignard. Et j'ai bien senti à qui va sa préférence. Il déplorait presque ouvertement que ce complot ait échoué, sa fougue le trahissait malgré lui.

— Pensez-vous qu'il ait pris part à cette conjuration ?

— Oui, c'est exactement ce que je crois. Il m'a dit s'appeler Cerruti simplement, mais lorsque j'habitais Paris, j'ai souvent entendu parler d'un comte de Cerrucci dont on disait qu'il était un familier du roi. Je pense qu'il s'agit de lui. Il part en Italie, non pas pour retrouver ses ancêtres comme il l'affirme, mais bien pour rallier les aristocrates italiens à sa cause. Le Pape lui-même le soutiendra, c'est certain.

— Nous allons vers des jours bien sombres si toute l'Europe se ligue contre notre pays, soupira le père Craimen. Je crains que vous ayez raison en ce qui concerne notre visiteur et je ne sais pas s'il faut lui souhaiter de réussir dans sa mission ou non. Tout est sens dessus dessous, le bien et le mal se mélangent et l'on ne sait plus de quoi se réjouir ni s'affliger. Enfin, pour ce qui nous concerne, c'était une fausse alerte et nous avons un nouveau répit. Profitons-en tant que c'est encore possible, car nous ne savons pas ce qui nous attend.

— Je pense que nous devrions envoyer un messager à l'évêché dès que les routes seront praticables, avança Pierre. Cet homme m'y a fait penser en me demandant si l'évêque allait nommer quelqu'un à votre place. Cela paraîtrait suspect que l'on ne le fasse pas.

— Mais vous courez le risque qu'il vous envoie un nouveau prêtre, protesta le curé. Nous ne pouvons pas nous exposer à la présence d'un étranger dans le village.

— Croyez-vous vraiment qu'il le fera ? demanda le jeune homme. Vous connaissez votre évêque. Peut-il avoir prêté serment à la Révolution ?

— Oh, non ! Pas lui ! Certainement pas !

— Alors que peut-il faire ? Nous envoyer un prêtre réfractaire pour nous mettre en danger ?

— Évidemment, non, reconnut le curé.

— Nous devons simplement envoyer un message annonçant votre départ pour une destination inconnue en précisant qu'étant donné les circonstances, nous préférons que la cure reste vacante en attendant des jours meilleurs. Ainsi, lorsque les enquêteurs arriveront, nous pourrons leur dire que nous avons prévenu l'évêché dès que possible. Et s'ils vont vérifier là-bas, ils en trouveront la preuve.

— C'est très ingénieux, approuva le père Craimen. Il faut commencer par convaincre le maire, puis j'en parlerai à mes paroissiens lors de la messe de cette nuit. Mais je ne veux pas que le messager soit vous, il est temps que d'autres prennent part activement à notre action. Vous êtes l'un des rares à n'avoir pas porté la main sur les envoyés de l'Assemblée et pourtant vous prenez tous les risques pour protéger la population. Cela suffit.

Cette nuit-là, l'étable était comble. Catherine et Marie rejoignirent Jeanne et Philippe contre le mur du fond d'où ils pouvaient voir tous les participants. Berthe Trise se tenait au premier rang, rigide sous ses voiles de veuve. Comme toujours, elle affectait une attitude de dévotion profonde qui ne les trompait plus. Perrine, un peu en retrait, la regardait avec tristesse et découragement. Sur le côté opposé à la porte, Pierre bavardait amicalement avec Romain et Daniel en attendant le début de l'office. Au milieu de la foule, Georges et Annick Prévost tentaient vainement de discipliner leurs enfants sans bousculer leurs voisins. Enfin, comme son regard revenait plus près d'elle, Catherine aperçut Martine Ferrant, debout auprès de ses parents, qui lui faisait un signe amical de la main. Elle sourit en retour.

Le prêtre monta en chaire et aussitôt le silence s'établit. Il fustigea sévèrement l'attitude pusillanime de ses paroissiens lors de l'arrivée inopinée de l'étranger et, par comparaison, célébra le courage de Pierre et de sa famille. Les fidèles baissaient la tête comme des enfants pris en faute. Ensuite, il rendit grâce à Dieu pour les avoir protégés du danger et insista lourdement pour que ses ouailles, à l'avenir, se montrent un peu moins peureuses. À la fin de la messe, il annonça la décision prise avec Pierre et le maire d'envoyer un messager à l'évêché et demanda un volontaire pour cette mission. Un profond silence plana dans l'étable. Les uns regardaient le plafond, d'autres, leurs pieds, d'autres encore, leurs voisins en attendant que quelqu'un se propose. Pierre bouillait d'impatience devant ce piteux spectacle et Catherine se raidissait en priant pour qu'il ne s'offrît pas à y aller lui-même. Il y eut un mouvement de foule à côté de lui et Catherine crut voir ses craintes se confirmer. Mais l'homme qui s'avança devant l'autel n'était pas son mari. C'était Romain.

— Notre curé a raison, s'écria-t-il, nous préférons laisser supporter à d'autres les conséquences de nos actes, c'est indigne ! J'irai, moi, à l'évêché porter ce message et, avec l'aide de Dieu, je réussirai !

Dans la foule, le soulagement était palpable. Quelques-uns osèrent même encourager Romain à haute voix. Maintenant qu'ils n'avaient plus à s'exposer, ils pouvaient se donner le luxe d'approuver grandement ces harangues. Le maire s'avança vers Romain et lui serra la main en le félicitant chaudement. À côté de Catherine, Philippe se montrait très mal à l'aise.

— J'ai honte de mes concitoyens, murmura-t-il, ce ne sont que des couards. On se demande, même, comment ils ont fait pour se dresser contre ces hommes abominables. J'aurais dû me porter volontaire, notre boulanger vaut mieux que moi.

— Non, répondit Catherine sur le même ton, tu as un enfant et une femme, tu te dois à eux avant tout. Il est préférable que ce soit un homme sans famille qui coure ce risque.

— Pierre n'est pas célibataire non plus, riposta-t-il, et il n'aurait pas hésité à le faire, lui.

— J'ai prié pour que ce ne soit pas le cas, crois-moi.

La foule s'écoula lentement hors de l'étable. Seuls restaient les occupants du lieu, le maire et Romain. Lorsque tout le monde fut parti, ils se rendirent à la maison et, tandis que les femmes se retiraient, le père Craimen, Daniel, Pierre et Romain composèrent minutieusement le contenu du message à transmettre afin qu'il ne fût compromettant ni pour eux ni pour le destinataire. Ensuite, ils étudièrent la carte de la région pour déterminer la meilleure route à prendre afin d'atteindre Auxerre, la ville de l'évêché, le plus rapidement possible. Romain n'avait pas de cheval, mais Pierre s'offrait à lui prêter le sien pour raccourcir la durée du voyage et le rendre plus confortable. Ils décidèrent que le messager partirait dès que la boue des chemins aurait assez durci. Cela lui laissait le temps de réunir et de distribuer aux femmes du village une quantité suffisante de farine pour que personne ne manquât de pain durant son absence.

Pour Romain Millon, les jours qui suivirent furent remplis d'une intense activité. Il devait préparer son départ et tout laisser en ordre dans sa boulangerie pour le temps que durerait son voyage. Il tint de longs conciliabules avec les femmes, qui voulaient bien se charger de préparer le pain pour le village en son absence, dont naturellement Catherine, Marie et Perrine étaient du nombre. Enfin, Romain leur cuisit le plus de grosses miches qu'il put, afin qu'elles aient des réserves, le temps de se familiariser avec leur nouvelle tâche. Pendant ce temps, les guetteurs avaient reçu la consigne d'évaluer chaque jour l'état des routes et de prévenir le boulanger lorsque les chemins seraient vraiment praticables.

La nuit précédant son départ, Romain se rendit chez Pierre pour prendre le message écrit qu'il devait porter à destination. Après avoir reçu la bénédiction du curé, il se sentit plus fort et capable d'accomplir sa mission jusqu'au bout. Il prit congé de ses amis avec plus d'émotion qu'il ne l'aurait voulu et rentra se coucher.

Au matin, peu de villageois s'étaient déplacés pour le voir partir et lui souhaiter bonne chance. Daniel Brisen loua son courage et lui promit de former une patrouille de recherche s'il ne réapparaissait pas. Ce discours était sûrement bien intentionné, mais il refroidit considérablement le jeune homme qui se hâta d'éperonner son cheval pour s'éloigner.

Comme le beau temps se maintenait, Romain parcourut la distance qui le séparait de l'évêché en trois jours. Il dormit à la belle étoile et ne rencontra que peu de monde sur le chemin, car l'époque n'était pas favorable aux voyages d'agrément et seuls se déplaçaient ceux qui ne pouvaient faire autrement. À son arrivée, il fut surpris de trouver la ville en effervescence et les voies bondées laissant croire que toute la population était descendue dans la rue. Partout, il voyait de petits groupes de personnes qui discutaient passionnément, des gens qui passaient de l'un à l'autre en criant, d'autres qui rasaient les murs en essayant de passer inaperçus. En s'enfonçant plus avant, il découvrit des bagarres entre bourgeois et artisans, des citoyens violemment pris à parti et même des femmes qui se crêpaient le chignon. Il traversa une place sur le côté de laquelle un hôtel particulier arborait une pancarte affichant en grandes lettres noires : « Tribunal Criminel Départemental ». Partout dans les ruelles, les échoppes restaient fermées, aucun étal ne proposait de marchandises. Le plus grand désordre régnait dans cette cité naguère calme et prospère. Lorsque Romain atteignit enfin son but, il était très inquiet de ce qu'il venait de découvrir et se demandait à quel accueil il aurait droit.

Il n'y avait plus de garde à l'entrée du bâtiment. Il s'engagea donc prudemment dans les couloirs qui résonnaient étrangement, comme s'il n'y avait plus personne. Est-ce que tous les gens d'Église avaient fui le chaos qui régnait au-dehors ? Romain s'était arrêté, perplexe, quand des pas claquèrent au-dessus de sa tête et s'engagèrent dans l'escalier. Il s'avança à la rencontre de l'homme, un sourire crispé aux lèvres.

— Qui êtes-vous ? demanda l'inconnu sévèrement. Et que venez-vous faire ici ?

— Je m'appelle Romain Millon, je suis boulanger à Villedhuis et j'ai été chargé par le maire de mon village d'apporter un message à monseigneur l'évêque.

— Je suis le secrétaire particulier de Son Excellence. Laissez-moi votre message, je le lui transmettrai.

Romain hésita un moment, après tout rien ne lui prouvait que cet homme dît vrai, mais l'air peu avenant de son interlocuteur le dissuada d'insister pour voir personnellement le prélat. Il lui remit donc la lettre cachetée et fit demi-tour, mais la voix de l'inconnu l'arrêta alors qu'il atteignait la porte. Celui-ci avait brisé le sceau et prit connaissance du message.

— Votre situation est désolante, mais pas unique, croyez-moi, dit-il. Il ne se passe pas de jour sans que nous recevions des missives comme la vôtre. Je constate que vous avez au moins la sagesse de ne pas attendre d'aide de notre part. Je compatis beaucoup à votre peine, malheureusement nous n'y pouvons rien. Vous pouvez constater que, même ici, nous sommes pratiquement abandonnés. Nos gens sont presque tous partis, l'évêché a été pillé, notre présence n'est plus que symbolique. Je vais classer votre lettre avec les autres et je prierai pour vous. C'est, hélas, tout ce que je peux faire.

— Je m'en doutais, répondit Romain. Lorsque j'ai vu le désordre dans la ville et le silence qui règne ici, j'ai craint que ces gens aient fait un mauvais parti à l'évêque.

— Cela pourrait bien arriver. Les révolutionnaires lui en veulent de n'avoir pas accepté la constitution civile du clergé. Parfois, quand ils sont bien énervés, ils lancent des pierres dans nos fenêtres. De toute façon, Son Excellence ne partira pas, elle veut rester à la place où Dieu l'a mise quoi qu'il arrive. Enfin… Rentrez chez vous, en évitant ces excités si vous le pouvez et gardez courage. Dieu nous aidera dans la tempête.

Romain était déjà venu quelquefois à Auxerre auparavant, il connaissait donc suffisamment la ville pour repartir par des ruelles détournées afin d'éviter les lieux de rassemblement. Une fois dans la campagne, il mit sa monture au galop pour s'éloigner le plus vite possible de cet endroit qui lui faisait peur et ne ralentit l'allure que lorsque les derniers toits eurent disparu derrière la cime des arbres. Curieusement, il accomplit son voyage de retour avec beaucoup plus d'inquiétude qu'il n'en avait ressenti à l'aller. Ce qu'il avait vu dans la cité l'avait effrayé au plus haut point et il se rendait compte que, même dans un village aussi petit que le sien, nul n'était plus à l'abri de cette folie qui déferlait sur le pays. Devant cette révélation, même le massacre des délégués, avec le risque qu'il faisait planer sur eux tous, passait au second plan. Si semblable pagaille régnait à Paris, peut-être que personne ne chercherait à savoir ce que ces hommes étaient devenus.

Durant tout le trajet, Romain évita toute rencontre dans la mesure du possible. Lorsqu'il ne pouvait faire autrement que de croiser quelqu'un venant en sens inverse, il se contentait de saluer d'un signe de la main et poursuivait son chemin d'un air pressé. Par contre, s'il entendait des pas derrière lui, il mettait pied à terre et s'enfonçait dans les taillis avec son cheval en attendant que l'indésirable passât. Le temps tourna et se mit à la pluie. Ne voulant pas, malgré tout, demander asile à des inconnus, Romain fut vite trempé jusqu'aux os. Le chemin devenait difficile à suivre, le cheval glissait fréquemment dans la boue si bien que le jeune homme décida d'aller s'abriter dans une forêt qu'il apercevait sur sa gauche. Il attendit sous un gros chêne que le déluge cessât, puis il repartit péniblement. Le temps filait, mais il n'avançait guère, les giboulées se succédaient et il ne trouvait plus d'endroit sec pour bivouaquer. Il grelottait de froid dans ses vêtements mouillés, laissant sa monture aller au pas, ne rêvant plus que de voir enfin les premières maisons de son village. Il lui fallut cinq jours pour rentrer, crotté de la tête aux pieds, épuisé, transi et éternuant sans arrêt.

Jeanne fut la première à l'apercevoir en rentrant du lavoir. Devant son piteux état, elle se précipita chez Pierre et Catherine pour les prévenir.

— Romain est de retour ! annonça-t-elle sans préambule. Je viens de le voir remonter la rue et s'arrêter devant sa maison. Mais il n'a pas bonne mine, il m'a semblé malade.

— Je vais chez lui immédiatement, répondit Catherine en se précipitant dans sa réserve pour y prendre un assortiment de simples.

Elle trouva le jeune homme assis sur une chaise dans la cuisine, l'air abattu, les yeux brillants de fièvre. C'est à peine s'il leva la tête à son entrée. Elle tenta vainement de le convaincre d'aller se coucher, mais il ne l'écoutait même pas. La porte s'ouvrit alors qu'elle commençait à désespérer de se faire entendre et Pierre entra.

— Jeanne m'a fait part de son état, dit-il, alors je suis venu t'aider.

— Tu tombes bien, répondit-elle, aide-moi à le coucher, il ne m'écoute pas.

À eux deux, ils emmenèrent Romain dans sa chambre, lui ôtèrent ses vêtements mouillés, l'allongèrent sur le lit et le frictionnèrent vigoureusement pour le réchauffer. Puis Catherine retourna dans la cuisine pour préparer une décoction avec les herbes qu'elle avait apportées et Pierre l'aida à la lui faire avaler.

— Maintenant, je pense qu'il va dormir, affirma Catherine en posant son oreille sur la poitrine du malade. C'est un refroidissement sans complication, je n'entends pas de râle dans sa respiration comme en avait Mr Trise. Il devrait se remettre rapidement.

— On ne peut quand même pas le laisser seul, objecta Pierre. Quelqu'un devrait rester pour le veiller, on ne sait jamais.

— Je m'en charge, répondit la jeune femme. De toute façon, il faudra que je lui fasse boire d'autres infusions à intervalles réguliers. Demande à Marie de venir voir dans quelque temps si j'ai besoin de quelque chose.

— Elle pourrait te relayer et Perrine aussi, proposa Pierre, tu ne vas pas rester là jour et nuit, il faut aussi te reposer.

Catherine accepta la proposition et Pierre s'en alla pour annoncer le retour de Romain au maire d'abord, puis au reste du village. On pouvait imaginer qu'il avait rempli sa mission, mais il faudrait attendre un moment avant d'en savoir plus.

Quelques heures plus tard, Catherine entendit quelqu'un entrer dans la maison et monter doucement les marches. Elle sourit, amusée. Marie s'était dépêchée de venir la remplacer, c'était bien d'elle de toujours en faire plus pour se rendre utile. Mais elle ouvrit de grands yeux étonnés lorsque la porte de la chambre s'entrebâilla. Ce n'était pas Marie. Elle connaissait bien la jeune fille qui entrait timidement dans la pièce, c'était Martine Ferrant.

— Votre mari a raconté à mes parents ce qui se passait, dit-elle vivement pour prévenir toute question. Alors j'ai pensé que je pourrais venir vous remplacer, si vous voulez bien.

Elle était toute rose d'émotion et Catherine s'interrogea sur les raisons qui l'avaient amenée ici. Cherchait-elle simplement à rendre service ou bien l'identité du malade jouait-elle un rôle dans sa motivation ? La jeune femme préféra ne pas approfondir la question.

— C'est très aimable à vous, répondit-elle gracieusement. Mais saurez-vous préparer les remèdes dont il a besoin ?

— Je ne l'ai jamais fait, mais si vous me montrez, je pense que j'y arriverais. J'aide toujours ma mère à cuisiner.

— Bien, venez avec moi. Nous allons préparer l'infusion ensemble et la lui faire boire.

Après avoir donné à Martine toutes les recommandations nécessaires et promis de venir voir régulièrement si tout allait bien, Catherine rentra chez elle. Marie se précipita à sa rencontre, étonnée et inquiète.

— Et bien, que se passe-t-il ? Pourquoi ne m'as-tu pas attendue ? Tu l'as laissé tout seul ? Comment va-t-il ?

— Allons, allons, dit Catherine en riant, une question à la fois ! Romain ne va pas plus mal, il dort. Et je ne l'ai pas laissé tout seul, quelqu'un m'a remplacée.

— Mais, ce devait être moi ! protesta Marie. Qui est-ce ?

— Je te le donne en mille ! C'est Martine Ferrant !

— Martine Ferrant ! s'exclama Perrine qui s'était approchée. Alors voilà pourquoi elle a refusé tous les prétendants. J'étais sûre qu'il y avait une raison précise.

— Notre Romain est plutôt beau garçon, dit Marie en souriant, je la comprends.

— Oui, approuva Catherine, mais que vont dire ses parents ?

— Boulanger est une profession assez sûre par les temps qui courent, fit observer Perrine, les gens auront toujours besoin de pain. Et puis ils préféreront la voir mariée à quelqu'un du village, certainement.

— Nous allons un peu vite en besogne, reprit Catherine, attendons de voir comment les choses vont évoluer. Et d'abord, je voudrais qu'il guérisse.

Il ne fallut que quelques jours à Romain pour aller mieux. Comme aucune complication ne s'était déclarée, sa robuste constitution avait rapidement repris le dessus, si bien qu'il pouvait déjà se lever une semaine après son retour. Martine était restée à son chevet aussi longtemps qu'elle l'avait osé. Catherine venait deux fois par jour pour apporter des simples et contrôler l'état du malade, mais elle laissait la jeune fille tout faire par elle-même et ne manquait pas une occasion de vanter ses talents d'infirmière. Elle ne savait pas si Romain était dupe, mais parfois elle surprenait un discret sourire ironique sur ses lèvres. Cependant, il se garda bien de faire le moindre commentaire en sa présence.

Dès qu'il fut sur pied, le jeune homme provoqua une réunion chez Pierre avec le maire et le curé pour leur rapporter tout ce qu'il avait vu et appris à l'évêché. Son récit épouvanta les trois hommes. Le pays était en plein chaos et cela ne tarderait pas à s'étendre jusque dans les bourgades les plus reculées comme la leur. Ils évoquèrent les émeutes qui avaient eu lieu dans la région avant l'arrivée de Pierre et de sa famille, les affrontements qui avaient réveillé la vieille haine entre Pont-Ouannais et Villedhuisiens, ainsi que la disette qui avait résulté des ravages effectués dans les champs au cours des bagarres. Ils redoutaient tous que cela recommençât et fût même pire encore. Mr Brisen décida d'organiser une réunion publique afin de mettre tous les villageois au courant de la situation et de renforcer la surveillance aux abords du village.

Le directoire de district

Lorsqu'ils arrivèrent enfin, les envoyés de la Constituante prirent tout le monde par surprise. D'abord, contrairement à ce que les Villedhuisiens avaient prévu, ils arrivèrent par la route de Pont-Ouanne et non directement de Paris. Ensuite, ils se présentaient sous l'aspect de deux cavaliers calmes et courtois, habillés avec une certaine élégance, aux antipodes des brigands dépenaillés qui avaient provoqué la colère des villageois par leur arrogance.

Le maire, prévenu par les guetteurs, avait conseillé à ses administrés de ne pas se cacher, mais au contraire de vaquer tranquillement à leurs occupations habituelles. Puis il se porta au devant des visiteurs, cachant sa fébrilité sous un sourire aimable.

— Bonjour, messieurs, leur dit-il d'un air jovial, ce n'est pas souvent que nous recevons des visiteurs par les temps qui courent. Désirez-vous un abri pour la nuit ou bien venez-vous spécialement nous voir ?

— Nous sommes des messagers envoyés par l'Assemblée pour rencontrer tous les maires des communes de la région, répondit l'un des deux hommes. Nous avons différentes nouvelles à leur apporter.

— Vous ne pouvez pas mieux tomber, je suis Mr Brisen, le maire de Villedhuis. Voulez-vous me faire l'honneur d'accepter mon invitation ?

Les cavaliers mirent pied à terre et suivirent volontiers le maire qui leur indiqua un endroit où attacher leurs chevaux. Comme on était fin mai et qu'il faisait déjà très chaud, les trois hommes s'installèrent dans le jardin à l'ombre d'un arbre. Pendant que Mme Brisen leur servait des rafraîchissements, les visiteurs déclinèrent leurs noms selon l'usage.

— Je suis Mr Surdon, déclara le plus âgé des deux, et voici Mr Leplat. Nous avons quitté Paris depuis deux semaines pour accomplir notre mission, mais je dois dire que nous avons rarement reçu un accueil aussi cordial que le vôtre. Je vous en remercie.

— Je vous en prie, répondit le maire. Comme je vous l'ai dit, nous ne voyons pas souvent de voyageurs, c'est pourquoi votre visite est un plaisir. Mais dites-moi ce qui vous amène, ce ne sont pas de mauvaises nouvelles, j'espère ?

— Ni bonnes ni mauvaises, je dirais. Et, d'après ce que l'on nous a appris à Pont-Ouanne, certains décrets ne vous concernent plus.

— Vous m'intriguez beaucoup, de quoi s'agit-il ?

— L'Assemblée a décidé d'autoriser le culte réfractaire[8], car la constitution civile du clergé a rencontré beaucoup d'opposition surtout dans les campagnes. Donc, même les prêtres qui n'ont pas juré fidélité à la Nation ont le droit d'exercer leur ministère. Mais, si ce que l'on nous a dit est juste, vous n'avez plus de curé ici ?

— Effectivement, notre curé est parti avant l'hiver. Nous avons prévenu l'évêque dès que cela a été possible, mais il n'a pas jugé utile de nommer un nouveau prêtre.

— Avait-il fait serment d'allégeance à la constitution ?

— Il n'en a pas eu l'occasion chez nous en tout cas, personne n'est venu le lui demander. Entre nous, ça m'étonnerait qu'il l'ait fait où qu'il soit, ce n'était pas son genre. C'était un brave homme, j'avoue qu'il me manque.

— Vous n'avez donc pas rencontré d'autres envoyés de l'Assemblée avant nous ?

— Non, aucun. Pourquoi ?

— Deux messagers ont été envoyés à l'automne dans votre région pour transmettre le texte de la constitution civile du clergé à tous les prêtres et leur faire jurer fidélité à la Révolution. Or, plus personne ne les a revus depuis, ils ne sont jamais rentrés à Paris et nous ignorons ce qui leur est arrivé. Donc, nous profitons de ce voyage pour interroger tous les citoyens que nous rencontrons et essayer de reconstituer leur itinéraire.

---

[8] Décret du 7 mai 1791

— Et qu'avez-vous trouvé ?

— Pas grand-chose jusqu'ici. Ils ont été vus aux premières étapes en quittant Paris, et puis, plus rien. On dirait qu'ils ont disparu sans laisser de traces. Les gens, qui se les rappellent, en ont gardé un très mauvais souvenir. Il semble qu'ils se soient montrés arrogants et désagréables au plus haut point, mais cela ne nous dit pas ce qu'ils sont devenus.

— Je vous souhaite bonne chance dans votre recherche. Est-ce que ce sont toutes les nouvelles que vous ayez à me transmettre ?

— Ma foi, ce sont les plus importantes. Pour le reste, la Constituante continue son travail avec difficulté, car il y a beaucoup d'agitation à Paris et dans les grandes villes de province. Les différents clubs et comités ne sont pas toujours d'accord entre eux, il faut parfois imposer des mesures par la force, mais nous progressons malgré tout. Mirabeau est mort le mois dernier, ce qui a provoqué pas mal de remous dans tous les milieux. Et puis, bien sûr, notre plus gros souci est le roi. Nous craignons qu'il essaie de quitter la France pour rejoindre les émigrés et nous attaquer avec l'aide de l'Autriche et de ses alliés. La Fayette veille, mais il y a déjà eu quelques tentatives isolées. Nous devons rester vigilants.

— Je me rends compte à quel point nous sommes à l'écart, soupira le maire. Tout ceci se passe dans notre pays et nous ne l'apprenons que longtemps après, comme si nous n'étions pas concernés.

— Il faudrait peut-être créer dans votre village un directoire de district, suggéra Mr Leplat, ce qui vous donnerait une relation régulière avec le directoire de votre département.

— C'est une idée, approuva Mr Brisen en réprimant un frisson d'horreur, j'en parlerai au prochain conseil municipal.

— J'aimerais que vous rassembliez tous les citoyens afin de savoir si l'un d'eux a quelque chose à nous apprendre au sujet de nos messagers disparus, demanda Mr Surdon.

— Bien entendu, s'empressa le maire, seulement ne soyez pas trop déçus s'il n'en sort rien. À ma connaissance, personne n'en a entendu parler. Je vais aller les prévenir. Si vous voulez bien attendre un moment, je reviendrai vous chercher. Pendant ce temps, ma femme va vous montrer votre chambre.

Daniel sortit vivement pour faire le tour du village. À chacun, il répétait les mêmes recommandations.

— N'oubliez jamais que notre curé est parti avant l'hiver avec sa gouvernante, que nous n'avons reçu la visite d'aucun envoyé de l'Assemblée et que nous n'en avons pas entendu parler. Surtout, ne racontez rien d'autre.

Tous les villageois se rassemblèrent devant la maison du maire, silencieusement. Ils redoutaient cette confrontation avec les messagers. Peut-être, certains d'entre eux flancheraient-ils et avoueraient le crime, ou bien d'éventuels débordements étaient-ils à craindre si ces hommes se montraient aussi détestables que leurs prédécesseurs. Bien sûr, l'aspect des visiteurs parlait en leur faveur et le maire assurait qu'ils se montraient courtois, pourtant la foule restait méfiante. Au dernier rang se tenaient Pierre, Catherine et Marie portant Quentin dans ses bras. Comme leurs voisins, ils s'efforçaient de ne pas trembler et d'afficher un air parfaitement innocent. Cependant, malgré son inquiétude, Catherine ne put s'empêcher de sourire lorsque ses yeux tombèrent sur un charmant tableau à quelques pas devant elle. La jeune femme donna un coup de coude discret à son mari en lui désignant Romain et Martine main dans la main au milieu de la cohue.

Mr Surdon prit la parole. Il leur répéta le discours qu'il avait déjà tenu au maire et fit appel à leur bonne volonté pour raconter ce qu'ils avaient pu remarquer. En vain. Ses auditeurs se contentaient de secouer la tête d'un air navré. Non, ils n'avaient rien vu ni rien entendu. Mr Leplat parla à son tour. Il se fit plus insidieux que son compagnon, laissant entendre sans le dire vraiment que si quelqu'un essayait de dissimuler des faits importants aux émissaires de l'Assemblée, il risquait de se retrouver emprisonné, voire fusillé comme ennemi de la patrie. Tout en les haranguant, l'orateur scrutait les visages, un à un, en cherchant à y discerner une trace de culpabilité. Chacun s'efforçait de soutenir ce regard avec la tranquillité d'esprit de celui qui n'a rien à cacher. Lorsque Mr Leplat se tut, il y eut un silence que le maire se hâta de rompre en remerciant ses concitoyens de leur attention et en indiquant que si quelque incident leur revenait en mémoire, ils pouvaient venir en faire part à ses hôtes avant qu'ils repartent le lendemain matin.

Les villageois se dispersèrent en évitant d'y mettre trop d'empressement, tandis que Mr Brisen rentrait dans la maison en compagnie de ses invités.

— Je suis vraiment navré que cette réunion n'ait servi à rien, déplora-t-il. Mais rappelez-vous que je vous avais prévenus, il ne s'est rien passé ici cet hiver.

— Pourtant, répondit Mr Leplat, je me suis laissé dire que vous aviez reçu un visiteur, il y a un mois ou deux. Qui était cet homme ?

— Un visiteur ? répéta Daniel, ébahi. Je ne vois pas !

— Il n'y a pas eu un cavalier qui a passé une nuit dans votre village ? insista Mr Leplat.

— Mais oui, vous avez raison ! s'exclama le maire. Je m'en souviens maintenant. Il s'agissait d'un voyageur égaré qui voulait se rendre en Italie, il me semble. C'était au mois de mars, la neige recouvrait encore tout le pays, nous l'avons accueilli selon les règles de l'hospitalité.

— Est-ce vous qui l'avez logé pour la nuit ?

— Non, je n'étais pas au village quand il est arrivé. C'est l'un des habitants qui lui a offert le gîte. Pourquoi ?

— Peut-être ce voyageur a-t-il rencontré nos messagers et sait-il où ils sont allés, j'aimerais bien bavarder avec ceux qui l'ont hébergé si cela ne vous ennuie pas.

— Pas le moins du monde, répondit Mr Brisen très mal à l'aise. Il s'agit de Pierre Boredoux et de sa famille, ils habitent la grande maison à l'angle du chemin un peu plus bas dans la rue, vous les trouverez facilement.

Ils étaient rentrés chez eux, encore nerveux de la scène qui venait de se dérouler. Personne n'avait parlé, mais les émissaires avaient-ils été vraiment dupes ? Debout dans la grande salle, ils se regardaient sans rien dire, aucun des trois n'osant exprimer ses craintes et ses doutes comme si même les murs pouvaient les trahir. Catherine se ressaisit la première et décréta d'une voix ferme qu'elle allait préparer le repas du soir, Marie posa Quentin à terre et s'apprêta à la suivre tandis que Pierre s'efforçait de sourire. Le coup sec frappé à la porte les fit sursauter, Marie porta les mains à sa bouche pour ne pas crier, Catherine l'attrapa par le bras et l'entraîna vivement dans la cuisine pendant que Pierre allait ouvrir. Il ne montra qu'une surprise de bon aloi en reconnaissant le visiteur et l'invita courtoisement à entrer.

— Que me vaut l'honneur de votre visite ? demanda-t-il aimablement lorsqu'ils se furent installés dans les fauteuils.

— J'aimerais que vous me parliez du visiteur que vous avez reçu au mois de mars dernier, monsieur Boredoux.

— Le visiteur ! répéta Pierre, surpris. J'ai bien peur de ne pas avoir grand-chose à vous apprendre sur son compte. Je pense qu'il s'était égaré.

— Vous a-t-il donné son nom ?

— Oui, il s'appelle Cerruti, si je me souviens bien.

— L'abbé Cerruti[9] ! L'ami de Mirabeau ?

— Euh, non ! Je ne crois pas. Il m'a dit qu'il se rendait en Italie pour retrouver la trace de ses ancêtres, c'est malheureusement tout ce que je sais de lui. Pourquoi vous intéresse-t-il ?

— Je pensais qu'il pouvait avoir rencontré nos confrères. Vous a-t-il parlé d'autres voyageurs qu'il aurait pu croiser au hasard des chemins ?

— Non, au contraire, il m'a dit qu'il n'avait vu personne sur la route, même pas des brigands. Avec la neige qui recouvrait tout à ce moment-là, cela ne m'étonne pas. Vos amis s'étaient sans doute mis à l'abri.

— Ce ne sont pas mes amis, je ne les connais même pas, mais leur disparition est étrange… Comme celle de votre curé, d'ailleurs ! Pour quelle raison est-il parti ?

— Je ne sais pas, répondit Pierre sans accuser le coup. À vrai dire, je ne le connaissais pas bien. J'ai dû le croiser une ou deux fois dans la rue, c'est tout.

— Vous n'alliez pas à la messe ?

— Non, ça ne m'a jamais intéressé.

— Votre femme non plus ?

— Pas davantage. Finalement, c'est heureux qu'il soit parti. Je ne lui souhaite pas de mal, mais nous voilà au moins délivrés du poids de cette superstition.

— Je vous félicite, pour un habitant de la campagne, vous avez l'esprit large ! Comme votre maire va procéder à la création d'un directoire de district, je vous conseille d'en faire partie, et même, pourquoi pas, de le diriger. Vous pourrez ainsi guider vos concitoyens sur le chemin du progrès et de la liberté pour montrer la lumière à tous ces rustres.

— Vous me flattez, répondit Pierre en frémissant intérieurement, j'essayerai de me montrer digne de votre confiance.

---

[9] Joseph Cerutti (1738 – 1792) a prononcé l'éloge funèbre de Mirabeau

Mr Leplat prit congé fort civilement et retourna chez le maire, tandis que Pierre s'épongeait le front en poussant un soupir de soulagement. Il se rendit dans la cuisine pour faire un compte-rendu succinct de sa conversation aux deux femmes très inquiètes.

— Un directoire de district, rien que ça ! s'exclama Marie. Crois-tu que Mr Brisen va réellement en former un ?

— Je ne pense pas, répondit Pierre, à moins qu'il ne puisse l'éviter. Cela risque d'exacerber la rivalité entre Villedhuis et Pont-Ouanne qui voudra son propre district. Après toutes les histoires que nous a values la création des départements, on se serait bien passé de cela.

— Ah, là, là ! Voilà encore des ennuis supplémentaires, soupira Catherine. Même ici, nous ne sommes pas assez isolés. Nous aurions dû partir à l'étranger.

— Il est un peu tard, maintenant, répliqua Pierre. Et je ne suis pas sûr que cela ait été une bonne idée. Rien ne sert de se lamenter, nous verrons bien.

Cette nuit-là, les villageois dormirent particulièrement mal et pourtant rien ne vint troubler leur tranquillité. Les deux voyageurs reprirent leurs chevaux dans la matinée et quittèrent le village, accompagnés par le maire qui leur fit courtoisement un bout de conduite. Rien n'avait transpiré du drame qui s'était déroulé à cet endroit quelques mois plus tôt, les émissaires de l'Assemblée poursuivaient leur quête inutile sans soupçonner qu'ils étaient passés à quelques pas de la vérité. Villedhuis se voyait octroyer un certificat de bonne conduite, non mérité, mais tellement rassurant que tous les habitants se sentaient infiniment soulagés et paraient l'avenir de couleurs riantes.

Cependant, lorsque le conseil municipal se réunit la semaine suivante, quelle ne fut pas la surprise des participants lorsque le maire ajouta à l'ordre du jour la création d'un directoire de district et demanda des volontaires pour en faire partie. Ce fut d'abord un tollé qui obligea Mr Brisen à élever la voix pour obtenir le calme, puis un silence réprobateur qui menaça de se prolonger jusqu'à la fin de la séance. Daniel dut utiliser toutes les ressources de son éloquence pour finalement réussir à ouvrir un débat entre les personnes présentes sur la nécessité de ce directoire. Les envoyés de l'Assemblée allaient rentrer à Paris et faire leur rapport sur Villedhuis comme sur toutes les communes visitées, en précisant quelles décisions avaient

été prises dans chaque cas. Par conséquent, le directoire départemental d'Auxerre se manifesterait fatalement tôt ou tard et s'il constatait que rien n'avait été fait, il comprendrait que les Villedhuisiens
s'étaient joués des émissaires de la Constituante. Devant ce flot
d'éloquence, les conseillers s'inclinèrent et acceptèrent d'établir une
liste de citoyens qui seraient sollicités pour faire partie du futur directoire. Bien évidemment, Pierre fut parmi les premiers cité.

— Tu ne vas pas accepter ? demanda Catherine très inquiète.

— Mais si, bien sûr ! Pourquoi pas ?

— C'est dangereux de t'exposer ainsi ! Tu ne sais pas ce que les révolutionnaires sont capables de demander à ces directoires. L'avenir
n'est déjà pas sûr, évitons de nous en mêler. Pense à ton fils !

— Je pense à nous tous. Il vaut mieux paraître suivre le mouvement,
c'est moins suspect. Et puis je ne serai pas seul dans ce directoire.
Allons, ma chérie, ajouta-t-il en l'embrassant, fais-moi confiance.

Catherine fut un peu rassurée quand elle apprit que Philippe et
Romain s'étaient également engagés dans cette nouvelle assemblée.
Mr Brisen avait argué qu'étant déjà maire de Villedhuis, il ne pouvait
pas prendre part au directoire de district, cela lui donnerait trop de
travail. En fait, tout le monde savait que c'était la peur qui le retenait.
Par contre, la surprise fut très grande lorsque l'on apprit que
Mme Trise s'était portée volontaire pour en faire partie. Avec son
caractère peu avenant, on pouvait craindre qu'elle adhérât au dogme
de la Révolution et obligeât les Villedhuisiens à s'y impliquer davantage qu'ils ne le désiraient. Mais comme il était difficile de refuser les
bonnes volontés, elle fut acceptée. Cependant, Pierre et ses amis se
promirent de la surveiller de près.

Le directoire ainsi formé resta inactif jusqu'à la mi-juin, malgré
quelques tentatives de Berthe, vite contrées par les autres membres.
Malheureusement, ce calme ne pouvait durer. Un paysan qui travaillait aux champs revint en toute hâte, en milieu de matinée, pour prévenir le maire que des cavaliers se dirigeaient vers le village. Daniel
se rendit d'abord chez Pierre et Catherine pour les informer de cette
nouvelle et ce fut le branle-bas de combat habituel pour cacher Perrine et le père Craimen, tandis que le maire faisait le tour de Villedhuis afin d'avertir tout le monde. Personne ne se montra quand
la petite troupe armée jusqu'aux dents arriva, seul Daniel vint vers
eux lorsqu'ils mirent pied à terre au milieu de la rue principale du

village, mais tous les hommes s'étaient placés en embuscade, prêts à intervenir en cas de besoin.

— Messieurs, je suis le maire de ce village et je vous souhaite la bienvenue à Villedhuis si vous venez en paix, lança Daniel d'une voix forte.

— Bonjour, Monsieur le Maire, répondit l'un des hommes qui s'était avancé vers lui. Je suis le représentant du directoire départemental et je me nomme Lucien Guérrand.

— Et qui sont les hommes qui vous accompagnent ?

— Des soldats recrutés par le directoire pour assurer la sécurité de tous ses représentants lors de leurs déplacements. Les routes ne sont pas sûres en ce moment. Nous avons demandé des gendarmes, mais il n'y en a pas assez, hélas !

— Des gens d'armes, dites-vous ? De quoi s'agit-il ?

— L'ancienne maréchaussée a été remplacée par la gendarmerie nationale en janvier dernier. Ne le saviez-vous pas ?

— Non, nous sommes très isolés ici et ne voyons pas grand monde. Que nous vaut l'honneur de votre visite ?

— Vous avez reçu des visiteurs le mois dernier qui venaient de Paris, envoyés par la Constituante, n'est-ce pas ?

— Oui, effectivement.

— Ils ont envoyé un courrier au directoire départemental rendant compte de leur mission dans notre région et précisant que vous aviez prévu de créer un directoire de district à leur instigation. Je suis donc mandaté pour inspecter le travail que vous avez effectué.

— Ah, oui, bien sûr ! Je vais donc prévenir les membres du directoire de votre arrivée.

Les hommes dissimulés dans tous les recoins n'avaient rien perdu de cet échange. Constatant qu'il n'y avait pas de danger immédiat, ils se dispersèrent discrètement afin de faire une entrée innocente comme des villageois affairés, uniquement préoccupés de leurs travaux courants. Le maire alla trouver tous les intéressés pour leur annoncer ce qu'ils savaient déjà et chacun arriva de son côté comme s'il venait juste de quitter son travail pour répondre à cette convocation.

Le local dans lequel le directoire se réunissait était une vieille grange désaffectée appartenant à un paysan du nom de Claude Planton, qui ne s'en servait plus. Comme il prêtait son bâtiment, on avait décidé de le nommer directeur du district, ce fut donc lui qui accueillit le représentant du département et le conduisit au lieu de réunion. La présence des hommes armés qui avaient pris place tout autour de la grange ne rassurait personne, bien au contraire, mais ils s'efforçaient tous de montrer un visage serein en s'installant autour de la grande table fabriquée spécialement par Pierre pour cette assemblée. Ils redoutaient, par-dessus tout, les remarques venimeuses de Berthe, ou pire encore, les initiatives malheureuses qu'elle pourrait prendre, aussi la surveillaient-ils étroitement, mais discrètement.

— Bien, pour commencer, nous devons établir les limites de votre district, annonça Lucien Guérrand. Il y a eu une curieuse discussion à votre sujet au directoire départemental, apparemment c'est un sujet qui n'est pas aussi simple que je le croyais. Pour moi, votre district devrait s'étendre de la limite du district voisin, à dix lieues en aval de votre village jusqu'à quinze lieues en amont de Pont-Ouanne pour joindre le district suivant. Mais certaines personnes à Auxerre pensaient que ce serait difficile à établir. Quel est votre avis sur la question ?

— Je pense que c'est impossible, répondit carrément Claude. Voyez-vous, les Villedhuisiens et les Pont-Ouannais ne se sont jamais entendus et les regrouper dans un seul district provoquerait un soulèvement des deux villages. Je vous suggère plutôt de créer deux districts distincts, l'un à Villedhuis, l'autre à Pont-Ouanne. C'est la seule façon de conserver le calme dans cette région. L'Ouanne a toujours été notre frontière, conservez-la et tout ira bien.

— Deux districts au lieu d'un, c'est une complication supplémentaire. Il n'y a pas moyen d'arriver à un accord ?

— Demandez aux Pont-Ouannais. Vous verrez qu'ils vous répondront la même chose que moi.

— Bon, soupira Mr Guérrand, j'irai donc leur poser la question et nous prendrons la décision ensuite. Maintenant, j'aimerais que vous me disiez ce que vous avez fait depuis la création de ce directoire.

Claude et ses compagnons se regardèrent d'un air gêné, ne sachant trop quoi dire et craignant que Berthe se lançât dans des doléances sans fin sur toutes les suggestions qu'ils avaient refusées. Pierre intervint rapidement.

— En fait, nous n'avons pas fait grand-chose, car nous ignorons quel doit être notre rôle exact.

Le représentant du département sourit, très satisfait de cette réponse. Il aimait à se sentir indispensable et n'avait pas grande estime pour ces campagnards qu'il jugeait attardés. Il adorait donner des ordres et s'assurer qu'il avait bien été obéi, mais si ces gens avaient fait preuve d'initiative, il aurait été très déçu et se serait empressé de tout critiquer.

— Votre rôle, annonça-t-il d'un air suffisant, est de relayer les décisions prises par l'Assemblée et de veiller à leur bonne application. Si vous rencontrez le moindre problème, vous devez immédiatement me prévenir afin que je puisse arranger les choses. Avez-vous compris ?

Un murmure d'assentiment lui répondit, mais seule Berthe était sincère.

— Je dois maintenant vous transmettre les dernières décisions de la Constituante, continua-t-il très content de lui. Le député Le Chapelier a fait voter l'abolition des corporations et compagnonnages, donc s'il y a des artisans dans votre village, ils sont désormais libres de suivre leurs propres règles au lieu d'obéir à celles de leur corporation. Vous devez également recenser tous les biens des propriétaires fonciers, terres et bâtiments, pour le calcul de l'impôt qui devra être payé cette année. Enfin, la tâche de l'Assemblée Constituante est bientôt terminée. Une seconde assemblée est convoquée pour le mois d'octobre afin de poursuivre les réformes. Avez-vous des questions à me poser ?

Voyant que Berthe se préparait à parler, Romain se hâta de répondre à sa place.

— Non, je crois que pour le moment il est difficile d'imaginer l'ampleur de notre tâche. Nous pourrons toujours vous contacter en cas de besoin, n'est-ce pas ?

— Bien entendu, répondit Lucien d'un air approbateur.

Il se leva pour signifier que la séance était levée et prit congé de Claude avec un grand sourire. Décidément, songeait-il, ces gens étaient bien les moutons qu'il avait imaginés et ce serait un vrai plaisir de les faire aller dans le sens qui lui conviendrait. Il annonça qu'il se rendait à Pont-Ouanne et reviendrait le lendemain pour décider des limites du district. À la grande déception de Berthe, il rejoignit ses soldats et se mit en selle sans qu'elle eût pu lui parler et le mettre en garde contre le mauvais esprit qui régnait à Villedhuis. Dès qu'il fut parti, tout le monde se dispersa sans faire le moindre commentaire sur la réunion et les nouvelles qu'il avait apportées.

Le soir même, les protagonistes se retrouvèrent chez Pierre pour décider de l'attitude à adopter et des mesures à prendre face à ce nouveau développement. Ils avaient convié le maire et le père Craimen dont les conseils avisés ne pouvaient que les aider. Leur principal souci était la nouvelle sur l'impôt foncier qui les concernait tous à part le prêtre, par contre les conséquences de la loi Le Chapelier leur échappaient complètement. Pierre étant artisan de fraîche date, il ne savait pas ce qu'était le compagnonnage et ignorait totalement quelles protections les corporations offraient à leurs adhérents, si bien qu'il se concentra sur ce qu'il considérait comme leur préoccupation première. Ils étaient tentés de cacher une partie de leurs biens pour échapper à l'impôt, mais ils craignaient Berthe qui était bien capable de les dénoncer.

— Il y aurait bien une solution, dit Romain pensif, elle a hérité de son mari récemment un beau patrimoine, n'est-ce pas Mr le maire ?

— Oui, répondit Daniel, intrigué, où veux-tu en venir ?

— Elle risque de payer beaucoup d'impôts, elle aussi.

— Je vois ce que tu veux dire, intervint Philippe, on pourrait lui suggérer de ne pas tout déclarer, ainsi nous serions sûrs qu'elle ne nous dénoncerait pas.

— Ça pourrait marcher, réfléchit Pierre, je ne la crois pas d'une honnêteté très scrupuleuse. Mais pour lui en parler, il faut quelqu'un en qui elle ait raisonnablement confiance sinon elle n'acceptera pas.

— J'irai la voir, assura Daniel. Moi, elle ne peut pas me soupçonner, je ne fais pas partie du directoire de district et je n'ai que ma maison, donc rien à cacher. De plus, ma fonction me donne une certaine respectabilité.

— Voilà qui me paraît parfait, approuva le père Craimen. Abordez-la comme si vous vous souciez uniquement d'elle en tant que veuve et ne parlez surtout pas des autres. Qu'elle ait l'impression d'être la seule à le faire, ainsi elle sera plus encline à se taire.

Le lendemain, Lucien Guérrand et ses sbires revinrent de Pont-Ouanne ayant perdu un peu de leur superbe. Le directoire se réunit à nouveau, tous ses membres se demandant bien ce qui avait pu se passer pour que le représentant du département fût aussi déconfit.

— Les Pont-Ouannais vous auraient-ils mal reçus ? demanda Claude en guise de préambule à l'ouverture de la séance.

— C'est le moins que l'on puisse dire, répondit Lucien. Ils n'ont aucun sens de l'hospitalité, nous avons dû dormir dans une grange, car tous les habitants prétendaient qu'ils n'avaient pas de place pour nous loger et ce n'est pas le pire. Ils ont refusé de créer un directoire de district et ne veulent pas non plus être dans le même district que vous. Quand j'ai insisté pour régler la situation d'une façon ou d'une autre, ils se sont soulevés et nous ont jetés dehors en nous menaçant avec tout ce qui leur tombait sous la main. Pour éviter un bain de sang, j'ai dû interdire à mes soldats de riposter.

— Ça ne m'étonne pas, affirma Berthe en pinçant les lèvres, ce sont des sauvages.

— Je n'irais pas jusque-là, nuança Claude. S'ils vous ont mal reçus, c'est parce que vous veniez de chez nous, c'est tout. Et maintenant, que faisons-nous ? Où voulez-vous fixer les limites du district ?

— Puisque ces rustres ne veulent rien entendre, le district aura les limites que je vous ai indiquées hier et vous le dirigerez.

— Je refuse catégoriquement. Nous ne voulons rien avoir à faire avec les Pont-Ouannais. Croyez-vous que nous pourrions, par exemple, recenser leurs biens immobiliers pour l'impôt ? Ils ne nous laisseront jamais faire. Si nous essayons de passer le pont, il y aura des bagarres et peut-être même des morts. C'est impossible.

— On ne peut pas laisser une partie du territoire échapper à la loi, quand même ! protesta Lucien.

— Alors, envoyez des gens d'Auxerre pour créer et diriger le district de Pont-Ouanne. Ils l'accepteront certainement mieux que de dépendre de nous.

— Très bien, je verrai cela avec le directoire départemental. Maintenant, je vais vous distribuer les cocardes tricolores que vous devrez porter durant vos missions pour le directoire. Est-ce que votre maire a une écharpe tricolore ?

— Oui, son épouse lui en a cousu une lorsqu'il a été élu maire. Il la porte chaque fois qu'il remplit ses fonctions.

— Je ne la lui ai pas vue hier quand nous sommes arrivés.

— C'est parce que vous êtes arrivés sans vous être annoncés, vous nous avez pris par surprise.

— Bien, je pense que vous avez eu le temps de réfléchir depuis hier, avez-vous des questions sur votre nouveau rôle ?

— Une seule, répondit Claude. Combien de temps avons-nous pour faire la déclaration des biens pour l'impôt foncier ?

— Je ne sais pas, nous n'avons pas reçu de directives précises de l'Assemblée, mais faites-le le plus vite possible afin que l'impôt puisse être payé cette année.

Cette fois, lorsque Lucien Guérrand et ses soldats se préparèrent à partir, Berthe ne chercha pas à aller leur parler. Ils avaient perdu beaucoup de leur prestige à ses yeux en se faisant honteusement chasser par les Pont-Ouannais.

Dans les jours qui suivirent, Claude et ses amis diffusèrent les nouvelles que le représentant départemental avait apportées. La perspective de l'impôt foncier provoqua des protestations passionnées puis des calculs secrets pour essayer d'y échapper. Les artisans s'inquiétèrent de la disparition des corporations qui leur assuraient une certaine sécurité et se demandèrent qui les représenterait maintenant. Mais dans l'ensemble, le calme revint rapidement sur le village plus préoccupé des travaux immédiats dans les champs et dans les ateliers que des événements extérieurs. Daniel alla conférer avec Mme Trise sur l'opportunité de déclarer tous ses biens pour l'impôt et se montra raisonnablement concerné par sa solitude de veuve et son avenir incertain. Pierre, Philippe et Romain, qui n'ayant pas de terres, ne pouvaient être soupçonnés de vouloir dissimuler quelque chose, furent désignés pour recenser les biens déclarés par les habitants du village. Ils y mirent un tel manque d'enthousiasme que l'été passa sans que les déclarations soient complètes.

Un heureux événement

Les représentants du directoire de district s'attendaient à revoir Lucien Guérrand rapidement pour régler la question de Pont-Ouanne ou à recevoir de nouvelles instructions par un courrier, mais aucun émissaire officiel n'arriva d'Auxerre pendant les mois d'été. Et ce fut par des voyageurs que les Villedhuisiens apprirent les événements de Paris.

Début juillet, comme tous les ans à la même époque, un rémouleur vint proposer ses services aux habitants du village. Il monta son échoppe, pour quelques jours, sur la place du village et, tout en réparant les ustensiles de cuisine, il raconta la fuite sensationnelle du roi vers l'est et son piteux retour dans la capitale[10].

— Il a été reconnu par le maître de poste de Varennes qui s'est empressé de prévenir la garde nationale, expliquait-il à qui voulait l'entendre. Les soldats ont ramené la famille royale à Paris et, à l'arrivée, ils lui ont fait une haie d'honneur à l'envers, fusils renversés, histoire de montrer leur désapprobation. C'est bien fait, moi je dis ! S'enfuir comme ça, c'est pas honorable.

Cette nouvelle agita beaucoup le bourg qui bruissait de rumeurs et de conversations animées. Il y avait ceux qui approuvaient la tentative de fuite du roi et ceux qui la condamnaient, avec toutes les nuances allant de l'indulgence à la pire des intolérances. Pierre se

---

[10] Départ dans la nuit du 20 juin 1791, retour le 25 juin

119

garda bien de donner son opinion en public et conseilla à sa petite famille d'en faire autant.

— Méfiez-vous de ce que vous dites, les prévint-il, on ne sait jamais ce que les gens qui écoutent en retiendront et, encore moins, ce qu'ils pourront en répéter. Nous vivons une époque troublée où les amis d'hier peuvent devenir les ennemis de demain.

Le père Craimen, mis au courant de l'histoire, la déplora vivement.

— Le roi est le dernier garant de l'Église en France, expliqua-t-il. S'il perd le peu qui lui reste de son autorité, je ne donne pas cher de notre vie, à nous gens d'Église et à tous ceux qui nous auront aidés. Je crains pour vous, mes chers amis, il vaudrait peut-être mieux que je vous quitte avant de vous mettre davantage en péril.

— Certainement pas ! s'exclama Catherine. Où iriez-vous ? C'est en partant sur les routes que vous courez un vrai danger, pas en restant ici. D'ailleurs, le culte réfractaire a été autorisé, les envoyés de l'Assemblée nous l'ont dit, donc personne ne peut nous reprocher quoi que ce soit. Et puis votre présence nous manquerait trop.

— Catherine a raison, approuva Pierre, attendons de voir ce qui va se passer maintenant, en espérant que la raison l'emportera.

Par comparaison avec cet événement, la nouvelle d'une fusillade au Champ de Mars à Paris et la répression brutale qui s'ensuivit, que les Villedhuisiens apprirent par un voyageur isolé fin juillet, n'intéressa pas grand monde. Les actes de ce type se multipliaient partout dans le royaume et les villageois désiraient seulement que toute cette violence ne s'installât pas chez eux. Même si les avis divergeaient, cela se résumait à des discussions animées qui ne s'envenimaient jamais. Chacun respectait suffisamment son interlocuteur pour admettre son opinion et ne pas en prendre ombrage.

Septembre arriva et, avec lui, les récoltes. Chacun s'activait dans les champs et les jardins avant que le mauvais temps arrivât. De l'autre côté de l'eau, ils voyaient les Pont-Ouannais s'occuper aux mêmes travaux tout en les observant discrètement. Selon leurs informations, le curé de Pont-Ouanne avait prêté serment à la Constitution et pouvait donc tranquillement continuer son ministère, par contre il n'avait jamais traversé le pont pour proposer ses services aux Villedhuisiens privés officiellement de religion depuis le départ supposé de leur prêtre. Peut-être pensait-il que ses voisins étaient des révolutionnaires enragés à cause de la création du directoire de district et qu'ils ne voulaient plus entendre parler de l'Église. Quelle qu'en fût la raison, cette attitude arrangeait bien les Villedhuisiens qui avaient ainsi moins de mal à garder leur secret.

Le petit Quentin allait sur ses deux ans, et Catherine, Marie et Perrine avaient décidé de lui préparer une petite fête pour son anniversaire. Philippe et Jeanne Levasseur seraient là, bien sûr, avec leur fille Irène de six mois plus jeune que Quentin. Il y aurait aussi Daniel Brisen, sa femme et leurs enfants, bien qu'ils soient beaucoup plus âgés, et également Romain Millon et Martine Ferrant qui n'en étaient pas encore à faire des enfants, mais ne rataient jamais une occasion de se retrouver ensemble. Tout le monde s'activait donc gaiement dans la maison tandis que Pierre fabriquait en grand secret dans son atelier un nouveau jouet pour le petit garçon. Dans le cours de l'après-midi, Catherine vint le rejoindre avec une curieuse expression sur le visage, un mélange de joie et d'inquiétude qui le laissa perplexe.

— Que t'arrive-t-il, ma chérie ? demanda-t-il. Si c'est une nouvelle, j'espère au moins qu'elle est bonne !

— Tu me diras ce que tu en penses. J'ai attendu pour en être sûre, mais maintenant, il n'y a plus de doute. J'attends un enfant.

— Mais, c'est formidable !

— Tu en es sûr ? Avec le chaos qui règne dans le royaume, j'ai déjà peur pour Quentin. Alors, un autre enfant…

— L'ordre finira par revenir d'une façon ou d'une autre, un pays ne peut pas rester dans l'anarchie éternellement. Tu verras, nos enfants vivront dans un royaume pacifié et peut-être même un peu plus juste.

— J'espère que tu dis vrai. Je ne me vois pas repartir sur les routes avec deux enfants, ce serait pire encore !

— Pourquoi repartir ? Ne sommes-nous pas bien ici ? J'ai un nouveau métier qui nous permet de vivre correctement, nous avons enfin quelques amis dans le village, nous sommes relativement à l'abri des violences qui secouent le pays. Nous pouvons rester ici toute notre vie.

— Tu as sûrement raison, mais je ne suis pas tranquille. Je n'ai pas l'impression d'être vraiment chez moi, ici, et j'ai le sentiment qu'un jour on va nous jeter dehors.

— Allons, dit-il en l'embrassant affectueusement, tu te fais des idées. C'est un magnifique cadeau que tu m'offres là et cela ne doit nous causer que de la joie. Je vais confectionner un nouveau mobilier pour cet enfant.

— Je crois, répondit Catherine, revenant aux questions pratiques, que le berceau de Quentin pourrait être remplacé par un lit bas, il commence à être grand pour dormir encore dedans. D'ailleurs, une grande partie du mobilier que je n'utilise plus pour Quentin servira pour le prochain bébé. Par contre, nous ne pourrons pas garder les deux enfants dans notre chambre, il n'y a pas assez de place. Peut-être pourrions-nous aménager le local qui ne sert à rien au fond du couloir, derrière notre chambre ? Ça ferait une très belle chambre d'enfant, qu'en penses-tu ?

— Oui, c'est assez grand pour y loger plusieurs enfants.

— Comptons deux pour le moment, c'est déjà suffisant, répondit Catherine en riant.

Marie fut la première à apprendre la nouvelle et s'en réjouit fort. Elle, qui adorait les enfants et ne se remettait pas de la perte du sien, avait reporté sur Quentin tout son amour maternel, mais elle savait bien qu'il y avait de la place dans son cœur pour un autre bébé. Sa seule inquiétude fut pour l'allaitement.

— Je n'ai plus de lait depuis plusieurs mois, comment allons-nous faire ? demanda-t-elle. J'aurais dû allaiter Quentin plus longtemps.

— J'espère bien nourrir mon enfant moi-même cette fois-ci, répondit Catherine. Si je me souviens bien, dans les premiers temps j'adorais faire téter Quentin, je recommencerai pour le nouveau bébé, en espérant que tout se passera bien.

La grossesse de Catherine fut le sujet de conversation central de la soirée. Tout le monde la félicita et chacun offrit ses services. Le père Craimen promit, bien entendu, de baptiser le nouveau-né et Romain se proposa comme parrain. Mme Brisen annonça qu'elle ferait cadeau à la jeune femme d'une grande pièce de tissu pour y couper les vêtements du bébé tandis que Martine affirmait qu'elle savait coudre et viendrait volontiers l'aider. Jeanne, enfin, glissa à l'oreille de Catherine qu'elle lui prêterait toutes ses robes de grossesse pour lui éviter d'en coudre de nouvelles. Cette discussion eut lieu sur fond de vacarme composé pour l'essentiel de cris d'enfants. Pierre avait offert à Quentin un petit cheval de bois entièrement articulé et Irène passa la soirée à essayer de le lui chiper. Les plus grands qui tentaient d'arbitrer le différend ne faisaient que l'aggraver et augmenter le tumulte, ce qui obligea finalement les adultes à sévir pour obtenir un peu de calme.

Le lendemain, tout en aidant Catherine à remettre un peu d'ordre dans la maison, Perrine mit en avant un sujet auquel la jeune femme n'avait pas encore pensé.

— Il n'y a plus de sage-femme dans le village, la seule que nous avions habitait dans cette maison.

— Ce sont les gens qui sont partis pour Paris quand la Révolution a commencé ? demanda Catherine.

— Oui, ce sont bien eux. Elle était une excellente sage-femme, douce et forte à la fois, ce qui rassurait les futures mamans. Elle a vu naître tous les gens de moins de vingt ans dans le village. Par contre, son mari était un bon à rien. Vous avez vu dans quel état se trouvaient la maison et le terrain ? Eh bien, c'était pareil quand ils étaient là, il n'entretenait rien. Le cidre qu'il tirait de ses pommes était proprement imbuvable et je me demande comment ils trouvaient leurs légumes au milieu de toutes les mauvaises herbes. La propriété est bien plus belle maintenant.

— S'il n'y a plus de sage-femme, comment vais-je faire pour accoucher ? s'inquiéta Catherine. Toute seule, je ne m'en sortirai pas ! Lors de mon premier accouchement, je n'ai eu qu'à me laisser faire, la sage-femme s'est occupée de tout.

— Il y en a une à Pont-Ouanne, mais je doute fort qu'elle accepte de venir, même pour vous qui n'êtes pas de Villedhuis. Et je ne vois d'ailleurs pas qui dans le village voudrait bien aller le lui demander.

— Ne pourrait-on en trouver une ailleurs dans la région ?

— Les autres villages sont trop loin pour qu'on puisse aller la quérir à temps le moment venu. Et qui accepterait de passer des semaines loin de son foyer en attendant la naissance ? D'autant plus qu'un étranger résidant longtemps au village découvrirait facilement notre présence au père Craimen et à moi.

— Mais alors, comment faire ?

— Il y a bien une femme qui vit dans la forêt, on la dit un peu sorcière. Peut-être voudrait-elle bien vous aider ? En tout cas, il faut le lui demander.

— Et si elle refuse ?

— Je vais continuer à chercher si je connais quelqu'un d'autre. Nous avons encore plusieurs mois pour trouver une solution, l'enfant doit arriver au mois de juin, n'est-ce pas ?

— Non, en mai plutôt, ou même fin avril, je ne sais pas exactement.

— Cela nous laisse quand même au moins sept mois, nous y arriverons, la rassura Perrine.

Comme les villageois n'avaient aucune nouvelle récente à se mettre sous la dent, on parla beaucoup de la grossesse de Catherine, c'était le seul événement intéressant de ces dernières semaines. Beaucoup de femmes du village passèrent la voir pour la féliciter et lui racontèrent en détail leurs propres grossesses et leurs accouchements. Marie et Catherine en faisaient des gorges chaudes après leur départ et Perrine souriait avec indulgence à ces jeunes femmes qui savaient s'amuser d'un rien. Ce fut la visite d'Annick Prévost qui fut la plus utile, car elle connaissait la sorcière qui vivait dans les bois et s'offrit à aller la voir pour lui demander de rencontrer Catherine, ce qui fut accepté avec gratitude.

Charlotte Martin avait une quarantaine d'années, mais, usée par la vie, en paraissait au moins dix de plus. Elle avait épousé, très jeune, un homme qui s'était vite révélé brutal. Il la battait fréquemment et avait tellement malmené les enfants qu'elle avait mis au monde qu'aucun n'avait atteint l'âge adulte. Elle avait fini par s'enfuir et depuis, de peur qu'il la retrouvât, elle vivait au fond des bois en évitant le plus possible d'avoir des contacts avec les habitants des environs. Elle ne faisait rien pour détruire cette réputation de sorcière qu'on lui avait faite, au contraire, elle l'entretenait pour éloigner les curieux. Elle avait trouvé un jour Annick Prévost qui s'était foulé la cheville en traversant la forêt et l'avait soignée afin qu'elle pût rentrer au village. Depuis, les deux femmes avaient sympathisé et lorsque Charlotte n'avait plus rien à manger au cours de certains hivers particulièrement rigoureux, Annick trouvait toujours le moyen de lui réserver une petite part des repas qu'elle préparait afin de la soutenir jusqu'à la belle saison. Quand Annick lui parla de Catherine et lui demanda de l'aider, Charlotte hésita beaucoup. Elle ne voulait se mêler en rien de la vie du village et craignait que, si elle faisait une entorse à sa règle, on vînt ensuite la chercher sans arrêt. Annick lui brossa un tableau complet de la situation dans la région et le royaume sans omettre les événements de Villedhuis, car Charlotte n'irait le répéter à personne, d'ailleurs elle était déjà au courant de beaucoup de choses, car elle avait assisté à l'enterrement furtif des envoyés de l'Assemblée, cachée derrière un arbre. En apprenant le rôle que Pierre avait joué dans cette histoire, elle décida finalement que Catherine méritait son aide et se déclara prête à aller lui rendre visite.

Catherine fut assez surprise de l'allure de sa visiteuse, bien sûr elle n'était plus toute jeune, mais elle ne ressemblait en rien à une sorcière. Elle était plutôt petite, parlait d'une voix douce et semblait fort intimidée, tout le contraire d'une personne censée jeter des sorts. Catherine la conduisit dans sa chambre où Charlotte lui posa des questions précises sur sa grossesse, puis elle lui palpa le ventre et décréta que l'enfant ne devrait pas venir avant le début du mois de mai. Elle lui prescrivit de boire régulièrement une infusion de différentes herbes fortifiantes et promit de revenir chaque fois que Catherine la ferait quérir, par contre elle refusa toute idée de rétribution.

— Les femmes doivent s'entraider, déclara-t-elle péremptoirement.

La visite de Charlotte chez Pierre et Catherine ne souleva guère de commentaires dans le village. Dans l'ensemble, on était content que la jeune femme eût trouvé l'aide dont elle avait besoin pour son accouchement, mais les villageoises s'avouaient tout bas qu'elles auraient peur de s'en remettre à Charlotte et doutaient fort que cela se passât bien.

Au début d'octobre, Lucien Guérrand revint à Villedhuis, toujours accompagné de ses sbires armés jusqu'aux dents. Claude se hâta de réunir le directoire de district pour entendre les dernières nouvelles.

— L'assemblée Constituante s'est séparée comme prévu, annonça Lucien, et la Législative s'est réunie depuis le 1er octobre, les réformes se poursuivent. Je suppose que vous avez entendu parler de la tentative de fuite de Louis Capet ? (Tous frémirent devant cette insolence, mais personne n'osa protester) Eh bien, il a de nouveau juré fidélité à la Constitution, donc tout est rentré dans l'ordre, en ce qui le concerne en tout cas. Car tout n'est pas aussi calme que votre village, nous avons beaucoup de troubles dans le pays, les ci-devant tentent de provoquer une contre-révolution, mais nous les mettrons au pas. Pour cela, l'Assemblée a voté un nouveau décret qui instaure l'obligation de dénonciation civique, ce qui veut dire que chaque personne doit vous prévenir si quelqu'un agit contre la Révolution et que vous devez nous en rendre compte. Est-ce compris ?

— Est-ce qu'il y aura une récompense pour les dénonciateurs ? demanda Berthe Trise.

— Non, puisque c'est un devoir civique, répondit Lucien. Pourquoi ?

— Je pensais que ça encouragerait les gens à le faire, tout simplement.

— La loyauté envers la patrie est une raison suffisante, il me semble.

— Bien sûr, intervint Claude, mais vous savez, ici où tout le monde se connaît c'est parfaitement inutile.

— Je m'en doute, mais on ne sait jamais. Ouvrez l'œil ! Maintenant, avez-vous l'inventaire des biens de tous les habitants du village ?

— Oui ! se hâta de répondre Philippe. Ce ne fut pas difficile, tout le monde ici ne demande qu'à soutenir le pays. Le voilà !

— J'aimerais que tout se passe partout comme chez vous, soupira Lucien, vous êtes la seule commune à ne me poser aucun problème.

— Qu'avez-vous décidé pour Pont-Ouanne ? demanda Claude.

— Rien encore. Pour collecter les impôts, j'irai avec plusieurs de mes collègues et une troupe armée plus importante que celle qui m'accompagne aujourd'hui, car je prévois des protestations et, peut-être même, des bagarres.

— Et nous, quand devrons-nous payer l'impôt ?

— Nous n'avons pas encore reçu les ordres de Paris, je reviendrai vous le dire quand je le saurai.

— Bien, dit Claude, si nous en avons terminé, notre maire, Mr Brisen, vous invite cordialement à dîner chez lui si cela vous sied. Je me chargerai de nourrir vos soldats.

— C'est très aimable de votre part, j'accepte avec plaisir.

Pendant que Claude conduisait Mr Guérrand chez le maire et que les membres du directoire se dispersaient tranquillement, Pierre entraîna Philippe et Romain à l'écart. Ils avaient remarqué tous les trois les yeux brillants de Berthe quand le représentant avait parlé du décret de dénonciation civique. Elle était bien capable d'aller dénoncer le père Craimen et tous ceux qui l'aidaient, ainsi que, pourquoi pas, raconter le meurtre des envoyés de l'Assemblée, surtout si elle pensait y trouver son intérêt. Il fallait absolument la surveiller de près. Cependant lorsque Lucien s'en alla avec ses soldats, la veuve ne quitta pas sa maison pour les voir partir, elle était plus maligne que ça.

Une quinzaine de jours plus tard, Berthe sella son cheval à l'aube et prit la route d'Auxerre. Romain qui préparait son pain, l'entendit remonter la grand-rue du village et sortit sur le pas de sa porte.

— Où allez-vous de si bon matin ? demanda-t-il d'un air jovial.

— Je vais à la ville où j'ai des emplettes à faire, répondit Berthe avec un sourire contraint.

— Comment ? Vous allez jusqu'à Auxerre ? Et toute seule en plus ! Mais c'est très dangereux, vous ne pouvez pas voyager si loin sans escorte, voyons !

— Je me débrouillerai très bien toute seule, je sais me défendre.

— Non, affirma Romain en prenant la bride de sa monture, je ne peux pas vous laisser partir comme ça. Je me sentirais responsable s'il vous arrivait quelque chose. Attendez que tout le monde soit levé et nous trouverons bien quelques hommes courageux pour vous accompagner. Pour le moment, venez chez moi prendre une boisson chaude si vous voulez.

— Non merci, en fait vous avez raison, mes emplettes peuvent attendre, je vais rentrer chez moi.

Romain la suivit des yeux pendant qu'elle faisait demi-tour et ramenait son cheval à l'écurie. Il n'était pas vraiment rassuré. Elle recommencerait c'était certain et peut-être finirait-elle par y arriver. Il décida de raconter l'histoire à tout le monde afin qu'on la surveillât encore plus étroitement. Désormais, il y eut toujours au moins une paire d'yeux sur Mme Trise en permanence, ce qui ne l'empêcha pas de tenter de quitter le village sous un prétexte ou un autre dans les semaines qui suivirent, mais, chaque fois, il se trouva quelqu'un pour l'arrêter.

Novembre était bien avancé, lorsqu'ils furent alertés par un grand tumulte venant de l'autre rive de l'Ouanne. Tous les villageois abandonnèrent leurs occupations pour aller voir ce qui se passait. Les membres du directoire se demandaient si c'était la levée des impôts qui provoquait ce tohu-bohu, mais comme ils n'avaient reçu aucune nouvelle de Lucien Guérrand, cela semblait peu probable. Le spectacle qui s'offrit à leurs yeux leur coupa le souffle, toute la population de Pont-Ouanne semblait s'être rassemblée sur la rive opposée. Hommes, femmes, enfants, vieillards, toute une multitude bigarrée, armée d'armes improvisées, fourches, piques, faucilles, fusils, baïonnettes, et hurlant des mots incompréhensibles. Alors que les Villedhuisiens les observaient, tout en se demandant la raison de ce vacarme, les Pont-Ouannais s'ébranlèrent en direction du chemin qui menait à la grand-route, au nord des deux villages, et le calme revint. Ils regagnèrent leur village tout en examinant les différentes hypothèses qui pourraient expliquer une telle agitation chez leurs voisins d'en face. Ce ne fut que dans la soirée qu'ils commencèrent enfin à comprendre ce qui s'était passé lorsqu'ils virent les Pont-Ouannais revenir en portant des gros sacs en toile de jute apparemment bien remplis et des paniers pleins de fruits et de légumes ne venant certainement pas de leurs champs. Lucien Guérrand, quand il revint début décembre, leur confirma que des convois de grains et de primeurs avaient été pillés dans la région, mais, par prudence plus que par loyauté, ils ne dénoncèrent pas leurs voisins. Lors de cette visite, Berthe ne fit aucune tentative pour parler au représentant du département hors du directoire. Par contre, les nouvelles qu'il leur apporta les inquiétèrent fort.

— Tous les biens de l'Église ont été mis en vente, leur annonça-t-il, et beaucoup ont déjà été achetés, mais je crains bien que ceux que vous avez dans ce village ne soient pas intéressants pour des acheteurs. Votre commune n'en tirera pas d'argent.

— C'est vrai qu'il n'y a que le presbytère et un petit jardin, dit Philippe en tentant de prendre l'air convaincu, et qui voudrait d'une maison ouvrant directement sur une église ?

— C'est bien ce que je pense, approuva Lucien. Par contre, votre ancien curé risque d'avoir des ennuis si on le retrouve, l'Assemblée a décrété que tous les prêtres réfractaires sont suspects de révolte et considérés comme traîtres à la patrie. Il aurait mieux fait de prêter serment au lieu de s'enfuir.

Le père Craimen, à qui Pierre rapporta ces paroles, regretta une fois de plus de ne pas être parti, mais comme l'hiver arrivait, il n'était plus temps de le faire. Il refusa, par contre, de s'engager à rester plus tard que le printemps suivant. Pierre et Catherine durent se contenter de cette demi-promesse.

À nouveau, on fêta Noël avec une grande ferveur à Villedhuis. Aucun habitant ne manquait à la messe que le père Craimen célébra à minuit dans l'étable de Pierre. Ils priaient pour que le désordre qui s'était installé dans le royaume cessât enfin et que leurs concitoyens retrouvent la raison, mais, hélas, ils n'y croyaient guère.

La nouvelle année ne leur procura malheureusement aucun espoir de retour à la normale. L'hiver était moins dur que le précédent et quelques voyageurs passaient par le village en apportant des nouvelles toujours plus mauvaises. Entre la mise en accusation du roi, qui comparut devant l'Assemblée le 11 janvier 1792, et l'appel à la guerre contre l'Allemagne et l'Autriche, les villageois sentaient leur monde de plus en plus menacé. Par chance, l'entente qui régnait dans la commune et la clairvoyance du maire avaient permis, dès l'automne, de stocker les denrées indispensables et de gérer leur répartition. Ainsi, même si les Villedhuisiens ne vivaient pas dans l'abondance, au moins personne ne mourut de faim contrairement à bien des endroits dans le royaume et notamment chez leurs voisins de Pont-Ouanne. Chez Pierre et Catherine, l'on se restreignait comme partout, mais la jeune femme protestait souvent lorsque Marie lui servait les meilleurs morceaux et toujours un peu plus que les autres. Charlotte était revenue la voir d'elle-même et lui avait affirmé que son enfant grandissait bien. Pour Catherine, le sentir bouger dans son ventre était toujours un moment de pur bonheur.

Le retour de Lucien Guérrand, en février, jeta une pierre dans ce calme précaire. Il venait leur demander de payer leurs impôts, car l'Assemblée l'avait relancé pour obtenir de l'argent. Par précaution, Mr Brisen avait caché la plus grande partie de leurs réserves afin que personne ne pût mettre la main dessus et ceux qui avaient de l'argent comme Pierre, Philippe ou Romain, l'avaient enterré soigneusement. On apporta donc au représentant du département ce qui avait été gardé pour l'impôt, bien moins que ce qu'il demandait. Ils argumentèrent que la récolte avait été mauvaise et qu'ils étaient très pauvres. Lucien, compréhensif, mais méfiant, demanda à visiter chaque maison, ce qu'ils ne purent empêcher. Le groupe, qui l'accompagnait, augmenta de maison en maison, mais resta muet, de peur de débordements incontrôlables. Dans l'ensemble d'ailleurs, Lucien se montra raisonnable, les Villedhuisiens ne lui avaient jamais causé d'ennuis, il était donc bien disposé envers eux. Chez Pierre, il visita la maison sans un mot et puis de retour dans la grande salle, il lui sourit d'un air engageant.

— J'ai une idée pour vous acquitter de ce que vous devez encore, annonça-t-il.

— Quelle idée ? demanda Pierre, inquiet. Vous voyez que je n'ai que le strict nécessaire.

— Oui, mais vous avez de beaux meubles.

— Vous voulez emporter mon mobilier ! s'exclama le jeune homme effaré.

— Non, bien sûr ! Mais c'est bien vous qui fabriquez tout cela, n'est-ce pas ? Nous manquons de sièges au directoire départemental, si vous nous en faites, disons cinq, nous considérerons que votre dette est éteinte. Cela vous convient-il ?

— Oui, naturellement, répondit Pierre, soulagé. Je vous les porterai dès qu'ils seront finis. Le mois prochain, voulez-vous ?

— C'est entendu, je le note. Ah, autre chose, quand vous viendrez à Auxerre, munissez-vous de votre passeport. Maintenant, toute personne qui voyage doit en avoir un, sinon c'est l'arrestation.

— Mais, je n'en ai pas !

— N'ayez crainte, votre maire vous le donnera. Avant de venir, j'ai fait fabriquer des passeports pour toutes les personnes de votre village et je les ai donnés à Mr Brisen.

La visite du village se termina dans le calme, comme elle avait commencé. Lucien n'avait rien demandé d'impossible et ne les avait pas ruinés, on le regarda partir avec soulagement. Quelques jours plus tard, ils entendirent à nouveau un grand vacarme venant de la rive d'en face. Il s'agissait, cette fois, d'un groupe important de soldats armés, entourant plusieurs hommes en civil, qui investissait le bourg de Pont-Ouanne sous les cris et les insultes des villageois. Ils se regardèrent en souriant, la collecte des impôts chez leurs voisins ne se passerait pas aussi calmement que chez eux. Ils retournèrent tranquillement à leurs occupations.

Pierre travaillait de pied ferme pour fabriquer les sièges demandés par Lucien. Sa fierté nouvelle d'artisan le poussa, au lieu de chaises toutes simples, à réaliser de beaux fauteuils avec des accoudoirs en bois travaillé et des pieds sculptés qui étaient bien trop beaux pour une salle de réunion. Catherine lui en fit la remarque sans, toutefois, le décourager, après tout s'il y trouvait du plaisir, autant le laisser faire. Courant mars, les cinq fauteuils furent terminés et Pierre emprunta la charrette et le cheval de trait de Georges Prévost pour les livrer à Auxerre. Comme les routes n'étaient pas sûres, Romain et Philippe décidèrent de l'accompagner et tous les trois s'armèrent solidement.

Lorsque, quittant le sentier boisé qui venait de Villedhuis, ils arrivèrent sur la grand-route, ils furent très surpris de voir l'affluence qui y régnait. D'abord des groupes de voyageurs à pied, d'allure fort pauvre, portant souvent sur le dos un balluchon de vêtements et quelques ustensiles, des femmes avaient dans les bras des enfants parfois très jeunes. Se mêlant à ces groupes, on trouvait aussi des colporteurs d'apparence misérable traînant leur camelote, certains plus chanceux avaient quand même un âne pour la transporter. Des cavaliers seuls ou en petit groupe, souvent fortement armés, l'air aux aguets, croisaient des chariots de marchandises conduits par des marchands apparemment aisés qui se garaient prestement au passage d'un carrosse encadré d'une troupe de soldats à la mine patibulaire. Parfois, un courrier, visiblement pressé, dépassait la foule au grand galop en éclaboussant tout le monde de boue, provoquant des protestations qu'il n'entendait même pas. Pierre inséra adroitement sa charrette dans la circulation et prit la direction d'Auxerre. La journée s'écoula trop lentement à leur gré, ils n'avançaient pas aussi vite qu'ils l'avaient espéré à cause de cette multitude de gens sur la route, mais d'un autre côté, ils redoutaient moins une attaque dans ces conditions. Par moment, le flot s'éclaircissait leur permettant de marcher tous les trois de front et puis il s'épaississait à nouveau les obligeant à marcher à la queue leu leu. Ils avancèrent aussi longtemps qu'ils le purent malgré le soir qui tombait pour arriver plus vite, mais quand ils décidèrent enfin de s'arrêter, il n'y avait plus une chambre de libre dans aucune auberge ce qui ne leur laissait d'autre choix que de dormir à la belle étoile. Heureusement, il ne pleuvait pas et la température était assez douce pour un mois de mars. Par prudence, cependant, ils établirent un tour de garde afin de ne pas se faire attaquer par surprise.

Le lendemain, ils reprirent la route au lever du soleil. Il y avait beaucoup moins de monde ce jour-là et ils ne croisèrent que de rares voyageurs. Lorsqu'ils pénétrèrent dans un bois touffu, ils étaient complètement seuls et quelque chose, peut-être la profondeur du silence, les alerta. Ils s'arrêtèrent et se rapprochèrent les uns des autres.

— Cette forêt est tout à fait propice à une embuscade, murmura Pierre, je n'aime pas ça du tout. Allons-nous avancer seuls ou bien attendre que quelqu'un traverse avec nous ?

131

— Ni l'un ni l'autre, répondit Romain. Tu vas attendre ici avec les chevaux et nous, nous irons explorer la forêt de chaque côté du chemin. Ensuite, nous déciderons de la marche à suivre.

— Bien, mais soyez prudents !

Romain et Philippe se glissèrent dans les sous-bois aussi silencieusement que des bêtes sauvages aux aguets. À peu près au centre de la forêt, juste à la sortie du grand virage que formait le chemin, ils trouvèrent des brigands dépenaillés cachés dans les taillis de chaque côté du sentier. Ils étaient cinq, à l'air redoutable, mais pauvrement armés et visiblement mal nourris. Les deux jeunes gens rejoignirent Pierre rapidement pour lui faire un compte-rendu de la situation.

— Je pense qu'il nous sera facile d'en venir à bout, affirma Philippe. Nous pouvons avancer sans crainte.

— Attention, ils sont quand même plus nombreux que nous, objecta Romain, ce n'est pas si simple.

— On peut retourner leur piège contre eux, suggéra Pierre. Je vais m'avancer seul sur le chemin comme un voyageur sans défense et vous m'accompagnerez cachés dans les sous-bois. Lorsqu'ils m'arrêteront, vous vous montrerez de chaque côté en les menaçant de vos armes et je sortirai mon pistolet. Comme ils ne s'attendront pas à ça, leur moment d'hésitation nous permettra de les faire prisonniers, j'aimerais que personne ne soit tué.

— Les faire prisonniers ! Et que veux-tu que l'on en fasse ?

— Les remettre aux gendarmes.

— Ça veut dire les emmener jusqu'à Auxerre, nous trois contre cinq, c'est impossible voyons !

— Bon, alors il faut les désarmer et les envoyer se faire pendre ailleurs.

— Oui, ça, c'est mieux, approuva Romain.

Pierre attacha les chevaux de ses amis à l'arrière de la charrette et fit avancer son attelage tranquillement tandis que Philippe et Romain retournaient dans les sous-bois. Au tournant du chemin, comme il s'y attendait, il se trouva confronté aux cinq brigands qui barraient le passage en prenant un air féroce, alors il s'arrêta. Le chef, au centre, fit signe à ses acolytes d'aller voir le chargement de la charrette, mais avant qu'ils aient pu obéir, un cri les figea sur place.

— Ne bougez plus !

Philippe et Romain avaient surgi des deux côtés du sentier et les tenaient en joue, Pierre sortit son pistolet et les menaça également.

— Ne nous tuez pas ! s'exclama le chef des pillards.

— Allez-vous-en, ordonna Pierre, et cessez d'importuner les voyageurs. Je vais prévenir les gendarmes, s'ils vous retrouvent, il vous en cuira.

Sans demander leur reste, les brigands s'enfuirent à toutes jambes dans la forêt et disparurent rapidement. Philippe et Romain reprirent leurs chevaux et les trois jeunes gens continuèrent leur chemin.

Le reste du voyage se passa sans encombre. Ils s'arrêtèrent plus tôt le soir afin de ne pas avoir à dormir dehors, car une petite pluie fine s'étant mise à tomber, ils étaient bien aises d'avoir un abri pour passer la nuit au sec. En cinq jours, ils atteignirent Auxerre dont Romain se souvenait comme d'une ville sinistrée. Le faubourg par lequel ils entrèrent leur parut calme et ordonné, les gens vaquaient paisiblement à leurs occupations, les échoppes étaient ouvertes et les ménagères faisaient leurs courses en râlant contre le prix des denrées. C'était une scène tellement familière et rassurante que les trois jeunes gens se regardèrent étonnés. Dans la ville, c'était jour de marché, ce qui rendait la circulation difficile. Pierre, peu habitué au maniement d'un attelage, devait faire appel à toute sa concentration pour ne pas heurter un piéton ou un étal. Romain s'était placé devant lui pour lui ouvrir la route et Philippe se tenait derrière pour empêcher quiconque de monter sur la charrette. Tout en menant le convoi vers le siège du directoire départemental, Romain s'interrogeait sur la différence entre ce qu'il avait vu un an plus tôt et l'état actuel de la ville. L'ordre et la prospérité semblaient revenus, mais il y avait un côté artificiel dans la scène qu'il avait sous les yeux, comme si tous ces gens jouaient un rôle auquel ils ne croyaient pas vraiment.

Le directoire départemental était installé dans un hôtel particulier du centre-ville d'Auxerre. Lorsqu'ils pénétrèrent sous le porche majestueux, le concierge sortit aussitôt de sa loge pour leur demander ce qu'ils voulaient puis partit à toutes jambes prévenir ces messieurs de leur arrivée. Lucien Guérrand vint au-devant d'eux en souriant.

— Nous ne vous attendions pas si tôt, dit-il à Pierre, tout en serrant la main des trois jeunes gens. Vous avez fait vite !

— J'aime respecter mes délais, répondit Pierre. Je vous les avais promis pour ce mois-ci.

— Oui, c'est vrai. Mais il est rare qu'un artisan soit aussi rapide. Avancez la charrette dans la cour où vous pourrez décharger la marchandise.

Tous les membres du directoire étaient descendus pour voir les nouveaux sièges, s'attendant à des chaises banales. Mais, tandis que Pierre, aidé de Philippe et de Romain, sortait les fauteuils du véhicule, ils s'exclamèrent d'admiration devant un si beau travail et se concertèrent rapidement.

— Ces fauteuils sont bien plus beaux que ce que nous attendions, leur expliqua Lucien, deux d'entre eux suffisent à couvrir votre dette, nous allons vous payer les trois autres.

— Je suis confus, répondit Pierre, je crois que je me suis laissé aller au plaisir de fabriquer ces objets. Je ne voulais pas en tirer plus de profit que prévu.

— Ça ne fait rien, répondit Lucien, nous sommes ravis de les avoir et nous vous réglerons votre dû bien volontiers.

— Je suis surpris de voir à quel point la ville a changé depuis un an, risqua Romain. Je suis venu à l'évêché l'année dernière, il régnait ici un véritable chaos alors qu'aujourd'hui l'ordre semble revenu.

— En fait, expliqua Lucien, tout va beaucoup mieux depuis le mois de septembre dernier lorsque la loi de dénonciation civique a été promulguée, les gens se sont calmés. Nous finirons par rétablir l'ordre dans tout le pays, vous verrez, et nous mettrons au pas tous les rétrogrades. La ville est calme et les prisons sont pleines, ajouta-t-il avec un grand sourire qui leur fit froid dans le dos.

Malgré leur désir, ils ne pouvaient pas repartir aussitôt. Les membres du directoire leur offrirent une collation tout en les interrogeant sur leur voyage. Ils racontèrent l'attaque manquée des brigands, ce qui amena un soupir exaspéré de la part du directeur départemental.

— Nous savons que des pillards sévissent sur les chemins alentour, mais malheureusement, nous avons beau demander des renforts, Paris ne nous en envoie pas. Je voudrais que l'on nous donne l'autorisation de recruter des gendarmes ici même, mais pour le moment nous n'avons pas de réponse. Il est heureux que vous ayez pu vous défendre vous-même.

Comme la nuit allait tomber, Lucien les conduisit dans une auberge proche du directoire où ils trouvèrent à se loger, puis il leur souhaita un bon retour et promit de venir les visiter bientôt. Pierre était bien ennuyé, car le directoire lui avait payé ses fauteuils avec des assignats.

— Que vais-je en faire ? demanda-t-il à ses amis. Ils n'ont guère de valeur, voire aucune.

— Pourquoi ne pas essayer de les convertir en autant de marchandises que l'on pourra, ici même ? suggéra Philippe. Puisque les échoppes sont ouvertes, profitons-en et essayons d'acheter ce que tu ne trouves pas au village.

— C'est une bonne idée, approuva Romain, c'est aussi ce que je ferais si l'on m'avait donné des assignats. D'ailleurs, j'aimerais bien faire quelques emplettes avant de repartir demain, moi aussi.

— D'accord, répondit Pierre, nous ferons le tour des échoppes demain matin et nous prendrons le chemin du retour l'après-midi.

Le lendemain matin, ils entamèrent le tour des vendeurs de la ville en cherchant ce qui pouvait leur être le plus utile. Pierre trouva des outils plus pratiques que les siens pour travailler le bois, des tissus que Catherine et Marie utiliseraient pour des vêtements ou pour l'ameublement, mais il ne voulait pas acheter trop de choses futiles alors que les habitants du village avaient déjà du mal à se nourrir correctement. Il décida donc, malgré les protestations de ses amis, de se procurer le plus de ravitaillement possible avec l'argent qui lui restait et de le distribuer en arrivant. Il avait craint que ses assignats soient peu appréciés, voire refusés, mais, à sa grande surprise, les commerçants les lui prirent tout naturellement, sans faire le moindre commentaire. Tout en faisant leurs achats, les jeunes gens tentèrent de bavarder amicalement avec les vendeurs afin de savoir ce qui se racontait en ville, mais leurs interlocuteurs ne leur répondaient que brièvement et leur fourraient leur marchandise dans les bras pour qu'ils partent rapidement. Étonnés, les trois amis chargèrent leur charrette et prirent la direction de leur village.

— Que penses-tu de l'attitude des gens de la ville ? demanda Philippe à Pierre lorsqu'ils se furent éloignés.

— C'est bizarre, répondit Pierre pensivement. On aurait dit qu'ils se méfiaient de nous. Je ne vois pourtant pas pourquoi.

— Mais oui, tu as raison ! s'exclama Romain. C'est certainement parce que nous sommes allés au directoire départemental, ils ont dû nous prendre pour des espions.

— C'est bien possible, rappelez-vous ce que Lucien a dit sur la loi de dénonciation civique, le moindre mot de travers doit pouvoir les envoyer en prison, alors ils se tiennent sur leurs gardes.

— C'est aussi pour cela qu'ils ont accepté nos assignats sans broncher. Protester aurait pu passer pour antirévolutionnaire !

— Eh bien, si la même ambiance règne partout dans le pays, nous sommes bien mieux chez nous !

Le retour fut sans histoire. Ils s'arrangèrent pour toujours trouver une auberge où loger la nuit et se mêlèrent aux autres voyageurs pour glaner des nouvelles de toutes les régions environnantes. Ils remarquèrent vite que personne n'osait s'élever contre la Révolution, les uns l'approuvaient haut et fort, les autres se contentaient d'opiner plus discrètement, mais personne ne regrettait ouvertement l'ordre ancien. Apparemment, un climat de méfiance s'installait dans le pays et tout le monde surveillait ses paroles. Les jeunes gens se gardèrent bien d'annoncer qu'ils s'étaient rendus au directoire départemental pour éviter de s'attirer une sympathie hypocrite et ne parlèrent guère non plus de leur village, ils préféraient s'en tenir à des sujets d'ordre général. Le temps se maintint au beau pendant plusieurs jours, ce qui leur permit d'avancer rapidement malgré l'affluence parfois très importante sur la route. La traversée de la forêt se fit sans encombre, les bandits devaient avoir choisi un autre lieu d'embuscade.

Ils conduisirent directement la charrette dans la cour de Pierre en saluant au passage les gens qu'ils croisaient. Toute la maisonnée sortit les accueillir et leur faire fête, Quentin sautait de joie en poussant des cris d'allégresse et Catherine se jeta dans les bras de Pierre en riant. Marie les invita à entrer prendre une collation, mais Philippe refusa poliment, il avait hâte de retrouver sa femme et sa fille, aussi s'éclipsa-t-il rapidement. Romain, qui n'avait pas de contraintes familiales, accepta volontiers et ce fut bien installés autour de la table que les deux amis racontèrent leur voyage. Tout le monde approuva l'initiative de Pierre de rapporter de la nourriture pour le village tout en sachant que l'on ne lui montrerait que peu de gratitude pour cela. Lorsque Romain rentra chez lui, Pierre se rendit chez Mr Brisen pour lui faire part de ce qu'il ramenait et lui en confier la répartition.

La distribution eut lieu le lendemain sur la place du village en présence de tous les Villedhuisiens rassemblés pour l'occasion. Le maire fit d'abord un discours concis pour leur expliquer d'où venaient ces victuailles et qui leur permettait d'en bénéficier, puis il procéda au partage. Ce jour-là, tout le monde remercia Pierre et célébra sa générosité, chacun l'assura de son amitié et lui fit mille promesses intenables, auxquelles le jeune homme ne crut pas un instant. D'ailleurs, il ne fallut pas une semaine pour que tout fût oublié.

La dénonciation

Au mois d'avril, Charlotte vint rendre visite à Catherine pour essayer de déterminer la date de la naissance avec plus de précision. Les deux femmes avaient sympathisé au fil de leurs rencontres en commençant par échanger des recettes de potions et d'infusions curatives, puis elles avaient abordé des sujets plus intimes et finalement s'étaient raconté mutuellement l'histoire de leur vie. Bien qu'apparemment intégrée dans le village, Catherine ne se sentait pas plus acceptée par les Villedhuisiens que Charlotte, ce qui renforçait encore leur fraternité. Elles bavardaient donc tranquillement dans la chambre de Catherine quand Marie fit irruption dans la pièce.

— Qu'est-ce qui se passe ? demanda Catherine. Je te croyais au marché.

— J'en reviens, répondit Marie essoufflée, il y a là-bas un marchand qui raconte une histoire effrayante. Nous avons été dénoncés !

— Comment ? Mais dénoncés pour quoi ?

— Le directoire départemental a reçu une lettre anonyme qui explique que le père Craimen ne s'est pas enfui et que c'est nous qui l'hébergeons !

— C'est le marchand qui te l'a dit ?

— En fait, il ne sait pas que cela concerne notre village et nous-mêmes. Il a entendu une rumeur et affirme que des soldats ont été recrutés en grand nombre pour investir la commune.

— Mon Dieu ! s'exclama Catherine en se levant. Va prévenir les autres tout de suite !

Ils se réunirent dans la grande salle pour écouter Marie refaire son récit plus calmement. Même si le marchand ignorait les détails, ils ne doutèrent pas que cette dénonciation les concernât et n'hésitèrent pas non plus sur l'identité de la responsable, c'était assurément une nouvelle manœuvre de Berthe.

— Que pouvons-nous faire ? se désolait Catherine.

— Je vais partir, comme j'aurais dû le faire depuis longtemps, décida le père Craimen. Je ne veux pas que vous ayez des ennuis à cause de moi.

— Vous n'irez pas loin, objecta Pierre. Vous oubliez que pour voyager, maintenant, il faut un passeport. S'ils vous prennent tout près d'ici, ils comprendront que cette dénonciation était vraie, même sans que vous leur disiez.

— Ils vont fouiller partout et finiront par nous trouver dans le grenier, intervint Perrine. Aucune cachette ne sera assez sûre.

— Je peux peut-être vous aider, proposa Charlotte.

— Non, répondit le père Craimen d'un ton ferme, cela suffit comme ça, je ne veux pas mettre une personne de plus en danger.

— Il y a une cabane abandonnée au milieu de la forêt, tellement entourée par les taillis qu'il faut la connaître pour la trouver. De plus, elle est assez loin de chez moi, personne ne devinera que vous êtes là. Si vous voulez, je peux vous y conduire dès maintenant.

— Alors là, ça change tout, dit le curé pensivement. Si vous nous assurez qu'il n'y a aucun risque, c'est peut-être la solution. Nous pourrions y emporter tous les meubles de là-haut afin d'effacer toute trace de notre passage. Qu'en pensez-vous, Pierre ?

— Oui, approuva le jeune homme, mais il vaudrait mieux que nous partions par l'arrière afin que nul ne nous voie. Je vais atteler la charrette et nous allons y mettre toutes vos affaires.

Aussitôt dit, aussitôt fait. Une heure plus tard, Pierre sortait sa charrette de la cour avec un chargement bien enveloppé sous des couvertures au milieu desquelles se cachaient Perrine et le père Craimen. Charlotte était assise sur le siège à ses côtés pour lui indiquer la route à suivre. Par des chemins détournés, ils gagnèrent la forêt en redoutant à chaque instant de croiser des soldats à leur recherche. Mais la chance était avec eux et ils ne rencontrèrent âme qui vive. Tout s'était fait si vite, que personne n'était encore au courant des nouvelles, la rumeur commençait tout juste à se propager dans le village. Charlotte guida Pierre dans des sentiers à peine visibles au milieu des broussailles et, soudain, une clairière s'ouvrit devant eux, au milieu de laquelle se dressait une cabane assez grande, mais en très mauvais état. Pierre arrêta son chariot et aida Perrine et le père Craimen à en descendre. L'aspect délabré de la cahute l'inquiétait.

— Vous ne serez à l'abri ni du froid ni de la pluie, là-dedans, déplora-t-il.

— Ne vous en faites pas, répondit le père Craimen, cette masure est bien légère, mais je peux la consolider facilement. Le bois ne manque pas alentour et, grâce aux outils que vous m'avez prêtés, je m'en sortirai parfaitement.

— Ça ira ! assura Perrine. Déchargeons vite et repartez avant que vous ne vous fassiez surprendre.

Ils posèrent rapidement les meubles, les objets usuels et le ravitaillement dans la cabane et Pierre repartit prudemment vers sa maison. Là encore, la chance lui sourit, car personne ne l'aperçut sur le chemin du retour. Il rentra la charrette dans la grange et le cheval à l'écurie, passa à la maison rassurer Catherine et Marie fort inquiètes, et retourna à son atelier comme si de rien n'était. Les deux jeunes femmes avaient passé un coup de balai dans les pièces de l'étage afin de ne laisser aucune trace d'habitation puis elles étaient allées voir dans les greniers au-dessus de l'écurie et de l'étable s'il y avait des vestiges du passage de leurs invités. Elles avaient rapporté les quelques meubles et ustensiles que Pierre y avait laissés et les avaient intégrés dans le mobilier de la maison. Avec un balai de branches, elles avaient étalé la poussière dans les greniers pour donner l'impression qu'ils n'avaient jamais été utilisés. Puis elles reprirent, elles aussi, leurs occupations habituelles en affichant une sérénité qu'elles étaient bien loin de ressentir.

Une heure plus tard, des coups rapides furent frappés à la porte. Catherine alla ouvrir en tremblant intérieurement, mais ce n'était que Romain qui s'engouffra dans la maison.

— Je venais vous prévenir, dit-il en haletant, il faut cacher Perrine et le père Craimen, je crois que vous avez été dénoncés. On ne parle que de cela dans le village.

— Merci, mais tu arrives un peu tard, sourit Catherine, nous sommes déjà au courant. Marie a entendu le camelot en parler au marché tout à l'heure.

— Qu'allez-vous faire, alors ? Vous pouvez compter sur moi si je peux vous aider.

— C'est déjà fait. Ils sont partis s'installer dans une cabane dans la forêt. C'est Charlotte qui nous l'a indiquée.

— Charlotte ?

— Tu sais, la « sorcière » qui va m'aider pour la naissance. Elle connaît un endroit bien caché dans les bois où ils seront à l'abri. Pierre les y a emmenés, il y a une heure.

— Me voilà rassuré ! Je suis sûr que c'est un coup de Berthe.

— Oui, aussi vaudrait-il mieux ne pas raconter qu'ils sont partis. Ainsi, elle ne pourra pas nous dénoncer à nouveau.

— Tu as raison.

Philippe vint à son tour quand il eut appris la nouvelle et Catherine lui fit part des mesures qu'ils avaient prises. Ils convinrent également de tenir leur langue pour ne pas alerter Berthe. Toute la journée, ils attendirent, partagés entre l'espoir et l'inquiétude, mais rien ne vint troubler le rythme tranquille de leur quotidien. Au souper, Pierre remarqua avec amertume que, seuls Romain et Philippe s'étaient déplacés pour les prévenir et leur proposer de l'aide.

— Une fois de plus, le village nous abandonne seuls face aux ennuis. Je parie que si les soldats arrivent vraiment, tous nos voisins prétendront qu'ils n'étaient pas au courant de la présence de Perrine et du prêtre chez nous. Et ils assisteront à notre arrestation sans lever le petit doigt.

— Espérons qu'on n'en arrive pas là, répondit Catherine en frissonnant.

Leurs craintes se réalisèrent le lendemain matin. Un bruit de cavalcade retentit dans la grand-rue et s'arrêta devant la maison. On frappa violemment à la porte. Catherine alla ouvrir, suivie par Marie qui portait Quentin dans les bras. Un homme qu'elle ne connaissait pas, affichant un air important, se tenait sur le seuil. À quelques pas derrière lui, elle reconnut Lucien Guérrand, le visage fermé, entouré d'une dizaine de soldats qui descendaient de cheval et se tenaient prêts à investir la maison.

— Que se passe-t-il ? demanda-t-elle.

— On nous a prévenus que vous cachiez des dissidents dans cette maison, un prêtre réfractaire et sa gouvernante.

— Nous ? s'étonna-t-elle. C'est une plaisanterie !

— Nous allons bien voir, répondit l'homme d'un ton sec et se tournant vers ses hommes, il ordonna, fouillez partout !

Catherine se recula pour les laisser entrer tandis que Marie se précipitait à l'atelier pour prévenir Pierre. Celui-ci arriva aussitôt, jouant la surprise. Il tenta de protester, mais personne ne l'écouta, alors il laissa faire tout en remarquant que Lucien était resté dehors. Il suivit les soldats de pièce en pièce, se retenant de récriminer en les voyant bousculer brutalement les meubles et les objets dont certains se brisèrent. L'homme qui menait la fouille ne fit aucun commentaire sur les pièces vides de l'étage, elles ne recelaient visiblement rien de mystérieux. En jetant un coup d'œil par la fenêtre, Pierre aperçut Romain et Philippe qui avaient rejoint Lucien et semblaient converser avec animation. Il pria avec ferveur pour que ses amis ne tentent rien qui pourrait leur nuire. Après l'habitation, ils passèrent aux dépendances. Un petit sourire discret sur les lèvres de l'homme semblait indiquer qu'il s'attendait plus à des découvertes intéressantes dans ces bâtiments. Il jeta même un regard de triomphe vers Pierre lorsque les soldats trouvèrent la trappe qui ouvrait sur le grenier de l'écurie. Le jeune homme s'efforça d'afficher la mine innocente de quelqu'un qui a la conscience tranquille. D'ailleurs, la joie de son visiteur fit rapidement place au dépit lorsqu'il s'aperçut que ce grenier poussiéreux ne recelait absolument rien, pas même des biens non déclarés. Si bien qu'il se montra beaucoup plus réservé quand les soldats ouvrirent le grenier de l'étable qui se révéla tout aussi vide que le précédent. Constatant que cette fouille minutieuse ne donnait rien, les soldats commencèrent à se montrer plus circonspects et visitèrent l'atelier sans rien casser, cette fois. Pour ne rien négliger, ils firent aussi le tour du verger et du potager, mais le cœur n'y était plus. Ils revinrent vers la maison qu'ils traversèrent d'un air piteux, quant à leur chef, il lançait tout autour de lui des regards furieux. Il fit part du résultat de la fouille à Lucien d'un ton bref et d'autant plus désagréable que cela amena un grand sourire sur les lèvres du représentant départemental.

— Je vous l'avais bien dit ! claironna Lucien avant d'entrer dans la maison à son tour.

— J'aimerais bien connaître le fin mot de cette histoire, dit Pierre en lui serrant la main.

— C'est simple, répondit Lucien en repoussant la porte pour parler plus tranquillement. Au directoire départemental, nous avons reçu une lettre anonyme vous accusant de cacher un prêtre réfractaire et sa gouvernante dans votre maison. Selon cette missive, des messes clandestines se seraient tenues dans votre grange. J'ai tout de suite pensé que c'était absurde et je n'aurais certainement rien fait s'il n'y avait pas eu ce délégué parisien. C'est un Enragé, comme on les appelle là-bas, il soupçonne tout le monde de traîtrise. J'ai eu beau lui raconter tout ce que je sais sur votre village, lui dire que vous faites partie du directoire de district et lui montrer vos beaux fauteuils, il n'a rien voulu entendre et a exigé que nous montions cette expédition. Je suis désolé que vous ayez dû subir cela et s'il y a eu de la casse je vous la rembourserai.

— Il y en a eu, mais rien de bien grave, répondit Pierre. J'avoue cependant que je suis choqué que l'on puisse nous soupçonner ainsi alors que nous soutenons la Révolution autant que nous le pouvons. Les services rendus ne comptent plus pour rien, alors ?

— Ici, nous vous connaissons, mais à Paris, les choses sont loin d'être aussi claires, si bien que l'on ne fait plus confiance à personne. Vous ne serez plus ennuyés, je vous le promets. Veuillez nous excuser, Madame, pour ces émotions qui ne conviennent guère à votre état, ajouta Lucien en se tournant vers Catherine.

— Je comprends que vous n'y pouvez rien et je vous pardonne, répondit Catherine avec un charmant sourire.

Lucien reprit son cheval et le petit groupe s'en alla beaucoup plus discrètement qu'il n'était arrivé. Romain et Philippe étaient entrés à leur tour dans la maison et étreignirent les jeunes gens.

— Ça va ? Ils ne vous ont pas fait de mal au moins ? demanda Romain.

— Non, ça va. Ils ont été relativement corrects, répondit Pierre.

— Mais ils ont cassé ou abîmé beaucoup de choses, fit remarquer Marie.

— Des objets, ça se répare ou ça se remplace, intervint Catherine. L'essentiel est qu'ils n'aient rien trouvé. J'espère qu'ils ne reviendront plus.

— Lucien nous l'a promis, rappela Pierre.

— Oui, mais peut-on s'y fier ? Croyez-vous que l'on puisse ramener Perrine et le père Craimen, dès maintenant ?

— Il semble que oui, le risque n'est pas plus grand que si nous attendons plusieurs jours ou plusieurs semaines. Nous n'avons aucun moyen de savoir s'ils reviendront ou pas.

— Peut-être devrais-tu attendre demain quand même pour être sûr qu'ils ne feront pas demi-tour. On ne sait pas ce qui peut arriver sur la route. Et puis, il faudrait trouver le moyen de contrôler Berthe un peu mieux.

— Je ne vois pas comment y arriver. Elle n'écoutera personne. Et puis, qui interviendra ? Une fois de plus, tout le monde nous a laissés tomber sauf vous deux. Maintenant que le danger est passé, ils vont venir nous dire qu'ils ont eu peur pour nous, mais ils n'auraient pas levé le petit doigt si nous avions été arrêtés.

— J'ai quand même envie d'en parler au maire, dit Romain. Si quelqu'un peut faire quelque chose, c'est bien lui. Après tout, le village entier aurait souffert des conséquences de cette dénonciation si les soldats avaient trouvé le curé chez vous. Il pourra peut-être raisonner cette vipère en lui faisant comprendre qu'elle risque de s'attirer des ennuis en jouant avec des forces qui la dépassent.

Les prévisions des jeunes gens se révélèrent exactes, tous les villageois leur firent de grandes démonstrations d'amitié qui manifestaient surtout leur soulagement de n'avoir pas été inquiétés. Comme il l'avait annoncé, Romain alla parler à Mr Brisen pour lui demander de raisonner Berthe et celui-ci promit d'essayer sans cacher son pessimisme quant à l'utilité de sa démarche. Le lendemain, Pierre attela la charrette et se rendit en cachette dans la forêt pour aller chercher le père Craimen et Perrine. Il était plutôt content que leur exil eût duré aussi peu de temps, car la cabane était quand même bien délabrée. Mais à sa grande surprise, le curé refusa catégoriquement de revenir avec lui. Selon lui, le danger ne s'était éloigné que provisoirement et un retour au village le rendrait plus menaçant. Pierre dut argumenter, prier, supplier sur tous les tons avant que, finalement, le prêtre revînt sur sa décision et acceptât de quitter la masure pour l'accompagner. Ils ne revinrent qu'après la tombée de la nuit et trouvèrent leurs fidèles amis qui les attendaient pour les aider à réinstaller les meubles dans la maison. Jeanne était venue avec Irène pour tenir compagnie à Catherine et Marie. Perrine les rejoignit avec plaisir, la vie au fond des bois étant un peu trop solitaire à son goût. Quand les hommes entrèrent, un peu plus tard, tout avait repris sa place comme si l'alerte n'avait jamais eu lieu.

— Il est heureux que Georges ne t'ait pas encore réclamé sa charrette et son cheval, observa Catherine à l'adresse de son mari.

— C'est certain, je ne sais pas comment j'aurais fait sans cela, confirma Pierre.

— Toi qui es habile de tes mains, tu devrais peut-être t'en fabriquer une, suggéra Philippe. Ainsi, tu ne dépendrais plus des autres.

— Oui, c'est possible, mais mon cheval n'est pas fait pour être attelé à un tel véhicule. C'est avant tout une monture, il ne pourrait pas tirer de lourdes charges.

— Tu pourrais te procurer un cheval de trait au marché aux bestiaux, mais pour cela il faudrait retourner à Auxerre.

— J'y penserai, répondit Pierre.

La vie reprit son cours tranquille dans le village. Berthe lançait des regards plus venimeux que jamais aux jeunes gens quand elle les croisait dans la grand-rue, mais elle ne semblait pas avoir pris d'autres initiatives malheureuses pour le moment. Le petit groupe d'amis avait décidé de ne pas annoncer le retour du père Craimen et de Perrine afin de voir comment les Villedhuisiens allaient se comporter. Daniel Brisen vint rendre visite à Pierre et Catherine, quelques jours plus tard, pour savoir ce qu'ils comptaient faire pour le prêtre et sa gouvernante. Il se montra fort surpris d'apprendre qu'ils étaient déjà revenus et proposa avec quelque embarras de les prendre chez lui afin de décharger les jeunes gens de ce fardeau. Mais il fut très soulagé lorsque Pierre refusa fermement. Il promit solennellement de ne parler à personne de ce qu'il savait, même pas à sa femme qui rendait parfois visite à Berthe. Très peu de villageois cherchèrent à savoir ce qui était arrivé à leur curé, et encore, en parlaient-ils entre eux à mots couverts, mais sans oser aller le demander aux principaux intéressés. Un matin, pourtant, Catherine entendit quelques coups légers frappés à la porte. En allant ouvrir, elle découvrit Martine Ferrant sur le seuil qui lui demanda timidement des nouvelles de Perrine et du père Craimen. Catherine la fit entrer et la mena dans la cuisine afin qu'elle y rencontrât Perrine qui préparait le repas en compagnie de Marie. La jeune fille se jeta dans les bras de la gouvernante en riant et pleurant de joie tout à la fois. Elle expliqua ensuite qu'elle n'avait pas cessé de s'inquiéter, mais que ses parents lui avaient interdit de venir « pour éviter les ennuis », disaient-ils. Elle avait donc dû attendre qu'une occasion se présentât pour s'éclipser discrètement. Catherine l'assura chaleureusement qu'elle serait toujours la bienvenue et la raccompagna, le cœur un peu serré. Sans le vouloir, Martine venait de lui confirmer qu'elle serait toujours l'étrangère au village sur qui l'on préfère voir tomber les ennuis.

Le dimanche, le père Craimen ne célébrait la messe que pour une poignée de fidèles qui arrivaient à la grange par des chemins détournés pour ne pas donner l'éveil aux habitants du quartier. Chacun sentait qu'une nouvelle page de l'histoire du village s'était tournée, pour la première fois la suspicion s'était glissée entre des voisins qui jusque-là s'étaient considérés comme des amis et cela rendait l'atmosphère bien lourde. La dénonciation de Berthe avait empoisonné la commune et désormais tout semblait possible.

Ce fut dans cette ambiance délétère que, le vingt-neuf avril, Catherine ressentit les premières douleurs. Aussitôt prévenu, Pierre sauta à cheval et fonça dans la forêt pour chercher Charlotte tandis que Marie conduisait Quentin chez Jeanne et Philippe comme convenu depuis longtemps entre les deux mamans. Perrine emmena Catherine dans sa chambre et l'installa confortablement, puis elle prépara tout ce dont la sage-femme improvisée aurait besoin pour la délivrance. Catherine était un peu inquiète, son premier accouchement s'était bien passé, mais elle était assistée d'une professionnelle, celui-ci serait peut-être plus hasardeux. Lorsque Charlotte arriva, son assurance calme apaisa la jeune femme qui se laissa faire avec soulagement. Pierre retourna à son atelier pour tenter de s'occuper l'esprit, mais aucune pièce correcte ne sortit de ses mains et il dut bientôt arrêter de travailler pour ne pas gâcher son bois. Il résolut alors de sortir pour se distraire et pour cela se rendit chez Romain qui l'accueillit chaleureusement. Les deux hommes bavardèrent amicalement, évoquant les grands et les petits événements qui agitaient le village en évitant surtout de remarquer le temps qui passait sans apporter de nouvelles de la parturiente. Comme le soir tombait, Pierre rentra chez lui en essayant de se remémorer combien de temps avait duré la naissance de Quentin. Marie arriva dans la grande salle en l'entendant arriver.

— Et bien, où étais-tu passé ? demanda-t-elle. On se demandait ce que tu faisais !

— Catherine ? interrogea-t-il avec inquiétude en entendant les voix de Perrine et Charlotte venant de la cuisine.

— Elle va bien et ta fille aussi.

— Comment ? Elle a déjà accouché ?

— Cela fait plusieurs heures, mais comme je ne savais pas où tu étais, je n'ai pas pu te prévenir.

Fou de joie, Pierre gravit les marches quatre à quatre pour aller rejoindre sa femme, mais il se calma dans le couloir et ouvrit la porte tout doucement. Catherine dormait paisiblement, les cheveux étalés sur l'oreiller, un peu pâle, mais sereine et, à côté d'elle, dans l'ancien berceau de Quentin, se trouvait une petite poupée toute chiffonnée, les yeux fermés, qui faisait un léger mouvement de succion avec les lèvres. Il retint son souffle, émerveillé. À ce moment, Catherine s'éveilla en sentant sa présence et lui sourit.

— Elle est belle, n'est-ce pas ?

— Magnifique, ma chérie. Comment allons-nous l'appeler ?

— J'avais pensé à Bérangère, cela te va ?

— Va pour Bérangère !

Il s'assit sur le bord du lit et embrassa sa femme tendrement.

— Tu n'as pas trop souffert ?

— Non, Charlotte est merveilleuse, elle s'y connaît vraiment bien. Et Perrine et Marie m'ont beaucoup soutenue.

La petite fille se mit à pleurer ce qui fit sourire Catherine.

— C'est l'heure du repas ! Voyons si je sais encore allaiter un enfant.

En observant le tableau charmant que formaient la mère et l'enfant, Pierre sentit son cœur se gonfler d'amour. Maintenant, il avait deux petits êtres à protéger et à élever, c'était sa famille à lui et pour eux il se sentait capable de toutes les audaces.

Le lendemain, Pierre alla rechercher Quentin chez les Levasseur et leur annonça la bonne nouvelle puis, sur le chemin du retour, il passa également chez Romain, mais ne prit pas la peine de prévenir ses autres voisins qui l'apprendraient bien assez tôt de toute manière. Pierre n'était guère pressé de subir leurs effusions hypocrites. Ce soir-là, le père Craimen baptisa secrètement Bérangère en présence de Jeanne et de Romain qui avaient accepté d'être ses parrain et marraine. Un souper eut lieu ensuite dans la grande salle, sans Catherine qui ne quittait pas encore son lit. Les amis se réjouissaient de ce nouveau bonheur dans une période qui n'en apportait pas beaucoup, en refusant de penser aux nuages qui s'amoncelaient sur leurs têtes.

Après ses relevailles, Catherine reçut la visite de toutes les commères du village. Certaines la félicitaient sincèrement et s'extasiaient sur le visage délicat et la bonne mine de la petite fille, mais d'autres prenaient prétexte de cette rencontre pour essayer de glaner quelques ragots qu'elles iraient répandre partout. Celles-là avaient les yeux qui s'égaraient dans tous les coins, essayant en particulier de deviner si Perrine et le père Craimen étaient revenus. Mais comme tout le monde dans la maison se méfiait de ces visiteuses sans scrupule, seule Marie se montrait et aucun bruit suspect n'était perceptible depuis la grande salle. Ces femmes repartaient donc déçues de n'avoir rien à se mettre sous la dent et racontaient à leurs amies que probablement, Pierre et Catherine ne voulaient plus héberger le prêtre à cause du danger. Berthe, elle, n'y croyait guère, mais elle enrageait de ne rien savoir malgré l'espionnage constant qu'elle pratiquait autour de la maison des jeunes gens.

Martine Ferrant vint, elle aussi, s'émerveiller devant le bébé. Elle raconta qu'elle s'était disputée avec ses parents pour venir voir Catherine et affirma qu'elle avait décidé de ne plus écouter leurs conseils, ce qui désola la jeune femme.

— Je ne veux pas être cause de discorde dans le village, dit-elle. Tu ne devrais plus venir ici, si cela fâche tes parents.

— Mes parents ne comprennent rien, ils ont peur de leur ombre. Ils reprochent à Mr Boredoux de soutenir la Révolution et dans le même temps, ils vous blâment d'avoir caché le curé, car ils craignent que cela attire des ennuis sur tous les habitants de Villedhuis.

— Tu sais, dans ces temps troublés, je comprends que tout le monde ait peur et tente de se protéger. Moi aussi je m'inquiète.

— Mais ça ne vous empêche pas d'aider les autres quand vous le pouvez ! Mes parents, eux, ils ne font rien !

Malgré la réprobation de Catherine, Martine revint souvent la voir. Elle était littéralement fascinée par Bérangère et se montrait particulièrement ravie lorsque Catherine lui permettait de la prendre dans ses bras. Elle finit par avouer en rougissant qu'elle rêvait d'avoir un enfant, elle aussi, et Catherine n'eut pas besoin de lui demander qui elle voyait dans le rôle du père, c'était Romain bien sûr ! D'ailleurs, curieusement, le jeune boulanger venait bien plus souvent chez eux depuis que Martine y traînait presque tous les jours. Lorsqu'elles étaient seules toutes les trois, Perrine, Marie et Catherine parlaient souvent des jeunes amoureux dont l'histoire les émouvait. Bien sûr, les parents Ferrant semblaient assez timorés si bien que l'audace de Romain, son amitié avec les Boredoux et son action au sein du directoire de district pouvaient le dévaloriser à leurs yeux, mais il n'y avait rien là d'insurmontable et le jeune homme pouvait très bien réussir à se faire agréer auprès de Martine. Seulement, la situation était bloquée, car même si les parents de la jeune fille acceptaient l'idée que Romain devînt leur gendre, il n'y avait plus personne pour les marier et personne n'envisageait qu'ils puissent vivre ensemble sans avoir convolé en justes noces. Évidemment, le père Craimen aurait pu les unir, mais les parents de Martine ignoraient qu'il était revenu au village et il était inutile de le leur dire, car cela n'aurait rien arrangé. Ils auraient eu bien trop peur d'avoir recours à un prêtre réfractaire recherché par la loi. Si bien que les jours passaient sans que rien ne changeât.

À la fin du mois de mai, Bérangère venait d'avoir un mois et se montrait très éveillée, lorsque Lucien Guérrand revint à Villedhuis. Cette fois, il n'était question que d'une réunion ordinaire du directoire de district. Dans la grange de Claude Planton, Lucien leur annonça les dernières nouvelles venues de Paris.

— La guerre contre l'Allemagne a été déclarée le vingt du mois dernier, mais le vingt-neuf avril, à la suite d'une trahison, nous avons subi une défaite sur le front belge. Le général, Théobald Dillon, a été massacré par ses soldats qui le croyaient coupable.

Un frisson passa sur l'assemblée en entendant cette horreur. Pierre se sentait particulièrement triste, car la date de cette défaite correspondait à la naissance de sa fille chérie, ce qui lui apparaissait comme un mauvais présage.

— Y aura-t-il des enrôlements pour partir à la guerre ? demanda l'un des participants.

— Pour le moment, des bataillons de volontaires ont été formés, mais un enrôlement n'est pas impossible selon la suite des événements.

— Qui sera concerné ?

— Je ne sais pas, il n'en est pas question dans les courriers qui arrivent de l'Assemblée. Par contre, nous venons de recevoir un nouveau décret, il sourit à Pierre et cita : « tout prêtre réfractaire dénoncé par vingt citoyens sera déporté en Guyane[11] ». Heureusement, ajouta-t-il, que cette lettre anonyme est retombée dans l'oubli.

— Absolument, approuva Pierre chaudement, ce genre de chose n'est pas très agréable et je n'aimerais pas le voir se répéter.

— Vous ne risquez plus rien, affirma Lucien. Ces messieurs de Paris n'aiment pas être trompés, si bien qu'ils y regarderont à deux fois

---

[11] Décret du 27 mai 1792

avant de croire à nouveau une dénonciation calomnieuse. Par contre, si l'on découvre l'auteur de cette lettre, il passera un mauvais moment, je vous l'assure.

De retour chez lui, Pierre répéta cette déclaration à sa maisonnée en exprimant l'espoir que cette menace empêcherait Berthe de recommencer. Par contre, il avait une bien meilleure nouvelle à annoncer à sa famille, car Lucien l'avait pris à part à la fin de la réunion pour lui parler en tête à tête.

— Avez-vous beaucoup de travail en ce moment ? avait-il demandé.

— Pas trop, avait répondu Pierre étonné, pourquoi ?

— Vos magnifiques fauteuils font des jaloux, nous nous disputons pour nous y asseoir pendant les réunions, aussi avons-nous décidé de vous en commander cinq de plus afin que tout le monde en ait un. Êtes-vous d'accord ? Nous vous paierons bien.

— Bien sûr, je vous les livrerai dès qu'ils seront prêts.

— Autre chose encore. L'un des membres du directoire voudrait que vous lui fassiez un vaisselier. Il cherche depuis longtemps un artisan capable de lui en fabriquer un beau et, en voyant vos réalisations, il a pensé que vous étiez celui-là. J'ajoute qu'il est riche et que vous pourrez lui demander une bonne somme pour votre meuble.

— Habite-t-il Auxerre ?

— Oui

— Dans ce cas, je pourrais grouper les livraisons si vous voulez bien attendre un peu vos fauteuils.

— Bien sûr, rien ne presse. Je ferai part de votre accord à mon collègue.

Cette source de revenus supplémentaires n'était pas à négliger, car les habitants du village ne commandaient pratiquement plus rien à Pierre, sans que le jeune homme pût déterminer si c'était parce qu'ils n'avaient plus besoin de meubles ou s'ils ne voulaient plus lui en demander. Cependant, avant de s'attaquer à la fabrication des nouveaux objets, Pierre décida de suivre le conseil de Philippe et de construire une charrette pour transporter ses réalisations, ainsi il ne dépendrait plus du bon vouloir de ses voisins. De la même manière, il avait prévu, lors de son voyage à Auxerre, de s'acheter un cheval de trait avec les assignats que lui donnerait le directeur départemental. Lorsque toutes les pièces de bois furent fabriquées, il se rendit chez Anselme Legros, le maréchal-ferrant, pour qu'il cerclât les roues de fer, installât des essieux et reliât toutes les parties entre elles.

Tout cela lui prit beaucoup plus de temps qu'il l'avait pensé si bien que le mois de juin passa comme un rêve.

Lorsque Lucien revint mi-juillet, tous les meubles n'étaient pas encore terminés. Le représentant départemental leur apprit que la patrie était déclarée en danger, ce qui les inquiéta beaucoup. La guerre se rapprochait dangereusement du village et tous craignaient d'être enrôlés de force. Ils vaquaient à leurs occupations quotidiennes, la peur au ventre, en se demandant ce que deviendraient les femmes et les enfants si les hommes devaient partir au combat. De plus en plus, la Révolution leur apparaissait comme un vrai cauchemar qui ruinait leurs vies au lieu de les libérer. Seuls quelques jeunes gens exaltés rêvaient de prendre part aux événements qui secouaient le pays et d'en découdre avec les ennemis de la patrie.

Vers la fin août, Pierre fut enfin prêt à se rendre à Auxerre pour livrer ses meubles. Cette fois, il utiliserait sa propre charrette, mais tirée par le cheval de Georges qui le lui prêtait à nouveau en espérant qu'il trouverait à s'en acheter un. Bien sûr, Romain et Philippe, ses amis fidèles, l'accompagnaient, mais ce qui le surprit davantage fut la demande de plusieurs jeunes gens du village, certains encore presque des adolescents, qui voulaient faire le voyage avec lui. Ils avouèrent qu'ils désiraient rejoindre l'armée de la liberté et combattre pour défendre l'idéal de la Révolution. Pierre accepta à condition que leurs parents lui confirment qu'ils étaient d'accord pour les laisser partir. C'est ainsi que quelques jours plus tard, ce fut un vrai convoi qui prit la route d'Auxerre.

Le voyage fut sans histoire. Comme le temps se maintenait au beau depuis plusieurs semaines, les routes étaient dures et sèches, ce qui leur permit d'avancer rapidement malgré le flot incessant des voyageurs. C'était encore pire que lors de leur première visite à Auxerre, mais ils voyaient beaucoup moins de carrosses et bien plus de soldats. Parfois, des compagnies entières les doublaient par le bas-côté s'attirant des regards admiratifs de la part des jeunes compagnons de Pierre, impatients de les rejoindre. À l'arrivée, il ne leur fut pas difficile de trouver le bureau de l'enrôlement, car on ne voyait que lui. Pierre et ses amis souhaitèrent bonne chance aux jeunes gens dans leur carrière militaire et se dirigèrent vers le directoire départemental où ils furent accueillis à bras ouverts. On déchargea rapidement les fauteuils identiques aux précédents et l'on s'extasia sur le vaisselier, une pièce magnifique dans laquelle Pierre avait mis tout son savoir-faire. Puis Lucien les emmena prendre une collation.

— Je suis bien content de vous voir, leur dit-il, car je n'ai vraiment pas le temps d'aller jusqu'à Villedhuis et pourtant j'ai plusieurs nouvelles à vous annoncer. Pouvez-vous transmettre les consignes qui nous sont arrivées de Paris à ma place ?

— Bien sûr, répondit Pierre, nous nous en chargerons. De quoi s'agit-il ?

— Toutes les municipalités du pays doivent faire fabriquer des piques qu'elles distribueront à tous les citoyens.

— Des piques ? Eh bien, cela donnera de l'ouvrage au forgeron ! Quand vous dites « citoyens », c'est hommes et femmes confondus ?

— Oui, je pense. Au fait, on ne dit plus « Monsieur » ou « Madame », mais « citoyen » et « citoyenne » maintenant. C'est pour supprimer les distinctions sociales. Vous savez, bien sûr, que le roi est déchu et emprisonné au Temple avec sa famille depuis le 13 août ? On a découvert des documents qui prouvent qu'il entretenait des relations avec nos ennemis.

— Non, je n'étais pas au courant, répondit Pierre en s'efforçant de ne pas montrer son trouble.

— Il sera jugé, bien sûr, affirma Lucien, on ne peut pas laisser passer cela. Le roi qui trahit son propre pays ! Vous vous en rendez compte ?

— Évidemment, c'est inadmissible, acquiesça Pierre mal à l'aise.

— Ah ! j'oubliais le deuxième décret. Vous devez effectuer des visites domiciliaires chez tous les habitants de votre village pour recenser les armes, munitions et véhicules que chacun possède.

— Pourquoi ? Vous allez les réquisitionner ?

— C'est possible. L'armée a besoin de fournitures et tous les citoyens doivent contribuer à l'effort de guerre. Mais rassurez-vous, on ne prendra aux gens que ce qui n'est pas indispensable pour exercer leur métier. Vous me donnerez cette liste la prochaine fois que j'irai vous voir.

— C'est entendu, promit Pierre.

Après cet entretien, le collègue de Lucien les emmena chez lui pour qu'ils y déposent le vaisselier et contrairement au directoire qui avait encore payé le jeune homme en assignats, il lui proposa une bourse pleine de louis d'or.

— Je suppose, lui dit-il en souriant, que, comme tout le monde, vous prenez les assignats quand vous n'avez pas le choix, mais que vous préférez les espèces sonnantes et trébuchantes.

— Oui, effectivement, répondit Pierre en le remerciant.

Avant de prendre le chemin du retour, les trois amis se rendirent sur le champ de la foire aux bestiaux pour choisir un cheval de trait que Pierre régla en assignats et avec ce qui restait de cette monnaie papier, il acheta tout l'équipement pour l'atteler. Par contre, il se garda bien de toucher aux pièces d'or, celles-là ne perdraient pas leur valeur. Puis, ils quittèrent la ville, emmenant la charrette vide et le nouveau cheval attaché derrière. Dès qu'ils furent seuls, ils commentèrent à mi-voix les dernières nouvelles. La déchéance du roi et son arrestation les emplissaient de terreur. Cette fois, la dernière barrière était tombée, les révolutionnaires n'avaient plus aucun frein ni aucune limite. Où allaient-ils s'arrêter ? Quel bien pouvait sortir de ce chaos ? Les jeunes gens sentaient leur avenir fortement menacé et ne voyaient aucun moyen de s'en sortir. Pierre et Philippe, surtout, s'inquiétaient pour leurs enfants.

Ils arrivèrent au village trois jours plus tard, dans la soirée, sans avoir rencontré de problème sur la route et se séparèrent pour rentrer chacun chez soi après avoir décidé de se retrouver le lendemain pour se rendre chez Mr Brisen afin de lui parler de la fabrication des piques comme le demandait l'Assemblée. Ils iraient ensuite voir Claude Planton pour lui demander de réunir le directoire de district, car les visites domiciliaires relevaient de son autorité. Pierre ne put cacher sa tristesse en retrouvant la sérénité menacée de son foyer. L'annonce de l'emprisonnement du roi et de sa famille à la prison du Temple atterra toute la maisonnée, et par comparaison, rendit les décrets de la Législative sans intérêt. Ils en discutèrent toute la soirée, cherchant toutes les issues possibles et essayant de deviner les conséquences qu'un tel événement allait provoquer. Ils savaient une seule chose avec certitude, c'est qu'ils devaient absolument cacher leurs véritables sentiments et se contenter d'approuver en public les agissements de l'Assemblée.

Le lendemain, Daniel se montra assez stupéfait en apprenant qu'il devait commander la fabrication de piques pour équiper tous les citoyens de Villedhuis.

— À quoi cela va-t-il servir ? demanda-t-il.

— Lucien ne me l'a pas précisé, répondit Pierre, mais je pense que c'est en cas d'invasion ennemie afin que tout le monde puisse se défendre.

— Bon, puisqu'il le faut, je vais aller voir le forgeron pour lui passer commande. Dites-moi, Pierre, pourriez-vous fabriquer les hampes ?

— Oui, volontiers. Il faudra juste me préciser combien vous en voulez.

Claude réunit le directoire le soir même afin que les jeunes gens puissent faire leur rapport. L'obligation de visiter chaque maison pour recenser les armes, munitions et véhicules provoqua une forte opposition de la part de tous. Malgré l'assurance que l'on ne toucherait pas à leur outil de travail, ils craignaient de se retrouver dans l'incapacité de pratiquer leur activité correctement. Quant aux armes, ils affirmaient haut et fort qu'une pique ne remplacerait jamais un bon fusil pour se défendre et se gardaient bien d'avouer que leurs pétoires servaient surtout à braconner pour améliorer leur ordinaire. Ils finirent pourtant par se soumettre lorsque Pierre leur fit remarquer que s'ils ne faisaient pas cette liste, Lucien et ses sbires s'occuperaient eux-mêmes du recensement, ce qui serait certainement plus douloureux. Ils acceptèrent donc en se promettant, en leur for intérieur, de dissimuler le plus possible de leurs biens afin que personne ne mît la main dessus. Les visites domiciliaires commencèrent dès le jour suivant, suscitant de vives protestations dans tout le village et amenant tous ces citoyens modèles à mentir de façon éhontée aux représentants de la loi. Certains membres du directoire se montraient indulgents et fermaient les yeux lorsque la fraude était raisonnable. Du moment qu'ils avaient quelque chose de conséquent à inscrire sur la liste, Pierre et ses amis se déclaraient satisfaits. Ce n'est que lorsque leurs interlocuteurs prétendaient ne rien avoir du tout, qu'ils insistaient en essayant de leur démontrer où se trouvait leur intérêt. Par contre, d'autres conseillers se montraient intraitables et furetaient partout pour trouver les objets cachés. Bien sûr, Berthe faisait partie de ces derniers, ce qui la rendait encore plus impopulaire dans le village. À force de dureté et d'arrogance, elle se fit tellement détester qu'il fallut lui interdire de participer au recensement pour éviter des incidents qui auraient pu dégénérer. Certains, dans le village, rêvaient ouvertement de la voir morte, d'autres désiraient seulement qu'elle s'en allât.

Lucien Guérrand ne revint à Villedhuis que fin septembre. Il se montra passablement excité et demanda à ce que le maire fût présent à la réunion du directoire de district.

— Les événements se sont précipités depuis un mois, leur annonça-t-il. La royauté est abolie et nous sommes maintenant en république. Tous les documents officiels doivent être datés de l'an I de la république et non plus de l'an 1792. Et l'état civil ne sera plus l'apanage du clergé, il se tourna vers Daniel, désormais vous célébrerez les baptêmes, les mariages et les divorces qui viennent d'être autorisés par la Convention. Car j'ai oublié de vous dire que notre nouvelle assemblée est la Convention Nationale qui est constituée depuis le vingt septembre dernier. D'autre part, la France a remporté une grande victoire sur nos ennemis à Valmy[12] et nos troupes sont entrées en Savoie. La liberté vaincra, nous en sommes maintenant assurés.

— Qu'allez-vous faire du roi ? demanda Claude.

— Beaucoup demandent sa mise en accusation pour trahison de la patrie, il y aura sûrement un procès.

Tous reconnurent que c'était la seule chose à faire, mais beaucoup s'en inquiétèrent secrètement. Claude donna la liste des biens recensés dans le village à Lucien qui s'en déclara satisfait et repartit rapidement vers Auxerre.

Ce soir-là, chez Pierre, on commenta les dernières nouvelles avec circonspection. Le père Craimen qui était assez érudit leur parla de la République romaine qu'il qualifia de brouillonne et désordonnée. Il leur rappela les luttes intestines pour le pouvoir, les assassinats politiques ainsi que la transformation de cette république en empire dominé par des généraux ambitieux qui ne rêvaient que de conquêtes et conclut finalement que seul le christianisme avait sauvé les Romains de l'anéantissement. Il affirma une nouvelle fois que la déchéance du roi de France ne pouvait mener qu'à la catastrophe. Lorsque Romain arriva après le souper pour passer la soirée avec eux, la conversation prit un tour moins tragique. Ils évoquèrent la réforme de l'état civil et incitèrent le jeune homme à en tirer parti pour épouser enfin Martine.

Dans les semaines qui suivirent, Marie et Catherine observèrent avec amusement les manœuvres de Romain pour entrer dans les bonnes grâces des parents Ferrant. Il saisissait toutes les occasions

---

[12] 20 septembre 1792

de leur rendre service, se trouvait, comme par hasard, exactement là où il le fallait et s'arrangeait toujours pour pouvoir les saluer très respectueusement en public. Lors du recensement, c'était Pierre qui avait visité la maison des Ferrant. Pour aider son ami, il fit courir le bruit que Romain était intervenu auprès de lui pour qu'il se montrât indulgent avec eux. Martine, de son côté, ne cessait de chanter les louanges de l'homme qu'elle aimait et représentait à ses parents quels avantages leur apporterait cette union. Tant et si bien, qu'ils finirent par céder en reconnaissant que le jeune boulanger était un parti convenable pour leur fille.

Celui qui déplora le plus cette union fut Daniel qui se trouva dans l'obligation de célébrer un mariage sans avoir la plus petite idée de ce qu'il devait faire. Lucien lui avait bien dit que cela faisait partie de ses prérogatives, mais sans lui donner la moindre indication sur la manière de procéder. Alors, il improvisa une cérémonie de bric et de broc qui intrigua énormément ses administrés. Se souvenant de son propre mariage à l'église, il demanda aux futurs époux de trouver deux témoins de leur engagement et se procura un papier épais, comme celui qui servait aux décrets des diverses assemblées, sur lequel écrire les noms des mariés et des témoins pour les y faire signer devant tous. D'un commun accord, Romain et Martine se rendirent chez Pierre et Catherine à qui ils demandèrent ce service.

— Pierre, je voudrais que tu sois le témoin de mon bonheur, demanda Romain.

— Et moi, j'aimerais que ce soit toi, Catherine, ajouta Martine.

— Cela me paraît difficilement possible, répondit la jeune femme.

— Pourquoi donc ?

— Si Pierre est le témoin de Romain, je ne peux pas être le tien, et inversement. Cela ne plaira ni à tes parents ni au reste du village.

— C'est un peu ce que je craignais, se désola Romain. Tout est toujours compliqué à Villedhuis.

— Ce n'est pas si grave, le consola Pierre, nous ne sommes pas vos seuls amis, quand même. Vous pouvez choisir l'un de nous et quelqu'un d'autre.

— Bon, soupira Martine, pour faire plaisir à ma mère, je vais choisir la fille de son amie d'enfance, alors. Nous avons été élevées ensemble, mais je ne peux pas dire que je l'aime beaucoup. Enfin, elle fera l'affaire, du moment que vous êtes là aussi. Il a eu une drôle d'idée, Monsieur le Maire !

— On dit le citoyen maire ! Et puis il fallait bien qu'il trouve quelque chose, car personne ne lui a dit comment faire, la reprit Pierre en souriant. L'essentiel est que vous soyez mariés.

Les parents de Martine voulaient organiser un grand mariage pour leur fille unique, mais, en ces temps troublés où les communications étaient malaisées et les voyages peu sûrs, il leur était difficile de faire venir leur parentèle jusqu'au village. D'autre part si, grâce à la gestion de Daniel, les Villedhuisiens ne manquaient pas de nourriture, ils ne vivaient pas dans l'abondance non plus et entretenir des invités sur plusieurs jours risquait de leur poser problème. Ils durent donc se contenter de convier tout le village à la noce et au repas qui suivait. Romain démontra ses talents de cuisinier en aidant Mme Ferrant à préparer les plats, mais il dut faire appel à ses amis pour l'aider à fournir à sa future belle-mère tous les ingrédients nécessaires. De son côté, Catherine avait offert à Martine une belle pièce de tissu, que Pierre lui avait rapportée d'Auxerre, pour y couper sa robe. Au grand dam de sa mère, la jeune fille préféra la confectionner avec l'aide de Marie et Catherine. Elle passa donc une grande partie de son temps dans la grande salle accueillante à coudre avec les jeunes femmes, en compagnie de Perrine qui leur préparait quelques douceurs à grignoter tout en bavardant tranquillement.

Le grand jour arriva enfin. Parés de leurs plus beaux atours, tous les invités se réunirent devant la mairie pour accueillir les promis. Ils arrivèrent dans le véhicule des parents Ferrant, tous deux resplendissant dans leurs vêtements d'apparat et affichant un sourire radieux qui contrastait avec les visages crispés de la famille de Martine. Bien sûr, ils ne l'auraient jamais dit, mais un mariage à la mairie n'était aux yeux du père et de la mère de la jeune fille qu'une mascarade sans valeur. La procession s'organisa selon l'ordre habituel, comme s'il s'agissait d'une église. Martine et son père s'avancèrent en premier, suivis par Romain qui offrait son bras à sa future belle-mère, ensuite venaient les témoins. Pierre et Catherine avaient laissé la préséance à l'amie d'enfance de Martine pour éviter les histoires, puis derrière eux, les villageois groupés par affinité. Tout ce monde se casa comme il put dans la salle qui d'ordinaire servait aux réunions du conseil municipal et que Daniel avait choisie, car c'était la plus grande du bâtiment. Toute la pièce était vide à l'exception d'une table à son extrémité derrière laquelle prit place le maire ceint de son écharpe tricolore. Il demanda aux fiancés de s'installer debout devant lui et aux témoins de se tenir à leurs côtés. Puis il se lança dans un discours assez confus, bafouillant et même se répétant parfois sans que personne comprît où il voulait en venir. Il finit par se taire d'un air embarrassé devant les mines effarées qu'affichait l'assistance puis, après quelques hésitations, il demanda aux mariés et à leurs témoins de signer la feuille de papier. Seuls Pierre et Romain inscrivirent leur nom, Martine et son amie se contentèrent de tracer une croix, car aucune des deux ne savait écrire. La curieuse cérémonie se termina ainsi et tous les invités quittèrent la mairie pour se rendre dans le champ derrière la maison des parents de Martine où les tables avaient été dressées pour le repas de noces. À partir de ce moment, la fête retrouva un déroulement classique, ceux des villageois qui avaient un instrument s'installèrent dans le pré pour jouer de la musique et faire danser les invités. Le dîner était excellent et beaucoup de convives s'extasièrent en apprenant que le marié avait mis la main à la pâte. On bavarda gaiement sur tous les sujets, mais personne n'osa commenter l'étonnant rituel de mariage en présence de Daniel et de sa femme. Ce soir-là, lorsque Romain emmena sa jeune épouse, les beaux-parents pincèrent les lèvres, désapprobateurs, mais résignés malgré tout à accepter cette union cautionnée par tout le village. Ils craignaient cependant que ce mariage non béni par l'église fût voué au malheur. Ce qu'ils ignoraient c'est que cette nuit-là, dans le secret de la grange de Pierre, le père Craimen consacra les vœux de Romain et Martine en présence de leurs amis proches. Alors, seulement, les deux jeunes gens se sentirent réellement mari et femme.

Cette fête devait rester pour beaucoup comme un rayon de soleil au milieu des gros nuages qui s'accumulaient sur leur tête. Dans le village, on voyait passer Martine rayonnante, heureuse de pouvoir enfin vivre son amour au grand jour. Ses parents affichaient aussi leur satisfaction devant son bonheur en gardant leurs inquiétudes pour eux. Chaque fois qu'elle en avait le temps, Martine allait rendre visite à Catherine et jouait avec les enfants en exprimant son espoir d'être bientôt mère à son tour, ce qui faisait sourire son amie qui lui conseillait la patience.

Un matin de début décembre, alors que le froid s'installait et annonçait les premières neiges, on frappa à la porte de Pierre et Catherine. La jeune femme alla ouvrir, se demandant qui pouvait bien venir lui rendre visite à cette heure-là et reconnut Lucien Guérrand qui se tenait devant elle. Le cœur battant, elle s'effaça pour le laisser entrer, craignant une nouvelle dénonciation. Perrine était vite remontée à l'étage en entendant toquer, mais si le représentant départemental voulait visiter la maison, il découvrirait facilement ses invités clandestins. Cependant, Lucien, arborant un bon sourire, demanda seulement à rencontrer Pierre. Catherine le conduisit à l'atelier sans poser de question tant elle redoutait la réponse. Le jeune artisan se redressa en voyant arriver son visiteur et l'accueillit chaleureusement.

— Bonjour citoyen, que me vaut l'honneur de votre visite ?

— Je voulais vous voir avant la réunion du directoire pour une affaire privée. On m'a chargé de vous commander des meubles si vous êtes d'accord. Mon collègue a fait admirer son vaisselier à toutes ses relations ce qui a provoqué un véritable engouement pour votre travail, plusieurs personnes sont venues au directoire pour s'extasier sur vos fauteuils.

— Eh bien, je ne m'attendais pas à cela. Je ne demande pas mieux que de fabriquer des meubles, mais avec l'hiver qui arrive j'aurais peut-être du mal à effectuer les livraisons.

— Ne vous inquiétez pas pour ça, les gens qui m'ont passé commande sont prêts à attendre le printemps pour les recevoir.

— Dans ce cas, c'est entendu. Dites-moi ce qu'il faut que je fasse.

Lorsque Pierre raccompagna Lucien en promettant de le retrouver l'après-midi à la réunion, Catherine sortit de la cuisine pour le saluer aussi aimablement qu'elle le pouvait en dissimulant ses craintes. Pierre la rassura en lui faisant part des commandes qu'il venait de recevoir. Elles l'occuperaient tout l'hiver et lui assureraient un bon revenu au printemps, sans compter que d'autres personnes voudraient peut-être aussi lui demander des meubles.

La réunion du directoire leur apporta des nouvelles beaucoup moins réjouissantes. Lucien leur annonça la découverte, le 18 novembre, d'une armoire de fer dans laquelle se trouvaient des documents attestant des tractations secrètes de Louis XVI avec l'ennemi. Désormais, un procès était inévitable, d'autant plus que les révolutionnaires les plus intransigeants demandaient les têtes du roi et de sa famille. Berthe fut la seule à exprimer son accord avec sincérité, les autres le firent du bout des lèvres en trouvant que la Révolution allait trop loin. Les massacres perpétrés à Paris et dans les grandes

villes, dont ils recevaient de lointains échos, la jacquerie qui ressur-
gissait dans les campagnes, les anciens aristocrates obligés de fuir
sous peine d'être emprisonnés ou tués par leurs domestiques, tout
cela leur faisait peur. Heureusement pour eux, Villedhuis, comme
Pont-Ouanne, était un bourg libre depuis longtemps, ce qui évitait
que de tels événements se produisent chez eux, mais ils ne se sentaient guère rassurés malgré tout.

Cette année-là, le soir de Noël, seule une poignée de fidèles as-
sista à la messe de minuit dans la grange de Pierre, et encore, durent-
ils user de mille ruses pour échapper aux yeux inquisiteurs de leurs
voisins.

Le comité révolutionnaire

Comme chaque année, l'hiver avait isolé Villedhuis qui était d'un accès malaisé, car un seul chemin y conduisait en arrivant d'Auxerre. De plus, le sentier traversait un bois rarement débroussaillé et se révélait encore plus dangereux lorsqu'il était recouvert de neige. La seule autre route accédant au village venait de Pont-Ouanne ce qui la rendait encore moins utilisée. Cette situation empêchait les nouvelles de parvenir aux habitants du bourg qui d'ordinaire ne s'en plaignaient pas, mais après les événements de l'automne tout le monde désirait savoir si le roi avait dû subir un procès et quel jugement avait été rendu.

Lorsque à la fin du mois de janvier 1793, Pierre constata qu'un redoux inattendu avait rendu les chemins carrossables, il prit comme prétexte l'achèvement de sa première commande pour décider de se rendre à Auxerre la livrer et glaner les dernières nouvelles. Comme d'habitude, Philippe et Romain l'accompagnèrent, malgré le chagrin de Martine qui ne voulait pas se séparer de son mari, même pour quelques jours. Le voyage fut difficile, le dégel ayant transformé les routes en fondrières, par contre, lorsqu'ils ne s'embourbaient pas, ils pouvaient avancer rapidement, car il n'y avait pas grand monde sur les chemins ni dans les auberges. À Auxerre, les clients de Pierre se réjouirent de voir arriver leurs meubles bien plus tôt qu'ils ne l'avaient espéré si bien qu'ils lui offrirent plus d'argent que prévu et que l'un d'eux invita les trois jeunes gens à dormir chez lui cette nuit-là. Le lendemain, ils passèrent par le directoire départemental avant de repartir. Lucien fut très surpris de les voir, mais se montra enchanté de pouvoir leur transmettre les dernières consignes de la Convention sans avoir à se déplacer, il leur apprit également que le roi avait été jugé, condamné et exécuté quelques jours plus tôt[13].

Le retour fut plus facile que l'aller. Le froid était revenu et gelait les sols meubles créant des ornières peu profondes et dures ce qui secouait la charrette, mais lui permettait quand même de passer sans s'enfoncer. Les jeunes gens devaient bien s'emmitoufler pour se protéger contre le froid mordant attisé par un vent glacé, mais ils trouvaient tous les soirs une auberge avec un bon feu pour se loger et se réchauffer, car il n'y avait guère de voyageurs sur les routes. Ils parlèrent peu durant le trajet, s'en tenant uniquement à des remarques d'ordre pratique, assommés par la terrible nouvelle que Lucien leur avait apprise. Lorsqu'ils arrivèrent au village, Pierre prit congé de ses amis et rentra chez lui d'un air si abattu que Catherine s'inquiéta aussitôt.

— Que t'arrive-t-il ? Aurais-tu attrapé froid ?

— Non, mais je rapporte une très mauvaise nouvelle. Rassemble tout le monde, je ne tiens pas à la raconter plusieurs fois.

Ils s'installèrent dans la grande salle, devant le feu qui flambait joyeusement. Cela aurait pu être une veillée agréable, mais les visages étaient graves et tendus.

— Au directoire départemental, nous avons vu Lucien Guérrand qui venait de recevoir un courrier de Paris. Comme nous le craignions, le procès du roi a bien eu lieu. Il a été déclaré coupable de conspiration contre la liberté publique et d'attentats contre la sûreté nationale.

— Alors qu'il essayait seulement de rétablir l'ordre dans le royaume ! s'exclama le père Craimen. Ces révolutionnaires ont toutes les audaces, vraiment ! Que vont-ils faire de lui, maintenant ?

— C'est déjà fait, malheureusement, répondit Pierre. Il a été guillotiné le vingt et un janvier sur la place de la Révolution, comme ils l'ont rebaptisée.

— Mon Dieu, c'est abominable ! se désola le prêtre atterré. Et les autres membres de la famille royale ? Les ont-ils aussi exécutés ?

— Non, la reine et ses enfants sont toujours emprisonnés au Temple.

---

[13] 21 janvier 1793

— Alors, il nous reste un espoir. Tant que le Dauphin est en vie, tout n'est pas perdu.

— Je n'y crois pas trop, objecta Pierre, rien ne nous dit que les révolutionnaires ne vont pas les guillotiner plus tard. Ils sont tout-puissants maintenant, qui pourrait s'opposer à eux sans risquer d'être déclaré traître à la patrie ? Les aristocrates qui sont partis à l'étranger dès le début de la révolution ont été bien inspirés. Nul n'est plus en sécurité dans ce pays.

— Et maintenant, il est trop tard pour partir, soupira le curé, nous serions arrêtés très rapidement. Je pense, malgré tout, que Perrine et moi devrions retourner dans cette cabane au milieu des bois, nous représentons un danger bien trop important pour vous.

— On ne va pas recommencer ! protesta Pierre. Vous resterez ici où vous êtes bien et nous aviserons si l'on nous dénonce à nouveau. De toute façon, je pense que Lucien empêchera que l'on nous cherche noise, la dernière fois il n'était pas très à l'aise devant cette histoire. Cette cabane tombe en ruine, vous y attraperiez la mort !

Le lendemain, Claude Planton convoqua une réunion du directoire de district pour que Pierre et ses amis puissent leur faire part des nouvelles qu'ils rapportaient d'Auxerre. Les trois amis se contentèrent de répéter fidèlement le discours de Lucien en se gardant bien de donner leur opinion sur le sujet. Les réactions de l'assemblée furent diverses, certains eurent du mal à cacher leur horreur devant un tel crime, d'autres applaudirent au contraire et se réjouirent bruyamment en approuvant la Révolution d'aller au bout de ses convictions. Mais la majorité des conseillers se montra plus mesurée. Claude résuma leur pensée en déclarant que la Convention aurait dû assigner le roi et sa famille en résidence surveillée pour qu'il ne pût plus comploter contre l'État, mais ne surtout pas le tuer, ce qui en faisait un martyr aux yeux des royalistes et légitimait les pays étrangers dans leur lutte contre la République Française.

La nouvelle se répandit rapidement dans le bourg et divisa plus que jamais les Villedhuisiens dont certains n'hésitaient pas à clamer leur opposition haut et fort. Des clans se formaient, les amis d'hier ne se parlaient plus, les voisins s'ignoraient et l'entraide qui avait toujours eu cours dans le village semblait devenir lettre morte. Daniel avait bien du mal à maintenir le calme entre ses administrés, les disputes dégénéraient en pugilat et il devait souvent user de son autorité pour séparer les adversaires. Cependant, le pire moment avait lieu lorsqu'il procédait à la répartition des réserves de nourriture si durement obtenues, les chicaneries étaient légion, chacun affirmant que l'autre avait eu plus que sa part. Ce système qui avait pourtant bien marché jusque-là, réussissant à nourrir tous les habitants malgré la disette qui régnait dans le pays, provoquait maintenant tellement de chamailleries que Daniel se demandait s'il le reconduirait l'année suivante.

Le mois de février se passa dans un calme trompeur, chacun se soupçonnait et s'espionnait mutuellement dans le village si bien que plus personne ne se souciait des yeux vigilants des Pont-Ouannais qui les observaient de l'autre côté de l'eau. Mais un événement qu'ils redoutaient depuis longtemps vint tout remettre en cause. Le vingt-six février, une petite troupe de soldats arriva avec fracas dans Villedhuis. Ils n'étaient pas d'Auxerre, mais venaient directement de Paris et se montraient particulièrement arrogants. Leur chef demanda à parler au maire qui arriva rapidement, intrigué par cette visite.

— Je suis envoyé par la Convention pour procéder à la conscription dans votre région, annonça l'homme avec morgue.

— Vous allez enrôler tous les hommes du village ? demanda Daniel avec effarement.

— Non, nous avons seulement besoin de trois cent mille volontaires et la contribution de votre commune a été fixée à cinq hommes. Vous allez me fournir les noms de tous les citoyens célibataires, les veufs et les mariés sans enfant entre dix-huit et quarante ans. Je tirerai au sort les noms des cinq volontaires qui nous accompagneront immédiatement à Auxerre où ils recevront leur incorporation.

En entendant cela, Martine tourna les talons et partit en courant vers sa maison. Elle supplia Romain de se cacher pour ne pas être emmené à l'armée.

— Je ne peux pas faire cela, voyons ! protesta-t-il. Tout le village sait que je suis ici. Et puis comment pourrais-je exercer mon métier si je me cache ?

— Je t'en prie ! Fais-le pour moi ! Je ne veux pas te perdre !

— Rien ne dit que je serai tiré au sort et, même si c'est le cas, je reviendrai, je te le promets ! Tu dois être forte, ma chérie.

Martine eut beau pleurer et supplier, elle fut impuissante à convaincre son mari de se soustraire à cette menace. Il ne leur restait donc plus qu'à attendre en tremblant le résultat du tirage au sort.

Dans la mairie, Daniel avait inscrit, avec réticence, sur des petits bouts de papier les noms de tous les hommes du village concernés par la conscription et les avait mis au fur et à mesure dans un grand pot en terre. Ensuite, il mélangea les noms en secouant le récipient et le tendit au délégué pour qu'il choisît cinq papiers. Le recruteur lut à haute voix les noms des conscrits retenus, parmi ceux-ci il y avait le fils aîné de Georges et Annick Prévost ainsi que Romain.

— Vous ne pouvez pas nous priver du seul boulanger de notre village ! protesta Daniel.

— Toutes les femmes savent faire du pain, répondit le délégué avec mépris, il ne vous manquera pas et trouvera peut-être à se rendre plus utile au service de la patrie.

— Mais il vient tout juste de se marier ! plaida le maire.

Le recruteur balaya l'objection d'un geste de la main exprimant sa totale indifférence et demanda que les cinq volontaires le rejoignent immédiatement afin de partir au plus vite pour Auxerre. Daniel dépêcha un messager qui commença par se rendre chez les Millon pour apporter l'affreuse nouvelle. Martine s'effondra en larmes et Romain devint blême. Il s'efforça, malgré tout, de consoler sa jeune femme en l'assurant qu'il reviendrait rapidement et en bonne santé, mais il n'y croyait guère lui-même. Le messager lui conseilla de se presser, car le recruteur n'était pas commode et risquait bien de l'emmener avec les menottes s'il tardait trop. Romain prépara donc quelques effets à la hâte, serra Martine dans ses bras et sortit dans la rue pour se joindre aux soldats qui attendaient. Un à un, les autres conscrits arrivèrent, la mine basse, affichant un air si triste que l'envoyé de la Convention se fâcha et leur reprocha violemment leur manque de patriotisme. Lorsqu'il fut complet, le convoi s'ébranla sous les yeux désapprobateurs de tout le village rassemblé. Martine sanglotait dans les bras de Catherine qui ne savait comment la réconforter.

— Tu devrais peut-être retourner t'installer chez tes parents durant l'absence de Romain, lui suggéra-t-elle. Ainsi tu ne serais pas toute seule.

— Ah, non alors ! Sûrement pas ! protesta la jeune femme. Ma mère ne cesse de me dire que notre mariage n'est qu'une mascarade, qu'une union non bénie par un prêtre ne peut mener qu'au malheur. Elle sera trop contente de voir les événements lui donner raison !

— C'est affreux de voir le mal que peuvent faire la bêtise et l'ignorance ! s'indigna Catherine. Viens chez nous dans ce cas, nous t'aiderons à supporter l'attente.

— C'est très gentil, mais je crois que je vais rester chez moi. Je veux continuer à tenir la boulangerie en attendant le retour de Romain.

— Sauras-tu faire le pain comme lui ?

— Je le crois, il m'a montré comment faire et je l'ai souvent aidé depuis notre mariage.

— J'admire ton courage, affirma Catherine avec sincérité. Tu pourras toujours compter sur nous quoi qu'il arrive et j'espère que tu viendras souvent passer des soirées avec nous.

— Oui, je viendrai volontiers, merci.

Les jours passèrent. Pour ne pas se morfondre, Martine travaillait dur toute la journée malgré la réprobation de ses parents qui auraient voulu qu'elle revînt chez eux. Elle continuait à fournir en pain tout le village qui ne lui en était pas reconnaissant pour autant. Pourtant, elle recevait quelques marques de sympathie, surtout de la part des familles des autres conscrits. Annick Prévost, notamment, chantait ses louanges chaque fois qu'elle en avait l'occasion et disait partout qu'elle aurait bien aimé avoir une bru comme elle. Mais ses meilleurs soutiens restaient les Levasseur et les Boredoux qui l'invitaient très souvent aux veillées ou les dimanches après la messe qu'ils suivaient tous en secret au petit matin dans la grange. Le maire l'aidait également en lui attribuant la meilleure farine pour son pain, ce que personne ne contestait, sauf Berthe évidemment. Il obligeait également tous ses clients à lui payer son pain au même prix que si c'était Romain qui l'avait fait, car bien des villageois rusés l'auraient volontiers grugée en prétendant que sa production était de moins bonne qualité. Mais tout cela lui était indifférent. La jeune femme passait son temps à courir à la fenêtre au moindre bruit de sabot en espérant que ce serait un courrier de la ville lui apportant une lettre de Romain. Malheureusement, aucune nouvelle n'arrivait.

Une fois de plus, ce fut par un colporteur qu'ils apprirent ce qui se tramait dans le pays.

— C'est incroyable comme vous êtes isolés, ici ! s'exclama le marchand en constatant qu'ils ne savaient rien de ce qui se passait hors de leur village.

— Nous sommes à l'écart des grandes routes, lui rétorqua Marie. Alors, ces nouvelles ?

— Par où commencer ? La Convention a créé un tribunal criminel extraordinaire[14], le 10 mars dernier, pour juger les crimes antirévolutionnaires et contre la sûreté de l'État, et il était temps si vous voulez mon avis ! Il y a trop de protestations et d'émeutes. Évidemment, vous ici, vous ne savez pas ce que c'est !

— Nous avons eu des pillages et des brigands dans la région.

— Ça, ce n'est rien ! Dans l'ouest du pays, c'est presque la guerre civile. J'ai entendu dire que des troupes royalistes ont envahi des villes et massacré tous les républicains qui s'y trouvaient.

— Ce sont les troupes des émigrés qui ont débarqué ?

— Non, ce sont des chouans, comme ils se font appeler. Toute une population bretonne et vendéenne qui est restée fidèle aux ci-devant et au roi, ils veulent faire monter le Dauphin sur le trône, je crois.

— Je croyais, pourtant, que tout le peuple en avait assez des abus de la royauté !

— Il faut croire que non. Certaines personnes aiment bien se faire exploiter, ce sont des arriérés dans l'Ouest à mon avis. Ah, j'oubliais ! Nos troupes ont subi une cuisante défaite en Belgique[15], on accuse les généraux de n'avoir pas fait leur devoir. Les coupables vont avoir des ennuis, je vous dis !

Comme d'habitude, Marie rapporta cette conversation à ses amis en rentrant du marché. Ils la commentèrent avec beaucoup d'intérêt. À la grande surprise de Catherine, Pierre déplora que les habitants de la région n'aient pas autant de courage que les Vendéens, car si toutes les régions se soulevaient, les révolutionnaires ne pourraient pas résister et l'ordre pourrait enfin être restauré. Le père Craimen l'approuvait chaudement et assurait que si les Français abandonnaient la révolution, le Pape les aiderait certainement à rétablir les institutions de leur pays. Perrine et Marie avouaient qu'elles désiraient surtout que cessent cette insécurité et ces guerres incessantes. La défaite en Belgique les inquiétait beaucoup également, ils espéraient que Romain ne s'y trouvait pas. Le soir, quand ils furent seuls dans leur chambre, Catherine interrogea son époux.

— Je ne comprends pas ta réaction devant ces événements. Tu m'avais dit à Paris que tu étais pour la révolution et maintenant tu voudrais que tout le monde se soulève pour y mettre fin.

---

[14] Futur Tribunal Révolutionnaire
[15] Bataille de Neerwinden, le 18 mars 1793

— Je n'ai jamais pensé que cela pourrait aller si loin. Tuer le roi, décréter une république, faire des lois qui se contredisent entre elles, tout ça n'a pas de sens. Il aurait fallu des réformes plus en douceur, trouver un roi plus éclairé, exiger des nobles qu'ils veillent au bien des gens dépendant de leurs domaines au lieu de ne se soucier que de leurs privilèges et peut-être créer une assemblée pour faire entendre la voix du peuple, mais certainement pas tout casser comme ça et laisser le chaos s'installer. Le problème maintenant, c'est que le retour à l'ancien régime, même si c'était possible, ne se ferait pas sans une répression brutale qui pourrait être encore pire que ce que nous connaissons. J'ai peur que nos ennemis arrivent à nous écraser et à envahir le pays, alors la France disparaîtrait complètement.

— N'y a-t-il aucune solution ?

— Je ne sais pas. Peut-être va-t-il arriver encore des événements que nous ne pouvons prévoir.

— Oh ! frissonna Catherine. Ça suffit comme ça, ne crois-tu pas ?

— On ne peut pas en rester là, il n'y a aucune stabilité dans le pays, il y aura forcément de nouveaux changements.

— Penses-tu que cela puisse être pire ?

— C'est possible, il y a de sacrés fanatiques, comme ce Robespierre dont on parle tant à Paris, qui peuvent demander des mesures extrêmes pour faire face aux événements. Et puis, la guerre n'est pas près de se finir.

— J'espère que Romain va bien, dit la jeune femme avec ferveur. On n'a pas vu Martine ce soir, crois-tu qu'elle soit au courant de cette défaite ?

— Probablement. Puisque Marie a rapporté cette nouvelle du marché, tout le village doit le savoir. Mais rien ne prouve que Romain soit sur le front du nord. Peut-être qu'il n'est pas encore arrivé dans les régions où l'on se bat. Il ne sert à rien de se faire du souci quand on ne sait rien.

— J'irai voir Martine demain si elle ne vient pas, pour savoir comment elle va, décida Catherine.

— Et moi, répondit Pierre, j'irai voir si Philippe peut m'accompagner à Auxerre pour faire une livraison.

— As-tu terminé toutes tes commandes ?

— Non, une partie seulement. Mais je n'ai plus de place pour entreposer tous ces meubles, je ne voudrais pas qu'ils s'abîment, donc je vais les livrer.

Philippe accepta volontiers d'escorter son ami jusqu'à Auxerre, tous les deux regrettaient l'absence de Romain qui leur manquerait beaucoup durant le voyage. Comme elle l'avait annoncé, Catherine alla rendre visite à Martine qui lui parut bien plus calme qu'elle ne l'avait craint. La jeune boulangère était au courant de la défaite de Belgique, mais elle tenait le même raisonnement que Pierre et refusait de s'inquiéter sans savoir. Elle affirma à Catherine que Romain était certainement vivant, car sinon elle l'aurait senti au fond de son cœur. Cachant ses doutes, son amie l'encouragea dans cette attitude en se disant qu'au moins cela l'aidait à supporter l'incertitude sur le sort de son époux.

Pierre et Philippe partirent le lendemain matin. Cette fois, ils rencontrèrent beaucoup de monde sur la route et surtout des groupes de soldats entourant des conscrits à la mine résignée. Ils frémirent en pensant à Romain qui avait suivi cette même route presque un mois plus tôt dans des conditions similaires et souhaitèrent ardemment que pareille chose ne leur arrivât pas. À Auxerre, un spectacle inquiétant les attendait. Sur la plus grande place de la ville, une guillotine était installée à demeure et on leur apprit qu'elle fonctionnait presque tous les jours sous les yeux d'une foule de curieux qui envahissait tous les environs. Ce goût morbide de leurs concitoyens pour les exécutions leur donna la nausée. Pierre effectua ses livraisons sans difficulté, tous ses clients se montrèrent satisfaits de la qualité de son travail. Dans chaque maison, on lui donna une bourse remplie de pièces d'or en paiement, tout en lui recommandant de se montrer discret, car il devenait de plus en plus mal vu de ne pas utiliser les assignats pour le commerce. Les deux hommes hésitèrent à se rendre au directoire départemental où ils n'avaient rien à faire, mais ils réfléchirent que leur venue en ville arriverait certainement aux oreilles de Lucien qui s'étonnerait de ne pas les avoir vus. Aussi firent-ils un détour avant de quitter Auxerre. Une curieuse ambiance régnait dans l'hôtel particulier qui abritait le directoire. On se serait cru à la veille de la dissolution de cette institution. Tous ses membres semblaient se désintéresser de leurs dossiers et les saluèrent avec indifférence. Lucien leur serra la main avec un sourire contraint et répondit à leurs questions d'un air embarrassé. Il leur expliqua vaguement que des rumeurs non vérifiées venant de Paris étaient la cause de ce malaise sans vouloir en dire plus. Les deux amis lui demandèrent s'il savait dans quelle armée Romain avait été incorporé, mais

Lucien l'ignorait et n'avait reçu aucune nouvelle le concernant. Comme il n'avait pas non plus de consignes à transmettre au directoire de district, Pierre et Philippe prirent congé et s'en allèrent assez perplexes.

Quelques jours après leur retour au village, une nouvelle inattendue bouleversa tous les Villedhuisiens. Berthe Trise venait d'annoncer son départ du bourg. Elle expliqua en larmoyant à tous ceux qui voulaient l'entendre qu'elle ne supportait plus de vivre dans cette maison où elle avait été heureuse avec son cher mari, les souvenirs de ce bonheur se faisaient trop pesants si bien qu'elle avait besoin de refaire sa vie ailleurs.

— Bien sûr ! s'exclama Perrine. Qui pourrait la croire ? Elle a toujours fait marcher son mari à la trique ! Le pauvre s'échinait toute la journée sous ses récriminations perpétuelles. Il ne travaillait jamais assez, il ne gagnait pas suffisamment d'argent. Elle se plaignait sans cesse de s'être mariée en dessous de sa condition et racontait toujours qu'elle avait eu beaucoup de succès auprès des hommes quand elle était jeune. Je vous fiche mon billet qu'elle a une idée derrière la tête !

— C'est probable, répondit Pierre, mais comment savoir ce qu'elle mijote ?

— Bah ! Laissez-la partir, conseilla le père Craimen. Elle ne sèmera plus le trouble dans le village. Qu'elle aille exercer son mauvais esprit ailleurs, au moins vous en serez débarrassés.

— Elle ne veut même pas dire où elle va, intervint Marie. Elle raconte qu'elle a de la famille qui sera très heureuse de l'accueillir, mais elle ne précise pas dans quelle région.

— Et sa maison ? demanda Catherine. Va-t-elle la vendre ?

— Je ne vois pas qui voudrait la lui acheter, rétorqua Pierre. Tout le monde ici a ce qu'il lui faut et personne ne voudrait venir s'installer dans ce trou perdu.

— Nous avons été bien contents de le trouver, ce trou, observa Catherine, d'autres ne pourraient-ils en faire autant ?

— Les conditions étaient différentes quand nous sommes arrivés, maintenant tout a changé. Il faut montrer patte blanche partout et se justifier quand on se déplace. Et puis, je ne crois pas que Daniel accepterait qu'un étranger s'installât au village en ce moment.

Les surprises ne s'arrêtèrent pas là, car on vit un matin trois cavaliers arriver au village et demander la citoyenne Trise. Les commères du bourg leur indiquèrent la maison de Berthe avec délectation, flairant quelque nouveau rebondissement. Mais elles en furent pour leur curiosité, car Berthe accueillit les trois hommes avec amabilité et les fit entrer chez elle aussitôt. Ceux qui traînaient dans le quartier, par hasard, purent apercevoir un grand chariot garé dans la cour de la maison sur lequel les mystérieux visiteurs chargeaient toutes les possessions de la veuve. Les langues allaient bon train sur l'identité de ces messieurs, mais rien ne transpirait. Les femmes les plus proches de Berthe essayèrent de lui rendre visite ce jour-là, mais elle les reçut sur le pas de la porte en expliquant qu'elle n'avait pas de temps à leur consacrer. Le lendemain, dès l'aurore, le chariot attelé fut amené dans la rue ainsi que les trois chevaux. L'un des hommes s'installa sur le siège du conducteur tandis que son compagnon aidait Berthe à se mettre en selle sur le cheval laissé libre. Lorsqu'ils furent tous prêts, le convoi s'ébranla, suivant le chemin qui menait à la grand-route. Elle était partie et tous ceux qui la suivaient des yeux espéraient ne plus jamais entendre parler d'elle. Daniel, usant de ses prérogatives de maire, alla visiter la maison pour voir si elle avait laissé quelque chose, mais ne trouva que des pièces vides. Dans les dépendances, c'était la même désolation, il ne restait pas un brin de paille ni un grain de blé. Berthe avait pris soin de tout vider afin que nul ne pût profiter de quoi que ce soit lui appartenant. Par prudence, Daniel décida de condamner la porte et les fenêtres pour que personne n'entrât dans la maison. Si jamais la propriétaire revenait, elle ne devait pas pouvoir les accuser de l'avoir spoliée en lui volant sa demeure.

On arrivait au mois d'avril et le beau temps semblait s'être installé pour longtemps, lorsqu'une nouvelle visite mit tout le village en émoi. Il s'agissait de deux hommes qui se présentèrent comme des envoyés de la Convention. Ils étaient venus de Paris jusqu'à Auxerre pour remplir leur mission et maintenant ils rayonnaient dans les villages alentour. Ils expliquèrent à Daniel qu'un nouveau décret ordonnait la création d'un comité de surveillance révolutionnaire dans toutes les communes[16]. Les membres de ce comité devaient être au nombre de douze, chacun élu par scrutin. Son rôle était notamment

---

[16] Décret du 21 mars 1793

de surveiller les étrangers installés en France et de s'assurer qu'ils n'étaient pas des espions à la solde de puissances ennemies.

— C'est hors de question, répondit Daniel. Nous avons déjà un directoire de district ici et je n'ai pas suffisamment de personnes dans le village pour s'occuper de deux assemblées comme celles-ci. Les habitants ont aussi leur travail à assurer et cela prend déjà tout leur temps. Je n'organiserai pas ces élections et ne créerai pas ce comité, nous n'en avons pas besoin. D'ailleurs, il n'y a pas d'étranger dans la commune.

— C'est obligatoire, déclara l'un des deux délégués. Prenez garde ! Si vous ne le faites pas, vous aurez des ennuis. Des comités révolutionnaires se sont mis en place dans chaque section d'Auxerre, ils viendront voir s'il en existe un chez vous et feront rapport à la Convention. Je vous conseille vivement d'agir comme on vous le demande.

Les deux hommes repartirent par la route de Pont-Ouanne, sans doute pour aller demander la même chose à leurs voisins. Daniel sourit, il leur souhaitait bien du plaisir. Puis, avec un soupir, il se décida à convoquer une réunion de tout le village pour annoncer à ses administrés cette nouvelle tracasserie inventée par l'Assemblée. Évidemment, cela provoqua de vives discussions entre les habitants. Les uns soutenaient leur maire dans son refus, les autres étaient d'avis qu'il valait mieux créer ce comité pour éviter les ennuis, mais personne ne voulait en faire partie.

— Cela me semble très clair, conclut Daniel, comme il n'y a aucun candidat, il ne peut pas y avoir de comité.

— On pourrait dire que les membres du directoire sont aussi membres du comité, suggéra quelqu'un.

— Ah non ! protesta Claude Planton. C'est facile de toujours rejeter les responsabilités sur les autres. Nous, au moins, nous avons fait quelque chose. Puisque tu parles si bien, présente-toi comme candidat et l'on votera pour toi.

— Arrêtez ! ordonna Daniel. Il y a déjà trop de disputes au village, on ne va pas remettre ça pour ce stupide comité. Il n'y en aura pas et c'est tout.

Pierre était resté silencieux pendant cette discussion. Ce qui l'inquiétait, ce n'était pas tant cette histoire de comité révolutionnaire, mais la surveillance des étrangers qu'elle impliquait. En rentrant chez lui, il en parla au père Craimen.

— Comme vous n'avez pas de passeport comme les autres Vil-ledhuisiens, vous pouvez passer pour un étranger. Si bien que si vous n'êtes pas arrêté comme prêtre réfractaire, vous le serez comme étranger suspect. Il faudrait vous trouver une identité tout à fait innocente.

— Je ne vois pas comment cela se pourrait, répondit le curé.

— J'ai bien pensé à quelque chose. Ce serait de vous faire passer, Perrine et vous, pour les parents de Catherine. Vous savez qu'ils sont morts dans les premiers jours de la Révolution et, comme beaucoup d'archives ont été brûlées dans les églises de Paris, il est fort possible que l'on ne puisse retrouver trace de leur décès.

— Pensez-vous que Catherine accepterait ?

— Si cela peut vous sauver, c'est certain.

— Mais nous n'aurons pas de passeport pour autant.

— J'irai parler à Daniel et j'espère qu'il acceptera de vous en fabriquer.

— Il risque gros !

— Certainement moins que si l'on vous découvre cachés ici. Il ne pourra pas prétendre qu'il n'était pas au courant.

Lorsque Pierre aborda le sujet ce soir-là à la veillée, Catherine l'approuva avec enthousiasme. Elle aimait beaucoup Perrine et le père Craimen si bien que cela ne la gênait en rien de les faire passer pour ses parents et, de plus, elle était persuadée que son mari avait trouvé la solution idéale. Bien sûr, il faudrait que les villageois jouent le jeu, mais Pierre se montrait confiant, après tout il en allait de l'intérêt de tout le monde. Donc, le lendemain, il se rendit chez Daniel pour solliciter un entretien confidentiel afin de lui demander son aide. Le maire se montra d'abord réticent, il savait qu'il risquait gros en fabriquant de faux papiers, mais Pierre sut se montrer si convaincant qu'il finit par accepter. Le jour même, Daniel et sa femme commencèrent à se rendre dans toutes les maisons du bourg pour parler à chacun. À tous ceux qui ignoraient que le curé et sa gouvernante étaient revenus chez Pierre, ils expliquèrent que le père Craimen et Perrine étaient dans une situation dramatique dont on ne pouvait les sortir qu'en les ramenant au village et que, pour ce faire, il fallait leur donner une nouvelle identité. Ils insistèrent sur l'intérêt que chaque citoyen y trouverait en faisant définitivement disparaître l'ombre du curé réfractaire. Et c'est ainsi qu'ils emportèrent l'adhésion de tous les Villedhuisiens à cette mystification. Quant au petit nombre de personnes qui continuaient à assister aux messes dans la grange, Pierre se chargea de les mettre au courant de ce nouvel arrangement. Lorsque les faux passeports furent prêts, le père Craimen et Perrine, se faisant désormais appeler Mr et Mme Leblanc, refirent leur apparition dans le village. On avait mis au point une fable selon laquelle ils avaient suivi leurs enfants et quitté Paris peu de temps après eux, mais ils avaient perdu leurs traces et erré longtemps avant de les retrouver. Dans un pays livré à un tel chaos, où la plupart des documents anciens avaient brûlé, il serait fort difficile de démonter leur histoire. Pour renforcer la véracité de la situation, Catherine s'était mise à les appeler « père » et « mère », ainsi que Pierre. Malheureusement, le prêtre avait dû renoncer à ses messes pour ne pas trahir son secret, cela lui faisait de la peine, mais il savait qu'en agissant autrement il mettrait ses amis en danger. Les objets dont il se servait pour célébrer le culte et ses habits sacerdotaux avaient été enterrés, soigneusement enveloppés dans une toile de jute, sous un pommier dans le verger.

La peur étant un puissant stimulant, tout le monde au village s'efforçait de voir en Perrine et le père Craimen, les parents de Catherine et les appelait Mr et Mme Leblanc. Comme cela faisait presque trois ans que le curé et sa gouvernante ne s'étaient plus montrés en public, les enfants avaient eu le temps de les oublier et acceptèrent facilement de croire l'histoire qu'on leur racontait. Quant aux plus grands, ils avaient jeté un voile sur tous ces événements pénibles et ne voulaient s'en souvenir à aucun prix. Les travaux de printemps occupaient tout le monde et comme Berthe n'était plus là pour attiser les conflits, une certaine quiétude régnait dans le bourg. L'annonce de la création d'un comité de Salut Public à Paris ne les troubla guère, tout cela était loin et ne les concernait pas. Dans la maison des Boredoux, on fêta le premier anniversaire de Bérangère en affichant un entrain forcé. Ils avaient, bien sûr, invité Jeanne et Philippe, leurs amis proches, ainsi que Martine. La jeune femme avait beaucoup maigri et souriait avec peine, car l'incertitude sur le sort de Romain la rongeait même si elle essayait de ne pas le laisser paraître. Quand elle prit la petite fille dans ses bras, en retenant ses larmes, l'enfant se débattit avec vigueur, elle commençait tout juste à marcher et voulait sans cesse se tenir sur ses jambes. Irène et Quentin, qui avaient le même âge, se disputaient le plaisir de tenir les mains de

Bérangère pour l'aider à avancer, mais les adultes, devant ces jeux innocents, avaient bien du mal à sourire.

Dans le courant du mois de mai, comme on pouvait s'y attendre, des voyageurs venant d'Auxerre se présentèrent à Daniel en expliquant qu'ils appartenaient à l'un des comités révolutionnaires de la ville et qu'ils venaient rencontrer les membres du comité de Villedhuis. Le maire leur répondit calmement qu'aucun comité n'avait été créé dans la commune, car il ne s'était pas présenté de candidat. Comme il en avait déjà informé les envoyés de la Convention, il n'y avait pas d'étranger dans le village et par conséquent nul besoin d'un comité de surveillance. Les visiteurs ne parurent guère satisfaits de cette réponse et affirmèrent à Daniel d'un ton menaçant que c'était sa dernière chance de se mettre en règle avec la loi. Comme celui-ci leur répondait avec un sourire qu'il respectait scrupuleusement la constitution, ils retournèrent vers leurs chevaux sans rien ajouter. Mais, une fois en selle, l'un des hommes lui lança d'un ton sec qu'il ne pourrait pas se plaindre de n'avoir pas été prévenu. Les cavaliers repartirent comme ils étaient venus et Daniel rentra chez lui en haussant les épaules. Il n'accordait aucun crédit à ces menaces, car il ne voyait pas ce qu'on pourrait lui faire, cette histoire de comité n'ayant pas d'importance à ses yeux. Aussi fut-il très surpris devant les développements inattendus de l'affaire.

Cela commença par un événement inouï. Un petit groupe d'hommes à pied arriva de Pont-Ouanne, l'air goguenard. Aussitôt, tous les hommes de Villedhuis se portèrent à leur rencontre avec des fourches et des piques, Daniel en tête. Ils s'arrêtèrent face à face et l'homme qui menait les Pont-Ouannais sortit un parchemin de sa chemise et l'agita devant le nez du maire.

— Nous sommes membres du comité de surveillance révolutionnaire de Pont-Ouanne et, comme vous n'avez pas créé de comité dans votre commune, la Convention a décidé que vous seriez intégrés à notre section.

— Quoi ? s'exclama Daniel effaré. C'est hors de question, vous ne mettrez pas les pieds à Villedhuis, je vous conseille vivement de rentrer chez vous et d'y rester.

— J'ai un mandat, répondit l'homme en lui tendant le parchemin avec un sourire satisfait, je suis autorisé à faire appel à la gendarmerie pour pénétrer dans votre village si j'en ai besoin.

— J'en appellerai au directoire départemental, répondit Daniel en déchirant le mandat. En attendant, allez-vous-en si vous voulez rester entiers.

Les Pont-Ouannais rebroussèrent chemin sans protester. Ils se montraient même tellement contents d'eux que cela inquiéta tous les Villedhuisiens présents, car cela signifiait à coup sûr qu'il y avait anguille sous roche. Daniel réunit tous les habitants du village pour décider des mesures à prendre devant cette nouvelle menace. Il fut décidé que des guetteurs surveilleraient les accès du bourg pour prévenir des visites indésirables et que Daniel Brisen, en tant que maire, et Claude Planton, en tant que directeur de district, se rendraient à Auxerre pour rencontrer Lucien Guérrand afin de tirer cette histoire au clair. Cette situation leur rappelait fâcheusement des circonstances similaires où ils craignaient tout inconnu arrivant dans la commune. C'était après la mort des envoyés de la Constituante. Presque trois ans étaient passés et l'histoire semblait se répéter, mais, cette fois, ils affrontaient un danger encore invisible, car ils ne se sentaient pas en tort et ne voyaient pas ce qu'on pouvait leur reprocher.

Daniel et Claude décidèrent de partir sur le champ afin de résoudre cette affaire au plus vite. Les préparatifs furent vite expédiés si bien que les deux hommes purent profiter de presque tout l'après-midi pour avancer. Tout le long du chemin, ils furent arrêtés à plusieurs reprises par des gendarmes qui voulaient contrôler leurs passeports. On sentait que la plus grande suspicion régnait envers tous les voyageurs, comme s'ils étaient des déserteurs ou des espions. En traversant la ville, ils virent plusieurs maisons sur lesquelles s'étalaient les lettres « comité révolutionnaire ». Ils échangèrent un regard entendu, cette engeance poussait partout. Ils arrivèrent enfin au directoire départemental où ils furent surpris de ne rencontrer que peu de monde. Ils demandèrent Lucien qu'ils durent attendre un long moment dans une antichambre déserte. Lorsque finalement il arriva, il était rouge, essoufflé et visiblement contrarié, mais il sourit en les voyant et s'excusa de ne pas avoir pu les recevoir plus tôt, car il revenait tout juste du comité.

— C'est justement à propos de comité que nous venons vous voir, déclara Daniel.

— Expliquez-moi cela, répondit Lucien en les faisant entrer dans son bureau et en leur indiquant des sièges, je verrai si je peux vous aider.

Daniel lui dépeignit la situation avec précision, en n'oubliant aucun détail, expliquant très clairement qu'il comptait sur son soutien dans cette affaire. Lucien l'écoutait attentivement en secouant la tête par moment d'un air navré, mais ne l'interrompit pas une seule fois.

— Hélas, dit-il lorsque Daniel se tut, je ne peux rien faire pour vous. Je suis au courant de cette histoire et j'ai tenté déjà plusieurs fois de fléchir ces messieurs, mais ils ne m'écoutent pas. Je leur ai expliqué que vous êtes des révolutionnaires loyaux, que vous payez vos impôts sans rechigner alors que les Pont-Ouannais se révoltent régulièrement et refusent de suivre les décrets de l'Assemblée, mais c'est peine perdue. Les révolutionnaires de la première heure sont suspects aux yeux de nos nouveaux dirigeants qui les trouvent trop tièdes. Ce sont les comités qui détiennent le pouvoir maintenant et ils sont dirigés par des hommes envoyés de Paris qui refusent de tenir compte des particularités de nos campagnes. À ce propos, une de vos administrées est venue s'installer en ville et s'est fait admettre dans le comité de sa section, il s'agit de la citoyenne Trise. Le saviez-vous ?

— Ça, c'est la pire nouvelle que vous puissiez nous apprendre ! s'exclama Daniel consterné. Elle doit les encourager dans cette voie, c'est certain. Elle a quitté le village il y a deux mois en nous disant qu'elle allait s'installer dans sa famille. Nous pensions en être débarrassés pour de bon. Elle cherche à semer la discorde partout où elle passe, c'est sûrement elle qui a envoyé cette fausse lettre de dénonciation, car elle n'a jamais aimé la famille Boredoux.

— Cela pourrait être une information intéressante si vous réussissez à en avoir des preuves, répondit Lucien, on pourrait la discréditer avec ça.

— Hélas, elle est maligne ! Il n'y a absolument plus rien dans sa maison de Villedhuis, j'ai d'ailleurs fait murer toutes les portes et les fenêtres afin qu'elle ne puisse pas nous reprocher de l'avoir détériorée si elle revient. Non, nous ne pourrons jamais prouver que c'est elle l'auteur de la lettre.

— Dans ce cas, j'ai bien peur qu'il n'y ait rien à faire. Vous allez devoir accepter le contrôle de Pont-Ouanne, car si vous refusez, on vous enverra la troupe. À vrai dire, ils sont déjà prêts, ils attendent juste l'appel de vos voisins pour se mettre en route.

— Et si nous créons un comité dans le village ?

— C'est trop tard, les sections ont été délimitées. Il n'est plus temps de revenir en arrière. Vous auriez dû accepter que je mette Pont-Ouanne dans votre district quand je vous l'ai proposé, ainsi vous auriez la préséance sur eux maintenant et le comité aurait dû respecter les découpages déjà mis en place.

Daniel et Claude reprirent la route de Villedhuis, découragés. La situation allait rapidement devenir intenable, maintenant que leurs voisins avaient un droit légal sur eux. Daniel se félicita d'avoir suivi la suggestion de Pierre et d'avoir fabriqué des faux papiers pour le père Craimen et Perrine avant qu'arrivât cette lamentable affaire. Les Pont-Ouannais, qui n'avaient jamais vu leur curé de près, ne pourraient pas le reconnaître et n'auraient aucun moyen de deviner la vérité tant que Berthe ne reviendrait pas se mêler de la vie du village. Ils devraient jouer serré afin de se sortir de cette situation épineuse. Claude fit remarquer à Daniel que finalement Lucien, dont ils s'étaient toujours méfiés, ne leur avait causé aucun ennui. Avec la tournure que prenaient les événements, ils allaient certainement le regretter.

À leur retour au village, Daniel réunit tous ses administrés pour les mettre au courant du résultat de leur visite au directoire départemental.

— J'ai bien peur, conclut-il, que nous soyons obligés de supporter ces maudits Pont-Ouannais pour l'instant. Je vous demande de vous contrôler et de ne pas répondre à leurs provocations, car ils n'attendent qu'un faux pas de notre part pour faire venir la troupe et investir notre village. Oubliez vos querelles et soyez solidaires les uns envers les autres, c'est la seule façon de nous sauver tous. D'autre part, je reconnais que j'ai pris les mauvaises décisions pour la commune, je vous propose donc d'élire un nouveau maire qui saura faire mieux que moi.

— Certainement pas ! cria quelqu'un tandis qu'un fort brouhaha s'élevait de la foule.

— Non ! appuya quelqu'un d'autre. Cette erreur, nous l'avons tous commise. Personne ne voulait de ce comité.

— C'est vrai, approuva Pierre, nous étions tous d'accord. Même si quelques-uns voulaient bien créer ce comité révolutionnaire, personne ne voulait se porter candidat. Donc nous portons tous une part de responsabilité dans ce qui arrive aujourd'hui et nous sommes également tous solidaires, vous resterez maire de la commune et nous vous soutiendrons.

Un grand tumulte suivit ces paroles, chacun voulait donner son avis et l'on ne s'entendait plus. Mais il apparut rapidement que tout le monde approuvait le discours de Pierre, en partie sans doute, car personne ne voulait prendre la place de maire, qui semblait plutôt périlleuse en cette période et en partie aussi, car l'on faisait confiance à Daniel qui avait su jusque-là préserver sa commune des pires excès de la révolution.

— Bien, conclut Daniel, alors je vais me rendre à Pont-Ouanne pour leur dire que le village leur est ouvert, je voudrais que quelques-uns d'entre vous m'accompagnent. Mais avant, assurez-vous que vous avez bien caché tout ce que vous ne voulez pas que les espions trouvent. Nous allons également mettre nos réserves de nourriture à l'abri pour qu'ils ne mettent pas la main dessus.

Plusieurs hommes se proposèrent spontanément pour accompagner Daniel tandis que tous les autres villageois se dispersaient pour aller vérifier leurs cachettes. Tout en regagnant sa maison, Pierre fit observer à Catherine que cette histoire, tout inquiétante qu'elle fût, avait au moins servi à rétablir l'entente au village. Quand Daniel se présenta à Pont-Ouanne, il dut user de tout son contrôle de soi pour supporter l'ironie mordante de ses voisins qui s'attendaient visiblement à un tel revirement. Ils annoncèrent leur visite pour le lendemain matin.

Tout le monde était prêt et attendait, le visage fermé, l'arrivée des membres du comité révolutionnaire. Ils s'exhortaient mutuellement à la patience tout en pensant, en leur for intérieur, que leurs visiteurs allaient se montrer odieux et piller leurs maisons. Mais ils se montrèrent plus rusés que cela. Les Pont-Ouannais ne voulaient pas donner de motif légitime de plainte à leurs voisins si bien qu'ils entrèrent dans chaque demeure, examinèrent chaque recoin sans toucher à rien et évitèrent de même toute provocation ouverte sans toutefois se priver de lancer des piques parfois blessantes. Les Villedhuisiens poussèrent un soupir de soulagement en les voyant partir et pourtant cela s'était plutôt bien passé. Cependant, ils restèrent sur leurs gardes sachant très bien que ce n'était que le début et que la situation ne pouvait qu'empirer.

Comme les travaux des champs battaient leur plein en cette saison, d'un côté de l'eau comme de l'autre, les membres du comité de surveillance se montrèrent assez rarement à Villedhuis ce qui faisait l'affaire des villageois. Pierre termina les commandes que Lucien lui avait passées avant l'hiver et retourna à Auxerre pour les livrer, accompagné de Philippe comme toujours. Ils se rendirent compte que le directoire départemental tournait au ralenti et Lucien leur confirma qu'il ne viendrait pas à Villedhuis, n'ayant aucune consigne à leur transmettre. À son retour au village, comme il n'avait plus de meuble à fabriquer, Pierre consacra tout son temps au jardin et à aider Catherine à cacher l'essentiel de leur récolte avant que les Pont-Ouannais mettent la main dessus. Perrine et Marie passaient toutes leurs journées dans la cuisine à préparer toutes les denrées que leur apportait la jeune femme afin qu'elles se conservent tout l'hiver. Pierre et le père Craimen partaient souvent à l'aube dans la forêt avec leurs fusils pour rapporter du gibier dont ils mangeaient une partie et mettaient le reste en conserve. Le soir, ils s'offraient un moment de détente après le souper en s'installant sous les arbres du verger pour profiter de la tiédeur du soleil qui se couchait. Martine venait souvent les rejoindre, ce qui lui permettait de souffler après une dure journée de labeur. De jour en jour, elle devenait plus triste, car aucune nouvelle de Romain ne lui parvenait. C'était le silence total, elle ne savait pas où il avait été affecté ni s'il avait participé à des offensives et ne comprenait pas ce mutisme absolu. Elle tentait de se rassurer en se disant que s'il avait été blessé, l'armée l'aurait prévenue, mais cela ne lui remontait guère le moral. Philippe et Jeanne participaient parfois à ces soirées et s'efforçaient également d'égayer la jeune femme en lui expliquant que Romain n'avait peut-être pas le temps ni la possibilité de lui écrire, mais qu'il ne l'oubliait certainement pas.

Malgré le beau temps et les oiseaux sur les arbres, l'été n'apportait pas la joie dans les cœurs. Chacun vaquait à ses occupations en silence et l'on n'entendait plus dans le village les chants et les rires qui l'animaient naguère. Les visages étaient soucieux et les saluts que l'on échangeait entre voisins manquaient de gaieté. Bien sûr, des nouvelles venant de tout le pays leur arrivaient par la voix des voyageurs égarés et des marchands qui venaient au marché de Villedhuis.

Ils avaient ainsi appris l'arrestation de vingt-neuf députés, le 2 juin au siège de la Convention et leur mise en accusation, l'assassinat de Marat, le 13 juillet, puis l'exécution de Charlotte Corday, sa meurtrière, quatre jours plus tard. Rien de tout cela ne les surprenait, à voir ce qui se passait à Auxerre, ils avaient compris que les révolutionnaires se battaient entre eux et qu'aucune institution stable ne pourrait sortir de cette situation. Par contre, les rumeurs de guerre civile les faisaient réfléchir davantage, ils se demandaient s'ils ne devaient pas rejoindre les troupes royalistes, car un retour à l'ancien régime aurait peut-être au moins l'avantage d'établir la paix avec les puissances étrangères qui menaçaient d'envahir le pays. Mais c'était des discours en l'air, car aucun d'entre eux ne désirait vraiment se battre. Tout ce qu'ils souhaitaient c'était qu'on les laisse mener leur vie en toute tranquillité.

Chez Pierre, on s'amusa beaucoup du décret autorisant le mariage des prêtres et l'on conseilla en riant à Perrine d'épouser le père Craimen. Par contre, le recensement ordonné par la Convention[17] leur donna des sueurs froides, car le comité révolutionnaire de Pont-Ouanne vint vérifier si Daniel l'avait bien effectué. Mais personne ne contesta l'identité des faux parents Leblanc. Ce fut seulement quelques jours plus tard que Catherine fit remarquer à Pierre que Charlotte Martin ne figurait pas sur la liste des habitants de Villedhuis. Intrigué, Pierre alla poser la question à Daniel qui lui répondit que la sorcière n'avait jamais été considérée comme une Villedhuisienne, ce qui était plutôt un avantage dans les circonstances actuelles. Les Pont-Ouannais revinrent la semaine suivante en annonçant qu'ils devaient procéder au recensement général des grains de la récolte de l'année, selon le dernier décret de la Convention. Personne ne protesta dans le village, car tout le monde avait eu le temps de mettre ses réserves à l'abri. Au contraire, un groupe de curieux se forma qui suivit les membres du comité de maison en maison afin d'assister au comptage. À la fin de la journée, une fois de plus leurs ennemis repartirent déçus de n'avoir pas provoqué d'émeutes ni décelé de fraude chez les villageois.

Mais la satisfaction des Villedhuisiens fut de courte durée. Lorsqu'un groupe de soldats arriva dans le village, ils comprirent tout de suite qu'il s'agissait d'un nouveau recrutement pour l'armée.

---

[17] Décret du 11 août 1793

Le chef du détachement leur confirma immédiatement que c'était bien là sa mission.

— La Convention a décrété la levée en masse[18], annonça-t-il d'une voix forte. Tous les hommes en âge de porter une arme doivent nous accompagner. J'ai ici la liste établie selon le dernier recensement que vous avez fait parvenir au comité de votre section. Je vous laisse une heure pour vous préparer.

— Mais vous n'allez pas priver le village de tous ses hommes, protesta Daniel en prenant connaissance des rôles. Et pourquoi ne suis-je pas sur cette liste ?

— Parce que vous êtes le maire, la République a besoin de vous pour diriger ce village.

— Les membres du directoire de district sont aussi utiles à la République, de plus, beaucoup sont mariés et ont des enfants, vous ne pouvez pas faire ça !

— Les membres de votre directoire ont été en contact avec un homme plus que suspect qui a été dénoncé par une citoyenne loyale, membre d'un comité révolutionnaire. Ils vont devoir prouver leur fidélité à la Révolution.

Tous les gens présents se regardèrent en silence. Ils avaient compris d'où venait le coup, c'était Berthe encore une fois. Il n'y avait rien à répondre, plus ils tenteraient de se justifier, plus ils s'enfonceraient. Catherine se serra davantage contre Pierre, elle était tellement choquée par cette horrible nouvelle qu'elle se sentait incapable de réagir.

— Au fait, j'ai un message pour la citoyenne Millon, reprit le recruteur, est-elle ici ?

— C'est moi, répondit Martine en s'avançant.

— Le citoyen Romain Millon est bien votre époux ?

— Oui, dit-elle d'une voix tremblante.

— Il a été porté disparu sur le front de Belgique, le huit mars, probablement tué par l'ennemi.

Oubliant ses propres soucis, Catherine se précipita vers Martine pour la soutenir. La jeune femme se laissa aller contre elle, terriblement pâle d'un seul coup.

— Mais il pourrait n'être que blessé, suggéra Catherine, ou bien prisonnier de l'ennemi.

---

[18] 21 août 1793

— Il n'a été admis dans aucun hôpital de campagne et nos ennemis n'ont fait aucun prisonnier ce jour-là. Vous pouvez me croire, nous avons procédé à des recherches avant de porter la nouvelle. Il est mort pour défendre la patrie, vous devez en être fière, citoyenne !

Catherine conduisit Martine vers sa maison, mais Marie les rattrapa.

— Laisse, je m'occupe d'elle. Toi, reste avec Pierre, lui conseilla-t-elle.

Instantanément, sa peine, qui avait été masquée par celle de Martine, ressurgit et la jeune femme retourna en courant vers son mari. Ils se dirigèrent à pas lents vers leur maison, serrés l'un contre l'autre. Là, tandis que Pierre préparait un petit baluchon, Catherine, incapable de se contenir, sanglota dans les bras de Perrine. Les enfants, qui n'y comprenaient rien, pleuraient à l'unisson de leur mère. Après l'affreuse nouvelle de la mort de Romain, la jeune femme était persuadée qu'elle ne reverrait jamais son époux. Le père Craimen, très ému, bénit Pierre pour attirer la protection du Ciel sur lui, puis l'étreignit fortement. « À quoi cela sert-il ? Si Dieu nous avait protégés, nous n'en serions pas là. » Songea Catherine en les observant, mais elle se tut ne voulant pas choquer ses amis en exprimant une pensée qui confinait au blasphème. Pierre se tourna vers elle et l'enlaça tendrement.

— Tu as toujours été forte, je sais que tu le seras encore cette fois-ci, lui dit-il doucement. Il te faut veiller sur nos enfants et puis tu n'es pas seule. Grâce au Ciel, nous avons des amis fidèles. Je reviendrai, je te le promets !

La jeune femme ravala ses larmes et l'accompagna sur la place où se réunissaient les conscrits. Comme toutes les autres femmes, elle resta serrée contre son mari jusqu'à ce que le recruteur donnât le signal du départ. Ensuite, elle resta figée debout à les regarder s'éloigner en silence, tellement pétrifiée qu'elle mit du temps à se rendre compte que quelqu'un lui prenait le bras. Elle se retourna brutalement pour découvrir Jeanne à ses côtés, des larmes plein les yeux, tenant sa fille par la main. Elle n'avait même pas remarqué que Philippe marchait auprès de Pierre sur le chemin.

— Viens, dit-elle gentiment, je dois passer voir Martine. Tu m'accompagnes ?

— Oui, répondit Jeanne avec gratitude, la pauvre a besoin de nous.

La Terreur

Catherine fit le tour de la grande salle en vérifiant une nouvelle fois que tout était en place, les invités n'allaient pas tarder à arriver. On était le six septembre 1793 et, malgré l'absence de Pierre, elle avait décidé de fêter l'anniversaire de Quentin. Elle voulait voir son petit garçon sourire et se comporter comme un enfant, au moins pour la soirée, car depuis le départ de son père, Quentin s'efforçait de le remplacer en tant qu'homme de la maison. Le père Craimen, qu'il appelait « Grand-père », lui semblait trop vieux pour jouer ce rôle et protéger les femmes en cas de besoin. Catherine n'avait pas eu le courage de le remettre à sa place, sachant que cette attitude lui permettait de mieux supporter le vide laissé par l'absence de son père.

On frappa à la porte et Catherine alla ouvrir à Jeanne et Irène qui, elles aussi, s'efforçaient d'apprendre à vivre sans Philippe. Ensuite arrivèrent Annick et les enfants qui lui restaient, car après son aîné, mobilisé en même temps que Romain et son cadet, qui s'était engagé, les deux suivants venaient d'être enrôlés avec leur père. Elle aussi faisait preuve de courage devant les revers de fortune et s'occupait de la ferme avec l'aide de ses rejetons. Martine les rejoignit en dernier. Après la terrible nouvelle de la mort de Romain, ses parents lui avaient demandé de revenir chez eux, mais elle avait encore refusé. Elle ne voulait pas quitter la maison où elle avait ses seuls souvenirs de bonheur et puis, avec le départ de presque tous les hommes du village, elle se devait de tenir sa place de boulangère sous peine de priver tout le monde de pain. Pendant les premiers jours suivant l'officialisation de son veuvage, Marie était restée dormir chez elle afin de ne pas la laisser seule, mais la jeune femme avait repris le dessus avec une surprenante rapidité si bien que Marie avait pu revenir avec Catherine au bout d'une semaine. Tous les adultes s'installèrent dans les fauteuils fabriqués par Pierre et se lancèrent dans une conversation roulant sur des sujets maintes fois abordés. Comme Martine naguère, Catherine, Annick et Jeanne attendaient des nouvelles de leurs hommes partis à la guerre et n'en recevaient pas. Bien sûr, ce départ était encore très récent, mais ce silence n'augurait rien de bon, elles en étaient certaines. Martine montrait sa force de caractère en essayant de les réconforter malgré son deuil. Elle s'était rendu compte que l'incertitude était bien plus difficile à supporter que la connaissance de la vérité, fût-elle aussi noire que la sienne. Le père Craimen se gardait bien de parler de la miséricorde de Dieu à ces femmes éplorées, car depuis qu'il avait délaissé son identité, il ne se sentait plus le droit moral d'exercer son ministère. Il commençait à se demander, dans le fond de son âme, si Dieu ne les avait pas réellement abandonnés, bien que ce fût là une pensée blasphématoire qui lui faisait honte. Pendant que les adultes bavardaient, les enfants jouaient autour d'eux dans un calme qui contrastait avec les cris et les rires qui avaient fusé durant l'anniversaire de Bérangère. Ils ne retrouvèrent un peu d'entrain que lorsque Marie fit passer à la ronde un plat rempli de friandises sur lesquelles ils se jetèrent avec gourmandise.

Les jours passaient tristement. Toute la maisonnée s'activait pour engranger les dernières récoltes avant l'hiver. Catherine s'étourdissait de travail pour essayer de remplir ce vide effroyable qui s'était creusé en elle depuis le départ de Pierre. Elle s'efforçait de faire bon visage devant les enfants et ne s'accordait le droit de pleurer que lorsqu'elle se retrouvait seule dans sa chambre, la nuit. Heureusement, les tâches de la maison la tenaient occupée tout le jour. À cause du manque de ressource et des réquisitions, elle n'avait pas pu engraisser un cochon comme les années précédentes, mais elle avait réussi à garder quelques poules qui leur donnaient des œufs pour améliorer l'ordinaire. D'autre part, son potager bien entretenu continuait à produire de beaux légumes de saison dont elle mettait une partie en conserve pour l'hiver. Annick lui fournissait du lait de ses vaches dont elle faisait du beurre et de la crème qui servaient ensuite pour la cuisine. Quelques nouvelles de l'extérieur leur parvenaient sans avoir d'incidence sur la vie trop calme du village. C'est ainsi que les Villedhuisiens apprirent que la Convention venait de mettre la Terreur à l'ordre du jour[19], ce qui ne signifiait pas grand-chose pour eux, car ils vivaient déjà dans la peur depuis plusieurs années. Par contre, une visite les mit en émoi, à la mi-septembre. Il s'agissait d'un courrier des armées, apportant un paquet de lettres pour les femmes de la commune et Catherine crut s'évanouir de joie quand le messager lui tendit une missive sur laquelle elle reconnut l'écriture de son époux. Elle rentra chez elle en courant et s'enferma dans sa chambre pour la lire tranquillement.

« *Ma chérie*, écrivait-il, *nous sommes arrivés à Auxerre après six jours d'un voyage pénible. Sur la grand-route, nous avons rejoint d'autres groupes de conscrits qui arrivaient des villages alentour, mais curieusement aucun de ceux-là ne venait de Pont-Ouanne. Pour ne pas encombrer le chemin, nous marchions la plupart du temps sur les bas-côtés pleins de boue. Des hommes du village, que je croyais plus courageux que cela, geignaient et se plaignaient continuellement, ce qui attira la colère du recruteur sur tout notre groupe et nous valut les quolibets des soldats qui nous encadraient. La nuit, nous dormions à la belle étoile sans même une couverture pour nous protéger du froid et du vent. Certains d'entre nous se sont mis à tousser, je ne sais pas si tous arriveront jusqu'au front. Heureusement que Philippe est toujours resté avec moi, sinon j'aurais peut-être cédé au désespoir moi aussi. Nous nous soutenons mutuellement en nous racontant nos souvenirs des temps heureux où nous étions tous réunis.*

Nous sommes restés deux jours à Auxerre, le temps que chacun reçoive son affectation et que les convois s'organisent. Par chance, Philippe et moi avons reçu la même destination et nous sommes repartis ensemble vers Lyon. Il semble que cette ville ait été prise par les troupes royalistes et nous devons aller renforcer les divisions qui essayent de les en déloger. Cette fois, le voyage est plus agréable. Nous logeons dans des auberges ou des maisons de particulier réquisitionnées pour abriter l'armée. Nous sommes nourris correctement, quoique avec beaucoup de monotonie, afin de garder nos forces pour la bataille. L'idée de devoir combattre mes compatriotes, qui n'ont commis d'autre crime que celui d'avoir un autre idéal que celui de la Convention, m'est odieuse, mais malheureusement je n'aurai pas le choix. La guerre est une chose abominable, d'autant plus lorsqu'elle est civile.

---

[19] Décret du 5 septembre 1793

Je profite de ce qu'un courrier des armées passe par notre bivouac, ce soir, pour te faire parvenir cette missive tant que je le peux. Je ne sais pas quand j'aurai l'occasion de t'écrire à nouveau. J'espère que vous êtes tous en bonne santé, que tout se passe bien à la maison et je forme des vœux pour que le comité révolutionnaire ne vous fasse pas de misère. Je t'envoie tout mon amour ainsi qu'aux enfants. Ton mari qui t'aime. »

Catherine ne put retenir ses larmes à la lecture de cette lettre qu'elle serra sur son cœur. Elle resta un moment à pleurer la tête dans ses mains, puis se redressa avec décision et alla ranger sa précieuse missive dans un coffre fermé à clef. Elle remit de l'ordre dans sa tenue, se passa un peu d'eau sur le visage pour effacer toute trace de ses larmes et regagna le rez-de-chaussée où se trouvait réunie toute la maisonnée.

— Alors, demanda Marie, est-ce une lettre de Pierre ?

— Oui, il est en route pour Lyon afin d'y combattre les royalistes qui ont pris la ville.

— Va-t-il bien ? interrogea Perrine.

— Apparemment assez bien. Il me dit que certains, qu'il ne nomme pas, ont pris froid, mais pas lui. Il est avec Philippe, ce qui lui permet de garder le moral.

— C'est très bien pour eux deux, affirma le père Craimen. Savez-vous si Philippe a écrit, lui aussi ?

— Je n'ai pas fait attention, répondit Catherine en rougissant. Dès que j'ai vu ma lettre, je n'ai pensé à rien d'autre.

— Si Jeanne ne passe pas nous voir, tu devrais peut-être aller la rassurer sur le sort de son mari, suggéra Marie.

— Je le ferai demain si elle n'est pas venue ce soir, assura Catherine qui se doutait que son amie avait envie de rester seule.

Comme la jeune femme l'avait pensé, Jeanne et Irène arrivèrent après le souper. Toutes deux avaient les yeux brillants et arboraient un sourire qu'on ne leur avait pas vu depuis plusieurs semaines. Philippe avait écrit, lui aussi, et son épouse savait donc que les deux amis étaient restés ensemble, ce qui la réconfortait beaucoup, tout comme Catherine. Cette veillée fut la plus animée depuis le départ des conscrits, on bavarda gaiement et l'on entendit même quelques rires.

Quelques jours plus tard, les membres du comité de surveillance révolutionnaire de Pont-Ouanne arrivèrent au village. Ils attendirent que tous les habitants soient réunis sur la place du marché pour annoncer la raison de leur venue.

— Depuis le 17 septembre, la Convention a adopté une nouvelle loi sur les suspects, expliqua le responsable du comité d'une voix forte, et nous sommes chargés de dresser la liste des suspects dans cette section. Je vais donc vous interroger chacun à votre tour pour déterminer si vous serez sur cette liste ou non. Je vois que tous les hommes portent la cocarde tricolore, c'est bien, mais, désormais, les femmes devront la porter aussi. J'en remettrai donc une à chaque femme qui sera déclarée non suspecte.

Les Villedhuisiens se regardèrent les uns les autres, très angoissés par cette invention. Catherine eut aussitôt la conviction qu'elle serait déclarée suspecte ainsi que toute sa maisonnée. Cependant, tous se mirent en rang et firent silence pour entendre les questions que poserait le responsable du comité. L'homme demanda à chaque villageois s'il était partisan de la royauté ou du fédéralisme, si des membres de sa famille avaient émigré hors de France après le 1er juillet 1789 même s'ils étaient rentrés depuis. Puis il demanda le certificat de civisme de chacun et une justification de ses moyens d'existence. Le Pont-Ouannais semblait de plus en plus en colère en constatant que tout le monde était en règle à Villedhuis, si bien que lorsque vint le tour de Catherine il l'interrogea d'un ton sec en cherchant le moindre détail pour la coincer, mais il en fut pour ses frais, car elle avait réponse à tout. Elle rejoignit Marie qui était déjà passée sans problème et frissonna en voyant le père Craimen s'avancer. Elle craignait que, par honnêteté, il avouât la vérité, mais il n'en fut rien. Le prêtre se présenta comme le citoyen Leblanc, père de la citoyenne Catherine Boredoux, et exhiba son passeport et son certificat de civisme comme preuve. Comme son interlocuteur essayait de l'embarrasser sur la question de ses moyens d'existence, Catherine se précipita pour affirmer que ses humbles cultures servaient à nourrir simplement toute la maisonnée, car personne n'avait de gros besoins hormis les enfants. Perrine passa à son tour et montra un anneau d'or sur son annulaire comme preuve de son mariage, c'était en réalité l'alliance de sa mère qu'elle portait depuis que Daniel lui avait remis son faux passeport. Pâle de rage, mais incapable de trouver la faille, le responsable du comité fut bien obligé de les déclarer tous non suspects. Il passa sa colère sur les derniers villageois qui répondirent à ses questions, mais là non plus, il ne trouva rien pour alimenter ses soupçons. Une fois de plus, le village de Villedhuis se trouva blanchi et pourvu d'une réputation de loyauté envers la République, au grand dam de ses voisins. Le résultat de ce contrôle parvint à Auxerre et emplit Berthe d'une rage impuissante envers ses anciens concitoyens, mais, même elle, ne soupçonna pas les parents Leblanc, que l'on présentait comme étant arrivés au village après son départ, d'être Perrine et le père Craimen qu'elle croyait en fuite.

Lorsque les Pont-Ouannais furent rentrés chez eux, personne au village ne poussa de soupirs de soulagement, car ils savaient bien que leur sécurité ne tenait qu'à un fil. Il aurait suffi que Berthe revînt pour tout remettre en question. Heureusement, elle savait par le comité révolutionnaire de Pont-Ouanne que sa maison n'avait pas été abîmée et que personne ne s'y était installé, car elle aurait trouvé là le moyen de se plaindre de la commune et peut-être même de revenir pour constater les dégâts. Par contre, Catherine et ses amis eurent beaucoup de peine en apprenant que Lucien Guérrand avait été guillotiné à Auxerre, désigné comme suspect après avoir été dénoncé par la démoniaque veuve Trise.

Lorsque les Pont-Ouannais revinrent, au début du mois d'octobre, tous les villageois craignirent qu'ils cherchent encore une fois à établir une liste de suspects sur d'autres critères. Mais ils furent rassurés en apprenant la nouvelle que leurs visiteurs apportaient et qu'ils jugèrent plutôt loufoque.

— Le calendrier révolutionnaire vient d'être mis en place, annonça le responsable du comité. Il comprend douze mois de trente jours chacun, divisés en trois décades. Vous ne devez donc plus parler de semaine. Les nouveaux mois sont : Vendémiaire, Brumaire, Frimaire, Nivôse, Pluviôse, Ventôse, Germinal, Floréal, Prairial, Messidor, Thermidor et Fructidor[20]. Comme vous le savez certainement, l'an I de la république a été décrété l'année dernière, le vingt-deux septembre, nous sommes donc en l'an II actuellement. Le premier jour d'application du nouveau calendrier était le six octobre qui est devenu le quinze vendémiaire. À vous donc de calculer la date du jour en fonction de ce que je viens de vous dire. Je vais laisser à votre maire un exemplaire de ce nouveau calendrier qui vous servira de modèle. Avez-vous des questions ?

---

[20] Voir le calendrier républicain en annexe

— Oui, intervint le père Craimen. Vous dites que l'année comprendra douze mois de trente jours, mais que ferez-vous des cinq ou six jours restants selon que nous serons une année bissextile ou non, car il y a 365 ou 366 jours dans une année et non 360 ?

— Ces jours seront rajoutés à la fin de l'année tout simplement et ne feront partie d'aucun mois.

— Voilà une chose fort curieuse, s'étonna le curé. Comment pourra-t-on dater ces jours ?

— Ce sera décidé plus tard, répondit le responsable très embarrassé par ces questions, car il n'avait pas remarqué ce problème lui-même.

Bien sûr, le père Craimen n'insista pas, mais il expliqua plus tard aux trois femmes avec lesquelles il vivait que ce calendrier était extrêmement mal conçu et serait certainement très difficile d'utilisation, car il ne tenait pas compte du rythme naturel des gens. Seulement trois jours de repos par mois, ce n'était pas suffisant pour tous les gens qui travaillaient très dur le reste du temps. Quant à savoir la date du jour, il était inévitable que tout le monde s'embrouillât. Les Villedhuisiens, à l'affût de la moindre occasion de s'amuser pour oublier leur quotidien morose, tournèrent l'histoire en dérision. Pendant plusieurs semaines, dès que deux villageois se rencontraient, ils se demandaient la date du jour et riaient aux éclats devant leurs bafouillages respectifs. Marie aimait bien jouer à ce jeu, mais Catherine ne le trouvait pas drôle. Elle se doutait que cette invention de la Convention était relativement inoffensive, mais tout ce qui venait de Paris avait le don de la mettre mal à l'aise, les députés avaient déjà imaginé tant d'horreurs qu'elle se méfiait de tout ce qui venait d'eux.

À la fin du mois d'octobre, Catherine reçut une nouvelle lettre de Pierre, datée du vingt-quatre vendémiaire de l'an II, ce qui prouvait qu'à l'armée aussi on avait dû adopter le nouveau calendrier.

« … nous nous sommes installés dans un campement situé tout près de Lyon, racontait-il, *et pendant que les plus jeunes étaient envoyés pour renforcer les troupes chargées d'investir la ville, nous, les plus âgés, étions affectés à la réparation et à l'entretien des armes. Je ne suis pas plus courageux qu'un autre, mais j'ai honte de rester ainsi à l'arrière en toute sécurité alors que des jeunes à peine sortis de l'enfance sont exposés au feu de l'ennemi…*

La ville est tombée, il y a six jours, grâce à la bravoure de certains soldats qui ont réussi à s'y introduire en secret et à faire sauter l'arsenal, ce qui a provoqué un grand incendie. Le général royaliste est parvenu à s'enfuir en forçant nos lignes. On n'en parle guère, mais je crois que beaucoup de jeunes soldats ont été tués durant l'assaut. Les habitants de Lyon ont déposé les armes, je pense que la plupart d'entre eux n'ont eu que le choix de soutenir les royalistes qui tenaient la ville, mais ce qui m'écœure c'est que je n'entends parler que de représailles et de destructions au lieu d'indulgence ou de compréhension. Selon ce que l'on raconte, la répression commencerait dès demain, j'espère ne pas devoir y prendre part... »

La jeune femme raconta toutes ces nouvelles à ses amis en gardant pour elle tous les mots d'amour que son mari lui avait écrits. Jeanne avait, elle aussi, reçu une lettre et les deux amies purent ainsi constater que leurs époux décrivaient les mêmes horreurs.

À l'approche de l'hiver, le village ne demandait qu'à s'endormir dans le froid et l'ignorance des événements extérieurs, mais la venue régulière des membres du comité révolutionnaire les obligeait à s'intéresser un minimum aux nouvelles qu'ils apportaient. Pendant les mois de vendémiaire et brumaire, les seules informations qui leur parvenaient ne parlaient que de guillotine. C'est ainsi que les exécutions de Marie-Antoinette[21], du duc D'Orléans et des Girondins leur firent comprendre enfin ce que signifiait la Terreur. Catherine rappela à ses amis que Pierre et Philippe avaient vu l'échafaud dressé à demeure sur une place d'Auxerre lors de leur dernier voyage au chef-lieu du département.

— Nous aurions dû deviner alors ce qui allait se passer, déclara-t-elle.

— Comment aurions-nous pu ? s'exclama Perrine. C'est une chose tellement horrible ! Je suis sûre que jamais cela ne s'était produit dans l'histoire de l'humanité ! Ces révolutionnaires ne sont plus des êtres humains. Ce sont des bêtes sauvages !

— Je suis tout à fait d'accord, affirma le père Craimen. Ces hommes qui ont renié Dieu ont aussi oublié leur âme immortelle, ils se sont ravalés au rang des animaux. C'est pourquoi ils n'ont plus de limites. La vie humaine n'a plus de valeur à leurs yeux. Ils iront brûler en enfer pour l'éternité. Consolons-nous en nous disant que leurs victimes, elles, iront droit au Ciel.

— Et ceux qui sont obligés de se battre pour ces fous sanguinaires ? demanda Catherine en pensant à Pierre.

— Dieu reconnaîtra les siens, l'assura le curé. N'ayez crainte, ma chère ! Votre mari sera sanctifié.

— Le plus tard possible, j'espère, frémit la jeune femme.

---

[21] 25 vendémiaire An II (16 octobre 1793)

À la mi-novembre, un des plus jeunes membres du comité Pont-Ouannais revint seul à Villedhuis pour leur annoncer que la fête de la liberté avait eu lieu à Notre-Dame, le vingt brumaire. Daniel et les villageois présents l'écoutèrent en silence, se demandant bien pourquoi il avait ressenti le besoin de venir leur raconter cela. Dans leur esprit suspicieux, cette visite cachait forcément une traîtrise, sans doute lui avait-on demandé d'espionner les Villedhuisiens pour le compte du comité. Et lorsque le jeune homme se dirigea vers la boulangerie de Martine pour lui acheter du pain avant de repartir vers son village, personne ne douta que c'était la jeune femme qui était visée. Jeanne, ayant assisté à la scène, se dirigea directement vers la maison de Catherine pour lui rapporter toute l'histoire.

— Nous devons protéger Martine, décréta la jeune femme. Dorénavant, chaque fois que les membres du comité révolutionnaire viendront ici, nous nous arrangerons pour que quelqu'un reste avec elle.

— Cela me paraît la raison même, approuva le père Craimen. Il faudrait peut-être prévenir ses parents pour qu'ils l'aident également.

— Elle le fera si elle le désire, répondit Catherine, mais elle ne s'entend pas très bien avec eux. S'ils apprennent cette nouvelle menace, ils voudront à nouveau qu'elle retourne vivre chez eux.

Martine fut la seule à ne pas s'inquiéter, elle déclara que ce jeune homme s'était montré très respectueux et poli, qu'il ne lui avait posé aucune question ni cherché à espionner quoi que ce soit. En fait, il lui avait paru plutôt timide. Mais rien de tout cela ne rassura ses amis.

Le jeune révolutionnaire revint une dizaine de jours plus tard pour leur annoncer qu'un peu partout dans le pays, on avait décidé la fermeture des églises. Lorsque Daniel lui fit remarquer que cette nouvelle ne les concernait pas, car leur église était fermée depuis bien longtemps, le jeune homme rougit jusqu'à la racine des cheveux et bafouilla quelques explications embarrassées, disant qu'il pensait que cela les intéresserait quand même. Puis il tourna les talons, mais n'oublia pas, avant de repartir vers Pont-Ouanne, de passer par la boulangerie pour acheter son pain. Cette fois, Marie se trouvait avec Martine et put constater qu'effectivement le visiteur n'avait rien de menaçant.

— Je ne sais pas quoi en penser, expliqua-t-elle à Catherine et Perrine quand elle fut rentrée. Il paraît très timide, comme le dit Martine, et assez inoffensif. Il demande son pain en bégayant et ose à peine lever les yeux, mais tout cela pourrait être une ruse. La raison qu'il nous a donnée pour expliquer sa visite n'est visiblement qu'un prétexte, mais je n'arrive pas à discerner sa véritable motivation.

— Peut-être essaie-t-il de se concilier les bonnes grâces de Martine pour avoir un pied dans le village, suggéra Catherine. Il s'imagine qu'elle est plus vulnérable qu'une autre à cause de son veuvage.

— C'est bien possible, approuva Perrine, dans ce cas nous devons être très vigilantes, car elle a le cœur tendre et se laissera fléchir facilement s'il sait comment la prendre.

— Nous y veillerons, promit Marie.

Lorsque le jeune homme revint pour la troisième fois, quelques jours plus tard, Catherine décida de se faire une idée par elle-même et se rendit donc à la boulangerie tandis que Marie allait écouter les nouvelles que ce visiteur inopportun apportait. Il s'agissait cette fois d'un décret de la Convention ordonnant la séparation de l'Église et de l'État[22], ce qui n'étonna personne après les persécutions perpétrées envers le clergé. Comme lors de ses visites précédentes, le Pont-Ouannais alla acheter du pain avant de partir. Cette fois, Catherine avait décidé de lui poser quelques questions afin d'en savoir un peu plus et d'essayer de l'amener à se trahir.

— Comment vous appelez-vous ? demanda-t-elle d'abord d'un air aimable.

— Charles Dubois, Madame, répondit-il timidement.

— Et quel métier exercez-vous ? continua-t-elle en remarquant qu'il ne l'avait pas appelée « citoyenne ».

— J'aide mon père à travailler à la ferme, mais comme j'ai un frère aîné et que l'exploitation est petite, il voudrait que je trouve de l'embauche ailleurs.

— Et pourquoi achetez-vous votre pain ici ? Vous n'en avez pas à Pont-Ouanne ?

— Nous n'avons pas de boulanger au village, c'est ma mère qui prépare le pain chez nous, mais il est beaucoup moins bon que le vôtre, répondit-il en rougissant.

— Je vous comprends, répondit Catherine en lui souriant aimablement. Je vous souhaite un bon retour.

Après le départ de son client, Martine affirma à son amie que celui-ci n'était pas dangereux. Catherine lui conseilla malgré tout de rester vigilante, car cette timidité apparente pouvait cacher de noirs desseins.

---

[22] 9 frimaire An II (29 novembre 1793)

Vers la fin de frimaire, Catherine reçut une nouvelle lettre de Pierre qui l'inquiéta beaucoup.

« ... *la répression à Lyon a été pire encore que je ne l'imaginais*, écrivait-il, *j'ai assisté à des atrocités que je ne pourrai jamais oublier. Ces horribles images me poursuivent surtout la nuit et m'empêchent de dormir. Ma seule satisfaction est de me dire que ni Philippe ni moi n'y avons participé...*

Comme on n'a plus besoin de nous ici, nous allons partir demain pour une destination que l'on ne nous a pas précisée. Je ne sais pas si je pourrais t'écrire facilement, mais ne t'inquiète pas trop. En principe, les hommes de notre âge ne sont pas envoyés en première ligne donc nous devrions rentrer entiers... »

La jeune femme ne croyait pas aux paroles rassurantes de Pierre. Elle savait trop bien qu'en temps de guerre tous les soldats étaient exposés et cette affectation inconnue lui faisait peur. Elle s'imaginait que son mari en savait plus qu'il ne voulait lui dire et qu'en la préparant à l'absence de nouvelles il tentait de lui signifier qu'elle pourrait ne plus jamais en recevoir. Les paroles réconfortantes de ses amis ne parvenaient pas à alléger son angoisse, mais elle s'efforçait de la cacher devant les enfants.

Cette année-là, personne ne fêta Noël qui n'existait plus dans le calendrier révolutionnaire, même le père Craimen n'y fit pas allusion. Par contre, ils se sentirent assez désorientés par l'absence de changement d'année durant l'hiver, ils ne savaient plus vraiment quand ils vivaient. Ce manque de repère avait un grand impact sur leur vie quotidienne et leur travail, car ils avaient l'habitude de se régler sur les saints du calendrier pour savoir, par exemple, quand semer ou quand récolter. Maintenant, ils devaient essayer de convertir la date donnée par le calendrier révolutionnaire pour retrouver la date équivalente sur le calendrier grégorien, ce qui était une source d'erreur sans fin.

Un jour du début de pluviôse, Marie revenait du lavoir quand elle aperçut une silhouette qui disparut vivement dans un buisson à son approche. Elle soupira en pensant que les Pont-Ouannais les espionnaient encore, bien qu'ils aient le droit désormais de venir dans le village quand ils le désiraient. Dans le fond de son cœur, elle espéra que ce n'était pas le jeune Dubois qui se livrait à ce vilain travail, car elle ressentait de la sympathie pour lui. De retour à la maison, elle raconta cette rencontre à Catherine qui se montra fort surprise de cet incident. On n'avait pas vu les membres du comité de surveillance dans le village depuis plus d'un mois et cet espionnage semblait bien inutile.

Quelques jours plus tard, Annick vint leur rendre visite avec ses enfants et, tandis que les petits s'amusaient dans la maison, les adultes bavardèrent amicalement dans la grande salle.

— Il est arrivé quelque chose de curieux hier soir, annonça Annick, ma fille qui était allée rentrer les poules est revenue en courant pour me dire qu'il y avait un homme qu'elle ne connaissait pas qui tournait autour de la maison. Je suis aussitôt sortie pour le voir, mais il avait disparu.

— Peut-être est-ce le même que j'ai aperçu l'autre jour en revenant du lavoir, suggéra Marie. À quoi ressemblait-il ?

— Je ne sais pas, comme il faisait sombre, ma fille ne l'a pas bien vu. Comment était celui que tu as vu ?

— C'est difficile à dire, je n'ai entrevu qu'une silhouette grise. Je ne sais pas si je le reconnaîtrais en le revoyant.

— Je me demande ce que cherchent les Pont-Ouannais en nous espionnant ainsi, intervint Catherine. De toute façon, ça ne les mènera à rien.

— Tu crois que c'était un Pont-Ouannais ? s'étonna Annick. J'aurais plutôt pensé que c'est un miséreux qui cherche sa pitance.

— Que ferait un étranger par ici ? Et puis t'a-t-il volé quelque chose ?

— Non, rien. Je pense que la petite lui a fait peur et qu'il s'est sauvé.

— S'il continue à rôder par ici, il faudrait peut-être prévenir Daniel, conseilla le père Craimen. Cet homme pourrait se révéler dangereux.

— Nous verrons si cela continue, trancha Catherine.

Les jours passèrent tranquillement. Aucun membre du comité de surveillance ne se montrait, ce que les Villedhuisiens appréciaient beaucoup. Même le jeune Charles Dubois ne venait plus leur annoncer des nouvelles sans intérêt. Et puis le mystérieux inconnu refit parler de lui. D'autres personnes du village l'avaient aperçu et cela arriva aux oreilles du maire qui décida d'organiser une patrouille pour l'attraper. Tous les hommes restant dans la commune se réunirent sur la place pour écouter les consignes que leur donnait Daniel. Il les sépara en plusieurs groupes et assigna à chacun un secteur précis à ratisser afin de couvrir tout le village et ses alentours. Ils patrouillèrent toute la journée en vain, soit l'homme était particulièrement habile à se cacher, soit il était parti. Tout le monde espéra évidemment que la deuxième solution était la bonne.

Le froid glacial qui régnait depuis le mois de nivôse fit place à un net radoucissement, ce qui provoqua de fortes chutes de neige. Les gens restaient chez eux de peur de déraper sur le sol glissant et seuls ceux qui n'avaient pas le choix mettaient le nez dehors. Le village semblait endormi sous cette chape de blancheur et de silence. Mais un après-midi, une bruyante cavalcade brisa la quiétude des Villedhuisiens. Tous se précipitèrent sur le pas de leur porte pour voir ce qui se passait. Ils reconnurent aussitôt les membres du comité Pont-Ouannais plus arrogants que jamais. Le responsable traînait un pauvre hère terrorisé, vêtu de haillons, attaché derrière son cheval.

— Nous avons trouvé cet homme sur le territoire de votre commune, cria le Pont-Ouannais. Le comité d'Auxerre nous a transmis son signalement, il est suspecté de traîtrise envers la république, et tous ceux qui lui ont donné asile sont également suspects.

— C'est l'homme que j'ai vu en revenant du lavoir, glissa Marie à Catherine.

Malheureusement, l'un des cavaliers l'avait entendue et se tourna vers elle.

— Vous le connaissez, citoyenne ? demanda-t-il.

— Non, répondit Marie, bien ennuyée. Je l'ai seulement aperçu en revenant du lavoir, mais il a disparu immédiatement.

— Et vous ne nous avez pas prévenus ! s'exclama le responsable.

— Non, lança la jeune femme d'un ton agressif, j'ai pensé que c'était l'un des vôtres qui nous espionnait comme d'habitude.

L'homme rougit de colère et Marie aurait certainement eu des ennuis si Daniel n'était intervenu.

— Nous avons organisé une patrouille pour attraper cet homme, dit-il, mais il nous a glissé entre les doigts. Nous pensions qu'il était parti.

— Vous auriez dû nous prévenir immédiatement, lui reprocha le responsable.

— J'ignorais que c'était un suspect, rétorqua Daniel, c'était à vous de nous le dire. Je croyais que c'était simplement un miséreux.

— C'est bon pour cette fois, mais prévenez-nous si ça recommence, grommela le Pont-Ouannais en faisant tourner son cheval.

Les membres du comité de surveillance reprirent le chemin de Pont-Ouanne, plutôt déconfits. Cela faisait plus d'une décade qu'ils connaissaient la présence de ce suspect dans la région et s'ils n'avaient pas réagi plus tôt c'est qu'ils espéraient que les Villedhuisiens lui donneraient asile. Ainsi ils auraient enfin eu un excellent prétexte pour exercer des représailles contre eux. Mais comme le comité d'Auxerre s'impatientait, ils avaient dû se résoudre à capturer le fugitif en dehors du village et n'avaient donc toujours aucune raison de se plaindre de leurs voisins. Ils se promirent à nouveau de saisir la moindre occasion de leur causer des ennuis. Dans le groupe des cavaliers, un jeune homme se faisait tout petit pour ne pas se faire remarquer, car il était le seul à être ravi que ses voisins soient innocents. Il s'agissait de Charles Dubois qui se sentait de plus en plus mal à l'aise dans le comité et se détachait chaque jour davantage de la haine féroce que ses concitoyens portaient aux Villedhuisiens. Il regrettait d'ailleurs de ne pas être allé prévenir les villageois du piège qu'on leur tendait et se promit de le faire si l'occasion se représentait.

Pendant ce temps, Catherine reprochait à Marie d'avoir provoqué les Pont-Ouannais en les accusant d'espionnage.

— Tu es inconsciente ! s'exclama-t-elle. À la moindre broutille, ils vont te tomber dessus et t'accuser de Dieu sait quoi ! Tu devrais apprendre à tenir ta langue.

— Je n'ai dit que la vérité, se défendit Marie. Ces gars-là se croient tout permis ! Il faut bien les remettre à leur place de temps en temps.

— S'ils nous déclarent coupables de traîtrise, qui ira dire le contraire ? Ils sont membres du comité, ils ont tous les droits !

— Je crois que tu t'inquiètes pour rien, décréta son amie, ils ont leur suspect, ça leur suffit, crois-moi.

Les semaines qui suivirent donnèrent raison à Marie, car on ne revit pas les membres du comité à Villedhuis, même le jeune Charles Dubois n'osa pas se montrer sachant très bien qu'il ne serait pas bien reçu. L'hiver traînait en longueur, la neige avait fait place à la pluie et les jours se suivaient, tristes et monotones. Catherine commençait sérieusement à s'inquiéter, car elle n'avait pas eu de nouvelles de Pierre depuis sa dernière lettre datant de frimaire. Elle ignorait toujours vers quelle nouvelle destination il était parti et s'il avait participé à des batailles ou s'il était resté à l'arrière comme il l'affirmait. Elle ne pouvait s'empêcher de comparer ce silence qui l'obsédait à celui de Romain après son départ et redoutait de recevoir un jour la terrible nouvelle de la mort de son époux. Et pourtant, malgré son angoisse, elle s'efforçait de garder l'espoir et de se montrer sereine afin de ne pas assombrir la vie de ses enfants.

À la fin de la deuxième décade de ventôse, alors que le temps semblait s'adoucir un peu, un cavalier arriva de Pont-Ouanne en début d'après-midi. Daniel s'avança à sa rencontre et son visage se ferma quand il reconnut le visiteur. C'était à nouveau Charles Dubois, le membre du comité révolutionnaire qui saisissait toutes les occasions pour venir chez eux sans que l'on sût quelle raison le poussait à agir de cette façon.

— Que venez-vous encore faire ici ? demanda-t-il d'un ton rogue.

— J'ai appris que la Convention a réquisitionné la fonderie du Creusot, répondit le jeune homme en rougissant, l'on va sans doute nous demander bientôt de collecter toutes les cloches des alentours pour les envoyer là-bas afin de les fondre pour en faire des canons. Si vous tenez aux vôtres, vous devriez les cacher tant que l'ordre n'est pas arrivé. J'ai préféré vous avertir dès que j'ai eu vent de cette histoire.

— C'est ça ! rétorqua Daniel. Et ensuite, vous pourrez dire à vos camarades que nous les avons cachées, ce qui leur fournira un bon motif de se plaindre de nous au comité d'Auxerre. Vous n'êtes qu'un hypocrite !

— Non, je vous assure que je ne dirai rien. Ils ne sont même pas au courant que je suis venu. Croyez-moi ! J'ai eu vraiment honte de leur façon d'agir lorsque ce suspect est venu tourner autour de votre village. Je m'en suis beaucoup voulu de ne pas vous avoir prévenus. Je ne suis pas votre ennemi !

— Comment puis-je en être sûr ? On ne peut plus faire confiance à personne de nos jours !

— Je n'ai aucune garantie à vous offrir, mais laissez-moi le temps de vous prouver ma bonne foi. Si cela peut vous rassurer, je vais démissionner du comité.

— Surtout pas ! Vous vous rendriez suspect aux yeux de vos camarades et vous auriez des ennuis. J'attendrai de voir si vos actes sont conformes à vos paroles, mais, en attendant, arrêtez de venir traîner ici sans raison.

Le jeune homme le remercia aussi chaleureusement que si le maire lui avait donné sa confiance et fit demi-tour en tenant son cheval par la bride. Daniel, intrigué, le vit s'arrêter devant la boulangerie et attacher sa monture à l'anneau scellé dans le mur avant d'y entrer. Pourquoi allait-il systématiquement acheter du pain chaque fois qu'il venait à Villedhuis ? En retournant cette question dans sa tête sans lui trouver de réponse, Daniel revint à la mairie.

Le soir même, Martine alla passer la veillée chez Catherine et raconta cette visite à ses amis. Ils lui conseillèrent à nouveau de se méfier de ce jeune homme apparemment timide, mais qui pourrait peut-être se révéler extrêmement dangereux si les événements l'y incitaient. Perrine affirma péremptoirement que l'on ne pouvait en aucune façon faire confiance à un Pont-Ouannais, ce qui fit bien rire Catherine.

— Que voilà un jugement définitif ! s'exclama-t-elle. Dites-moi, Perrine, n'avez-vous pas soutenu Philippe Levasseur lorsqu'il s'est mis en tête d'épouser Jeanne ? Pourtant, il était de Pont-Ouanne, lui aussi !

— C'était différent ! protesta Perrine. Les circonstances étaient tout autres, Philippe et Jeanne se connaissaient depuis l'enfance et le royaume était stable à l'époque. On ne guillotinait pas les gens pour un oui ou pour un non !

— Même dans cette époque troublée, il reste des gens au cœur pur, déclara le père Craimen. Nous ne devons pas juger notre prochain avec trop de sévérité s'il ne nous en donne pas de motifs. Catherine a raison, Perrine, vous ne pouvez pas être aussi affirmative. Et vous, Martine, restez sur vos gardes. Il peut être ce qu'il paraît comme il peut être bien différent, prenez le temps de bien l'étudier.

— De toute façon, je n'ai pas grand-chose à faire de ce garçon, répondit Martine. C'est un client qui vient d'un peu plus loin, c'est tout. Il me paraît gentil, mais, même s'il ne l'est pas, cela ne me concerne pas.

— C'est la sagesse même, approuva Catherine.

Le printemps arriva enfin et, avec lui, arrivèrent les travaux des champs. Malheureusement, presque tous les hommes du village étaient partis à la guerre si bien que les femmes durent s'organiser pour accomplir les tâches habituellement dévolues à leurs époux en plus des leurs. Dans la maison de Catherine, l'on ne vit guère de différence. Depuis leur arrivée au village, la jeune femme avait toujours exercé toutes les activités extérieures auxquelles elle était maintenant bien rodée. Marie, de son côté, assumait toutes les tâches ménagères et Perrine, depuis qu'elle était installée avec elles, les aidait de son mieux à l'intérieur comme à l'extérieur. Après le départ de Pierre, le père Craimen s'était efforcé de réaliser tous les menus travaux de bricolage que nécessitait une grande maison comme la leur, et même s'il n'était pas aussi efficace que le jeune homme, cela rendait bien service malgré tout. Le calme du village était régulièrement troublé par l'arrivée des nouvelles de la Révolution que les membres du comité Pont-Ouannais leur apportaient, mais le retard avec lequel les événements leur étaient contés les rendait un peu moins effrayants. Charles était toujours le plus empressé à venir leur rendre visite et s'efforçait chaque fois de leur prouver que ses intentions étaient pures.

À la mi germinal, par un bel après-midi ensoleillé, Martine se promenait tranquillement le long de la rivière lorsqu'elle entendit un grand bruit d'éclaboussement derrière elle. En se retournant, elle vit une petite fille qui se débattait dans l'eau froide en hurlant. Sans hésiter un instant, elle se précipita vers l'enfant que le courant entraînait et plongea dans l'Ouanne pour lui porter secours. Heureusement, la jeune femme était née près de la rivière et avait appris à nager avant de savoir marcher si bien qu'elle n'eut aucune difficulté à rejoindre la gamine qui se noyait. Elle l'attrapa par un bras, l'attira contre son épaule et se mit sur le dos pour lui maintenir la tête hors de l'eau puis elle lutta contre le courant pour rejoindre la rive. Elle se hissa sur le bord et déposa son fardeau dans l'herbe pour reprendre son souffle. La mère, attirée par les cris, arrivait en courant, affolée, et se mit à pleurer lorsqu'elle vit que sa fille ne bougeait plus.

— Mon Dieu, elle est morte ! s'écria-t-elle.

— Mais non, répondit Martine. Elle n'est pas morte, elle respire ! Allez chercher une couverture pour l'envelopper afin de la réchauffer et emportez-la chez vous. Il faut la déshabiller pour la sécher et la frictionner afin qu'elle ne prenne pas froid.

La mère fit ce qu'on lui disait et rapporta une deuxième couverture pour réchauffer également Martine.

— Merci, lui dit la jeune femme. Je vais rentrer chez moi pour me changer et puis je passerai chez mon amie Catherine. Vous savez qu'elle connaît bien les simples, elle pourra soigner votre fille si elle a pris froid. Je lui demanderai d'aller vous voir.

— C'est très gentil, répondit son interlocutrice en prenant la petite dans ses bras, je vous remercie d'avoir sauvé ma fille.

— C'est la moindre des choses, mais ne la laissez plus sans surveillance au bord de la rivière, c'est dangereux.

— Je m'occupais des moutons et je n'ai pas vu qu'elle s'était éloignée. C'est difficile de tout surveiller, maintenant que mon mari n'est plus là pour faire le travail.

Martine rentra chez elle afin de se sécher et de se réchauffer puis elle alla frapper chez Catherine pour lui raconter ce qui venait de se passer et lui demander d'aller voir la noyée.

— Qui est cette petite fille ? demanda Catherine. Et où habite-t-elle ?

— Elle s'appelle Élodie, c'est la fille de Robert et Simone Dever. Ils habitent après la sortie du village, à la lisière de la forêt. Ils élèvent des moutons et filent la laine.

— Est-elle restée longtemps dans l'eau ?

— Non, je l'ai entendue tomber et j'ai plongé aussitôt pour la rattraper.

— Bon, décida Catherine, je prends quelques herbes pour faire une infusion et j'y vais.

La jeune femme se hâta vers la maison des Dever tout en songeant avec admiration à la rapidité de réaction de Martine. Elle-même ne savait pas nager ce qui ne l'avait jamais gênée jusque-là, mais elle se disait qu'elle devrait peut-être apprendre à se débrouiller dans l'eau pour pouvoir rattraper ses enfants s'ils venaient à tomber dans l'Ouanne. Pour le moment, Quentin n'était guère allé jouer avec les enfants du village, mais cela arriverait sûrement et alors il lui faudrait redoubler de prudence, la rivière n'étant jamais loin.

Elle en était là de ses réflexions lorsqu'elle vit la maison qu'elle cherchait devant elle. C'était une pauvre masure de berger, au toit tout de guingois, adossée à la lisière de la forêt. La façade ne montrait qu'une fenêtre minuscule et une porte en bois mal jointe. La jeune mère la guettait derrière la fenêtre et s'empressa de lui ouvrir la porte sans qu'elle eût à frapper. L'intérieur n'était composé que d'une seule pièce d'habitation fort délabrée et très peu meublée. Un grand coffre en bois constituait la seule richesse du lieu avec quelques tabourets bancals. Une grande cheminée occupait tout le mur de droite dans laquelle un maigre feu tentait de cuire le contenu de la marmite posée sur un trépied. Le mur du fond était ouvert à mi-hauteur et laissait passer une forte odeur de fumier et de bétail ainsi qu'une légère tiédeur venant des animaux qui y étaient parqués. Le sol était en terre battue, jonché d'herbes fraîchement coupées qui combattaient vaillamment la puanteur engendrée par la proximité des moutons. Une propreté rigoureuse régnait dans la partie habitable de la masure malgré son délabrement, ce qui amena un sourire approbateur sur le visage de Catherine.

Simone la conduisit à une paillasse sur laquelle elle avait couché sa fille enveloppée dans une couverture. L'enfant était rouge de fièvre et geignait doucement en s'agitant. Catherine posa sa main sur le front de la malade et la trouva brûlante, elle retira la couverture pour rafraîchir la petite et donna ses herbes à la mère en lui demandant de les faire infuser dans une eau bouillante. Puis elle imbiba un chiffon d'eau froide et le passa sur le front et les tempes d'Élodie avec douceur ce qui eut pour effet immédiat de calmer la petite fille. Lorsque la mère revint avec l'infusion, Catherine souleva la tête de l'enfant pour lui faire avaler le breuvage, ce qui ne se fit pas sans difficulté. La malade toussa, refusa la boisson, secoua la tête, mais, avec une infinie patience, Catherine réussit à lui faire boire la décoction, gorgée par gorgée. Lorsque le bol fut vide, la jeune femme rallongea Élodie sur sa couche avec précaution et attendit que l'enfant s'endormît enfin, puis elle se leva.

— Je vais rentrer maintenant, annonça-t-elle, laissez-la dormir autant que possible, c'est ce qui lui fera le plus de bien. Je vais vous envoyer encore de ces herbes pour que vous puissiez lui refaire une infusion ce soir, cela l'aidera à passer une bonne nuit. Je reviendrai demain matin et vous apporterai un onguent de ma composition pour lui frictionner la poitrine. Il ne faut pas qu'elle prenne froid, mais ne la couvrez pas trop non plus sinon vous augmenterez sa fièvre.

— Je ne sais comment vous remercier, répondit Simone, très émue.

— C'est tout naturel, voyons. J'ai un fils un peu plus âgé que votre fille et j'ai très peur de le laisser courir partout à cause de cette rivière. Je ferai tout mon possible pour guérir votre enfant.

De retour chez elle, Catherine envoya Marie porter des simples à Simone pour soigner sa fille et se mit à préparer l'onguent dont elle avait parlé. Elle craignait que le mal tombât sur la poitrine d'Élodie, ce qui signifierait des complications sans fin et un risque réel que la petite ne guérît pas.

Le lendemain, la jeune femme retourna chez Simone avec son onguent terminé et de nouvelles herbes pour soigner sa jeune malade. Elle trouva Élodie toujours couchée sur sa paillasse et abrutie par la fièvre. La petite ne réagit pas lorsqu'elle s'approcha d'elle, mais par contre elle gémit dès que Catherine la toucha.

— Elle est comme ça depuis hier, dit sa mère désemparée.

— Vous lui avez redonné une infusion de simples comme je vous l'avais prescrit ?

— Oui, je la lui ai fait avaler avant la nuit. Ça n'a pas été facile !

— A-t-elle ouvert les yeux ? Vous a-t-elle parlé ?

— Non, elle ne fait que gémir. Je ne crois pas qu'elle me reconnaisse.

Catherine frictionna la poitrine et le dos de l'enfant avec l'onguent qu'elle avait confectionné, puis elle prépara elle-même une nouvelle infusion que la petite fille eut beaucoup de mal à ingurgiter. Cependant, ces soins lui firent quand même du bien, car peu à peu Élodie s'agita moins, sa respiration se fit plus régulière et finalement elle s'endormit calmement.

— Je vous laisse cet onguent et ces herbes, dit Catherine à Simone, frictionnez-la chaque fois que vous penserez qu'elle en a besoin et donnez-lui à boire des infusions à intervalles réguliers. Je vais essayer de voir si je peux encore améliorer l'efficacité de mes remèdes pour elle, mais en attendant, continuez à la soigner comme cela.

— Elle va guérir, n'est-ce pas ? demanda la mère éplorée.

— Je ne sais pas, je ne suis pas médecin malheureusement. Je ferai tout mon possible pour la sauver, ça, je vous le promets.

Les jours passaient lentement. Catherine visitait sa petite malade matin et soir, mais aucune amélioration ne se manifestait. La jeune femme négligeait ses travaux habituels pour se consacrer à la recherche de nouvelles combinaisons de simples qui se révéleraient plus efficaces, mais en vain. Elle se rendait souvent dans son jardin en espérant trouver des herbes médicinales toutes fraîches, mais il était trop tôt en saison pour qu'elles poussent déjà. Elle devait se contenter de ce qu'elle avait mis à sécher l'automne précédent tout en sachant que les remèdes confectionnés avec des simples fraîchement coupés agissaient mieux et plus rapidement que ceux constitués d'herbes séchées. Élodie restait brûlante de fièvre, elle ne reconnaissait personne, gémissait souvent et même délirait par moment, ce qui affolait sa mère qui voyait sa fille lui échapper sans pouvoir rien faire.

— Ne pourrait-on pas essayer une bonne suée pour faire sortir le mal ? demanda-t-elle un jour à Catherine.

— Surtout pas, répondit la jeune femme, votre fille est trop jeune pour un tel remède. Nous ne ferions qu'aggraver son mal et peut-être même la tuer. Si nous arrivions à faire tomber sa fièvre, elle guérirait. Malheureusement, mes potions ne semblent pas agir comme il faut et je n'ai rien d'autre à ma disposition.

— Qu'allons-nous faire alors ?

— Connaissez-vous un médecin dans la région que nous pourrions quérir ?

— Non, hélas ! Sans doute y en a-t-il à Auxerre, mais c'est bien loin et il ne reste plus beaucoup d'hommes au village. Qui voudrait entreprendre un tel voyage pour sauver ma fille ?

— Il ne nous reste plus qu'à garder l'espoir que le sort nous sera favorable. Tant qu'elle est en vie, nous avons toujours la possibilité de la soigner et peut-être guérira-t-elle malgré tout.

Elles continuèrent à se battre contre le mal qui terrassait la petite fille en refusant l'idée même d'une défaite, mais le temps passait sans apporter d'amélioration notable. Élodie n'allait pas plus mal pourtant, mais la fièvre ne cédait pas et elle respirait toujours difficilement. Ce fut seulement à la fin de germinal qu'à force de se creuser la tête pour trouver une solution, Catherine eut une idée qui aurait dû lui venir plus tôt. Elle décida d'aller trouver Charlotte pour lui demander conseil. La prétendue sorcière s'était montrée tout à fait à la hauteur pour la naissance de Bérangère, peut-être saurait-elle aussi comment soigner Élodie. Comme Catherine ne savait pas où vivait Charlotte, le père Craimen s'offrit à la guider dans la forêt.

Ils partirent dès l'aurore et à pied pour que ce fût plus discret, car ils ne désiraient pas donner l'éveil à d'éventuels espions Pont-Ouannais qui ignoraient tout de l'existence de Charlotte. Il faisait un temps doux et agréable, ce jour-là, les oiseaux gazouillaient dans les arbres, de petits animaux détalaient dans l'herbe à leur approche, mille bruissements venant des sous-bois indiquaient qu'une multitude de vies s'épanouissait à l'abri des broussailles. Tout concourait à faire de ce trajet au milieu des bois une agréable promenade qui changeait plaisamment du train-train quotidien. Catherine sentait ses soucis s'alléger et une partie de son insouciance d'antan lui revenir. Il lui semblait qu'elle respirait plus librement et regrettait de ne pas avoir emmené Quentin dans cette balade qui lui aurait aussi fait du bien. Le père Craimen appréciait également cette marche à travers la forêt et bavardait avec animation, si bien qu'ils furent autant surpris l'un que l'autre en s'apercevant qu'ils étaient déjà arrivés.

— Voilà une visite aussi inattendue qu'agréable, déclara Charlotte en les accueillant. Quel bon vent vous amène ?

— Le vent est moins bon qu'il n'y paraît, répondit Catherine. Je viens vous demander votre aide, une fois de plus.

— Vous attendez un autre enfant ? demanda Charlotte en les installant dans l'unique pièce de sa demeure et en leur servant à boire.

— Non, ce n'est pas pour moi, mais pour une petite fille qui est tombée dans l'Ouanne. Elle a pris froid et depuis la fièvre ne descend pas, j'ai essayé de la soigner avec des simples, mais rien n'y fait.

— Qu'avez-vous utilisé exactement ?

Catherine détailla toutes ses préparations ainsi que les symptômes précis que présentait Élodie. Charlotte l'écouta avec attention et lorsque la jeune femme se tut, elle resta un long moment songeuse. Puis elle se leva.

— Je crois que je peux effectivement vous aider, annonça-t-elle, laissez-moi juste le temps de vérifier quelque chose.

Elle sortit de la masure et son pas s'éteignit rapidement. Catherine et le père Craimen attendirent un long moment en silence, se demandant ce que Charlotte avait bien pu aller chercher.

Comme l'attente se prolongeait, Catherine se leva et marcha un peu dans la pièce, détaillant la pauvre demeure. Celle-ci était presque aussi misérable que celle de Simone, mais ici il n'y avait pas d'animaux engendrant une insupportable puanteur, au contraire il planait dans l'air une agréable odeur de frais, composée de toutes les senteurs de la forêt qui entraient librement par la porte ouverte. Pour remercier Charlotte, après la naissance de Bérangère, Pierre lui avait offert quelques meubles modestes, mais de bonne facture, ce qui rendait la pièce plutôt confortable et plaisante. Un bon feu flambait dans la cheminée en jetant des reflets dansants sur les murs de planche soigneusement joints pour éviter les courants d'air, à l'évidence Charlotte ne manquait pas de bois pour se chauffer. Catherine souhaita que la petite Élodie pût profiter d'un tel confort pour hâter sa guérison, mais elle avait déjà proposé en vain à sa mère de l'emmener chez elle pour la soigner. Simone avait tellement peur de perdre sa fille qu'elle refusait d'envisager de se séparer d'elle, même pour quelques jours.

Charlotte apparut si soudainement à la porte qu'elle les fit sursauter, car ils ne l'avaient pas entendu revenir. Elle sourit.

— Excusez-moi si je vous ai fait peur, dit-elle, mais j'ai pris l'habitude de marcher sans bruit pour ne pas effrayer les animaux de la forêt.

Elle exhiba un gros paquet de fleurs printanières et de feuilles mélangées et les posa sur la table avec précaution.

— Voilà, expliqua-t-elle à Catherine, nous avons de la chance, car ces fleurs ne sont sorties de terre qu'hier. Vous allez les broyer finement avec les feuilles, puis en faire une décoction que vous ferez avaler matin et soir à la malade. Dans deux jours, au plus tard, vous devriez voir une amélioration notable dans son état.

— Et si, malheureusement, cela ne faisait rien ? demanda Catherine. J'ai toute confiance en vous, mais je sais que parfois les remèdes n'agissent pas.

— Si la décoction ne fait rien, alors la petite est perdue, répondit Charlotte.

Catherine hocha la tête d'un air grave et remercia chaleureusement son hôtesse, puis le père Craimen et la jeune femme prirent congé amicalement avant de s'éloigner sur le sentier.

Dès son retour, Catherine prépara le médicament pour Élodie en priant pour qu'il agît, puis se rendit chez Simone pour administrer le remède à la petite fille. Elle se garda bien de parler de Charlotte qui n'avait pas bonne réputation dans le village et n'osa pas non plus dire à la mère que c'était le dernier espoir de guérison pour sa fille. Elle rentra chez elle, partagée entre l'inquiétude et l'espérance, et s'efforça de vaquer à ses activités en repoussant ses idées noires.

Dans la soirée, elle retourna auprès de sa malade en tentant de dominer son anxiété et fut assez surprise de voir Simone l'accueillir avec un grand sourire. Élodie était toujours allongée sur sa paillasse, mais son visage était beaucoup moins rouge et elle tourna la tête à l'entrée de Catherine.

— Elle s'est réveillée, il y a environ une heure, dit sa mère d'un air ravi.

— Comment te sens-tu, ma chérie ? demanda Catherine, très émue.

— J'ai mal à la tête, se plaignit la petite fille.

— Je vais te faire boire une infusion qui calmera ta douleur, expliqua Catherine. Tu dois rester bien tranquille, car tu as été très malade.

Elle donna sa préparation à Simone qui la fit infuser dans de l'eau bouillante, puis la tendit à la petite fille qui l'avala sagement.

— C'est bien, maintenant essaie de dormir, conseilla Catherine, je reviendrai demain matin.

Grâce aux herbes de Charlotte, Élodie se remit rapidement. Sa mère ne savait comment remercier Catherine, elle voulut lui offrir un mouton, ce que la jeune femme refusa assez embarrassée, car elle savait que ses bêtes étaient sa seule richesse. Alors Simone invita Quentin à venir jouer avec sa fille en promettant de les surveiller très attentivement et, comme les deux enfants s'entendaient à merveille, elle autorisa Élodie à aller quelquefois chez Catherine. Elle obligea aussi la jeune femme à accepter une grosse bobine du fil qu'elle tirait de la laine de ses moutons. Gênée, Catherine n'osa pas lui dire qu'elle ne savait pas tisser et que, par conséquent, elle ne pourrait pas utiliser ce beau cadeau. Sa plus belle récompense était de voir la grande vitalité d'Élodie lorsqu'elle jouait joyeusement avec Quentin.

Des retrouvailles inattendues

Le printemps s'écoulait sans qu'arrivât la moindre nouvelle de Pierre ou de Philippe. Des courriers passaient de temps en temps par le village pour apporter les lettres venant des conscrits, mais ni Catherine ni Jeanne n'en recevaient. Elles ne se faisaient plus beaucoup d'illusions sur la raison de ce silence, mais s'efforçaient pourtant de garder l'espoir afin de ne pas totalement s'effondrer. L'une et l'autre puisaient leur courage dans la présence de leurs enfants qui les obligeaient à continuer leurs tâches quotidiennes pour les protéger. Elles voulaient à tout prix préserver leur insouciance et leur fraîcheur d'âme enfantine. Catherine avait la chance d'être bien entourée et soutenue par Marie, Perrine et le père Craimen, ce qu'elle essayait de faire partager à son amie en l'invitant le plus souvent possible.

Charles Dubois continuait à faire de timides apparitions à Villedhuis pour leur apporter les nouvelles qui parvenaient au comité révolutionnaire, sans oublier chaque fois de passer par la boulangerie avant de repartir. C'était devenu un sujet de plaisanterie dans le village ce qui agaçait passablement Martine, pourtant elle se montrait toujours aimable avec le jeune homme sans toutefois chercher à le retenir. Les nouvelles qu'il leur apporta, fin floréal, firent s'étrangler le père Craimen de fureur. Robespierre venait de faire adopter le culte de l'Être Suprême[23] et préparait une grande fête en son honneur au mois de prairial. Cette religion absurde et qui ne reposait sur rien, selon le prêtre, ne pouvait pas prendre la place du christianisme dans le cœur des fidèles. Il fut rassuré lorsque Daniel lui assura qu'il n'avait pas l'intention d'organiser la moindre fête pour ce soi-disant culte. Par contre, tout le monde au village fut choqué d'apprendre dans quelles conditions étaient détenus les prêtres réfractaires condamnés à la déportation vers le bagne de Cayenne. Charles, toujours lui, leur raconta que faute de place pour les loger à Rochefort en attendant leur départ, on les avait entassés à huit cents sur un bateau trop petit sans même le minimum de confort accordé aux forçats. Le père Craimen aurait voulu intervenir, mais Catherine lui démontra que ce serait mettre en danger tous les Villedhuisiens en plus de lui-même si bien qu'il se résigna, la mort dans l'âme, à ne rien faire. Il se contenta de prier pour eux dans le secret de sa chambre.

Le matin du trois prairial, une étrange agitation alerta tout le monde dans le village. Catherine allait envoyer Marie se renseigner sur la raison de cette effervescence lorsque l'on frappa à la porte avec vigueur. C'était l'épouse du maire qui semblait tout en émoi.

— Venez vite, dit-elle à Catherine, on a trouvé dans la forêt des voyageurs en assez mauvais état, un couple avec un enfant, Daniel les a fait transporter chez nous.

— J'arrive, répondit la jeune femme, laissez-moi juste le temps de prendre de quoi les soigner.

Elle se précipita dans le local où elle faisait sécher ses simples et en remplit un petit sac de toile avant de se rendre chez Daniel. On la conduisit dans la pièce, au rez-de-chaussée, où l'on avait installé les inconnus, l'escalier étant trop étroit pour les porter dans les chambres de l'étage. Catherine s'approcha de la première paillasse sur laquelle reposait une jeune femme, toute menue et visiblement très marquée par son voyage éprouvant. Ses longs cheveux blonds formaient autour de sa tête une toile d'araignée, mêlée de feuilles et de petites branches, et ses vêtements étaient en lambeaux. Le cœur de Catherine bondit dans sa poitrine, car, malgré les années et le piteux état de la malade, elle la reconnut sans hésitation. C'était Hélène, son amie d'enfance ! La jeune femme se tourna vers la deuxième paillasse et, là non plus, elle n'eut aucune peine à identifier le

---

[23] 18 floréal An II (7 mai 1794)

jeune homme qui y gisait, il s'agissait de Paul, le mari d'Hélène. Enfin, elle se pencha sur l'enfant, blond comme sa mère avec les traits de son père, il devait avoir à peu près quatre ans. Tout en s'activant pour soigner ses amis, Catherine s'interrogeait sur les raisons qui les avaient amenés dans la région. Venaient-ils la voir ? Mais alors, comment avaient-ils su où elle se trouvait ? Elle n'avait jamais écrit de peur que ses lettres soient interceptées. Et sinon, pourquoi se trouvaient-ils à Villedhuis ?

Lorsqu'elle eut fini de leur administrer ses soins, Catherine se rendit auprès de Daniel et de son épouse.

— Je voudrais que l'on transporte ces gens chez moi, demanda-t-elle. Ainsi je pourrais mieux m'en occuper.

— Comme d'habitude, vous prenez tous les risques sur vous, constata Daniel, mais cette fois je ne suis pas d'accord. Rien ne nous dit que ce ne sont pas des suspects en fuite, je préfère qu'ils restent ici.

— Je peux vous affirmer que ce ne sont pas des suspects, répondit Catherine, pour tout vous dire, je les connais très bien. Il s'agit d'Hélène, mon amie d'enfance, et de son mari, Paul Langlé. Ils viennent de Paris, je suis sûre que leurs passeports sont en règle.

— Dans ce cas, si vous répondez d'eux, je veux bien les transférer chez vous.

Catherine rentra chez elle pour préparer le logement de ses amis avec l'aide de Marie et de Perrine, tandis que le père Craimen se rendait chez Daniel pour lui prêter assistance dans le transport des malades. La jeune femme monta pensivement à l'étage de sa maison, la place ne manquait pas, mais tous les locaux n'étaient pas encore aménagés si bien qu'elle se demandait comment installer le jeune couple le plus confortablement possible. Elle s'arrêta sur le palier pour regarder autour d'elle. À sa gauche, le couloir longeait la façade donnant sur la rue et desservait les trois pièces où logeaient Perrine et le père Craimen avant de s'arrêter à la porte d'un grand local vide et poussiéreux. À sa droite, une porte ouvrait sur un autre couloir qui donnait accès de part et d'autre à des chambres, pour la plupart inhabitées, et se terminait également sur une grande pièce sans aménagement. La première chambre donnant sur la cour était celle que Catherine et Pierre occupaient depuis leur arrivée, ensuite venait celle que le jeune homme avait aménagée dernièrement pour Bérangère, puis une autre vacante. En face de la chambre de ses parents se trouvait celle de Quentin donnant sur la rue, suivie de deux pièces également inoccupées. Marie, elle, s'était installée au rez-de-chaussée, dans une grande chambre voisine du salon, du côté opposé à la cuisine et donnant sur la cour. Après mûre réflexion, Catherine décida de donner à ses amis les deux chambres qui faisaient suite à celle de Quentin, même si elles se trouvaient sur la façade. Elle n'avait pas l'intention de cacher leur présence dans sa maison et, même s'ils avaient des ennuis, elle trouverait une solution pour les aider au grand jour.

Lorsque les deux pièces furent équipées le mieux possible avec les quelques meubles que Pierre avait fabriqués en surplus, Daniel et le père Craimen y installèrent les malades toujours inconscients. Marie, qui les connaissait, poussa des hauts cris en voyant dans quel état ils se trouvaient.

— Et bien, leur voyage a dû être aussi difficile que le nôtre, constata-t-elle. Crois-tu qu'ils aient été obligés de fuir, eux aussi ?

— Nous le saurons quand ils seront capables de nous le dire, répondit Catherine. En attendant, il ne sert à rien de se perdre en conjectures, occupons-nous de les soigner plutôt.

Aucun des trois voyageurs n'était réellement en danger, mais les désagréments du voyage les avaient mis dans un état de dénutrition et d'extrême fatigue qui les empêchait de reprendre le dessus rapidement. Grâce à la vitalité de la jeunesse, le petit garçon se remit le premier ce qui n'alla pas sans causer quelques soucis à Catherine, car il réclama ses parents d'emblée et refusa de se laisser soigner par des mains inconnues. Marie et Perrine vinrent à la rescousse sans plus de succès et, finalement, ce fut Quentin qui sauva la situation en pénétrant dans la chambre sans permission, car la vue d'un autre enfant rassura le petit malade. Catherine en profita pour l'interroger gentiment.

— Comment t'appelles-tu, mon enfant ? lui demanda-t-elle doucement.

— Camille Langlé, répondit le petit garçon.

— C'est un très beau nom, Camille, dit Catherine gravement. Moi, je me nomme Catherine et je connais très bien tes parents.

— C'est vrai ? demanda l'enfant avec méfiance.

— Mais, oui ! Ta mère et moi avons été en pension ensemble quand nous étions jeunes. J'habitais Paris, comme toi, je suppose, mais nous en sommes partis avant ta naissance.

— Maman ne m'en a rien dit. Où est-elle ?

— Ton papa et ta maman sont malades, mais si tu promets d'être sage, je t'emmène les voir.

— Je promets, répondit Camille avec impatience.

Catherine le prit par la main et le conduisit dans la chambre voisine où reposaient ses parents, Quentin les accompagna discrètement.

— Tu vois, souffla Catherine, ils dorment. Il faut les laisser se reposer. Veux-tu aller jouer avec Quentin ?

— Oh, oui ! répondit Camille, rassuré.

Catherine fit sortir les deux enfants de la chambre et Quentin, très fier de son rôle d'aîné, emmena Camille visiter la maison et les dépendances. La jeune femme les suivit des yeux en souriant, grâce à ses soins, le petit garçon était rapidement revenu à la vie et ses parents allaient bientôt le suivre, ce n'était qu'une question de jours. Un peu plus tard, les deux enfants firent irruption dans la grande salle en courant et riant ensemble. Catherine, constatant que Camille semblait bien essoufflé, les fit asseoir malgré les protestations de son fils et leur recommanda de se livrer à des jeux plus calmes en leur expliquant que le plus jeune n'était pas encore complètement guéri. Puis elle demanda à Marie de leur apporter quelque chose à manger afin de reconstituer leurs forces.

Ce soir-là, tout le monde se réjouit de voir Camille faire honneur au souper avec bon appétit, lui au moins s'était facilement acclimaté. Et lorsque fut venu le moment du coucher, Catherine céda aux suppliques des deux enfants et accepta d'installer Camille dans la chambre de Quentin, à la condition expresse qu'ils ne fassent pas de bruit pour ne pas gêner Paul et Hélène et qu'ils s'endorment rapidement.

Tandis que leur petit garçon retrouvait son insouciance naturelle, les parents se remettaient peu à peu. Hélène s'était réveillée la première et lorsque Catherine s'était penchée sur elle pour la soigner, elle l'avait regardée avec stupeur, croyant visiblement à une hallucination, ce qui avait convaincu la jeune femme que ses amis ne la cherchaient pas. Paul avait émergé quelques heures plus tard, mais lui n'avait pas reconnu tout de suite sa garde-malade. L'un et l'autre étaient encore trop faibles pour parler si bien que Catherine s'était contentée de leur faire quelques recommandations pour qu'ils n'essaient pas d'aller au-delà de leurs forces et de les rassurer au sujet de leur fils. La jeune femme attendait sans impatience qu'ils se remettent, subodorant qu'ils auraient tout le temps de s'expliquer par la suite.

Dans les jours qui suivirent, elle refusa catégoriquement d'aborder le moindre sujet d'importance, affirmant que ses amis devaient guérir avant toute chose. Par contre, elle leur amena Camille dès qu'ils furent assez bien pour le voir afin qu'ils puissent constater par eux-mêmes que le petit garçon était très heureux ici. Elle leur présenta également Quentin et parla de Bérangère sans toutefois permettre à la petite fille, qui venait d'avoir deux ans, de pénétrer dans la chambre. Catherine n'avait pas organisé de fête d'anniversaire pour sa fille cette année, car personne ne savait exactement à quel jour du calendrier républicain correspondait le vingt-neuf avril, on supposait que c'était vers le début de floréal sans certitude aucune. Paul et Hélène acceptèrent assez facilement de laisser leurs soucis de côté pour quelques jours et apprécièrent beaucoup de se faire dorloter ainsi. Cela dura jusqu'au jour où ils purent descendre dans la grande salle, le temps était venu de tout raconter.

— J'ai pensé au début que vous cherchiez à me rejoindre, commença Catherine, mais j'ai vite compris à votre réaction que ce n'était pas le cas.

— Non, répondit Paul, nous n'avions aucune idée de l'endroit où vous étiez, Pierre et toi. Et, de toute façon, nous n'aurions pas cherché à vous retrouver pour vous mettre en danger.

— Pourquoi, en danger ? Vous avez des ennuis ?

— Oh, oui ! Certainement !

— Comment cela, tu n'en es pas sûr ? Que s'est-il passé ?

— Beaucoup de choses, malheureusement. Pour commencer, le père d'Hélène est mort.

— Oh, je suis désolée ! s'exclama Catherine en se tournant vers son amie. Que lui est-il arrivé ?

— Tu as entendu parler de l'insurrection du dix août 1792[24], je suppose ? demanda Hélène.

— Oui, comme tout le monde.

— Eh bien, mon père a été tué dans la bataille qui s'est déroulée autour des Tuileries.

— Je ne pensais pas que ton père était un révolutionnaire convaincu.

---

[24] Le peuple investit les Tuileries, pendant que la famille royale se réfugie à l'Assemblée

— Il ne l'était pas. Il revenait seulement de faire une livraison chez un de ses clients. Il a été touché par une balle perdue.

— C'est aussi absurde que la mort de mes parents, constata Catherine avec tristesse.

— Après cela, j'ai repris l'imprimerie à mon compte, expliqua Paul. Et ça marchait bien, car tous ces beaux messieurs avaient des tracts et des journaux à faire paraître. J'ai dû prendre un apprenti, car je ne suffisais plus à la tâche.

— Tu soutiens quel parti ? demanda Catherine.

— Aucun. J'imprime les documents de tous ceux qui me paient. Mais tu as raison, j'aurais dû être plus prudent sur ce que je fais paraître, car c'est la cause de nos soucis actuels. Durant l'hiver, au mois de frimaire pour être précis, j'ai accepté d'imprimer le nouveau journal de Danton, le « Vieux Cordelier ». Tu en as entendu parler ?

— Non, mais je sais, par contre, que Danton a été guillotiné au mois de germinal.

— C'est bien là qu'est notre problème. En apprenant l'arrestation de Danton et de ses amis, nous avons pensé que l'on nous accuserait d'être dans son camp et nous avons préféré partir avant d'être arrêtés, nous aussi. J'ai peur que l'on nous considère comme suspects.

— Avez-vous des passeports en règle ?

— Oui.

— Et personne n'a dit que vous étiez recherchés ?

— Pas à ma connaissance.

— Alors, je crois que vous ne risquez pas grand-chose. Qu'en pensez-vous ? demanda-t-elle en se tournant vers le père Craimen.

— Je suis de votre avis, approuva celui-ci. Vous n'êtes pas un assez gros gibier pour que l'on vous recherche dans tout le pays, ajouta-t-il à l'adresse de Paul. Les comités révolutionnaires de la région n'ont sûrement pas entendu parler de vous. Il ne faut pas vous cacher, au contraire.

— Si vous le dites, répondit Paul d'un air de doute. De toute façon, nous n'allons pas rester longtemps, je ne veux pas vous faire courir un quelconque danger.

— Le danger, c'est notre pain quotidien, répondit Catherine en riant. Vous n'allez surtout pas repartir. C'est ici que vous êtes le plus en sécurité.

Devant l'incrédulité de ses amis, la jeune femme entreprit de leur raconter toutes les péripéties de leur vie depuis leur départ de Paris jusqu'à ce jour, en passant par les événements survenus à Villedhuis. Ils l'écoutèrent bouche bée, se disant finalement que leurs ennuis supposés n'étaient rien à côté de ce que leurs amis avaient vécu et ressentirent beaucoup de tristesse en apprenant le départ de Pierre pour la guerre et son silence inquiétant. Ensuite, les Villedhuisiens discutèrent de la conduite à tenir et décidèrent que la meilleure chose à faire était d'aller parler à Charles la prochaine fois qu'il viendrait au village pour lui annoncer l'arrivée de voyageurs qui resteraient probablement à Villedhuis assez longtemps. Hélène et Paul ne se mêlèrent pas à la discussion, ils se sentaient plutôt perdus dans cet environnement étranger où Catherine semblait évoluer avec tant d'aisance. Ce qui les perturbait le plus, c'était l'usurpation d'identité pratiquée par le père Craimen et Perrine avec l'accord de Catherine. Ils allaient devoir s'y faire et ne surtout pas commettre d'impairs pour ne pas attirer l'attention sur leurs amis. Remarquant leur silence, la jeune femme leur conseilla de remonter dans leur chambre pour se reposer.

— Cela fait beaucoup de choses en peu de temps, dit-elle, et vous n'êtes pas encore guéris. Plus tard, nous aurons l'occasion de bavarder tout à loisir, mais pour le moment, il vous faut du calme.

— Comment te remercier ? demanda Hélène.

— Quelle question ! s'exclama Catherine. Je suis si heureuse de vous retrouver ! Je ne demande qu'à profiter de votre présence. Quand vous irez mieux, je vous présenterai aux gens du village. Vous verrez, dans l'ensemble, ils sont très gentils.

Quelques jours plus tard, Marie rentra du marché en annonçant que Catherine pouvait mettre son plan à exécution, car Charles venait d'arriver au village. La jeune femme se rendit donc sur la place où le jeune homme était en grande conversation avec Daniel. Les Villedhuisiens se regroupaient autour des deux hommes pour entendre les dernières nouvelles que leur apportait Charles. Celui-ci leur annonça que le régime de la Grande Terreur[25] venait d'être instauré par Robespierre et ses amis, ce qui voulait dire que tous les suspects seraient déclarés coupables et exécutés sans interrogatoire préalable ni audition de témoins si le tribunal le décidait. Catherine frémit en entendant cela et se dit qu'il était urgent d'agir pour protéger ses amis. Elle se dirigea donc vers la boulangerie pour y attendre

---

[25] Loi du 22 prairial An II (11 juin 1794)

Charles et pouvoir lui parler loin des oreilles indiscrètes. Ce fut encore plus facile qu'elle l'espérait, car le jeune homme voulait à tout prix prouver aux gens du village et à Martine en particulier qu'il était de leur côté si bien qu'il suivit volontiers Catherine chez elle pour contrôler le passeport d'Hélène et Paul. Il déclara qu'ils étaient en règle et autorisés à séjourner à Villedhuis tant qu'ils le désiraient et promit de transmettre cette information au comité révolutionnaire de Pont-Ouanne sans délai.

Le lendemain, personne dans la maison ne fut surpris de la visite du directeur du comité de surveillance. Il venait vérifier par lui-même la nouvelle qui lui était parvenue et s'assurer que Charles avait bien fait son travail. Il examina attentivement les passeports qu'on lui présentait et finit par reconnaître qu'ils étaient authentiques et parfaitement en règle. Il confirma aussi, d'un ton rogue, que les voyageurs n'étaient pas sur la liste des suspects transmise par le comité d'Auxerre et qu'il n'avait donc rien à leur reprocher, mais on sentait que cela le désolait. Après son départ, Catherine et les siens se réjouirent fort de cette nouvelle victoire remportée contre les Pont-Ouannais et, le soir même, Jeanne fut invitée à rencontrer enfin Paul et Hélène avec qui elle sympathisa immédiatement.

Désormais, les deux jeunes gens pouvaient se montrer au grand jour sans danger. Catherine leur fit visiter le village et les présenta aux habitants qu'elle connaissait en commençant par Daniel et son épouse. La vie s'organisait dans la maison avec ses nouveaux occupants. Paul avait beaucoup admiré l'atelier et le mobilier que Pierre avait réalisé pour la demeure. Il s'étonnait de ces dispositions pour le travail manuel qu'il ne connaissait pas chez son ami et félicita Catherine d'avoir aussi bien su s'accommoder de ce nouveau mode d'existence. Le jeune homme obtint l'autorisation d'utiliser l'atelier lorsque aucune autre tâche ne requérait sa présence ailleurs. Même si cela faisait de la peine à Catherine de penser que ce n'était pas son époux, elle appréciait malgré tout d'entendre à nouveau résonner les outils sur l'établi et un sifflement joyeux emplir la cour par la porte ouverte. La présence d'un homme jeune dans la maison lui facilitait le travail quotidien et la compagnie de son amie d'enfance l'emplissait d'allégresse. Marie s'en réjouissait également, car Catherine lui avait fait comprendre dès le début que sa place n'était pas menacée, les épreuves qu'elles avaient traversées ensemble ayant forgé entre elles un lien indestructible. Au fil des conversations, les deux amies essayaient d'éclairer les zones d'ombre de leur passé respectif. Marie et Catherine demandaient à Hélène des nouvelles des gens qu'elles avaient connus à Paris, mais la jeune femme ne pouvait pas toujours leur répondre. Avec la pagaille qui régnait dans la capitale, elle avait perdu de vue beaucoup de ses connaissances. Certains s'étaient enfuis de Paris comme eux, d'autres s'étaient engagés dans la Révolution avec les risques que cela comportait et les plus timorés se terraient chez eux, sortant le moins possible, en attendant que le calme revînt.

— Tu ne m'as même pas parlé de Mélanie, lui reprocha Catherine un jour où elles s'activaient dans la cuisine.

— Oh, elle va bien, répondit Hélène, je ne sais pas ce que j'aurais fait sans elle. Lorsque les chariots d'approvisionnement étaient pillés avant d'arriver sur les marchés, elle s'est toujours débrouillée pour nous trouver à manger. Je ne sais même pas comment elle a fait.

— Et maintenant, qu'est-elle devenue ? demanda Catherine inquiète. Vous ne l'avez quand même pas abandonnée ?

— Mais non, bien sûr ! Elle n'était pas d'accord avec nous, elle prétendait que nous ne risquions rien, si bien qu'elle a voulu rester garder la maison.

— Quoi ? Vous l'avez laissée toute seule à Paris !

— C'est une tête de mule, tu sais. Quand elle a quelque chose dans la tête, on ne peut pas l'en déloger. Elle a décidé de rester veiller sur notre maison et la tienne afin que personne ne profite de notre absence pour s'y installer.

— Comment ça, ma maison ?

— L'appartement de la rue Quincampoix ainsi que le petit logis de la cour t'appartiennent toujours, souviens-toi.

— Mais, je croyais que les huissiers avaient saisi tous nos biens pour éponger nos dettes.

— Eh bien, ils ne l'ont pas fait. Paul les a rencontrés et a réussi à les désintéresser moyennant une somme modeste. Vos créanciers se sont grassement enrichis en récupérant à leur profit les biens des cidevant confisqués par l'Assemblée, alors vos malheureuses dettes ne les tentaient plus.

— Ça alors, c'est incroyable ! Je ne sais comment vous remercier.

— Entre amis, c'est tout naturel. Et puis tu viens de nous aider à ton tour et beaucoup plus que ce que nous avons pu faire. J'espère que tu vas pouvoir revenir avec nous si l'ordre revient un jour.

— Je ne tiens pas à faire de projets pour le moment. J'aimerais déjà savoir exactement ce qui est arrivé à Pierre.

— Peut-être n'est-il que blessé, ce qui pourrait expliquer son silence.

— C'est ce que nous avons dit à Martine lorsqu'elle s'inquiétait, avant d'apprendre la mort de Romain.

— Je sais, mais c'est possible quand même, insista Hélène.

— Je ne veux pas me bercer de faux espoirs, répondit Catherine, sinon je ne pourrais pas tenir le coup.

Les travaux des champs battaient leur plein et, si le beau temps continuait, les paysans du village espéraient une belle récolte qui permettrait de refaire les réserves mises à mal durant l'hiver. Chez Catherine, l'on s'activait aussi dans le jardin et le verger comme à l'accoutumée. La jeune femme avait demandé à Paul d'aller dans la forêt avec la charrette et le cheval, qui avaient échappé aux réquisitions, pour ramasser le bois mort de l'automne précédent afin de le mettre à sécher et qu'il servît de combustible l'hiver prochain. Hélène essayait de se rendre utile, mais devant l'efficacité de Catherine, Marie et Perrine, habituées à travailler ensemble, elle se sentait gauche et maladroite. Si bien que la plupart du temps, elle traînait désœuvrée dans la maison, jetant un coup d'œil aux enfants qui n'avaient nul besoin de sa surveillance. Camille et Quentin étaient devenus les meilleurs amis du monde, jamais à court d'idées pour faire des bêtises et profitant à merveille de tous les recoins des vastes bâtiments pour échapper aux punitions. Parfois, ils acceptaient en rechignant que Bérangère les suivît dans leurs expéditions secrètes, mais en général ils refusaient catégoriquement qu'elle partageât leurs jeux sous le prétexte qu'elle était trop petite. Par contre, quand ils s'ennuyaient, la taquiner jusqu'à la faire hurler constituait un délassement qu'ils ne dédaignaient pas malgré les remontrances des adultes.

Un midi, alors qu'ils étaient à table, Simone Dever vint frapper timidement à la porte. Catherine l'accueillit aimablement et lui proposa de partager leur repas, ce que la visiteuse refusa poliment. Elle tenait Élodie par la main et n'osait visiblement pas s'asseoir dans l'un des fauteuils qui meublaient la grande salle.

— Que puis-je pour vous ? demanda Catherine, intriguée.

— Eh bien, j'ai un service à vous demander, répondit Simone très mal à l'aise. Si cela ne vous dérange pas trop. Je ne sais même pas comment je peux oser vous le demander, mais je ne vois pas d'autre solution, et vous vous êtes toujours montrée si gentille…

Catherine interrompit ce flot de paroles étonnant de la part de Simone qui était assez taciturne de nature.

— Oui, oui, je comprends ! Si vous me disiez plutôt ce que vous attendez de moi.

— Je dois faire paître mes moutons tout en filant la laine qui me reste de l'année dernière ce qui m'oblige à emporter mon rouet dans le champ. Mais avec tout ça, j'ai peur de ne pas pouvoir surveiller ma fille comme il faut et qu'elle aille encore traîner auprès de la rivière. Alors je me demandais si vous accepteriez de la prendre chez vous cet après-midi.

— Mais, bien sûr, sourit Catherine, un enfant de plus ou de moins ne fera pas grande différence avec tout notre petit monde.

Elle s'accroupit devant Élodie et lui parla gentiment.

— Tu vas rester jouer avec Quentin, Camille et Bérangère, n'est-ce pas, ma chérie ?

L'enfant approuva gravement d'un signe de tête et Catherine lui prit la main.

— Allons, dis « au revoir » à ta maman qui reviendra te chercher ce soir. Ne vous inquiétez pas, ajouta-t-elle pour Simone, nous nous occuperons bien d'elle.

Simone repartit, fort soulagée, et Catherine regagna la cuisine pour présenter la visiteuse à sa maisonnée. Quentin, qui connaissait déjà la petite fille, sauta de joie en la voyant et voulut aller jouer immédiatement, mais Marie le retint et lui intima l'ordre de finir d'abord son repas. D'ailleurs, Catherine installa Élodie à côté de son fils et lui proposa à manger, persuadée que sa mère n'avait pas de quoi la nourrir correctement. La gamine accepta volontiers et dévora à belles dents tout ce qu'on lui mit dans son assiette.

Après le repas, comme tout le monde avait fort à faire, Hélène se proposa pour surveiller les enfants. Ravie d'avoir enfin une occupation, elle leur organisa des activités ludiques qui les amusèrent tout l'après-midi. La jeune femme avait une imagination débordante ainsi qu'un excellent sens de l'organisation et, surtout, elle adorait les enfants et rêvait d'une grande famille, aussi sut-elle alterner les parties de loup ou de cache-cache endiablées avec des jeux plus calmes qui permettaient aux gamins de se reposer. La soirée arriva trop vite et lorsque Simone vint rechercher sa fille, elle fut accueillie par des pleurs, car Élodie ne voulait pas quitter ses amis. Voyant cela, Catherine, lui proposa de garder la petite chaque jour, ainsi elle serait en sécurité et sa mère pourrait se consacrer à son travail sans remords. La jeune femme savait qu'Hélène avait autant apprécié la journée que les enfants et que, donc, sa proposition ne ferait que des heureux. Simone l'accepta avec beaucoup de gratitude et un immense soulagement.

À la fin de la première décade de messidor, Charles Dubois trouva un nouveau prétexte pour rendre visite aux Villedhuisiens. Comme Marie racontait en plaisantant qu'elle l'avait croisé dans le village, Paul s'étonna que l'on pût rire ainsi d'un membre du comité révolutionnaire.

— Celui-là n'est pas dangereux, répondit Marie. Il passe son temps à venir nous raconter les nouvelles les plus inintéressantes de la révolution pour avoir l'occasion de passer acheter son pain à la boulangerie et faire les yeux doux à Martine.

— C'est la pure vérité, approuva Catherine, voilà pourquoi c'est à lui que je me suis adressée pour annoncer votre présence. Il est prêt à tout pour nous prouver ses bonnes intentions, ce qui nous aide bien dans nos relations avec le comité. Mais, rassure-toi, nous ne lui confions pas nos secrets, nous nous servons de lui pour l'instant, c'est tout.

— Il est pourtant bien touchant dans son rôle d'amoureux transi de Martine, ajouta Perrine. Quelquefois, il me fait de la peine.

— Je croyais que tout ce qui vient de Pont-Ouanne est mauvais ! la plaisanta Catherine.

Perrine se contenta de hausser les épaules sans répondre et la discussion s'arrêta là. Ce soir-là, Daniel et son épouse étaient conviés à souper. La soirée fut très joyeuse et animée, et l'on en vint inévitablement à évoquer Charles et ses visites un tantinet ridicules. Le maire leur raconta quelle raison il avait trouvée cette fois pour venir les voir.

— Il nous a annoncé que la Convention vient de reconnaître l'instruction publique comme un droit fondamental de l'homme. Cela valait bien le déplacement jusque chez nous, qu'en pensez-vous ?

— Sans aucun doute, répondit Paul en souriant, mais qu'est-ce que cela veut dire réellement ?

— Je n'en sais rien. Peut-être va-t-on nous demander de créer une école publique dans chaque village. Maintenant que les prêtres ne sont plus reconnus, les enfants n'ont plus d'instruction.

— Et c'est bien dommage, affirma le père Craimen. Mais pour instruire les enfants, il faudrait trouver des hommes capables de le faire et je vois peu de monde qui ait les connaissances nécessaires. La Déclaration des droits de l'homme est une bonne chose, mais tant qu'elle n'est pas appliquée, elle ne sert à rien.

— Ce serait bien de créer une école dans le village, suggéra Hélène.

— Quelle idée ! s'exclama Daniel. La commune n'a pas de local pour cela et je ne vois personne qui voudrait s'en occuper. Et puis, il faudrait convaincre les parents d'envoyer leurs enfants à l'école plutôt que travailler dans les champs. L'école, c'est bon pour les bourgeois, pas pour nos pauvres paysans !

— Moi, je veux bien m'en occuper, affirma Hélène.

Daniel la regarda d'un air stupéfait sans rien trouver à répondre. Catherine et Paul échangèrent un coup d'œil complice, ils avaient compris que passer son temps avec les quatre enfants, comme elle le faisait, lui plaisait infiniment et qu'elle prendrait bien sous son aile l'ensemble des gamins du village. Restait maintenant à convaincre les Villedhuisiens, ce qui ne serait pas le plus facile, et à tout organiser, ce qui serait déjà plus aisé. Catherine appuya son amie.

— C'est une excellente idée ! Hélène a les connaissances nécessaires pour cela et aussi la patience indispensable pour s'occuper de ces enfants. Quant au local, on peut toujours installer l'école dans notre grange si cela vous convient. Pierre avait déjà fabriqué des bancs, lorsqu'on y célébrait des messes, il ne reste qu'à rajouter des tables. Peut-être pourrais-tu le faire, Paul ?

— Je vais essayer, promit le jeune homme, je ne suis certainement pas aussi doué que Pierre, mais je pense arriver à faire quelque chose qui tienne debout.

— Attendez, attendez ! cria Daniel. Vous allez un peu trop vite en besogne. Comment voulez-vous convaincre les parents de vous confier leurs enfants, surtout en cette période où l'on a besoin de tous les bras disponibles dans les champs ?

— On pourrait commencer par les plus jeunes, suggéra Catherine, ceux qui justement ne rendent pas ou peu de services et qui demandent à être surveillés constamment. Si vous usez de votre autorité de maire, ça peut marcher.

— Moi, je veux bien essayer, grommela le maire, mais ne soyez pas trop déçus si personne n'accepte votre proposition.

À la grande surprise de Daniel, l'initiative d'Hélène rencontra un succès inattendu, en grande partie, comme le pensait Catherine, parce qu'elle concernait des enfants trop petits pour travailler et qui demandaient une attention de tous les instants, empêchant ainsi leur mère de se livrer à des activités plus importantes. L'école ouvrit dès que Paul eut raboté un peu les pieds des bancs pour les mettre à la hauteur des enfants et fabriqué quelques tables pour aller avec. Une dizaine de gamins, de quatre à sept ans, vint régulièrement assister aux cours qu'Hélène leur dispensait dans la grange. Les plus jeunes enfants d'Annick Prévost ainsi qu'Irène Levasseur et, bien sûr, Élodie Dever faisaient partie de la classe. Et, comme Catherine, dans sa grande bonté, avait décidé de nourrir tous ces petits ventres affamés le midi, les mamans, qui le pouvaient, lui apportaient des légumes et des fruits de leur jardin. Martine, touchée par cette généreuse idée, lui fournissait du pain gratuitement et Paul s'était mis à braconner avec le père Craimen pour rajouter un peu de viande au menu. Lorsque Hélène emmenait ses élèves se détendre dehors, les murs des bâtiments se renvoyaient les cris et les rires des enfants, ce qui égayait toute la maisonnée.

Pour occuper tous ces bambins, Hélène les avait séparés en plusieurs groupes selon leur âge. À l'aide de chansons et de jeux, elle apprenait aux plus petits à compter jusqu'à dix, à réciter de petites fables et à connaître les lettres de l'alphabet par leur nom. Elle avait obtenu de Daniel qu'il lui fournît des feuilles de papier, mais la mairie n'était pas bien riche et ce qu'il lui avait apporté ne suffisait pas pour toute la classe, aussi les gardait-elle de préférence pour les plus grands. En fouillant dans tous les bâtiments du domaine, la jeune femme avait trouvé des débris de toutes sortes, chutes de bois dans l'atelier, morceaux de vaisselle cassés et même, trésor incomparable, des vieux livres déchirés appartenant aux anciens propriétaires et que Pierre n'avait pas pu réparer tant ils étaient abîmés. Hélène se servait de tout cela comme support pour les dessins des enfants, car Daniel avait pu, par contre, lui donner suffisamment de crayons, de plumes et d'encre pour tous ses élèves. Les aînés, eux, apprenaient à écrire et à lire laborieusement, mais avec un grand enthousiasme qui faisait plaisir à la jeune femme. Lorsque l'un d'entre eux lui montrait fièrement le support sur lequel il venait de réussir à écrire son prénom sans faute, Hélène le félicitait chaleureusement, ce qui encourageait les autres à s'appliquer pour faire aussi bien. Le midi, tout ce petit monde se réunissait autour d'une grande table installée dans la cour pour profiter du beau temps et racontait avec animation aux membres de la maisonnée les activités du matin et les progrès obtenus. Par contre, le soir à la maison, les enfants ne parlaient pas beaucoup de ce qu'ils faisaient avec Hélène, car leurs mères, débordées, ne prenaient pas au sérieux cette école qui leur permettait surtout de n'avoir pas à surveiller leurs rejetons trop remuants.

Lorsque la jeune maîtresse d'école avait des doutes sur ses connaissances, elle pouvait toujours se retourner vers le père Craimen qui avait enseigné les premiers rudiments du savoir à toute une génération de ses paroissiens. Bien sûr, son enseignement se devait de respecter le filtre de la censure cléricale, mais, comme il était assez curieux de nature, il avait souvent dépassé ce cadre trop rigide pour enrichir ses connaissances. Il était donc toujours de bon conseil pour Hélène qui adorait se lancer dans de grandes conversations avec lui sur les sujets les plus divers. Le prêtre avait suffisamment fréquenté les enfants pour savoir comment les manœuvrer lorsqu'ils butaient sur un exercice qu'ils n'arrivaient pas à maîtriser ce qui lui permettait de proposer à la jeune femme de nouvelles manières de s'y prendre avec ses élèves rétifs. Cette aide précieuse associée à l'enthousiasme d'Hélène permit aux enfants d'obtenir des progrès spectaculaires en quelques semaines seulement. Lorsque Daniel, dont l'opinion restait fort réservée, vint visiter l'école, il fut émerveillé devant les résultats obtenus en si peu de temps et, dès lors, donna son appui inconditionnel pour la pérennité de cette classe.

Charles Dubois revint vers la mi-thermidor en arborant un grand sourire satisfait et annonça à Daniel, qui l'accueillait d'un air résigné, qu'il avait une excellente nouvelle à lui apprendre.

— Je vous écoute, soupira Daniel.

— Robespierre et ses amis ont été mis en accusation par la Convention et guillotinés le dix de ce mois[26]. La Terreur a été officiellement abandonnée quatre jours plus tard.

— C'est une très bonne nouvelle, répondit Daniel, vos amis du comité vont peut-être enfin se montrer plus conciliants avec nous.

— Oh, certainement, affirma Charles avec satisfaction, en fait ils sont très inquiets et craignent que le comité de Pont-Ouanne soit fermé, car le décret précise que beaucoup de comités doivent être supprimés à Paris comme en province. Et le plus beau de l'affaire,

---

[26] 10 thermidor An II (28 juillet 1794)

c'est que nous n'avons plus de soutien à Auxerre, car la plupart des robespierristes ont été guillotinés, parmi eux celle qui a œuvré pour la création de notre comité dans l'espoir de vous nuire, Mme Berthe Trise.

— C'est vrai ? sursauta Daniel. Berthe a vraiment été guillotinée ?

Le visiteur lui lança un clin d'œil complice.

— Je peux vous le certifier, nous avons reçu la liste des exécutions de la première moitié de thermidor et son nom y figure en bonne place. C'est, d'ailleurs, ce qui fait trembler mes camarades, car elle était notre seul soutien au comité d'Auxerre qui ne nous aime pas beaucoup.

Le maire opina d'un air enchanté.

— Vous aviez raison, c'est une excellente nouvelle. Mais ce qui m'étonne le plus c'est que vous semblez vous en réjouir autant que moi. La vieille rivalité entre nos villages risque d'en sortir renforcée et vous n'aurez plus l'occasion de venir ici.

Charles écarta les bras d'un air fataliste.

— Je sais bien, mais tant pis. L'essentiel est quand même que vous ne soyez plus soumis aux décisions arbitraires et hostiles de mes concitoyens.

Son interlocuteur lui adressa un sourire amical.

— Bien que vous soyez de Pont-Ouanne, vous m'êtes très sympathique. J'espère pouvoir vous autoriser à revenir chez nous sans déclencher de protestations trop vives de la part de mes administrés. Enfin, nous verrons.

Pour célébrer la fin de la Terreur, Daniel décida d'organiser une grande fête dans le village. Pour la première fois depuis le début de la Révolution, la commune fut décorée avec des guirlandes de fleurs comme c'était le cas lors de l'ancienne fête des moissons et un grand repas rassemblant tous les Villedhuisiens, suivi d'un bal, eut lieu sur la place du marché. Des dizaines de flambeaux furent disséminés dans tout le village pour combattre la nuit qui tombait, jetant leur éclat jusque sur la rive d'en face et démontrant ainsi aux Pont-Ouannais qu'ils avaient perdu le peu de contrôle qu'ils avaient cru exercer sur leurs voisins. Des silhouettes indistinctes s'étaient regroupées de l'autre côté de la rivière et montraient le poing en crachant des injures inaudibles, signe de leur colère impuissante. Au milieu de ces réjouissances, Catherine et Jeanne s'efforçaient de garder bonne contenance pour ne pas alourdir l'ambiance joyeuse qui régnait autour d'elles, mais elles ne pouvaient s'empêcher de penser aux absents. Par un curieux hasard, elles étaient les deux seules femmes au village à n'avoir plus de nouvelles de leurs époux, ce qui rendait ce silence encore plus difficile à supporter. Martine s'approcha discrètement et attrapa une chaise pour s'asseoir auprès de ses amies. Elle comprenait parfaitement leur mélancolie et la partageait, car la solitude lui pesait terriblement.

Le retour des guerriers

La matinée tirait à sa fin lorsque les premières maisons du village se dévoilèrent à leur vue. Le voyage avait été pénible et dangereux, mais la vision de ce bourg dont ils avaient tant rêvé leur mit les larmes aux yeux, enfin ils allaient retrouver leurs foyers ! Le conducteur poussa ses chevaux sans se soucier des ornières qui les secouaient et les soldats escortant la charrette accélèrent le pas vers le but, tout proche, de leur périple.

En apprenant qu'un groupe de militaires arrivait à Villedhuis, Daniel se précipita à leur rencontre en se demandant quelle tuile allait encore leur tomber dessus. Aussi fut-il très surpris lorsque le soldat commandant ce détachement lui apprit qu'ils escortaient des citoyens du village, blessés au combat puis réformés. Il s'approcha de la charrette et reconnut avec plaisir Pierre Boredoux et Philippe Levasseur s'appuyant l'un contre l'autre, pâles, mais souriants. Aussitôt, il envoya quérir leurs épouses respectives et leur souhaita la bienvenue avec une émotion non dissimulée.

Catherine abandonna son travail en cours et se jeta dehors en courant, manquant dans sa précipitation de percuter Jeanne qui dévalait la rue à toute allure. Les deux jeunes femmes ralentirent le pas afin de montrer quelque dignité devant tous ces soldats qui les observaient avec intérêt, mais elles ne purent retenir leur émotion en reconnaissant leurs époux que l'on aidait à descendre de la charrette.

Philippe, très amaigri, vacillait entre deux villageois qui le soutenaient, flottant dans des vêtements déchirés qui laissaient voir les bandages tachés de sang autour de son torse et de ses bras. Jeanne s'approcha de lui presque timidement, n'osant pas l'étreindre de peur de le faire tomber. Elle se contenta de l'embrasser doucement, le frôlant à peine, puis s'écarta pour ouvrir le chemin aux hommes qui le ramenaient chez lui. Catherine, de son côté, crut perdre la respiration en constatant que Pierre, lui, ne tenait pas debout. Ce n'était pas la faiblesse qui l'en empêchait, mais les suites de la grave blessure reçue au front et qui avait obligé le médecin militaire à l'amputer de la jambe droite. Il était assis au bord de la charrette, sa jambe valide pendant dans le vide, et lui tendait les bras en souriant. Elle s'y réfugia sans pouvoir retenir ses larmes.

— Allons, ma chérie, murmura-t-il tendrement en l'embrassant, ce n'est pas si terrible. Je suis vivant et près de toi, n'est-ce pas l'essentiel ?

La gorge nouée, elle hocha la tête et s'écarta pour que Daniel et le plus âgé des fils Prévost puissent soulever son mari et le porter jusque chez elle.

Toute la maisonnée s'était activée pour préparer le retour du blessé. Un matelas avait été descendu de l'étage et installé dans la grande salle pour y allonger Pierre, mais personne n'avait été prévenu de la gravité de sa blessure, si bien qu'il y eut un instant de silence lorsqu'il arriva. Ses porteurs le déposèrent sur la paillasse garnie de coussins et de couvertures puis se retirèrent rapidement pour laisser le champ libre à leurs retrouvailles. Dès leur départ, les exclamations fusèrent, questions et réponses s'entrecroisèrent si bien que Catherine dut intervenir pour rétablir le calme. Et tandis que la conversation s'engageait plus tranquillement, elle défit les bandages pour examiner les blessures de son mari. Pierre ne parut pas s'en apercevoir tant il était stupéfait de voir Paul dans sa maison.

— Comment se fait-il que tu sois là ? demanda-t-il ébahi. Et ta femme, où est-elle ?

— Elle est ici également, répondit Paul en souriant. Elle viendra te voir dès qu'elle aura fini sa classe.

— Sa classe ! s'exclama Pierre. Qu'est-ce que cela veut dire ?

— Nous t'expliquerons, intervint Catherine, je crois que nous avons beaucoup de choses à nous raconter réciproquement, mais, pour le moment, j'aimerais que tu restes au calme. Je suppose que le voyage t'a fatigué, il faut que tu te reposes. L'important est que tout le monde va bien ici.

Leurs amis s'éclipsèrent discrètement, laissant les deux époux en tête à tête. La jeune femme constata avec satisfaction que Pierre avait été bien soigné, la cicatrice de l'amputation était saine et presque entièrement refermée et ses autres plaies, qui s'étaient rouvertes durant le voyage, ne présentaient aucun caractère de gravité. Il ne lui fallait que du repos et une nourriture saine pour qu'il fût guéri rapidement. Catherine lui remit des bandages propres et annonça que lorsqu'il se serait reposé, elle le baignerait entièrement avec l'aide de Marie afin de s'assurer qu'il ne se développerait aucun foyer d'infection.

— Parle-moi de Philippe, demanda-t-elle ensuite. A-t-il été blessé, lui aussi ? A-t-il besoin de mes soins ?

— Je pense que ce serait bien que tu ailles le voir, répondit Pierre d'une voix ensommeillée, il n'est pas très bien, je crois.

Laissant son mari dormir sous la garde de ses amis, Catherine se rendit chez Jeanne, non sans avoir auparavant recommandé à Hélène d'empêcher ses élèves de crier pour ne pas réveiller le blessé. La jeune femme l'accueillit avec soulagement.

— Je n'osais pas aller te chercher, car je sais que tu dois t'occuper de Pierre, mais je t'avoue que je suis très inquiète pour Philippe. Il me semble très faible malgré ce qu'il assure. Comment va ton mari ?

— Pierre va bien en dépit de sa fatigue. Il a été admirablement soigné si bien qu'il se remettra rapidement, même avec une jambe en moins. Il dort pour le moment. Conduis-moi auprès de Philippe.

Le jeune homme était couché dans le lit conjugal, les yeux clos, mais son souffle régulier rassura Catherine. Il devait être aussi fatigué que Pierre. Elle lui retira ses bandages pour examiner ses blessures, le réveillant à peine, puis tendit à Jeanne une poignée d'herbes séchées en lui demandant de les faire infuser dans une bassine d'eau bouillante et de la lui apporter. Elle nettoya les plaies de Philippe avec cette solution et lui refit des bandages propres avant de le recouvrir soigneusement et de quitter la pièce silencieusement en compagnie de son amie.

— Ne t'inquiète pas, dit-elle à Jeanne lorsqu'elles furent hors de portée de voix, il s'en remettra, comme Pierre. Je pense qu'ils ont été soignés par le même chirurgien qui doit être l'un des meilleurs de l'armée. Il a fait de l'excellent travail. C'est le voyage qui les a fatigués ainsi, plus que leurs blessures presque refermées. Laisse-le se reposer et donne-lui à manger dès qu'il a faim, mais en petite quantité à chaque fois. Si tu veux, je reviendrai ce soir pour t'aider à le baigner afin d'éviter que de nouvelles infections se déclarent.

— Je te remercie beaucoup, répondit Jeanne. Je suis tellement heureuse qu'il soit enfin revenu.

— Je le suis également. Au fait, on n'a pas encore prévenu les enfants du retour de leurs pères pour éviter qu'ils se précipitent sur eux. Je te ramènerai Irène ce soir, si tu veux, et je la mettrai au courant.

— Ce sera parfait comme ça.

Catherine rentra chez elle, le cœur en liesse. Enfin, son mari lui était rendu ! Elle avait tant espéré ce retour, avant de ne plus y croire devant un silence aussi long. Maintenant, elle devinait que cette absence de nouvelle était due aux blessures que Pierre et Philippe avaient reçues, il lui restait à savoir dans quelles circonstances.

Comme la jeune femme l'avait prévu, les deux amis se remirent assez rapidement et purent raconter leur enfer. Après Lyon, ils avaient été envoyés sur le front est, près de Strasbourg. À leur arrivée, ils avaient découvert que le général Hoche qui commandait l'armée de Moselle était en train d'organiser une grande offensive contre les Autrichiens et que tous les conscrits devraient y participer, quels que soient leur âge et leur situation de famille. C'est ainsi que le six nivôse, ils s'étaient retrouvés sur le champ de bataille à combattre des soldats de métier, mais aussi des jeunes enrôlés aussi inexpérimentés et effrayés qu'eux-mêmes.

— Ça courait et ça criait de partout, raconta Pierre. La fumée était si épaisse qu'on n'y voyait guère à plus de dix pas, nous ne distinguions l'ennemi que lorsqu'il arrivait sur nous et alors, il fallait tuer ou être tué. C'est assez effrayant, on se met à frapper sauvagement, sans réfléchir, sur tout ce qui porte un uniforme ennemi et même à y prendre un plaisir barbare. Je ne me croyais pas si sanguinaire.

— Moi non plus, assura Philippe. Sans cesse, dans mes cauchemars, je revois cette bataille, j'entends ces détonations assourdissantes et j'ai envie de fuir à toutes jambes.

— J'en ai beaucoup rêvé à l'hôpital militaire, renchérit Pierre, mais maintenant que nous sommes rentrés, cela se calme.

— Comment avez-vous été blessés ? demanda Catherine tout en servant des rafraîchissements à la ronde.

— La bataille tirait à sa fin, répondit Pierre. La victoire semblait acquise et l'ennemi refluait en désordre. J'ai fait demi-tour pour essayer de retrouver mes camarades encore vivants et, soudain, j'ai entendu une énorme détonation tout près de moi. Après ça, je me souviens vaguement d'avoir vu Philippe dans un brouillard et c'est tout.

— C'est un boulet, du type *shrapnel*, qui a éclaté derrière toi, expliqua Philippe. Je l'ai vu tomber, mais j'étais trop loin pour faire quoi que ce soit. Je me suis précipité tout en criant à ceux qui se trouvaient près de moi d'aller chercher des secours. Tu avais la jambe en bouillie et j'ai eu peur que tu ne t'en sortes pas.

— C'est quoi ce boulet… comment déjà ? s'enquit Marie.

— « Shrapnel », répéta Philippe, le lieutenant Henry Shrapnel de la British Royal Artillery l'a inventé en 1784. C'est un boulet creux, rempli de poudre et de balles, qui explose lorsqu'on le tire et disperse son contenu sur l'ennemi en causant des blessures terribles.

— Mais toi, interrogea Catherine, tu n'étais pas blessé ?

— À peine quelques égratignures.

— Mais d'où viennent les plaies que tu avais en arrivant, alors ?

— Après que Pierre et les autres blessés eurent été évacués, nous nous sommes regroupés pour rentrer au camp. Mais sur le chemin, un petit groupe de soldats ennemis nous a tendu une embuscade. C'est là que j'ai été blessé, j'ai pris plusieurs coups de baïonnette. On m'a dit, plus tard, que j'ai bien failli mourir, moi aussi.

— C'est un excellent chirurgien qui nous a soignés, ajouta Pierre. Un soigneur m'a dit que nous avions eu de la chance de tomber sur lui.

— Ça, c'est certain, approuva Catherine. Vos plaies étaient bien nettes quand vous êtes arrivés.

— Pourquoi n'avez-vous pas écrit ? demanda Jeanne avec un soupçon de reproche dans la voix. Nous étions folles d'inquiétude, toutes les deux.

— Il a fallu longtemps pour que nous soyons capables d'écrire, répondit Pierre. Et ensuite, les gens qui nous soignaient nous ont dit qu'il n'y aurait personne pour porter nos lettres. Il règne une telle pagaille dans l'armée que même les ordres de la Convention ne sont pas toujours transmis aux différentes troupes sur le terrain. Alors, vous imaginez des missives personnelles !

— L'essentiel est que vous soyez là, coupa Catherine, le reste importe peu.

Dès qu'il fut totalement remis, Philippe reprit son métier de savetier ce que les villageois apprécièrent beaucoup, car pendant son absence certains d'entre eux avaient dû aller pieds nus ou avec de vieux sabots tout abîmés. Si la plupart des Villedhuisiens se réjouirent sincèrement du retour des deux jeunes gens, certaines femmes cependant jalousèrent Catherine et Jeanne qui avaient récupéré leurs maris alors qu'elles-mêmes tremblaient encore pour les leurs.

Pour Pierre, le retour à la vie normale fut plus difficile. En ami dévoué, Paul lui avait fabriqué une paire de béquilles pour qu'il pût se déplacer sans aide dans la maison et alentour, mais beaucoup de joies simples lui étaient interdites, comme prendre sa fille dans ses bras, par exemple. Il se rendit dans son atelier, mais même la vue de son établi et de ses outils qui semblaient l'attendre ne lui donna pas l'envie de reprendre son métier. En fait, il n'avait plus de goût à rien. Ses proches lui avaient raconté tous les événements qui avaient eu lieu durant son absence sans éveiller, chez lui, autre chose qu'un intérêt poli. Il n'avait pas non plus fait de commentaires en apprenant qu'Hélène avait installé une école dans sa grange, mais il semblait avoir du mal à supporter les cris et les rires joyeux des enfants lorsqu'ils s'amusaient dans la cour. Lorsque Philippe venait lui rendre visite, les deux amis ressassaient sans fin les mêmes histoires. Les massacres auxquels ils avaient assisté impuissants à Lyon, la vie dans les camps, les déplacements dans le froid et l'inconfort, les jeunes engagés idéalistes qui avaient perdu la vie dans des escarmouches et, surtout, la bataille où ils avaient été blessés. Catherine et ses amis se rendaient compte qu'il était temps de briser ce cercle vicieux dans lequel Pierre s'enfermait de plus en plus, mais comment faire ?

Ce fut Paul qui débloqua la situation, un peu par hasard. Se souvenant des histoires de pirates qu'il avait découvertes dans les livres de son beau-père, il essaya de fabriquer une jambe de bois pour Pierre afin qu'il pût se déplacer plus facilement. Un soir, alors que tout le monde venait de se réunir dans la grande salle avant le souper, il apporta triomphalement sa réalisation à son ami. Ce dernier, interloqué, le regarda d'abord sans comprendre.

— Qu'est-ce que c'est ? demanda-t-il.

— Une jambe de bois pour que tu puisses marcher, répondit fièrement Paul.

Pierre prit l'objet, le tourna et retourna dans ses mains en l'examinant avec attention. Puis il sourit pour la première fois depuis longtemps, positionna le morceau de bois sur l'extrémité amputée de sa cuisse et allongea son autre jambe à côté.

— C'est très gentil et je t'en remercie, dit-il, mais cette « jambe » est bien plus courte que la mienne, vois-tu. Et puis, je doute que ton système d'attache soit efficace.

— Je sais que je ne suis pas doué pour le travail manuel, répondit Paul un peu dépité. Je vais la recommencer si tu veux.

— Pourquoi ne la ferais-tu pas toi-même ? suggéra Catherine. Après tout, c'est plutôt ton domaine.

Pierre manipulait l'objet d'un air hésitant, tardant avant de prendre une décision et puis soudain il releva la tête vers son ami.

— Si Paul veut bien m'aider pour les mesures, je crois que je peux le faire, déclara-t-il à la grande joie de toute la maisonnée.

Dès le lendemain, les deux amis se dirigèrent vers l'atelier et travaillèrent ensemble à la fabrication d'une nouvelle jambe de bois à la bonne taille et pourvue d'un système d'attache fiable et confortable pour Pierre. Grâce à cette première réalisation et lorsqu'il put enfin marcher sans l'aide de ses béquilles, le jeune homme reprit enfin goût à la vie. Il sortit se promener dans le village avec Paul, s'arrêtant pour bavarder avec les personnes qu'ils rencontraient en appréciant la quiétude retrouvée. Les Villedhuisiens semblaient plus gais qu'avant son départ, sur la place du marché on s'interpellait joyeusement et l'on discutait librement des événements du moment sans surveiller ses paroles comme auparavant, même des rires résonnaient fréquemment dans l'air tiède de cette fin d'été. Les membres du comité de Pont-Ouanne n'osaient plus se montrer dans la commune et seul Charles Dubois se risquait encore à venir parfois acheter du pain à Martine sans user de son appartenance à ce comité comme prétexte. Comme Daniel s'était empressé de répéter à ses administrés la conversation qu'il avait eue avec le jeune homme après la mort de Berthe, personne ne cherchait à l'empêcher d'entrer dans le village, mais on évitait malgré tout de le saluer.

Désormais, Pierre acceptait volontiers l'école qu'Hélène avait créée dans sa maison et s'amusait d'entendre les enfants jouer dans la cour. Il s'émerveillait de la rapidité des progrès de Quentin en lecture et écriture, s'étonnait des connaissances nouvellement acquises et de la maturité qui transparaissaient dans sa conversation. L'enfant avait beaucoup changé depuis son départ et ce n'était pas seulement dû au fait qu'il avait un an de plus, l'absence de son père l'avait obligé à mûrir plus vite que son âge, ce qui, d'ailleurs, était le cas de la plupart de ses camarades de Villedhuis. En visitant la grange, le jeune homme apprécia beaucoup les tables que Paul avait fabriquées tout en notant de nombreux défauts dans la réalisation qu'il décida de corriger. Une par une, il les reprit pour leur apporter des améliorations qui les rendirent bien plus pratiques à utiliser. Paul ne s'en vexa pas, au contraire, il le regarda faire d'un air amusé en constatant une fois de plus que le travail manuel n'était pas son fort. Après l'école, Pierre enchaîna sur la fabrication de nouveaux meubles pour la maison, car, le nombre de ses occupants ayant augmenté, on manquait de sièges, de coffres et de beaucoup d'autres objets utiles ou agréables. Parfois, Paul et le père Craimen parvenaient à l'arracher à son atelier pour l'emmener en forêt ramasser du bois, cueillir des fruits sauvages et braconner un peu. Tous les trois appréciaient beaucoup ces sorties pendant lesquelles ils pouvaient profiter du calme de la nature, loin des cris des enfants et de l'agitation perpétuelle de la maison.

Le mois de fructidor tirait à sa fin. Comme tous les ans, en cette saison, tous les villageois s'activaient à rentrer les récoltes et à en mettre une partie à l'abri de la rapacité des collecteurs d'impôts. Daniel se chargeait de tout recenser pour gérer la répartition des ressources durant l'hiver afin que personne ne souffrît de la faim. Catherine, Marie et Perrine passaient leur temps en cuisine pour préparer toutes les conserves de fruits et de légumes qui seraient mises de côté pour être consommées durant les frimas, tandis que les trois hommes ramassaient les fruits du verger et les légumes du potager ou veillaient à ce que l'approvisionnement en bois de chauffage fût suffisant pour tout l'hiver.

Normalement, les membres du comité révolutionnaire de Pont-Ouanne auraient dû venir à Villedhuis pour évaluer les récoltes afin de calculer l'impôt que chaque citoyen devrait acquitter pour l'année, mais les Villedhuisiens les attendirent en vain. Après le mois de fructidor, les cinq jours complémentaires avaient fait l'objet de bien des moqueries de la part des villageois qui trouvaient le nouveau calendrier complètement ridicule, puis l'an III avait commencé avec le mois de vendémiaire sans qu'aucun visiteur, autre que des commerçants ou des voyageurs égarés, fût venu dans la commune. Les nouvelles circulaient quand même et lorsque Pierre apprit que Lyon, qui avait été renommée « Ville-Affranchie », était autorisée par la Convention à reprendre son nom d'origine, il frémit en repensant aux atrocités dont il avait été le témoin horrifié. Bien qu'il fût totalement remis de ses blessures, il lui arrivait malgré tout d'avoir des baisses de moral par moment. Dans ces cas-là, il s'enfermait dans son atelier et refusait de voir du monde tant qu'il broyait du noir. Et puis, la crise passée, il reparaissait, souriant et apparemment détendu, comme si de rien n'était. Ses proches s'accommodaient de ces sautes d'humeur, dont ils espéraient qu'elles finiraient par s'espacer et disparaître, et se gardaient de faire la moindre remarque à ce sujet.

Au début de brumaire, des membres du comité révolutionnaire d'Auxerre se présentèrent au village en annonçant qu'ils venaient inspecter les récoltes pour fixer le montant de l'impôt. Daniel les reçut fort aimablement et s'étonna qu'ils n'aient pas délégué ce travail aux Pont-Ouannais comme l'année précédente, d'autant plus que les visiteurs arrivaient par la route de Pont-Ouanne.

— Nous venons de dissoudre le comité révolutionnaire de Pont-Ouanne, répondit le responsable du groupe. Ses membres se sont conduits de façon suspecte depuis sa création, nous pensons qu'ils n'ont agi que dans leur intérêt propre et non pour la Révolution. D'ailleurs, ce comité aurait dû être créé en parallèle du directoire de district et non dans un village concurrent.

— Malheureusement, ce directoire ne peut plus fonctionner, constata Daniel. Ses membres sont presque tous partis à la guerre.

— Vous êtes sûr qu'il n'y a pas de possibilité de le remettre en activité ? Même avec moins de monde ?

— Presque tous les hommes sont partis. Il ne reste au village que des femmes, des enfants et des vieillards, ainsi que quelques grands blessés de guerre qui sont revenus, c'est tout.

— Essayez quand même de reformer ce directoire, ce serait plus pratique pour les relations entre Auxerre et vous.

— Je veux bien essayer, mais j'ai entendu dire que le directoire départemental a été victime d'épuration, notre correspondant, Mr Lucien Guérrand, a été guillotiné. Alors, à qui allons-nous pouvoir nous adresser, à vous ?

— Non, le directoire départemental est reformé avec de nouveaux membres. La mort de votre correspondant est une tragique erreur, il a été dénoncé par une femme, membre d'un des comités de section, dont nous avons appris par la suite qu'elle avait menti dans le but de lui nuire. Elle a été arrêtée et guillotinée à son tour.

— Nous la connaissions bien, cette femme. Elle est originaire d'ici et n'a jamais cherché qu'à nuire à tout le monde. Elle était méchante et envieuse, nous n'avons eu qu'à nous plaindre d'elle, conclut Daniel.

Les visiteurs firent le tour du village, maison par maison, avec le maire pour recenser toutes les récoltes. Partout, ils furent accueillis aimablement et on leur ouvrit toutes les réserves sans faire le moindre embarras, ce que l'un des membres du comité fit remarquer lorsqu'ils eurent terminé.

— J'ai toujours entendu dire que les Villedhuisiens étaient de bons patriotes et apportaient leur soutien à la Révolution. Je constate aujourd'hui que c'est la pure vérité.

— Nous ne sommes qu'un petit village isolé, loin des grandes routes, répondit Daniel, mais nous essayons de nous comporter comme de bons citoyens.

— C'est pourquoi, insista le responsable du petit groupe, j'aimerais vraiment que vous puissiez reconstituer votre directoire.

— Je vais faire mon possible, promit Daniel en les reconduisant à l'entrée de Villedhuis.

Le jour même, il se rendit chez Pierre pour lui parler de ce projet. Le jeune homme commença par protester énergiquement qu'il ne voulait plus entendre parler de s'investir dans la vie officielle du village. Après ce qu'il avait vécu au front, il n'avait plus la moindre envie de jouer à ce jeu dangereux consistant à protéger les intérêts de ses concitoyens tout en faisant semblant d'approuver les décrets de la Convention pour ne pas paraître suspect. D'ailleurs, fit-il remarquer à Daniel, personne ne lui avait été reconnaissant des risques qu'il avait pris pour préserver le village et ses habitants. Le maire plaida sa cause avec toute l'éloquence dont il était capable, mais il n'obtint de Pierre que l'assurance qu'il examinerait la question avec sa femme et ses amis avant de lui donner une réponse définitive. Il lui fallut bien se satisfaire de ce faible espoir.

Ce soir-là, durant le souper, Catherine s'inquiéta de voir Pierre bien silencieux, aussi l'interrogea-t-elle dès que les enfants furent couchés.

— C'est la visite de Daniel qui te met dans cet état ? demanda-t-elle. Qu'est-ce qu'il t'a dit ?

— Il m'a demandé de reformer le directoire de district.

— Comment est-ce possible ? s'étonna-t-elle. Presque tous ses membres sont partis à la guerre !

— En demandant à ceux qui sont restés. Daniel m'a dit que si j'acceptais de le faire, il serait d'accord pour y participer.

— Et tu vas accepter ? demanda Paul.

— Je n'en ai pas la moindre envie, avoua Pierre.

— C'est vrai, tu en as déjà assez fait pour le village, déclara péremptoirement Marie, et personne ne t'a remercié.

— Eh bien, moi, je pense que ce serait bien que vous vous occupiez de ce directoire, affirma le père Craimen.

— Vraiment ? s'étonna Pierre. Vous croyez que ce serait une bonne chose pour le village ?

— Je crois surtout que ce serait bon pour vous. Vous vous renfermez trop sur vous-même, Pierre. Cela vous ferait sortir et penser à autre chose. Et puis vous pourriez trouver de nouveaux clients à Auxerre pour relancer votre activité.

— Vous me voyez courir les routes avec ma jambe de bois ? protesta le jeune homme.

— Bien sûr, répondit Paul, ce n'est pas pire que de naviguer avec une jambe de bois comme les pirates !

— Je reconnais bien là ton esprit romanesque ! s'amusa Pierre. Mais il s'agit de la vie, pas d'un livre.

— Paul a raison, appuya le père Craimen, vous êtes parfaitement valide comme ça, rien ne vous empêche de vivre normalement.

— Je suis tout à fait d'accord, intervint Catherine. À bien y réfléchir, ce serait une bonne chose pour tout le monde, tu aurais bien tort de refuser.

Le lendemain, Pierre alla trouver Daniel pour lui annoncer qu'il avait changé d'avis et acceptait de reformer le directoire de district et d'en prendre la direction. Le maire s'en déclara enchanté, car l'existence de ce directoire s'était révélé une bonne protection pour Villedhuis. Les deux hommes commencèrent à recenser les habitants du village afin de déterminer les plus susceptibles d'accepter de s'impliquer dans cette nouvelle aventure. Ils établirent une liste de noms plus longue qu'il n'était nécessaire, car ils supposaient que beaucoup de gens déclineraient la proposition et refuseraient de s'engager. Puis, Daniel décida de rendre visite à tous les villageois figurant sur la liste et demanda à Pierre de l'accompagner pour essayer de les persuader de la nécessité de reformer le directoire. Se souvenant de ce que le père Craimen lui avait dit la veille au soir, Pierre accepta malgré son désir de retourner s'isoler dans son atelier. Il leur fallut toute la journée pour rencontrer tout le monde et, bien avant la fin de leur tournée, chacun au village avait été mis au courant de ce qu'ils voulaient faire ce qui provoquait des discussions sans fin chaque fois que deux villageois se croisaient. Comme d'habitude, ils eurent bien des surprises, bonnes ou mauvaises, car ceux, dont ils étaient raisonnablement sûrs qu'ils accepteraient d'intégrer le directoire, refusaient inexplicablement et d'autres, dont ils étaient persuadés qu'ils refuseraient, acceptaient d'emblée. Mais l'événement le plus inattendu fut la candidature du père Craimen qui, sous son identité d'emprunt, proposait de s'engager dans le directoire à condition de ne pas avoir à se rendre à Auxerre où l'on pourrait le reconnaître. Bien entendu, Pierre accepta de grand cœur cette aide aussi précieuse qu'imprévue, par contre Paul refusa de faire partie de ce directoire, car il commençait à se demander s'il n'allait pas regagner Paris, maintenant que les événements semblaient reprendre un cours plus calme.

Quelques jours plus tard, le nouveau directoire de district se réunit pour la première fois. Comme Claude Planton était toujours à la guerre, il avait fallu trouver un local pour accueillir les réunions, ce qui n'avait pas été facile. En tant que directeur, Pierre aurait dû loger le directoire dans ses bâtiments, mais, comme l'école s'était déjà installée dans sa grange, il n'avait plus de place disponible. Daniel avait finalement trouvé la solution en proposant une vieille bâtisse désaffectée, un peu en dehors du village, qui avait dû jadis abriter des bêtes, mais ne servait plus à personne depuis belle lurette. Le toit et les murs étaient encore en bon état, ce qui avait permis d'y apporter le mobilier ayant servi au premier directoire et qui se trouvait toujours dans la grange de Claude. Cette réunion offrit surtout l'occasion de poser les règles de base afin que tout le groupe montrât un front commun face aux délégués du directoire départemental et qu'il n'y eût pas de dissension entre les membres. Cette fois, l'assemblée comportait plus de femmes que la précédente qui ne comptait que Berthe. Philippe avait volontiers repris sa place auprès de Pierre, et Daniel avait tenu sa promesse de s'engager dans le directoire, mais on y trouvait aussi Simone Dever qui, malgré l'absence de son mari, avait bien voulu consacrer un peu de son temps à sa commune, ainsi que Martine qui estimait de son devoir de remplacer Romain, là aussi. Le père Craimen, que tout le monde appelait Mr Leblanc, et Annick Prévost complétaient les effectifs.

Jusque-là, l'automne n'avait pas été trop pluvieux si bien que les routes n'étaient pas encore transformées en bourbier, ce qui décida Pierre à se rendre au plus tôt à Auxerre avant que les conditions de circulation deviennent intenables. Bien entendu, Philippe avait déclaré qu'il l'accompagnerait comme naguère, mais Paul, estimant que voyager à deux n'était pas très sûr, avait insisté pour être de l'aventure lui aussi. N'ayant pas de meubles à livrer, Pierre aurait bien laissé sa charrette à Villedhuis pour se déplacer plus légèrement, mais il dut y renoncer, car tenir à cheval pendant plusieurs jours avec une seule jambe l'aurait beaucoup trop fatigué. Il s'installa donc sur le siège du conducteur en essayant de cacher sa mauvaise humeur, tandis que ses compagnons enfourchaient leurs montures. C'était dans ces moments-là qu'il se sentait le plus infirme et inutile et qu'il n'avait d'autre envie que de s'enfermer dans son atelier sans voir personne, mais il fit un gros effort sur lui-même afin de garder le sourire et de ne pas assombrir ses amis inutilement.

Le voyage fut rapide et agréable. Aucune bande de pillards ne les menaça et pourtant les routes n'étaient pas très encombrées. On ne voyait plus de groupes de soldats ni de conscrits comme l'année précédente et les marchands ambulants commençaient à déserter les chemins pour s'installer dans les villes afin d'y passer l'hiver plus confortablement. La plupart des voyageurs qu'ils rencontrèrent étaient en mission pour la Convention ou pour les divers bureaux provinciaux qui en dépendaient quand ce n'était pas des émissaires de l'armée qui transmettaient les nouvelles, bonnes ou mauvaises, du front. Ils arrivèrent à Auxerre à la mi-brumaire pour y trouver une atmosphère beaucoup plus joyeuse que lors de leurs précédents voyages, ce qui leur confirma que la grande majorité des Français avait subi la Terreur sans l'approuver. Pierre et Philippe retrouvèrent le chemin du directoire départemental avec un petit pincement au cœur en pensant à Lucien et ceux de ses collègues qu'ils ne reverraient plus. La dernière fois qu'ils étaient venus, ils avaient trouvé une grande désorganisation dans les bureaux et des gens complètement désorientés qui traînaient, désœuvrés, dans les couloirs, ce qui n'était plus du tout le cas ce jour-là. Ils furent reçus très aimablement par un employé préposé à l'accueil qui les fit attendre dans un petit salon fort bien meublé avant qu'un homme d'allure ouverte et sympathique vînt les chercher pour les mener dans la grande salle de réunion qui servait aussi à recevoir les visiteurs. Très ému, Pierre constata que les fauteuils qu'il avait fabriqués étaient toujours utilisés, comme une résurgence d'un passé pas si lointain, mais qui lui semblait perdu au fond des siècles. Il n'arrivait toujours pas à relier les deux périodes de sa vie séparées par la douloureuse expérience de la guerre et de l'infirmité.

Le nouveau directeur départemental se montra enchanté d'apprendre que le district de Villedhuis avait reformé son directoire et promit son appui plein et entier à Pierre pour toutes les tâches administratives qui lui poseraient problème. Il leur confirma que le comité révolutionnaire lui avait bien transmis le recensement des récoltes pour le calcul de l'impôt puis il se leva et alla à la porte pour demander à un secrétaire d'aller chercher le membre du directoire qui assurerait la liaison entre Villedhuis et Auxerre.

— Je vous présente Mr Serge Guillot, dit-il lorsque celui-ci entra dans la salle. C'est à lui que vous pourrez vous adresser chaque fois que vous aurez besoin d'entrer en contact avec le directoire départemental.

L'homme s'inclina avec un grand sourire, il était jeune et présentait bien, mais Pierre eut immédiatement la conviction qu'il ne pourrait jamais lui faire totalement confiance. Quelque chose dans son regard, franc et direct, le mettait mal à l'aise en lui donnant l'impression de se trouver face à un prédateur séduisant, mais sans pitié. Il le salua d'autant plus aimablement pour masquer ses sentiments et parla volontiers du village et de sa situation en termes généraux tout en se gardant bien d'entrer dans les détails.

— Vous allez bien nous faire le plaisir de dîner avec nous, proposa le directeur avec courtoisie, cela nous permettra de faire plus ample connaissance.

Pierre et ses amis acceptèrent avec chaleur et le petit groupe se dirigea vers une auberge toute proche. La conversation tourna d'abord autour des derniers événements de la Révolution dont les nouvelles leur étaient parvenues. Philippe et Paul, s'étant aperçus des réserves de leur ami, parlèrent librement en apparence tout en se cantonnant aux opinions généralement admises sans y ajouter leurs propres vues.

— Heureusement que la Terreur a été abandonnée, affirma le directeur d'un air convaincu, cela rendait la vie impossible. Nous n'osions plus parler en public de peur que quelqu'un interprète mal nos paroles et nous envoie à l'échafaud.

— Oui, répondit Pierre, nous avons constaté que les habitants de la ville semblent bien plus joyeux et expansifs qu'avant.

— C'est une bonne chose, approuva Serge, mais nous avons appris récemment que les Montagnards ont exprimé des menaces qui inquiètent tout le monde. Ils auraient déclaré : « Le lion n'est pas mort quand il sommeille et à son réveil il extermine tous ses ennemis. » Espérons que cela n'annonce pas un retour à la Terreur.

— La Convention saura nous en préserver, assura le directeur. Tout le monde sait que cela n'a causé que des dégâts dans le pays. D'ailleurs, le général Hoche essaie de faire preuve de clémence envers les chouans dans l'Ouest, c'est un signe rassurant, vous ne trouvez pas ?

— Nous avons servi sous les ordres du général Hoche, c'est un excellent stratège et un homme de bien, répondit Philippe. J'espère qu'il pourra ramener la paix dans le pays.

— Vous avez fait la guerre, tous les trois ? demanda Serge.

— Non, pas moi, répondit Paul, très mal à l'aise. Je n'ai pas été appelé.

— Vous auriez pu vous enrôler, suggéra Serge.

— J'ai une femme et un enfant, aussi ai-je préféré travailler pour la Révolution d'une autre façon, dit Paul avec un fort sentiment de culpabilité envers Pierre et Philippe.

— C'est à la guerre que vous avez perdu une jambe ? demanda le directeur à Pierre pour couper court à l'embarras manifeste du jeune homme.

— Oui, près de Strasbourg, précisa Pierre, un boulet a éclaté à côté de moi. C'est grâce à Philippe si j'ai pu en réchapper.

— Vous devriez avoir une médaille et une pension, déclara le directeur. Je vais en faire la demande auprès de la Convention.

— Ne vous donnez pas cette peine ! protesta Pierre. Du moment que je peux reprendre mon activité, je n'ai besoin de rien d'autre.

— Quel était votre métier avant votre enrôlement ?

— J'étais menuisier, j'ai fabriqué les fauteuils de votre salle de réunion, par exemple.

— C'est vous qui avez fait ça ? Mais vous êtes très doué ! Si vous avez besoin de clients, je vous recommanderai volontiers à mes relations.

— Ce sera avec plaisir, car je n'ai plus de commandes depuis mon retour. Il faut dire que les habitants du village sont très pauvres.

— La Terreur a appauvri beaucoup de monde en ralentissant le commerce, même si certains se sont scandaleusement enrichis en accaparant les biens des suspects. J'espère que tout ceci est bien fini et que le pays va revenir à une vie normale rapidement.

Lorsqu'ils sortirent de l'auberge, l'après-midi était bien avancé si bien que les trois amis décidèrent de rester sur Auxerre pour la nuit et de ne repartir que le lendemain matin. Ils en profitèrent pour se promener dans la ville et faire les quelques emplettes que leurs femmes leur avaient demandées. Au détour d'une ruelle, ils virent une femme, vêtue de noir, s'avancer à leur rencontre dans l'intention évidente de les aborder. Ils s'immobilisèrent, un peu étonnés, et attendirent pour voir ce qu'elle leur voulait.

— Vous êtes de Villedhuis, n'est-ce pas ? demanda-t-elle d'un air triste.

— Oui, répondit Pierre, mais je ne crois pas avoir l'honneur de vous connaître, Madame.

— Je suis la veuve de Lucien Guérrand et je vous ai déjà vu de loin en allant chercher mon mari au directoire départemental. C'est vous, n'est-ce pas, qui avez fabriqué ces meubles magnifiques ?

— Oui, Madame. J'ai appris ce qui est arrivé à votre mari, je suis vraiment désolé. La femme qui l'a dénoncé a fait également beaucoup de tort à tout le village.

— Lucien vous estimait beaucoup, Monsieur, et il aimait votre village. Il me disait souvent que ce serait bien si l'on pouvait aller s'y installer. Il détestait ce que le directoire l'obligeait parfois à faire, comme vous surveiller au cas où l'un d'entre vous chercherait à cacher ses revenus ou autres choses.

— Je l'appréciais également. Mais, dites-moi, comment vivez-vous maintenant qu'il n'est plus là ?

— Il m'a laissé certains revenus et puis ma famille m'aide beaucoup. C'est heureux, car ma fille est encore jeune et je me retrouve seule pour l'élever. Son père lui manque terriblement, encore plus qu'à moi.

— Si vous voulez toujours vous installer au village, je pense que l'on vous y accueillera avec plaisir.

— Merci, c'est gentil, mais je préfère rester auprès de ma famille. J'ai été très heureuse de vous rencontrer et si vous avez l'occasion de revenir à Auxerre, n'hésitez pas à venir me rendre visite. Je dirai à toutes mes connaissances que vous êtes de retour si jamais ils désirent vous commander des meubles.

— C'est très aimable de votre part, Madame.

Les trois hommes reprirent leur chemin, assez troublés par cette rencontre inattendue qu'ils commentèrent avec animation.

— Quand je pense que je n'ai jamais fait confiance à Lucien alors qu'il était de notre côté, dit Pierre pensif, c'est vraiment trop bête !

— Il est un peu tard pour y faire quelque chose, observa Philippe. Et puis, les circonstances étaient telles qu'on devait se méfier de tout le monde.

— Il n'a jamais parlé de sa femme ni de sa fille, remarqua Pierre, c'est curieux.

— À quoi cela aurait-il servi ? rétorqua Philippe. Nous n'étions pas très proches, de toute façon.

— Et que pensez-vous de votre nouvel interlocuteur au directoire ? demanda Paul. J'ai remarqué que tu restais sur la réserve, Pierre.

— Il ne m'inspire aucune confiance, répondit Pierre d'un ton péremptoire. J'ai l'impression qu'il regrette que la Terreur ait été abandonnée et qu'il ne cherchera qu'à nous prendre en défaut. C'est vrai qu'il me fait grandement regretter Lucien.

— Il faudra bien nous en accommoder pourtant, conclut Philippe avec philosophie.

La nuit tombait lorsqu'ils se trouvèrent une auberge qui avait des chambres libres à l'entrée de la ville, sur la route de Villedhuis. Ils passèrent le repas et la veillée à échanger leurs impressions et commenter les divers changements qui s'étaient produits dans la ville depuis leur dernier voyage. Ils s'efforcèrent également de définir l'attitude qu'ils devraient adopter avec Serge Guillot dans leurs relations futures afin de préserver le village et ses habitants au maximum.

À leur retour, quelques jours plus tard, ils mirent tout le monde en garde contre le nouveau représentant du directoire départemental et conseillèrent à chacun de tenir sa langue devant lui.

Les loups

Le mois de frimaire arriva, et avec lui, un certain rafraîchissement des températures annonçant déjà l'hiver. Pierre espérait que ce temps maussade dissuaderait les gens du directoire départemental de venir jusqu'à Villedhuis sans raison importante et qu'ainsi les villageois seraient tranquilles jusqu'au printemps. Aussi fut-il très désappointé de voir Serge Guillot chevaucher au côté des percepteurs qui venaient lever l'impôt suivant les déclarations faites quelques mois plus tôt, mais faisant contre mauvaise fortune bon cœur, il se porta au devant de lui pour l'accueillir aussi aimablement que possible.

— J'ai profité de cette occasion pour venir voir ce village dont j'ai tellement entendu parler, déclara Serge en mettant pied à terre devant Pierre.

— Votre visite nous honore et nous fait plaisir, répondit Pierre en se forçant à sourire. Je vais immédiatement réunir le directoire afin de vous en présenter tous les membres.

— Cela me convient parfaitement, acquiesça Serge d'un air satisfait.

Daniel, qui était occupé avec les collecteurs, annonça qu'il les rejoindrait plus tard et s'éloigna de son côté tandis que Pierre emmenait Serge chez lui en attendant que tous les membres du directoire soient prévenus. Connaissant les préventions de son mari à l'égard de leur invité, Catherine se montra particulièrement aimable avec lui et leur apporta des rafraîchissements lorsqu'ils furent installés dans la grande salle. Le visiteur regarda autour de lui avec intérêt et admiration.

— Je suppose que vous avez fabriqué tous les meubles que je vois dans cette pièce ? observa-t-il.

— Oui, effectivement, répondit Pierre, quand nous sommes arrivés, il n'y avait plus de mobilier dans cette maison. Cela m'a pris beaucoup de temps pour tout faire.

— D'où venez-vous si vous n'êtes pas originaires de Villedhuis ? demanda Serge très intéressé.

— De Paris, expliqua Pierre avec l'assurance de quelqu'un qui n'a rien à cacher.

— Vous y étiez menuisier, aussi ?

— Non, j'étais négociant en tissus, mais j'ai fait faillite et les huissiers m'ont tout pris. J'ai dû quitter Paris avec ma femme et mon fils qui venait de naître. Les Villedhuisiens nous ont accueillis généreusement et le maire nous a attribué cette maison inoccupée.

— Et vous vous êtes reconverti dans la menuiserie, avec talent je dirais, conclut Serge, déçu de ne trouver aucune zone d'ombre dans l'histoire de Pierre. À ce propos, vous allez sans doute recevoir la visite de certains de mes collègues du directoire dans les prochains mois. Lorsqu'ils ont su que c'était vous qui aviez fabriqué les fauteuils de la salle de réunion, ils ont décidé de vous commander des meubles pour leurs foyers.

— J'en serais ravi, assura Pierre tout en remarquant que Serge ne lui transmettait pas de commandes comme le faisait Lucien auparavant.

Philippe arriva sur ces entrefaites et annonça aux deux hommes que le directoire était réuni et n'attendait plus qu'eux. Le père Craimen, prévenu par Marie, fit son apparition dans la salle au même moment et salua Serge tandis que Pierre le présentait comme son beau-père.

— Vous avez quitté Paris avec votre fille et votre gendre, vous aussi ? demanda Serge.

— Non, répondit le père Craimen, étonné de cette question. Nous voulions rester à Paris, mais nos enfants nous manquaient trop, Catherine est notre seule fille. Aussi avons-nous décidé de les suivre, mais comme nous ne savions pas où ils étaient allés, nous nous sommes perdus et nous avons cherché longtemps avant de les retrouver.

— Maintenant, vous devez être très heureux de vivre ensemble à nouveau, constata Serge.

— C'est certain, affirma le prêtre.

— Allons-y ! coupa Pierre pour mettre fin à cet interrogatoire.

Ils quittèrent la maison tous ensemble et se dirigèrent vers le lieu de réunion en n'abordant que des sujets de conversation sans danger. La visite de Serge et les questions qu'il avait posées confortaient Pierre dans son opinion que le représentant du département était quelqu'un dont il fallait se méfier à tout prix. Il chercherait à les prendre en faute au moindre faux pas.

Tous les participants étaient réunis dans la nouvelle salle de réunion du directoire et saluèrent courtoisement le visiteur, puis ils prirent place autour de la grande table en laissant la place d'honneur à Serge. Il y alla de son discours en insistant sur le fait qu'il incombait aux Villedhuisiens de lui rendre compte de tout ce qui concernait leur district, et surtout, qu'ils ne devaient prendre aucune initiative sans lui en référer auparavant. Tout en parlant, il observait attentivement, tour à tour, chaque personne assise autour de la table comme pour évaluer ce qu'il pourrait en attendre et, finalement, son regard se posa sur Martine qui écoutait ses paroles avec attention. Un léger sourire de carnassier joua sur son visage et fit frémir Pierre qui avait suivi son manège avec vigilance. Il se tourna vers la jeune boulangère et se sentit très alarmé en constatant qu'elle souriait également d'un air engageant au représentant départemental. Cependant, le jeune homme fut soulagé que la scène ne s'éternisât pas, car Daniel demanda à Serge de leur donner les dernières nouvelles de la Révolution et celui-ci se tourna vers le maire en oubliant totalement la jeune femme, du moins en apparence. La séance se termina sur quelques considérations générales et Daniel se chargea de raccompagner Mr Guillot auprès des collecteurs qui avaient rempli leur tâche sans difficulté et se préparaient à repartir vers Auxerre.

Lorsqu'ils se furent éloignés, Pierre invita Martine à venir souper chez lui ce soir-là sans aborder son véritable sujet de préoccupation à portée des oreilles indiscrètes. La jeune femme accepta volontiers puis regagna sa boulangerie rapidement pour se remettre à son travail à l'instar de tous les membres du directoire de district. Pierre passa le reste de la journée dans son atelier à ruminer ses idées noires, avec la sensation oppressante que les événements se retournaient à nouveau contre eux et qu'ils allaient devoir user de beaucoup de finesse pour pouvoir s'en sortir sans dommage. Il espérait que, cette fois, les villageois se serreraient les coudes au lieu de se retourner les uns contre les autres comme par le passé.

La soirée fut animée, car Martine ne comprenait absolument pas les mises en garde que lui adressait Pierre et se défendait avec virulence.

— Je lui ai juste souri, protesta-t-elle, il n'y a pas de mal à cela que je sache ! Pourquoi vas-tu imaginer des choses qui n'existent pas ?

— On ne peut absolument pas faire confiance à cet homme, il est faux et hypocrite ! Je te dis seulement de te méfier de lui comme de la peste. Je suis sûr qu'il a une idée en tête et qu'il essayera de t'utiliser pour ses projets si c'est possible.

— Tu vois le mal partout ! Pourquoi ne serait-il pas simplement gentil ?

— Cet homme regrette la Terreur ! Je ne suis pas le seul à l'avoir compris. Demande à Paul et Philippe, et tu verras.

— C'est vrai, intervint Paul, je l'ai senti aussi. Il ne nous apportera que des ennuis, c'est certain.

— De toute façon, je suis sûre qu'il m'a déjà oubliée, affirma Martine. Et tu verras qu'il ne se passera rien.

— Je l'espère bien.

La température continua à descendre tout au long du mois de frimaire qui n'avait jamais encore aussi bien porté son nom et la neige ensevelit le village sous un grand voile blanc. Seuls les voyageurs poussés par un besoin impérieux se risquaient à braver les frimas au lieu de rester au coin du feu, mais aucun ne poussait jusqu'à Villedhuis qui s'endormait dans la quiétude de l'hiver. Depuis la dissolution du comité révolutionnaire, les Pont-Ouannais s'étaient montrés très discrets sans doute dans l'espoir d'éviter les représailles que l'attitude agressive et odieuse qu'ils avaient adoptée envers leurs voisins pourrait leur valoir. On ne voyait de l'autre côté de l'eau que les quelques paysans qui venaient inspecter leurs champs avant les grands froids et même ceux-ci se gardaient bien de jeter un œil en direction du village. Cette absence de visiteur rassurait plutôt Pierre qui espérait de toutes ses forces, mais sans trop y croire, que Serge Guillot oublierait Martine dans la vie mondaine d'Auxerre et qu'à son retour au printemps il aurait abandonné ses manigances.

Prévoyant un hiver très rude, Daniel distribuait les réserves avec parcimonie pour ne pas gaspiller les vivres trop rapidement et que ses concitoyens ne se trouvent pas entièrement démunis avant l'arrivée du printemps. Le spectre d'une nouvelle disette planait sur le pays entraînant avec lui son cortège d'horreurs, émeutes, pillages et jusqu'au meurtre pour un quignon de pain rassis. Les parents des enfants dont Hélène avait la charge étaient fort reconnaissants envers Catherine qui leur offrait au moins un bon repas chaud par jour, mais la jeune femme était inquiète, car elle voyait ses réserves s'amenuiser rapidement et redoutait de ne pas tenir jusqu'aux beaux jours, même si Daniel lui octroyait une plus grande part de nourriture et si Martine lui apportait un peu plus de pain. En attendant, l'école fonctionnait toujours et recevait même de nouveaux élèves, plus âgés, dont les parents commençaient à entrevoir l'intérêt d'une éducation plus soignée que celle qu'ils avaient reçue. Hélène en était ravie bien qu'elle eût de moins en moins de temps à consacrer à chaque enfant individuellement ce qui désavantageait les moins doués. Ce fut le père Craimen qui dénoua la situation en proposant de prendre en charge le groupe des plus âgés afin de leur apprendre à lire et à écrire. La grange fut divisée en deux classes pour que les enfants ne se dérangent pas mutuellement et puissent mieux se concentrer sur leurs études. Hélène était très fière des résultats ainsi obtenus.

Un matin du mois de nivôse, alors que la rivière commençait à geler et charriait de gros glaçons, Catherine alla trouver son mari dans l'atelier pour lui faire part d'une idée inquiétante qui lui était venue.

— Je sais bien que Charlotte est prévoyante et qu'elle a l'habitude de vivre toute seule au fond des bois, mais ce froid est exceptionnel et j'ai peur qu'elle en souffre. Ne serait-il pas judicieux d'aller lui rendre visite et de s'assurer qu'elle ne manque de rien ?

— Tu voudrais que j'aille dans la forêt pour vérifier si Charlotte va bien ?

— J'en serais plus rassurée.

— Cela me paraît difficile. Tous les chemins sont encombrés de neige, il est presque impossible de circuler à cheval, alors avec une charrette...

— On ne peut pas la laisser comme ça, voyons !

— C'est vrai qu'on aurait certainement dû y penser plus tôt, mais maintenant c'est trop tard, malheureusement.

Peu convaincue, Catherine regagna la maison fort soucieuse et reprit son travail en silence. Après le dîner, lorsque les enfants eurent rejoint leur classe, Marie explosa.

— Tu n'as pas dit un mot depuis ce matin, on dirait que tu fais la tête ! Te serais-tu disputée avec Pierre ?

— Non, je m'inquiète pour Charlotte, isolée dans la forêt par ce froid, mais Pierre dit que c'est impossible d'aller la voir avec toute cette neige.

— Ah oui, c'est vrai, je l'avais oubliée ! Mais Pierre a raison. Comment veux-tu circuler dans ces conditions ?

— Alors on va peut-être la laisser mourir pour éviter les difficultés ?

— Évidemment, exprimé comme ça, cela paraît terrible, mais que proposes-tu ?

— Je ne sais pas et c'est ça le pire ! Je ne vois pas comment on pourrait faire.

Perrine, mise au courant, ne leur trouva pas davantage de solutions. Lorsqu'ils se retrouvèrent tous autour du souper, ce soir-là, les trois femmes avaient un air morose qui n'échappa à personne. À la demande de Paul, elles expliquèrent ce qui les chagrinait et reprirent les arguments qu'elles avaient développés tout l'après-midi sans aboutir au moindre résultat. La discussion reprit de plus belle, les trois hommes et Hélène cherchant, eux aussi, une manière d'avoir des nouvelles de Charlotte malgré les obstacles. Paul se proposa d'y aller à cheval avec le père Craimen pour guide, mais Pierre refusa.

— Même à cheval, vous ne passerez pas, argumenta-t-il. Il faudrait que les chemins soient déblayés, au moins en partie, sinon vous serez bloqués et vous courrez de grands risques.

— N'y a-t-il aucun moyen de dégager les routes ? demanda Paul. À Paris, des gens sont employés pour s'occuper de cela, ainsi on peut circuler toute l'année, bien que les rues soient fort sales.

— Les habitants se chargent de déblayer les rues du village, ce qui n'est pas si mal, répondit le père Craimen, ne leur demandez pas de nettoyer la forêt.

— Évidemment, approuva Pierre, on ne dégage que les chemins qui servent tout le temps.

— Si nous emportions des pelles, nous pourrions enlever la neige devant la charrette et avancer ainsi, suggéra Paul.

— Cela nous prendrait plusieurs jours ! protesta Pierre.

— Pas forcément ! objecta le prêtre. En prenant au plus court, elle n'habite pas si loin que cela. Et s'il ne neige pas, le retour se fera plus aisément. Nous avons fait le chemin à pied très rapidement, Catherine et moi.

— Oui, je m'en souviens très bien, approuva la jeune femme. Cela me paraît faisable.

— Très bien, capitula Pierre en soupirant. Alors nous partirons demain au lever du soleil pour avoir tout le jour et nous emporterons des lanternes au cas où nous devrions rentrer de nuit, si cela vous convient.

Paul et le père Craimen approuvèrent chaleureusement, heureux d'avoir trouvé une solution réalisable.

Ils partirent aux premières lueurs de l'aube, chaudement emmitouflés dans des couvertures et éclairés par des lanternes accrochées aux piquets fixés des deux côtés de la charrette. Le cheval renâcla bien un peu de quitter la tiédeur de son écurie pour se lancer dans la froide obscurité, mais les encouragements de Pierre eurent raison de sa réticence et il se mit à avancer avec précaution sur le sol gelé. Les ennuis commencèrent dès qu'ils eurent dépassé les dernières maisons du village. Une grande congère barrait l'entrée du chemin qu'ils voulaient prendre, les obligeant à utiliser leurs pelles avant même d'avoir atteint l'orée de la forêt. Il leur fallut une bonne heure pour en venir à bout et repartir, déjà bien fatigués, mais réchauffés par cet effort physique important. Ils ne pouvaient avancer qu'au pas sous peine que le cheval glissât et fît verser la charrette sur le côté ce qui rendait leur progression assez lente. Cependant, la bonne surprise survint lorsqu'ils atteignirent la lisière des bois et constatèrent que la neige était bien moins haute sous les arbres qu'à découvert. Les branches avaient retenu une grande partie de cette épaisse couche blanche qui formait un toit au-dessus des chemins ainsi protégés. Il y faisait moins froid qu'au village, car le vent se perdait au milieu des troncs dénudés en se heurtant aux murs de neige qui offraient ainsi cette relative tiédeur bienvenue. Comme ils rencontrèrent fort peu de difficultés, contrairement à ce qu'ils avaient craint, ils progressèrent bien plus vite qu'ils ne l'avaient espéré, freinés seulement de temps à autre par des branches mortes recouvertes de neige qui se prenaient dans les rayons des roues de la charrette. Ils ne s'arrêtèrent qu'une seule fois, et encore n'était-ce pas à cause d'un obstacle surgissant inopinément sur leur route, mais d'un bruit qui les glaça jusqu'au sang. Ils crurent d'abord que c'était le mugissement du vent dans les hautes branches qui le produisait, mais en s'immobilisant pour mieux entendre, ils comprirent brusquement qu'il s'agissait de hurlements d'une meute de loups. Paul et le père Craimen saisirent leurs fusils et Pierre cravacha le cheval pour lui faire accélérer l'allure en lui criant des encouragements, ce qui eut pour effet de faire taire les prédateurs. Ils terminèrent leur trajet, l'œil et l'oreille aux aguets, mais ne virent et n'entendirent plus rien.

Pierre arrêta l'attelage devant la petite maison au toit couvert de neige et appela Charlotte d'une voix forte, mais personne ne répondit malgré la fumée qui s'échappait de la cheminée. Ils descendirent de la charrette, assez inquiets, et s'engouffrèrent rapidement dans la cabane. Charlotte se leva pesamment du fauteuil que lui avait donné Pierre et s'excusa de ne pas être sortie pour les accueillir.

— Je ne vous ai pas entendu arriver, je crois que je m'étais endormie, expliqua-t-elle avec un pâle sourire.

Pierre et le père Craimen, qui la connaissaient bien, s'émurent fort de lui trouver une si mauvaise mine. Elle avait les yeux rouges, le teint gris et semblait terriblement amincie. Un maigre feu brûlait dans l'âtre sans parvenir à réchauffer la masure où régnait un froid polaire, ce qui les étonna, car il ne manquait pas de bois mort dans la forêt.

— Nous venons voir comment vous allez, dit Pierre. Catherine s'inquiétait beaucoup pour vous et je constate qu'elle avait raison. Que vous arrive-t-il ?

— Je crois que j'ai pris froid, répondit Charlotte. J'ai essayé de me soigner, mais il ne me reste plus de simples pour préparer un remède efficace.

— Avez-vous de quoi manger correctement, au moins ? demanda le père Craimen.

Charlotte rougit et répondit évasivement à cette question qui visiblement l'embarrassait. Mais Pierre n'avait pas fait tout ce chemin pour se contenter de demi-réponses si bien qu'il insista lourdement pour qu'elle leur montrât ses réserves. Finalement, vaincue, elle avoua qu'il ne lui restait presque plus rien pour se nourrir et qu'elle ne trouvait plus de petit gibier à chasser dans les bois.

— Ce n'est pas étonnant, observa Paul. Nous avons entendu des loups hurler en venant chez vous. Ce sont eux, certainement, qui déciment les animaux sauvages.

— Je sais, répondit Charlotte. La nuit, je les entends qui viennent rôder autour de ma maison.

— Vous ne pouvez pas rester ici, décida Pierre, c'est trop dangereux et personne ne peut vous aider. Vous devez venir au village pour l'hiver.

— Les Villedhuisiens me tolèrent tant que je n'empiète pas sur leur territoire, mais ils ne m'accepteront pas chez eux. Et puis, où logerais-je ?

— Il y a de la place chez nous, assena Pierre, et tant pis pour ce qu'ils penseront !

Malgré les protestations de Charlotte, Paul et le père Craimen appuyèrent Pierre et commencèrent à préparer le retour. Elle fut bien obligée d'accepter, dissimulant son soulagement sous un voile d'inquiétude non feinte pour l'accueil qu'on lui réserverait à Villedhuis. Comme elle était bien malade, les trois hommes posèrent sa paillasse dans la charrette afin de la faire voyager allongée et l'enveloppèrent dans plusieurs couvertures pour la protéger du froid. Elle n'emporta rien, espérant bien retrouver au printemps ses quelques meubles et ses chaudrons, seuls objets de valeur qu'elle possédait et que l'on ne pouvait caser dans le chariot.

Ils prirent le chemin du retour en forçant l'allure afin d'être au village avant la nuit pour ne pas se faire attaquer par les loups. Heureusement, le sentier qu'ils suivaient était tout aussi praticable qu'à l'aller ce qui leur permit de rejoindre la lisière de la forêt assez rapidement. La neige n'étant pas tombée de la journée, aucune congère ne s'était reformée depuis leur passage si bien qu'ils arrivèrent en vue des premières maisons alors que le soleil s'abîmait sous l'horizon. Ils jetèrent des regards craintifs derrière eux sans voir la moindre silhouette menaçante sous les arbres, mais ils savaient que les animaux féroces n'étaient pas loin.

Le portail du domaine était ouvert à deux vantaux, indiquant par là qu'on les attendait avec impatience, et la porte de la maison s'entrebâilla dès que les roues de la charrette firent résonner le pavé de la cour. Les enfants furent les premiers à s'élancer vers les arrivants tandis que les quatre femmes suivaient plus posément en portant des lanternes bien utiles dans l'obscurité grandissante. Pierre et le père Craimen aidèrent Charlotte à gagner la maison pendant que Paul emmenait l'attelage à l'écurie. Perrine et Marie installèrent la malade dans un fauteuil du salon en attendant que sa chambre fût prête et

Catherine partit fureter dans sa réserve à la recherche des meilleures herbes pour préparer un remède. La soirée fut bien calme. Après avoir mangé de bon cœur et avalé son infusion curative, la nouvelle arrivante se retira dans la chambre auprès de celle de Bérangère que l'on avait mise à sa disposition, pour se reposer des fatigues du voyage, les laissant commenter entre eux les derniers événements. Si personne n'avait soulevé d'objection à sa présence dans la maison, en revanche ils étaient tous bien conscients des réactions hostiles que cela risquait de provoquer dans le village. Surtout en ces temps de famine, leurs concitoyens étaient peu disposés à partager leurs maigres ressources avec une sorcière.

Le lendemain, Pierre alla trouver Daniel pour le mettre au courant de la présence de Charlotte chez lui et des raisons qui l'avaient amené à prendre cette décision. Le maire reconnut que c'était là un geste très généreux, mais que peu de monde l'approuverait dans la commune. Il promit, cependant, de tenir compte de cette situation au moment de la répartition des denrées malgré les remous que cela provoquerait certainement.

— Merci de votre soutien, dit Pierre. J'ai autre chose à vous dire de très inquiétant. Hier, lorsque nous sommes allés dans la forêt pour chercher Charlotte, nous avons entendu des loups hurler.

— Des loups ! s'exclama Daniel. C'est une catastrophe ! Il faut prévenir tout le village et ne pas laisser traîner les enfants dehors. Je vais organiser une battue pour essayer de nous en débarrasser.

— Je sais que c'est grave, approuva Pierre. Nous avons laissé notre portail fermé, ce matin, pour protéger les enfants et notre bétail. Charlotte nous a dit qu'elle ne trouvait plus de gibier dans les bois, je suppose qu'ils ont tué tous les animaux.

— Si c'est vrai, ils vont s'aventurer jusqu'au village. Nous n'avons pas de temps à perdre, je vais rassembler tout le monde.

— Je ferai tout ce que je peux pour vous aider, offrit Pierre.

— C'est gentil, mais vous ne pouvez pas participer à la battue, par contre si vous pouviez m'envoyer votre ami et votre beau-père, ce serait parfait.

— Je les préviens tout de suite, répondit le jeune homme en contenant son amertume.

Pierre regarda par la fenêtre les hommes du village s'assembler pour aller chasser les loups en grimaçant un rictus de rage. Catherine vint poser sa main sur l'épaule de son mari et s'efforça d'apaiser sa frustration en lui rappelant tout ce qu'il avait déjà fait malgré son handicap. Le jeune homme finit par se calmer peu à peu en reconnaissant l'inutilité de sa colère et la chance qu'il avait d'être encore en vie pour profiter de l'amour des siens.

— C'est curieux, dit-il enfin. Daniel m'a demandé l'aide de mon ami et de mon beau-père le plus naturellement du monde.

— Ton beau-père ! répéta Catherine en souriant. C'est plutôt amusant. On dirait qu'il a oublié que ton « beau-père » est en fait le curé de sa paroisse. Ou, peut-être, le fait-il exprès.

— Je ne sais pas, mais si un jour le père Craimen veut rouvrir l'église et célébrer des messes à nouveau, il risque de se heurter à des résistances inattendues.

— J'ai bien peur que ce jour n'arrive jamais. La Révolution ne redonnera jamais sa place à l'Église.

— Ça, ce n'est pas sûr ! Il y a encore beaucoup de catholiques dans le pays qui ne demandent qu'à retrouver leur culte et le Pape n'a pas dit son dernier mot.

— Pourquoi dis-tu « leur culte » ? Ne te considères-tu plus comme un catholique ?

— Après les horreurs que j'ai vues quand j'étais à l'armée, je doute fortement qu'il y ait un Dieu, quel qu'il soit. S'Il existait, Il aurait empêché cela.

— Ne le dis surtout pas au père Craimen, tu lui ferais de la peine !

— Bien sûr !

Lorsque tous les hommes valides furent réunis sur la place du marché, Daniel donna l'ordre de marche et le groupe s'ébranla sans bruit. Arrivés à la lisière de la forêt, les participants se mirent en ligne, espacés chacun de quelques mètres, assez pour couvrir une grande surface, mais suffisamment près pour voir leur voisin de droite et de gauche afin de se porter secours rapidement en cas de besoin. Puis ils entrèrent dans les bois, en silence, l'arme à la main, chargée et prête à tirer. La neige étouffait le bruit de leurs pas et le vent était tombé, ce qui les avantageait grandement, car leur gibier ne les entendrait pas et ne les sentirait pas non plus. Ils avançaient lentement, scrutant les sous-bois à la recherche des silhouettes honnies, tout en jetant régulièrement des coups d'œil sur les côtés pour s'assurer que leurs compagnons étaient toujours présents. La traque se poursuivit pendant plusieurs heures, dans un silence oppressant, mettant leurs nerfs à vif, sans que rien bougeât sous les arbres. Et puis, soudain, un cri les alerta. Il venait de l'extrémité de la ligne et les fit frissonner tant il exprimait la peur panique. Il fut suivi par des appels pressants mêlés à des hurlements facilement reconnaissables. Aussitôt, ils se portèrent tous, en courant, dans la direction d'où venaient ces bruits sans se soucier désormais du vacarme qu'ils faisaient. La scène, qui s'offrit à leurs regards, les horrifia. Un tout jeune homme, presque un enfant, avait été jeté à terre par un loup qui lui déchiquetait la cuisse avec ses crocs tandis que les autres tentaient de le mordre malgré ses grands gestes désespérés. Les meilleurs tireurs épaulèrent et visèrent soigneusement, il ne s'agissait pas de toucher le blessé. Les détonations retentirent presque en même temps et les loups s'effondrèrent, sauf le meneur qui lâcha la jambe de sa victime et détala dans les sous-bois à toute allure, suivi par plusieurs chasseurs, bien décidés à lui faire un sort. Les autres s'approchèrent du blessé qui gémissait en tenant sa cuisse déchirée à deux mains. Daniel ordonna la fabrication d'une civière de fortune pendant que l'on tentait de stopper l'épanchement du sang avec des morceaux de tissu arrachés à un vêtement.

Le retour se fit en silence comme l'aller, mais pas pour les mêmes raisons. Daniel envoya l'un des hommes en avant pour prévenir Annick Prévost que Patrick, l'aîné des fils qui lui restaient, venait d'être blessé gravement par des loups. Elle arriva en courant et se lamentant, tout éplorée, et prit la main de son fils en maudissant le Ciel qui lui envoyait tant de malheurs. Le jeune homme s'efforçait de sourire bravement et de la consoler en affirmant que ses blessures étaient bénignes et qu'il serait vite sur pied, mais elle en doutait beaucoup. Lorsque les porteurs eurent déposé son fils sur sa paillasse, elle les supplia d'aller chercher Catherine qui était la seule à pouvoir le soigner.

La jeune femme arriva rapidement, apportant un petit sac rempli d'herbes médicinales et un flacon de liqueur forte que Charlotte l'avait fortement incitée à emporter. Annick, de son côté, avait préparé de la charpie avec l'aide de ses enfants et déshabillé Patrick pour découvrir ses blessures. Catherine l'examina avec minutie et nettoya ses morsures et égratignures avec l'eau qu'Annick avait fait chauffer. Ceci fait, elle se pencha sur la cuisse déchiquetée et écarta doucement les chairs tuméfiées pour évaluer la profondeur de la blessure, puis elle se redressa en arborant un air soucieux.

— Je ne suis pas chirurgien, dit-elle à la mère éplorée. J'ai peur de ne pas savoir comment soigner une plaie si profonde. Il faudrait pouvoir l'emmener à Auxerre, mais je ne pense pas qu'il puisse supporter le voyage.

— Essayez ! Je vous en prie, supplia Annick, désespérée. Si vous ne le faites pas, il mourra !

— Moi, je veux bien, répondit Catherine dubitative, mais j'aimerais bien, quand même, que l'on envoie quelqu'un à Auxerre pour ramener un chirurgien. J'ai peur que la gangrène se mette dans sa jambe.

— Oh, mon Dieu, non !

La jeune femme sortit quelques herbes séchées de son sachet et demanda à Annick de les faire infuser dans de l'eau bouillante, puis elle ouvrit le flacon d'alcool et annonça au blessé que cela pouvait lui faire mal. Il serra les dents lorsqu'elle versa le liquide sur sa blessure, mais la brûlure fut telle qu'il ne put s'empêcher de hurler de douleur. Après avoir désinfecté soigneusement la plaie, Catherine enroula les bandes de tissu, qu'Annick avait préparées, autour de la cuisse abîmée en serrant très fort pour arrêter l'hémorragie. Elle venait juste de terminer le bandage lorsque Annick revint avec la décoction demandée. Catherine la tendit à Patrick en lui recommandant de la boire tant qu'elle était brûlante pour que l'effet fût plus rapide. Puis elle conseilla au blessé de dormir le plus possible pour reconstituer ses forces et se leva en annonçant qu'elle reviendrait le soigner le lendemain matin. En quittant la pièce avec Annick, la jeune femme insista de nouveau sur l'urgence d'aller quérir un chirurgien en affirmant que ses remèdes n'étaient pas suffisants pour une blessure aussi grave.

À son retour à la maison, ses proches comprirent immédiatement, en voyant son visage soucieux, que l'espoir de guérison du jeune homme était bien maigre. Pierre la prit tendrement dans ses bras pour la réconforter.

— Ne te mets pas martel en tête ! lui dit-il gentiment. Tu n'es pas médecin, tout le monde le sait. Tu feras ton possible et, s'il doit vivre, il guérira, c'est tout.

— N'oubliez pas que toute vie est dans la main de Dieu, ajouta le père Craimen, vous n'êtes que Son instrument.

— Je le sais bien, soupira la jeune femme, mais s'il meurt ce sera quand même un échec pour moi. Je voudrais tellement que l'on trouve un chirurgien pour le soigner !

— Si cela peut te soulager, je veux bien aller jusqu'à Auxerre pour en trouver un, proposa Pierre.

— Non ! protesta-t-elle. Pas toi ! Pas encore ! C'est toujours toi qui te dévoues pour tout le monde à Villedhuis, il y a d'autres habitants au village qui peuvent le faire ! Tu ne bougeras pas cette fois.

— Comme tu veux, capitula Pierre, mais j'ai bien peur que personne ne veuille courir les routes par ce temps, même pour sauver ce garçon.

Les chasseurs qui avaient poursuivi le loup dans la forêt rentrèrent à la nuit tombée bredouilles et abattus. Ils avaient sillonné les bois en tous sens, sans trouver la moindre trace du chef de meute ni entendu de bruit trahissant sa présence ou celle d'autres animaux féroces. Daniel recommanda aux villageois de ne pas circuler après le coucher du soleil et surtout de ne pas s'approcher de la lisière des arbres sous lesquels le prédateur pouvait être tapi. Il leur conseilla également d'enfermer soigneusement le bétail et de ne pas laisser les enfants traîner dehors sans surveillance. Sur ces bonnes paroles, tous regagnèrent leurs pénates en dissimulant leurs craintes de leur mieux.

Le lendemain, Catherine trouva au chevet de Patrick, Louis Maréchal, le père d'Annick et grand-père du garçon. Il se leva en la voyant entrer et s'écarta pour la laisser examiner le blessé, tout en lissant sa moustache grisonnante d'un air martial. Le vieux soldat portait encore beau malgré ses soixante ans et ne cessait de récriminer à tout propos. La Révolution et son cortège d'événements dramatiques le faisaient sortir de ses gonds, il condamnait pêle-mêle tous les révolutionnaires, quelle que fût leur tendance, et proclamait son attachement indéfectible à la royauté ce qui avait fait trembler Annick plus d'une fois tant elle craignait que ses opinions le mènent tout droit sur l'échafaud. Mais il avait eu la finesse de s'effacer devant les membres du comité révolutionnaire de Pont-Ouanne pour ne pas leur donner la satisfaction de le traiter en suspect. Il traitait avec mépris les députés parisiens de « révolutionnaires de malheur qui avaient déclaré la guerre sans avoir la plus petite idée de la façon d'organiser une armée ni de conduire une offensive » et affirmait bien fort que pour rien au monde il ne voudrait porter les armes pour un tel gouvernement, mais il était secrètement vexé qu'on l'eût retiré des rôles à cause de son âge. Chaque fois que l'on apprenait le dénouement d'une bataille, il prenait un air dédaigneux.

— Ce n'est rien ça, juste une petite échauffourée ! raillait-il. Moi j'étais à la bataille de Bergen en 1759 ! C'était bien autre chose ! Toutes ces mauviettes qui se disent soldats auraient détalé comme des lapins devant l'armée du Hanovre. Et ils appellent ça une victoire, laissez-moi rire !

Depuis l'arrivée de Pierre et Catherine au village, Louis Maréchal avait été de ceux qui restaient méfiants vis-à-vis du jeune couple sans toutefois aller jusqu'à une hostilité active. Tous les efforts que les époux avaient consentis pour s'intégrer et aider les Villedhuisiens ne l'avaient pas amadoué pour autant et, lorsqu'il les croisait par hasard dans la grand-rue, il se contentait d'un signe de tête assez sec pour les saluer. Son courage et son dévouement pour ses concitoyens n'étaient cependant pas à mettre en cause, car il n'hésitait jamais à apporter son aide en cas de besoin. Il avait été de ceux qui s'étaient mis en quête du loup, la veille, et n'avaient accepté d'abandonner la poursuite que lorsque l'obscurité ne leur avait plus permis de rien voir. D'un ton un peu hésitant, car la situation le mettait mal à l'aise, il remercia Catherine des soins qu'elle apportait à son petit-fils et lui annonça qu'il allait se mettre en route le jour même pour Auxerre afin d'aller quérir un chirurgien selon ses recommandations. La jeune femme le félicita et se déclara soulagée qu'un homme plus compétent qu'elle-même vînt s'occuper du blessé. Pour ne pas froisser la susceptibilité du vieil homme, elle n'osa pas lui suggérer de se chercher quelques compagnons qui pourraient l'aider au cours du voyage, car les routes n'étaient pas sûres.

À son retour, elle constata avec plaisir que Charlotte s'était levée pour la première fois depuis son arrivée chez eux. Elle se soignait consciencieusement en suivant les conseils de Catherine qui se réjouissait de voir son état s'améliorer de jour en jour. Il ne lui avait fallu qu'une nourriture un peu plus abondante et des soins attentifs pour se remettre sur pied rapidement. Cependant, une inquiétude sourde la minait secrètement, car elle se rendait compte que les vivres étaient sévèrement rationnés, ce qui lui faisait craindre qu'une bouche de plus à nourrir privât la famille du nécessaire. Elle n'osait pas en parler, car elle savait que tout le monde l'assurerait du contraire, mais elle espérait vivement que ce temps glacial ne durerait pas et qu'elle pourrait retourner rapidement chez elle.

Lorsque Catherine retourna voir son patient le lendemain, elle le trouva fiévreux et bien moins en forme que la veille ce qui ne laissa pas de l'inquiéter. En enlevant les bandes de tissu, elle constata que la blessure commençait à suppurer et à prendre une vilaine couleur. Se rappelant les conseils de Charlotte qui lui avait dit de désinfecter la plaie autant de fois que nécessaire, elle saisit le flacon d'alcool et en versa une bonne rasade sur la blessure, arrachant un hurlement au malade. Puis elle passa soigneusement un linge propre sur les chairs déchirées pour en ôter le pus, aidée d'Annick qui maintenait son fils pour l'empêcher de se débattre et termina en lui refaisant un bandage neuf autour de la cuisse. Ensuite, elle lui fit avaler la potion qu'elle avait concoctée pour combattre la fièvre et le laissa se reposer.

— Votre père est-il parti hier, comme prévu ? demanda-t-elle à Annick.

— Oui, juste après votre visite. J'espère qu'il trouvera un chirurgien et qu'il le ramènera rapidement.

— Je l'espère aussi, approuva Catherine, cette montée de la fièvre m'inquiète beaucoup. Est-il vraiment parti seul ?

— Oui, bien sûr ! Il ne connaît pas la peur. Mais il est fortement armé, je pense que les brigands seraient bien inspirés de le laisser tranquille sinon ils pourraient bien avoir une surprise.

— Bon, si vous pensez qu'il ne lui arrivera rien, c'est parfait.

— Oh, je lui fais confiance !

De jour en jour, Patrick allait plus mal, ce qui étonnait fortement Catherine, car l'infection visible sur sa cuisse semblait régresser. Les bords de la plaie redevenaient plus sains et le pus ne coulait plus, mais la fièvre perdurait et le faisait délirer par moments. Les infusions de la jeune femme ne semblaient rien y faire, ce qui la laissait totalement désemparée, car elle ne voyait pas d'autre moyen de le soigner. Et Louis ne revenait toujours pas ! Catherine confia son désarroi à Charlotte qui lui posa des questions précises pour savoir quel traitement elle appliquait à son malade. Puis elles se rendirent ensemble dans le local où la jeune femme entreposait ses herbes médicinales pour que Charlotte pût inventorier ses trésors. Elle tourna un moment dans la pièce, grommelant pour elle-même, prenant des simples puis les reposant sous le regard intrigué de Catherine qui restait dans l'embrasure de la porte pour ne pas la gêner. Enfin, elle brandit triomphalement un bouquet d'herbes séchées en affirmant que Patrick était sauvé.

— Je ne comprends pas ! dit Catherine, très étonnée. En quoi ces herbes sont-elles miraculeuses ?

— Elles ne le sont pas en elles-mêmes, mais associées à d'autres que vous avez ici, elles sont très efficaces pour combattre les infections.

— Il faut les faire infuser, je suppose ?

— On peut les utiliser de deux façons, en onguent ou en décoction.

— Laquelle me conseillez-vous dans ce cas ?

— Les deux. Vous allez les associer à ces herbes-ci pour l'onguent et à celles-là pour la potion.

La jeune femme suivit les conseils de Charlotte et se rendit chez Annick dès que ses remèdes furent prêts. Elle lui montra comment appliquer l'onguent sur la blessure et lui recommanda de faire avaler une dose de potion à son fils matin et soir, en lui expliquant qu'elle avait fabriqué ces nouveaux médicaments grâce à l'aide de Charlotte.

Le lendemain matin, en rendant visite à son patient, Catherine le trouva beaucoup moins fiévreux, ce que le jeune homme confirma en lui assurant qu'il se sentait bien mieux. Si sa blessure lui faisait encore mal, c'était devenu malgré tout beaucoup plus supportable. La jeune femme lui enleva ses bandages et constata effectivement que les chairs commençaient à se ressouder grâce au nouveau traitement. Elle nettoya soigneusement la plaie et posa une nouvelle couche de l'onguent miraculeux avant d'envelopper la cuisse abîmée, puis elle inspecta les blessures moins graves qui, elles, se refermaient sans problème. Ensuite, elle fit avaler à son malade une dose de la potion et rentra chez elle, enchantée de cette réussite qu'elle devait entièrement à Charlotte.

Deux jours plus tard, Louis revint accompagné d'un chirurgien militaire à l'air irascible. Catherine était auprès de Patrick lorsqu'ils arrivèrent. Elle se leva et s'écarta aussitôt pour laisser opérer l'homme de l'art qui examina la blessure et le malade avec attention. Puis il se redressa et darda un regard noir sur Louis.

— C'était bien la peine de me faire venir pour ça ! s'exclama-t-il d'un air furieux. Cet homme va très bien ! Dans quelques jours, il sera sur pied. Vous me faites perdre mon temps !

— Comment ? fit Louis, ébahi. Il est guéri ?

— Oui ! Je ne sais pas qui l'a soigné, mais je n'aurais pas fait mieux.

— C'est moi, répondit Catherine en s'avançant d'un pas.

— Eh bien, je vous félicite, dit le chirurgien admiratif, vous avez fait exactement ce qu'il fallait. Vous êtes plus compétente que la plupart des médecins que je connais. Vous avez de la chance d'avoir une personne comme elle dans votre village, ajouta-t-il en se tournant vers Louis et Annick.

— Nous en sommes conscients, répondit Annick en souriant avec fierté.

— Vous allez passer la nuit chez moi et je vous raccompagnerai demain, proposa Louis au chirurgien d'un air penaud.

— C'est très aimable, j'accepte votre invitation pour la nuit, répondit le chirurgien radouci, mais je n'ai pas besoin de vous pour rentrer, avec ce froid, même les brigands se terrent.

Catherine raconta la scène à ses proches avec fierté, mais sans oublier de remercier Charlotte sans qui rien n'aurait été possible. Elle précisa, d'ailleurs, qu'Annick connaissait le rôle qu'elle avait joué dans la guérison de son fils.

Le lendemain, Louis vint frapper à leur porte presque timidement. Il avait complètement perdu son air martial et sûr de lui. Catherine l'accueillit aimablement et l'invita à s'asseoir dans la grande salle.

— Que puis-je pour vous ? demanda-t-elle.

— Je suis venu m'excuser, répondit-il assez embarrassé. Votre arrivée au village ne m'avait jamais enchanté. J'avoue que, venant de Paris, je vous ai toujours pris pour des espions de la Révolution et l'implication de votre mari dans le directoire de district m'a conforté dans cette opinion. L'amitié que vous témoignait ma fille me déplaisait beaucoup, mais je n'ai jamais réussi à la convaincre et je me rends compte aujourd'hui que c'est elle qui avait raison. Vous avez sauvé mon petit-fils, comment puis-je vous remercier ?

— Vous l'avez déjà fait, en reconnaissant notre sincérité. Je suis très heureuse que vous ayez abandonné votre hostilité envers nous. Pour le reste, il me semble tout à fait normal de mettre mes modestes talents au service de ceux qui en ont besoin. Cependant, n'oubliez pas que je n'ai pas été seule à soigner Patrick. Charlotte m'a beaucoup aidée. Il y a eu un moment où j'ai désespéré de le sauver alors j'en ai discuté avec Charlotte qui m'a suggéré une nouvelle composition pour mon onguent et ma potion. C'est ce qui l'a sauvé.

— Je sais, Annick me l'a dit. Soyez assurée que je n'oublie pas et si je peux faire quoi que ce soit pour vous aider, je le ferais.

Après le départ de Louis, Catherine se rendit dans l'atelier de son mari pour lui rapporter la conversation qu'elle venait d'avoir. Il s'en montra aussi heureux qu'elle, car cela voulait dire que les dernières résistances tombaient une à une et que bientôt tout le monde les aurait acceptés au village. Cela leur aurait pris cinq ans, ce qui, dans les circonstances exceptionnelles engendrées par la Révolution, ne paraissait pas étonnant.

— Je n'aurais jamais cru que l'on puisse nous prendre pour des espions de la Révolution, dit Pierre pensivement. Mais il faut bien admettre que tous les excès sont venus de Paris, alors pourquoi l'Assemblée n'aurait-elle pas envoyé des délateurs dans les campagnes pour surveiller la population ? Les Enragés en auraient bien été capables !

— C'est vrai et ton engagement dans le directoire de district n'a pas arrangé les choses. D'autant que tu es souvent allé à Auxerre.

— Eh, oui ! Je n'ai pensé qu'à aider le village et pourtant mes actes semblaient prouver le contraire.

Catherine se rendit chez Annick pour visiter son patient qui n'avait plus guère besoin de ses soins. Il commençait à se lever avec l'aide de sa mère et faisait quelques pas dans la pièce en boitant bas et grimaçant de douleur avant de s'écrouler sur une chaise. Catherine nettoya la plaie qui apparaissait enfin bien saine et se refermait correctement et recommanda de continuer à appliquer l'onguent jusqu'à la guérison complète et de prendre également la potion pendant quelques jours encore. Elle conseilla aussi au jeune homme de ne pas forcer sur sa jambe pour ne pas rouvrir sa blessure. Annick la remercia avec effusion d'avoir sauvé son fils. En souriant, Catherine lui raconta la visite que son père lui avait rendue le matin même et l'assura qu'elle était ravie que cette triste histoire eût au moins servi à faire disparaître son hostilité. Annick l'approuva chaudement et Patrick se déclara très heureux que son grand-père appréciât enfin sa bienfaitrice.

Quelques jours plus tard, Daniel procéda à la répartition des rations, comme chaque décadi[27], en augmentant un peu la part allouée à Catherine pour sa maisonnée ce qui provoqua immédiatement de vives protestations. Le maire expliqua que la jeune femme avait une bouche de plus à nourrir et qu'il était donc normal qu'il en tînt compte pour la répartition des réserves. Mais les villageois ne l'entendaient pas de cette oreille. Quelqu'un affirma que si Pierre et Catherine avaient recueilli la sorcière, cela ne concernait qu'eux-mêmes

---

[27] Le décadi est le 10e jour de la décade et le seul chômé

et que le village n'avait pas à en pâtir. On allait droit à l'affrontement entre ceux qui soutenaient le jeune couple et ceux qui refusaient de partager, lorsque Louis s'avança calmement aux côtés de Daniel et imposa le silence d'une voix forte. Tous se tournèrent vers lui, bouche bée, et profitant de ce répit, le vieux soldat raconta la guérison miraculeuse de son petit-fils et le rôle que Charlotte y avait joué. Il termina son récit en expliquant que la sorcière ne volait pas sa nourriture, bien au contraire. Simone Dever le rejoignit pour l'appuyer en narrant à son tour comment Charlotte avait aidé Catherine à sauver Élodie après son bain accidentel dans l'Ouanne. Catherine, elle, se gardait bien de rien dire, préférant de beaucoup que ce fût les autres qui plaident sa cause en sachant que ce serait de loin plus efficace.

Après un court silence, les discussions reprirent, mais beaucoup moins âpres qu'avant. La plupart des villageois se rallièrent au maire en reconnaissant qu'il aurait été injuste de ne pas accepter Charlotte après tout ce qu'elle avait fait pour eux et dont ils n'avaient pas eu connaissance auparavant. Si bien que la répartition put reprendre sans récrimination et que même les plus mécontents furent satisfaits de constater que l'on n'avait pas rogné sur leur part pour autant. Catherine attendit que tout le monde se dispersât pour s'approcher de Louis et le remercier chaleureusement de son aide. Le vieil homme l'assura une fois de plus de sa gratitude et déclara qu'il restait son obligé.

Un climat épouvantable

— J'ai une idée, annonça Pierre en allongeant sa jambe valide devant la cheminée pour profiter de la chaleur du feu. Pourquoi ne pas demander à Daniel de vous attribuer la maison de Berthe qui est inoccupée depuis son départ pour Auxerre ? Elle est restée en très bon état.

— Je ne crois pas, répondit Paul à qui cette suggestion s'adressait.

— Tu ne crois pas quoi ? Qu'elle soit en bon état ? s'étonna Pierre.

— Je ne crois pas que ce soit une bonne idée. En fait, je ne sais pas si nous allons rester ici.

— Tu veux rentrer à Paris ? demanda Catherine.

— Je ne suis pas fait pour vivre à la campagne, c'est trop calme. L'agitation des boulevards me manque et puis j'aimerais reprendre mon métier. Maintenant que les robespierristes ne font plus la loi et que la Terreur a été abolie, je pense que nous ne craignons plus rien.

— Qu'en penses-tu, Hélène ? demanda Pierre dubitatif.

— Cela me fera beaucoup de peine de vous quitter et d'abandonner les enfants dont je m'occupe, répondit la jeune femme, les larmes aux yeux.

— Tu pourrais remonter ton imprimerie ici, suggéra Catherine, ainsi Hélène pourrait continuer son école et nous resterions ensemble.

— Non, c'est trop éloigné de tout, même des grandes routes. Je ne pourrais pas diffuser facilement mes publications.

— Camille sera malheureux de quitter Quentin et tous ses amis du village, observa Marie.

— Il s'en fera d'autres, répondit Paul, et puis rien ne vous empêche de venir nous voir à Paris.

— Je vois que tu es vraiment décidé, constata Pierre. Pourquoi ne m'en as-tu jamais parlé ?

— Je m'interrogeais encore. Mais, oui, tu as raison. Je ne me vois pas vivre ici pour toujours, Paris me manque.

— Vous n'allez pas partir maintenant, de toute façon, affirma Pierre en voyant Hélène pleurer, voyager par ce temps serait imprudent. Il vaut mieux que vous attendiez le redoux.

— Oui, effectivement, rien ne nous presse, reconnut Paul à contre-cœur. Nous attendrons les beaux jours.

On était à la mi-nivôse de l'an III, ce qui voulait dire que, dans le calendrier romain, on venait de passer la nouvelle année sans que personne, au village, ne se fût soucié de la fête chrétienne de Noël. Il faut dire que les Villedhuisiens avaient bien d'autres soucis en tête. L'hiver était le plus rude qu'ils aient connu depuis bien des années et Daniel devait rationner les vivres sévèrement pour espérer les faire durer jusqu'au printemps. Dans les masures les plus délabrées, on grelottait à cause des courants d'air que laissaient passer les planches disjointes. Le manque de bois empêchait les moins prévoyants d'entretenir un feu permanent dans leur cheminée, car il était devenu extrêmement dangereux d'aller en ramasser dans la forêt. Le loup que les chasseurs n'avaient pas réussi à attraper continuait à rôder et les villageois avaient constaté qu'il n'était pas seul malheureusement, la horde n'avait pas été exterminée lors de la battue. Mais, en pensant à Patrick qui n'avait dû son salut qu'aux soins éclairés de Catherine et Charlotte, personne n'avait le courage de recommencer à affronter les bêtes fauves.

De son voyage éclair à Auxerre, Louis avait ramené des nouvelles plutôt alarmantes. En ville aussi, les vivres se faisaient rares et peu de gens pouvaient les acheter, car l'assignat continuait sa chute dramatique, ce qui avait pour effet de faire flamber les prix et de rendre inaccessible aux plus pauvres la nourriture de base, comme le pain. Des émeutes avaient déjà eu lieu sans que les autorités trouvent de solution et l'on pouvait craindre que la situation dégénérât en pillages et même pire. Cela signifiait surtout pour les Villedhuisiens qu'ils n'avaient de secours à attendre de personne et qu'ils devaient se méfier, car leur relative prospérité, comparée à ce qui se passait ailleurs, les désignait comme cible pour des voleurs poussés par la faim. En conséquence, à partir de ce jour, ils accueillirent fort fraîchement les quelques voyageurs qui venaient dans leur village. Il faut dire qu'il y en avait très peu. Seulement quelques artisans itinérants que la famine et la misère poussaient à braver le froid polaire pour essayer de gagner les quelques sous qui les empêcheraient de périr d'inanition. Les Villedhuisiens les plus fortunés leur lâchaient quelques pièces par pitié, mais se gardaient bien de leur offrir un peu de cette nourriture si précieuse. Ils les envoyaient chercher des vivres ailleurs en leur assurant qu'il n'y avait plus rien à vendre ici.

Ce fut au tout début de pluviôse que l'on vit apparaître un revenant. Charles Dubois se montra sur la route venant de Pont-Ouanne, pâle et amaigri. Il avançait d'un pas hésitant, regardant timidement les premières maisons du village comme s'il s'attendait à en voir surgir des fusils braqués sur lui. Pourtant, les quelques passants qu'il croisa ne lui jetèrent que des regards indifférents. Depuis la suppression du comité révolutionnaire, les Villedhuisiens savaient qu'ils n'avaient plus rien à craindre des Pont-Ouannais et, de plus, tout le monde connaissait Charles qui s'était toujours montré arrangeant avec eux. Comme par le passé, le jeune homme se dirigea tout droit vers la boulangerie où il entra en tremblant. Surgissant de l'arrière-boutique, Martine s'arrêta net, très surprise de cette visite inattendue. Elle sourit malgré elle de l'expression d'anxiété et d'espoir mêlés qu'affichait Charles en bredouillant des mots incompréhensibles.

— Bonjour, dit-elle aimablement, que désirez-vous ?

— Je voudrais vous acheter un peu de pain, répondit Charles en inspirant profondément pour contrôler ses tremblements.

— Je ne peux pas vous en vendre, répondit Martine, désolée, je n'ai plus de farine pour en faire.

— Vous n'en avez plus ? s'étonna Charles, oubliant sa timidité. Mais ça sent le pain chez vous !

— Certaines personnes ont encore un peu de blé et m'apportent leur farine pour que je leur fasse cuire du pain, mais cela ne m'appartient pas. Je suis désolée !

— Tant pis, soupira Charles, cela m'a quand même permis de vous revoir encore une fois.

— Ne dites pas des choses comme ça ! protesta Martine. Je ne suis rien pour vous !

— Je vous aime et vous ne pourrez pas m'en empêcher, répondit-il d'un air de défi, même si je vous suis indifférent !

Martine ne sut que répondre à cette déclaration qui ne l'étonnait pas vraiment, mais dont elle se serait bien passée. Elle regarda le jeune homme s'en aller sans ajouter un mot, le cœur brisé, regrettant de l'avoir repoussé aussi brutalement. Mais surtout, elle se sentait un peu coupable de lui avoir menti sur l'origine du pain qu'elle cuisait dans son four. Cependant, elle se devait de ne pas trahir la confiance que lui témoignaient ses concitoyens en lui attribuant la majeure partie de la farine du village. Daniel lui avait bien recommandé de ne vendre son pain qu'aux Villedhuisiens exclusivement. Elle se demanda fugitivement si elle reverrait Charles un jour, puis elle chassa résolument cette question de son esprit pour se consacrer entièrement à sa tâche.

La visite de Charles Dubois servit de sujet de conversation pendant plusieurs jours dans le village. Martine avait expliqué ce qu'il venait chercher, sans préciser qu'il en avait profité pour lui déclarer sa flamme, mais en assurant qu'elle ne lui avait rien donné. Ce que d'ailleurs, les gens qui avaient croisé le jeune homme au retour pouvaient confirmer. Certains villageois déplorèrent cet hiver trop rude qui, en provoquant cette affreuse famine, détruisait la solidarité qui aurait dû régner entre voisins, mais ceux qui les écoutaient et faisaient mine d'approuver hypocritement, n'y croyaient pas un instant. D'ailleurs, ne rien donner à un Pont-Ouannais n'était pas pour leur déplaire, en dépit des efforts qu'avait consentis le jeune homme pour se faire accepter.

La situation devenait intenable dans le village. Certains n'avaient plus du tout de bois de chauffage et grelottaient dans leurs maisons sans pouvoir se réchauffer avec la nourriture trop rare. Catherine avait de plus en plus de mal à nourrir correctement les enfants confiés à sa charge bien qu'elle rognât autant que possible sur la part des adultes de sa maisonnée. Il devenait aussi difficile de chauffer la grange en plus des pièces d'habitation malgré les réserves importantes que Paul et le père Craimen avaient faites durant l'automne. En désespoir de cause, Daniel réunit tous ses administrés pour évoquer cet état de choses et prendre les mesures qui s'imposaient. Il proposa d'organiser une grande expédition en forêt pour y ramasser du bois, essayer de trouver du gibier et chasser les loups qui la hantaient. Les femmes se chargeraient du ramassage sous la protection de quelques hommes armés tandis que les autres prendraient part à la chasse. La situation était tellement désespérée que tous acceptèrent de courir ce risque.

Le lendemain, ils se rassemblèrent à la lisière de la forêt en laissant tous les enfants sous la garde d'Hélène qui se sentait extrêmement soulagée de ne pas avoir à courir les bois sous la menace des loups. Ce fut à ce moment-là qu'elle admit en son for intérieur qu'elle était une vraie citadine et que la vie à la campagne, avec tous ses aléas, ne lui convenait pas vraiment. Les villageois se scindèrent en deux groupes. Le premier était constitué principalement des femmes et jeunes filles, portant de grandes toiles pour y mettre le bois qu'elles ramasseraient, et des hommes chargés de leur protection au nombre desquels figurait Pierre, très heureux que l'on eût accepté son aide cette fois. Le second groupe ne comportait que des hommes armés jusqu'aux dents et prêts à en découdre avec les loups qu'ils comptaient bien décimer une fois pour toutes. Ils partirent les premiers, restant bien groupés pour ne pas rééditer leur erreur de la première battue qui avait offert une cible de choix aux bêtes sauvages. Patrick, qui se sentait un compte à régler avec eux, avait obtenu de faire partie de la chasse malgré les objections de sa mère et de son grand-père.

Les femmes pénétrèrent dans les sous-bois quelques minutes après le premier groupe, sous la protection des hommes qui restaient et s'étaient déployés tout autour d'elles. Elles n'eurent pas à aller bien loin pour trouver les premières branches mortes qu'elles ramassèrent gaiement. On leur avait recommandé de rester silencieuses afin de ne pas attirer les loups et elles se conformèrent à ce conseil dans les premiers temps sans se priver, cependant, d'échanger des œillades et autres grimaces ce qui les faisait pouffer de rire discrètement. Mais au fil des heures, ne voyant aucun prédateur pointer son museau, elles commencèrent à s'enhardir et se murmurer des remarques de l'une à l'autre malgré les regards furieux que leur lançaient les hommes aux aguets. De temps en temps, elles entendaient des coups de feu au loin, attestant que le premier groupe ne chômait pas, mais elles ne croisèrent aucun des chasseurs. Les grandes toiles se remplissaient et devenaient de plus en plus lourdes à transporter, aussi décidèrent-elles de laisser les plus pleines au bord du chemin, où elles les reprendraient au retour. Elles s'enfonçaient de plus en plus dans la forêt, oubliant leur peur initiale pour ne penser qu'aux bonnes flambées qu'elles pourraient faire avec tout le bois ramassé.

Pierre fut le premier à l'apercevoir. Une forme sombre sous le couvert des arbres, immobile, dont seuls les yeux brillaient d'un étrange éclat. Il poussa un cri d'alarme qui fit se retourner tout le groupe. Aussitôt, les hommes ordonnèrent aux femmes de se rassembler en abandonnant leurs fagots et se resserrèrent autour d'elles en observant les alentours pour s'assurer qu'ils n'étaient pas encerclés. Pierre, qui était le plus près, mit lentement en joue le prédateur, en ajustant son tir soigneusement. Celui-ci ne bougeait pas, le fixant de ses yeux fous comme s'il ne voyait pas le danger. Le coup de feu partit et le loup s'effondra sans un cri. Tous restèrent figés un instant, étonnés que le danger fût si vite passé, n'y croyant qu'à moitié ce qui les poussait à scruter en vain les sous-bois dans la crainte de découvrir d'autres animaux sauvages. Pierre s'approcha de sa victime et l'examina avec curiosité. Son attention fut attirée par la bave qui moussait sur les babines de la bête, il la retourna avec sa jambe de bois et constata la même chose de l'autre côté. Alors il comprit pourquoi l'animal n'avait pas bougé devant la menace de son fusil.

— Attention ! cria-t-il en se retournant vers ses compagnons. Cet animal avait la rage ! Ne le touchez pas, il faut le brûler !

— Il faudrait prévenir les autres, conseilla Catherine, car si quelqu'un se fait mordre, il est mort.

Son époux acquiesça d'un signe de tête tandis qu'un des hommes présents s'avançait pour proposer de se charger de cette mission. Pierre accepta tout en lui recommandant la plus grande prudence. Le ramassage du bois reprit dans une atmosphère plus oppressée qu'auparavant.

Environ une heure plus tard, alors que le soleil commençait à baisser sur l'horizon et que la lumière se faisait plus rare sous les arbres, le groupe des chasseurs rejoignit celui des ramasseuses de bois. Ils étaient chargés de trophées qu'ils exhibaient fièrement. Il s'agissait surtout de petit gibier, lapins et autres rongeurs, ainsi que quelques grives, mais deux d'entre eux portaient sur leurs épaules un chevreuil de belle taille dont les bois majestueux ballottaient au rythme de leur marche. Ils annoncèrent qu'ils avaient également tué deux loups ainsi qu'un renard qui était, lui aussi, infecté par la rage.

Aucun d'entre eux n'avait été mordu et les animaux qu'ils ramenaient paraissaient sains. Il fut décidé que dès le lendemain, quelques chasseurs iraient récupérer les corps des prédateurs pour les brûler hors de la forêt. Catherine leur recommanda de ne pas toucher les bêtes avec leurs mains nues et, en règle générale, d'éviter tout contact direct avec eux.

Le retour au village fut joyeux. La nourriture qu'ils rapportaient leur permettrait de tenir quelques semaines de plus et la récolte abondante de branches mortes allait les réchauffer grandement. De plus, ils étaient persuadés que, cette fois, tous les loups de la forêt avaient été décimés et qu'en tuant le renard porteur de la rage, ils avaient enrayé l'épidémie, ce qui les rassurait beaucoup. Ils auraient volontiers organisé une grande fête pour célébrer la fin de l'angoisse que cette menace avait fait peser sur eux, mais il fallait être raisonnable et continuer à rationner sévèrement les vivres afin d'atteindre le printemps. Aussi se contentèrent-ils de se congratuler mutuellement en se partageant les prises qu'ils débiteraient en morceaux pour les préparer afin qu'ils se conservent dans de bonnes conditions. Puis ils se séparèrent joyeusement en emportant chacun sa part de bois de chauffage.

Le lendemain, un panache de fumée noire monta dans le ciel du matin, annonçant que le danger qui les avait fait trembler se consumait et la maladie avec lui. Tout le monde vaquait à ses occupations, le cœur en fête malgré l'odeur insupportable que ce bûcher faisait planer sur tout le village. Mais rapidement, des gens se regroupèrent sur la rive d'en face pour découvrir d'où venait cette fumée qui leur semblait provenir d'un animal rôti et, même, quelques Pont-Ouannais s'enhardirent jusqu'au village.

— Rentrez chez vous ! cria Daniel en allant à leur rencontre. Il ne s'agit pas de ce que vous croyez. Nous brûlons les cadavres des loups que nous avons tués hier. Et méfiez-vous, car l'un d'eux était porteur de la rage.

Il s'attendait à des récriminations et des questions soupçonneuses, car il avait reconnu, parmi les visiteurs, des anciens membres du comité. Mais ils avaient perdu de leur superbe et s'enfuirent sans demander leur reste.

Le froid polaire dérangeait moins les Villedhuisiens, maintenant qu'ils avaient un peu plus à manger et surtout beaucoup de bois pour faire de joyeuses flambées dans les cheminées. Avec l'extermination des loups, ils se disaient aussi qu'ils pourraient retourner dans la forêt pour ramasser des branches mortes si nécessaire, et peut-être trouver encore quelque gibier à se mettre sous la dent. Même si le spectre de la famine restait bien présent, on espérait pourtant que personne ne mourrait de faim au village si bien que les esprits restaient optimistes malgré les circonstances.

Pluviôse passa dans un engourdissement général dû au froid qui ne s'adoucissait pas. Sans être complètement gelée, l'Ouanne charriait de gros morceaux de glace aux formes étranges qui amusaient beaucoup les enfants de Villedhuis. Ils auraient volontiers passé des heures à les contempler si leurs parents ne les avaient pas éloignés des bords dangereux de la rivière. La région était particulièrement calme, mais un matin de ventôse, les villageois eurent la surprise de voir arriver un groupe d'une dizaine de cavaliers, armés jusqu'aux dents. Aussitôt prévenu, Daniel sortit pour les accueillir, s'attendant plus ou moins à ce qu'il s'agît de Serge Guillot accompagné, peut-être, d'autres membres du directoire départemental. Mais les visiteurs ne s'arrêtèrent pas et continuèrent à un train d'enfer sur le sol gelé, en direction de Pont-Ouanne. De l'autre côté de l'eau, les Villedhuisiens virent un détachement à peu près égal au premier qui se dirigeait également vers le village de leurs voisins. Apparemment, l'histoire ne les concernait pas, mais la curiosité les fit se rassembler sur la rive pour essayer de voir ce qui amenait ces voyageurs assez particuliers. Pendant un long moment, il ne se passa rien, le bois séparant les deux communes étouffait tous les bruits et les berges d'en face brillaient calmement sous leur pellicule de gel. Puis, sans le moindre signe avant-coureur, les curieux virent apparaître les soldats qui avaient fait leur jonction, entourant un petit groupe de Pont-Ouannais enchaînés, hurlant des insultes à leurs geôliers, mais avançant quand même sous les coups de pique des baïonnettes. Ce qu'ils avaient fait, les Villedhuisiens l'ignoraient, mais, malgré l'ancienne rivalité et l'attitude menaçante des membres de l'ex-comité, ils ne purent se réjouir de cette arrestation. Avec leur départ, les familles de ces hommes perdaient leur meilleure protection et risquaient, plus que jamais, de mourir de faim. Malheureusement, ils n'y pouvaient rien. C'était aux Pont-Ouannais de veiller sur les leurs du mieux qu'ils le pouvaient. La seule chose qui leur fit plaisir, c'était que Charles Dubois ne se trouvait pas dans le groupe des prisonniers.

Catherine ne chômait pas. Depuis la guérison spectaculaire de Patrick, on l'appelait dans toutes les chaumières au moindre coup de froid. Il faut dire que par ce temps glacial, il y avait beaucoup de rhumes, angines et autres maux de l'hiver, car peu de villageois possédaient des vêtements assez chauds pour se protéger de la bise coupante. Aussi ne fut-elle guère surprise lorsque Martine vint la chercher pour son père qui toussait à fendre l'âme après une journée entière passée dehors à essayer de calfeutrer les murs fissurés de sa maison. Elle s'y rendit aussitôt en emportant la besace de toile que Marie lui avait cousue pour transporter ses herbes séchées et ses pots de remèdes déjà préparés. Clémence, la maman de Martine, la guettait par la fenêtre et la conduisit immédiatement dans la chambre où le malade était alité. La maison était plutôt cossue, mais en gelant le sol sur lequel elle était posée, le froid intense avait provoqué des fissures importantes qui laissaient passer le vent glacé et refroidissaient toutes les pièces. Bernard, le père de Martine, grelottait de froid et transpirait en même temps sous sa couverture de laine. Catherine l'examina avec attention et fronça les sourcils en entendant sa respiration rauque et sa toux caverneuse qui ne lui disaient rien qui valût. Elle sortit un pot et des simples de son sac et recommanda à Clémence de lui faire avaler des décoctions préparées avec ces herbes et de lui masser régulièrement la poitrine avec l'onguent qu'elle lui tendait. Puis elle lui conseilla d'isoler le malade des courants d'air avec des paravents afin que son état ne s'aggravât pas. Elle promit de revenir tous les jours et prit congé pour rentrer chez elle, plutôt soucieuse.

Dès son retour, elle alla trouver Charlotte qui s'était bien intégrée à la vie de la maison, pour lui demander conseil.

— Je crains qu'il ait attrapé une fluxion de poitrine et j'ai bien peur que mes remèdes ne suffisent pas, cette fois, expliqua-t-elle en précisant quels médicaments elle avait prescrits.

— Vous avez fait exactement ce qu'il fallait, lui répondit Charlotte. Si cela ne fait pas effet, c'est que son heure est venue, vous n'y pouvez rien.

— J'espère bien que non ! s'exclama Catherine. Mais ce qui m'inquiète ce sont ces courants d'air dans sa maison, ce n'est pas bon pour lui.

— Peut-être Martine pourrait-elle le prendre chez elle, suggéra Charlotte. Ainsi, il serait bien au chaud.

— Je vais lui en parler immédiatement, décida Catherine en se levant.

Elle traversa la rue pour aller à la boulangerie où elle trouva Martine désœuvrée.

— Il n'y a presque plus de farine, expliqua-t-elle à sa visiteuse, aussi n'ai-je plus grand-chose à faire, malheureusement. Comment va mon père ?

— Pas très bien. Je pense qu'il a une fluxion de poitrine et les courants d'air dans sa maison ne l'arrangent pas. Pourrais-tu le prendre chez toi jusqu'à ce qu'il soit guéri ?

— Oui, bien sûr ! Mais de quels courants d'air parles-tu ?

— Leur maison est fissurée, ne le savais-tu pas ?

— Non, ma mère ne m'en a rien dit ! Ils vont venir chez moi tous les deux, annonça Martine d'un air décidé. Je vais les voir tout de suite.

Ainsi fut fait. Paul et le père Craimen offrirent leurs services pour transporter le malade que l'on avait bien emmitouflé afin de le protéger du froid mordant. Clémence et Martine suivaient avec le minimum de bagages nécessaire.

Catherine allait visiter son patient tous les jours sans trouver la moindre amélioration dans son état, au contraire. Bernard ne reconnaissait personne, pas même sa femme ni sa fille, et ne semblait pas s'être aperçu qu'il n'était plus chez lui. Il toussait toujours et sa respiration sifflante se faisait plus difficile de jour en jour. La fièvre ne baissait pas quoi que l'on fît et pourtant Martine et sa mère l'entouraient de soins attentifs en usant généreusement des remèdes que Catherine leur fournissait. La maison que Martine avait héritée de son époux comportait plusieurs étages. Elle était posée sur un sous-sol, dont l'entrée de plain-pied faisait face à la rivière et qui était éclairé, du côté opposé, par des soupiraux en demi-lune ouverts tout en haut des murs pour se trouver au niveau de la rue. Il servait d'habitude à stocker les matières premières pour faire le pain, mais avec la disette on n'y trouvait plus que du bois de chauffage, mais pas de farine. Au rez-de-chaussée, la boulangerie occupait toute la façade avec, à sa suite et surplombant la cour, l'arrière-cuisine où Martine confectionnait son pain et parfois quelques gâteaux qu'on lui commandait. Les pièces à vivre, cuisine et salle, se trouvaient au premier étage et quatre belles chambres avaient été aménagées au second sous le grenier. C'était une maison bourgeoise, plus haute et plus belle que celle de Berthe, sa voisine, qui en avait toujours été malade de jalousie. Le patient était installé dans une des chambres de la façade, car il détestait la rivière et Martine craignait qu'il s'énervât en la voyant par la fenêtre, ce qui n'aurait pas été bon pour lui. Depuis qu'elle avait refusé de retourner chez lui après son veuvage, Bernard ne voulait plus parler à sa fille ce qui faisait redouter à la jeune femme le moment où il se rendrait compte qu'il était chez elle. En attendant, elle le soignait avec dévouement en entretenant un feu d'enfer dans la cheminée malgré les avertissements de Catherine qui lui affirmait que cela empêchait de faire baisser sa fièvre. Mais Martine avait tellement peur qu'il eût froid qu'elle ne l'écoutait pas et lui rétorquait que les médecins recommandaient souvent une bonne suée pour faire sortir la maladie du corps des patients.

Le froid terrible commença à s'adoucir vers la mi-ventôse ce qui fit espérer à tout le monde que le printemps allait enfin arriver. Bien sûr, on savait que c'était un peu tôt, mais personne n'en pouvait plus de ce temps polaire et même la pluie serait la bienvenue si elle apportait un peu de tiédeur dans l'air. Catherine, elle, se demandait ce que le réchauffement pourrait apporter pour Bernard. La maladie allait-elle enfin se calmer ou bien, au contraire, se montrer plus virulente ? Charlotte lui avait expliqué que s'il survivait à ce changement de température, il serait sauvé. Une fois de plus, elle conseilla à Martine de moins chauffer sa chambre, mais en vain. Le radoucissement se poursuivit durant toute la deuxième moitié de ventôse, sans que l'état du malade évoluât. Le dégel avait fait monter le niveau de la rivière et rendu les chemins boueux, ce qui n'empêchait pas les villageois de se sentir revivre et de sortir de leurs maisons à la moindre occasion sans crainte de se salir. Même s'il n'y avait toujours pas de marché, car personne n'avait plus rien à vendre et les marchands ambulants n'étaient pas encore revenus, des rassemblements spontanés se formaient fréquemment sur la place du village pour le simple plaisir d'échanger des nouvelles en profitant de l'air tiède. Mais le mois de germinal apporta des pluies violentes qui transformèrent les routes en bourbiers et firent sortir l'Ouanne de son lit. Craignant des inondations, les Villedhuisiens s'entraidèrent pour vider entièrement les sous-sols et rez-de-chaussée des maisons les plus proches de la rivière.

Les trombes d'eau s'abattirent sur le village sans discontinuer pendant plusieurs jours et, une nuit, ce fut la catastrophe. Un torrent de boue s'engouffra dans la rue principale, emportant tout sur son passage et inondant toutes les maisons qui la bordaient. Marie se réveilla en sursaut en entendant un clapotis sinistre. Elle se redressa et voulut s'asseoir au bord du lit, mais elle retira vivement ses pieds en sentant l'eau froide qui avait envahi la chambre. Alors elle allongea le bras pour saisir, sur la table de nuit, la mèche d'amadou et le briquet qui lui servaient à allumer une chandelle lorsqu'elle se levait avant le jour. Puis, prudemment, tenant son bougeoir d'une main ferme, elle se fraya un passage entre les objets qui flottaient dans le liquide boueux pour gagner l'escalier afin de prévenir ses amis de ce drame. Aussitôt, tous se levèrent, en silence pour ne pas éveiller les enfants, et ouvrirent les fenêtres pour essayer d'évaluer l'étendue du désastre. Les nuages noirs couvraient la terre d'une couverture sombre qui empêchait la lumière de la lune et des étoiles de filtrer au travers, mais la masse liquide reflétait suffisamment la lueur des bougies pour qu'ils comprennent que la commune entière était envahie par cette marée malsaine. Comme il était impossible de faire quoi que ce fût dans l'obscurité, ils installèrent une paillasse pour Marie dans la chambre de Pierre et Catherine, puis retournèrent tous se coucher en doutant fort de pouvoir se rendormir.

Le lendemain, ils prirent la mesure de la tragédie qui venait de les frapper. Le village était entièrement inondé, aucune maison n'avait été épargnée et, même, beaucoup de masures trop légères avaient été emportées, laissant leurs occupants sans abri. Parmi les plus miséreux, certains avaient été emportés par le flot et l'on retrouva leurs cadavres dans les champs à quelques lieues en aval. Des bébés avaient été également noyés dans leurs berceaux, au grand désespoir de leurs parents. Le torrent impétueux s'était calmé, mais l'eau stagnait, maintenant, sans montrer le moindre signe d'écoulement. Il était impossible d'essayer de nettoyer quoi que ce soit ni de réparer les dégâts avant que l'inondation fût complètement résorbée, ce qui pouvait prendre des jours. Leur seule consolation durant cette période sombre fut de constater que la rive opposée de l'Ouanne était, elle aussi, envahie et donc que Pont-Ouanne se trouvait certainement dans le même état que Villedhuis. Ainsi ils ne seraient pas les seuls à souffrir.

La vie s'organisa tant bien que mal. On avait monté dans les étages, tous les ustensiles qui étaient encore utilisables et l'on tentait de sauver le maximum de vivres contenus dans les maisons. Heureusement, toutes les réserves communes du village étaient stockées dans des silos sur pilotis qui les protégeaient ordinairement des rongeurs et qui avaient victorieusement résisté à la montée des eaux. La disette ne s'aggraverait donc pas pour les Villedhuisiens, ce qui les soulageait beaucoup et leur permettait d'envisager l'avenir plus sereinement. Ils limitaient le plus possible les déplacements, car il leur fallait patauger dans la boue pour se rendre d'une maison à l'autre et préféraient donc se parler de fenêtre à fenêtre en haussant le ton pour se faire entendre. C'est peut-être grâce à cette absence presque totale de contact physique qu'aucune épidémie ne se répandit dans le village, car cette eau stagnante était pleine de miasmes malsains qui n'auraient demandé qu'à infecter tous les villageois.

Deux jours après ce sinistre, Catherine se décida à traverser la rue pour se rendre au chevet de son patient. Pour ce faire, elle emprunta une culotte à son mari et enfila de grandes bottes par-dessus, car une robe l'aurait trop alourdie en s'imbibant de ce liquide nauséabond qui envahissait tout. Elle s'attendait à ce que Martine s'amusât en la voyant ainsi, mais celle-ci n'eut même pas un sourire. Au contraire, les larmes aux yeux, la jeune femme la remercia d'être venue malgré les événements et la conduisit immédiatement à la chambre de son père. Catherine comprit l'attitude de son amie aussitôt qu'elle vit Bernard. Il était si décharné qu'il paraissait n'avoir plus que la peau sur les os, il avait les yeux révulsés et son souffle oppressé était presque imperceptible. Il ne fallait pas être grand clerc pour comprendre que c'était la fin et Catherine, constatant son échec, leur proposa de leur envoyer le père Craimen pour les derniers sacrements, mais Martine et sa mère refusèrent. Les terribles événements engendrés par la Révolution avaient fortement ébranlé leur foi si bien que ces simagrées ne leur semblaient plus nécessaires. Elles remercièrent chaleureusement Catherine pour son dévouement même si ses soins s'étaient révélés inefficaces et lui annoncèrent qu'elles se chargeaient désormais de veiller seules sur le malade, jusqu'à sa mort qui ne saurait tarder. La jeune femme se retira, le cœur lourd, car pour la première fois, elle avait échoué.

Bernard Ferrant mourut dans la nuit qui suivit. Mais il fut impossible de l'enterrer avant que le sol fût suffisamment asséché, ainsi, d'ailleurs, que tous les gens morts la nuit de l'inondation. Refusant catégoriquement qu'il fût déposé dans un champ avec les autres cadavres jusqu'à l'inhumation, Clémence et Martine le gardèrent dans la chambre malgré les avertissements de Catherine qui craignait qu'elles soient contaminées par les humeurs putrides émanant de lui.

Il fallut une décade pour que l'eau se retirât complètement et que l'on pût mesurer l'étendue des dégâts. Leur premier devoir fut d'enterrer les défunts dans le petit cimetière dont toutes les croix avaient été arrachées par le flot. Le père Craimen n'osa même pas proposer de célébrer l'office des morts, mais il le marmonna pour lui-même pendant tout le temps que dura l'inhumation. Puis ils se mirent au travail pour nettoyer le village et récupérer tout ce qui pouvait l'être avant de reconstruire ce qui était trop endommagé. Durant ces jours d'intense activité, la solidarité entre voisins joua à plein et tout le monde oublia les vieilles querelles. Dès que son atelier eut été remis en état, Pierre y passa tout son temps pour fabriquer des meubles qui remplaceraient ceux détruits par le sinistre et les fit livrer gracieusement par Paul et le père Craimen. Beaucoup se récrièrent devant une telle générosité, puis finirent par accepter en se jurant, cette fois-ci, de ne pas l'oublier. La grange des Boredoux avait été complètement dévastée, ce qui interdisait de reprendre l'école pour le moment, mais il y avait tant à faire dans la commune que la réparer ne semblait pas primordial. D'ailleurs, Hélène était, elle aussi, beaucoup trop occupée à aider ceux qui avaient tout perdu pour s'en soucier.

Le temps sec, qui avait suivi l'inondation, avait permis aux routes de sécher et la circulation avait repris de plus belle. Il était encore trop tôt pour que les marchands des quatre saisons reviennent avec quelque chose à vendre, mais tous les autres étaient de retour sur le marché de Villedhuis avec leurs paniers pleins de nouvelles glanées dans le pays autant que de marchandises. Ils apprirent ainsi aux villageois que les éléments révolutionnaires extrêmes continuaient à être écartés du pouvoir, et même emprisonnés parfois, ce qui ramenait la nation vers une révolution bourgeoise plus rassurante. Tout le monde se sentit soulagé par ces informations, le spectre de la Terreur s'éloignait de plus en plus, ce qui leur faisait espérer, enfin, une vie plus calme.

Ce qui les enchanta moins, par contre, ce fut le retour de Serge Guillot qui venait renouer les relations avec le directoire de district et prendre des nouvelles du village. La masure abritant d'ordinaire les réunions avait été envahie par l'eau comme toute la commune, mais n'avait pas encore été nettoyée, et aucun autre local ne se prêtait à ce genre d'utilisation, aussi furent-ils bien ennuyés de l'arrivée du représentant départemental.

— Il nous faudra tenir cette réunion dehors, annonça Pierre à Serge en lui expliquant les raisons de cet empêchement.

— Cela me paraît difficile, rétorqua Serge. Ce que nous avons à dire ne regarde pas tout le monde, j'aimerais un peu plus de discrétion.

— Le village n'est pas entièrement reconstruit et nul lieu ne se prête à cette réunion, de plus le mobilier qui nous servait est totalement ruiné, nous ne pouvons plus l'utiliser. Et je n'ai pas eu le temps d'en fabriquer un nouveau.

— Dans quel état est votre église ?

— Je ne sais pas, répondit Pierre interloqué, personne n'est allé voir.

— On pourrait peut-être l'utiliser si elle n'est pas trop abîmée, suggéra Serge.

— Eh bien, allons voir, accepta Pierre mal à l'aise.

Les lourdes portes de l'édifice religieux avaient arrêté l'essentiel du flot épais si bien que seules quelques traces de boue se voyaient sur le sol et les pieds des prie-Dieu. L'autel et le chœur, étant surélevés, avaient été complètement épargnés, par contre le bois du confessionnal, ayant trempé plusieurs jours dans l'eau, semblait pourrir sur place.

— Mais c'est parfait ! s'exclama Serge très satisfait. Nous allons pouvoir nous réunir ici, à l'abri des oreilles indiscrètes.

Pierre acquiesça d'un signe de tête et sortit aussi rapidement qu'il le pouvait pour aller prévenir tous les membres du directoire. Il se doutait que le père Craimen n'allait pas apprécier du tout que son église fût profanée de cette manière. Pourtant le prêtre le suivit sans commentaire et se garda bien de montrer ses sentiments lorsqu'il entra dans l'édifice où il avait officié si longtemps. Il se montra même bien plus à l'aise que la plupart de ses paroissiens qui regardaient la grande croix avec crainte, comme s'ils redoutaient de voir la foudre leur tomber dessus pour punir ce sacrilège. Pierre prit la parole pour raconter en détail tous les événements qui s'étaient succédé au village durant l'hiver. Il eut la désagréable impression que Serge l'écoutait distraitement et s'aperçut avec un frisson de dégoût que le représentant départemental ne quittait pas Martine des yeux et que celle-ci lui rendait son regard. Contrairement à ce que le jeune homme avait espéré, Serge n'avait pas oublié la jeune femme qui, de son côté, était encore plus vulnérable depuis la mort de son père.

— Comment ? Vous avez eu la rage et vous n'en avez rien dit ! interrompit brutalement Serge en faisant sursauter Pierre. Il fallait nous prévenir aussitôt pour que nous fassions des battues ! D'autres cas se sont peut-être déclarés dans la région.

— Les routes étaient trop impraticables pour que je puisse me risquer jusqu'à Auxerre, répondit sèchement le jeune homme.

— D'autres que vous auraient pu le faire.

— Nous avions bien trop de soucis pour y penser, coupa Pierre. Personne n'est venu nous aider.

Il se garda bien de préciser que le père d'Annick avait fait le trajet pour trouver un chirurgien et qu'il aurait pu passer au directoire, mais que personne n'en avait eu l'idée.

— Vous avez raison, répondit Serge soudain conciliant, continuez votre récit, je vous prie.

Pierre reprit sa narration tandis que son interlocuteur tournait de nouveau ses yeux vers Martine. Mais lorsqu'il mentionna le passage des soldats dans leur commune, Serge se sentit obligé de donner une explication que tous les regards interrogateurs semblaient attendre.

— Vos voisins ont attaqué et pillé un convoi transportant du blé qui était destiné aux armées. C'est pourquoi les meneurs ont été arrêtés en attendant leur jugement.

— Ont-ils été guillotinés ? demanda Pierre avec horreur.

— Non, les juges ont estimé qu'ils avaient agi poussés par la faim, c'est pourquoi ils se sont montrés cléments. Les pillards ont été condamnés aux galères.

— C'est ça votre clémence ? protesta Pierre. Ces hommes et leur famille mourraient de faim !

— Ce fut le lot de tout le monde, cet hiver, répondit Serge d'un ton sec. Mais vous n'avez pas l'air d'en avoir trop souffert, ici.

— Nous avons eu nos morts, nous aussi, rassurez-vous, rétorqua Pierre.

— Ce n'était pas un reproche, assura Serge avec un sourire mielleux. Vous vous méprenez sur le sens de mes paroles.

Pierre termina son récit en précisant les détails de l'inondation et les dégâts qu'elle avait causés. Serge assura que le département leur apporterait toute l'aide dont ils avaient besoin, leur demanda d'aller à Pont-Ouanne, pour évaluer les destructions que les Pont-Ouan-nais avaient subies, et d'envoyer un rapport au directeur départe-mental afin qu'il prît les mesures nécessaires. Malgré ses préventions, Daniel l'assura que ce serait fait rapidement, tout en précisant que sa commune n'avait plus assez de ressources pour aider ses voisins.

Au lieu de repartir immédiatement après la réunion, comme il l'avait fait lors de sa première visite, Serge s'arrangea pour se trouver à côté de Martine en sortant de l'église. Il lui parla courtoisement, s'inquiétant de la voir si triste et lui présentant ses plus sincères con-doléances lorsqu'elle lui confia la mort de son père. Marchant quelques pas derrière eux, Pierre serra les poings de rage impuissante en voyant la jeune femme se laisser embobiner par cet homme fourbe et méchant. Mais il savait bien qu'un esclandre ne servirait à rien, bien au contraire, aussi détourna-t-il la tête en passant lorsque Martine invita Serge à entrer chez elle.

— Calmez-vous, lui glissa le père Craimen qui marchait à côté de lui, elle est assez fine pour ne rien lui dire de compromettant.

— Je m'en doute, répondit Pierre, mais je l'aime bien et ça m'agace de la voir tomber dans ce piège grossier. J'espère que Clémence saura tenir sa langue.

— Il nous faudra la mettre en garde.

Ils n'eurent pas à le faire, car la mère de Martine montra une méfiance instinctive envers le représentant départemental lorsque sa fille le lui présenta et l'accueillit assez fraîchement. Après le décès de son mari, elle avait parlé de retourner chez elle, mais la jeune femme n'avait pas eu de mal à la convaincre de rester avec elle. De toute façon, sa demeure avait besoin de réparations importantes qu'elle était bien incapable de faire elle-même et personne dans le village n'avait le temps de s'en occuper. Sentant que son charme n'agissait pas sur Clémence, Serge prit congé rapidement non sans avoir ga-lamment proposé ses services à Martine dans tous les domaines où il pouvait intervenir. Elle le remercia gracieusement et le raccompa-gna jusqu'au seuil de la porte.

— Cet homme n'est pas sincère ! affirma Clémence dès qu'il fut parti. Tu ne devrais plus le recevoir.

— Toi non plus, tu ne l'aimes pas ! Mais qu'est-ce qu'il vous a fait pour que tout le monde le déteste ?

— Qui d'autre le déteste ?

— Pierre m'a dit la même chose que toi. Il prétend que Serge vient me voir uniquement pour connaître les secrets du village.

— Je suis complètement d'accord avec lui !

— Et moi, je n'en crois rien ! Tous les membres du directoire départemental sont suspects à vos yeux !

— Tu feras comme tu voudras, mais méfie-toi et ne lui raconte rien de confidentiel, surtout !

— Oui, j'ai compris ! cria Martine excédée en quittant la pièce pour aller cuire le peu de pâte qu'elle avait pu préparer.

Serge quitta le village assez satisfait d'avoir pu vérifier qu'on ne lui avait pas menti. Dans la seule boulangerie de la commune, cela ne sentait pas le pain, comme l'on aurait pu s'y attendre, ce qui voulait bien dire que les Villedhuisiens aussi connaissaient la disette malgré leur apparence mieux nourrie que la plupart des gens du pays. Ses doutes étaient levés, mais cela ne l'emplissait pas de joie, car il aurait bien voulu prendre les villageois en défaut. Il les trouvait trop arrangeants pour ne pas cacher quelque secret bien gardé, mais il ne désespérait pas de l'apprendre par Martine s'il parvenait à la séduire.

Quelques jours plus tard, Paul annonça qu'Hélène et lui se préparaient à repartir pour Paris.

— Déjà ! s'exclama Catherine, désolée. Nous allons à nouveau vous perdre !

— Pourquoi ne reviendriez-vous pas avec nous, maintenant que les événements semblent se calmer ? suggéra Hélène.

— Non, répondit Pierre en regardant Catherine qui l'approuva, nous sommes installés ici maintenant. C'est notre foyer.

— Je n'ai pas envie de retourner à Paris où je retrouverais trop de souvenirs tristes, ajouta Catherine. Et les enfants sont bien mieux ici, au grand air.

— Mais rien ne vous empêche de venir nous rendre visite quand vous voulez, insista Paul.

— Oui, bien sûr, nous viendrons certainement.

Les préparatifs ne furent pas aussi rapides que le jeune couple l'espérait, car ils avaient oublié un obstacle important : ils n'avaient pas de véhicule. Seuls quelques habitants du village, comme Pierre, possédaient une charrette dont ils ne pouvaient se passer. Les jeunes gens envisagèrent de repartir à pied, comme ils étaient venus, mais leurs amis poussèrent des hauts cris. Le voyage aller avait failli tourner à la catastrophe, ils ne pouvaient pas se lancer à nouveau sur les routes de la même manière. Ce fut Perrine qui leur trouva la solution. En allant au marché, elle avait fait la connaissance d'un marchand ambulant qui retournait vers Auxerre avec son chariot bâché et qui acceptait de les y emmener.

— Il m'a affirmé que la diligence qui va à Paris fonctionne toujours, expliqua Perrine à Paul, vous pourriez la prendre.

— Effectivement, c'est une idée, répondit Paul d'un air gêné, mais je n'ai pas d'argent pour payer le transport.

— Nous t'en donnerons, intervint Catherine, pour couvrir tous vos frais de voyage. Ne t'inquiète pas pour ça !

Ainsi fut fait. Leurs affaires vite empaquetées, Paul et Hélène firent leurs adieux à leurs proches avec une vive émotion. Pierre glissa une bourse bien pleine dans la main de son ami et les accompagna avec Catherine sur la place du marché où les attendait le marchand ambulant.

Les jeunes gens suivirent des yeux le chariot jusqu'à ce qu'il disparût dans la forêt, puis ils regagnèrent leur logis à pas lents. La maison leur parut bien vide et, comme pour ajouter encore à la tristesse ambiante, Charlotte annonça qu'elle aussi devait retourner dans sa demeure maintenant que les beaux jours étaient revenus. Elle devait se dépêcher de récolter les simples qui poussaient et fleurissaient à cette saison pour regarnir ses réserves mises à mal par l'hiver trop rude. Il lui fallait aussi travailler son potager avant qu'il fût trop tard et recenser les dégradations commises par le temps et les bêtes sauvages dans son petit domaine. Pierre s'offrit à la reconduire avec la charrette, ce qu'elle accepta avec reconnaissance, et le père Craimen proposa de les accompagner en suggérant d'emporter un peu de matériel pour effectuer les réparations les plus urgentes. Il fut donc décidé que le lendemain serait consacré à la réinstallation de Charlotte chez elle et à la remise en état de sa masure.

Ils partirent à l'aube afin d'avoir toute la journée pour les travaux qu'ils prévoyaient de mettre en œuvre. En arrivant à la clairière où Charlotte avait élu domicile, ils comprirent que ce ne serait pas du luxe, car il y avait bien plus de dégâts que prévu. Le poids de la neige accumulée avait fait s'écrouler le toit de la cabane et des animaux y avaient visiblement cherché une protection contre leurs prédateurs, car on voyait encore dans la terre des traces de sabots et de griffes. Des déjections couvraient le sol et les murs encore debout mon-

traient de grandes rainures sans doute occasionnées par le frotte-
ment de bois de cerf. Pierre et le père Craimen commencèrent par
enlever tous les débris qui jonchaient l'espace formant naguère la
pièce principale de l'habitation tandis que Charlotte se chargeait de
nettoyer la terre battue et de récupérer ses possessions encore entières. Ensuite, grâce aux outils qu'ils avaient eu la prévoyance d'emporter, les deux hommes coupèrent du bois et en firent des planches
qui leur servirent à réparer les murs et refaire le toit. Pierre termina
par la remise en état des quelques meubles de la masure qui avaient
subi les pires dégradations. La nuit était tombée depuis longtemps
lorsqu'ils prirent le chemin du retour en laissant Charlotte reprendre
ses habitudes. Le cheval avançait lentement, guidé par le père Craimen qui marchait à côté de lui en tenant une lanterne à bout de bras
pour éclairer leur route.

La Terreur blanche

Ils arrivèrent comme des loups, au coucher du soleil, et se répandirent très vite dans le village, certains à pied d'apparence fruste et effrayante, d'autres à cheval, distingués et arrogants, mais tous arborant la cocarde blanche des royalistes.

— Ce patelin est un nid de terroristes révolutionnaires ! clama l'un des cavaliers en brandissant son fusil. Tuons, mes amis ! Tuons-les tous !

Il y avait peu de monde dehors à cette heure-là, mais les rares passants s'étaient enfuis en voyant leur air farouche. Tous se barricadèrent en entendant ce cri sans équivoque, il était de toute évidence inutile d'essayer de discuter avec ces hommes assoiffés de sang. Pierre et le père Craimen vérifièrent que toutes les issues étaient bien fermées et se saisirent de fusils et de pistolets avant de monter à l'étage d'où ils pourraient tirer sur leurs assaillants.

Déjà, on entendait crépiter des coups de feu venant de toutes les directions à la fois. Les deux hommes se postèrent chacun à une fenêtre qu'ils ouvrirent silencieusement avant d'ajuster posément leur cible. Les deux tirs firent mouche et ils se plaquèrent immédiatement contre la paroi pour éviter la riposte instantanée. Puis, profitant que d'autres tireurs faisaient diversion de l'autre côté de la rue, ils mirent en joue deux autres de leurs agresseurs. La fusillade continua ainsi, sans marquer de trêve, de nouveaux attaquants semblant toujours arriver pour remplacer ceux qui tombaient. Des coups sourds et répétés se faisaient entendre lorsque les assaillants parvenaient à atteindre les portes des maisons qu'ils attaquaient à coup de hache pour les fracasser. De temps en temps, le père Craimen allait surveiller la cour pour s'assurer que nul ne réussissait à pénétrer dans la demeure par cette issue. Lorsqu'un homme parvint à se glisser jusqu'à la porte, Pierre et le curé s'enragèrent, car le surplomb le mettait à l'abri de leurs balles. Ils s'apprêtaient à descendre pour lui interdire l'accès lorsqu'un tir ajusté de l'autre côté de la rue fit s'écrouler leur adversaire avant qu'il eût le temps de donner un seul coup sur le panneau. Ils se remirent à l'affût en espérant ne pas tomber en panne de munitions.

Un cri de défi résonna soudain clairement, suspendant l'affrontement et attirant tous les regards dans sa direction. Un homme se tenait au milieu de la grand-rue, pointant son fusil sur les royalistes. C'était Louis Maréchal. Il tira sur le cavalier qui semblait être le chef du groupe, le tuant sur le coup. Mais il n'eut pas le temps de recharger, plusieurs balles l'atteignirent à la poitrine et il s'écroula dans une mare de sang. Immédiatement, tous les tireurs embusqués derrière les fenêtres firent feu ensemble sur les assassins pour venger le vieux soldat.

Les femmes, effrayées, s'étaient terrées avec leurs enfants le plus loin possible des portes et des fenêtres, se bouchant les oreilles lorsque les armes parlaient. Celles qui, comme Martine et Clémence, n'avaient pas d'hommes pour les défendre, tremblaient de peur dans leurs maisons qu'elles avaient barricadées de leur mieux. Mais d'autres n'avaient pas eu cette chance de pouvoir se protéger. Avant la fusillade, des hommes avaient réussi à s'introduire silencieusement dans les masures qui bordaient le village, dont celle de Simone Dever. Elle filait le peu de laine qui lui restait lorsqu'ils étaient entrés et n'avait même pas eu le temps de se lever avant qu'ils la saisissent. Élodie, paniquée, s'était glissée sans bruit derrière la paroi qui séparait habituellement les moutons de la partie habitation et s'était pelotonnée contre les planches à travers lesquelles elle ne perdait rien de la scène qui se déroulait de l'autre côté. Comme sa mère s'était mise à hurler, les soudards la frappèrent pour la faire taire puis ils la violèrent chacun à leur tour malgré ses sanglots et ses supplications. Les larmes ruisselaient sur le visage de la petite fille qui n'osait bouger, complètement terrorisée. Lorsque les tirs commencèrent, les agresseurs s'en allèrent, abandonnant Simone à l'état de loque gémissante. Heureusement, ils n'avaient pas vu Élodie, sinon ils l'auraient tuée.

La petite fille se glissa hors de sa cachette et se précipita vers sa mère, effondrée sur le sol de terre battue. Elle tira sur son bras pour l'aider à se relever tout en l'encourageant de la voix. Simone tourna la tête et sursauta en voyant l'enfant qu'elle avait complètement oubliée durant son calvaire. Elle se redressa vivement et la regarda avec inquiétude.

— Ils ne t'ont pas fait mal, au moins ? demanda-t-elle avec angoisse.

— Non, ils ne m'ont pas vue, répondit la petite fille d'un air brave pour rassurer sa mère. Je me suis cachée à la place des moutons.

Simone serra Élodie dans ses bras tout en écoutant la fusillade qui redoublait.

— Il faut nous cacher, dit-elle, ils pourraient revenir. Montons dans le grenier sans faire de bruit, nous y attendrons qu'ils s'en aillent.

Dans la grand-rue, les coups de feu s'espaçaient. Les combattants ne tiraient plus que s'ils étaient certains de faire mouche pour économiser leurs munitions, mais, dans les maisons dont les portes avaient été fracturées, on se battait farouchement au corps à corps, sous les cris perçants des femmes. Des fenêtres des demeures encore épargnées, comme celle de Pierre, on visait les assaillants sur les seuils des voisins d'en face. Nul n'aurait pu dire quel parti le sort favorisait tant la confusion était grande, d'autant que la fumée envahissait la rue tel un brouillard menaçant qui assombrissait encore le crépuscule.

Catherine, qui avait fouillé partout dans la maison, vint annoncer à Pierre qu'il n'y avait plus une seule cartouche disponible. Le jeune homme regarda le père Craimen d'un air atterré et celui-ci soupira. Ils ne manquaient de courage ni l'un ni l'autre, mais le curé n'avait jamais eu à se battre et Pierre n'était pas très stable sur sa jambe de bois. Ils savaient très bien qu'ils ne feraient pas le poids dans un combat au corps à corps face à des adversaires redoutables.

— Marie, Perrine et toi, allez vous cacher avec les enfants, recommanda Pierre à sa femme. Je ne veux pas qu'il vous arrive malheur.

— Venez avec nous, pria Catherine. Vous allez vous faire tuer si vous restez.

— Rien n'est moins sûr, affirma le père Craimen, Dieu est avec nous.

— Nous ne pourrons pas lutter efficacement si nous sommes inquiets pour vous, renchérit Pierre.

La jeune femme céda et se mit en devoir de rassembler tout son petit monde et de l'emmener dans le grenier secret qui avait servi à cacher le prêtre et Perrine lors de chaque visite suspecte. Ils se blottirent silencieusement dans le noir, l'oreille aux aguets, essayant de saisir des bruits inhabituels, mais rien ne leur parvint. L'attente se faisait de plus en plus pesante, à tel point qu'ils en arrivaient à souhaiter que quelque chose se passe, n'importe quoi plutôt que ce silence angoissant.

Dans l'obscurité, il leur était impossible de suivre la course du temps. Sans doute la nuit était-elle très avancée ? Peut-être le jour pointait-il déjà ? Leur anxiété se faisait de plus en plus vive. Mais lorsqu'ils entendirent des pas s'approcher, ils se serrèrent davantage les uns contre les autres en retenant leur souffle.

— Ouvrez ! lança une voix qui leur parut familière à travers l'épaisseur du plancher. C'est nous, Pierre et le père Craimen !

Aussitôt, Catherine se jeta sur la trappe et la souleva avec soulagement. Les deux hommes apparurent dans l'ouverture, portant tous deux des torches qui accusaient la fatigue sur les traits de leurs visages rougis. Ils souriaient pourtant et les aidèrent calmement à descendre l'échelle fort raide qui desservait le grenier.

— Que s'est-il passé ? demanda Catherine en regardant autour d'elle pour essayer de voir quelque chose malgré l'obscurité environnante.

— Ils ont compris qu'ils ne gagneraient pas, alors ils se sont enfuis, répondit son mari.

— Sont-ils entrés chez nous ?

— Non, ils n'en ont pas eu le temps.

— Comment ?

— Daniel a réussi à réunir quelques hommes à l'abri des maisons et ils ont lancé une offensive alors que deux de nos agresseurs se dirigeaient vers notre porte. C'est cela qui les a convaincus que la partie était perdue.

— Ils sont tous partis, alors ?

— Les seuls valides. Nous en avons tué beaucoup et blessé quelques-uns.

Ils regagnèrent ensemble la maison, mais, pendant que les femmes couchaient les enfants et les berçaient pour les rassurer, les deux hommes sortirent dans la rue pour rejoindre leurs concitoyens qui commençaient à recenser les morts des deux partis et faisaient le tour du village pour évaluer les dégâts.

La nuit fut longue pour tous les villageois. Tandis que les uns ramassaient les cadavres épars dans les rues et les groupaient selon leur appartenance à la troupe des assaillants ou à celle des défenseurs, les autres allaient de maison en maison relever le nombre des morts, des blessés et surtout des rescapés. Daniel Brisen avait été touché au bras lorsqu'il avait tiré sur l'homme qui s'attaquait à la porte de Pierre, mais sa blessure était superficielle et, si sa porte était défoncée, les agresseurs n'avaient pas eu le temps de pénétrer chez lui. Martine Millon et sa mère avaient également eu de la chance, car les royalistes n'entendant aucun bruit venant de leur demeure l'avaient crue déserte et s'en étaient désintéressés. Annick Prévost, elle, pleurait son père dont le courage avait impressionné tout le monde et, peut-être, fait pencher la balance en leur faveur. Quant à Philippe Levasseur, sa bravoure lui avait permis de protéger sa femme et sa fille des malandrins qui avaient investi son foyer et détruit une grande partie de son mobilier, sans lui éviter quelques blessures sans gravité. D'autres, malheureusement, n'avaient pas eu autant de chance. Outre Simone Dever, que ses voisins découvrirent dans son grenier au petit matin, endormie avec sa fille dans les bras, d'autres femmes avaient été violentées et même, parfois, tuées ainsi que leurs enfants. Les assaillants avaient tenté de mettre le feu aux maisons dans lesquelles ils avaient pénétré, mais à chaque fois, heureusement, l'incendie avait été maîtrisé avant de faire des dégâts irréparables.

Lorsque l'aube se leva, Daniel, le bras en écharpe, affirma à ses administrés que le bilan était tragique, mais pas aussi lourd qu'on aurait pu le craindre. Il dépêcha un émissaire à cheval vers Auxerre pour mettre au courant le directoire départemental des derniers événements. Comme après l'inondation, la solidarité entre voisins se manifesta tout naturellement pour réparer tout ce qui pouvait l'être. Pierre se remit à son établi pour fabriquer les meubles de remplacement dont chacun avait besoin et Catherine parcourut la commune avec son sac d'herbes médicinales pour soigner les blessures plus ou moins graves et réconforter les plus choqués. Les villageois tués lors de l'assaut eurent droit à un enterrement en grande pompe, tandis que les assaillants étaient simplement entassés dans un champ en jachère pour être montrés à l'envoyé du directoire avant d'être brûlés.

Deux jours après l'attaque, Pierre et le père Craimen partirent en forêt avec la charrette pour s'assurer que Charlotte Martin allait bien. La sorcière les accueillit avec plaisir et manifesta beaucoup d'étonnement en apprenant ce qui s'était passé à Villedhuis.

— Non, dit-elle, je n'ai rien vu ni entendu ce jour-là. Pourtant je vais tous les jours dans la forêt pour ramasser des simples. Je suppose qu'ils se sont avancés silencieusement pour ne pas donner l'alarme. Si je les avais vus, j'aurais pu vous prévenir. Quel dommage !

— C'est une grande chance, au contraire, répondit le père Craimen. S'ils vous avaient vue, ma chère, vous ne seriez plus là pour le raconter.

— Oui, c'est vrai ! appuya Pierre. Ils ont violenté toutes les femmes qui leur sont tombées sous la main. Ils en ont même tué plusieurs avec leurs enfants.

— Voulez-vous que je vous accompagne au village ? Je pourrais aider Catherine à soigner les blessés.

— C'est très aimable à vous, mais ne vous donnez pas cette peine. Ma femme semble se débrouiller très bien. Elle a bien retenu vos leçons, je crois.

— Bon. Si vous avez besoin de moi, n'hésitez pas à m'appeler.

Les deux hommes ne s'attardèrent pas puisque Charlotte allait bien et regagnèrent rapidement le village pour reprendre leur tâche.

Ce fut Serge Guillot, lui-même, qui vint à Villedhuis pour prendre la mesure des nouvelles effarantes que l'émissaire de Daniel lui avait apprises. Tous les villageois l'entourèrent lorsqu'il mit pied à terre, et chacun tenta de lui raconter toute l'histoire à sa manière, ce qui provoqua une épouvantable cacophonie. Le maire y mit fin en élevant la voix pour réclamer le silence, puis il emmena Serge chez lui accompagné de quelques membres du directoire, dont Pierre et Philippe. Une fois au calme, ils lui détaillèrent l'attaque qu'ils avaient subie ainsi que leur riposte et proposèrent de lui montrer les corps de leurs ennemis.

— J'irai les voir, promit Serge, mais je ne doute pas qu'ils soient des Muscadins.

— Des quoi ? interrogea Daniel.

— Des Muscadins. C'est ainsi que l'on appelle les royalistes qui tentent de relever la tête en ce moment. Ils se livrent à des horreurs de ce genre partout où ils le peuvent.

— Mais pourquoi nous ? s'étonna Daniel.

— Vous avez un directoire de district, donc ils vous considèrent comme des révolutionnaires convaincus. Je pense qu'ils avaient l'intention de continuer sur Pont-Ouanne après vous avoir défaits.

— Mais nous sommes de bons révolutionnaires, releva Pierre, mécontent du ton employé par Serge.

— C'est bien ce que je dis, répondit Serge en affichant une totale indifférence. On appelle leurs agissements « la Terreur blanche » par comparaison avec « la Terreur rouge » de Robespierre.

— Il fallait s'y attendre, observa Pierre, de tels excès attirent les excès inverses.

— C'est pourquoi il aurait fallu s'en débarrasser totalement, affirma Serge péremptoirement. La Convention va bien devoir s'y résoudre si elle veut ramener le calme dans le pays.

— J'aimerais, en tout cas, que notre village soit épargné désormais, bougonna Daniel.

— Le directoire départemental vous enverra toute l'aide dont vous avez besoin, assura Serge avec un sourire qui se voulait engageant, mais que Pierre trouva faux.

— Allons voir les corps, trancha-t-il en se levant.

Le représentant départemental reconnut certains de leurs assaillants. Parmi eux, ceux qui paraissaient bien habillés et distingués se révélèrent être de véritables aristocrates alors que les pauvres hères dépenaillés n'étaient que des brigands recrutés par « ces canailles en bas de soie », comme l'exprima Serge. Il leur expliqua que ces Muscadins engageaient souvent des poursuites judiciaires contre les représentants de la Convention sur la foi de dénonciations calomnieuses pour essayer de reprendre le pouvoir dans toutes les régions, mais il ajouta qu'à Auxerre, on n'accepterait jamais leurs turpitudes.

Le lendemain, il fut procédé à la crémation des cadavres dans le champ où ils étaient entassés, sous la surveillance de plusieurs villageois qui étaient là surtout pour s'assurer que le feu ne s'étendrait pas aux alentours. Pierre s'était joint à eux, bien que l'on n'eût guère besoin de lui, mais il lui fallait une activité physique pour chasser la colère qui grondait en lui depuis qu'il avait vu la veille Serge rendre visite à Martine et se faire accueillir chaleureusement. Il savait qu'elle n'en ferait qu'à sa tête et que s'il la mettait en garde à nouveau, elle lui en tiendrait rigueur, aussi n'y avait-il pas fait la moindre allusion, mais il n'en pensait pas moins. Cette fureur sourde l'avait tenu éveillé une grande partie de la nuit, c'est pourquoi il avait décidé de la chasser en s'activant autant que possible.

Quelques Pont-Ouannais, attirés par la fumée, montraient le bout de leur nez, rappelant à Daniel, qui était venu voir le brasier, qu'il avait promis à Serge d'aller leur rendre visite pour évaluer les dégâts causés par l'inondation. Cela faisait une éternité, lui semblait-il, à cause de l'attaque des Muscadins, et pourtant à peine deux décades s'étaient écoulées depuis.

— C'est la deuxième fois en peu de temps que notre ami, Serge, nous promet l'aide du directoire départemental, fit-il remarquer à Pierre en lui rappelant cette conversation.

— Nous pouvons toujours l'attendre, répondit Pierre. Cet homme promet ce que l'on veut, mais ne tient jamais parole.

— Vous lui en voulez beaucoup, constata Daniel, mais pourquoi ? Je ne vous ai jamais vu aussi virulent contre quelqu'un.

— Je me méfie beaucoup de lui et ses manœuvres avec Martine m'exaspèrent. Elle ne mérite pas de tomber dans ses filets.

— Sa mère l'a mise en garde et s'est fait remettre à sa place. Je ne crois pas que l'on puisse lui faire entendre raison.

— Je sais, c'est pourquoi je ne dis plus rien.

— J'irai à Pont-Ouanne demain, voulez-vous m'accompagner ?

— Non, je ne peux pas monter à cheval, je ne ferais que vous retarder. Prenez des gens plus valides que moi.

— Comme vous voulez.

La visite à Pont-Ouanne fut de nouveau ajournée, car le lendemain une bonne surprise les attendait. L'arrivée de quelques cavaliers en habits militaires les inquiéta d'abord, mais ce fut de courte durée, car les visiteurs montraient des visages connus. Il s'agissait de plusieurs hommes du village enfin démobilisés. Parmi eux se trouvaient Claude Planton, Robert Dever et Georges Prévost. La joie des Villedhuisiens fut immense, on entoura les héros, leurs femmes et leurs enfants se pendirent à leur cou, les exclamations fusaient. Certains d'entre eux avaient été blessés et soignés comme Pierre et Philippe, il y avait même des handicapés, mais tous étaient vivants, c'était tout ce qui comptait. Daniel déclara que ce jour serait chômé dans la commune et qu'une grande fête serait organisée le soir même.

L'arrivée de bras supplémentaires fut la bienvenue pour les travaux urgents à cette époque de l'année. Grâce à eux, des champs supplémentaires purent être mis en culture, ce qui garantissait une récolte plus abondante et permettait d'espérer passer un hiver plus serein que le précédent. Comme les animaux d'élevage avaient été mangés pour éviter la famine durant l'hiver, il fallait les remplacer maintenant. Les fermiers aisés, comme Claude et Georges n'eurent pas de mal à en racheter lors du passage de marchands ambulants, mais la situation était beaucoup plus critique pour des gens modestes comme Robert Dever. Sous l'impulsion de Catherine qui voyait Simone sombrer dans la neurasthénie, les villageois les plus fortunés se cotisèrent pour leur trouver quelques moutons et brebis afin de relancer leur élevage et l'atelier de filage de Simone. Marie, de son côté, ramena du marché quelques volailles, poules, canards, dindes, et, à l'incitation de Perrine, un petit porcelet à engraisser. La vie et la gaieté revenaient dans le village et tous espéraient que les épreuves étaient enfin derrière eux maintenant. Ils voulaient à nouveau croire en l'avenir.

Pierre avait abandonné pour un moment la fabrication de meubles pour se consacrer à la création de nouvelles portes afin de remplacer au plus vite celles qui avaient été fracassées lors de l'attaque. C'était un travail tout nouveau pour lui, mais il s'en sortait plutôt bien, l'assemblage de planches épaisses pour former un rempart efficace contre les intrusions de toutes sortes lui paraissant plus facile que de tourner des pieds de fauteuils ou de tables. Philippe, venu lui rendre visite, le surprit dans son atelier alors qu'il terminait la porte destinée à la maison de Daniel Brisen.

— C'est une porte magnifique, remarqua-t-il avec approbation, elle ne déparera pas la façade de sa maison.

— Merci, répondit Pierre, je ferai la tienne juste après, je te le promets.

— Je sais, l'assura Philippe, je venais seulement te rendre une visite amicale, pas te presser dans ton travail.

— Je voudrais déjà avoir fini toutes ces portes, soupira Pierre. J'imagine combien cela doit être désagréable de vivre dans une maison ouverte à tous les vents.

— Nous avons mis une grande planche en travers de l'ouverture, ce qui nous protège bien du vent. Heureusement que nous ne sommes pas en plein hiver sinon nous aurions froid. Par contre, ce n'est pas très pratique quand quelqu'un vient chez nous. Mais ne t'inquiète pas, ça ira bien encore quelques jours comme ça.

Pierre souleva la porte terminée de son établi et la posa contre la paroi pour la vérifier encore une fois.

— Voilà, elle est finie. Je n'ai plus qu'à l'emporter à Anselme pour qu'il y mette les ferrures.

— Elle serait encore mieux si elle était vernie, remarqua Philippe. Et cela la protégerait des intempéries.

— Vernie ? s'étonna Pierre. Et où veux-tu que je trouve du vernis ?

— J'en ai acheté un peu, il y a quelques années, à un marchand ambulant. Je pensais en mettre sur mes sabots, mais personne n'en a voulu. Tu penses, des sabots vernis !

— Pour vernir ces portes, il m'en faudrait une grande quantité. Je ne pourrais trouver cela qu'à Auxerre, et encore !

— Moi, ce que j'en disais…

— Tu as raison, pourtant. Je vais y réfléchir.

Ce soir-là, le jeune homme rapporta cette conversation à ses proches en précisant que l'idée ne lui semblait pas mauvaise. Imaginer les portes qu'il fabriquait et, pourquoi pas, aussi ses meubles vernis lui plaisait beaucoup. Pour cela il lui fallait un fournisseur de vernis régulier, mais dont les prix restaient raisonnables sinon ses meubles lui reviendraient trop chers et ne pourraient pas être vendus.

— Tu as gardé tes réflexes de négociateur avisé, constata Catherine en riant. Je vous entendais parler de la même manière, mon père et toi, à Paris.

— C'est le commerce, quel que soit le produit que tu vends, répondit Pierre. La fabrication des meubles me plaît beaucoup, mais si je ne les vends pas nous vivrons chichement.

— J'aimerais bien aller à Auxerre, dit la jeune femme pensivement. Aller musarder dans les échoppes et croiser des gens que je ne connais pas. Je crois que la ville me manque un peu.

— Pourquoi n'irais-tu pas avec Pierre ? suggéra Marie. Nous pouvons faire tourner la maison sans toi pendant quelques jours.

— Le voyage est dangereux ! avertit le jeune homme. Et je ne sais pas si quelqu'un pourra nous accompagner, cette fois.

— Ce n'est pas plus dangereux qu'ici, protesta Catherine.

— Oui, c'est vrai, reconnut Pierre. Eh, bien d'accord !

Comme d'habitude lorsqu'il voulait aller à Auxerre, Pierre en parla à Philippe et précisa que Catherine désirait l'accompagner. Son ami promit de les escorter, ce qui le rassura grandement. Mais la surprise arriva quand Jeanne demanda à faire partie du voyage, elle aussi. L'isolement imposé par cet hiver très rude et les événements dramatiques du printemps lui donnaient, comme à Catherine, l'envie de se distraire et de voir du monde. Marie et Perrine acceptèrent volontiers de garder Irène pendant leur absence.

Ils partirent à la mi-floréal, le temps de régler les affaires en cours et de recenser les nouvelles qu'ils apporteraient à Serge Guillot par la même occasion. Le temps sec depuis plus d'une décade avait rendu les routes très poussiéreuses, salissant irrémédiablement les voyageurs, et les ornières, creusées par les pluies abondantes du printemps, secouaient durement les passagers de la charrette. Malgré ces conditions, les deux jeunes femmes bavardaient gaiement entre elles et saluaient aimablement les gens qui les croisaient sur le chemin. Comme chaque printemps, la grand-route était très encombrée, ce qui les obligeait à avancer prudemment en évitant les piétons et les convois plus lents, tout en cédant la place aux cavaliers pressés et aux soldats. Les soirées dans les auberges étaient animées, mais dans un esprit bon enfant qui donnait envie d'y participer. Le trajet se poursuivit ainsi, par plaisantes étapes, et au bout de quelques jours, Pierre se pencha vers ses passagères pour leur annoncer qu'Auxerre était en vue.

Une petite pluie fine commençait à tomber lorsqu'ils atteignirent les premières maisons des faubourgs. La nuit n'allait pas tarder à tomber, aussi cherchèrent-ils une auberge où se loger pour la durée de leur séjour, remettant au lendemain la visite de la ville. Ils eurent la chance de trouver une hostellerie qui leur proposa, luxe inouï, une grande chambre pour eux quatre, sans qu'ils aient à la partager avec d'autres voyageurs. L'atmosphère dans la grande salle était beaucoup plus calme et plus feutrée que dans les auberges où ils s'étaient arrêtés sur le chemin. On y voyait surtout des bourgeois de la ville, venus s'offrir une soirée de détente en couple ou en famille, et des gens du quartier qui passaient boire un coup avant de rentrer chez eux. La nourriture était abondante et de bonne qualité, repoussant dans un passé lointain les affres de la famine qui avait autant pesé sur la ville que sur leur village. Pierre et Catherine avaient presque l'impression de se retrouver aux temps heureux de Paris avec les parents Leblanc. Leurs amis, qui n'avaient jamais connu un tel confort, ouvraient de grands yeux étonnés et s'émerveillaient de tout comme des enfants.

Le lendemain, la pluie avait cessé et le soleil brillait dans un ciel totalement dégagé, promettant une journée magnifique. Ils laissèrent la charrette et le cheval à l'hostellerie et se rendirent dans la ville à pied, car les ruelles étroites se prêtaient mieux à la flânerie qu'au passage des véhicules. Jeanne et Catherine s'arrêtaient à chaque échoppe, s'extasiant devant les marchandises exposées, mais refusant sagement les offres alléchantes des commerçants qui ne pensaient qu'à vendre leurs produits au prix fort. Elles préféraient tout voir de la ville et des trésors qu'elle offrait avant de se décider à négocier les objets qui les tentaient le plus. Les deux hommes les suivaient avec complaisance, regardant volontiers ce qu'elles leur montraient, mais sans rien perdre de leur vigilance. Dans cette foule qui se pressait devant les échoppes dans une ambiance bon enfant, ils craignaient que des voleurs se soient glissés pour détrousser les passants. Aussi gardaient-ils toujours une main sur le pistolet glissé à leur ceinture pour pouvoir réagir immédiatement en cas de danger.

La journée fut riche en plaisirs de toute sorte. Lorsqu'ils étaient fatigués de marcher, ils s'arrêtaient dans une des tavernes où l'on servait un petit vin de la région, bien gouleyant, et se reposaient en regardant les scènes pittoresques qui s'offraient à leurs yeux. Puis ils repartaient au hasard dans les rues de la cité, insouciants comme des enfants, pour une fois libérés de toutes leurs contraintes et savourant ces instants de bonheur inusités. Sur le marché, ils achetèrent des parts de ragoût à une marchande et les mangèrent debout devant son étal, en pouffant de rire lorsque la sauce leur coulait sur le menton.

Ils rejoignirent leur gîte au crépuscule, alors que les fenêtres des maisons s'allumaient une à une et que les rues se vidaient de leur affluence. Ils avaient décidé de ne passer au directoire départemental que le jour de leur départ pour ne pas se gâcher le séjour, aussi consacrèrent-ils le jour suivant à faire leurs emplettes. Les femmes achetèrent des tissus, des ustensiles de ménage et des épices exotiques pour assaisonner leurs plats, tandis que les hommes renouvelaient les outils de leur métier. Chez un artisan qui travaillait le cuir, Pierre offrit à sa femme une belle aumônière et Philippe acquit une ceinture finement gravée pour Jeanne. Ils se rendirent ensuite chez le marchand de vernis que l'on avait indiqué à Pierre. Conseillé par son ami, celui-ci examina les différentes fioles de produit dont le vendeur lui vantait la qualité puis, étonné par les prix plus bas qu'il ne s'y attendait, se décida à en acheter une bonne quantité.

Avant de repartir, ils se rendirent au directoire comme prévu pour y rencontrer Serge Guillot. Celui-ci les accueillit aimablement et écouta patiemment les nouvelles de peu d'importance que Pierre lui rapportait.

— Des bandes de Muscadins ont fait parler d'elles, un peu partout dans la région, leur apprit-il. Mais peu de villages s'en sont tirés aussi bien que vous. Nous avons découvert de véritables massacres dans certains endroits. J'ai d'ailleurs le regret de vous dire que même au sein du directoire, quelques personnes les approuvent.

— Voilà qui est très inquiétant, déclara Pierre. La Convention devrait agir pour ramener le calme.

— Elle le fait, mais pas dans le bon sens, à mon avis. Les sans-culottes se sont insurgés à Paris pour réclamer l'application de la constitution, mais au lieu de les écouter, la Convention a demandé aux sections d'arrêter les plus actifs afin de les faire juger par une commission militaire[28]. Entre les chouans et les muscadins, sans compter nos ennemis extérieurs, la république a bien du souci à se faire.

Pierre et ses amis accueillirent cette déclaration en silence. La situation devenait très inquiétante et ils ne voyaient pas comment le pays allait s'en sortir. Ils prirent congé après que le représentant départemental leur eut assuré une fois de plus qu'ils pouvaient toujours compter sur son aide.

Ils se dirigeaient vers la charrette qui était restée sous le porche de l'immeuble, lorsqu'une voix les interpella. En se retournant, ils virent le directeur qui courait vers eux en souriant.

— Attendez ! Ne partez pas tout de suite, j'ai plusieurs choses à vous dire.

Les jeunes gens s'arrêtèrent tandis qu'il les rejoignait, hors d'haleine.

— Bonjour, monsieur le directeur, dit Pierre pendant qu'il reprenait son souffle. Qu'y a-t-il de si important que Mr Guillot ne nous ait pas dit ?

---

[28] 21 germinal An III (10 avril 1795), la Convention ordonne le désarmement de tous les « terroristes »

— Cela ne concerne pas le directoire, répondit le directeur amusé en brandissant quelques feuilles de papier. J'ai ici des commandes de meubles pour vous.

— Tout ça ! s'exclama Pierre en les prenant.

— Vous avez tout le temps nécessaire, l'assura le directeur. Des membres du directoire, mais aussi certains de mes amis à qui j'ai parlé de vous, ont désiré que vous complétiez leur mobilier, alors je me suis permis de consigner toutes leurs demandes. Si cela vous pose problème, dites-le-moi.

— Non, non ! affirma Pierre. Mais il faudra qu'ils soient patients, car j'ai déjà beaucoup de travail à réparer tout ce qui a été détruit au village.

— Oui, j'ai appris ce qui vous est arrivé. J'en suis navré ! Si vous désirez que l'on vous envoie quelques soldats pour vous protéger, je peux arranger ça.

— Je ne crois pas que les villageois apprécieraient que des soldats viennent cantonner près de chez eux, sourit Pierre, mais c'est très aimable à vous de le proposer.

— Comme vous voulez. Allez-vous fabriquer ces meubles, alors ?

— Oui, je les livrerai à mesure qu'ils seront prêts, si cela vous convient.

— Ce sera parfait.

Cette fois, ils quittèrent réellement le directoire et prirent la route en direction de Villedhuis. Les dernières maisons des faubourgs venaient de s'évanouir derrière eux lorsque la pluie se mit à tomber. Pierre s'enveloppa dans son manteau tandis que les deux jeunes femmes se blottissaient sous une grande bâche qui protégeait également les marchandises qu'ils rapportaient. Philippe, lui aussi, était équipé d'un grand manteau qui couvrait en plus la croupe du cheval. De temps en temps, les deux hommes secouaient leur chapeau à larges bords que l'ondée alourdissait au point de les empêcher de voir devant eux. Les ornières du chemin se transformaient en mares boueuses dans lesquelles Pierre faisait bien attention de ne pas mettre une roue sous peine de s'embourber.

Les conditions du retour furent pénibles. La pluie ne cessait pas de tomber, sans violence, mais avec une obstination que rien ne semblait pouvoir arrêter. Elle s'insinuait partout, faisant trembler les deux jeunes femmes transies de froid et trempant tout le chargement de la charrette. Les routes se transformaient en bourbier dont la terre humide collait aux roues du véhicule, obligeant le cheval à faire plus d'efforts pour l'arracher à la glaise. Par moment, Philippe, Jeanne et Catherine devaient mettre pied à terre et pousser la charrette pour la désembourber, ce qui les retardait encore davantage. Les bains chauds qu'ils prenaient le soir à l'auberge ne suffisaient pas à compenser les désagréments de ce voyage.

— Tu devrais bâcher le chariot, suggéra Catherine alors qu'ils se détendaient dans l'eau chaude.

— Oui, je pense que tu as raison, répondit son mari, mais il nous faudrait du tissu huilé que nous n'avons pas.

— Tu en achèteras la prochaine fois que tu iras à Auxerre. J'aimerais bien une calèche comme celle que nous avions à Paris, ajouta la jeune femme pensive.

— Et qu'en ferions-nous ? demanda Pierre en riant.

— Nous pourrions voyager un peu. Aller rendre visite à Hélène et Paul, par exemple.

— Peut-être pourrais-je en fabriquer une, si j'en ai le temps. J'y réfléchirai, promit son mari.

Ils arrivèrent enfin à Villedhuis, transis et fourbus, mais très heureux de leur petite escapade. Catherine se fit une joie de distribuer les modestes cadeaux qu'elle avait rapportés de la ville pour ses amis et ses enfants. Dès le lendemain, Pierre emmena son cheval à la forge pour qu'Anselme vérifiât ses fers qui lui paraissaient usés. Il raconta son voyage et parla des commandes importantes qu'il avait reçues. Le forgeron aidé de son fils aîné, Richard, changea les fers abîmés tout en le félicitant pour son travail de si bonne qualité qu'il était reconnu jusqu'à la ville.

— Je n'ai aucun mérite, répondit Pierre, j'aime ce travail comme vous, la forge. Ce qui m'ennuie, par contre, c'est d'aller dans la forêt choisir les bons arbres et les couper. C'est bien dommage qu'il n'y ait pas de bûcheron ici, comme j'en ai vu ailleurs. J'achèterais volontiers mon bois déjà coupé.

Arnaud, le fils cadet du forgeron, qui actionnait l'énorme soufflet sans enthousiasme, se dressa soudain avec animation. Contrairement à son aîné, il n'aimait pas le travail du fer et ne travaillait avec son père que parce qu'il ne savait pas quoi faire d'autre.

— Je pourrais faire ça ! suggéra-t-il. J'aime la forêt et couper le bois ne me rebute pas.

— Toi, bûcheron ! répéta son père en le regardant d'un air dubitatif. Tu n'es pas assez costaud pour ça. C'est un métier difficile.

Anselme n'avait pas tort. Son fils était plutôt grand, mais assez gringalet malgré une force peu commune et semblait trop délicat pour exercer un métier où l'on passait son temps dehors à braver les intempéries. Mais le jeune homme tenait à son idée.

— Je m'aguerrirai ! assura-t-il. Et ce n'est pas plus difficile que le travail de forgeron.

— Je suis désolé d'avoir provoqué une telle controverse, s'excusa Pierre, ce n'était pas du tout mon intention.

— Ce n'est pas grave, le rassura Anselme, après tout ce n'est peut-être pas une si mauvaise idée. Mais il faudra en parler au maire, car la forêt est communale, donc nous aurons besoin de son autorisation.

Arnaud arborait un sourire jusqu'aux oreilles en écoutant son père. Il avait déjà pensé, en son for intérieur, qu'il aimerait apprendre le travail du bois en voyant les magnifiques réalisations de Pierre, mais il n'avait jamais osé lui demander de le prendre en apprentissage, se doutant bien que la place était déjà réservée pour Quentin. Les nouvelles perspectives qui s'offraient à lui le remplissaient d'aise. Il avait toujours adoré arpenter les bois en toute saison, respirant à fond le grand air et découvrant sans cesse de nouvelles raisons d'admirer le paysage. Alors l'idée qu'il pourrait gagner sa vie en pratiquant ce qu'il aimait le mieux le réjouissait au plus haut point.

Daniel, mis au courant, n'émit aucune objection à ce projet. Au contraire, il estima que la forêt avait grand besoin d'être entretenue si bien que la présence d'un bûcheron lui parut des plus souhaitables. Il assura également Anselme que les deniers de la commune lui permettaient d'offrir un petit revenu au futur bûcheron s'il acceptait d'assurer le travail de garde-chasse en plus. Ainsi, même lorsque personne n'aurait besoin de bois, Arnaud ne resterait pas sans ressource. Cet arrangement ne réjouit pas seulement Pierre qui n'aurait plus à aller couper lui-même les troncs dont il ferait des meubles, mais aussi Philippe pour ses sabots et tous les villageois qui n'avaient pas la force d'attaquer les arbres à la hache afin de se chauffer. Et même ceux qui braconnaient sans vergogne ne s'inquiétèrent pas trop de cette fonction de garde-chasse, car ils comptaient sur la mansuétude du jeune homme que tous connaissaient depuis la naissance.

Un répit qui tourne mal

On était à la mi-prairial lorsque Daniel se décida à tenir sa promesse à Serge et rassembla quelques hommes du village pour aller à Pont-Ouanne détailler les dégâts occasionnés par l'inondation de germinal. Ils s'armèrent solidement en prévision d'un accueil qui ne serait certainement pas très amical et Daniel emporta également une écritoire portative, une liasse de papiers, une petite fiole d'encre et une plume pour noter tout ce qu'il constaterait afin de le transmettre au directoire. Ce fut avec une certaine hésitation qu'ils s'engagèrent sur le chemin peu fréquenté qui reliait les deux villages ennemis. Dès la rivière, une première difficulté les arrêta. Le petit pont de bois qui traversait l'Ouanne avait été emporté par la crue et personne ne s'était soucié de le remplacer.

— Ils ont pourtant bien trouvé le moyen de traverser, grogna Daniel, faisant allusion à la visite des Pont-Ouannais le jour de la crémation des royalistes. Il doit y avoir un gué plus loin, trouvons-le.

Le petit groupe longea la rive vers l'amont pendant quelques lieues, dépassant Pont-Ouanne qui semblait les mettre au défi d'y arriver, avant de trouver enfin des bancs de sable qui permettaient de traverser le cours d'eau à pied sec. Ils se retrouvèrent de l'autre côté sur un sentier qui serpentait au milieu de champs apparemment à l'abandon et rebroussèrent chemin vers l'aval pour atteindre enfin leur but. Leur entrée dans le village ne déclencha pas les foudres qu'ils redoutaient. Quelques personnes vinrent à leur rencontre tandis qu'un jeune garçon prenait ses jambes à son cou, sans doute pour aller prévenir les autorités de cette visite. Daniel et ses hommes s'arrêtèrent prudemment malgré l'absence d'agressivité de leurs vis-à-vis, gardant une main posée sur la crosse de leurs pistolets. Ils n'eurent pas à attendre longtemps, car un homme arriva rapidement, marchant d'un air important, suivi par un groupe de villageois curieux.

— Je suis le maire de Pont-Ouanne, annonça-t-il fièrement. Que venez-vous faire chez nous ?

— Je suis le maire de Villedhuis, répondit Daniel aimablement. Je suis mandaté par le directoire départemental pour voir quels dégâts l'inondation a causés chez vous et vous proposer de l'aide pour les réparer.

Il s'attendait à être jeté dehors aux premiers mots, aussi fut-il très surpris que son interlocuteur le laissât aller au bout de sa phrase et sa réponse augmenta encore son étonnement.

— Vous arrivez bien tard, répondit le Pont-Ouannais ironiquement.

— Je sais, s'excusa Daniel, mais nous avons dû remettre en état notre propre village et nous avons été attaqués par des Muscadins qui voulaient nous massacrer. C'est pourquoi nous n'avons pas eu le temps de venir plus tôt.

— J'ai entendu parler de cette attaque, dit son interlocuteur d'un ton las, cela au moins nous aura été épargné. Eh bien, venez voir par vous-même.

Les Villedhuisiens le suivirent, assez perplexes devant cette attitude presque détachée qui différait tellement des relations virulentes que les deux villages entretenaient ordinairement.

Contrairement à son voisin, le village de Pont-Ouanne ne s'était pas développé tout en longueur, mais, au contraire, s'était ramassé sur lui-même. Les maisons étaient imbriquées les unes dans les autres comme si leurs constructeurs avaient manqué de place, ou bien imaginaient-ils qu'en se serrant ainsi ils auraient plus chaud. Quantité de ruelles étroites couraient dans tous les sens entre des murs qui se resserraient à se toucher et empêchaient la lumière d'atteindre le sol. La terre était couverte d'immondices qui exhalaient une odeur pestilentielle, les prenant à la gorge et leur donnant envie de s'enfuir de ce labyrinthe obscur. Ils poussèrent un soupir de soulagement en débouchant enfin sur une place ensoleillée sur laquelle se dressait une modeste église entourée d'un petit cimetière mal entretenu. Mais ils firent la grimace en constatant que même devant ce lieu saint ne régnait aucune propreté et que l'odeur repoussante n'était qu'atténuée. Pourtant, au contraire de chez eux, le lieu de culte était toujours utilisé, car le curé avait accepté la constitution civile du clergé et pouvait donc continuer à exercer son ministère. La commune finissait là, car, au lieu d'entourer l'église comme dans la plupart des villages, les maisons s'arrêtaient à cette place et la campagne reprenait ses droits derrière le chœur.

Au fil de leur progression, les villageois s'étaient regroupés derrière les visiteurs, si bien que toute la population de Pont-Ouanne était rassemblée maintenant sur la place de l'église. Daniel passa en revue ces hommes et ces femmes qui se tenaient debout en silence devant lui. Ils étaient beaucoup moins nombreux qu'il ne l'avait imaginé. Visiblement, ils n'avaient pas su s'organiser pour gérer leurs maigres ressources, car ils offraient tous un aspect hâve et décharné qui lui serra le cœur. Il s'étonna de ne pas voir tous les anciens membres du comité révolutionnaire et chercha Charles Dubois du regard sans le trouver.

— Je suppose que les autres travaillent dans les champs, hasarda-t-il.

— Quels autres ? demanda le maire du village.

— Je n'ai pas vu ici tous ceux de vos concitoyens qui sont venus chez nous, ces dernières années.

— Beaucoup sont morts, répondit son interlocuteur en balayant la place du regard. Mais vous avez raison, la famille Dubois manque, ce sont les seuls qui ont encore le courage de cultiver leurs champs.

Daniel fut rassuré, car il aimait bien Charles. Il sortit son écritoire et son matériel et se mit en devoir de noter tout ce qu'il voyait. Pendant que le maire de Pont-Ouanne dévidait le fil des malheurs qui s'étaient abattus sur sa commune, le petit groupe refaisait le tour du village, maison par maison, et Daniel noircissait les feuillets de sa petite écriture serrée, craignant surtout de ne pas avoir assez de papier. Comme partout, la famine avait creusé des trous dans la population du village, mais c'était surtout l'inondation qui avait décimé les Pont-Ouannais. Comme à Villedhuis, l'eau avait stagné plusieurs jours, mais la proximité des maisons avait facilité la propagation des infections, provoquant des épidémies ravageuses amplifiées par l'affaiblissement des villageois. Et lorsque l'eau s'était enfin retirée, personne n'avait eu l'idée de nettoyer les rues qui, de toute façon, étaient toujours sales, car habituellement grouillantes d'animaux en tous genres. Ne supportant pas cette puanteur, les visiteurs avaient noué leur mouchoir sur leur visage afin d'y échapper ce qui étonna beaucoup les Pont-Ouannais qui ne la sentaient pas.

— Bon, fit Daniel en secouant la tête d'un air désapprobateur, je vais transmettre tout cela au directoire départemental en espérant qu'ils pourront vous aider. Mais vous devriez déjà commencer par nettoyer vos rues pour éviter de nouvelles épidémies. Et puis, si vous ne cultivez pas vos champs, vous n'aurez rien à manger l'hiver prochain, vous devez faire un effort.

— Nous n'avons même plus de semence, objecta le maire.

— Je vais demander à nos fermiers s'ils peuvent vous en fournir, répondit Daniel. Et nous allons réparer le pont sur l'Ouanne, ce sera plus pratique pour circuler.

— Vous feriez ça ? demanda le maire incrédule.

— Je ne peux pas laisser mes voisins mourir de faim sans rien faire, quand même ! Mais il faut vous remuer, car j'ai bien peur que l'aide du directoire, même si vous la recevez, ne soit pas très importante.

— C'est ce que les Dubois n'arrêtent pas de nous dire ! Et le curé aussi !

— Eh, oui ! « Aide-toi et le Ciel t'aidera », cita Daniel.

— Comment avez-vous si bien survécu à cet hiver insupportable ?

— Nous avons mis toutes nos ressources en commun et nous les avons rationnées sévèrement. Ainsi tout le monde a eu un peu à manger pendant tout l'hiver, expliqua Daniel.

— Nous ferons ça l'hiver prochain, décida son interlocuteur.

Les Villedhuisiens reprirent la route de leur village, suivis par les remerciements et les bénédictions de leurs voisins qui n'avaient plus rien d'ennemi. Et dès le lendemain, Daniel dépêcha un courrier vers Auxerre pour décrire aux membres du directoire l'état pitoyable des Pont-Ouannais et réclamer une aide urgente et conséquente. Il mit également en chantier le nouveau pont sur la rivière afin d'aller facilement d'une commune à l'autre. Les fermiers consultés acceptèrent de grand cœur de partager un peu de leurs semences avec leurs voisins pour les empêcher de mourir de faim.

Pour une fois à l'écart de cette agitation, Pierre avait mis en œuvre l'expérience envisagée avec Philippe en vernissant la porte qu'il lui destinait. Le résultat avait dépassé ses espérances, ce qu'Anselme lui avait confirmé sans le savoir en s'extasiant sur le magnifique objet qu'il lui avait apporté pour y mettre des ferrures. Aussi le jeune homme avait-il décidé de vernir les prochains meubles qu'il fabriquerait pour ses concitoyens avant de s'attaquer aux commandes des Auxerrois. Toutes les maisons du village étaient à nouveau pourvues de portes solides et les cicatrices laissées par l'attaque des Muscadins s'effaçaient peu à peu. L'été s'annonçait plus agréable que celui de l'année précédente malgré les nouvelles de la guerre civile qui continuait à se développer dans le pays. Les combats faisaient rage surtout dans l'Ouest et le sud en laissant leur région panser ses plaies à peu près tranquillement, ce qui ne les rassurait pas totalement. Pourtant les royalistes qui les avaient agressés ne faisaient plus parler d'eux, peut-être la mort du Dauphin[29] les avait-elle calmés en sonnant le glas de leurs espoirs d'une restauration rapide du trône de France.

Le début de messidor apporta une nouvelle plus agréable dans la maison des Boredoux. Un courrier venu de Paris leur délivra une lettre de Paul et Hélène qui les rassura sur leur sort. Pourtant leur voyage de retour avait été moins rapide et moins facile qu'ils ne l'avaient espéré. Jusqu'à Auxerre, tout s'était bien passé. Le marchand avait tenu ses engagements et les avait convoyés honnêtement pour le prix convenu. Mais la diligence dont il leur avait parlé allait à Orléans et pas à Paris. Désemparés, ils avaient passé la nuit dans une auberge de la ville, craignant déjà que leur voyage s'arrêtât là et se voyant rentrer, tête basse, à Villedhuis. Le lendemain pourtant, la chance leur avait souri. Comme ils traînaient sans but sur le marché avec Camille, le marchand, qui les avait amenés, les héla pour leur demander quand la diligence partirait. Lorsqu'ils lui eurent expliqué que sa destination ne leur convenait pas, il appela un de ses voisins qu'il connaissait bien et dont il savait qu'il repartait vers le nord dans l'après-midi. Ce commerçant allait à Nemours et accepta de les y emmener pour un prix modeste tout en leur promettant de les présenter à ses collègues susceptibles de les convoyer jusqu'à Paris. C'est ainsi que grâce à ce réseau de marchands ambulants qui les conduisirent de marché en marché, ils purent rentrer chez eux au bout de deux décades de voyage. La fidèle Mélanie avait entretenu la maison avec soin et se montra enchantée de les revoir en bonne

---

[29] 20 prairial An III (8 juin 1795)

santé. Elle leur affirma qu'ils étaient partis pour rien, car personne n'était venu leur chercher noise, mais elle voulut bien admettre que leur voyage n'avait pas été vain lorsqu'ils lui apprirent qu'ils avaient retrouvé Pierre et Catherine. La lettre se terminait sur le souhait de Paul et Hélène de voir bientôt leurs amis à Paris.

Le nouveau pont sur l'Ouanne venait d'être terminé lorsqu'une délégation arriva du directoire départemental, conduite par Serge Guillot, pour répondre à l'appel que Daniel leur avait adressé après sa visite dans la commune voisine. Le maire les accueillit, pour une fois, avec empressement et se dépêcha de réunir le directoire de district afin de faire le point sur la situation de Pont-Ouanne. Serge l'écouta avec attention, en l'interrompant parfois pour demander une précision, tout en couvant Martine d'un regard langoureux.

— Bien ! dit-il lorsque Daniel eut fini son exposé. Quels travaux avez-vous déjà entrepris ?

— Nous avons reconstruit le pont sur l'Ouanne, répondit Daniel, et nous leur avons donné de quoi ensemencer quelques champs. Sur notre insistance, ils ont également commencé à nettoyer leurs rues.

— C'est parfait, approuva Serge. Pensez-vous qu'ils soient capables de se débrouiller tous seuls ou bien serait-il préférable que vous continuiez à les surveiller ?

— Je ne tiens pas à les surveiller, protesta Daniel, nous les aidons pour le moment, car ils en ont vraiment besoin, mais lorsqu'ils iront mieux la vieille querelle entre nos villages ressurgira, n'en doutez pas !

— Je me demandais simplement s'il valait mieux leur donner directement l'argent que j'ai apporté pour les aider ou si je devais vous le confier. Il ne faudrait pas qu'ils le gaspillent, car c'est tout ce qu'on pourra leur offrir. Nous avons beaucoup de communes dans le besoin et peu de monnaie à cause de l'effondrement de l'assignat.

— Donnez-leur cet argent et s'ils ne l'utilisent pas à bon escient, tant pis pour eux ! Nous ne voulons pas en être responsables.

— Dans ce cas, pouvez-vous nous accompagner à Pont-Ouanne ?

— Bien volontiers !

Daniel choisit quelques hommes pour renforcer la délégation et alla seller son cheval tandis que les membres du directoire de district se séparaient. En quittant la salle, Pierre vit Serge se rapprocher de Martine avec un sourire engageant. Il grinça des dents et accéléra le pas, sachant très bien qu'il ne servirait à rien d'intervenir.

Pont-Ouanne se reconstruisait lentement avec l'aide de plus en plus épisodique des Villedhuisiens qui préféraient se consacrer aux travaux des champs en ce chaud début d'été reléguant dans un lointain passé l'hiver trop rude qu'ils avaient dû affronter. Malheureusement, le temps sec et les longues journées tièdes rendaient les voyages agréables si bien que Serge en profita, sous prétexte de suivre la remise en état de la commune voisine, pour venir très souvent à Villedhuis. À chacune de ses visites, il ne manquait pas de se rendre à la boulangerie où Martine le recevait avec plaisir malgré l'opposition visible de sa mère. On les voyait fréquemment se promener sur les sentiers entourant le village et le long des berges de la rivière, seuls, mais se tenant décemment éloignés l'un de l'autre, riant et parlant avec animation. Souvent, Martine revenait tenant à la main un bouquet de fleurs que Serge lui avait cueillies dans les prés et que sa mère jetait au feu malgré ses protestations dès qu'elle était rentrée. Chaque fois, le représentant du directoire la raccompagnait cérémonieusement jusqu'à son perron d'où elle le regardait s'éloigner en lui faisant un dernier signe de la main avant de pénétrer dans la maison.

Cette relation empoisonnait les rapports que Martine entretenait avec ses concitoyens qui condamnaient tous ce rapprochement avec un ennemi potentiel. Elle avait beau affirmer qu'elle ne racontait rien de ce qui se passait ou se disait dans le village, on ne la croyait qu'à moitié si bien que la confiance qu'on lui accordait diminuait au fil des visites de l'Auxerrois. Se sentant incomprise, la jeune femme se renfermait chez elle sachant bien qu'elle ne trouverait aucun réconfort auprès de ses amis qui la désapprouvaient totalement. Elle avait bien essayé de leur faire comprendre qu'à son âge il était difficile de supporter le statut de veuve et que, sans songer à se remarier, elle désirait tout simplement profiter un peu de la vie, mais ils lui rétorquaient qu'elle pouvait trouver quelqu'un de mieux à fréquenter et surtout un homme qui ne la pousserait pas à trahir son village. Même dans sa maison, elle devait subir les récriminations sans fin de sa mère sur ce visiteur qui ne lui inspirait que crainte et répulsion. Curieusement, ce tollé, au lieu de l'inciter à rompre cette relation tant décriée, la poussa à lui accorder plus d'importance qu'elle n'en avait à ses propres yeux et à s'afficher avec lui de façon provocante pour affirmer son indépendance à la face de tous les villageois.

Pour donner à ses visites une apparence d'utilité, Serge demandait parfois la réunion du directoire pour leur annoncer quelques nouvelles intéressantes. C'est ainsi que vers la fin du mois de messidor, il leur apprit que la Convention venait de décider de doter la république d'un hymne national qui n'était autre que le « chant de guerre pour l'armée du Rhin » composé par Mr Rouget de l'Isle, rebaptisé « Marseillaise » en hommage aux fédérés marseillais qui le chantaient lors de l'insurrection du palais des Tuileries en 1792. En apprenant cette nouvelle, Pierre eut un frisson de dégoût. Ce chant, il ne le connaissait que trop bien, car c'était celui que les soldats entonnaient lors de chacune des batailles auxquelles il avait participé. Cette nouvelle lui rappelait ses plus mauvais souvenirs et faisait ressurgir ses vieux démons, tout à coup il eut envie de quitter cette salle et de se réfugier dans son atelier, loin de ces discussions stériles et de cette menace diffuse que faisait planer Serge sur leurs têtes. Philippe, qui partageait sa réticence devant ce choix, s'approcha et posa une main réconfortante sur l'épaule de son ami. Les mêmes images s'étaient imposées à ses yeux, mais il savait qu'elles étaient beaucoup plus douloureuses pour Pierre, qui y avait perdu sa jambe, que pour lui-même. Inconscient de ces réactions peu encourageantes, Serge promit à Daniel de lui apporter la partition et les paroles de ce nouvel hymne lors d'une prochaine visite afin que tous les villageois puissent l'apprendre. Selon lui, c'était faire preuve de civisme de connaître la chanson par cœur.

Cette histoire fut vite oubliée, même Pierre et Philippe n'y firent pas allusion, car cela semblait de bien peu d'importance en regard des menus événements qui se déroulaient au village. Chacun s'activait de son côté en profitant de la douceur et de la belle lumière de cet été radieux. Les travaux des champs battaient leur plein, promettant une récolte meilleure que l'année précédente et éloignant le spectre de la disette. Pierre avait terminé de fabriquer le mobilier qui remplacerait celui détruit par l'assaut des Muscadins et s'attelait maintenant aux commandes venant d'Auxerre. Il avait fait l'admiration de tous avec ses meubles vernis qui semblaient aux villageois dignes des manoirs des anciens aristocrates, aussi avait-il décidé d'en faire autant pour tous ses clients. Philippe, de son côté, peinait à fournir assez de sabots tant la demande était grande après cette période de pénurie, d'autant que dans un grand élan de générosité, il avait décidé d'en offrir également aux Pont-Ouannais qui lui semblaient si démunis de tout. Arnaud Legros, le fils du forgeron, s'était installé à la perfection dans son rôle de bûcheron et leur livrait, à l'un comme à l'autre, le bois dont ils avaient besoin pour leur fabrication. Jamais il ne se trompait dans ses choix si bien que les deux artisans affirmaient à qui voulait l'entendre qu'ils n'avaient jamais eu à leur disposition de matière première d'aussi bonne qualité. Par contre, les braconniers durent bien vite déchanter, car le jeune homme prenait son titre de garde-chasse très au sérieux. Bien sûr, il ne se montrait pas bien méchant, il n'envoyait pas les coupables en prison et ne leur demandait pas de payer une amende, mais il les empêchait de chasser et confisquait leurs prises en leur expliquant qu'ils devaient laisser les animaux de la forêt se reproduire après cet hiver calamiteux s'ils voulaient trouver du gibier l'année suivante.

Dans la grande maison, tout le monde s'activait. Le potager et le verger promettaient une superbe récolte, Catherine bichonnait ses carrés d'herbes médicinales qui servaient de plus en plus, tandis que Perrine s'occupait des volailles et du cochon qu'ils avaient rachetés et que Marie se consacrait aux enfants et aux travaux d'intérieur.

— J'aimerais bien aller passer quelque temps à Paris, soupira Catherine en traversant la cour avec Marie. La lettre d'Hélène m'a donné envie de revoir cette ville où j'ai passé mon enfance.

— Nous ne sommes qu'au début de thermidor, répondit Marie, et le temps est magnifique. Pourquoi n'iriez-vous pas là-bas, Pierre et toi ? Nous pouvons garder les enfants.

— Ce serait un voyage pénible avec la charrette, elle n'est même pas bâchée. Et puis Pierre ne voudra jamais partir avec toutes ces commandes d'Auxerre.

— Cela peut attendre. N'avez-vous pas des affaires à liquider à Paris ?

— Oui, mais Paul et Hélène s'en occupent, donc ce n'est pas urgent.

— Parles-en quand même à Pierre, tu verras bien ce qu'il en dit.

Le soir même, Catherine fit part à son mari de son désir de voyage, mais, comme elle s'y attendait, il souleva des objections.

— Ce n'est vraiment pas le moment de voyager, observa-t-il. Il y a des bandes de pillards organisées qui rôdent sur les routes, sans parler des Muscadins et autres royalistes. Ce serait très dangereux de partir sans escorte, j'hésite déjà à me rendre à Auxerre, alors Paris…

— Nous pourrions nous joindre à un convoi, suggéra Catherine sans conviction.

— Non, j'aime mieux attendre. Rien ne nous presse, Paul s'occupe de nos biens et j'ai beaucoup de travail ici. Peut-être irons-nous l'année prochaine. D'ici là, j'aurai eu le temps de fabriquer un véhicule plus confortable que notre charrette.

Catherine s'inclina sans surprise, elle avait toujours su dans son for intérieur que ce n'était pas une bonne idée. D'ailleurs, elle aussi avait beaucoup de travail, ce n'était pas le moment de partir. Les mères du village lui avaient demandé si elle accepterait de rouvrir l'école, fermée depuis le départ d'Hélène, mais la jeune femme avait refusé, car elle n'avait pas la patience de son amie. En fait, ce n'était pas tant l'instruction dispensée dans les classes que les mamans regrettaient, mais la garde de leurs enfants qui leur offrait la tranquillité de vaquer à leurs occupations sans avoir à les surveiller. Le père Craimen avait proposé de prendre les plus âgés afin de leur apprendre le catéchisme, mais ce n'était pas ce que les parents recherchaient.

La jeune femme avait pris l'habitude de rendre visite aux habitants les plus pauvres du village, comme Robert et Simone Dever, une fois par décade, pour s'assurer qu'ils allaient bien et ne manquaient pas du nécessaire. Elle emportait toujours avec elle son sac de simples et quelques douceurs à donner aux enfants. De temps en temps, elle se rendait dans la forêt, sous la protection d'Arnaud, pour aller voir Charlotte et passer la journée avec elle à bavarder et ramasser des herbes qui ne poussaient pas dans son jardin. Mais, à chaque fois, elle faisait très attention de ne pas se faire voir sur les sentiers forestiers à cause des visites impromptues de Serge Guillot. Seuls les habitants de Villedhuis connaissaient l'existence de la sorcière vivant au fond des bois et nul ne tenait à en parler pour ne pas lui attirer d'ennuis. Elle ne possédait pas de passeport, ne payait pas d'impôts, mais comme elle avait fait montre d'un dévouement sans borne lors des événements fâcheux survenus au village, tout le monde voulait lui prouver sa reconnaissance en la protégeant des membres du directoire départemental. Et ce n'était pas facile, car Serge venait de plus en plus souvent à Villedhuis, seul ou accompagné.

Le représentant passait parfois par Pont-Ouanne avant de se rendre chez Martine, pour surveiller l'avancement des travaux de reconstruction. Le matin du sept fructidor, il quitta le maire de Pont-Ouanne après avoir fait le tour du village et approuvé tous les efforts déjà entrepris, mais au lieu de prendre le pont pour se diriger vers

Villedhuis, il continua le long de la rivière sur un chemin peu fréquenté, adoptant un pas de promenade qui lui était inhabituel. Cette attitude étonna Charles Dubois qui le vit passer devant le champ dans lequel il travaillait et l'incita à le suivre discrètement de loin. Le jeune homme était tombé amoureux de Martine à l'époque du comité révolutionnaire, mais ne s'était déclaré que poussé par le désespoir à cause de la rivalité entre les deux communes, aussi détestait-il Serge qui faisait ouvertement la cour à la jeune femme. Se dissimulant dans les fourrés, il vit l'Auxerrois atteindre un épais bosquet au bord de l'eau dont sortit une silhouette indistincte qui visiblement se cachait. Il s'approcha silencieusement en s'aplatissant dans l'herbe pour ne pas se faire repérer. Le deuxième homme lui était inconnu, mais la conversation qu'il surprit entre les deux acolytes l'inquiéta beaucoup.

— As-tu enfin des renseignements intéressants sur ce village ? demanda l'inconnu en désignant les maisons sur la berge d'en face.

— Non, pas encore, répondit Serge. Je finis par croire que cette fille est stupide, elle parle pour ne rien dire, mais ne semble pas au courant de ce qui se passe chez elle.

— Nous ne pouvons pas agir sans motif sérieux, repartit son interlocuteur. Es-tu sûr que ce ne sont pas de bons révolutionnaires ?

— Non, mais qu'importe ? Pour prouver que Robespierre avait raison, il me faut un exemple frappant, je finirai bien par trouver un prétexte pour les accuser d'être des contre-révolutionnaires !

— Ce sera difficile, n'ont-ils pas été attaqués par des Muscadins ?

— Il me sera facile d'affirmer que c'était une fausse attaque pour prouver leur bonne foi. Je suis sûr qu'ils ont des secrets, cette fille parlera de gré ou de force !

— Pourquoi ne choisis-tu pas un autre village ?

— C'est le seul dont je suis responsable !

— Mais, celui dont tu sors ?

— Il est sous leur responsabilité, pas la mienne ! Cet après-midi, je l'emmènerai hors du village et je la forcerai à parler. Viens avec moi si tu veux.

— Non, je dois rejoindre mon groupe. Nous nous verrons dans trois jours comme prévu.

Les deux hommes se séparèrent et Serge prit enfin le chemin de Villedhuis. Charles resta un long moment dans sa cachette, glacé d'horreur, le cerveau en ébullition. Puis il retourna vers son champ, en se promettant de surveiller le représentant départemental tout l'après-midi pour protéger Martine.

La jeune femme accueillit Serge avec plaisir et l'invita à partager leur repas malgré les regards furieux de sa mère. Pourtant leur invité déploya tout son charme pendant le dîner, leur racontant les derniers potins d'une façon très spirituelle qui amusa beaucoup Martine, sans parvenir à décrisper le sourire de convenance de Clémence. Lorsqu'ils eurent terminé le dessert, il proposa à la jeune femme de faire une promenade ensemble après la réunion du directoire de district à laquelle ils devaient assister. Martine accepta avec grand plaisir.

— Messieurs et Mesdames, je ne vous retiendrai pas longtemps, annonça Serge en souriant d'un air complice à Martine, mais il faut que je vous annonce que la Convention a décidé d'adopter la constitution de l'an III en la soumettant à l'approbation du peuple par un référendum. Mr le maire, ajouta-t-il en se tournant vers Daniel Brisen, vous devez vous occuper de l'organisation de ce référendum dans votre commune et celle de Pont-Ouanne pour le vingt fructidor.

— Le maire de Pont-Ouanne s'en chargera dans sa commune, répondit Daniel.

— Oui, mais le directoire doit s'assurer que le vote se déroule correctement selon les principes de la république, précisa Serge.

— Bien, nous y veillerons, ronchonna Daniel, peu enthousiaste.

— D'autre part, reprit Serge, la Convention vient de créer une nouvelle unité monétaire, le franc, dont la valeur est quasiment identique à l'ancienne livre. Vous devriez bientôt voir ces nouvelles pièces en circulation.

— Mais que fera-t-on avec les anciennes pièces ? demanda Philippe. N'ont-elles plus aucune valeur ?

— Pour le moment, les deux monnaies vont avoir cours en même temps, répondit Serge qui n'en savait rien, mais ne voulait pas l'avouer, et puis progressivement le franc remplacera la livre.

Sa réponse provoqua un brouhaha indescriptible, les questions et réponses les plus farfelues se croisaient et s'entrecroisaient sans que personne pût rétablir un semblant d'ordre. Daniel dut élever la voix pour se faire entendre. Il affirma que les modalités de remplacement de la monnaie leur seraient certainement précisées avant la mise en place du franc et engagea ses concitoyens à ne pas y accorder trop d'importance avant que tout fût réglé. Puis lorsque le calme fut enfin rétabli, il leva la séance avec l'accord de Serge qui n'avait plus rien à leur dire. Sans se soucier des regards assassins des membres du directoire, celui-ci attira Martine à lui et sortit de la salle avec elle.

Ils quittèrent le village d'un pas nonchalant et s'engagèrent sur un sentier qui serpentait au milieu des champs. Tant que les dernières maisons furent en vue, Serge n'aborda que des sujets sans importance, plaisantant gaiement et écoutant le babillage de la jeune femme, mais lorsque les fourrés les masquèrent enfin aux regards indiscrets, il changea de ton. Il s'arrêta brusquement et la saisit par un bras en la faisant pivoter afin qu'elle se trouvât face à lui.

— Maintenant, tu vas me dire la vérité, siffla-t-il d'un air menaçant. Je veux tout savoir sur ton village, tous vos secrets !

— Mais, souffla-t-elle interloquée, il n'y en a pas !

— Menteuse ! Il y en a forcément ! Parle !

— Je ne sais rien ! protesta-t-elle affolée, en tentant de se dégager de la poigne de fer qui la tenait.

— Parle, ou sinon tu vas le regretter ! menaça-t-il à nouveau.

En un instant, Martine avait compris que ses proches avaient raison, cet homme ne voulait que se servir d'elle contre le village. Elle regrettait amèrement d'avoir cru à ses belles paroles, comment avait-elle pu croire qu'il s'intéressait à elle, pauvre campagnarde, alors qu'il venait de la ville ? Avec l'énergie du désespoir, elle se débattit et réussit à lui faire lâcher prise. Alors elle s'enfuit à toutes jambes, le cœur battant au rythme des pas de l'homme qui la poursuivait sans merci, relevant sa robe pour ne pas s'empêtrer dedans. Elle entendit son souffle qui se rapprochait derrière elle et tenta d'accélérer encore sa course, mais son pied heurta une racine et elle chuta lourdement sur le sol poussiéreux. Immédiatement, il fut sur elle, essoufflé et furieux.

— Cette fois, tu vas payer ! grinça-t-il.

Il avait sorti son poignard et la plaquait à terre de la main et du genou. Terrifiée, elle le vit lever l'arme et la pointer vers sa gorge. Elle ferma les yeux dans l'attente du coup fatal, mais les rouvrit aussitôt en entendant un étrange gargouillis. Serge avait les yeux exorbités et de sa bouche ouverte ne sortait plus aucun son. Il lâcha le poignard qui tomba dans l'herbe à côté d'elle et s'effondra pesamment en travers de son corps. Sans rien y comprendre, la jeune femme vit apparaître le visage de Charles au-dessus d'elle. Il lui sourit et se pencha pour la dégager en jetant sans précaution le corps de Serge dans le fossé, puis il l'aida à se redresser. Elle se passa une main sur le visage en soupirant pour tenter de contenir ses tremblements.

— Que s'est-il passé ? demanda-t-elle en essayant de rassembler ses idées.

— Il allait vous tuer, répondit Charles, aussi suis-je intervenu.

— Mais, par quel miracle êtes-vous là ? s'étonna-t-elle.

Charles lui raconta l'entretien de Serge avec l'homme inconnu qu'il avait entendu le matin même et sa décision de les suivre pour la protéger. Encore tout étourdie par la conclusion brutale de cette histoire, Martine le remercia chaleureusement puis elle porta son regard sur le cadavre qui gisait à leurs pieds.

— Que va-t-on faire de cet homme-là ?

— Je ne sais pas, répondit Charles, il faut aller en parler au maire de votre village.

Ils retournèrent vers Villedhuis, Charles se montrant très attentionné envers la jeune femme encore perturbée de ce qu'elle venait de vivre. Leur arrivée ne passa pas inaperçue, lui avec du sang sur sa main droite ainsi que sur la lame de son couteau et elle avec ses vêtements déchirés et maculés d'herbe. Ignorant les exclamations qui fusaient et les regards étonnés, ils se dirigèrent vers la mairie où Daniel les reçut immédiatement. Charles fit un récit très détaillé des événements en terminant par l'agression dont Martine avait failli être la victime et l'assassinat dont il s'était rendu coupable. Daniel l'écouta avec attention et décida de réunir le directoire pour statuer sur les suites à donner à cette affaire étant donné qu'ils auraient à répondre de la disparition du représentant départemental.

Lorsqu'ils retrouvèrent tous les membres dans la salle où ils s'étaient réunis peu de temps auparavant, ils durent affronter des regards surpris et interrogateurs devant l'état de Martine et la présence inattendue de Charles. Daniel prit la parole et raconta succinctement les faits en insistant sur la bravoure et le désintéressement de Charles qui n'avait cherché qu'à protéger Martine sans penser aux conséquences.

— Maintenant que faisons-nous ? demanda-t-il en conclusion.

— Il ne faut pas qu'il y ait une autre disparition inexpliquée dans notre région, affirma immédiatement le père Craimen.

— C'est vrai, ils risqueraient de faire le rapprochement et de rouvrir le dossier, appuya Philippe.

— Pourquoi ne pas faire tout simplement confiance à la justice ? demanda Simone. Nous pouvons expliquer ce qui s'est passé !

Des protestations assorties de commentaires hargneux fusèrent de toute la pièce sous l'œil ébahi de Charles qui ne comprenait rien aux allusions des membres du directoire. Pierre se leva pour réclamer le silence.

— Je pense que nous devons en dire une partie et cacher l'autre, déclara-t-il lorsqu'il eut capté l'attention générale.

— Qu'est-ce que ça veut dire ? demanda Annick.

— Je propose que l'on ramène le corps de Serge à Auxerre en expliquant qu'on l'a trouvé sur le chemin entre la grand-route et le village quelques heures après qu'il nous ait quittés pour rentrer chez lui. Ainsi l'on croira qu'il a été tué par des brigands et pas par l'un des nôtres.

— Dans ce cas, fit observer Philippe, il faut le dépouiller de tous les objets de valeur qu'il a sur lui. Ce sera plus crédible.

— Cela me paraît une bonne idée, approuva Daniel.

— Je vais fabriquer un cercueil pour le mettre et le ramener dans ma charrette, annonça Pierre, j'en profiterai pour emporter les premiers meubles que l'on m'a commandés.

— Je vous accompagne, affirma rapidement Daniel, en tant que maire, c'est à moi de leur annoncer la nouvelle. Je suis responsable de ce qui se passe sur le territoire de ma commune.

— J'irai aussi, renchérit Philippe, nous ne serons pas trop de trois.

— Comme vous voulez, répondit Pierre, ce voyage sera bien plus agréable en votre compagnie.

Tandis que les membres du directoire se dispersaient, Pierre rentra chez lui pour faire part des derniers événements à sa famille et commencer la fabrication du cercueil. Daniel, de son côté, recruta quelques hommes pour aller chercher la dépouille de Serge sur le chemin et Charles accompagna Martine chez elle. La nouvelle de la mort du représentant départemental se répandit rapidement dans Villedhuis obligeant le maire à réunir tous les habitants afin de leur raconter toute la vérité et les mesures que le directoire avait prises. Comme l'animosité envers les Pont-Ouannais s'était considérablement affaiblie et que Charles Dubois avait su se faire apprécier, tous les villageois promirent de s'en tenir à la version officielle.

Sachant que le temps leur était compté, Pierre termina rapidement le cercueil si bien qu'ils purent prendre la route dès le lendemain après-midi. Les conditions de circulation étaient bonnes, le temps se montra clément et malgré l'encombrement sur les chemins, ils avancèrent à bonne allure. Pour éviter toute question embarrassante sur leur chargement, ils avaient recouvert la charrette d'une bâche soigneusement attachée sur les côtés afin que nul ne pût voir ce qu'ils transportaient. Ils couvrirent le trajet en un peu plus de trois jours et s'arrêtèrent le dernier soir dans une auberge des faubourgs d'Auxerre où ils répétèrent encore une fois le récit qu'ils avaient minutieusement mis au point. Puis ils se présentèrent au directoire départemental le lendemain matin et demandèrent à parler au directeur.

— Que puis-je pour vous, Messieurs ? demanda-t-il en les recevant aimablement.

— J'ai une bien mauvaise nouvelle à vous annoncer, répondit Daniel d'un air contrit. Mr Serge Guillot est mort.

— Mort ! Comment cela ? s'exclama le directeur stupéfait.

— Il est venu nous rendre visite le sept de ce mois, commença Daniel.

— Oui, je le savais. Il passait beaucoup de temps chez vous.

— Il nous a quittés dans l'après-midi, sans doute pour regagner Auxerre, mais nous l'avons retrouvé sur le chemin qui mène à la grand-route quelques heures plus tard, poignardé et dépouillé de tous ses biens.

— Mon Dieu ! C'est sa femme qui va être désespérée !

— Sa femme ! s'exclamèrent les trois hommes d'une seule voix.

— Oui, il était marié. Ne le saviez-vous pas ?

— Il était très discret et ne parlait jamais de ses affaires privées, répondit prudemment Daniel.

— Oui, je comprends. Dites-moi, il y a donc des brigands sur votre commune ?

— Je n'en avais jamais entendu parler auparavant, affirma le maire. Peut-être n'étaient-ils que de passage ?

— Organisez des patrouilles et si vous les attrapez, prévenez-moi.

— D'accord.

— Qu'avez-vous fait du corps ? Son épouse voudra organiser ses funérailles, comme il se doit.

— J'ai fabriqué un cercueil dans lequel nous l'avons ramené, répondit Pierre, il est dans ma charrette.

— Très bien, nous allons nous en occuper, conclut le directeur. Je vous remercie, Messieurs, de vous être déplacés pour nous prévenir.

Heureux et soulagés de s'en tirer à si bon compte, les trois hommes quittèrent le directoire départemental et entamèrent la livraison des meubles de Pierre. Ils commentèrent abondamment la nouvelle inattendue du mariage de Serge qu'il leur avait soigneusement caché, ainsi que la remarque d'un des membres du directoire lorsqu'il avait aidé à emporter le cercueil.

— Je doute que sa femme le pleure beaucoup, leur avait-il confié, on prétend qu'il la battait !

Curieusement, ils n'en furent pas surpris. La violence dont il avait fait preuve avec Martine lorsqu'il avait tombé le masque leur prouvait, s'il en était besoin, qu'il était vraiment capable de tout.

Ce fut sur le chemin du retour que Pierre souleva un point du récit de Charles qu'ils avaient laissé de côté jusque-là, mais qui lui paraissait inquiétant. L'inconnu, avec lequel Serge avait parlé le matin de son assassinat, avait mentionné un groupe dont il était peut-être le chef ainsi qu'un rendez-vous avec le représentant quelques jours plus tard. Ne le voyant pas revenir, il risquait de s'en prendre au village contre lequel il voulait agir de toute façon. Soucieux, Daniel l'approuva et décida de mettre en place des guetteurs tout autour de la commune dès leur retour en espérant que ce ne serait pas trop tard. Ils accélérèrent l'allure pour rentrer au plus vite.

Ce fut avec soulagement qu'ils virent, en arrivant, le village intact et les habitants vaquant tranquillement à leurs occupations quotidiennes. C'était jour de marché, ce qui faisait régner une joyeuse animation dans les rues, les ménagères bavardaient gaiement avec les marchands, Marie et Perrine leur firent un signe amical tout en enfournant quelques lapins blancs dans leur panier, Martine et sa mère se promenaient entre les étals sans rien acheter tandis qu'un peu plus loin, Anselme négociait les prix avec un marchand de métaux qui appuyait ses arguments de grands gestes des bras.

— Tout va bien, murmura Daniel, soulagé.

— Oui, mais pour combien de temps ? répondit Pierre. Il faut rester vigilant !

— Je vais mettre en place des tours de garde dès aujourd'hui, l'assura Daniel.

De retour chez lui, Pierre raconta comment s'était passé le voyage et l'étonnante nouvelle qu'ils avaient apprise, provoquant des exclamations incrédules de la part de ses proches. Personne n'avait apprécié le représentant départemental ni sa liaison avec Martine, mais une telle duplicité les laissait stupéfaits.

— Ça va faire de la peine à Martine, commenta Perrine.

— Oui, mais cela lui apprendra peut-être à voir où est son intérêt, répondit le père Craimen. Dieu sait que nous l'avons mise en garde bien souvent !

— Comment s'est-elle remise de cette histoire ? demanda Pierre.

— Mieux que l'on aurait pu le penser, répondit Catherine, elle est venue s'excuser de ne pas nous avoir écoutés, le jour de votre départ. Elle dit qu'elle a compris la leçon.

— Il faut dire, ajouta Marie d'un air espiègle, que la présence de Charles l'a bien aidée à se rétablir. Il vient la voir tous les jours et Clémence l'accueille gracieusement !

— Il finira peut-être un jour par la séduire, sourit Pierre. C'est un brave garçon, il le mérite.

Martine vint leur rendre visite le lendemain et remercia chaleureusement Pierre de la peine qu'il avait prise pour lui venir en aide.

— Savais-tu qu'il était marié ? demanda le jeune homme.

— Daniel me l'a appris hier, répondit la jeune femme. Il m'a vraiment menti sur tous les points. J'ai honte d'avoir cru si facilement en ses belles promesses.

— Tout le monde peut se faire embobiner, la consola Pierre. Maintenant, c'est fini, il faut oublier.

— J'espère que cela n'aura pas de conséquences néfastes pour le village.

— Nous y veillerons, ne t'inquiète pas.

Un semblant de démocratie

L'effervescence était à son comble chez les Villedhuisiens en ce dix-neuf fructidor,[30] car la mise en place du vote pour le référendum n'était pas une mince affaire. Bien sûr, des élections avaient déjà eu lieu au village pour la désignation du maire, mais elles s'étaient déroulées sans fioritures, car tout le monde était d'accord pour choisir Daniel Brisen, aucun autre candidat ne s'étant d'ailleurs présenté. Mais ceci était une tout autre affaire. Il s'agissait d'un vote national au suffrage universel pour approuver ou non la nouvelle constitution et cela devait se faire dans les règles. Pierre, qui était curieux de tout, avait fait remarquer qu'un vote au suffrage universel pour approuver une constitution qui établissait un suffrage censitaire était un étonnant paradoxe, mais la plupart des villageois n'avaient rien remarqué, car ils ignoraient la teneur de cette nouvelle législation.

Comme il fallait garantir le secret du vote, Daniel avait déménagé tous les meubles d'une petite pièce attenante au bureau dans lequel il travaillait en n'y laissant qu'une table sur laquelle il avait posé les feuilles de papier et les plumes qui permettraient aux électeurs de noter leur réponse à cette consultation. Comme tout le monde ne savait pas écrire au village, il demanda à Pierre, qu'il savait impartial et discret, de s'installer dans cette pièce pour inscrire sur le bulletin ce que lui dicterait le votant. Lui-même ainsi que les conseillers municipaux se tiendraient dans le bureau où étaient installés l'urne en

---

[30] 5 septembre 1795

bois et les registres permettant de contrôler l'identité des électeurs. Il avait annoncé à tous ses administrés qu'ils devaient présenter leur passeport pour pouvoir voter et précisé que les femmes étaient invitées à faire entendre leur voix à l'égal des hommes, ce qui avait choqué beaucoup de ces messieurs.

Le matin du vingt fructidor, Daniel ouvrit la mairie dans la matinée, sachant qu'il ne servait à rien de se presser, car ce jour était un décadi, le jour de repos de la décade, et ses administrés en profitaient pour paresser quelque peu. Les conseillers municipaux et Pierre arrivèrent peu après et, plutôt que d'attendre les premiers électeurs sans rien faire, Daniel décida qu'ils voteraient en premier. Chacun à son tour, ils passèrent dans la petite pièce servant d'isoloir et signèrent le registre après avoir mis leur bulletin dans l'urne sous le regard attentif des autres. Ils venaient juste de terminer lorsque les premiers villageois se présentèrent, un peu intimidés par l'air solennel que tous affichaient. Chacun prit sa place et le vote commença.

Cela n'alla pas sans mal, car peu de Villedhuisiens savaient à quoi correspondait cette élection et ce qu'on leur demandait. Pierre expliquait patiemment à chacun la raison de ce vote, mais beaucoup lui demandaient son avis sur la réponse à donner. Il tenta bien de refuser, mais devant les hésitations et l'air malheureux de ses interlocuteurs, il céda et conseilla ses concitoyens selon sa conscience. Lorsque les premières femmes arrivèrent, il y eut quelques sourires goguenards parmi les conseillers et des réflexions désagréables de la part des électeurs masculins. Mais, lorsque Georges et Annick Prévost arrivèrent, Daniel et ses conseillers se trouvèrent confrontés à un sérieux problème, car ils voulurent entrer ensemble dans l'isoloir.

— Vous devez voter chacun à votre tour, prévint Daniel. Allez-y d'abord, Annick, et Georges vous attendra.

— Certainement pas ! rugit le fermier. Je veux être sûr que ma femme votera comme il convient.

— Elle a le droit de choisir ce qu'elle veut, même si c'est en désaccord avec votre avis, répondit Daniel d'un ton ferme.

L'un des conseillers prit Annick par le bras pour la conduire dans la petite pièce, mais Georges se précipita vers lui d'un air furieux.

— Lâchez ma femme !

Daniel et les autres conseillers firent barrage et retinrent Georges fermement tandis que son épouse allait rejoindre Pierre pour faire son devoir de citoyenne. Cette fois, le jeune homme fut ravi de ne pas avoir à donner son avis. Durant l'absence de son mari, Annick avait pris de l'assurance et appris à penser par elle-même, aussi savait-elle très bien ce qu'elle voulait répondre à ce référendum. Lorsqu'elle sortit de la pièce et glissa son bulletin dans l'urne, elle ignora le regard furieux de son mari et refusa de répondre à ses questions. À son tour, il entra dans l'isoloir, mais Pierre ne voulut pas non plus lui dire ce qu'elle avait décidé. Il repartit de la mairie, déconfit et encore plus hostile au vote des femmes.

Tous redoutèrent que la même scène se reproduisît quand Robert et Simone Dever arrivèrent à leur tour, mais les époux se montrèrent tellement intimidés qu'ils suivirent docilement les consignes que le maire leur donna. Simone pénétra d'un air gauche et emprunté dans la pièce où l'attendait Pierre et s'arrêta sagement devant la table sans faire le moindre geste pour se saisir d'un feuillet.

— Avez-vous compris ce que l'on attend de vous, Simone ? lui demanda Pierre doucement.

— Non, répondit-elle en le regardant avec inquiétude, je ne sais pas écrire.

— J'écrirai pour vous, la rassura-t-il. Approuvez-vous la constitution ?

— Je ne sais pas.

Elle triturait le devant de sa jupe, mal à l'aise, l'observant avec détresse. Apitoyé, il lui expliqua le plus simplement possible ce qu'était la constitution et en quoi consistait le vote de ce jour.

— Maintenant, termina-t-il, pensez-vous que c'est une bonne constitution ou au contraire qu'il faudrait la modifier ?

— Je ne sais pas. Est-ce que je peux demander à Robert ? demanda-t-elle avec espoir.

— Non, sourit-il, c'est votre avis que l'on veut. Il donnera le sien tout à l'heure.

— Mais il m'a toujours dit ce que je devais faire !

— Eh bien, cette fois c'est à vous de décider.

— Et vous, qu'en pensez-vous ? demanda-t-elle d'un air perdu. Que dois-je répondre ?

En soupirant, Pierre se décida à la conseiller sur son vote. Elle accepta son avis avec une telle gratitude qu'il inscrivit cette réponse sur le bulletin d'un air découragé, si cela continuait ainsi son avis serait prédominant dans la commune ce qui n'était pas une bonne chose pour la démocratie. Il lui tendit le papier soigneusement plié pour que personne ne vît ce qui était écrit dessus.

— Qu'est-ce que j'en fais ? demanda Simone. Je ne sais pas lire ! Mais je peux dire à Mr le maire ce que nous avons décidé.

— Surtout pas ! s'amusa Pierre. Vous déposez ce papier dans la grande boîte en bois qui est posée sur le bureau du maire et vous ne dites à personne ce qui est écrit dessus !

— Même pas à Robert ?

— Si vous voulez, mais seulement quand vous serez chez vous pour que personne ne vous entende. Le vote doit rester secret.

Simone ressortit de la pièce, soulagée d'en avoir terminé avec cette corvée. À l'instigation de Daniel, elle glissa son bulletin dans l'urne et traça une croix devant son nom dans le registre, puis elle s'écarta pour attendre son mari qui était entré à son tour dans l'isoloir. Pierre eut presque autant de mal avec Robert qui ne savait pas plus que sa femme en quoi consistait ce référendum.

Le scrutin continua ainsi, cahin-caha, une bonne partie de la journée. Il y eut d'autres couples comme les Prévost dont le mari entendait contrôler le vote de sa femme, ce qui provoqua de vives tensions et même, dans un cas, ils faillirent en venir aux mains. Daniel dut faire usage de son autorité de maire pour rétablir le calme. Mais dans l'ensemble, les électeurs se montrèrent plus raisonnables, peu d'entre eux connaissaient l'enjeu de ce vote et certains étaient même totalement perdus, comme Robert et Simone. Par contre, il n'y eut aucune abstention. Daniel avait dit à ses administrés que ce référendum avait une grande importance, par conséquent tous les villageois eurent à cœur d'y participer, même Perrine et le père Craimen votèrent sous l'identité de Mr et Mme Leblanc.

Lorsque tous furent passés, Pierre quitta son poste pour rejoindre les conseillers municipaux. Son rôle était terminé, il n'avait plus qu'à rentrer chez lui, car il avait décliné la proposition de Daniel de rester pour le dépouillement des résultats. En réalité, il ne se faisait aucune illusion, il connaissait la majorité des réponses qu'ils avaient inscrites et dont il était l'instigateur pour la plupart, si bien qu'il savait déjà que les villageois avaient approuvé la nouvelle constitution presque à l'unanimité.

Le décompte des voix fut rapide. Daniel vida l'urne de bois que Philippe avait maladroitement fabriquée avant l'arrivée des Boredoux dans la région et qui était bien trop grande pour le nombre d'habitants que comportait le village. L'un des conseillers compta les bulletins pour s'assurer qu'il n'y en avait pas plus que prévu, un autre les tria et les mit en pile selon la réponse qu'ils portaient, et un troisième recompta le tout pour vérifier qu'il n'y avait pas d'erreur. Comme Pierre le savait déjà, une écrasante majorité de bulletins approuvait la constitution, les autres étaient mal écrits ou raturés, ce qui les rendait nuls. Daniel rendit les résultats publics le soir même et désigna celui qui irait les porter à Auxerre dès le lendemain.

Les villageois reprirent leurs activités et oublièrent très vite ce référendum qui ne signifiait rien pour eux. C'était des journées très chargées, car il fallait s'assurer que toutes les récoltes étaient bien engrangées pour l'hiver et ramasser les fruits tardifs. Arnaud, le nouveau bûcheron, s'activait à remplir les réserves de bois de chauffage pour tous les habitants du village sans oublier ses livraisons à Philippe et Pierre, qui accélérait sa fabrication des meubles commandés, pour pouvoir les emporter à Auxerre avant l'hiver. Il gardait également un œil vigilant sur les braconniers qui menaçaient de décimer les jeunes animaux nés au printemps avant qu'ils aient pu se reproduire.

Martine, de son côté, voyait avec plaisir sa charge de travail augmenter avec l'arrivée des farines issues de la nouvelle récolte. Elle préparait et cuisait allègrement des fournées de pain qui embaumaient sa maison et faisaient renaître la joie de vivre dans son cœur. Il faut dire qu'elle avait de bonnes raisons pour s'égayer. Après la sinistre période pendant laquelle Serge Guillot l'avait abusée de belle manière, la vie lui souriait à nouveau, d'abord en lui rendant l'affection de ses amis, puis surtout en lui offrant un soupirant présentable qui avait l'approbation de tous et particulièrement de sa mère. Le timide Charles Dubois avait enfin osé se déclarer officiellement après la disparition de Serge, espérant que son action d'éclat lui permettrait finalement d'entrer dans les bonnes grâces de la jeune femme. Martine avait d'abord accepté de le recevoir parce qu'elle se sentait redevable envers lui, mais elle s'était rapidement rendu compte que le jeune homme ne manquait ni de charme ni d'humour et qu'il était en fait plutôt séduisant, si bien qu'elle l'appréciait de plus en plus.

Bien évidemment, il ne venait plus la voir tous les jours comme après la mort de Serge, car il craignait qu'elle le trouvât encombrant, mais souvent lorsqu'il avait fini de travailler avec son père assez tôt, il passait à la boulangerie. Là, il s'installait dans un coin pour ne pas la gêner quand elle recevait un client et profitait d'un moment de calme pour inspecter ses rangées de pain et les rares pâtisseries qu'elle confectionnait parfois à la demande. Peu à peu, il s'enhardit à lui suggérer des améliorations et même de nouvelles recettes de gâteaux tout droit sorties de sa gourmandise naturelle. Elle en riait, le traitant d'enfant gourmand, mais elle promettait d'essayer de les cuisiner lorsqu'elle aurait le temps, ce qu'elle ne faisait jamais, car elle n'aimait guère s'adonner à la pâtisserie.

Fructidor passa, ainsi que les jours complémentaires. Pierre envisageait un nouveau voyage à Auxerre pour livrer les meubles enfin terminés et prendre éventuellement d'autres commandes afin de s'occuper tout l'hiver. Philippe Levasseur devait l'accompagner comme d'habitude et les deux hommes préparaient leur périple tout en prenant note des emplettes à effectuer pour leurs épouses, lorsqu'un petit groupe de visiteurs se présenta à l'entrée de Villedhuis. Immédiatement, les deux amis, vite rejoints par Daniel, se portèrent à leur rencontre. Un homme rondouillard et à l'air affable mit pied à terre et s'avança vers eux en souriant.

— Bonjour, Messieurs, dit-il d'un air jovial, je me nomme Étienne Servin et j'ai été désigné par le directeur départemental pour faire la liaison entre votre directoire et le nôtre, en remplacement de Serge Guillot.

— Soyez le bienvenu dans ce village dont je suis le maire, répondit Daniel cordialement. Je vous présente Pierre Boredoux qui est le directeur de district et Philippe Levasseur qui est membre du directoire.

Pierre et Philippe saluèrent aimablement le nouveau représentant qui leur paraissait bien plus honnête et droit que Serge. Ils décidèrent de réunir le directoire afin de faire les présentations et quand Étienne apprit que les deux hommes devaient partir vers Auxerre, il leur offrit immédiatement de faire le voyage avec lui et les soldats qui l'escortaient, ce qu'ils acceptèrent de grand cœur.

La réunion qui eut lieu ce jour-là fut la plus agréable depuis que le directoire s'était reformé. Tout le monde apprécia immédiatement le nouveau représentant départemental et sentit que les relations seraient beaucoup moins tendues que précédemment.

— Je suis venu pour faire votre connaissance, bien sûr, annonça Étienne, mais j'en profite aussi pour vous faire part du résultat du référendum. La nouvelle constitution a été approuvée par une forte majorité de votants, mais j'ai le regret de vous dire qu'il y a eu beaucoup d'abstentions. Par contre, ce qui me remplit de joie, et je vous en félicite, c'est qu'il n'y en a pas eu chez vous. C'est bien, vous avez fait votre devoir de citoyen.

Pierre sourit discrètement. Il savait bien, lui, que les Villedhuisiens ne s'étaient pas sentis concernés par ce référendum et qu'ils se seraient abstenus de voter si on leur avait dit qu'ils le pouvaient. Cependant, ces félicitations auguraient bien des relations futures entre le nouveau représentant et le village, ce qui leur rendrait la vie beaucoup plus facile. À la fin de la réunion, comme le soleil commençait à décliner, il invita Étienne à passer la nuit chez lui tandis que Daniel se chargeait de trouver un logement pour les soldats.

La soirée fut très agréable. Étienne conforta Pierre dans son opinion qu'il était un brave homme et parla volontiers de lui-même et de ses proches, il avait une femme et plusieurs enfants dont il parlait avec fierté comme un bon père de famille. De son côté, il s'intéressa à ses hôtes et compatit sur leurs malheurs sans malice.

— Je suis certain que vous avez trouvé ici un gîte et des amis sûrs, affirma-t-il avec un bon sourire.

— Mais naturellement, répondit Pierre en souriant au père Craimen. Nous n'envisageons pas de repartir.

— Je m'en serais douté en vous voyant si bien installés, repartit aimablement le représentant qui regardait autour de lui avec admiration. Ces meubles sont magnifiques !

— C'est Pierre qui les fabrique, expliqua Catherine avec fierté.

— Je suis devenu menuisier, ajouta Pierre modestement.

— Menuisier ! Moi je dirais plutôt ébéniste ! s'exclama Étienne. Vendez-vous des meubles ?

— Oui, c'est pour cela que je dois aller à Auxerre, je vais livrer ceux qui sont terminés.

— Je pense que ma femme serait ravie si vous nous faisiez un magnifique vaisselier comme celui-là, dit Étienne songeur. Votre prix sera le mien.

— Volontiers, j'ai fini tous les objets qui m'ont été demandés et je comptais bien obtenir quelques nouvelles commandes pour l'hiver. Je vous le livrerai au printemps si cela vous convient.

— Ce sera parfait. J'ai plusieurs amis qui seront certainement intéressés par vos réalisations, je vous les présenterai.

Pierre sourit, enchanté. Comme Lucien en son temps, Étienne allait peut-être lui rapporter des clients, l'avenir semblait enfin s'éclairer. Le lendemain matin, le représentant départemental donna un coup de main pour installer les meubles dans la charrette, tout en admirant le travail soigné de l'artisan. Puis la petite troupe s'ébranla.

Lorsque Pierre et Philippe rentrèrent de leur voyage, ils affichaient tous les deux un air plus que satisfait. Leur séjour au chef-lieu du département s'était très bien déroulé, ils avaient été reçus cordialement et avaient pu constater que la mort de Serge semblait avoir délivré les membres du directoire. L'atmosphère était beaucoup plus légère et plus personne ne surveillait ses paroles, ce qui les conforta dans l'idée que, même ici, on se méfiait de cet homme. Ce soulagement palpable expliquait également qu'aucune enquête sérieuse n'eût été diligentée sur les circonstances exactes de sa mort.

Les clients de Pierre s'étaient déclarés enchantés des meubles qu'il leur livrait, au point que certains lui avaient demandé de leur en fabriquer d'autres et l'avaient recommandé à leurs amis. Étienne, de son côté, avait tenu sa promesse et les avait présentés à certaines de ses relations qui s'étaient montrées très intéressées. C'est ainsi que le jeune homme revenait avec un nombre de commandes suffisant pour l'occuper tout l'hiver. Les deux amis avaient également procédé aux emplettes pour leurs femmes et rapportaient quelques menus cadeaux pour tout le monde. Pierre avait trouvé un tissu huilé, parfait pour bâcher la charrette et comptait sur Anselme pour lui fabriquer des arceaux métalliques qui la transformeraient en chariot plus pratique pour le transport des marchandises. Catherine fit grise mine en voyant la somme de travail que rapportait son mari, car cela voulait dire que la construction de la calèche promise serait encore retardée, mais elle reconnut qu'il leur fallait de l'argent pour entretenir toute la maisonnée. Perrine, Marie et elle auraient beaucoup de besogne, elles aussi, durant l'hiver, car son mari avait acheté des coupons de tissu dont elles feraient des nouveaux vêtements pour tout le monde. Mais ce qui les intéressa le plus dans tout ce que Pierre avait ramené, ce furent les exemplaires d'un journal qui s'appelait « La Gazette nationale de France » dont l'éditeur était Paul Langlé. Ils les parcoururent avec attention pour se rendre compte de l'orientation politique de cette parution et sourirent en constatant que les articles restaient très prudents dans leurs discours.

— Cette fois, Paul n'a voulu prendre aucun risque, constata Pierre.

— Ce qui m'étonne c'est que ce journal existe depuis longtemps, remarqua le père Craimen. Cela s'appelait « La Gazette de France », tout simplement avant la révolution, mais ce n'était pas votre ami qui l'éditait alors.

— Il a dû négocier avec son directeur, je suppose, répondit Pierre. Il lui a fallu retrouver des contrats, car son absence a certainement annulé tous ceux qu'il avait. Éditer un quotidien est sûrement une bonne affaire.

— Je suis contente pour lui que son travail marche à nouveau, déclara Catherine.

L'automne était très doux cette année-là, ce qui faisait espérer un hiver moins rude que le précédent. Les couleurs mordorées des feuilles qui s'agitaient doucement sous le soleil donnaient envie de flâner dans les chemins, ce dont Martine et Charles ne se privaient guère. On les rencontrait parfois au détour d'un sentier ou au bord de la rivière, se promenant main dans la main et se murmurant des mots doux à l'oreille. Tout le monde, à Villedhuis, les regardait avec attendrissement, car la constance du jeune homme et les malheurs de la jeune femme les poussaient à beaucoup d'indulgence envers eux. Les villageois envisageaient même un mariage avec plaisir en affirmant qu'ils méritaient bien un peu de bonheur après toutes ces épreuves. Mais Charles avait confié à Martine que les choses étaient moins simples dans son village. Maintenant que Pont-Ouanne s'était reconstruit, ses habitants retrouvaient leur ancienne rancœur envers leurs voisins et l'aide que les Villedhuisiens leur avaient apportée, au lieu de l'adoucir, l'avait encore augmentée. Ils leur en voulaient d'avoir pu surmonter tous leurs malheurs sans aide et de s'être payé le luxe de faire preuve de mansuétude envers eux. Leur orgueil blessé ferait barrage entre les jeunes gens d'autant plus férocement que c'était la seule opportunité qu'ils avaient de s'opposer aux Villedhuisiens. Même dans sa famille, les absences de Charles étaient de moins en moins admises et on lui reprochait violemment de ne pas faire sa part de travail, bien que son frère et son père puissent suffire largement à la tâche.

La fin de vendémiaire approchait, lorsque le représentant départemental revint au village. Aussitôt, les membres du directoire de district furent convoqués.

— J'ai effectivement des nouvelles importantes à annoncer au directoire, dit Étienne à Pierre en souriant, mais mon voyage a également un côté personnel. Je vous apporte de nouvelles commandes.

— Si vous continuez comme ça, je ne pourrais bientôt plus faire face, plaisanta Pierre en se dirigeant vers la salle de réunion avec lui.

— Je vous les transmettrai après la réunion, promit Étienne.

— Je compte bien que vous passerez la nuit sous mon toit, répondit Pierre.

Lorsqu'ils entrèrent dans la salle, tout le monde était assis à sa place et les regards interrogateurs se posèrent sur eux.

— La Convention a décidé de remettre au goût du jour les unités territoriales nommées cantons[31], annonça Étienne. Chaque département sera à nouveau découpé en plusieurs cantons et comme votre village s'est toujours montré loyal, nous l'avons choisi comme chef-lieu d'un de ces cantons. Je vous aiderai à mettre en place cette nouvelle administration.

— Cela veut-il dire que Pont-Ouanne sera sous notre autorité ? demanda Daniel.

— Bien entendu.

— Ça me paraît difficile, la vieille rivalité entre nos deux villages n'est pas éteinte, bien au contraire.

— S'ils vous ennuient, nous les mettrons au pas, promit Étienne.

— Cela ne fera qu'empirer les choses, protesta Daniel. Ne pouvez-vous pas créer un canton de chaque côté de la rivière ?

— Non, le découpage est déjà fait. Et, de toute façon, les Pont-Ouannais ne se sont pas montrés capables de gérer leurs propres problèmes, alors comment voulez-vous qu'ils dirigent un canton ?

— Je prévois bien des ennuis, soupira Daniel.

— Le directeur a promis que vous aurez toute l'aide dont vous aurez besoin.

— Il m'a déjà proposé des soldats que j'ai refusés, intervint Pierre, nous n'avons pas de quoi les nourrir, ici.

— Nous vous en enverrons seulement si nécessaire. Et soyez vigilants, car les vieux démons royalistes ne sont pas morts !

— Nous l'avons constaté, malheureusement, répondit Daniel.

— C'est vrai que vous avez été attaqués par des Muscadins ! s'apitoya Étienne. C'est la même chose dans tout le pays, il y a eu une

---

[31] Décret du 19 vendémiaire An IV (11 octobre 1795)

insurrection royaliste à Paris, le treize vendémiaire. Barras l'a réprimée avec l'aide de Bonaparte qui a été fait général de division en remerciement.

— Il me paraît dangereux de faire appel à des militaires pour maintenir l'ordre dans le pays, observa le père Craimen.

— Ils sont parfaitement loyaux à la Révolution, assura Étienne. On ne peut pas faire sans eux, car les royalistes sont soutenus par des puissances étrangères et bien armés.

Après la réunion, Étienne se rendit chez Pierre, comme celui-ci l'en avait prié, pour y passer la nuit. Il lui transmit les nouvelles commandes, dont une pour lui-même, puis bavarda gaiement avec toute la famille, leur racontant les derniers potins de la ville et acceptant même de tracer pour eux les grandes lignes de la nouvelle administration qui serait mise en place à Villedhuis.

Il repartit le lendemain en promettant de revenir très vite et de passer plusieurs jours avec eux pour concrétiser le canton, laissant les villageois plutôt sceptiques et soucieux devant cette innovation qui leur promettait surtout de nouveaux ennuis. Martine fit part de ce changement à Charles lorsqu'il vint lui rendre visite et ne fut guère surprise de sa réaction négative.

— Personne à Pont-Ouanne n'acceptera d'être sous les ordres des Villedhuisiens, affirma-t-il.

— Je m'en doute, répondit la jeune femme. Nous l'avons dit à Étienne, mais la décision a été prise à Auxerre et nous ne pouvons pas la faire changer. Personne, ici, n'a envie que cela se fasse.

— Quand ils vont apprendre ça, mes concitoyens vont se révolter.

— Je sais, mais il a dit que le département enverrait des soldats pour les mettre au pas.

— C'est terrible ! Et le pire, c'est que nous ne pourrons plus nous voir ! Déjà que l'on me reproche de venir trop souvent !

— Oh, non ! Ce n'est pas possible ! Je ne peux plus me passer de toi !

— Moi non plus. Mais que faire ?

— Quitte ton village et installe-toi ici, suggéra Martine. Daniel nous mariera.

— Mais, je n'ai pas de métier !

— La boulangerie peut nous nourrir en attendant que tu en trouves un.

Charles hésita. Il avait déjà eu cette idée, mais n'aurait pas osé la proposer à Martine, car ce n'était guère glorieux pour un homme de s'enfuir ainsi et, pire encore, de dépendre des revenus de son épouse. Mais Martine insista en affirmant qu'elle se moquait du qu'en-dira-t-on et lui fit remarquer que les Villedhuisiens avaient de la sympathie pour lui et ne le blâmeraient pas d'agir ainsi au vu des circonstances. Le jeune homme finit par accepter cette proposition et décida de la mettre en pratique immédiatement. Il retournerait dans son village prendre ses quelques hardes et prévenir sa mère pendant que son père et son frère se trouvaient encore aux champs et reviendrait s'installer définitivement chez Martine. Ainsi fut fait. Tandis que le jeune homme retraversait la rivière, la jeune boulangère alla trouver le maire pour lui annoncer l'arrivée d'un nouvel habitant au village et lui demander d'organiser une nouvelle cérémonie de mariage, ce qu'il accepta de grand cœur. Mise au courant de ce projet, Clémence l'approuva avec enthousiasme et, cette fois, ne reprocha pas à sa fille de se marier sans prêtre, même si elle y pensa avec nostalgie.

L'arrivée de Charles au village ne provoqua pas de remous ni de commentaires acerbes, au contraire beaucoup de gens l'approuvèrent et se réjouirent du bonheur de Martine. Par contre, les Pont-Ouannais prirent très mal cette décision. Le père et le frère de Charles vinrent à Villedhuis faire un scandale et tenter de le ramener de force chez eux, sans succès. Ils se heurtèrent aux villageois alertés par le bruit qui les chassèrent à coup de pierres en les menaçant de leurs piques, si bien qu'ils durent rebrousser chemin, non sans clamer qu'ils reviendraient avec des renforts. Daniel demanda à tous ses administrés d'être vigilants et de surveiller les abords du village pour éviter que la situation s'envenimât.

Quelques jours plus tard, alors que le mois de brumaire s'installait et, pour mériter son nom, faisait planer de lourdes nuées sur le village, les Villedhuisiens, tous habillés de tenues de fête, se dirigèrent vers la mairie pour assister au second mariage de Martine. Afin d'échapper à la pluie que l'on craignait depuis plusieurs jours, Pierre et Catherine avaient mis leur grange à la disposition des jeunes mariés pour y organiser le repas de noces, aussi y avait-il d'incessants va-et-vient entre la mairie et la maison des Boredoux en attendant le début de la cérémonie. Daniel, un peu nerveux, apparut sur le perron et invita tout le monde à entrer dans la grande salle où il avait déjà présidé le premier mariage de Martine. Cette fois, il s'était préparé avec soin et avait écrit son discours de bout en bout pour éviter de bafouiller comme précédemment. À cet instant arriva un groupe de Pont-Ouannais, mené par le père de Charles hurlant qu'il ne laisserait jamais s'accomplir un tel sacrilège. Aussitôt, les hommes de Villedhuis firent front, faisant reculer les femmes derrière eux et envoyant les enfants chercher leurs armes, bien décidés à en découdre une fois pour toutes.

La belle fête aurait pu tourner au massacre si une cavalcade ne s'était fait entendre dans la grand-rue et des chevaux montés par des soldats à l'air patibulaire ne s'étaient interposés entre les belligérants. Pierre reconnut immédiatement l'homme qui menait cette troupe tombée du ciel, il s'agissait d'Étienne Servin dont l'intervention miraculeuse venait de sauver la noce. Le représentant départemental ordonna d'un ton sans réplique aux Pont-Ouannais de quitter le village sur le champ et les fit escorter par les cavaliers pour s'assurer qu'ils repasseraient bien le pont, puis il sauta à terre en jetant un regard circulaire sur la scène.

— J'ai l'impression d'être arrivé à temps, constata-t-il avec un grand sourire.

Martine se précipita vers lui.

— Merci beaucoup ! s'exclama-t-elle. Vous avez sauvé mon mariage !

Il s'inclina galamment.

— J'en suis ravi.

Enchantée, la jeune femme poussa Charles devant elle avec fierté.

— Je vous présente mon futur mari.

Un peu mal à l'aise, le jeune homme adressa un sourire aimable au visiteur.

— Nous ferez-vous l'honneur d'être des nôtres ?

Étienne accepta gracieusement et Daniel, après l'avoir salué à son tour, fit entrer tout le monde dans la mairie. Cette fois, le maire fit preuve d'une plus grande maîtrise dans son discours et n'oublia pas de demander leur consentement aux époux avant de les déclarer mari et femme et de faire signer le registre par les témoins. Tous les participants se rendirent ensuite joyeusement chez Pierre et Catherine où le repas de fête les attendait. Après les libations, les musiciens trouvèrent une petite place pour s'installer et les convives dansèrent autour des tables et même dans la cour que la pluie avait finalement épargnée. Lorsque l'obscurité obligea Pierre à allumer des torches pour y voir clair, les invités commencèrent à rentrer chez eux, les uns après les autres, non sans avoir chaudement félicité les jeunes mariés en leur souhaitant tout le bonheur du monde.

L'assemblée cantonale

Après la fête, il était temps de se mettre au travail, car Étienne était venu pour cela. Il réunit le directoire afin d'annoncer à tous ses membres les nouvelles dispositions qui devaient être prises.

— Les districts sont supprimés, commença le représentant départemental, ce qui veut dire que votre directoire n'a plus de raison d'être. Il sera remplacé par l'administration cantonale que je suis venu mettre en place.

— Voulez-vous dire que nous allons tous faire partie de cette administration ? demanda Daniel en englobant toutes les personnes présentes d'un geste large.

— Absolument pas, répondit Étienne, la démocratie veut que vous organisiez des élections pour désigner ceux qui vont représenter votre commune.

— Je ne comprends pas bien.

— Vous n'avez pas bien lu notre nouvelle constitution, car c'est précisé dedans, observa Étienne. Une municipalité sera créée dans chaque chef-lieu de canton dont les membres seront les représentants de chaque commune appartenant à ce canton.

— Donc, la nouvelle administration ne sera pas composée uniquement de Villedhuisiens, commenta Pierre.

— Exactement, approuva Étienne en souriant, vous avez compris. Chaque commune de votre canton organisera des élections pour choisir le représentant qu'elle enverra chez vous.

— Devrons-nous les loger ? s'inquiéta Daniel.

— Non. Ils viendront pour chaque réunion et transmettront vos décisions à leur commune.

— Ça ne me plaît pas, protesta Daniel.

— Vous n'avez pas le choix, insista Étienne.

— Comment les autres communes vont-elles être mises au courant ? demanda Philippe.

— Je m'en charge, répondit Étienne, mais j'aimerais que l'un d'entre vous m'accompagne.

En parlant, il regardait Pierre qui secoua la tête d'un air navré. Il aurait volontiers accompagné le représentant départemental faire la tournée des communes de la région, mais avec une jambe en moins il ne pouvait plus faire de grandes chevauchées. Finalement, ce fut Philippe qui se proposa comme guide et fut aussitôt agréé.

— Comment vais-je faire pour organiser ces élections ? maugréa Daniel. C'était déjà difficile pour le référendum !

— Mais, n'avez-vous pas élu les membres de votre directoire ? s'étonna Étienne.

— Non, pourquoi ?

— Alors, comment avez-vous fait pour les désigner ?

— J'ai demandé qui voulait en faire partie. La première fois, je n'ai pas eu de difficulté à trouver des volontaires, mais pour le second directoire, j'ai dû convaincre Pierre qui venait de rentrer de la guerre et ne voulait plus s'engager, puis nous avons fait le tour du village pour parlementer avec chacun.

— Et comment auriez-vous fait pour renouveler les mandats à la fin du temps imparti ?

— Je ne sais pas, nous n'y avions même pas pensé.

— Vous vous faites une curieuse idée de la démocratie !

— Et maintenant, qui vais-je trouver pour représenter le village ? soupira Daniel.

— Vous pouvez demander à vos administrés si certains d'entre eux veulent se porter candidats, suggéra Étienne.

— Cela m'étonnerait beaucoup !

— Sinon, chacun choisira la personne pour qui il veut voter.

— Au fait, combien faut-il d'élus par commune ?

— Un seul. Mais, en tant que maire du chef-lieu, vous devrez présider cette assemblée.

Daniel fit grise mine. Cette nouvelle administration ne lui disait rien qui valût, il craignait qu'elle interférât sur la vie du village et les entraînât dans un surcroît d'activité que personne ne désirait. Seulement, il ne pouvait plus refuser après avoir accepté que sa commune dirigeât le district, aussi se lança-t-il dans l'organisation de cette élection tandis qu'Étienne, accompagné de Philippe et de sa petite troupe de soldats, partait faire la tournée des villages du secteur.

Pierre vint rendre visite au maire, le lendemain, pour lui parler de cette assemblée cantonale qui allait s'installer au village. Le jeune homme avait bien réfléchi aux aspects pratiques de la question ainsi qu'aux inévitables changements que cela entraînerait.

— La bâtisse qui abritait les réunions du directoire de district ne peut pas servir pour l'assemblée cantonale dans l'état où elle est, affirma-t-il au maire. Nous nous en contentions, car cela ne durait pas longtemps et nous pouvions rentrer chez nous rapidement, mais c'est beaucoup trop sommaire pour recevoir des gens qui auront fait plusieurs lieues pour nous retrouver. Et je pense également qu'il faudrait prévoir des logements pour ceux qui ne pourront pas faire l'aller et retour dans la journée.

— Vous voulez dire qu'il nous faut entreprendre de grands travaux pour abriter cette assemblée ? demanda Daniel effaré.

— J'en ai bien peur. Nous devons tenir notre rang de chef-lieu de canton. D'autre part, il faut recommander à tous les villageois la plus grande discrétion. Les étrangers au village ne doivent pas entendre le moindre bavardage tendancieux.

— Oh là, là ! soupira Daniel. Que d'ennuis en perspective !

— Je sais. Nous nous sommes mis dans de beaux draps !

— Voulez-vous être candidat ? demanda Daniel avec espoir.

— Ah, non ! s'exclama Pierre. Ça suffit comme ça ! J'aimerais pouvoir me consacrer enfin entièrement à mon travail et ma famille.

— Je vous comprends, reconnut le maire, mais que ferez-vous si le vote vous désigne ?

— Je devrais bien accepter, répondit Pierre avec une grimace de dépit, mais j'espère bien que ce ne sera pas le cas.

Sous l'impulsion du jeune homme, Daniel rassembla tous les hommes capables de procéder à de gros travaux et leur demanda d'aménager la masure qui servait aux réunions, ainsi que de construire des dépendances afin d'y loger les membres de la future assemblée. Les Villedhuisiens ne se montrèrent pas enchantés d'apprendre que des gens de la région allaient venir régulièrement chez eux et s'affirmèrent tous d'accord sur l'obligation d'observer une réelle discrétion au sujet des affaires du bourg.

Tandis que le village préparait les nouvelles élections dans l'effervescence, le père Craimen alla retrouver Pierre dans son atelier pour lui parler de Quentin.

— Votre fils a six ans, dit-il, je pense qu'il est temps qu'il apprenne à lire, écrire et compter. Aussi je vous propose de m'en charger si cela vous convient.

— N'a-t-il pas déjà commencé à apprendre avec Hélène ?

— Je le pensais, mais en l'interrogeant je me suis rendu compte qu'il avait tout oublié. À quel métier le destinez-vous ?

— Il semble aimer le bois autant que moi, aussi ai-je prévu de le prendre en apprentissage lorsqu'il sera plus grand. Mais je suis d'accord qu'il doit apprendre le plus possible avant. Je l'aurais probablement envoyé dans un collège s'il y en avait encore.

— C'est regrettable, j'en conviens, répondit le prêtre, c'est pourquoi je vous propose mes modestes connaissances.

— Et je vous en remercie, sourit Pierre. Je suis sûr qu'avec vous il en apprendra beaucoup.

C'est ainsi que, dès le lendemain, le fils de Pierre se mit à étudier avec l'ancien curé du village. Au début, il renâcla un peu de ne plus pouvoir aller courir avec les autres enfants, mais très vite il se prit au jeu, émerveillé de toutes les découvertes que lui faisait faire le père Craimen, car il possédait une intelligence très vive et avide d'apprendre. Bérangère, qui était très éveillée pour ses trois ans et demi, réclama d'apprendre à lire, elle aussi, et se montra très désappointée lorsque Marie lui annonça qu'elle devrait attendre d'avoir l'âge de son frère avant de se plonger dans les livres. Pour consoler la petite fille, Pierre lui fabriqua une nouvelle poupée en bois, tout articulée, que Perrine habilla d'une jolie robe.

Étienne et Philippe étaient de retour, lorsque l'élection eut lieu. Comme pour le référendum, Daniel avait demandé à Pierre d'assister les électeurs qui ne savaient pas écrire, ce que le représentant départemental trouva fort astucieux. Il expliqua que dans une grande ville, comme Auxerre, où tout le monde ne se connaissait pas, le problème était beaucoup plus difficile à résoudre et que chaque bureau de vote avait sa propre solution, pas toujours appropriée.

Cette fois, Pierre n'eut pas à conseiller les villageois qui savaient tous très bien pour qui ils voulaient voter. Et lorsque Daniel proclama les résultats, ce fut sans surprise, mais avec beaucoup de découragement que le jeune homme l'entendit annoncer qu'il avait été choisi à une écrasante majorité pour représenter le village dans la nouvelle assemblée. Daniel lui tapa sur l'épaule en souriant et se déclara ravi du résultat du vote, car il considérait que Pierre était le mieux placé pour assumer ce rôle. Étienne le félicita également et se montra très heureux de pouvoir continuer à travailler avec lui. À son retour, il avait été impressionné par l'ampleur des travaux entrepris dont Pierre était l'instigateur, comme Daniel le lui avait précisé. Il appréciait beaucoup les initiatives du jeune homme et se disait qu'un tel représentant était une bénédiction pour la région.

— Tous les villages que nous avons visités doivent également avoir organisé des élections pour désigner leur représentant et vous préviendront lorsque ce sera fait, annonça-t-il. Vous pourrez ainsi tenir votre première réunion.

— C'est à Pont-Ouanne que nous avons rencontré le plus de difficultés, précisa Philippe. Ils refusaient de faire partie de notre canton.

— Mais ils ont compris qu'ils n'avaient pas le choix, ajouta Étienne. Lors de votre première réunion, vous devrez voter pour désigner parmi vos membres, celui qui servira de liaison entre le département et vous.

— Pourquoi ? Vous ne viendrez plus ici ? demanda Pierre.

— Si, bien sûr ! J'assisterai à certaines de vos réunions lorsque j'aurai des nouvelles à vous communiquer, mais il faut également quelqu'un qui vienne à Auxerre en cas de besoin.

Après les élections, Étienne passa à nouveau la nuit chez Pierre avant de reprendre la route d'Auxerre le lendemain matin. Il s'installa dans le salon, avec le jeune homme et le père Craimen, tandis que Catherine leur apportait des verres et un pichet de vin aux herbes, qu'elle confectionnait elle-même, pour attendre le repas. Échappant à Marie, qui faisait manger Bérangère, Quentin déboula dans la pièce et se pelotonna sur les genoux de son père en écoutant la conversation des hommes. Comme les élections ne l'intéressaient pas, il se mit à sucer son pouce en nichant sa tête sur l'épaule de Pierre, mais lorsque des sujets plus généraux furent abordés, il mit son grain de sel dans les propos des grands de façon fort opportune ce qui étonna Étienne.

— Ce petit sait beaucoup de choses. Quel âge a-t-il ?

— Il a six ans, répondit Pierre. Il est né en septembre 1789, si cela veut encore dire quelque chose.

— Moi aussi, je m'y perds dans leur nouveau calendrier, soupira Étienne. Mais je suis impressionné par les connaissances de votre fils, où les a-t-il acquises ?

— C'est mon grand-père qui m'apprend tout, répondit fièrement Quentin.

— Je vous félicite, Monsieur Leblanc, dit Étienne. J'aimerais avoir un beau-père comme vous.

— Oh, je ne sais pas grand-chose, répondit modestement le père Craimen. J'essaie juste d'aider un peu mon petit-fils.

— Je ne sais pas du tout comment instruire mes fils, observa Étienne. Avant, il y avait des collèges de jésuites où l'on pouvait les envoyer, mais maintenant il n'y a plus rien.

— Je suis bien d'accord avec vous, répondit Pierre. L'instruction se perd et tout le monde ne peut pas payer un précepteur pour ses enfants.

— La Convention a parlé d'instituer des écoles pour tous, fit remarquer le père Craimen.

— Oui, approuva Étienne, mais les villes n'ont pas l'argent nécessaire pour entretenir ces écoles et payer les professeurs.

À ce moment, Catherine vint leur annoncer que le repas était prêt et emmena Quentin pour le coucher.

Les travaux se poursuivirent malgré la grogne des habitants du village qui auraient préféré s'occuper de leurs propres affaires plutôt que de contribuer à l'aménagement des logements et de la salle de réunion. Cependant, Daniel ne cédait pas, sachant que la plupart des récoltes avaient été engrangées et que ce qui restait à faire pouvait attendre quelques jours. Chacun apportait ses compétences diverses en complémentarité avec les autres, Philippe et Pierre s'occupaient de toutes les parties en bois tandis qu'Anselme et son fils, Richard, se chargeaient des métaux et que Claude Planton, qui aurait préféré être maçon que fermier, montait les nouveaux murs. Ceux qui n'avaient pas de talent particulier donnaient la main partout où l'on en avait besoin, apportaient les matériaux nécessaires et transmettaient les consignes de l'un à l'autre, transformant ainsi le chantier en ruche bourdonnante à l'incessante activité. Et lorsque tout fut achevé, Daniel fit tomber le mécontentement général en annonçant que le travail effectué serait pris en compte pour les impôts communaux à la place d'une partie des revenus de l'année.

Comme Étienne avait su, dans tous les villages visités, trouver les mots pour convaincre les habitants de l'importance de cette assemblée cantonale, des messagers arrivèrent moins d'une décade plus tard, annoncer que les élections étaient terminées et que les représentants de chaque commune étaient prêts à se réunir. Tout étant terminé et paré à recevoir les nouveaux élus, Daniel répondit aux envoyés que la première réunion cantonale aurait lieu le vingt-cinq brumaire, laissant ainsi à chacun le temps de se préparer et de faire la route tranquillement.

Un calme étrange s'appesantissait sur le village avec un sentiment d'attente qui devenait plus insupportable de jour en jour. Tout le monde avait le sentiment que la création de cette assemblée cantonale ouvrait une nouvelle ère dans la vie de la commune et qu'ils venaient de s'engager sur un chemin qui ne permettrait pas de retour en arrière. Jusque-là, ils avaient voulu croire que la Révolution n'était qu'un mauvais moment à passer et qu'un jour prochain tout redeviendrait comme avant, mais ces changements importants, dont la nouvelle construction qui se dressait fièrement aux abords du village était le symbole incontournable, s'annonçaient irréversibles. Aussi les Villedhuisiens attendaient-ils avec appréhension l'arrivée des représentants communaux, en espérant que la fréquentation régulière de leur commune par leurs voisins ne leur apporterait pas que des désagréments.

Le jour venu, Pierre n'était pas le moins nerveux à attendre ses futurs collègues tout en aidant Daniel à répéter le discours qui servirait d'ouverture à la première séance. Mais celui qui se montrait le plus terrorisé était Charles, le Villedhuisien d'adoption, qui redoutait l'attitude que prendrait le délégué Pont-Ouannais envers lui. Il se terrait dans la maison, refusant d'en sortir et priant de toutes ses forces pour que l'élu ne fût ni son père ni son frère, sourd aux paroles de réconfort que lui prodiguaient Martine et Clémence qui se sentaient bien impuissantes.

Ils arrivèrent, seuls ou à plusieurs, selon les routes qu'ils avaient empruntées, et se montrèrent bien plus intimidés qu'arrogants contrairement à ce que les Villedhuisiens avaient redouté. Le dernier arrivé fut aussi le plus proche. Le Pont-Ouannais ne pouvait cacher sa répugnance à participer à cette administration dirigée par ses voisins haïs, mais, au grand soulagement de Charles, il ne s'agissait pas de quelqu'un de sa famille ni de ses anciens amis. Daniel et Pierre, qui les avaient tous accueillis avec amabilité, les conduisirent vers le bâtiment dédié à l'assemblée cantonale. En approchant de cette maison, à la restauration de laquelle il avait largement participé, le jeune homme ne put retenir un frisson d'orgueil comme s'il en avait été le seul artisan et, finalement rasséréné, il invita fièrement ses collègues à entrer dans la grande salle. Il en avait fourni tout le mobilier, bien entendu, et sourit avec amusement devant l'admiration béate de ces hommes dont la plupart n'avaient jamais rien vu d'aussi beau. Pourtant, il n'était guère satisfait de ces meubles fabriqués dans l'urgence ainsi que ceux qui avaient été placés dans les chambres attenantes et s'était promis de les remplacer par des mieux finis dès qu'il en aurait le temps. Lorsque tout le monde fut installé, Daniel, qui était resté debout, entama son discours de bienvenue dans lequel il répétait les explications d'Étienne, en terminant sur l'existence de logements disponibles pour ceux qui ne pouvaient faire la route en un jour. Ensuite, il demanda à chacun de se nommer et de préciser quelle commune il représentait, puis il expliqua la nécessité d'élire un agent de liaison avec le département.

Après bien des questions et des exclamations, le vote eut enfin lieu, à bulletin secret bien entendu, et Daniel qui ne pouvait être candidat se chargea de dépouiller le scrutin et d'annoncer le nom de l'élu. Ce fut avec une grande surprise que Pierre entendit son nom, alors que personne dans l'assemblée ne le connaissait auparavant, d'autant qu'il avait été choisi à l'unanimité moins deux voix, la sienne bien entendu, l'autre étant celle du Pont-Ouannais comme il était facile de le deviner.

— Pourquoi moi ? demanda-t-il intrigué.

— Parce que vous connaissez les gens d'Auxerre, répondit l'un de ses collègues, et que vous avez l'expérience du directoire de district.

— C'est assez logique, approuva Daniel en souriant.

Pierre ne pouvait pas refuser, mais il se rendit compte que finalement il était assez content de conserver ce lien qui s'était créé avec Étienne. De plus, la situation se montrait particulièrement favorable, car sa position lui permettrait de transmettre au département seulement ce qui lui conviendrait et il serait ainsi certain que les propos tenus lors des assemblées ne seraient pas déformés. Il adressa donc quelques mots de remerciement à ses collègues en affirmant que leur confiance lui allait droit au cœur et qu'il saurait s'en montrer digne en toute occasion. La réunion continua par un débat sur les attributions de l'assemblée cantonale dont Pierre et Daniel n'avaient qu'une idée très vague puis se termina par des questions sur les derniers événements de la Révolution que ces gens, très isolés pour la plupart, n'apprenaient que bien après leur déroulement, voire pas du tout. Pierre leur annonça l'élection du Directoire qui remplaçait la Convention[32], en précisant qu'il ne pouvait pas leur indiquer quelles décisions le nouveau gouvernement du pays avait prises, car les nouvelles ne leur étaient pas encore parvenues. Pour clore cette première réunion, les délégués décidèrent, sur proposition de Daniel, de se réunir tous les mois régulièrement sauf quand les événements exigeaient qu'ils se voient davantage.

À la fin de la réunion, les épouses de Daniel et Pierre arrivèrent avec des pichets de vin et des plateaux de victuailles afin de fêter la création de cette assemblée, ce qui surprit agréablement les élus. Ils trinquèrent à l'avenir de la nouvelle administration et l'ambiance guindée des débuts ne fut bientôt plus qu'un lointain souvenir, perdu dans les conversations amicales et les plaisanteries joviales que l'accueil chaleureux des Villedhuisiens faisait naître. Même le Pont-Ouannais, gagné par la convivialité de cette réunion, ne resta pas longtemps à l'écart. Il faut dire que ses concitoyens, faisant preuve de prudence devant une situation inédite, l'avaient choisi parmi les moins vindicatifs envers leurs voisins.

Ce soir-là, les élus des villages les plus éloignés restèrent à dormir dans les chambres prévues pour eux en se réjouissant de ne pas avoir à coucher à la belle étoile en cette saison plutôt morose. Beaucoup avaient craint que les conditions de voyage très difficiles durant l'hiver les empêchent d'assister aux réunions et découvraient avec plaisir que les Villedhuisiens avaient pensé à tout pour leur faciliter grandement la tâche.

Le calme revint dans le village, le temps restait doux, mais très pluvieux si bien que tous les gens disponibles travaillaient à consolider les rives de l'Ouanne, rongées par le courant, en espérant qu'il n'y aurait pas de nouvelle inondation. Ils constatèrent avec dépit que les Pont-Ouannais ne se souciaient pas d'entretenir les berges de leur côté de la rivière, avant de se rendre compte que si le cours d'eau

---

[32] 9 brumaire An IV (31 octobre 1795)

débordait, il se répandrait plus volontiers là où il rencontrerait le moins de résistance, ce qui pouvait les aider à protéger leur village.

Pierre s'activait dans son atelier pour honorer ses nombreuses commandes en sifflotant gaiement, finalement l'administration cantonale ne lui paraissait pas plus terrible que l'ancien directoire de district. Quelques réunions pour faire plaisir au représentant départemental, quelques déplacements à Auxerre, qui lui permettaient de concilier travail et obligations administratives, et le tour était joué. Le danger s'éloignait depuis qu'Étienne s'occupait de leur canton, car, contrairement à Serge, il leur faisait confiance si bien que les villageois pouvaient mener tranquillement leur vie quotidienne sans craindre que l'on vînt fouiller dans leurs secrets. Perrine et le père Craimen, bien protégés par leur fausse identité, prenaient quand même la précaution de ne pas se montrer lorsque tous les élus cantonaux venaient au village afin que personne ne pût les reconnaître par hasard. Aucune enquête sérieuse n'avait été menée sur la mort de Serge, là encore les représentants départementaux avaient pris leur parole pour argent comptant et s'en tenaient donc à la version des Villedhuisiens. Quant à la mystérieuse disparition des envoyés de l'assemblée Constituante dans la région, plus personne n'en parlait et, dans la pagaille qui avait préludé à la mise en place des différentes administrations, l'affaire avait même été totalement effacée des archives. Pour la première fois depuis des années, les villageois pouvaient envisager l'avenir avec une certaine confiance, ce qui leur paraissait une situation entièrement inédite.

Frimaire apporta un net refroidissement qui fit ressurgir le spectre de l'hiver précédent et poussa les Villedhuisiens à commander plus de bois de chauffage à Arnaud par peur d'en manquer à nouveau. Ils en constituèrent également une réserve impressionnante dans le bâtiment cantonal, comme tout le monde l'appelait, pour que leurs visiteurs soient convenablement chauffés lors des réunions mensuelles. Ce fut par ces jours d'intense activité, alors qu'il sillonnait la forêt en tous sens afin de ramasser son bois, qu'Arnaud aperçut des silhouettes furtives entre les troncs d'arbres qui disparurent rapidement lorsqu'il s'approcha. Étonné, il raconta cet incident à son père, le soir même, et celui-ci alerta Daniel dans la foulée, car la présence d'étrangers dans les bois entourant le village pouvait constituer un réel danger pour les habitants.

Dès le lendemain, le maire organisa une battue avec tous les hommes valides et, une fois de plus, Pierre contint sa colère d'être écarté à cause de son handicap. Ils patrouillèrent toute la journée dans la forêt, débusquant quantité d'animaux, petits ou gros, qui fuyaient devant les chiens excités, mais rien qui ressemblât de près ou de loin à des humains. Soit, Arnaud s'était trompé, soit, les gens qu'il avait vus étaient partis ailleurs, dans les deux cas, les villageois n'avaient plus à s'en préoccuper. Mais Daniel décida quand même, par prudence, de poster des guetteurs autour du village pendant quelques jours afin de s'assurer qu'aucune nouvelle attaque de Muscadins n'eût lieu.

Étienne arriva le vingt-quatre frimaire pour assister à la réunion cantonale et s'installa chez Pierre, comme d'habitude.

— J'ai encore de nouvelles commandes à vous transmettre, annonça-t-il d'un air réjoui. Les quelques menuisiers qui sont installés à Auxerre ne savent pas fabriquer d'aussi beaux meubles que vous, si bien que tous les gens, à qui je parle de votre atelier, veulent que vous travailliez pour eux.

— Vous avez peur que je m'ennuie ! plaisanta Pierre enchanté de voir son activité se développer.

— Eh, bien ! soupira Catherine, je peux attendre ma calèche pendant des années !

— Quelle calèche ? demanda Étienne.

— Mon épouse voudrait aller rendre visite à nos amis qui sont rentrés à Paris, expliqua Pierre, mais il nous faudrait un véhicule plus approprié que mon chariot. Je lui ai promis de fabriquer une calèche dès que j'aurai un peu de temps.

— Il serait peut-être plus judicieux d'en acheter une, suggéra Étienne.

— Oui, mais cela coûte cher !

— On peut en trouver à des prix très intéressants lors de ventes des biens des émigrés, indiqua Étienne. Si j'entends parler de quelque chose, je vous en ferais part.

Le lendemain, en ouvrant la réunion, avant même de présenter Étienne Servin, Pierre commença par demander à chacun s'il avait fait bon voyage et n'avait pas rencontré de rôdeurs sur le chemin. Comme le représentant départemental s'étonnait de cette question, le jeune homme parla des silhouettes entrevues par Arnaud et raconta la vaine battue à laquelle s'étaient livrés les hommes du village.

Quelques élus rapportèrent qu'ils avaient, eux aussi, aperçu des ombres fuyantes ou entendu des bruits furtifs le long des sentiers, mais personne ne s'était fait attaquer.

— Je crois savoir qui sont ces gens qui se cachent, déclara Étienne. Ce sont des déserteurs de l'armée.

— En êtes-vous sûr ? demanda Daniel incrédule.

— Non, pas complètement. Il faudrait pouvoir les attraper pour le savoir vraiment. Mais il y a des désertions massives dans l'armée, c'est un gros problème qui a poussé le Directoire à créer le poste d'agent militaire afin d'y faire face. Je suis venu justement pour vous en parler et vous dire d'être prudent, car ces déserteurs se livrent à des pillages pour survivre. Ils sont surtout dangereux lorsqu'ils se déplacent en bandes.

— Prévenez vos maires, recommanda Daniel aux élus, qu'ils prennent les mesures nécessaires pour protéger vos villages.

— Après les Muscadins, maintenant les déserteurs ! Décidément, le pays n'est pas sûr, remarqua Pierre pensivement.

— C'est pourquoi vous devez faire attention, insista Étienne.

Lorsque tous les murmures d'assentiment se furent calmés, le représentant départemental reprit la parole.

— L'autre raison de ma présence aujourd'hui est de vous préciser les attributions de cette assemblée cantonale. Vous devrez rendre la justice pour tout ce qui concerne les délits mineurs.

— Rendre la justice ! Nous ! s'exclamèrent tous les élus, effarés.

— Comment allons-nous faire cela ? demanda Pierre.

— Eh bien, vous vous constituerez en tribunal. Vous écouterez les plaignants et les témoins, puis vous déciderez qui a tort, qui a raison et ce qu'il convient de faire.

— Sur quelles bases ?

— Vous vous appuierez sur les lois et décrets qui ont été promulgués depuis la Constituante. Ne vous inquiétez pas, vous n'aurez pas à juger de crimes, seulement des querelles de voisinage ou des petits vols.

— Je suppose que nous n'avons pas le choix ! soupira Daniel.

— Vous tous, ajouta Étienne en se tournant vers tous les membres de l'assemblée, vous devrez annoncer dans vos communes que ce tribunal existe.

Ce sujet fut âprement discuté par tous les élus qui doutaient de l'efficacité d'une telle justice et de leurs capacités à juger impartialement des gens qu'ils connaissaient, mais Étienne leur remontra qu'ils étaient mieux à même de connaître les dessous de chaque affaire que des gens étrangers à la région. Finalement, lorsque tous les arguments furent épuisés, les membres de l'assemblée cantonale se résignèrent à siéger dans ce tribunal pour punir les petits délits.

Une vente aux enchères

Au début du mois de nivôse, Pierre et Catherine invitèrent Martine et Charles à venir passer une soirée avec eux. Depuis le mariage, le jeune couple s'était assez peu mêlé à la vie communale, travaillant beaucoup dans la journée et préférant rester au coin du feu, le soir. Clémence, la mère de la jeune femme vivait toujours avec eux et s'entendait parfaitement bien avec son gendre dont elle chantait les louanges à qui voulait l'entendre. Le jeune homme s'initiait aux mystères de la fabrication du pain, sans grand enthousiasme, mais sérieusement, car tout le monde s'attendait à lui voir reprendre le métier, ce qui libérerait Martine et lui permettrait de reprendre sa place de femme au foyer. Ils n'en parlaient guère entre eux, mais cette solution ne les satisfaisait ni l'un ni l'autre, car la jeune femme n'envisageait pas d'abandonner son activité qu'elle avait appris à aimer et craignait de s'ennuyer si elle n'avait plus à s'occuper que de sa maison.

C'était la première fois que Charles venait chez les Boredoux. Il passa la porte d'un air un peu emprunté et tendit gauchement à Catherine un plateau sur lequel il avait disposé diverses pâtisseries fort appétissantes.

— Oh, merci ! dit Catherine, un peu gênée. Mais vous n'auriez pas dû vous donner tout ce mal.

— Ces gâteaux m'ont l'air délicieux, commenta Pierre. Est-ce vous qui les avez faits ?

— Oui, c'est moi, répondit timidement Charles. J'adore faire de la pâtisserie, beaucoup plus que le pain.

— Nous les mangerons au dessert, annonça Catherine en les emportant dans la cuisine. Asseyez-vous.

Ils s'installèrent dans les fauteuils du salon, que Charles admira comme tous les gens qui entraient dans la maison. Pierre et le père Craimen s'efforcèrent de le mettre à l'aise, ce qui ne fut pas facile, car le jeune homme avait encore du mal à se sentir autrement que comme un étranger à Villedhuis, ce qui expliquait son peu d'enthousiasme à fréquenter ses voisins. Mais l'amabilité sans apprêt, et la conversation amicale des deux hommes finirent quand même par le détendre.

— C'est une demeure de notable que vous avez là, observa-t-il en regardant autour de lui.

— Qu'est-ce qui vous fait dire ça ? demanda Pierre amusé.

— Je trouvais déjà que la maison de Martine était belle avec sa salle de bains et ses chambres séparées, mais la vôtre est encore plus magnifique. Vous avez plusieurs chambres, n'est-ce pas ?

— Mais oui, sourit Pierre, il y en avait déjà, mais j'en ai rajouté quelques autres pour y loger tout le monde.

— Dans la maison de mes parents, nous dormions tous ensemble dans la même pièce à plusieurs par lit, et pourtant on nous envoyait dans Pont-Ouanne, car la chambre était séparée de la salle, ce qui n'était pas le cas dans les autres maisons. Avez-vous une salle de bains, aussi ?

— Oui, derrière la cuisine, ce qui permet d'y apporter facilement de l'eau chaude.

— Chez mes parents, nous nous lavions dehors, avec l'eau du puits, mais sans la chauffer. En hiver, il fallait casser la glace, c'était fort désagréable.

— À Paris, nous avons toujours utilisé de l'eau chaude, remarqua Catherine qui sortait de la cuisine.

— C'est vrai que vous venez de la ville, dit Charles pensivement, cela fait toute la différence.

— Vous croyez ? demanda Pierre. À Paris, il y a des porteurs d'eau qui vous l'apportent à domicile, mais il faut la payer alors qu'ici vous l'avez gratuitement, il suffit de la puiser.

— C'est vrai ? Vous n'avez pas de puits ni de rivière ?

— Il y a la Seine, c'est de là que vient l'eau des porteurs, mais elle n'est pas très propre, répondit Catherine. Il vaut mieux la faire bouillir avant de la boire.

— Et un puits dans un appartement, je ne vois pas comment ce serait possible, s'amusa Pierre. Il y en a dans la cour de certains immeubles.

— C'est une vie vraiment très différente, dit Martine, j'ai du mal à l'imaginer.

Ils passèrent à table et bavardèrent avec animation, maintenant que la glace était rompue. Charles, enfin détendu, découvrait avec surprise l'étendue des connaissances de ses hôtes et des sujets de conversation dont il n'avait jamais entendu parler. Il se mit à leur poser des questions comme un enfant émerveillé, s'ébaudissant devant les réponses aussi claires que précises, et finit par exprimer son regret de ne pas savoir lire pour pouvoir se cultiver davantage. Devant son désarroi, le père Craimen proposa de lui apprendre les rudiments de la lecture s'il le désirait.

— Vous feriez cela ? s'étonna Charles.

— Mais pourquoi pas ? Ce n'est pas bien compliqué, répondit le prêtre. Si vous venez tous les jours, il ne vous faudra pas plus de quelques mois pour savoir lire.

— C'est vrai ? Vous savez enseigner ?

Autour de la table, tous se regardèrent avec hésitation, se demandant s'il valait mieux parler ou se taire. Mais finalement, Pierre décida que Charles était digne de confiance. En quelques mots, il lui dévoila leur secret et lui fit jurer de garder le silence à tout jamais. Le jeune homme était à la fois stupéfait de cette découverte et ravi de se sentir assez accepté par ses nouveaux amis pour qu'on lui fit une telle révélation. Il promit solennellement de rester muet sur le sujet et accepta volontiers la proposition généreuse du curé.

Sur ces entrefaites, Marie apporta les gâteaux confectionnés par Charles et tout le monde les goûta avec curiosité. Il était rare, dans le village, que l'on achetât des pâtisseries. En général, les maîtresses de maison préparaient elles-mêmes leurs desserts, avec plus ou moins de bonheur, car il n'était pas donné à tout le monde de savoir faire une pâte légère. Catherine avait quelques spécialités, qu'elle réussissait à la perfection, Marie ne cuisinait que des crèmes et des entremets, quant à Perrine, elle se contentait de compotes de fruits excellentes au demeurant. Aussi fut-ce sans jalousie que les trois femmes déclarèrent que les gâteaux de Charles étaient les meilleurs qu'elles aient jamais mangés.

— Vous devriez en vendre, je suis sûre que beaucoup de gens dans le village seraient heureux de vous en acheter, suggéra Catherine.

— J'y ai déjà pensé, répondit Charles en rougissant, je préfère de beaucoup cela au pain.

— Mais, n'avez-vous pas prévu de reprendre la boulangerie ? demanda Pierre.

— C'est ce que l'on raconte, répondit Martine, mais je n'ai pas envie de la lui laisser. Je m'ennuierais à ne rien faire.

— Ne lui apprends-tu pas à faire du pain ? s'étonna Marie.

— Oui, bien sûr. Il faut que nous sachions le faire tous les deux en cas de besoin, mais ce n'est pas pour qu'il me remplace totalement.

— Dans ce cas, ajoutez un côté pâtisserie à votre boulangerie et je suis certaine que vous aurez du succès, insista Catherine.

— J'en ai bien envie, dit Charles en regardant Martine.

— Je crois, finalement, que c'est une bonne idée, approuva la jeune femme en lui souriant.

Dès le lendemain, le jeune couple se mit en devoir de changer l'organisation de son travail afin d'y intégrer la fabrication et la vente de pâtisseries, ainsi que de libérer quelques heures par jour pour que Charles pût passer du temps avec le père Craimen qui lui apprenait à lire. Catherine, Marie et Perrine racontèrent partout que le jeune homme faisait des gâteaux merveilleux et encouragèrent leurs amies à en acheter, si bien que toute la clientèle de la boulangerie en réclama. Cette innovation contribua grandement à l'intégration de Charles dans la communauté villageoise. Il fallut peu de temps pour que l'on cessât de penser à lui comme à un Pont-Ouannais et beaucoup de gens, emboîtant le pas aux Boredoux, admirent le jeune couple dans leur cercle d'amis.

L'hiver se montra plus clément que le précédent, mais les déplacements restaient difficiles, car la pluie avait transformé les chemins en bourbiers. Les élus cantonaux étaient malgré tout suffisamment motivés pour affronter ces conditions de voyage afin d'assurer leur mandat et tout le monde était présent à chaque réunion de l'assemblée. Ils se félicitaient du calme de leur région qui ne les obligeait pas à rendre la justice comme Étienne le leur avait demandé. C'était quelque chose que tous redoutaient, ne sachant absolument pas comment se comporter dans de telles circonstances si bien qu'ils souhaitaient vivement que cela n'arrivât jamais. En dehors de cette question, les réunions étaient plutôt appréciées par tous les participants qui s'estimaient et se respectaient mutuellement. Même si les désaccords sur certains sujets étaient énoncés clairement, les élus se montraient assez intelligents pour en discuter calmement et trouver un juste milieu qui, en général, satisfaisait tout le monde. Comme la coutume s'était établie d'organiser un repas avant que tous se dispersent, les conseillers avaient pris l'habitude d'apporter des spécialités de leur village pour les faire goûter à tout le monde, car ils trouvaient injuste que les Villedhuisiens supportent tous les frais de cette assemblée. Les pâtisseries de Charles avaient beaucoup de succès et beaucoup d'élus en achetaient avant de partir pour les emporter chez eux.

— Ta réputation va faire le tour du canton, plaisantait Pierre qui avait adopté le tutoiement avec le jeune homme. Méfie-toi, si Étienne découvre tes gâteaux, tu risques d'en vendre jusqu'à Auxerre.

— Ils ont sûrement de meilleurs pâtissiers que moi, protestait Charles en riant.

À la fin du mois de pluviôse, Pierre se rendit à Auxerre dans son chariot nouvellement bâché pour y livrer les meubles qu'il avait fabriqués afin de répondre aux premières commandes. Comme toujours, Philippe l'accompagnait par sécurité, d'autant plus que les routes étaient de plus en plus dangereuses avec tous les soldats déserteurs qui rôdaient dans le pays. Mais sur cette grande route assez fréquentée, ils n'en rencontrèrent aucun et le voyage se passa bien malgré la boue qui entravait leur progression et une petite pluie fine et pénétrante qui ne cessait de tomber, les trempant jusqu'aux os. Les deux hommes n'envisageaient pas de se rendre à Auxerre sans passer voir Étienne au siège du directoire départemental et, cette fois, ce n'était pas par crainte qu'il entendît parler de leur présence en ville, mais par plaisir qu'ils y allèrent. Ils y apprirent l'arrêt de la fabrication de l'assignat[33] sans savoir, toutefois, par quoi le Directoire allait remplacer cette monnaie, ce qui ne les troubla ni l'un ni l'autre, car ils n'acceptaient plus le papier-monnaie en paiement depuis longtemps. Étienne les approuva tout en regrettant que l'État le rémunérât encore en assignats qui étaient tombés à seulement 1 % de leur valeur initiale, autant dire qu'il recevait un salaire de misère

---

[33] Décret du 30 pluviôse An IV (19 février 1796)

et que sans ses autres revenus, il n'aurait pas pu entretenir sa famille. Il promit d'assister bientôt à l'une de leurs réunions, même s'il n'avait rien de spécial à leur annoncer, mais juste pour le plaisir de leur rendre visite.

Étienne tint parole plus vite que prévu en arrivant à Villedhuis le vingt-quatre ventôse pour la réunion du lendemain. Pierre l'accueillit amicalement, assez surpris quand même de cette visite un peu précipitée.

— Il se trouve que j'ai quelque chose d'important à vous dire, déclara Étienne sans vouloir s'expliquer davantage. Vous le saurez lors de la réunion.

Ne voulant pas insister, Pierre changea de sujet et parla plutôt des nouvelles locales.

— Dites-moi, intervint le père Craimen à l'intention du représentant, n'y a-t-il pas une confrérie des artisans du bois à Auxerre à laquelle mon gendre pourrait adhérer ?

— Il y en avait une, mais il n'y en a plus, répondit Étienne. Rappelez-vous, sous la Constituante en 1791, Mr Le Chapelier a fait voter une loi interdisant tout compagnonnage. Depuis, il n'y a plus ni guilde ni confrérie.

— Mais alors, comment les artisans obtiennent-ils les règlements pour leur travail ?

— C'est le gouvernement national qui les fixe pour tout le monde. Cela évite les privilèges accordés à certaines confréries.

— Ça ne me gêne pas, affirma Pierre, je n'y avais d'ailleurs jamais songé.

— Ah, vous me faites penser que j'ai autre chose à vous dire ! s'exclama Étienne.

— À qui ? À moi ou à l'assemblée cantonale ? demanda Pierre

— À vous. J'ai entendu parler d'une vente, qui aura lieu bientôt à Auxerre, des biens d'un émigré. Et sur la liste des objets, j'ai vu une calèche, apparemment en bon état. Si cela vous intéresse, je vous enverrais quelqu'un pour vous dire quel jour aura lieu cette vente.

— Pourquoi pas ? répondit Pierre en souriant. Cela fera plaisir à ma femme.

— C'est entendu, alors.

La soirée se termina très agréablement, bien que Pierre fût très intrigué par cette annonce mystérieuse qu'Étienne devait leur faire le lendemain. Tous arrivèrent dans la matinée, heureux de se retrouver ainsi chaque mois et s'échangeant des nouvelles avant le début de la réunion. Lorsque tous les conseillers furent installés dans la grande salle, Pierre prit la parole pour leur dire que le représentant départemental allait s'exprimer avant d'ouvrir les débats sur les questions du jour. Étienne se leva en arborant un air grave qui lui était inhabituel pour masquer sa contrariété devant la mission qui lui incombait.

— Je dois vous faire part d'une décision du Directoire qui vous concerne, annonça-t-il. Comme vous travaillez pour l'État dans cette assemblée, je dois vous faire jurer que vous haïssez la royauté. C'est une nouvelle mesure contre les royalistes qui sont de plus en plus actifs et s'infiltrent partout.

— Nous devons jurer tous ensemble ou chacun à notre tour ? demanda Daniel.

— Chacun à votre tour, et je le noterai. Je dois transmettre cette liste au Directoire. Ceux qui ne jureront pas sont menacés de déportation, mais je n'ai pas l'intention d'arrêter quiconque, expliqua Étienne mal à l'aise.

— Nous savons bien que vous ne faites qu'appliquer ce que l'on vous demande, le rassura Pierre.

Ils organisèrent la cérémonie du serment dans la salle de réunion. Chacun à leur tour, ils passèrent devant Étienne en déclinant leur nom et jurant qu'ils haïssaient la royauté. Certains semblaient peu convaincus de ce qu'ils affirmaient, mais le représentant se contenta de ces quelques mots murmurés du bout des lèvres et se montra fort soulagé lorsque tout le monde fut passé.

La réunion reprit ensuite normalement, portant sur les thèmes décidés le mois précédent et se termina comme d'habitude par le choix de l'ordre du jour de la réunion suivante. Au cours du repas, organisé comme toujours dans la salle de réunion, tous les conseillers assurèrent à Étienne qu'ils ne lui tenaient pas rigueur du serment qu'il leur avait fait prêter, sachant très bien qu'il n'avait pas le choix. Le représentant départemental avoua qu'il avait dû, lui aussi, jurer haine à la royauté, comme tous ses collègues du directoire départemental.

— Je sais que vous n'êtes pas tous d'accord avec cela, expliqua-t-il, mais il vaut mieux le faire pour éviter l'horreur des épurations, comme cela s'est produit sous la Terreur.

— Vous avez tout à fait raison, approuva Daniel. Après tout, cela ne nous engage à rien si nous gardons nos convictions pour nous.

— C'est aussi mon avis, renchérit Pierre.

— Je savais que vous étiez des gens sensés, se félicita Étienne.

Comme tout le monde, au dessert, il apprécia beaucoup les pâtisseries de Charles et demanda qui les avait faites. Lorsqu'on lui eut répondu que c'était le mari de la boulangère qui les confectionnait, il manifesta le désir de lui en acheter pour les emporter chez lui, ce qui amusa beaucoup Pierre qui l'avait prédit à son ami.

Durant la première décade de germinal, un émissaire d'Étienne arriva chez Pierre pour lui annoncer que la vente des biens des émigrés était imminente et lui proposa de l'accompagner à Auxerre afin qu'il y assistât. Catherine, à qui Pierre avait parlé de la calèche à vendre, sauta de joie à cette nouvelle et encouragea vivement son époux à s'y rendre. Si bien que le jeune homme prépara son chariot, y chargea les meubles qu'il venait de finir afin de profiter de ce voyage pour les livrer et partit dès le lendemain avec son escorte.

Le trajet se passa sans problème, mais il parut bien curieux à Pierre qui ne l'avait jamais accompli sans ses amis. L'envoyé d'Étienne était plutôt sympathique, mais les échanges avec lui restaient limités à des sujets d'ordre général si bien que la conversation s'essoufflait rapidement. L'arrivée sur Auxerre fut un soulagement. Ils se rendirent immédiatement au directoire où Étienne les accueillit avec plaisir.

— Je suis bien heureux de vous voir, affirma-t-il. À vrai dire, j'espérais bien que vous arriviez aujourd'hui, car la vente a lieu demain.

— Il était temps, remarqua Pierre.

— Je vois que vous avez des meubles à livrer, observa Étienne, je vous propose d'effectuer vos livraisons maintenant, puis de me retrouver ici ensuite. Nous nous rendrons ensemble chez moi, car bien entendu vous êtes mon invité.

— C'est très aimable à vous, répondit Pierre, étonné. Mais j'aurais pu me loger dans une auberge.

— Certainement pas ! s'exclama Étienne. Vous m'accueillez toujours lorsque je vais à Villedhuis, c'est bien le moins que je puisse faire de vous inviter à mon tour.

— Je vous en remercie.

— Je vous en prie, nous irons ensemble à la vente, demain, car j'ai l'œil sur quelques objets, moi aussi.

Ainsi fut fait. Pierre effectua ses livraisons puis rejoignit Étienne qui l'emmena chez lui où il rencontra ses enfants et son épouse. La soirée fut très agréable, ils conversèrent tranquillement au coin du feu, car les soirées étaient encore fraîches. Puis, le lendemain, les deux hommes se rendirent à la vente aux enchères. Pierre s'était fixé une somme à ne pas dépasser pour la calèche, n'ayant aucune idée des prix pratiqués dans la région ni du nombre de gens qui se montreraient intéressés par le même objet que lui. C'était une vente à la bougie, comme cela se pratiquait couramment. En arrivant, les deux hommes se promenèrent autour des biens exposés, notant leur état et observant discrètement les gens qui s'y intéressaient comme eux. La calèche était effectivement très bien conservée, on voyait qu'elle avait été parfaitement entretenue, ce qui fit craindre à Pierre qu'elle atteignît un prix trop élevé pour lui.

Puis la vente commença. Les aides du commissaire-priseur allumèrent deux petites bougies de cire blanche, très fines, qui indiqueraient le temps maximum des enchères pour chaque bien proposé. Après la vente de chaque objet, ils changeaient les bougies et cela recommençait. Pierre remarqua que les enchères étaient languissantes et s'en étonna auprès d'Étienne.

— C'est que des ventes comme celle-ci ont lieu plusieurs fois par mois, lui chuchota le représentant. Si bien que les gens s'en lassent.

— Ah bon, je n'aurais jamais cru qu'il y en ait autant, s'étonna Pierre.

— La plupart des nobles de Bourgogne ont émigré, répondit Étienne, et bien peu sont revenus, alors toutes les ventes sont centralisées ici.

Mais on annonçait la calèche et Pierre devint très attentif. Le prix de mise aux enchères lui parut ridiculement bas, ce qui l'étonna encore davantage. Comme il l'avait vu faire aux enchérisseurs précédents, il leva le bras pour signifier qu'il prenait part à la vente, puis regarda autour de lui pour voir qui en faisait autant. À sa grande stupéfaction, personne ne se manifesta. Le commissaire-priseur insista, vantant l'état parfait de l'objet, puis voyant que personne ne paraissait intéressé, il l'adjugea à Pierre pour la moitié de la somme que celui-ci pensait y mettre. La vente continua et Étienne, lui aussi, obtint les quelques bibelots qu'il désirait pour un prix dérisoire.

En sortant de la salle d'adjudication, Étienne emmena Pierre dîner chez lui en se réjouissant des bonnes affaires qu'ils venaient de réaliser.

— Vous voyez, dit-il, c'est presque toujours comme ça. J'ai ainsi pu obtenir de très belles choses pour pratiquement rien. Votre femme va être ravie.

— J'en suis très heureux, répondit Pierre. Cependant, je me demande comment je vais pouvoir emmener cette calèche chez moi, en plus de mon chariot.

— Ne vous inquiétez pas, j'ai une idée qui peut tout arranger. Je vous propose d'abriter cette calèche chez moi pour l'instant et je vous l'amènerai à la fin du mois, en venant à la réunion cantonale.

— Ce serait l'idéal ! Je ne sais comment vous remercier !

— Je vous en prie, c'est tout naturel ! Vous m'avez accueilli si aimablement et vous faites toujours en sorte d'aplanir toutes les difficultés dans mes relations avec votre village et votre assemblée, je ne puis faire moins !

— En m'aidant ainsi, vous me donnez la possibilité de m'absenter pendant plusieurs mois, observa Pierre en souriant. Vous allez devoir vous passer de moi quelque temps.

— Ça ne fait rien. Je suis heureux que vous puissiez le faire puisque c'est votre désir.

Pierre reprit la route le lendemain avec l'escorte qu'Étienne lui avait fournie. Il avait hâte de rentrer afin d'annoncer la bonne nouvelle chez lui. Catherine se montra enchantée de pouvoir enfin réaliser son rêve d'aller rendre visite à ses amis parisiens, ainsi que de revoir la ville de son enfance. Elle s'attaqua immédiatement à la préparation de leur voyage et à l'organisation de sa maison afin de la laisser en ordre à Perrine et Marie qui s'occuperaient également des enfants durant leur absence.

— Peut-être voudrais-tu venir avec nous, proposa Pierre à Marie. Sans doute, y a-t-il aussi des gens que tu voudrais revoir.

— Je ne crois pas, répondit la jeune femme. Je ne m'étais pas fait d'amis, comme Paul et Hélène pour vous, et je crois que plus personne ne se rappelle de moi.

— La grande ville ne te manque-t-elle pas ? demanda Catherine.

— Certainement pas ! Je suis très bien ici, je me sens chez moi.

Pierre travaillait peu dans son atelier, il préférait passer le plus clair de son temps avec le père Craimen pour établir le trajet qu'il devrait suivre jusqu'à Paris. Au lieu de passer par Fontainebleau, comme ils l'avaient fait à l'aller, ils prendraient un chemin plus au sud qui les emmènerait par Nemours, puis Savigny-sur-Orge afin d'entrer dans Paris par Châtillon. La distance n'était pas plus courte, mais les routes qu'ils suivraient étaient mieux entretenues et fréquentées, car elles servaient aux estafettes qui transmettaient les messages des différentes armées.

Catherine, quant à elle, s'occupait des détails matériels de leur voyage. Elle se fournit en étoffes de laine bien épaisses et en fourrures bien chaudes pour lutter contre le froid durant les trajets, car le printemps n'était pas très avancé et le fond de l'air restait plutôt frais. Elle prépara également une malle remplie de leurs meilleurs vêtements pour se sentir correctement habillée auprès des Parisiens. La jeune femme se creusa la tête pendant un moment pour trouver des cadeaux à offrir à leurs amis et finit par demander à Pierre de leur fabriquer des bibelots pour leur maison et un jouet pour le petit Camille, ce qu'il accepta volontiers.

À la fin du mois, Étienne arriva, comme promis, avec la calèche pour assister à la réunion cantonale. Cette fois, il fut tout heureux de confier à Pierre qu'il n'avait rien d'important à annoncer durant la réunion, l'histoire du serment lui avait largement suffi. Tout le monde dans la maison admira le beau véhicule, laqué de noir, et les armes d'argent gravées sur les portières.

— Il vaudrait mieux cacher ces armes, dit Pierre soucieux, je ne voudrais pas que l'on nous prenne pour des nobles. Il ne fait pas bon d'être titré en ce moment.

— Je pense que vous avez raison, approuva le père Craimen, mais comment allez-vous faire ?

— Je vais les recouvrir d'une fine planche de bois sur laquelle je peindrai des motifs neutres. Ainsi personne ne nous cherchera noise.

— C'est une excellente idée, convint Étienne. Quand comptez-vous partir ?

— Le plus vite possible, répondit vivement Catherine.

Pierre sourit et tempéra les propos de sa femme en expliquant à Étienne que leurs préparatifs étaient presque finis et qu'il pensait prendre la route au début du mois de floréal en espérant que le temps serait clément.

— Qui viendra avec vous ? demanda Étienne.

— Personne.

— Vous ne pouvez pas partir seuls, voyons ! Les routes sont pleines de brigands de tous poils, vous vous ferez forcément attaquer et dévaliser ! Il vous faut une escorte armée !

— Je ne peux demander à personne d'abandonner son travail pendant plusieurs mois pour nous accompagner ! C'est impossible !

— Si vous êtes d'accord, je vous mettrais à disposition les soldats qui m'accompagnent, proposa Étienne.

— Mais voyons, vous en aurez besoin ! Et puis, je ne pourrai pas les payer !

— Ils travaillent pour l'État, comme vous, et sont payés par lui, donc vous n'avez pas à vous en soucier. Ils vous escorteront jusqu'à Paris et iront vous rechercher lorsque vous rentrerez, il vous suffira de leur donner la date de votre retour. Alors, qu'en dites-vous ?

— J'avoue que cela me soulage beaucoup, répondit Pierre avec gratitude, je m'inquiétais des risques du voyage.

— Alors, c'est dit ! Je vous les enverrai dès mon retour à Auxerre.

Catherine se déclara également rassurée de savoir qu'ils seraient protégés par des soldats durant tout leur périple, car elle n'avait jamais oublié l'attaque qu'ils avaient subie lors de leur premier voyage et dont Pierre avait bien failli ne pas se remettre. Les conditions de leur retour vers Paris s'annonçaient nettement plus confortables que celles de leur fuite.

Comme il l'avait annoncé à Pierre, Étienne eut peu de nouvelles à transmettre aux conseillers lors de la réunion du lendemain.

— Vous savez tous que l'assignat a été supprimé, commença-t-il.

Un murmure d'assentiment général lui répondit, alors il poursuivit son exposé d'un ton égal qui démontrait son peu d'intérêt pour le sujet.

— Eh bien, il a été remplacé par une nouvelle monnaie papier qui s'appelle le mandat territorial et qui est gagée sur les biens nationaux comme l'assignat. Sa valeur d'origine était presque identique à celle des assignats, mais elle est déjà descendue à 80 % de moins, malheureusement. Personne ne semble avoir confiance dans cette nouvelle monnaie.

— Serons-nous obligés d'accepter ces billets en paiement ? demanda l'un des conseillers qui était artisan comme Pierre.

— Officiellement, oui, répondit Étienne en souriant. Mais dans les faits, je pense que personne ne viendra contrôler ce que vous faites.

— J'aime autant ça ! soupira le conseiller.

— D'autre part, reprit Étienne, le général Bonaparte qui dirige l'armée d'Italie a obtenu sa première victoire sur les Autrichiens à Montenotte[34], ce qui est de bon augure pour la suite.

Là aussi, tout le monde acquiesça, mais avec une certaine indifférence, car ils se sentaient peu concernés par les guerres que menait la république. Tant que les impôts pour nourrir les armées ne leur semblaient pas trop lourds et qu'on ne les enrôlait pas de force, le reste ne les intéressait pas.

---

[34] 23 germinal An IV (12 avril 1796)

Le voyage à Paris

Après la réunion cantonale, les journées s'accélérèrent pour les époux Boredoux qui terminaient activement leurs préparatifs de voyage. Pierre repeignit entièrement la calèche en tons clairs pour ne pas rappeler les anciens propriétaires et dessina, sur les plaques de bois qui recouvraient les armes d'argent, des motifs végétaux du meilleur effet. Catherine, aidée de Perrine et de Marie, recouvrit la capote un peu abîmée avec un nouveau tissu huilé, de couleur beige, qui changeait totalement l'aspect du véhicule. Et lorsque, le premier floréal, les soldats promis par Étienne arrivèrent, les jeunes gens n'avaient plus qu'à mettre leurs bagages dans la malle accrochée à l'arrière de la calèche avant de prendre la route.

Ils partirent à l'aube du deux floréal, un peu tristes de laisser leurs enfants et leurs amis, mais heureux de voir du pays et d'oublier pendant quelques mois les intrigues du village. Pierre se demandait ce qu'Étienne avait bien pu raconter aux soldats qui les accompagnaient, car ceux-ci se montraient extrêmement respectueux envers lui et l'appelaient « capitaine ». Il en conclut qu'Étienne leur avait rapporté les circonstances dans lesquelles il avait perdu sa jambe et s'amusa de constater que le représentant lui attribuait un grade qu'il n'avait jamais eu. Mais il se garda bien de détromper les soldats, trouvant que cela simplifiait beaucoup leurs relations. Il avait été également très ému de découvrir que son ami avait pensé à la fatigue que cela représenterait pour lui de mener l'attelage durant tout le voyage et lui avait fourni un cocher pour les conduire jusqu'à Paris. Ainsi, il pouvait profiter du périple tranquillement installé sur la banquette auprès de son épouse et admirer sans retenue les paysages qu'ils traversaient. La nuit, ils s'arrêtaient dans des auberges confortables que le cocher connaissait et où ils étaient reçus royalement pour quelques sols. La présence de l'escorte se montra particulièrement dissuasive, car aucune bande de brigands n'essaya de les attaquer et, lorsqu'ils croisaient d'autres voyageurs sur ces routes assez fréquentées, ceux-ci s'écartaient avec respect, les prenant pour des personnages importants ce qui amusait beaucoup Catherine. Le voyage s'étirait paresseusement. Comme les jeunes gens n'étaient pas pressés, n'ayant pas annoncé leur arrivée aux Langlé, ils prenaient le temps de s'arrêter dans des petits villages pour se dégourdir les jambes et reposer les chevaux.

À l'approche de Paris, le trafic se fit plus dense, ils ne pouvaient plus avancer qu'au pas et avaient plus de mal à trouver où se loger. Et puis, ce fut l'arrivée aux portes de la capitale, une vingtaine de jours après leur départ. Ils trouvèrent un terre-plein où faire halte, à l'écart de la route, pour se séparer, car les soldats s'arrêtaient là. Pierre se concerta avec le chef de l'escorte pour décider du retour. Ils convinrent de se retrouver à cet endroit même le premier fructidor afin d'être rentrés avant les pluies d'automne qui compliqueraient le voyage. Puis les soldats firent demi-tour tandis que le jeune homme s'installait sur le siège du cocher et prenait les rênes pour entrer dans la ville.

Pierre et Catherine regardaient autour d'eux avec curiosité, cherchant des repères connus et notant au passage les changements survenus dans la ville depuis leur départ, cinq ans plus tôt. Bien sûr, les rues étaient les mêmes, mais plusieurs immeubles étaient entièrement dévastés, certains portant les stigmates noirs des incendies qui les avaient ravagés. On voyait beaucoup de mendiants dans les rues, bien plus qu'avant, leur semblait-il, mais aussi des femmes d'allures libres, le verbe haut, les jupes relevées par des attaches montrant leurs chevilles sans pudeur. Catherine n'en revenait pas.

— Les choses ont bien changé, murmura-t-elle, désemparée.

— La Révolution a fait évoluer les mœurs, répondit Pierre.

Ils traversèrent le quartier des étudiants, creuset en perpétuelle ébullition, et passèrent sur l'île de la Cité, où ils eurent la surprise de voir se promener sur le parvis de Notre-Dame des élégants et des élégantes en grande tenue, très maniérés, contrastant totalement avec la population qu'ils avaient découverte sur la rive gauche. Le plus étonnant était que ces gens, qui singeaient les anciens aristocrates, portaient tous la cocarde tricolore sur leur coiffure.

Ils franchirent le Pont-au-Change et s'avancèrent, le cœur un peu serré de retrouver leur ancien quartier. Pierre choisit de ne pas passer par la rue Quincampoix pour se rendre rue Étienne Marcel où résidaient leurs amis, ils auraient tout le temps plus tard d'aller voir leur appartement et il ne tenait pas à raviver trop vite des souvenirs douloureux. Catherine restait silencieuse, pensant elle aussi à ce passé, pas si lointain, qui lui sautait au visage en retrouvant les rues de sa jeunesse. Enfin, Pierre engagea la calèche sous le porche de l'immeuble qui abritait l'imprimerie et tira sur les rênes pour arrêter le cheval. Le concierge sortit de sa loge et les apostropha d'un ton hargneux.

— Qui êtes-vous et que venez-vous faire ici ?

— Nous sommes des amis de Paul et Hélène Langlé, et nous venons leur rendre visite, répondit Pierre d'un ton aimable.

— C'est au premier ! lança l'homme en les lorgnant d'un air soupçonneux.

— Merci, nous connaissons, répondit Catherine qui était descendue à son tour de la voiture.

Laissant Pierre surveiller leur véhicule, la jeune femme gravit légèrement les marches et toqua à la porte de l'appartement dont elle se souvenait si bien. Mélanie vint lui ouvrir et la dévisagea d'un air surpris avant qu'un large sourire éclairât son visage.

— La petite Catherine ! s'exclama-t-elle en la serrant dans ses bras. Ça alors, quelle surprise ! Madame ! Madame !

Elle s'élança dans le couloir pour aller prévenir Hélène qui arriva à son tour en courant et se jeta dans les bras de son amie.

— C'est merveilleux ! s'écria-t-elle. Qu'est-ce que tu fais là ?

— Nous venons d'arriver, Pierre et moi.

— Où est-il ?

— En bas, il surveille la voiture.

— Je vais prévenir Paul, il est à l'imprimerie. Oh, je suis si heureuse de vous voir !

Les deux amies redescendirent l'escalier et Hélène embrassa Pierre avec effusion avant de se précipiter vers l'imprimerie. Un instant plus tard, les deux couples se retrouvèrent sous le porche, riant et parlant avec animation, les questions et réponses se croisaient dans un joyeux désordre.

— Dites-moi, j'espère que vous allez rester avec nous assez long-temps, dit Paul.

— Nous avons prévu de repartir le premier fructidor, répondit Pierre, si cela ne vous dérange pas de nous recevoir aussi longtemps.

— Bien sûr que non ! s'exclama Hélène. J'en suis très heureuse !

— Cette calèche est magnifique ! dit Paul admiratif, est-elle à vous ?

— Oui, je l'ai achetée à une vente aux enchères à Auxerre, le mois dernier.

— Nous n'avons pas la place de la garder ici, mais nous pouvons la ranger chez vous, si cela vous convient, suggéra Paul.

— Rue Quincampoix ? demanda Catherine, assez émue.

— Oui, si cela ne t'ennuie pas.

— Oh, non évidemment.

— Nous allons descendre votre malle et l'emporter chez nous, puis nous irons installer l'attelage rue Quincampoix, Pierre et moi, annonça Paul.

Ainsi fut fait. Hélène et Catherine remontèrent dans l'appartement pendant que les deux hommes y portaient la lourde malle avant de s'en aller. Hélène et Mélanie s'affairèrent à installer la chambre pour leurs invités, sans accepter l'aide de Catherine, arguant qu'elle devait se reposer des fatigues du voyage. Camille, tout heureux de ce remue-ménage, vint grimper sans façon sur les genoux de la jeune femme pour lui demander des nouvelles de Quentin et des amis qu'il avait laissés à Villedhuis. Elle bavarda agréablement avec lui jusqu'au moment où les hommes revinrent. Tout de suite, elle remarqua le trouble de Pierre malgré le sourire qu'il affichait.

— Qu'y a-t-il ? demanda-t-elle vivement. L'immeuble a-t-il beau-coup changé ?

— Non, justement, répondit son mari. Ce n'est rien, mais cela m'a plus ému que je ne le pensais de tout retrouver dans l'état où nous l'avions laissé.

— Nous avons entretenu de notre mieux l'appartement du troi-sième et le logis au fond de la cour, mais nous ne nous serions jamais permis de changer quoi que ce soit, affirma Paul.

— Oui, évidemment, je comprends bien, mais comme nous pen-sions ne jamais revoir tout cela, ce fut un choc tout de même.

— Et maintenant, qu'allons-nous en faire ? soupira Catherine.

— Vous avez tout le temps d'y penser, répondit Hélène péremptoirement. Pour le moment, détendez-vous et racontez-nous les nouvelles de votre village.

Mélanie leur apporta un plateau avec des verres et un pichet de vin de Montmartre, puis retourna dans sa cuisine pour préparer le repas tandis qu'ils devisaient tranquillement. Pierre et Catherine racontèrent à leurs amis tous les événements survenus à Villedhuis depuis leur départ. Hélène poussa des cris d'horreur au récit de l'attaque des Muscadins et frémit lorsque Catherine lui décrivit le village inondé. Paul, de son côté, se réjouit de l'assassinat de Serge, même si ce n'était pas très charitable et se déclara enchanté qu'ils aient enfin un représentant départemental honnête et compréhensif.

— Tu n'as pas de chance, plaisanta-t-il, te voilà encore délégué de Villedhuis, ils ne te lâcheront jamais !

— Ils sont très timorés et préfèrent s'occuper de leurs affaires plutôt que de se dévouer pour leur région. Je crois qu'ils n'ont pas bien compris que les changements que nous vivons sont irréversibles. Ils attendent, contre toute évidence, le retour à l'ancien ordre des choses.

— Eh, oui ! Je n'ai jamais bien compris comment tu pouvais te plaire parmi eux.

— Ce sont de braves gens, honnêtes et simples. Je préfère les relations avec eux qu'avec tous ces gens hypocrites que je fréquentais auparavant.

— C'est un point de vue, reconnut Paul.

— C'est dommage que tu aies abandonné le négoce des tissus, intervint Hélène. Les gens qui en ont les moyens dépensent des fortunes pour s'habiller, tout le monde veut s'amuser pour oublier toutes ces horreurs, il y a des bals un peu partout en ville.

— Oui, nous avons vu des gens très habillés devant Notre-Dame en arrivant, mais pourquoi portent-ils tous la cocarde tricolore ?

— Pour ne pas être confondus avec les émigrés qui reviennent ici.

— Ah, bon, certains reviennent, alors ?

— Certains ? Tu veux dire énormément ! Le Directoire leur a fait de belles promesses pour les inciter à revenir et arrêter de conspirer contre l'État. Mais la plupart du temps, ils ne retrouvent pas leurs biens qui ont déjà été vendus, alors ils sont mécontents.

Mélanie arriva sur ces entrefaites pour annoncer que le repas était servi et ils abandonnèrent le sujet pour passer à table. La soirée se passa tranquillement. Pierre et Catherine offrirent à leurs amis les cadeaux qu'ils leur avaient apportés et qui leur plurent infiniment. Camille sauta de joie devant le jouet que lui avait confectionné le jeune homme et refusa de s'en séparer pour aller dormir ce qui amusa beaucoup les adultes. Cependant, même si les retrouvailles s'étaient encore mieux passées qu'elle l'avait espéré, Catherine ne put trouver le sommeil, cette nuit-là. Chaque fois qu'elle fermait les yeux, le passé lui revenait par vagues, faisant ressurgir les souvenirs heureux ou malheureux de sa jeunesse. Elle se tournait et se retournait sans cesse, mais le repos la fuyait et elle finissait par regretter d'être revenue à Paris. Au matin, Pierre s'inquiéta de sa pâleur et de ses yeux battus.

— Je n'ai pas pu dormir, soupira-t-elle. Tous ces souvenirs m'ont tenue éveillée.

— Je pense que tu dois aller rue Quincampoix, dit-il songeur. Même si le choc est rude, cela t'aidera, mais si au contraire tu fuis tes souvenirs, ils continueront à te tourmenter.

— Tu as peut-être raison, mais cela me fait peur.

— J'irai avec toi, bien sûr. Fais-moi confiance.

Après le déjeuner, Pierre annonça qu'ils voulaient se rendre à leur ancien logis. Hélène se proposa aussitôt de les accompagner, ce que Catherine accepta avec reconnaissance. Ils partirent donc tous les trois, à pied, avec Camille qui n'aurait raté cette promenade pour rien au monde. La vue de ces rues qui lui étaient si familières troubla fortement Catherine que son mari soutenait avec sollicitude. En arrivant rue Quincampoix, la jeune femme crut que le souffle allait lui manquer tant elle était émue de revoir l'immeuble où elle avait connu tant de joies. Ils s'engagèrent sous le porche et s'arrêtèrent en voyant le concierge sortir de sa loge, hélas, ce n'était plus Mr Debray. Hélène s'avança et présenta ses amis comme les propriétaires des logements que son mari et elle entretenaient avec soin. L'homme leur sourit gracieusement et leur souhaita la bienvenue, croyant visiblement que les jeunes gens venaient se réinstaller dans l'immeuble. Ils ne le détrompèrent pas et se dirigèrent d'abord vers le petit logis de la cour. Ils pénétrèrent dans la salle où Hélène avait annoncé son mariage à son amie, puis dans la chambre où Quentin était né. Tout était resté en place, tel qu'ils l'avaient laissé. Catherine eut l'impression que sa mère allait arriver d'un instant à l'autre pour leur demander l'explication d'une si longue absence. Elle se tourna vers son mari, des larmes perlant sur ses cils, et se jeta dans ses bras. Il la serra contre lui, tendrement, attendant que son émotion s'apaisât, puis il suggéra doucement de monter à l'appartement.

L'escalier n'était pas trop raide, mais Catherine eut toutes les peines du monde à le monter. Hélène ouvrit la porte et poussa ses amis dans le couloir tout en grondant Camille qui s'était déjà élancé dans l'appartement en poussant des cris de sauvage. Ils visitèrent les pièces, une à une, évoquant dans chacune les souvenirs qui leur revenaient. Pierre s'efforçait d'aborder tous les sujets, heureux ou non, sans en laisser dans l'ombre afin d'aider Catherine à surmonter son trouble. Au début, elle répondait à peine, mais comme Hélène abondait dans le sens du jeune homme et racontait toutes les anecdotes dont elle se souvenait, la jeune femme finit par se dérider et entrer dans le jeu, elle aussi. Elle alla fouiller dans la chambre qu'Hélène et elle avaient partagée pour y retrouver le journal intime qu'elles avaient écrit à deux mains et le parcourut avec son amie en riant aux éclats. Pierre les regardait avec un sourire soulagé, le traitement qu'il avait préconisé marchait parfaitement et allait enfin débarrasser Catherine de ses vieux démons.

Le retour chez les Langlé fut beaucoup plus joyeux que l'aller. Les deux jeunes femmes bavardaient gaiement comme deux écolières tout juste échappées de leur pension et taquinaient gentiment Pierre qui répondait sur le même ton. Camille regardait sa mère avec étonnement, perplexe de la trouver si différente de la femme posée qu'il connaissait. Paul, par contre, lorsqu'il les rejoignit au dîner, retrouva son épouse telle qu'il l'avait rencontrée quelques années auparavant et s'en déclara enchanté.

— Maintenant que vous avez revu ces lieux, qu'allez-vous en faire ? demanda-t-il à ses amis.

— Les vendre, je suppose, répondit Pierre songeur. Penses-tu que ce soit possible ?

— Oh, facilement ! Il y a une véritable frénésie d'achat en ce moment à Paris. Vous en tirerez un bon prix.

— J'avais espéré que vous viendriez vous réinstaller ici, se désola Hélène. Vous ne le voulez vraiment pas ?

— Non, répondit Catherine fermement, notre vie n'est plus ici. Mais rien ne vous empêche de venir nous rendre visite de temps en temps et nous pourrons toujours séjourner chez vous si vous nous accueillez.

— Oui, je comprends, approuva Paul. Eh bien, si tu le désires, Pierre, je vais essayer de te trouver des acheteurs pour l'appartement et le logis de la cour.

— Ce serait parfait, le remercia Pierre.

L'après-midi, Hélène et ses amis allèrent se promener sur les quais pour humer l'air de Paris et découvrir les changements survenus depuis leur départ. Pierre et Catherine découvraient le peuple de la capitale comme ils ne l'avaient jamais vu. Ils croisaient des bandes de jeunes gens, somptueusement vêtus, qu'Hélène appelait la jeunesse dorée, issus de la bourgeoisie pour la plupart. À côté d'eux circulaient ceux que l'on nommait les sans-culottes, portant blouse et pantalon de toile, certains arborant fièrement le bonnet phrygien avec la cocarde tricolore. Bien sûr, on voyait nombre de soldats aux uniformes divers, ainsi que des gardes nationaux, à cheval ou à pied, auprès desquels Hélène baissait la tête en passant, car, expliqua-t-elle à ses amis, il suffisait parfois d'une attitude jugée provocante pour que l'on vous arrêtât sans autre forme de procès. Catherine eut l'œil attiré par un petit groupe de gens, habillés modestement, qui semblait vouloir se fondre dans le décor.

— Ce sont des nobles, commenta Hélène. Ils ne veulent pas se faire remarquer pour essayer de conserver le peu qui leur reste. Souvent, ils se font moquer ou insulter par les passants.

— C'est le monde à l'envers, s'étonna la jeune femme.

Un peu plus loin, ils furent assaillis par des mendiants qui réclamaient une aumône, plutôt agressivement en essayant de s'accrocher aux robes des deux femmes. Pierre les dispersa avec la canne qu'il avait emportée pour l'aider à marcher.

— Cela, au moins, ne change pas, sourit-il.

— Détrompe-toi, répondit Hélène. Ce sont, pour la plupart, des gens qui ont tout perdu à cause de la Révolution, c'est pourquoi ils sont aussi agressifs. Ils n'étaient pas issus des classes les plus pauvres. À côté de cela, on voit d'anciens mendiants qui sont devenus riches, par des moyens douteux évidemment.

Ils continuèrent leur balade, assez perplexes devant ce qu'ils découvraient. La misère la plus noire côtoyait la plus grande richesse, ce qui n'était pas nouveau, mais la différence venait plus des raisons qui avaient tout offert aux uns en spoliant les autres. De fortes rancœurs s'exhalaient dans les disputes qui éclataient parfois dans les embarras de la circulation. On y sentait la frustration née des espoirs déçus de toute une population qui avait cru à la liberté et aux idées généreuses des révolutionnaires ainsi que le ressentiment des anciens nantis qui se retrouvaient privés de leurs biens, qu'ils imaginaient inaliénables, au profit de va-nu-pieds sans scrupule.

Pierre, qui n'imaginait pas un tel état de fait, passa la soirée à en discuter avec Paul, se demandant avec appréhension quel monde allait bien pouvoir sortir de tels bouleversements. Pendant ce temps, les deux amies s'étaient lancées dans une conversation plus futile sur l'habillement et la mode. Catherine avait sorti la garde-robe qu'elle avait apportée de Villedhuis et Hélène se faisait un délice de sortir les nippes, une à une, pour en faire l'inspection. Elle réussit à décider son amie à acheter des tissus pour se faire de nouvelles robes plus à la mode.

— Attention, quand même ! protesta Catherine. La mode de Paris ne convient pas vraiment aux travaux de la campagne. Je ne vais pas aller cultiver mon jardin en grande tenue !

— Oui, rétorqua Hélène, mais il te faut des vêtements habillés quand tu te rends à Auxerre. Tu fais partie des notables, maintenant !

Cette réflexion provoqua chez la jeune femme un fou rire inextinguible qui l'amena au bord des larmes, entraînant avec elle, par contagion, Hélène qui ne comprenait pas ce qu'elle avait bien pu dire de si drôle. Lorsqu'elle fut un peu calmée, Catherine expliqua la cause de son hilarité à son amie.

— J'imagine l'expression des Villedhuisiens si tu leur racontais cela. Ils te regarderaient avec des yeux ronds en se demandant ce que tu veux dire.

— Oui, reconnut Hélène, c'est vrai qu'ils se moquent un peu de ces distinctions.

Les jours se suivaient très agréablement. Lorsque Paul parvenait à se libérer de son travail, les quatre jeunes gens, profitant du temps très doux de ce printemps, sortaient de la ville pour aller pique-niquer dans la campagne environnante. Ils en revenaient avec des brassées de fleurs que les jeunes femmes avaient cueillies pour décorer l'appartement malgré les ronchonnements de Mélanie que cela faisait éternuer. Quand il pleuvait, ils restaient à la maison, chassant l'ennui avec des jeux de société ou piochant dans la bibliothèque bien fournie de Paul. Le reste du temps, ils se promenaient dans Paris, à pied ou en calèche, privilégiant un quartier ou l'autre au gré de leurs humeurs. C'est ainsi qu'un après-midi, Hélène les emmena jusqu'à la place de la bastille où ils découvrirent un spectacle qui les cloua sur place. Il ne restait plus rien de la forteresse qui s'élevait à cet endroit avant la Révolution. Bien sûr, ils avaient entendu dire qu'un entrepreneur l'avait en partie détruite pour vendre les pierres, mais ils pensaient que cela ne concernait pas l'ensemble de l'édifice. Or, ils se trouvaient devant un vaste terrain vague sur lequel les passants et les véhicules qui le traversaient avaient tracé des chemins se croisant dans tous les sens. De l'autre côté de cet espace vide, ils apercevaient l'entrée du faubourg Saint-Antoine qui était depuis toujours le fief des menuisiers et des ébénistes de Paris.

— Veux-tu que nous y allions pour voir comment ils travaillent ? proposa Hélène à Pierre.

— Surtout pas ! protesta le jeune homme. Après avoir vu les maîtres, je n'oserais plus m'aventurer à travailler le bois.

— Je suis sûre que tu en égales plus d'un, affirma Catherine. D'ailleurs, tout le monde admire tes réalisations.

— C'est parce qu'ils n'ont pas vu ce que l'on fait ici.

Ils rebroussèrent chemin, suivant les petites rues étroites et encombrées qui les ramèneraient chez eux, lorsque Pierre tira brusquement sur les rênes pour arrêter le cheval. Catherine se pencha en avant et fut fort surprise de voir son mari héler impérieusement un passant. Celui-ci leva la tête et poussa une exclamation joyeuse en se précipitant vers eux. Intriguée, elle s'avança encore plus tandis que son mari dégringolait le marchepied pour étreindre l'inconnu avant de se tourner vers elle.

— Tu ne reconnais pas mon ami, François Monrê ? lui demanda-t-il.

— Mais, c'est vous qui avez joué de la musique à mon mariage ! s'exclama Hélène tandis que Catherine descendait à son tour de la voiture.

— Que deviens-tu ? demanda Pierre.

— Pas grand-chose, répondit François avec un haussement d'épaules. J'ai été député à la Législative et j'ai échappé de justesse à la guillotine alors, maintenant j'évite de me mêler des affaires publiques.

— Et les autres membres de ton orchestre ?

— Ils ont fait à peu près la même chose que moi, mais ils ont eu moins de chance. Ils sont passés sur l'échafaud, tous les trois. Et vous ?

Pierre lui raconta succinctement leur départ de Paris et leur installation en province, sans s'attarder sur leurs difficultés ni préciser leur relative prospérité actuelle. Les années écoulées l'avaient rendu méfiant, même avec ceux qui semblaient amicaux. Et en prenant congé de François, il se garda bien de lui proposer de leur rendre visite avant leur départ de la capitale. C'est d'ailleurs ce que Catherine lui fit remarquer lorsqu'ils se furent éloignés.

— Je pense que ce ne serait pas sage, expliqua le jeune homme. Il nous a dit qu'il a échappé à la guillotine, mais nous ne savons pas si c'est sous la Terreur ou après, alors je préfère éviter de lui en dire trop.

— Pourra-t-on un jour faire à nouveau confiance aux gens et arrêter de surveiller ses paroles ? soupira la jeune femme.

Quelques jours plus tard, alors que thermidor faisait briller un soleil triomphant sur Paris, Paul annonça à Pierre qu'il avait peut-être un acheteur pour l'appartement de la rue Quincampoix. Aussitôt, rendez-vous fut pris pour la visite à laquelle les deux amis avaient décidé de se rendre ensemble. Dès le début du séjour des Boredoux, Paul avait demandé à un notaire qu'il connaissait d'évaluer les biens à vendre, aussi Pierre savait-il parfaitement quel prix exiger pour l'appartement. L'acheteur potentiel était un homme d'allure modeste et même un peu timide, qui les salua fort civilement avant de gravir l'escalier à leur suite. Il se montra, par contre, très méthodique dans sa façon d'examiner chaque pièce et de demander quelle partie du mobilier était comprise dans la vente. Pierre s'était mis d'accord là-dessus avec Catherine qui ne désirait garder que quelques bibelots en souvenir de ses parents. La visite terminée, comme l'homme se montrait intéressé, ils s'installèrent au salon pour régler tous les détails de la transaction et s'assurer qu'ils étaient d'accord. Seul l'appartement du troisième intéressait l'acheteur qui désirait s'y installer avec sa famille, ce qui convenait parfaitement à Pierre, car il s'était laissé dire par le notaire qu'il ferait une meilleure affaire en vendant séparément l'appartement et le logis de la cour. Comme les intérêts des deux parties concordaient, ils décidèrent de se retrouver le lendemain chez le notaire pour que l'acheteur remît la somme demandée à Pierre.

Ce soir-là, chez les Langlé, ils fêtèrent la bonne nouvelle et, à sa grande surprise, Catherine ne ressentit pas le moindre pincement au cœur en pensant qu'une autre famille que la sienne allait vivre dans cet endroit où elle avait grandi. Son foyer, maintenant, était à Villedhuis et elle s'en rendait d'autant plus compte qu'il commençait à lui manquer davantage de jour en jour.

— Dis-moi, lança Pierre, j'ai pensé à quelque chose tout à l'heure. Mes beaux-parents possédaient une grange et un bâtiment, hors des murs, là où vous vous êtes mariés, d'ailleurs. Il faudrait les vendre eux aussi.

— N'y compte pas, répondit Paul. J'y suis allé quelque temps après votre départ, après avoir réussi à désintéresser tes créanciers, mais j'ai trouvé des gens installés dedans. J'ai essayé de les déloger, sans succès. Cela a même failli me coûter cher, penses-tu, chasser de bons révolutionnaires !

— Sont-ils toujours dedans ?

— Eux, non ! Mais il y en a d'autres. À notre retour de Villedhuis, j'ai essayé de retrouver les actes de propriété de ces bâtiments chez tes beaux-parents, mais je n'ai rien trouvé, si bien que tu ne peux pas faire valoir tes droits.

— Bon, tant pis !

— Qu'importe, intervint Catherine, nous n'avons pas besoin de cela.

Le lendemain, la vente chez le notaire eut lieu comme prévu. L'acheteur avait apporté un gros sac en cuir, plein de pièces de toutes sortes, mais pas un seul billet. Pierre lui avait bien précisé qu'il n'accepterait pas cette monnaie dépréciée qui ne compenserait jamais la valeur d'un bien immobilier, ce que l'homme avait admis sans difficulté. Lorsque les clefs eurent été solennellement données avec le nouvel acte de propriété, le notaire retint les deux amis qui s'apprêtaient à prendre congé.

— J'ai peut-être une bonne nouvelle pour vous, dit-il avec un grand sourire. Avez-vous entendu parler du peintre Jacques-Louis David[35] ?

— Oui, répondit Pierre étonné, il a fait plusieurs tableaux qui ont rencontré un certain succès, dont « Le serment du jeu de Paume », me semble-t-il.

— C'était un révolutionnaire convaincu, ajouta Paul, il était avec Robespierre sous la Terreur. N'a-t-il pas été guillotiné ?

— Non, justement, répondit le notaire. Il y a échappé de justesse, mais a été emprisonné plusieurs fois. Il vient de sortir de prison et

---

[35] 1748 — 1825

cherche un endroit pour se reconstituer un atelier, je crois que votre local dans la cour lui conviendrait.

— S'il sort de prison, il ne doit pas avoir de quoi payer, observa Paul.

— Ne vous inquiétez pas pour lui, sourit le notaire, il a su gagner beaucoup d'argent pendant la Terreur et le mettre en sûreté avant son arrestation. Il vous en donnera ce que vous voulez.

— Très bien, voyons donc ce David, approuva Pierre.

En rentrant, ils annoncèrent la nouvelle aux deux femmes qui s'en réjouirent. Évidemment, le fait de vendre leur bien à un révolutionnaire sanguinaire ne plaisait guère à Catherine, mais Pierre lui remontra que la seule chose à considérer était l'argent qu'ils en tireraient. Après tout, des révolutionnaires qui avaient pris part à la Terreur, il en resterait longtemps encore dans le pays et l'on ne pouvait pas tous les éliminer sous peine de faire revivre cette période noire. Il fallait s'efforcer d'oublier à défaut de pardonner ces excès.

Deux jours plus tard, Catherine avait accompagné Pierre dans le logis de la cour pour décider des objets qu'elle voulait garder, lorsque le notaire arriva avec un homme qu'ils ne connaissaient pas. Il avait les cheveux châtains et semblait avoir subi beaucoup d'épreuves qui avaient laissé des marques sur son visage, sa maigreur le faisait paraître plus grand qu'il n'était en réalité, car il rendait une bonne tête à Pierre. Le notaire le présenta comme le peintre David, acheteur éventuel du local, et Catherine fut étonnée de ne ressentir aucune animosité envers cet homme qui, à vrai dire, lui faisait plutôt pitié. Il visita les deux pièces et apprécia beaucoup la lumière apportée par la verrière du toit qui conviendrait parfaitement pour sa peinture. Un accord fut trouvé sur-le-champ, et rendez-vous fut pris pour le versement de la somme dans l'étude du notaire.

— Ça y est, le local est vendu, annonça Pierre en arrivant chez ses amis.

— Comment, déjà ! s'exclama Paul. Quand avez-vous vu l'acheteur ?

— Aujourd'hui même. Le notaire l'a conduit rue Quincampoix pour que nous le fassions visiter.

— Est-ce bien le peintre David ?

— Oui, répondit Catherine, mais je l'ai trouvé plutôt défait par son emprisonnement, il s'est montré très discret.

— Et bien, je vous félicite. Vous repartirez en ayant réglé toutes vos affaires ici.

— Justement, s'inquiéta Hélène, c'est très risqué de voyager avec une forte somme comme cela. Vous risquez de vous faire détrousser.

— Mais non ! Tu sais bien que nous avons une escorte qui nous attendra le jour de notre départ, répondit Pierre.

Ils s'installèrent devant les fenêtres ouvertes pour profiter de la douceur du soir en devisant paisiblement. Pierre envisageait l'avenir avec un optimisme dont il n'avait pas fait preuve depuis très longtemps. L'argent de ces deux ventes allait lui permettre d'acheter de nouveaux outils pour son atelier et de varier ses matières premières. Il avait déjà dans l'idée de se fournir en bois exotiques qui s'adapteraient mieux à des petits meubles fins dont il avait esquissé la forme sans pouvoir les produire jusque-là. Il expliqua également à Paul que lors de la vente aux enchères, il avait beaucoup admiré des objets en marqueterie et rêvait, depuis, d'essayer d'en faire autant.

— Ah, soupira-t-il, comme je voudrais que Quentin soit assez grand pour que je puisse le prendre comme apprenti !

— Ça viendra, le consola Paul, laisse-le profiter de son enfance, elle passe si vite !

— Oui, je sais bien.

— Tiens, j'ai appris cet après-midi que le Pape a signé un armistice avec le général Bonaparte[36]. C'est une grande victoire pour nous ! On raconte qu'il finira par reconnaître la république.

— On parle beaucoup de ce général en ce moment, je trouve.

— C'est l'homme de la situation, il nous a donné de grandes victoires militaires. Nos voisins vont peut-être enfin nous laisser en paix.

— Il ne faudrait pas qu'il prenne trop de pouvoir, quand même.

— Bah, que veux-tu qu'il fasse ? C'est un militaire, pas un homme politique.

— Oui, tu as sans doute raison.

La vente du petit logis au peintre David se passa sans anicroche et les Boredoux profitèrent des derniers moments de leur séjour pour courir les boutiques afin de trouver des cadeaux à rapporter pour tout le monde. Hélène et Mélanie aidèrent Catherine à emballer les nouveaux habits et les divers objets qu'ils emportaient sans oublier les bourses pleines d'argent qu'ils enveloppèrent soigneusement avant de les disposer au fond de la malle.

---

[36] 5 messidor An IV (23 juin 1796)

Le jour du départ, Hélène et Paul avaient décidé d'accompagner leurs amis jusqu'au lieu de rendez-vous avec les soldats de l'escorte pour s'assurer qu'ils seraient bien là. Comme le jour de leur arrivée, ils eurent bien du mal à se sortir des embarras de la circulation parisienne et mirent plusieurs heures à rejoindre la porte par laquelle ils étaient entrés. Pierre poussa un soupir de soulagement en apercevant les soldats qui patientaient tranquillement sur le terre-plein, car, même s'il ne voulait pas l'avouer, il avait craint un moment qu'ils ne soient pas venus. Les amis s'embrassèrent longuement, peu désireux de se séparer, sachant trop bien que de longues années s'écouleraient certainement avant qu'ils se revoient malgré leurs promesses de se rendre visite. Puis le jeune homme se cala au fond de la calèche auprès de sa femme tandis que le cocher prenait les rênes, les soldats se mirent en formation et le cortège s'ébranla sous les yeux de Paul et Hélène qui agitaient leurs mains en guise d'adieu.

Un procès truqué

Le voyage de retour s'effectua sans incident notable. Ils suivirent la même route qu'à l'aller en admirant des paysages passés du vert tendre du printemps, au vert profond de la fin d'été. Leur impatience grandit fortement lorsqu'ils contournèrent Auxerre pour prendre le chemin vers Villedhuis et leur cœur battit plus vite en quittant la grand-route pour emprunter le sentier qui serpentait à travers la forêt avant d'arriver au village. Le sentiment de retrouver enfin leur foyer les étreignait avec tant de force qu'ils ne pouvaient douter qu'ici était leur vraie place.

Les soldats de tête ouvrirent le portail et la calèche entra dans la cour, attirant toute la maisonnée aux fenêtres. Aussitôt retentirent des cris de joie et des cavalcades. Pierre et Catherine eurent à peine le temps de descendre de voiture avant d'être enlacés par des bras potelés qui s'accrochaient à eux tandis que des voix fluettes réclamaient des câlins à tue-tête. Catherine prit Bérangère dans ses bras et Pierre serra Quentin contre lui avec amour.

— Comme tu as grandi ! s'exclama-t-il, amenant un sourire fier sur le visage de l'enfant.

Marie, Perrine et le père Craimen les saluèrent à leur tour, heureux de les voir enfin rentrés sains et saufs. Avant toute chose, Pierre voulut s'occuper du logement des soldats qui ne pouvaient repartir le soir même, la journée étant trop avancée. Le prêtre se chargea d'aller demander à Daniel Brisen les clefs du bâtiment cantonal afin de les y installer pour la nuit et Marie assura qu'elle avait tout ce qu'il fallait pour leur offrir un repas convenable. Tout le monde s'affaira, les soldats descendirent la malle et l'apportèrent à l'intérieur tandis que le cocher guidé par Quentin s'occupait de l'attelage et que Perrine et Marie s'activaient dans la cuisine. Seuls Pierre et Catherine n'eurent pas le droit de travailler et, suivant l'injonction péremptoire de Marie, s'installèrent dans les fauteuils de la grande salle avec Bérangère qui babillait joyeusement en allant de l'un à l'autre.

Lorsque tout le monde eut fait honneur au repas et que les soldats eurent gagné leurs chambres pour la nuit, les jeunes gens se retrouvèrent enfin seuls avec leurs proches. C'était le moment de raconter leur périple et leurs aventures parisiennes. Par prudence, Pierre n'avait jamais mentionné devant l'escorte la forte somme qu'il rapportait afin de ne pas éveiller les convoitises. Mais dans la tranquillité de son salon, il put évoquer la vente des deux appartements et les projets que cet argent lui permettait de concevoir. Le père Craimen l'approuva de vouloir développer son activité et lui suggéra de ne pas se limiter à Quentin, mais de former aussi d'autres apprentis.

— Pourquoi pas ? admit Pierre. Si je continue à recevoir autant de commandes, je pourrais faire travailler au moins deux personnes avec moi, ce qui me libérera un peu de temps pour essayer d'autres choses, comme la marqueterie par exemple.

— Cela me paraît une excellente idée, appuya le curé.

— Savez-vous que Pierre a refusé de visiter le faubourg Saint-Antoine ? demanda Catherine amusée.

— Pourquoi cela ? s'étonna Perrine qui n'avait aucune idée de ce que cela signifiait.

— Parce que c'est le fief des artisans du bois depuis toujours, répondit Marie qui retrouvait ses souvenirs parisiens. C'est là que l'on fabrique les plus beaux meubles de la capitale.

— Vous n'avez pas à rougir de vos talents, assura le père Craimen. Vos meubles valent bien les leurs.

Pierre sourit sans répondre. Il savait bien que ce n'était pas le cas, mais un jour peut-être arriverait-il à les égaler. Il l'espérait sans trop y croire.

Le lendemain, les deux jeunes gens firent le tour de Villedhuis pour saluer leurs amis et connaissances, heureux de retrouver l'atmosphère paisible du village. Ils apprirent avec satisfaction que la récolte de l'année s'annonçait abondante, ce qui repoussait au loin le spectre de la famine. Daniel leur précisa malgré tout qu'il avait l'intention de continuer à appliquer la méthode qui leur avait si bien réussi durant les années de disette, afin d'anticiper sur un éventuel hiver désastreux comme celui de l'an III.

Avant de se remettre au travail, Pierre commença par faire l'inventaire de son atelier pour établir la liste des objets dont il aurait besoin s'il développait son activité. Il étudia également la possibilité d'agrandir le local pour y installer un apprenti, tout en se demandant qui il allait bien pouvoir trouver. Ce fut durant ces journées d'intenses réflexions qu'Étienne arriva, apportant une distraction bienvenue, tout heureux de retrouver celui qu'il considérait comme son ami. Bien entendu, Pierre lui parla de ses projets, obtenant immédiatement son approbation enthousiaste. Il proposa de se renseigner à Auxerre pour trouver un importateur de bois exotiques et suggéra même au jeune homme de venir avec lui le lendemain après la réunion pour se fournir en nouveaux outils. Pierre refusa de partir si vite, expliquant qu'il venait seulement d'arriver et désirait rester un peu auprès de sa famille. Étienne n'insista pas et la soirée fut des plus paisible.

Le lendemain, après le dîner, en se rendant à la réunion cantonale, Pierre s'étonna de l'attitude contrainte de Daniel qui ne répondait guère à ses remarques amicales. Il en comprit la raison dès que l'ordre du jour fut abordé, car le principal sujet de cette session se révéla être la mise en place du tribunal pour juger d'un vol important ayant eu lieu à Pont-Ouanne. Pierre soupira, il fallait bien que cela arrivât un jour, pensa-t-il résigné.

— Quand le vol a-t-il eu lieu ? demanda-t-il.

— Au début du mois de thermidor, répondit le délégué Pont-Ouannais.

— Mais, quand avez-vous trouvé le voleur ? Pourquoi ne l'avez-vous pas déjà jugé ? s'étonna Pierre.

— Nous avons découvert le butin chez le voleur dès le lendemain, répondit le délégué, mais nous avons préféré attendre votre retour pour le juger.

Pierre jeta un regard meurtrier à Daniel, comprenant maintenant sa réserve, et se promit de lui faire part de son mécontentement dès la fin de la réunion. Puis, usant de ses prérogatives de directeur, il désigna d'office les membres de l'assemblée qui siégeraient avec lui, lors de cette session du tribunal, et fixa la date de l'audience.

Lors du repas qui clôtura la séance, Étienne s'approcha de Pierre et le félicita de la façon énergique dont il avait pris les choses en main, tout en déplorant l'apathie des membres du conseil. Le jeune homme les défendit sans conviction, encore furieux de cette corvée qui lui échoyait alors que l'affaire aurait dû être réglée depuis longtemps. Incapable de se mettre au diapason de la bonne humeur, il s'éclipsa rapidement pour retrouver le calme de sa maison. Mais il n'avait fait que quelques pas lorsqu'une silhouette sortant de l'ombre s'approcha de lui presque timidement.

— Vous m'en voulez, n'est-ce pas Pierre ? murmura Daniel.

— Un peu, reconnut le jeune homme en s'arrêtant. Pourquoi diable, n'avez-vous pas organisé ce jugement au lieu de m'attendre ?

— Parce que cela concerne les Pont-Ouannais. Ils auraient mal accepté que je m'en mêle, mais vous, ce n'est pas pareil.

— Merci du cadeau ! bougonna le jeune homme.

— Je suis vraiment navré ! Je savais que cela ne vous plairait pas, mais j'ai eu peur de provoquer de nouvelles bagarres entre nos deux villages comme c'est déjà arrivé dans le passé.

— Bon, je suppose que vous avez bien fait, admit Pierre à contre-cœur. Où est le voleur, au fait ?

— À Pont-Ouanne, sous bonne garde. Ils ont promis de l'amener pour le jugement.

— Peut-être serait-il bon de garder quelques soldats avec nous pour maintenir l'ordre, dit Pierre songeur. Je vais en parler à Étienne.

En rentrant chez lui, il raconta les événements à ses proches sans cacher sa contrariété devant les responsabilités qu'il devait endosser.

— Nous avons effectivement entendu parler de ce vol, expliqua le père Craimen, mais nous pensions que c'était réglé depuis longtemps. Daniel n'a jamais dit qu'il vous attendait pour le juger.

— Je me doute qu'il ne s'en est pas vanté ! soupira Pierre.

Lorsque Étienne arriva, Pierre lui expliqua les craintes de Daniel et son propre désir d'assurer la sécurité des élus siégeant au tribunal tout en évitant les débordements éventuels. Le représentant départemental fut aussitôt d'accord pour lui laisser quelques soldats jusqu'au jugement.

— De plus, ils pourront convoyer le prisonnier jusqu'à Auxerre si vous décidez d'une peine de prison, ajouta-t-il avec un sourire complice.

Pris de court, Pierre acquiesça en songeant que, jusque-là, il n'avait envisagé ce procès que sous l'aspect d'une corvée à effectuer, en oubliant de considérer les conséquences de ce jugement pour le voleur. Il se promit d'étudier de très près tous les points de vue et les circonstances de l'affaire afin de rendre la sentence la plus juste possible, craignant que malgré la présence des autres élus, le dernier mot lui revînt quand même.

Il commença dès le lendemain. Mettant entre parenthèses ses propres projets, il examina soigneusement tous les documents écrits que Daniel avait rassemblés sur l'affaire. La plainte des personnes détroussées y figurait naturellement et Pierre eut la surprise de constater qu'il s'agissait de la famille de Charles Dubois. Selon les conclusions de l'enquête conduite par les Pont-Ouannais, le voleur s'était introduit dans la maison alors que tout le monde était aux champs et avait emporté tous les objets précieux qu'il avait trouvés. Le butin avait été retrouvé dans la misérable cabane où il vivait, à la sortie du village. Malgré les évidences, Pierre se sentit fort dérouté devant la tournure prise par cette affaire et décida d'aller voir Charles pour essayer de comprendre ce vol étonnant.

— Je me doutais que tu viendrais me voir à ce sujet, sourit le jeune pâtissier.

— Je ne comprends pas, expliqua Pierre. D'après les descriptions, ce voleur me paraît très misérable.

— Il l'est, confirma Charles. C'est un pauvre hère qui braconne un peu et chaparde quelques fruits dans les vergers pour survivre.

— Alors pourquoi aurait-il volé ces objets précieux ? Que voulait-il en faire ?

— Rien. À mon avis, il ne connaissait même pas leur valeur.

— C'est bien ce que je pensais. Explique-moi en quoi il peut bien être gênant pour ta famille.

— Sa cabane est plantée sur un terrain riche. Je pense qu'ils désirent le récupérer pour le cultiver.

— Mais, possèdent-ils ce terrain ?

— Non, il appartient à une veuve, mais sans doute ont-ils décidé de l'acheter.

— Ce pourrait être déjà fait, suggéra Pierre.

— Sûrement pas ! Ils sont trop habiles pour faire quoi que ce soit qui puisse se retourner contre eux. Tu ne pourras rien prouver.

De retour chez lui, Pierre éplucha soigneusement tous les documents pour essayer d'y déceler une faille qu'il pourrait exploiter, mais, comme Charles le lui avait prédit, il ne trouva rien. L'affaire semblait limpide et pourtant le jeune homme savait qu'elle était truquée si habilement que l'on n'y voyait que du feu. Mal à l'aise, il laissa tomber et se replongea dans ses projets qui lui rendirent une certaine sérénité.

Reprenant à son compte, la suggestion du père Craimen, Pierre décida d'embaucher un apprenti dont l'activité lui libérerait du temps pour se consacrer aux innovations qu'il envisageait. Il chercha donc qui, parmi les jeunes gens du village, pourrait être intéressé par le travail du bois. Le premier lui venant à l'esprit fut Arnaud Legros, le fils d'Anselme, le forgeron, qui assumait les fonctions de bûcheron et garde-chasse. Le garçon montrait un amour inné pour cette matière noble, alors il serait certainement heureux de passer de l'abattage des arbres au façonnage du bois, qui demandait finesse et minutie. Pierre alla donc lui rendre visite un soir chez son père, pour lui faire sa proposition, persuadé qu'Arnaud allait sauter de joie devant une telle opportunité. Aussi fut-il très surpris lorsque le jeune garde-chasse lui expliqua posément qu'il avait trouvé sa voie et ne désirait rien d'autre que de continuer cette activité qu'il aimait. Il reconnut qu'il avait désiré, naguère, entrer comme apprenti dans son atelier, mais que maintenant le grand air et la liberté dont il disposait lui manqueraient trop. Déçu, mais compréhensif, Pierre rentra chez lui en repassant dans sa tête tous les habitants du village afin de découvrir lequel ferait un bon apprenti.

Sa démarche auprès du jeune homme ne resta pas longtemps secrète. Dès le lendemain, l'histoire avait fait le tour de Villedhuis et l'on ne parlait plus que de cela sur le marché et dans les rues alentour. Marie rapporta ces commentaires en même temps que ses emplettes, ce qui fit bien rire Catherine.

— Une fois de plus, nous voilà au centre des ragots du village, s'amusa-t-elle. Je me demande de quoi ils pouvaient bien parler avant notre arrivée.

— Oh, ils ne sont jamais en peine, répondit Perrine en riant.

L'après-midi leur apporta pourtant une surprise de taille, prouvant par-là même l'importance de ces commérages. Plusieurs jeunes gens se présentèrent à la porte en expliquant timidement qu'ils désiraient apprendre le travail du bois. Fort divertie par la tournure des choses, Catherine alla chercher Pierre dans son atelier et lui expliqua qu'il n'avait plus à chercher d'apprenti, il lui suffisait de faire le tri parmi les postulants. Le jeune homme décida de les recevoir un par un pour évaluer leurs aptitudes avant de prendre sa décision. Il y passa toute la journée du lendemain, prenant son temps pour ne pas risquer de se tromper. Ce qu'il désirait surtout, c'était choisir un garçon qui voulait apprendre, capable de reconnaître ses erreurs et d'évoluer à partir de cela. Par conséquent, il élimina les jeunes gens trop sûrs d'eux, persuadés d'être les meilleurs parce qu'ils avaient sculpté un animal dans un morceau de bois. Lorsque le soir tomba, il avait pris sa décision.

Le jeune garçon que Pierre avait distingué se nommait Julien Remar et avait quatorze ans, c'était à peu près tout ce que l'on savait à son sujet. Il vivait avec son père et une dame âgée dans une maison de taille modeste, un peu à l'écart du village. Si Julien se mêlait volontiers aux jeux des garçons de son âge, on ne voyait pratiquement jamais son père dans la rue, sauf lors des rares occasions où il rendait visite à Daniel Brisen, le seul Villedhuisien qu'il fréquentait. Quant à la dame qui tenait le ménage, Marie la rencontrait souvent sur le marché, mais elle n'avait pas pu la tirer de son mutisme. Curieusement, tout le monde respectait cette discrétion exagérée sans manifester la moindre apparence de curiosité. Les villageois, pourtant si prompts aux commérages, n'abordaient jamais le sujet de la maison Remar comme si cela ne les intéressait pas.

Pierre se rendit chez Julien pour lui faire part de son choix et s'entendre avec son père sur les modalités de son apprentissage. Mr Remar se montra très aimable et accepta volontiers la proposition du jeune homme, se déclarant fort heureux que son fils eût enfin trouvé un métier qui lui plaisait. L'usage voulait en général que l'apprenti logeât chez son maître, mais comme les deux maisons n'étaient pas très éloignées l'une de l'autre, le père de Julien préféra garder son fils, ce que Pierre approuva tout à fait. Le jeune homme avait beaucoup réfléchi et s'était décidé à se rendre sans tarder à Auxerre pour étoffer son outillage, aussi décida-t-il avec Mr Remar que Julien ne commencerait son apprentissage qu'à son retour de la ville.

Le procès eut lieu quelques jours plus tard. Les élus désignés pour faire partie de ce premier tribunal étaient revenus à Villedhuis et l'accusé avait été amené de Pont-Ouanne, sous bonne escorte, en compagnie de Mr Dubois qui venait plaider sa cause. Pierre ouvrit les débats, bien décidé à user de son influence pour faire éclater la vérité. Mais il se rendit rapidement compte que les choses ne tournaient pas comme il le désirait. Le plaidoyer éloquent du père de Charles provoquait des hochements de tête approbateurs parmi les élus, au grand dam de Pierre qui ne pouvait intervenir. Lorsque vint le tour de l'accusé, le jeune homme tenta de l'aider en lui posant des questions simples, car le pauvre hère ne savait pas s'exprimer aussi bien que son accusateur. Mais rien n'y fit, Pierre se rendait compte, à l'expression des visages, que l'affaire était entendue. Ils se réunirent pour délibérer comme l'exigeait la procédure et le jeune homme eut la surprise de recevoir un soutien inattendu de la part de l'élu de Pont-Ouanne qui connaissait bien les Dubois.

— Il est coupable, c'est évident ! affirma un élu.

— Il faut parfois se méfier des évidences, remarqua l'élu de Pont-Ouanne.

— Mais nous avons toutes les preuves !

— Les preuves peuvent être fabriquées, observa Pierre.

— Pour quelle raison aurait-on fait cela ? demanda un autre.

— Il faut le condamner lourdement, nous ne pouvons pas laisser passer une telle action sinon personne ne sera plus en sécurité dans la région, clama un autre élu qui était, comme les Dubois, le plus gros propriétaire terrien de sa commune. Nous devons protéger nos biens !

Pierre soupira, résigné. Contre toute attente, personne ne l'écoutait. Tous les conseillers présents étaient des notables, plus préoccupés de sécurité que de justice et peu enclins à écouter les propos d'un miséreux. À la reprise de la séance, ce fut avec beaucoup de répugnance qu'il dut annoncer à l'accusé qu'il était condamné à de longues années de prison pour un vol qu'il n'avait pas commis.

En sortant de la salle, Pierre alla parler au chef du détachement de soldats qui devaient emmener le prisonnier à Auxerre pour lui annoncer qu'il avait décidé de faire le chemin avec eux. Le soldat, qui avait fait partie du voyage à Paris, se déclara enchanté de sa compagnie.

Ils partirent à l'aube pour profiter au maximum de la lumière de ce jour d'automne encore chaud. Pierre se sentait le cœur plus léger qu'il ne l'aurait pensé, car Philippe avait sauté sur l'occasion pour se rendre lui aussi à la ville faire quelques emplettes. Le jeune homme menait son chariot juste derrière le soldat de tête, son ami caracolant à côté de lui quand le sentier était assez large pour le permettre. Ils échangeaient par intermittence quelques remarques futiles, s'efforçant l'un et l'autre d'ignorer le prisonnier enchaîné qui marchait derrière eux, entouré de soldats attentifs.

Le trajet se fit rapidement et sans encombre ce qui satisfit les deux amis, soulagés de quitter les soldats et le condamné à l'entrée d'Auxerre. Avant de courir les échoppes, ils se rendirent au directoire départemental pour saluer Étienne Servin qui les invita chez lui pour la durée de leur séjour. Philippe se montra un peu gêné de cette aimable proposition, mais Pierre, sachant qu'Étienne la formulait tout naturellement, accepta volontiers.

— Alors, avez-vous trouvé ce que vous cherchiez ? demanda le représentant départemental ce soir-là, lorsqu'ils furent confortablement installés au salon.

— Pas tout, non, répondit Pierre. Je voudrais des outils plus fins, permettant de faire un travail plus précis. Peut-être aurai-je plus de chance, demain.

— Je vous le souhaite, répondit Étienne. Je crois que j'ai trouvé l'importateur de bois exotiques que vous désiriez, je vous le présenterai demain.

— C'est une excellente nouvelle ! s'exclama Pierre ravi.

Après avoir évoqué les projets des deux hommes, la conversation revint tout naturellement sur les derniers événements de Villedhuis et la tenue du tribunal. Pierre avoua son impuissance à faire éclater la vérité, face à des gens qui se serraient les coudes, et son découragement. Étienne ne s'en montra pas surpris et expliqua aux deux amis qu'il s'était trouvé plusieurs fois devant de telles situations depuis son entrée au directoire départemental.

— Chacun préfère croire les gens de son milieu plutôt qu'un vagabond sans feu ni lieu et puis il y a toujours la pensée sous-jacente que l'on pourra obtenir la même indulgence pour soi.

— Si d'autres se comportent de la même façon dans la région, nous n'avons pas fini de juger de faux délits, soupira Pierre.

— C'est pourquoi il faudrait une justice indépendante exercée par des gens étrangers au département pour ne pas se laisser influencer, martela Étienne qui militait pour cette innovation.

— J'ai bien peur que le Directoire soit trop pris pour s'en préoccuper actuellement, objecta Pierre d'un air de doute.

— Je sais, il faudrait déjà que cette guerre finisse. Mais le général Bonaparte semble avoir les choses en main, je crois que nous nous dirigeons enfin vers la paix.

— Ce serait une bonne chose, approuva Philippe.

— Du moment qu'il n'en profite pas pour se croire tout puissant, ajouta Pierre.

Le lendemain, Étienne présenta Pierre et Philippe à l'exportateur de bois exotiques avant de se rendre au directoire. Les jeunes artisans, émerveillés, découvrirent des essences d'arbres dont ils n'avaient jamais entendu parler et, caressant les belles planches, ils imaginèrent toutes les merveilles qu'ils pourraient en tirer.

— Tu n'irais quand même pas faire de sabots dans un bois aussi magnifique ! s'exclama Pierre amusé.

— Certainement pas ! protesta Philippe. Mais cela me donne envie d'y sculpter des objets.

— Tes clients se plaignent déjà d'attendre trop longtemps, alors si tu te mets à faire autre chose, ils n'auront jamais leurs sabots !

Redevenant sérieux, Pierre se tourna vers l'importateur et entama une négociation serrée pour obtenir les meilleurs prix. Évidemment, ces bois, introuvables en France, revenaient chers, car il fallait aller fort loin pour les découvrir, sans compter les risques que de tels voyages comportaient. Tout en discutant, Pierre réfléchissait aux possibilités qui s'ouvraient à lui ainsi qu'aux capacités financières de sa clientèle. Avec Mr Leblanc, il avait été à bonne école et savait parfaitement analyser son marché afin d'adapter ses tarifs à ses acheteurs aussi ne retint-il que les bois qu'il pourrait revendre avec un bon profit. Et, tout en faisant mettre de côté les planches qu'il viendrait charger dans son chariot, il pensa que Quentin devrait acquérir ces mêmes compétences avant de lui succéder s'il voulait pouvoir vivre de ce métier.

En quittant les entrepôts de l'importateur, les deux amis reprirent leur tour de la ville pour essayer de trouver les outils qui leur manquaient encore tout en bavardant joyeusement. Philippe n'avait pas acheté de bois, mais il ne cessait d'y revenir, décrivant à Pierre les objets qu'il imaginait avec un tel matériau. Le jeune menuisier s'en amusait beaucoup, mais, voyant que son ami n'arrivait pas à s'en détacher, il finit par lui suggérer d'acheter une planche ou deux et de tenter quelques sculptures pour se faire la main. Philippe sauta sur l'idée avec enthousiasme et rajouta immédiatement quelques outils sur sa liste, impatient de se lancer dans cette nouvelle activité.

Ils passèrent deux jours à Auxerre, installés confortablement chez Étienne avec qui ils entretenaient des relations de plus en plus amicales, savourant leurs promenades en ville sans oublier d'acheter quelques présents pour leurs épouses et leurs enfants. Pierre, comme à son habitude, rapporta un petit quelque chose à chacun des membres de sa maisonnée. Ils retournèrent chez l'importateur pour prendre livraison du bois commandé par Pierre et Philippe en profita pour choisir quelques planches en expliquant au marchand ce qu'il comptait en faire. Celui-ci, flairant peut-être un nouveau débouché, lui offrit gracieusement plusieurs chutes qu'il pourrait sculpter à sa guise.

Le retour fut moins rapide que l'aller, car une petite pluie fine s'était mise à tomber, annonçant l'arrivée de brumaire et transformant les routes en bourbiers. L'eau s'insinuait partout et les glaçait jusqu'aux os malgré leurs chauds manteaux, les forçant à s'arrêter de bonne heure pour se réchauffer auprès d'un bon feu. Au deuxième jour de voyage, ils eurent la malchance de casser une roue dans une ornière dissimulée par une flaque de boue, ce qui les retarda encore, car ils durent passer une bonne partie de la journée à effectuer une réparation de fortune avant de repartir. Heureusement, personne ne leur chercha noise et ils finirent par arriver, sains et saufs, à Villedhuis avec leur précieux chargement.

Pierre prit une journée de repos pour se remettre des fatigues du voyage avant d'accueillir son nouvel apprenti. Il en profita pour ranger soigneusement le bois qu'il venait d'acheter et aménager son atelier afin d'y installer un deuxième poste de travail pour Julien. Le petit bâtiment qui jouxtait l'atelier et servait jusque-là à entreposer la nourriture des animaux avait été vidé entièrement pour servir d'extension au local principal. Pierre avait même prévu de percer une porte dans le mur qui les séparait afin de passer plus facilement de l'un à l'autre. Le père Craimen avait proposé son aide pour ces travaux, mais, ce jour-là, Pierre ne se sentait pas assez en forme pour s'y attaquer. Il préféra s'installer confortablement dans un fauteuil du salon et bavarder tranquillement avec le prêtre. Martine et Charles arrivèrent après le souper, leur apportant quelques pâtisseries sur un plateau.

— Charles voudrait votre avis sur ces gâteaux dont il vient d'inventer la recette, annonça la jeune femme en souriant.

— Avec toutes ces nouvelles pâtisseries, vous allez me faire grossir, protesta Catherine en riant.

— Asseyez-vous, s'empressa Pierre en avançant des fauteuils tandis que Marie allait chercher des boissons.

Installés autour du feu, ils devisèrent gaiement tout en appréciant les nouvelles recettes de Charles qui fourmillait toujours d'idées originales.

— En fait, intervint soudain Martine en rougissant, nous ne sommes pas venus seulement pour les gâteaux. Je veux que vous soyez les premiers à l'apprendre, car vous êtes nos meilleurs amis. Voilà… nous allons avoir un enfant.

Tout le monde se récria joyeusement et félicita les futurs parents pour cette bonne nouvelle.

— Clémence le sait-elle ? demanda Perrine.

— Oh, bien sûr ! répondit Martine. Je ne peux rien cacher à maman. Elle l'a su avant moi, je crois bien.

— Quand est prévue la naissance ? interrogea Catherine.

— Au printemps, vers la mi-floréal, je pense.

— À peu près comme Bérangère, alors, remarqua Catherine. Elle est née le 29 avril, à quelle date cela correspond-il dans le calendrier républicain ?

— Le dix floréal, si je calcule bien, répondit le père Craimen.

— Il faudra prévenir Charlotte, ajouta Marie.

— Je préférerais que ce soit toi qui m'assistes, demanda Martine à Catherine.

— Je le ferai volontiers, répondit la jeune femme, mais je n'ai jamais fait cela. Marie a raison, il faut demander l'aide de Charlotte.

Martine se résolut de mauvaise grâce à faire appel à la sorcière qu'elle n'avait jamais appréciée, mais Catherine se montra inflexible sachant très bien que Charlotte était beaucoup plus qualifiée qu'ellemême.

— Tu verras, le moment venu, sa présence est très rassurante, affirma-t-elle à son amie.

Il fut décidé que Charles accompagnerait Pierre le lendemain dans la forêt pour prévenir Charlotte de cette grossesse et lui demander de suivre régulièrement la future mère afin de s'assurer de la bonne santé du bébé.

La nouvelle fit rapidement le tour de la commune et enchanta tous les villageois qui voyaient dans la venue de cet enfant la promesse d'un avenir enfin rassurant. L'hiver assez doux qui s'annonçait et l'assurance que les réserves de nourriture étaient plus que suffisantes pour aller jusqu'à la prochaine récolte contribuaient également à cet optimisme béat. Le village s'endormait dans la quiétude des activités paisibles de la saison froide.

Julien avait commencé son apprentissage avec Pierre et montrait un enthousiasme inaltérable et une bonne volonté à toute épreuve pour tout ce que demandait son maître. Les gros travaux ne lui faisaient pas peur, mais il montrait également une grande finesse d'exécution dans les tâches qui exigeaient un bon doigté. Il semblait sentir le bois d'instinct et suivait naturellement la veine au lieu de tailler la planche où il ne fallait pas. Pierre était impressionné par ses aptitudes innées qui le faisaient progresser rapidement et se félicitait de son choix. Il profitait de ce que le jeune garçon n'avait pas besoin d'être surveillé sans cesse pour attaquer ses projets de petits meubles précieux et réalisait des esquisses de guéridons et de bureaux aux formes très travaillées. Julien s'émerveillait devant ces dessins et rêvait au jour où il pourrait lui aussi se lancer dans de telles créations.

Étienne vint assister à la réunion cantonale de la fin brumaire pour leur apporter les dernières nouvelles et surtout voir où Pierre en était de ses projets. Il admira beaucoup les croquis que lui présenta le jeune homme et se déclara désireux d'acquérir un de ces meubles lorsqu'il serait terminé pour en faire cadeau à sa femme. Son enthousiasme renforça Pierre dans sa conviction qu'il trouverait facilement des clients pour ses réalisations et lui donna de nouvelles idées de meubles typiquement féminins pour inciter les maris à les acheter. Mais la visite du représentant départemental donna lieu également à une vive discussion entre Pierre et le père Craimen. Ils avaient appris que le Directoire venait d'abroger toutes les lois concernant les prêtres réfractaires et leur avait même rendu beaucoup d'églises à Paris[37].

---

[37] 14 brumaire An V (4 décembre 1796)

— Il semble qu'il n'y ait plus de danger, maintenant, commenta le père Craimen. J'ai bien envie de rouvrir l'église, ici aussi.

— Cela ne me paraît pas sérieux, protesta Pierre. Qui vous dit que ces nouvelles lois ne sont pas un piège ?

— Oh, allons ! La Terreur est loin maintenant ! Il est temps que le peuple retrouve Dieu.

— Le Directoire a fait un geste, d'accord, mais qu'arrivera-t-il si des révolutionnaires convaincus reviennent au pouvoir ? En abandonnant votre couverture trop tôt vous vous mettez en danger, si de nouvelles lois anticléricales sont votées, plus rien ne vous protégera et vous ne pourrez pas revenir en arrière.

— Vous avez raison, mais j'ose espérer que ces temps sont révolus.

— En réapparaissant maintenant, vous mettez tout le village en danger !

— Oui, ça, c'est vrai, répondit le curé songeur.

— Étienne m'a dit qu'il y a encore des révolutionnaires extrémistes au directoire départemental et il peut y en avoir aussi dans les autres villages du canton. N'oubliez pas que l'assemblée a lieu chez nous et que les nouvelles sont rapidement colportées dans la région. Sans compter que les Pont-Ouannais sont toujours à l'affût de ce genre d'histoire pour nous faire du tort.

— Très bien, capitula le prêtre en soupirant, j'attendrai donc puisqu'il le faut. Pour rien au monde, je ne voudrais vous causer d'ennuis. Vous avez déjà tellement fait pour moi.

Pierre sourit sans oser montrer son intense soulagement. Il comprenait le désir du père Craimen de rouvrir son église et retrouver son sacerdoce, mais il considérait que les temps étaient encore trop troublés pour prendre ce risque. C'était la première fois depuis leur arrivée à Villedhuis qu'ils passaient une année tranquille, aussi ne souhaitait-il pas courir de nouveaux dangers s'il pouvait les éviter.

De menuisier à ébéniste

L'hiver était pluvieux, mais doux si bien que les communications ne furent pas coupées par le froid comme les années précédentes. Le marché se tenait régulièrement au village et les réunions cantonales furent assurées normalement chaque mois. Charlotte venait souvent rendre visite à Martine dont la grossesse se passait parfaitement bien. La jeune boulangère avait appris à apprécier cette femme dont les traits ridés cachaient une gentillesse et un humour qu'elle ne soupçonnait pas. Comme Catherine le lui avait assuré, elle ressentait une grande confiance lorsque la sorcière lui palpait le ventre en expliquant comment était positionné l'enfant et confirmait qu'il était vigoureux en évaluant la force des coups qu'il donnait sur l'abdomen de sa mère. Ainsi tranquillisée, Martine ne redoutait plus du tout l'accouchement et l'attendait même avec une certaine impatience.

Pierre, de son côté, menait une activité fébrile entre l'enseignement donné à Julien qui s'améliorait de jour en jour et la fabrication de ces nouveaux meubles en bois exotique qu'il s'efforçait de faire les plus fins possibles. Lorsqu'il abandonnait ses créations, c'était pour s'exercer à la marqueterie avec des petites chutes de bois sur des planches abîmées pour voir ce que cela pouvait donner. Catherine s'inquiétait de le trouver si absorbé qu'il en oubliait les repas et ne s'investissait plus beaucoup dans la vie de famille. Souvent, le soir devant le feu, il s'enfermait en lui-même, réfléchissant à la meilleure manière de tourner un pied de meuble ou bien à une autre façon d'assembler les morceaux de marqueterie, sourd à la conversation qui se développait autour de lui. Il fallait que Bérangère grimpât sur ses genoux pour l'arracher à ses pensées et l'obliger à s'occuper un peu de sa famille.

Un après-midi de pluviôse, alors que le ciel était si bas qu'il avait fallu garder la lumière toute la journée, Philippe se présenta à l'atelier arborant un air à la fois timide et surexcité. D'abord mécontent d'être dérangé, Pierre se tourna vers lui en s'étonnant de l'expression de son ami.

— Que t'arrive-t-il ?

— Je voudrais que tu me donnes ton avis sur cela, répondit Philippe en exhibant un objet enveloppé dans un tissu.

Pierre posa le paquet sur son établi et défit l'emballage avec précaution. Il en sortit une coupe en bois précieux dont les anses étaient figurées par deux visages d'hommes barbus finement sculptés. Stupéfait, il émit un sifflement d'admiration.

— Tu es un sculpteur hors pair ! s'exclama-t-il.

— Je n'ai pas cette prétention, protesta Philippe. Penses-tu vraiment que c'est bien ?

— Absolument ! Tu n'auras aucun mal à la vendre, crois-moi.

— Je ne la vendrai pas, sourit Philippe, je l'ai promise à Jeanne. Mais je peux en faire d'autres.

— Montre-la à Étienne lorsqu'il viendra, je suis sûr qu'il pourra te trouver des clients.

— Merci de ton soutien. Montre-moi ce que tu as fait.

À son tour, Philippe fut émerveillé par les réalisations de Pierre. Il admira beaucoup le guéridon à pied central que son ami venait de terminer, mais ce qu'il aima le plus fut le panneau de marqueterie fait de petits morceaux de bois de différentes teintes, assemblés minutieusement pour former une scène bucolique.

— C'est magnifique ! Tu aurais dû mettre cela sur le plateau de ton guéridon.

— Non, c'est mon premier essai et il y a des défauts. Mais je vais maintenant fabriquer un meuble bas avec deux portes sur lesquelles je mettrai de la marqueterie comme cela.

— Nous sommes tous les deux en train de progresser dans notre métier, constata Philippe avec un sourire.

— Je l'espère bien, c'est la seule façon de développer notre activité.

— Et, comment cela se passe-t-il avec ton apprenti ?

— Oh, très bien ! Il est très doué !

— Vas-tu lui apprendre à faire des choses comme ça, aussi ?

— Plus tard, peut-être. Pour le moment, il doit apprendre à maîtriser la fabrication des meubles simples.

Pierre n'oubliait pas les commandes apportées par Étienne qu'il devait honorer, si bien qu'il laissa de côté ses nouveautés pour se consacrer à la réalisation des meubles demandés, en y associant Julien qui se montra ravi de la confiance qu'il lui accordait. Maintenant qu'il avait réussi à réaliser les objets dont il rêvait, le jeune homme avait retrouvé son calme et se comportait de façon plus sociable avec les siens. L'ambiance de la maison était redevenue plus conviviale, ce qui ravissait tout le monde. Profitant de ce calme revenu, Catherine décida de renouer avec une vie sociale qu'ils avaient un peu négligée ces derniers temps à cause de l'humeur renfermée du jeune homme. Elle lança donc plusieurs invitations à leurs amis et connaissances et se mit à organiser des soupers fins comme ses parents en donnaient à Paris. Ces soirées qui rompaient la monotonie de la vie du village furent rapidement fort courues et encouragèrent d'autres notables à en faire autant. Les maîtresses de maison se lancèrent dans une rivalité féroce qui fit le bonheur des marchands ambulants, très sollicités pour fournir leurs meilleurs produits.

Ce fut au lendemain d'une de ces soirées où les commérages allaient bon train que Pierre reçut la visite de Daniel. Celui-ci fit le tour de l'atelier, admirant les réalisations de l'artisan d'un air quelque peu emprunté, avant de saluer distraitement Julien.

— Voulez-vous faire quelques pas ? proposa-t-il en se tournant vers Pierre.

— Volontiers, répondit le jeune homme intrigué.

Ils passèrent le portail et s'engagèrent sur le chemin menant à la forêt. Pierre observait Daniel qui marchait en silence, la tête penchée en avant.

— Que se passe-t-il ? demanda-t-il enfin, comme Daniel se taisait toujours.

— C'est à propos de Julien, ou plutôt de son père, répondit Daniel. Le connaissez-vous ?

— Non, je ne peux pas dire cela. Je ne l'ai rencontré qu'une seule fois, pour parler de son fils. C'est un ami à vous, je crois ?

— Pas un ami, à proprement parler, ce serait trop. Mais je le connais, oui.

— Alors ? Que lui arrive-t-il ?

— Rien. En fait, ce n'est pas facile à dire, soupira Daniel. Voyez-vous, il ne se nomme pas Remar, mais de Remargant, c'est un comte.

— Je vois, dit Pierre d'un air pensif. Mais Villedhuis n'appartenait pas à un aristocrate, me semble-t-il.

— Non. Le comte vient d'une autre région. Il n'avait guère d'argent, aussi n'a-t-il pas pu émigrer comme les autres. Comme je le connaissais un peu, il est venu me trouver pour me demander de l'aide. C'était avant votre arrivée au village. Je l'ai logé dans cette maison qui appartenait aux parents de ma femme et j'ai raconté qu'il était un lointain parent à moi, ayant subi beaucoup de malheurs. C'est pourquoi tout le monde le laisse tranquille.

— Pourquoi me racontez-vous cela maintenant ? s'étonna Pierre.

— Parce que vous avez pris son fils en apprentissage. J'ai beaucoup insisté pour vous dire la vérité, je sais que vous ne le trahirez pas, mais il ne voulait pas.

— Alors vous n'auriez pas dû me le dire.

— Si. Maintenant, il a accepté. Il est très heureux que vous donniez un métier à son fils, ainsi il pourra vivre correctement de son travail, sans danger.

— Pour moi, cela ne change rien, assura Pierre. Où est la mère du garçon ?

— Elle est morte. C'est pour cela qu'il est désargenté. Il vivait de sa dot, mais à sa mort, sa famille a récupéré tout ce qui lui appartenait sans s'occuper de l'enfant.

— Les grands sentiments ne sont pas toujours chez les grands de ce monde, observa Pierre.

Ces révélations ne changèrent rien dans les relations que Pierre entretenait avec son apprenti, le fait qu'il fut d'ascendance noble ne l'impressionnait pas, par contre son état d'orphelin de mère l'apitoyait. Daniel lui avait expliqué que la dame âgée qui s'occupait de leur ménage était la vieille nourrice du comte qui avait été la seule à ne pas les abandonner dans les mauvais jours. Pierre avait raconté l'histoire à ses proches sous le sceau du secret, ce qui fit sourire le père Craimen.

— Je pensais bien qu'il y avait anguille sous roche, dit-il amusé. Ces gens si discrets avaient forcément quelque chose à cacher.

— N'en avez-vous jamais parlé avec Daniel ?

— Non, j'avais bien senti qu'il n'y tenait pas, aussi ai-je respecté son silence.

— Nous pourrions peut-être les inviter à souper, suggéra Catherine, ils doivent se sentir bien isolés !

— Je n'en suis pas sûr, répondit Pierre dubitatif. Ils ne cherchent pas à fréquenter les gens du village et puis les commérages vont aller bon train si on les voit entrer chez nous.

— Mais non ! Puisque Julien est en apprentissage ici, cela paraîtra naturel !

— Bon, je vais lui en parler puisque tu insistes, mais ne sois pas trop déçue s'il refuse.

Pierre transmit l'invitation le lendemain à Julien qui se montra un peu gêné, mais promit d'en parler à son père. Pour le mettre à l'aise, le jeune homme lui confirma que Daniel lui avait raconté leur histoire avec l'accord du comte. Puis, changeant délibérément de sujet, il se remit à l'aménagement du second local servant à agrandir l'atelier et demanda à son apprenti de lui fabriquer une demi-porte à doubles battants avec son encadrement pour habiller le trou qu'il venait enfin de réaliser dans le mur. Plus un mot ne fut échangé sur le sujet durant les quelques jours qui suivirent, Pierre ne voulant pas ennuyer le jeune garçon, mais il conseilla à Catherine de ne pas trop espérer une réponse positive. Aussi fut-il très surpris lorsque près d'une décade plus tard, Julien lui apprit que son père acceptait l'invitation avec plaisir.

La soirée commença dans une ambiance assez guindée, le comte affectait une politesse assez distante qui mettait ses interlocuteurs dans une position difficile. Mais l'amabilité sans apprêt de ses hôtes, ainsi que quelques gaffes de Marie détendirent enfin l'atmosphère, leur permettant d'entamer une conversation presque amicale. Après avoir commenté les menus incidents du village, ils finirent par aborder les événements qui secouaient le pays, débutant par quelques remarques prudentes pour se découvrir beaucoup de vues communes. Le comte avait l'esprit assez ouvert pour reconnaître que l'Ancien Régime s'était livré à des abus tels que la situation ne pouvait plus durer sans réformes, ce que le père Craimen approuvait totalement. Les jeunes gens, de leur côté, condamnaient sans réserve les excès de la Révolution et souhaitaient un retour à un ordre plus juste. Pierre expliqua clairement ce qui l'avait amené à prendre une part aussi active dans le directoire de district d'abord, puis dans l'assemblée cantonale ensuite. C'était la première fois qu'il pouvait s'exprimer aussi librement avec la certitude d'être compris et trouvait ce sentiment bien agréable. Installés dans les fauteuils du salon devant un bon feu, ils parlèrent des dernières nouvelles qui leur étaient parvenues. Une lettre du Directoire envoyée au général Bonaparte alimentait les polémiques autour de la religion.

— Vous voyez qu'il est trop tôt pour rouvrir votre église, observa Pierre à l'adresse du curé. Les Directeurs ont écrit : « La religion romaine sera toujours l'ennemie irréconciliable de la République[38] ». Cela veut dire que vous courez toujours un grand danger.

— Je suis d'accord, approuva le comte. Le réconfort de la religion me manque beaucoup, mais vous ne devez pas vous mettre en danger pour des paroissiens qui ne vous en seront même pas reconnaissants.

— Les Villedhuisiens sont de braves gens, protesta le père Craimen. C'est grâce à eux que je suis toujours en vie.

— Peut-être, mais ils ne vous soutiendront pas si vous défiez le Directoire, répondit Pierre.

— Ils ont vécu des périodes très difficiles, je le comprends, reconnut le prêtre.

— J'ai regretté, moi aussi, de ne pas m'être engagé contre la révolution au côté des chouans, dit le comte pensif. Mais Émilie m'a fait remarquer que j'aurais mis mon fils en danger, il faut parfois savoir se taire malgré ses convictions.

— C'est aussi mon avis, approuva Pierre. L'héroïsme c'est très beau si cela n'engage que soi. Julien a le droit de vivre, comme mes enfants.

Lorsque le comte prit congé à la fin de la soirée, il dut promettre à Catherine de revenir et, pour ne pas être en reste, il annonça qu'il les inviterait à son tour. Sans vouloir l'admettre, il était assez heureux d'avoir rompu son isolement et avait beaucoup apprécié cet échange de vues confiant avec ses hôtes. Quelques jours plus tard, Julien confia à Pierre que son père était plus gai depuis cette soirée, ce qui lui fit grand plaisir.

Lorsque à la fin ventôse, Pierre apprit par Étienne, venu à l'assemblée cantonale, que le général Bonaparte avait signé un traité avec le Pape sans prendre l'avis du Directoire, il fit grise mine.

---

[38] Lettre du 15 pluviôse An V (3 février 1797)

— Ce Bonaparte prend de plus en plus d'indépendance, observa-t-il, cela ne me plaît pas du tout.

— Bah, il fait preuve d'initiative, c'est tout, répondit le père Craimen. Le Directoire est empêtré dans ces histoires de complot royaliste, il a d'autres chats à fouetter que ces traités.

— Bonaparte dispose de l'armée qui le suit sans discuter depuis qu'il la mène de victoire en victoire, qu'arrivera-t-il s'il l'utilise à son avantage ? N'est-ce pas vous qui m'avez parlé des généraux romains ?

— La situation n'est pas la même, voyons !

Pierre n'insista pas, mais il trouvait que le curé faisait preuve de beaucoup d'aveuglement devant ces événements inquiétants. Il n'était pas le seul, d'ailleurs, ni les élus cantonaux, ni les Villedhuisiens, ni Étienne ne trouvaient à redire devant la montée en puissance de ce général ambitieux. Le jeune homme finissait par se demander s'il ne devenait pas trop soupçonneux.

Le printemps arrivait et, avec lui, se rapprochait l'accouchement de Martine qui commençait à se sentir bien lourde. Elle avait abandonné la boulangerie, car son gros ventre la gênait aussi bien pour s'approcher de la table sur laquelle elle faisait la pâte, que pour utiliser le four brûlant dans lequel elle cuisait ses pains. Clémence l'obligeait à se reposer tous les après-midi et lui faisait des bains de pieds à l'eau froide et salée pour faire dégonfler ses chevilles qui enflaient avec les premières chaleurs. Par devoir, mais sans enthousiasme, Charles s'était mis à faire le pain en abandonnant quelque peu ses chères pâtisseries que les clients regrettaient beaucoup. Catherine venait souvent rendre visite à son amie pour bavarder tranquillement, mais elle laissait le suivi de la grossesse à Charlotte qui se montrait parfaitement à la hauteur. D'ailleurs, tout se passait bien et la future mère était en pleine forme. Elle ne se lassait pas d'admirer le magnifique berceau que Pierre lui avait offert et se montrait très impatiente d'utiliser la belle table à langer installée à côté. Catherine s'en amusait beaucoup tout en lui apportant le trousseau de Bérangère pour compléter celui que Martine avait cousu avec sa mère. Garçon ou fille, le futur bébé aurait des vêtements à revendre, ce qui faisait dire à Charles que sa femme allait jouer à la poupée.

De nouvelles élections furent organisées en germinal pour renouveler le tiers du corps législatif, mais aucun des Villedhuisiens ne fut concerné, car le scrutin censitaire les écartait d'office des listes électorales. Par contre, ils discutèrent avec animation des résultats qui leur paraissaient plutôt surprenants. Les royalistes avaient obtenu la majorité des sièges à pourvoir, appuyant encore davantage l'impression diffuse de ces derniers mois que les Directeurs se dirigeaient vers une restauration de la monarchie. Pourtant cela paraissait tellement invraisemblable que peu de gens y croyaient réellement, mais tous tombaient d'accord pour dire qu'il fallait s'attendre à de nouveaux retournements de situation dans les temps à venir.

Profitant du temps qui se maintenait au beau, Pierre se rendit à Auxerre pour livrer les meubles terminés à ses clients et montrer le guéridon en bois exotique et le petit meuble aux portes recouvertes de marqueterie dans l'espoir de les vendre. Philippe l'accompagna comme d'habitude, avec l'idée de trouver des acheteurs pour les objets sculptés que Pierre l'avait encouragé à créer. Suivant une coutume qui s'établissait naturellement, les deux amis logèrent chez Étienne qui fut le premier à s'émerveiller devant les nouveautés qu'ils lui présentèrent. Comme il l'avait annoncé en voyant les croquis, il offrit à sa femme celui des deux petits meubles qu'elle préférerait. Après moult hésitations, elle choisit le guéridon en affirmant qu'il lui serait plus utile, mais elle regarda longtemps les portes en marqueterie avec un regret évident qui ne disparut que lorsque Philippe montra timidement ses réalisations. Elle ne put résister à un pot en bois fermé par un couvercle dont l'un des côtés portait une grappe de raisin entourée de feuilles de vigne étonnamment naturelles. Les deux artisans obtinrent d'Étienne qu'il leur laissât ces objets à disposition le temps de leur séjour afin qu'ils les présentent à tous leurs clients.

Leur séjour auxerrois fut si profitable que Pierre et Philippe passèrent chez l'importateur de bois exotiques avant de prendre la route du retour afin de s'approvisionner suffisamment pour toutes les commandes qu'ils venaient de recevoir. Ils firent tout le chemin dans l'allégresse, heureux de voir leur avenir s'éclairer à ce point.

Le mois de floréal s'avançait et Martine commençait à trouver le temps long. Charlotte était venue loger chez Pierre et Catherine pour être sur place lorsque l'enfant s'annoncerait et elle s'employait à calmer l'impatience de la future mère tout en lui recommandant de faire de longues marches pour provoquer le début du travail. Comme souvent, ce fut en pleine nuit que l'accouchement démarra sans que la jeune femme comprît d'abord ce qui lui arrivait. Elle finit par réveiller Charles en se plaignant de crampes au ventre dont elle ignorait l'origine et fut très étonnée lorsqu'il lui suggéra que cela pouvait être le signe de la venue de l'enfant. Pour s'en assurer avant d'ameuter tout le monde, il alla chercher sa belle-mère qui reconnut immédiatement les contractions annonçant la naissance. Alors seulement, il s'habilla rapidement et traversa la rue pour aller toquer chez les Boredoux où Charlotte, qui attendait cet appel, fut prête en un clin d'œil. Pierre alluma les chandelles dans le salon et offrit à boire au futur père qui commençait à s'angoisser en pensant aux risques encourus par sa femme. Il le rassura de son mieux en lui faisant part de ses propres expériences et en affirmant haut et fort que Charlotte était la meilleure sage-femme qu'il connût.

Au matin, Marie et Catherine leur apportèrent un solide déjeuner dont les effluves appétissants décidèrent Charles à y goûter malgré son inquiétude. Les enfants vinrent tourner autour des deux hommes et Bérangère annonça d'un air câlin qu'elle espérait bien que ce serait une petite fille pour jouer avec elle, ce qui les fit beaucoup rire.

— Finalement, la naissance est autant une épreuve pour les papas que pour les mamans, constata Catherine amusée par l'angoisse de Charles.

— Oui, la souffrance physique est pour vous et la douleur morale est pour nous, approuva Pierre.

— J'ai si peur de la perdre, soupira Charles.

— Pourquoi ? demanda Catherine. Martine est en excellente santé, elle s'en tirera bien.

— On raconte tant de choses !

— Allons, fais confiance à Charlotte. Elle lui aura donné des herbes à mâcher pour une délivrance sans douleur, comme à moi.

— C'est bien long !

— C'est toujours long pour le premier, sourit la jeune femme.

Vers midi, enfin, Clémence arriva toute souriante pour annoncer à Charles qu'il était papa d'un beau garçon.

— Comment allez-vous l'appeler ? demanda Catherine.

— Je ne sais pas, nous n'en avons jamais parlé, répondit Charles, pris au dépourvu.

— Martine parlait de Blaise, avança Clémence, mais elle voudra sûrement te demander ton avis.

— Blaise ? Oui, pourquoi pas ? répéta Charles songeur.

Catherine réussit à retenir le jeune père à dîner avant d'aller voir sa femme, sous le prétexte qu'elle devait se reposer, car elle se doutait bien que Clémence n'avait pas eu le temps de préparer à manger. Puis, en souriant, elle le regarda se précipiter de l'autre côté de la rue pour faire connaissance du nouveau-né. Pierre s'approcha d'elle et l'enlaça tendrement en lui murmurant à l'oreille que cela lui rappelait bien des souvenirs.

— À moi aussi, répondit-elle en se serrant dans ses bras, des bons et des moins bons.

— Il me semble que j'ai vécu plusieurs vies en quelques années, constata le jeune homme.

— Oui, j'ai cette impression également, mais cela va se calmer maintenant. Nous sommes installés ici, et enfin acceptés, et puis tu as un bon travail et une clientèle qui se développe.

— Je souhaite que tu dises vrai ! Si seulement la situation du pays pouvait se stabiliser, elle aussi, alors nous pourrions être tranquilles.

— Cela va se réaliser, assura Catherine.

Pierre se sentait assez sceptique, mais il ne voulut pas contredire son épouse ni l'inquiéter en lui faisant part de ses craintes, aussi acquiesça-t-il sans faire de commentaire. Il se dirigea vers son atelier de son allure claudicante pour reprendre son travail où il l'avait laissé la veille et vérifier ce que son apprenti avait fait le matin même.

Martine se remit très vite de son accouchement qui, grâce à Charlotte, s'était passé sans problème. Ses relevailles furent rapides et elle reprit son travail moins d'un mois après la naissance malgré les récriminations de sa mère qui aurait voulu la voir prendre son temps. Charles, par contre, l'encourageait dans ce sens, car il avait toujours vu sa propre mère travailler dans les champs, même avec un nouveau-né dans un couffin auprès d'elle. D'ailleurs, la présence de Clémence était un motif supplémentaire pour que Martine reprît son activité rapidement en lui confiant la garde de son petit-fils. Catherine abondait dans le sens de son amie et rassura la grand-mère en lui expliquant que la vitalité dont faisait preuve la jeune mère était un gage de bonne santé pour elle et pour l'enfant.

Pierre et Catherine avaient établi des relations régulières avec le comte de Remargant qui appréciait autant qu'eux ces soirées passées à échanger leurs vues sur les derniers événements, mais également à parler peinture ou littérature. Ils avaient pris l'habitude de s'inviter tour à tour et curieusement le village restait muet sur ces soupers auxquels personne d'autre n'était convié. Lorsque les Boredoux se rendaient à l'une de ces veillées villageoises que Catherine avait contribué à instaurer dans la commune, nul ne les questionnait sur le mystérieux villageois installé à Villedhuis depuis le début de la Révolution. Devant cette discrétion inhabituelle, Pierre se demandait si ses concitoyens n'avaient pas leur petite idée sur l'identité de leur hôte, ce qui expliquerait leur empressement à ne rien savoir.

Au début du mois de prairial, Pierre racontait au comte les dernières nouvelles qu'Étienne lui avait apportées en venant assister à la réunion cantonale, commentant à sa manière la trahison du général Pichegru[39] et le procès des babouvistes.

— Je n'approuve pas du tout ce Pichegru, déclara le comte. Il a été d'abord pour la Révolution puis l'a trahie pour la cause royaliste contre de l'argent. Ce n'est pas un loyaliste, mais un opportuniste et je n'aime pas les gens comme lui. Moi, je suis un homme de conviction.

— Je suis d'accord avec vous, approuva Pierre. Même s'il faut parfois composer pour simplement rester en vie, on doit malgré tout rester fidèle à ses idéaux. Mais que pensez-vous de ce Babeuf[40] ? Lui a des convictions bien établies et pourtant un peu particulières.

— Je ne sais qu'en penser. Il faut plus de justice, c'est certain. L'Ancien Régime avait oublié de s'occuper des indigents et laissait mourir les pauvres gens dans l'indifférence la plus totale, mais une société entièrement égalitaire me paraît une utopie.

— Cela marcherait peut-être si les hommes étaient des anges, dit Pierre pensif.

— Oui, mais ils ne le sont pas, intervint le père Craimen. Et ce n'est pas en leur supprimant la religion qu'ils le deviendront un jour.

— Nous le savons bien, répondit Pierre, peu désireux de voir le prêtre s'engager sur ce sujet. Vous devez être satisfait que les élections de germinal aient donné la majorité aux royalistes, ajouta-t-il en se tournant vers le comte.

— Oui, si cela ne mène pas à des actions répréhensibles. J'ai entendu dire que des acheteurs de biens nationaux avaient été attaqués dans certaines régions.

---

[39] Le 3 floréal An V (22 avril 1797), des papiers trouvés sur un général autrichien fait prisonnier ont prouvé qu'il préparait un coup de force contre la république
[40] François Babeuf (1760 -1797) forma « la conjuration des Égaux » dont la doctrine est l'ancêtre du communisme

— En achetant la calèche, nous avons peut-être commis une erreur, s'inquiéta Catherine.

— Mais non, la rassura le comte. Il s'agissait d'acquéreurs de biens immobiliers, pas de broutilles comme votre véhicule. Il faudrait éviter que les gens se livrent à des vengeances aussi basses que l'attaque du village. C'est parfaitement indigne !

Après le départ du comte, Pierre resta un long moment songeur à regarder les étoiles dans la cour et Catherine dut aller le chercher pour qu'il consentît enfin à venir se coucher.

Un peu de théâtre

Le printemps, doux et agréable, fit place à un été chaud et sec, très profitable aux cultures si bien que tout le monde s'activait dans les champs pour que les récoltes soient aussi belles et abondantes que possible. Dans l'atelier de Pierre, le travail avançait également à bonne allure et le jeune homme prévoyait déjà un nouveau voyage à Auxerre pour livrer ses commandes. Le père Craimen, de son côté, passait son temps à courir après Quentin que la douceur de l'été invitait davantage à musarder qu'à étudier. Le verger et le jardin portaient de radieuses promesses que Catherine choyait amoureusement en calculant déjà le volume de ses futures réserves.

Pour un observateur peu attentif, la vie du village paraissait se dérouler dans une paix et une quiétude bien établies, formant un tableau idyllique. Cependant, dans les soupers entre amis comme lors des réunions cantonales, l'atmosphère était chargée de craintes informulées et l'on commentait sans fin les événements qui se déroulaient à Paris. Une sourde tension minait les esprits et maintenait tout le monde sur le qui-vive, faisant redouter un danger encore invisible, mais bien réel.

Après la réunion cantonale de la fin messidor, Pierre et Philippe partirent avec Étienne pour Auxerre afin d'y rencontrer leurs clients, de s'approvisionner en bois et d'obtenir de nouvelles commandes pour l'automne. Le voyage fut moins agréable qu'ils auraient pu l'espérer, car les routes étaient encombrées de troupes de soldats de l'armée régulière qui montaient sur Paris ainsi que de groupes armés arborant la cocarde blanche, symbole des royalistes. Hors de Villedhuis, les deux amis purent constater que les esprits étaient bien plus échauffés qu'ils ne l'avaient imaginé, ce qui augmenta encore leurs craintes pour l'avenir du pays. Comme à l'approche d'un orage, il régnait un calme lourd qui les incitait à retenir leur souffle dans l'attente de la déflagration inévitable. Dans les auberges où ils descendaient, ils n'osaient même pas commenter cette atmosphère irrespirable, redoutant qu'un seul mot attirât la foudre sur eux.

Pourtant, leur séjour dans le chef-lieu du département fut plus profitable qu'ils ne l'avaient espéré dans un tel contexte et ils récoltèrent de belles sommes pour leurs réalisations ainsi que de nombreuses commandes à honorer. Ce fut donc le cœur léger qu'ils passèrent faire leurs adieux à Étienne, au directoire, avant de reprendre la route. Il les accueillit d'un air troublé qui les alerta aussitôt.

— Que se passe-t-il ? demanda Pierre inquiet.

— Hoche a installé ses troupes auprès de Paris en violation de la règle qui interdit aux forces armées de s'approcher à moins de douze lieues de la capitale.

— Quelle est son intention ? interrogea Philippe. Veut-il faire un coup d'État ?

— Je ne sais pas, mais apparemment le Directoire cautionne cette présence. Carnot l'a annoncé hier aux Conseils pourtant l'on prétend qu'il y aurait de nombreuses dissensions entre les cinq directeurs.

— La situation est de plus en plus explosive, constata Pierre.

— Oui et je n'arrive pas à imaginer ce qui va en sortir, répondit Étienne d'un air découragé.

Pierre et Philippe prirent la direction de Villedhuis sans l'optimisme que le succès de leur séjour à Auxerre avait suscité en eux. À nouveau, ils avaient le cœur lourd et, durant tout le trajet, ils évitèrent prudemment de parler d'autre chose que du temps et des récoltes avec les gens rencontrés sur le chemin. Le chariot rempli de bois et leur allure modeste leur épargnèrent les provocations que républicains, soldats et royalistes multipliaient les uns envers les autres, tant il semblait évident qu'ils n'étaient que deux artisans préoccupés de leur vie quotidienne.

Au village, tout le monde était déjà au courant des dernières nouvelles par les marchands ambulants qui ne se contentaient pas d'apporter des produits à vendre sur le marché, mais adoraient également répéter ce qu'ils avaient appris en y ajoutant bon nombre de commentaires plus ou moins judicieux. Aussi Villedhuis bruissait-il de mille rumeurs alarmantes et souvent contradictoires qui contribuaient à rendre l'ambiance encore plus étouffante qu'elle ne l'était déjà. Pierre et Philippe s'efforcèrent de rétablir la vérité en écartant tous les ragots et les affirmations non contrôlées, qui ne servaient qu'à provoquer une panique injustifiée, et conseillèrent à leurs concitoyens de se consacrer à leurs activités en restant vigilants, bien sûr, mais sans se soucier outre mesure des événements sur lesquels ils n'avaient aucune prise. Redoutant malgré tout que les affrontements entre royalistes et républicains dégénèrent, Daniel fit placer des guetteurs autour de Villedhuis afin qu'il ne fût pas une nouvelle fois la cible d'une attaque-surprise, comme celle des Muscadins. Bien sûr, lorsque leur tour venait d'aller guetter, les hommes du village grognaient un peu de devoir abandonner leurs travaux, mais ils reconnaissaient que cette mesure était nécessaire et rassurait tous les habitants de la commune.

Peu après la mi-thermidor, les guetteurs situés sur la route de Pont-Ouanne annoncèrent qu'un convoi approchait du village, venant de chez leurs voisins. Aussitôt, Daniel se porta à leur rencontre avec quelques hommes et les arrêta avant les premières maisons.

— Qui êtes-vous et que venez-vous faire chez nous ? demanda-t-il sans animosité, car ces voyageurs ne lui semblaient pas vraiment dangereux.

— Nous sommes des comédiens itinérants, répondit l'homme qui conduisait le chariot de tête, et nous cherchons une ville avec un médecin, car nous avons un homme malade.

— La ville la plus proche est Auxerre, précisa Daniel, mais elle est à plusieurs journées de marche.

— Auxerre ! s'étonna le comédien. Alors c'est bien ce que je pensais, nous nous sommes perdus et nous avons tourné en rond. Nous avons joué à Auxerre, il y a presque deux décades, ensuite nous voulions aller vers le sud.

— Nous n'avons pas de médecin ici, reprit Daniel, mais une dame du village connaît très bien les simples. Elle a guéri beaucoup de monde. Voulez-vous qu'elle examine votre malade ?

L'homme regarda sa compagne, qui passait la tête par l'ouverture de la bâche, d'un air hésitant.

— Il passera avant que nous atteignions la ville, affirma-t-elle.

— On peut essayer, acquiesça-t-il.

— Au moins ici, on ne nous jette pas de pierre, ajouta la femme.

— Qui vous a lancé des pierres ? demanda Daniel.

— Les gens du village que nous venons de traverser.

— Ah ! Les Pont-Ouannais sont des sauvages ! commenta Daniel avec mépris. Je vais vous conduire à une pâture où vous pourrez vous installer et je vous enverrai la dame en question.

Le maire et ses compagnons guidèrent le convoi jusqu'à un champ non cultivé où les comédiens purent parquer les chariots portant leur matériel et les roulottes dans lesquelles ils vivaient. Puis Daniel se rendit chez les Boredoux afin d'expliquer la situation à Catherine. Celle-ci accepta volontiers de se rendre au chevet du malade et commença à rassembler les herbes dont elle pourrait avoir besoin tandis que Marie faisait la grimace.

— Ces troupes itinérantes, c'est tout voleur et compagnie ! affirma-t-elle.

— Allons ! Tu ne les as même pas vus ! Comment peux-tu dire une chose pareille ? protesta Catherine.

— De toute façon, intervint Daniel, vous n'irez pas seule là-bas. Mes hommes vous accompagneront par sécurité.

Ainsi fut fait. Catherine se rendit à la pâture avec son escorte afin d'y examiner le malade qui se trouvait dans l'une des roulottes. Elle le trouva très rouge et brûlant de fièvre, geignant et respirant difficilement, ce qui lui rappela désagréablement le père de Martine. Elle posa quelques questions précises pour déterminer comment il était tombé malade, puis elle sortit des herbes de sa besace et demanda à la femme qui l'avait reçue de faire bouillir de l'eau. Lorsque la tisane fut prête, elle la fit avaler difficilement à son patient puis elle redonna des herbes à sa compagne et recommanda de lui faire prendre le remède plusieurs fois dans la journée à intervalles réguliers. Avant de partir, elle donna encore quelques conseils en précisant, à tout hasard, de tenir le malade à l'abri des courants d'air bien qu'elle eût été surprise du confort de la roulotte.

De retour chez elle, Catherine se mit immédiatement à préparer un onguent pour frictionner la poitrine de son patient ainsi que des décoctions diverses pour renforcer l'effet de la tisane. Comme l'on était en plein été et qu'elle avait à sa disposition autant d'herbes fraîches qu'elle le désirait, la jeune femme espéra que ses remèdes seraient plus efficaces que ceux qu'elle avait confectionnés avec des simples séchés pour Bernard Ferrant.

— As-tu bien rentré les volailles pour la nuit ? demanda Marie à Catherine, ce soir-là.

— Bien sûr ! répondit la jeune femme étonnée. Pourquoi ?

— Pour qu'on ne nous en vole pas !

— Oh, Marie ! Cesse un peu ! s'exclama Catherine, excédée. Pourquoi ces gens seraient-ils des voleurs ?

— Tu es trop confiante ! J'espère que tu as compté les fruits du verger, car il pourrait bien t'en manquer demain, bougonna Marie.

Catherine quitta la pièce en haussant les épaules pour aller surveiller la préparation de ses remèdes.

Pendant plusieurs jours, la jeune femme se rendit à la roulotte, matin et soir, pour y visiter son patient qui semblait bien réagir au traitement. Comme elle était toujours accueillie avec courtoisie, elle finit par se débarrasser de son escorte qu'elle jugeait inutilement injurieuse envers les comédiens auxquels on signifiait par là que le village ne leur faisait pas confiance. D'ailleurs, contrairement aux sombres pronostics de Marie, pas un fruit ne manquait sur les arbres et rien n'avait disparu dans la commune. Les voyageurs restaient entre eux, frayant peu avec les villageois, et se rendaient au marché pour y acheter la nourriture dont ils avaient besoin. Cependant, Marie n'était pas la seule à les dénigrer et beaucoup de commères prétendaient que les comédiens n'agissaient ainsi que pour endormir leur méfiance.

Lorsque la fièvre tomba et que le malade commença à s'alimenter normalement, Catherine sut que son traitement avait eu l'effet escompté et que l'homme allait guérir. Elle le dit à sa compagne qui s'en réjouit bruyamment et la remercia chaleureusement. Cependant, à la demande de la jeune femme, la troupe resta à Villedhuis jusqu'à la guérison complète du comédien, car elle craignait une rechute s'il reprenait la route trop vite. Et la veille de leur départ, le directeur de la troupe alla trouver Daniel pour le remercier de son accueil et de son aide.

— Je sais bien que les villageois ne nous font pas vraiment confiance, dit-il, mais je ne saurais les en blâmer, car il y a tellement de brigands sur les routes en ces temps troublés. Nous n'avons pas grand-chose et cependant j'aimerais vous exprimer notre gratitude pour tout ce que vous avez fait pour nous. Alors, avec votre permission, nous allons vous offrir une représentation gratuite.

— C'est très aimable à vous, répondit Daniel, mais il ne faut pas vous donner tout ce mal.

— J'insiste.

— Dans ce cas, nous y assisterons avec plaisir.

Les comédiens montèrent leurs tréteaux dans le champ où ils campaient et installèrent des bancs devant la scène pour les spectateurs tandis que Daniel faisait annoncer la représentation dans le village. Le soir venu, tout le monde se pressa vers le théâtre en plein air avec curiosité, car peu de villageois avaient déjà assisté à un spectacle de ce genre. Pierre et Catherine s'attendaient à voir une farce, classique du répertoire de ce genre de troupe ambulante, mais ils eurent la surprise de s'apercevoir que les comédiens avaient décidé de jouer une pièce de Molière. Comme, à Paris, ils étaient allés plusieurs fois au théâtre, ils furent seuls de tous les spectateurs à se rendre compte de la qualité des acteurs et de leur jeu ce qui les impressionna beaucoup. La pièce fut longuement applaudie par un public peu averti, mais émerveillé de ce qu'il venait de voir et, tandis que la foule se dispersait, les commentaires élogieux allèrent bon train. Pierre et Catherine contournèrent les tréteaux pour aller parler aux comédiens et les féliciter de leur talent.

— Je m'étonne que des acteurs de votre qualité se retrouvent dans une troupe itinérante, observa Pierre.

— Nous avions un théâtre à Lyon, répondit le directeur avec nostalgie. Mais lors du conflit avec les armées de la république, tout a brûlé et nous avons dû nous enfuir pour éviter les représailles lorsque la ville est tombée. Depuis, nous survivons comme nous pouvons.

— C'est terrible ! compatit Pierre en repoussant les affreux souvenirs qui l'assaillaient. Tant de gens ont tout perdu dans cette guerre civile !

— Dans les campagnes, j'ai rarement rencontré des gens capables de comprendre la qualité de notre jeu, s'étonna le directeur.

— Nous venons de Paris, expliqua Catherine en souriant. Nous aussi, nous avons dû nous exiler à cause des événements.

— Êtes-vous antirévolutionnaires ? s'enquit le comédien.

— Non, pas du tout, mais mon commerce a périclité, précisa Pierre. Ce sont les huissiers qui nous ont chassés.

Avant de rentrer chez elle, Catherine fit le tour des maisons du village et usa de toute son éloquence en faveur des comédiens. Si bien que le lendemain, alors qu'ils se préparaient à partir, ils virent arriver plusieurs villageois, avec Daniel et Catherine à leur tête, qui portaient plusieurs sacs de toile remplis de fruits et légumes frais que la jeune femme avait convaincu ses concitoyens de leur offrir. Ils les acceptèrent avec émotion et remercièrent chaleureusement la jeune femme et le maire pour leur générosité.

Tout en rassemblant les denrées que Catherine voulait offrir aux comédiens, Marie n'avait pas cessé de ronchonner contre l'initiative de la jeune femme. Mais en se promenant dans le village, après avoir fait l'inventaire de leurs biens pour s'assurer qu'il ne manquait rien, elle se rendit compte que ses craintes n'étaient pas fondées, car les comédiens, qui lui inspiraient tant de méfiance, n'avaient pas dérobé le plus petit objet. Ils n'avaient laissé, pour tout souvenir de leur passage, que des traces de roue et de piétinement dans le champ où ils avaient campé. Par contre, on parla longtemps, dans le village, de la pièce de théâtre qu'ils avaient interprétée tant elle avait ébloui ces gens qui découvraient l'art de la comédie pour la première fois. Cet intermède leur avait mis un peu de baume au cœur en leur faisant oublier pour quelque temps l'incertitude que la situation critique de la patrie faisait peser sur eux.

Fructidor s'avançait et tous les villageois s'affairaient à rentrer les récoltes lorsque Étienne arriva à l'improviste. Il se rendit d'abord à la mairie, mais comme Daniel était aux champs pour donner un coup de main, il traversa la rue et se présenta chez les Boredoux. Catherine l'accueillit avec surprise, car il n'y avait pas de réunion cantonale prévue à cette période, mais, comprenant qu'il s'agissait de quelque chose d'important, elle envoya Marie quérir Daniel tandis qu'elle allait prévenir Pierre dans son atelier.

— J'espère que vous ne venez pas nous annoncer de mauvaises nouvelles, dit Pierre après avoir salué son visiteur.

— Tout dépend de ce que vous appelez « mauvaises », répondit Étienne d'un air sibyllin.

En arrivant à ce moment, Daniel évita à Pierre de répondre.

— Voulez-vous réunir l'assemblée cantonale ? demanda Daniel.

— Non, vous vous chargerez de leur apprendre les nouvelles que j'apporte à la prochaine réunion s'ils ne sont pas déjà au courant.

411

— Je suppose que la situation a évolué à Paris, commenta Pierre, autrement vous ne seriez pas venu.

— Oui, il y a eu un coup d'État comme nous pouvions le craindre, répondit Étienne, mais apparemment sans effusion de sang. Ils ont arrêté Barthélémy, onze membres du Conseil des Anciens et quarante-deux membres du Conseil des Cinq-Cents[41]. Carnot a réussi à s'enfuir.

— Mon Dieu ! Alors ce sont les républicains qui l'ont emporté finalement.

— Oui, avec l'aide de l'armée sous la direction du général Augereau, envoyé par Bonaparte.

— Encore lui ! s'exclama Pierre.

— Heureusement qu'il l'a fait, rétorqua Étienne. Sans lui, les royalistes auraient mis la France à feu et à sang.

— Oui, évidemment, reconnut Pierre à contrecœur.

— D'autre part, les élections législatives ont été cassées dans quarante-neuf départements lorsqu'elles étaient favorables aux royalistes et les députés invalidés ont été remplacés par des gens choisis par le Directoire. La même chose est arrivée pour les élections départementales et municipales dans cinquante-trois départements, dont le nôtre.

— Comment ? Cela veut-il dire que je ne suis plus maire ? demanda Daniel stupéfait.

— Cela ne vous concerne pas, car votre village est connu pour être du côté républicain depuis toujours. Votre élection est validée.

— Eh bien, cela va provoquer du grabuge, soupira Daniel.

— Je dois vous dire aussi, bien que cela ne vous concerne pas vraiment, que toutes les lois que les royalistes avaient fait voter en faveur de l'Église ont été abrogées. Les émigrés et les religieux qui étaient rentrés en France ont du souci à se faire.

— C'est navrant ! déplora Pierre. Nous n'en aurons jamais fini avec ces vengeances contre un parti ou l'autre.

— En tout cas, le calme semble rétabli et le Directoire a de nouveau la situation bien en main, affirma Étienne.

— Voilà qui est déjà rassurant, constata Daniel. Finalement, vos nouvelles étaient plutôt bonnes.

Étienne logea chez Pierre ce soir-là, mais, d'un commun accord, ils n'évoquèrent plus le coup d'État qu'ils avaient suffisamment

---

[41] Coup d'État du 18 Fructidor An V (4 septembre 1797)

commenté. Étienne demanda à voir les nouvelles réalisations de Pierre sur lesquelles il s'extasia beaucoup.

— Vous savez, dit-il, votre nom commence à être connu dans Auxerre. J'entends beaucoup parler de vous dans les soirées.

— Ah bon ! s'étonna le jeune homme. Comment se fait-il ?

— Tout le monde admire vos meubles et beaucoup de gens désirent en acheter.

— J'ai déjà plus de commandes qu'il ne m'en faut, je finirai par ne plus pouvoir répondre à la demande.

— Je pense que vous devriez changer votre façon de travailler, suggéra Étienne.

— Comment cela ?

— Et bien, au lieu de travailler sur commande, vous devriez fabriquer des meubles à votre idée et les présenter dans une échoppe où vos clients les achèteront.

— Ouvrir une boutique ! Ici ?

— Non, à Auxerre puisque c'est là que sont vos clients.

— Cela voudrait dire que je dois déménager à Auxerre avec ma famille. Je n'en ai pas l'intention. Nous nous plaisons ici.

— Pas du tout ! Je me fais fort de vous trouver quelqu'un d'honnête pour tenir votre boutique. Vous n'auriez qu'à y emporter vos meubles terminés. Je vous assure que cela élargirait beaucoup votre clientèle, car l'on ne trouve pas de beau mobilier dans la ville.

— Il me faudrait louer un local et donner des gages à la personne qui s'en occuperait, dit Pierre songeur. Je ne pense pas que ce soit aussi intéressant que vous le dites.

— Ce n'est pas un problème, assura Étienne. Il y a beaucoup d'échoppes inutilisées en ce moment, vous pourriez en louer une pour un montant dérisoire et les gages du tenancier ne seraient pas très élevés non plus. Vous y gagneriez largement.

— Je ne sais pas, conclut Pierre, je vais y réfléchir.

La soirée se termina sans que l'on reparlât de la suggestion d'Étienne. Pierre se sentait très dubitatif quant à cette proposition qui risquait de chambouler sa vie, aussi préférait-il y réfléchir à tête reposée. Il n'en parla même pas après le départ du représentant départemental, se consacrant plutôt au travail en cours avec son apprenti.

Au tout début du mois de vendémiaire, Philippe arriva dans l'atelier de Pierre en arborant un air bouleversé qui inquiéta immédiatement son ami.

— Que t'arrive-t-il ?

— Je viens d'apprendre par un colporteur que le général Hoche est mort !

— Comment ? Mais il est très jeune ! s'exclama Pierre. Il n'a que vingt-neuf ans, si j'ai bonne mémoire.

— Tu sais qu'il était sujet à des crises d'étouffement. Eh bien, c'est l'une d'elles qui l'a emporté.

— C'est bien triste, commenta Pierre, c'était un brave et un bon général.

— Il y aura une journée de deuil national, le dix de ce mois, signala Philippe. Je pense que Daniel devra organiser une cérémonie en son honneur.

— Et bien, nous irons, c'est la moindre des choses, affirma Pierre.

Le soir du dix vendémiaire, Philippe et Jeanne Levasseur vinrent souper chez les Boredoux après la cérémonie qui avait eu lieu en souvenir du général Hoche sur la place du village. Les deux amis évoquèrent longuement leurs rencontres avec le défunt ainsi que les faits marquants de sa courte carrière. Puis lorsque la conversation changea de sujet, Pierre se décida enfin à parler de la proposition stupéfiante d'Étienne. Malgré une longue réflexion, il ne savait toujours pas quelle décision il devait prendre.

— C'est une excellente idée, s'enthousiasma Philippe, cela t'assurera une bonne clientèle, surtout si la situation reste calme.

— Je ne sais pas, tempéra Pierre prudent, cela demande une bonne organisation, et puis trouver une personne vraiment honnête pour tenir la boutique n'est pas facile.

— Tu peux faire confiance à Étienne, il surveillera tes intérêts de près, assura Philippe.

— Je pense aussi que c'est une bonne idée, intervint Catherine. Cela t'assurera un travail plus régulier, tu ne dépendras plus des commandes qui n'arrivent pas toujours quand on le veut. Les artisans du faubourg Saint-Antoine travaillent comme ça.

— Oui, mais ils sont sur place, rétorqua Pierre. Ils ont leur atelier au fond de leur boutique et pas à plusieurs lieues.

— Quelle importance ? demanda Philippe. Tu te rends déjà très souvent à Auxerre, cela ne changera pas grand-chose.

— Si vous ne le faites pas, observa le père Craimen, quelqu'un d'autre prendra la place et vos clients ne vous commanderont plus rien. Vous devez mettre à profit la pénurie d'artisans qui sévit actuellement à Auxerre et cela assurera également l'avenir de votre fils.

— Vous avez raison, répondit Pierre troublé, je n'avais pas pensé à cela.

— J'ai une autre proposition à te faire, ajouta Philippe. Je partagerai les frais avec toi et je mettrai également mes créations en vente dans cette boutique.

— Que voilà une excellente proposition ! s'exclama Pierre avec un grand sourire.

— Alors, c'est dit ! conclut Philippe. Il ne nous reste plus qu'à aller à Auxerre pour tout organiser.

Avant d'entamer les préparatifs du départ, Pierre préféra terminer les meubles en cours de fabrication, certains répondant à des commandes et d'autres issus uniquement de son imagination. Philippe, de son côté, se hâta de créer les objets qu'il avait dessinés dans l'espoir d'intéresser d'éventuels clients. Et lorsque à la mi-brumaire, ils se décidèrent enfin à préparer leur départ, ils étaient déjà au courant du traité de Campoformio[42] qui venait d'établir la paix avec les puissances étrangères. Pierre ne s'était pas privé de souligner qu'une fois de plus, le général Bonaparte avait pris seul cette décision que le Directoire n'avait ratifiée qu'ultérieurement. Il s'était étonné que personne parmi ses amis ne fût choqué de ces manières cavalières qui, à son avis, n'auguraient rien de bon pour le pays.

Ils partirent sous une pluie battante après avoir soigneusement fermé la bâche du chariot pour que leurs marchandises ne soient pas mouillées. À cause du temps, le trajet ne fut pas des plus agréables, mais ils purent constater qu'il y avait beaucoup moins de mouvements de troupes sur les routes depuis la signature de la paix. Les quelques voyageurs qu'ils rencontraient dans les auberges annonçaient le retour de la prospérité et chantaient les louanges du général Bonaparte qui avait mis fin à cette guerre dévastatrice. Pour la première fois depuis très longtemps, l'optimisme régnait, ce qui leur parut particulièrement réconfortant.

---

[42] 27 vendémiaire An VI (18 octobre 1797)

L'échoppe auxerroise

L'accueil d'Étienne fut à la hauteur de leurs espérances. Il se montra enchanté que Pierre eût écouté ses arguments et approuva chaleureusement l'initiative de Philippe à qui il prédit également un franc succès pour ses créations. Afin de les aider dans leurs démarches, il se mit en vacances du directoire départemental le temps nécessaire pour trouver un local convenant à ses amis ainsi qu'une personne de confiance qui tiendrait la boutique. Et dès le lendemain, ils commencèrent à sillonner la ville, se fiant à des renseignements parfois erronés qui les menaient à des immeubles en ruines ou bien déjà occupés. D'autres fois, le local était véritablement à louer, mais ne convenait pas du tout à l'usage qu'ils voulaient en faire, ou alors il était situé en dehors de la ville. Lorsque tout allait bien, le loyer demandé se révélait prohibitif si bien que les deux amis commençaient à désespérer.

Après une décade de vaines recherches, Pierre annonça au souper que Philippe et lui avaient décidé de rentrer à Villedhuis.

— Jamais je n'aurais imaginé que ce soit aussi difficile de trouver un local convenable à Auxerre, expliqua-t-il à Étienne. Il nous faut abandonner cette idée et continuer à vendre nos créations sur commande comme nous l'avons fait jusqu'à présent.

— Je ne croyais pas non plus que nous aurions autant de mal à trouver quelque chose de correct, reconnut Étienne, mais je vous demande de ne pas renoncer si vite. Nous finirons bien par dénicher la perle rare.

— Nous ne pouvons pas rester éloignés de nos foyers aussi longtemps, intervint Philippe.

— Vos femmes sont capables de se débrouiller sans vous, sourit Étienne. Accordez-vous encore quelques jours pour chercher.

— J'ai entendu parler d'une boutique qui va être mise à louer, tout près d'ici, annonça timidement l'épouse d'Étienne. Le tenancier actuel se fait vieux et désire se retirer dans le village de sa femme. Peut-être pourriez-vous aller voir ?

— C'est une excellente idée, approuva Étienne, nous irons demain.

Pierre et Philippe acceptèrent de différer leur départ pour visiter la boutique, mais affirmèrent à Étienne qu'ils repartiraient aussitôt après, car ils n'avaient plus guère d'espoir. Cependant, ils furent favorablement impressionnés par l'aspect extérieur de l'échoppe. Le tenancier était un artisan qui travaillait admirablement le cuir et se montrait maniaque dans l'entretien de sa boutique, car, expliqua-t-il aux visiteurs, il était impossible de travailler correctement dans un endroit sale et en désordre. La boutique était éclairée par une large ouverture sur la rue et se composait de deux salles spacieuses qui communiquaient par une porte de belle taille. L'artisan avait installé son atelier devant la grande baie qui lui donnait toute la lumière dont il avait besoin et entreposait ses réserves dans la seconde salle où il couchait également à l'occasion. Philippe et Pierre voyaient déjà leurs meubles et leurs objets en présentation dans ces deux pièces qui semblaient faites pour eux, mais, la prudence l'emportant, ils se gardèrent bien de le dire et s'enquirent du montant du loyer avec une feinte indifférence. La réponse leur coupa le souffle. C'était au bas mot la moitié de ce que leur demandaient les autres bailleurs. Aussi interrogèrent-ils l'artisan avec curiosité pour comprendre la raison d'un loyer tellement en dessous des prix pratiqués ailleurs, mais celui-ci ne savait pas. Il avait toujours payé cela sans se soucier des motivations du propriétaire dont il leur donna le nom afin qu'ils s'arrangent avec lui.

En quittant la boutique, Étienne avait un sourire tellement ravi que Pierre lui en demanda la raison avec étonnement.

— Qu'est-ce qui vous enchante ainsi ? Rien n'est encore fait, remarqua-t-il.

— Mais cela se fera, assura Étienne, je connais bien le propriétaire, il vous agréera sans peine.

— Savez-vous aussi pourquoi il loue si peu cher ? demanda Philippe.

— C'est un brave homme qui a hérité d'une fortune dont il n'a que faire, car il a peu de besoins. Il possède de nombreux immeubles dans Auxerre qu'il loue pour ne pas attirer les curiosités malsaines, mais en se moquant des prix. Je ne savais pas que cette boutique lui appartenait. Je vous emmène chez lui, vous verrez, il vous plaira.

La rencontre se passa au mieux grâce à l'entremise d'Étienne et les deux amis purent louer le local à des conditions très avantageuses pour eux. Ils convinrent de laisser un mois à l'artisan pour rassembler ses affaires et libérer la boutique avant qu'ils s'y installent. Maintenant, il ne leur restait plus qu'à trouver la personne de confiance qui tiendrait le commerce pour eux.

— Ce sera beaucoup plus facile, assura Étienne. En fait, je crois que j'ai la personne qu'il vous faut, mais je ne voulais pas vous la présenter avant que vous ayez trouvé votre local.

— Est-ce vrai ? Vous connaissez quelqu'un qui conviendrait, s'exclama Philippe.

— Je m'en doutais, sourit Pierre. Je l'ai pensé dès que vous m'avez soumis cette idée.

— Eh bien, expliqua Étienne, cette idée me trottait dans la tête depuis quelque temps et je me suis décidé à vous la proposer lorsqu'une personne que j'estime est venue me voir pour me demander de l'aider à trouver un moyen d'existence.

— Quand allez-vous nous le présenter ? demanda Pierre.

— Dès demain, répondit Étienne avec un sourire en coin.

Le lendemain matin, une servante vint trouver Pierre et Philippe pour leur annoncer qu'ils étaient demandés au salon. Ils s'y rendirent avec empressement, certains de rencontrer l'homme dont Étienne leur avait parlé la veille, mais ils eurent la surprise de le trouver en grande conversation avec une jeune femme d'allure modeste.

— Ah, mes amis ! s'exclama Étienne. Venez que je vous présente Thérèse Lavardin qui est prête à tenir votre boutique dès qu'elle ouvrira.

— Comment ? s'étonna Pierre. C'est de Madame dont vous nous avez parlé !

Les deux amis échangèrent un regard troublé, ne sachant comment se comporter devant cette situation inattendue. Étienne les observait avec un fin sourire.

— Asseyez-vous, conseilla-t-il, cette jeune femme répondra à toutes vos questions pour vous convaincre qu'elle est très capable de tenir ce rôle.

— Je sais lire et écrire, et j'ai appris à tenir des comptes, expliqua timidement la candidate.

— C'est très bien évidemment, reconnut Pierre, mais dites-moi un peu pourquoi vous voulez ce travail.

— Je viens de perdre mon mari et j'ai une petite fille à nourrir.

— Mais ce travail n'est pas aisé pour une dame, insista Pierre. Les meubles sont lourds et difficiles à bouger, et puis être seule dans une échoppe peut être dangereux.

— Thérèse ne s'en laisse pas conter, intervint Étienne. Elle est capable de tenir tête à bien des hommes et, de toute façon, je lui rendrai souvent visite pour m'assurer qu'elle n'a pas d'ennui.

Pierre regarda Philippe, qui semblait fort embarrassé, d'un air interrogateur.

— Il me semble, dit enfin Philippe, que l'on peut essayer. Si le travail est trop difficile, ou si Madame ne parvient pas à le faire correctement, nous chercherons quelqu'un d'autre.

— Cela me paraît tout à fait honnête, approuva Étienne.

— Cette proposition vous convient-elle ? demanda Pierre à la jeune femme.

— Oh, oui ! Je vous promets que vous n'aurez pas à vous plaindre de moi, affirma-t-elle en souriant.

Ils réglèrent donc les conditions de travail et se mirent d'accord sur le montant des gages que Thérèse Lavardin toucherait, étant entendu qu'Étienne garderait dans son coffre le produit de la vente des marchandises et prélèverait dessus la part de la jeune femme.

Après son départ, Pierre exprima ses doutes à Étienne, affirmant de nouveau qu'une femme ne convenait pas du tout pour tenir leur boutique de meubles. Mais le représentant départemental se contenta de rire.

— Dites-moi, Pierre, ne laisseriez-vous pas votre épouse tenir cette boutique si vous habitiez cette ville ?

— Catherine ? s'étonna Pierre. Mais ce n'est pas la même chose ! Après tout ce que nous avons traversé, elle est capable de faire face à n'importe quoi.

— Thérèse n'a pas eu la vie rose, non plus. Ne vous fiez pas à son allure réservée, croyez-moi, elle est aussi capable que votre épouse.

— Nous verrons bien, répondit Pierre d'un air maussade.

Cette fois, ils se préparèrent vraiment à partir puisque tout était réglé. Le chariot étant presque vide, ils passèrent chez leur fournisseur de bois afin de renflouer leurs réserves en prévision de leurs prochaines créations. La pluie avait laissé la place à un froid mordant contre lequel ils avaient du mal à se prémunir, ce qui les obligea à écourter leurs étapes afin de ne pas geler sur le chemin. Dans les auberges où ils se réchauffaient auprès du feu, ils écoutaient les nouvelles colportées par les rares voyageurs qui osaient braver les frimas, mais se gardaient bien de les commenter et préféraient parler du temps qui inquiétait tout le monde, car l'on craignait un nouvel hiver glacé. Cependant, cette crainte ne dura pas et le temps se radoucit en quelques jours, rendant la fin de leur voyage bien plus agréable.

Les récoltes étaient finies, donnant l'impression que la vie s'était ralentie dans le village. Tout le monde semblait avoir pris ses quartiers d'hiver. Les enfants ne couraient plus dans les rues et la place du marché, balayé par le vent, était déserte. Mais dès qu'ils eurent amené le chariot dans la grande cour, la maison s'anima, les portes s'ouvrirent et des têtes apparurent aux fenêtres. L'accueil fut chaleureux et, comme les deux hommes avaient beaucoup de choses à raconter, Catherine envoya quérir Jeanne et Irène et décida qu'ils souperaient tous ensemble.

La conversation roula principalement sur le voyage à Auxerre et sur les résultats que les deux amis avaient obtenus. Bien sûr, il y eut un moment d'hésitation lorsque Pierre leur apprit que ce serait une femme qui tiendrait la boutique, mais Catherine le dissipa en approuvant hautement cette décision. Pierre et Philippe exposèrent les dispositions qu'ils avaient prises puis évoquèrent les projets qu'ils formaient pour de nouvelles créations.

— Sur la route du retour, les gens ne parlaient que de l'exécution de l'abbé de Gruchy, raconta Pierre lorsqu'ils eurent épuisé les autres sujets de conversation.

— Ah bon ? Je n'en ai rien appris, répondit le père Craimen d'un air intéressé.

— C'était un prêtre réfractaire qui avait émigré avant de revenir à la suite des lois votées par les royalistes et ça l'a mené tout droit vers la guillotine, expliqua Pierre. Vous voyez qu'il ne fallait pas rouvrir votre église trop tôt.

— Effectivement, reconnut le prêtre. Depuis le coup d'État, le danger rôde à nouveau.

— Je ne sais pas ce qui va encore arriver, mais je me demande si vous pourrez reprendre un jour votre sacerdoce, observa Philippe.

— Je me plierai à la volonté de Dieu, répondit le père Craimen d'un air résigné.

Pierre lança un coup d'œil entendu à Catherine en réprimant un sourire, car la volonté de Dieu lui paraissait bien utile pour justifier les actions des hommes. Mais comme il avait beaucoup d'affection pour le père Craimen, il évita de montrer son sentiment afin de ne pas le choquer inutilement.

Dès le lendemain, Pierre et Philippe, chacun de leur côté, entreprirent la fabrication des meubles et objets qui seraient exposés dans la nouvelle boutique. Ils mettaient les bouchées doubles afin d'en avoir suffisamment pour occuper au moins la première salle et proposer un choix acceptable. Julien abandonna les commandes en cours pour aider Pierre à fignoler les meubles précieux dont il était particulièrement fier. Si bien qu'un mois plus tard, lorsque les deux amis se préparèrent à repartir pour procéder à l'ouverture de leur boutique, le chariot regorgeait de petits meubles et d'objets de toute beauté.

Étienne avait prévu une inauguration à la mesure de l'événement et fait jouer toutes ses relations afin que le Tout-Auxerre s'y retrouvât. C'est ainsi que Pierre et Philippe, complètement dépassés, furent présentés aux notables du chef-lieu et durent répondre à d'innombrables questions, parfois naïves et parfois très incisives, sur leur travail et leur famille. Ces gens très fiers de leur réussite trouvèrent leur mode de vie follement exotique et en admirèrent d'autant plus ces magnifiques réalisations fabriquées au fin fond de la campagne. Un véritable engouement se créa autour d'eux et il devint rapidement du dernier chic de posséder un objet venant de leur boutique. Les gens, qui avaient passé commande à Pierre les années précédentes, se vantèrent de l'avoir découvert avant tout le monde et y gagnèrent un respect immérité.

Craignant que la boutique fût dévalisée en peu de temps, les deux amis regagnèrent Villedhuis le plus rapidement possible pour s'attaquer à de nouvelles réalisations. Devant l'étonnement de ses proches lorsqu'il leur relata son court séjour à Auxerre, Pierre affirma que cet engouement ne durerait pas, que c'était juste un effet de mode qui s'éteindrait dès qu'un autre événement mobiliserait l'attention de ces gens désœuvrés et versatiles. En attendant, il leur fallait veiller à ce que la boutique eût toujours un choix suffisant de marchandises pour que les clients y trouvent leur bonheur.

Cette surcharge de travail n'empêcha pas le jeune homme de s'indigner furieusement lorsqu'il apprit que le général Bonaparte venait d'être élu à l'Institut de France[43] en remplacement de Carnot, toujours en fuite. Le père Craimen s'amusa beaucoup de sa réaction et s'efforça de lui remontrer que cette nomination était une bonne chose pour le pays, sans parvenir à le convaincre.

Tout en travaillant à de nouvelles créations, Pierre continua la fabrication des meubles déjà commandés avec l'aide de Julien, car il mettait un point d'honneur à répondre à la demande de ses clients. Il avait décidé avec Philippe de se rendre à Auxerre tous les mois jusqu'à ce que la boutique fût bien garnie, puis de réduire le rythme de ces voyages trop fréquents qui les épuisaient tous les deux. En faisant l'inventaire des commandes en cours, le jeune homme se fixa l'obligation d'emporter chaque mois au moins un meuble terminé, afin de s'en débarrasser rapidement et de se consacrer à ses créations. Julien se réjouissait de cette décision, car Pierre, débordé de travail, lui laissait faire l'essentiel du meuble, en surveillant régulièrement quand même, et ne se chargeait que de la finition. Ainsi, peu à peu, l'élève se perfectionnait, à la grande joie de son maître qui appréciait de partager avec lui son amour du bois.

En nivôse, pluviôse et ventôse, les deux amis se rendirent à Auxerre, bravant le temps peu clément pour ravitailler leur boutique en meubles et objets de toutes sortes. À leur grande surprise, l'engouement pour leurs créations ne se démentait pas et chaque fois, ils trouvaient le local presque vide. Thérèse leur remettait ses comptes, qu'elle tenait scrupuleusement, ainsi que les demandes, parfois saugrenues, que les clients exprimaient. Au grand découragement de Pierre, il se trouvait dans ces demandes des commandes

---

[43] Institution académique française créée le 3 brumaire An IV (25 octobre 1795) en remplacement des académies royales

qu'il ne pouvait refuser ce qui l'empêchait de se consacrer uniquement à ses petits meubles précieux. Étienne, chez qui ils logeaient à chaque voyage, se réjouissait de leur réussite et leur assurait que cela ne pouvait que durer.

L'arrivée du printemps ne leur facilita pas la tâche, car le mois de germinal fut particulièrement pluvieux, ce qui transforma les routes en bourbiers dans lesquels ils pataugeaient souvent pour dégager leur chariot pris dans des ornières. Pierre et Philippe avaient établi un équilibre entre leurs créations et les commandes qu'ils se devaient d'honorer, mais ils n'arrivaient toujours pas à remplir entièrement la boutique tant la clientèle se montrait assidue. C'était d'ailleurs devenu une habitude. Dès que les Auxerrois apprenaient que les deux jeunes gens étaient en ville, ils se précipitaient vers leur échoppe pour y admirer les nouveautés si bien que, souvent, la boutique était à moitié dévalisée lorsqu'ils repartaient.

— C'est décidé, annonça Philippe à Pierre et Étienne ce soir-là après avoir assisté au raz-de-marée habituel, je vais prendre un apprenti.

— Et moi, j'en aurais bien besoin d'un second, bougonna Pierre.

— Eh bien, pourquoi n'en prenez-vous pas ? demanda Étienne.

— Parce que je n'en trouverais pas à Villedhuis. J'ai déjà rencontré tous les jeunes garçons du village et seul Julien pouvait faire un apprenti convenable.

— Cela me rassure grandement, plaisanta Philippe.

— Je parlais pour moi, corrigea Pierre, ton métier est assez différent du mien.

— Pourquoi ne prends-tu pas ton fils en apprentissage ? s'étonna Philippe. Je croyais que tu en avais l'intention.

— Oui, mais il est encore trop jeune. Il n'a pas neuf ans.

— Oui, c'est un peu tôt, reconnut Étienne. Mais vous pouvez peut-être recruter un apprenti à Auxerre.

— Croyez-vous que je puisse trouver un jeune homme qui voudrait venir s'enterrer à la campagne ? demanda Pierre d'un air sceptique.

— Pourquoi pas ? Je vais me renseigner, assura Étienne.

Au retour de ce voyage, Pierre vit Catherine se précipiter vers lui avec un sourire rayonnant. Il la serra dans ses bras et l'embrassa tendrement.

— Qu'est-ce qui te rend aussi radieuse, ma chérie ? demanda-t-il en souriant.

— J'ai reçu une lettre de Paris, Paul et Hélène vont venir nous rendre visite !

— Quelle bonne nouvelle ! Quand seront-ils ici ?

— Ils pensent arriver à la fin du mois et rester avec nous jusqu'à l'été.

L'arrivée prochaine de leurs amis avait mis un air de fête dans la maison que les femmes s'activaient à préparer pour recevoir leurs visiteurs. Pierre se remit au travail avec un regain d'enthousiasme malgré la fatigue dont il n'arrivait plus à se débarrasser.

Le vingt-neuf germinal, dans l'après-midi, un bruit de roulement annonça qu'un véhicule entrait dans la cour. Aussitôt, toute la maisonnée se précipita pour accueillir les visiteurs qui n'étaient autres que leurs amis tant attendus. Les retrouvailles furent chaleureuses et durèrent longtemps tellement ils étaient heureux de se revoir. Les exclamations de bonheur fusaient de toutes parts et les embrassades s'éternisaient. Enfin, les hommes déchargèrent la voiture et conduisirent les chevaux à l'écurie tandis que les femmes emportaient les bagages dans les chambres qui les attendaient.

Pendant que la gent féminine préparait le repas, ces messieurs s'installèrent au salon pour échanger les dernières nouvelles autour d'un verre. Pierre raconta comment son activité s'était développée d'une façon totalement inattendue ainsi que les conséquences que cela entraînait.

— Mais je parle trop, ajouta-t-il, raconte-moi votre vie à Paris.

— Ma foi, il n'y a pas grand-chose à raconter, répondit Paul avec un sourire.

— Édites-tu toujours la Gazette Nationale de France ?

— Oui, bien sûr. Cela m'apporte des revenus réguliers, mais j'imprime aussi beaucoup de livres et de rapports scientifiques que ces messieurs de l'Institut m'apportent, c'est très intéressant.

— Tu ne les lis quand même pas tous !

— Non, évidemment ! Seulement ceux qui m'intéressent.

— Prends-tu tout ce que l'on t'apporte ?

— Sûrement pas ! J'ai souvent refusé d'éditer des parutions licencieuses ou tendancieuses. Je préfère rester prudent. Récemment, j'ai dû refuser un mémoire louant les vertus de la religion catholique contre les dérives actuelles comme les théophilanthropes[44], par

---

[44] Ils prônent le culte de la Raison et de l'Être suprême

exemple, reconnut Paul avec un sourire d'excuse à l'adresse du père Craimen.

— Je comprends très bien que vous ne désiriez pas vous attirer des ennuis, assura le prêtre.

— Étienne m'a dit une chose curieuse lors de mon dernier voyage, intervint Pierre. Le Directoire vient, paraît-il, de décider que les citoyens devaient se conformer au calendrier révolutionnaire et chômer uniquement le décadi, mais je croyais que c'était en usage depuis longtemps. Ici, nous le respectons.

— Vous êtes parmi les rares disciplinés, observa Paul en souriant. Même à Paris, ce calendrier n'est pas respecté et beaucoup d'actes légaux sont encore datés selon l'ancien calendrier.

— Mais, ces gens n'encourent-ils pas de sanctions ?

— Si, mais elles ne sont pas appliquées.

— Les gens sont très attachés à l'ancien calendrier, affirma le père Craimen, et pas seulement pour la religion. Il suffit d'un peu de calcul pour s'en rendre compte. Comme une décade fait dix jours au lieu de sept pour une semaine, il y a moins de jours chômés dans l'année, sans compter que les fêtes religieuses ne sont plus observées.

— C'est vrai, je n'avais jamais pensé à cela, reconnut Pierre d'un air songeur.

— C'est pourquoi il sera difficile d'obtenir que les gens observent le nouveau calendrier, conclut Paul.

La présence de ses amis n'empêcha pas Pierre de continuer son travail sur le même rythme infernal qu'il observait depuis l'ouverture de la boutique, car il lui fallait avoir suffisamment de meubles à emporter lors de son prochain voyage à Auxerre. Catherine, de son côté, organisa plusieurs soirées afin que leurs amis renouent avec les gens du village. C'est ainsi qu'Hélène revit nombre de ses élèves qui avaient bien grandi, mais ne l'avaient pas oubliée et se jetèrent dans ses bras avec plaisir. Camille se fit une joie de courir la campagne avec ses amis retrouvés tandis que ses parents profitaient du printemps, bien plus agréable à Villedhuis qu'à Paris.

Lorsque Pierre et Philippe commencèrent leurs préparatifs pour un nouveau voyage vers Auxerre, Paul décida de les accompagner. Il ne connaissait pas Étienne Servin, mais il en avait tant entendu parler qu'il était curieux de le rencontrer. La vue du chariot, rempli à ras bord de meubles et objets en tous genres, l'amusa et il félicita son ami d'avoir transformé sa charrette en chariot, bien plus pratique pour transporter ce genre de marchandises qu'il fallait protéger des variations du temps. Le trajet fut plutôt tranquille, les brigands de tous poils n'étant pas intéressés par ces objets trop lourds et difficiles à écouler.

Étienne les accueillit chaleureusement comme d'habitude et se déclara ravi de faire la connaissance de Paul dont Pierre lui avait déjà parlé. Le lendemain, ils se rendirent à la boutique pour décharger le chariot et installer les nouvelles marchandises que les Auxerrois attendaient avec impatience comme tous les mois. Paul fut impressionné par la taille de l'échoppe qui, même avec les nouveaux meubles, ne semblait qu'à moitié remplie. Il fit la connaissance de Thérèse Lavardin dont les compétences l'étonnèrent beaucoup. Des femmes qui tenaient des boutiques, il en connaissait à Paris, mais c'était surtout des commerces de tissus ou de bibelots et non d'objets aussi lourds à manier que des meubles.

Ils reprirent la route le jour même, sans s'accorder le moindre repos, car Pierre et Philippe n'avaient pas de temps à perdre. Ils savaient que la boutique ne resterait pas pleine bien longtemps et que Thérèse se retrouverait rapidement incapable de répondre à la demande. Ils furent beaucoup plus vigilants qu'à l'aller, car ils rapportaient le produit des ventes du mois et craignaient de se le faire voler malgré leurs précautions. Bien entendu, le sac dans lequel ils avaient mis l'argent n'était pas visible pour ne pas exciter les convoitises. En modifiant son chariot, Pierre avait fabriqué une petite cache sous le plancher qu'il avait dissimulée très astucieusement afin de donner l'impression que le chariot était totalement vide. Cette ruse leur avait évité, jusqu'à présent, de se faire dépouiller, mais ils n'en restaient pas moins sur leurs gardes durant tout le trajet.

Dès le lendemain de leur retour, les deux artisans rejoignirent leurs ateliers pour s'attaquer à de nouvelles réalisations, sous l'œil navré de Paul et Hélène qui commençaient à se dire que leur ami ne pourrait pas soutenir ce rythme très longtemps. Hélène en parla à Catherine avec précaution.

— Je sais, soupira la jeune femme, mais je n'arrive pas à le convaincre de se reposer un peu. Il me répète que Thérèse va manquer de marchandises s'il ne se presse pas. Et Philippe agit de la même manière ! Jeanne n'arrive pas à le raisonner non plus.

— Mais ils finiront par tomber malades !

— C'est certain, mais que faire ?

De son côté, Paul essaya de parler à Pierre, mais celui-ci ne voulut rien entendre. Il expliqua à son ami qu'il devait fournir suffisamment de travail à Thérèse pour qu'elle ne cherchât pas une autre place. Paul en doutait fort, mais il ne parvint pas à convaincre Pierre qui ne l'écoutait que distraitement.

À la veillée, Paul et le père Craimen aimaient commenter les nouvelles qui parvenaient jusqu'au village grâce aux colporteurs et autres voyageurs, et ils déploraient que Pierre se joignît de moins en moins à eux. Le jeune homme montait maintenant se coucher sitôt le souper expédié afin de pouvoir attaquer son travail dès l'aube, ce qu'il ne faisait jamais autrefois lorsque Paul et Hélène avaient séjourné chez lui. Certains soirs, cependant, ses amis parvenaient à le faire rester plus tard pour bavarder un peu. C'est ainsi qu'un soir, profitant de sa présence, le père Craimen évoqua le départ de l'expédition d'Égypte avec un peu de malice.

— Le général Bonaparte vient de s'embarquer à Toulon pour l'Égypte, annonça-t-il. Selon mes renseignements, il était arrivé au bord de la Méditerranée le vingt floréal dernier.

— Grand bien lui fasse ! ronchonna Pierre. Puisse-t-il y rester ! Ce serait la meilleure chose pour le pays.

— Comment ? s'étonna Paul. Tu ne l'aimes pas ! Que lui reproches-tu ?

— À mon avis, il brigue le pouvoir pour lui seul.

— Non, je ne crois pas ! C'est un républicain convaincu, et j'ajouterais un grand homme.

— Un militaire qui veut tuer la République !

— Je ne te savais pas à ce point pour la république ! observa Paul surpris.

— Je ne le suis pas vraiment, mais cet homme me fait peur. Je sais bien que le Directoire est en difficulté et n'arrive à se maintenir que grâce au soutien de l'armée, mais il a quand même été élu par le peuple.

— Que proposes-tu alors ? Le retour d'un roi ?

— Pourquoi pas, si l'on met en place une monarchie constitutionnelle comme en Angleterre ? Cela permettrait de refaire l'unité du pays et de satisfaire tout le monde.

— Rien n'est moins sûr, observa le père Craimen d'un air dubitatif.

— Le général Bonaparte pourrait aussi refaire l'unité du pays, assura Paul.

— Oui, à son seul profit ! s'exclama Pierre. Vois-tu ce parvenu gouverner la France ? D'ailleurs d'où sort-il ?

— Il est corse, répondit le prêtre.

— Alors, il n'est même pas français !

— Il a francisé son nom et considère la France comme son pays, protesta Paul. Je te trouve injuste envers un homme que tu ne connais même pas !

— Je m'en méfie, il se rend trop indispensable à mon goût, ce n'est certainement pas désintéressé.

— Certains pensent comme toi au Directoire, reprit Paul. C'est un peu pour cela qu'ils ont approuvé la campagne d'Égypte, avec l'espoir qu'il n'en reviendra pas.

— C'est assez rassurant, conclut Pierre.

Dans le courant du mois de prairial, Étienne arriva au village pour assister à la réunion cantonale qu'il n'avait pas honorée de sa présence depuis l'automne. Il apportait la recette réalisée dans la boutique depuis le dernier voyage de ses amis. Pierre en profita pour lui demander s'il pouvait démissionner, car il n'avait plus de temps à consacrer à cette administration. Mais Étienne s'efforça de l'en dissuader en lui expliquant qu'il devait attendre les élections prochaines avant de quitter l'assemblée, ce que le jeune homme admit à contre-cœur.

Lors de la réunion, le représentant départemental expliqua la raison de sa présence.

— Le Directoire a décidé de procéder à un recensement méthodique de la population du pays et sollicite pour cela l'aide de toutes les administrations régionales.

— Les maires ne sont-ils pas concernés au premier chef ? demanda l'un des délégués.

— On pourrait le penser, mais non, répondit Étienne embarrassé. Comme vous le savez peut-être, les élections municipales ont été invalidées dans beaucoup de communes l'année dernière et cela ne se passe pas très bien, aussi le Directoire a-t-il décidé de demander plutôt aux élus des assemblées cantonales de procéder à ce recensement.

— Comment ? Ce sera à nous de le faire !

— Oui, vous recenserez chacun votre village et vous en donnerez le résultat à l'assemblée où votre représentant collectera vos listes et me les apportera.

Pierre soupira en pensant à ce travail supplémentaire. Comme s'il n'en avait pas déjà assez ! Mais il lui fallait s'y plier comme les autres. Cependant en rentrant chez lui après la réunion, Étienne, qui avait parfaitement compris le problème, lui fit une proposition qui le soulagea beaucoup.

— Je reprendrai la route demain, commença-t-il, si cela peut vous arranger, je vous propose d'emmener votre chariot avec tous vos meubles terminés pour les livrer dans la boutique. Cela vous évitera un voyage vers Auxerre.

— Ce serait parfait, répondit Pierre très intéressé, mais comment vais-je récupérer mon chariot ?

— Je vous le renverrai sous la garde de quelques soldats.

— Je vous remercie beaucoup de votre proposition, cela me soulage énormément. Je vais en parler à Philippe, mais je gage qu'il acceptera, tout comme moi.

Pierre et Philippe ne furent pas les seuls à apprécier l'aimable suggestion d'Étienne. Les plus heureux étaient leurs familles et leurs amis qui voyaient là une occasion pour eux de se reposer un peu. Mais ni l'un ni l'autre ne voulut en profiter, ils y trouvaient plutôt l'occasion de fabriquer plus de meubles et d'objets pour le mois suivant.

La rançon du succès

Grâce à Daniel, Pierre échappa à la corvée du recensement. Le maire, voyant à quel point son ami était surchargé de travail, lui proposa de s'en occuper arguant qu'il avait tout son temps et qu'il connaissait très bien tous ses administrés. Pierre accepta avec reconnaissance.

Messidor se montra particulièrement chaud, cette année-là, rendant les conditions de travail extrêmement pénibles. Tous ceux qui travaillaient dans les champs préféraient s'y rendre le matin à l'aube et le soir au crépuscule en évitant les heures du jour où la chaleur était écrasante et les mettaient à profit pour faire une sieste réparatrice. Dans les maisons, l'on s'arrangeait pour provoquer des courants d'air afin de rafraîchir l'atmosphère étouffante et on limitait au maximum les dépenses d'énergie inutiles. Mais Pierre n'en avait cure. S'il autorisait Julien à rentrer chez lui en milieu de journée, il n'en continuait pas moins à travailler, seul dans la touffeur de son atelier, ne s'arrêtant que pour avaler des litres d'eau que l'on tenait plus ou moins fraîche dans des pots en grès. Catherine avait beau le supplier de se reposer, il ne l'écoutait même pas.

Au milieu du mois, les deux artisans décidèrent de se rendre à Auxerre, le chariot étant particulièrement bien rempli, et Paul inquiet pour la santé de ses amis décida de les accompagner à nouveau. Ils constatèrent que la chaleur persistante avait enfin ralenti les ventes, si bien que la boutique n'était pas aussi vide que d'habitude.

Lorsqu'ils eurent déchargé les nouvelles marchandises, elle parut même plus encombrée qu'elle ne l'avait jamais été ce qui parut de bon augure pour la suite. Paul insista lourdement sur ce sujet, expliquant à ses amis qu'ils pouvaient prendre leur temps pour le réapprovisionnement, ce qui leur permettrait de se reposer un peu.

À leur retour, ils évoquèrent le débarquement de Bonaparte en Égypte et les premiers succès qu'il avait obtenus au grand désappointement de Pierre qui espérait une défaite retentissante. Ils commentèrent davantage les nouvelles lois d'exception contre les prêtres réfractaires et l'interdiction de tout signe extérieur de culte, ce qui leur fit conclure une fois de plus qu'il n'aurait pas été sage de rouvrir l'église.

Le début de thermidor n'apporta pas le moindre rafraîchissement au grand dam des paysans qui attendaient la pluie avec impatience. La chaleur devenait de plus en plus lourde et l'on s'attendait à ce que le temps tournât à l'orage d'un jour à l'autre. En préparant le souper, Catherine soupira, exaspérée de constater que Pierre n'était toujours pas rentré de son atelier. Comme d'habitude, il avait oublié l'heure, plongé dans ses réalisations délicates, mais le départ de Julien aurait dû lui rappeler qu'il était temps d'arrêter. La jeune femme demanda à Paul d'aller chercher son ami et se mit à dresser la table. Elle leva la tête, surprise lorsqu'elle le vit revenir seul.

— Eh bien, ne l'as-tu pas trouvé ? interrogea-t-elle.

— Oh, si je l'ai trouvé... affalé sur son établi ! J'ai besoin du père Craimen pour m'aider à le ramener.

Pendant que les deux hommes retournaient à l'atelier chercher Pierre, Catherine ne perdit pas de temps. Elle se précipita vers le jardin aux simples pour y cueillir les herbes dont elle avait besoin, puis revint préparer ses potions dans la cuisine. Elle y trouva Perrine qui essayait de réconforter Marie, larmoyante, et lui ordonna de se calmer d'un ton sec.

— Arrête de gémir, ça ne sert à rien. Va donc plutôt t'occuper des enfants, et explique-leur que ce n'est pas grave.

— Ah bon ? Va-t-il s'en remettre rapidement ?

— Je n'en sais rien, je l'espère simplement. Mais il ne faut pas affoler les enfants.

Perrine se chargea de tenir le repas au chaud, tandis que Catherine montait dans sa chambre où l'on avait emmené Pierre. Un rapide examen lui confirma ce qu'elle soupçonnait, son mari avait beaucoup trop travaillé ces derniers temps en négligeant sa santé, ce qui l'avait totalement épuisé. S'il n'y avait pas de complications, un long repos suffirait à le guérir, mais il faudrait le convaincre de moins se fatiguer à l'avenir.

Julien apprit la nouvelle en arrivant le lendemain matin et se mit d'accord avec Catherine pour continuer le travail en se cantonnant à ce qu'il savait faire tant que Pierre ne pourrait pas revenir. La jeune femme se rendit également chez les Levasseur afin de prévenir Philippe que son associé lui faisait faux bond. Jeanne compatit évidemment et en profita pour insister auprès de son mari pour qu'il se reposât également, ce que Catherine conseilla vivement.

— Si tu continues à ce rythme, il t'arrivera la même chose que Pierre, affirma-t-elle.

— Oui, je suppose que tu as raison, reconnut Philippe qui se sentait également très fatigué.

Pierre se remettait peu à peu, choyé par son épouse et ses amis. Il passait le plus clair de son temps à dormir, ce qui rassurait Catherine qui savait que c'était le meilleur remède pour réparer ses forces. Lorsqu'il commença à aller mieux, elle le gronda de s'être ainsi épuisé à la tâche.

— Mais je voulais vous mettre à l'abri du besoin, protesta-t-il faiblement.

— Crois-tu que c'est nous vouloir du bien que de te tuer au travail ? lui reprocha-t-elle. Nous avons plus besoin de toi que de richesses. Promets-moi de ne pas recommencer.

— Je ne peux pas abandonner Philippe !

— Lui aussi s'est trop fatigué, il a dû également se reposer. Vous devez faire plus attention, tous les deux.

Paul et Hélène avaient prévu de rentrer sur Paris avant la fin de l'été, mais ils décidèrent de reporter leur départ en attendant que Pierre guérît entièrement. Catherine leur en fut très reconnaissante et les remercia avec émotion. La cueillette des fruits battait son plein lorsque Pierre apparut au salon pour la première fois, appuyé sur Paul qui le soutenait pour descendre les marches. Il se laissa tomber dans un fauteuil en soupirant, conscient que sa fatigue était loin d'avoir disparu même s'il se sentait mieux. Paul s'installa en face de lui et l'observa avec un sourire en coin.

— Pourquoi me regardes-tu comme cela ? demanda Pierre étonné.

— Parce que je sais à quel point tu es entêté et je crains que tu recommences à travailler comme un forcené dès que tu seras guéri.

— Non ! Non, je ne le referai pas, mais je ne vois pas quelle solution nous allons trouver, répondit le jeune homme songeur.

— Tu ne devrais plus aller aussi souvent à Auxerre, c'est trop fatigant.

— Il nous faut bien livrer nos marchandises !

— Pourquoi ne les confieriez-vous pas à un transporteur ?

— Je n'ai jamais eu confiance dans ces gens, même quand je faisais le commerce des étoffes, protesta Pierre.

— Ils ne sont pas tous malhonnêtes ! Demande à Étienne s'il en connaît.

— C'est bien possible, il connaît tout le monde. Mais cela risque de nous coûter cher.

— Allons ! Vous gagnez beaucoup avec cette boutique ! Et ce sera toujours moins cher que votre santé.

— Oui, évidemment, reconnut Pierre. J'en parlerai à Philippe.

Catherine et ses amis durent se fâcher pour empêcher Pierre de se rendre à l'atelier dès qu'il fut capable de se déplacer tout seul, mais le jeune homme y renonça finalement et reconnut qu'ils avaient raison. À la place, il alla faire de longues promenades avec Paul, prenant plaisir à échanger quelques mots avec les gens qu'ils croisaient, profitant de la douceur du temps et finit par avouer qu'il avait eu tort de s'enfermer ainsi dans le travail en oubliant de vivre tout simplement.

Sur ces entrefaites, Étienne arriva au village, fort inquiet de n'avoir pas vu ses amis depuis plusieurs mois. Il fut très surpris de trouver Pierre plus souriant et détendu qu'il ne l'avait connu depuis bien longtemps et de constater que Paul et Hélène étaient encore là, alors que le jeune homme lui avait affirmé qu'ils repartaient dans le courant de l'été. Les deux amis lui narrèrent toute l'histoire puis évoquèrent la solution qu'ils avaient envisagée pour éviter que pareil incident se reproduisît en précisant que Philippe avait donné son accord.

— Un transporteur, répéta Étienne pensif. Oui, je pense que je peux vous en trouver un. Évidemment, cela vous coûtera un peu plus cher, mais il ne faut quand même pas que ce travail vous rende malade.

— Pensez-vous que nous n'aurons pas d'ennuis si nous faisons appel à un transporteur ? demanda Pierre d'un air de doute.

— C'est vrai qu'il y en a de malhonnêtes, reconnut Étienne, mais j'en connais un qui vient de créer son entreprise et doit se faire une réputation, alors il a tout intérêt à protéger les biens de ses clients. Je crois aussi que ses prix sont raisonnables, mais je vérifierai. Quant à votre argent, je me chargerai de vous l'apporter quand je viendrai ou bien vous le prendrez quand vous nous rendrez visite. Car vous reviendrez quelquefois, n'est-ce pas ?

— Bien sûr, il faudra que nous allions voir par nous-mêmes de temps en temps, l'assura Pierre.

— Alors, c'est bien, approuva Étienne en souriant. Oui, je pense vraiment qu'il ne faudra pas confier votre argent au transporteur, ce serait trop risqué.

— Je suis entièrement d'accord avec vous.

— Cela me rassure beaucoup de savoir que votre affaire va s'arranger, intervint Paul. Ainsi je rentrerai plus sereinement à Paris.

— Allez-vous rester jusqu'à la réunion cantonale ? demanda Pierre à Étienne.

— Eh bien, oui, je crois, répondit Étienne. Maintenant que je suis rassuré sur votre sort, rien ne me presse. J'avais prévenu mon épouse ainsi que le directoire que je serais peut-être absent assez longtemps. Il faut d'ailleurs que j'annonce une nouvelle qui ne fera pas plaisir à tout le monde.

— Ah bon, laquelle ?

— Le Conseil des Cinq-Cents a voté une loi rendant le service militaire obligatoire pour tous les hommes de vingt à vingt-cinq ans et nul n'a le droit de se faire remplacer comme c'était le cas auparavant[45].

— Cela ne nous concerne plus, sourit Pierre, j'ai trente ans et Paul vingt-neuf.

— Vous pourriez encore vous faire inscrire sur la liste des volontaires, répondit Étienne sur le même ton, mais je sais que vous avez déjà fait votre devoir fort honorablement.

Paul rougit un peu à ces louanges qui s'adressaient à Pierre en pensant que lui-même ne les méritait nullement.

— De toute façon, ils ne prendraient pas un invalide, répondit Pierre avec un soupçon d'amertume.

---

[45] Loi du 19 fructidor An VI (5 septembre 1798)

— Est-ce que tous les jeunes gens de vingt à vingt-cinq ans seront obligés de s'enrôler ? demanda Paul pour changer de sujet.

— En principe, oui.

— Alors Charles devra y aller, remarqua Pierre.

— Oh, non ! s'exclama Catherine. Martine a déjà perdu son premier mari à la guerre et maintenant elle va devoir regarder le second y aller à son tour !

— Mais de qui parlez-vous ? s'enquit Étienne.

— De Charles Dubois, notre pâtissier, expliqua Pierre. Martine, sa femme, avait épousé en première noce le boulanger du village, Romain Millon, et celui-ci a été enrôlé puis tué à la guerre.

— Ont-ils des enfants ?

— Oui, un fils.

— Alors, il ne sera pas appelé, car il est considéré comme soutien de famille.

— Cela me soulage beaucoup ! affirma Catherine.

Lors de la réunion cantonale, chacun des élus apporta la liste des habitants de sa commune et la confia à Étienne qui devait toutes les rapporter à Auxerre où elles seraient collationnées avec celles des autres cantons. Le représentant départemental ne fit aucun commentaire en constatant que c'était Daniel qui s'était occupé du recensement de Villedhuis et non Pierre comme il l'aurait dû. Puis il annonça la nouvelle loi concernant le service militaire ce qui provoqua de vives protestations dans l'assemblée, toutes les communes ayant besoin de tous leurs bras et ne pouvant pas se passer de leurs artisans et paysans pendant cinq ans. Étienne compatit, mais se montra ferme en leur expliquant que cette loi était incontournable et que les appelés, qui refuseraient de se rendre dans leur régiment d'affectation, y seraient conduits entre deux gendarmes. Malgré cette mise au point, de nombreux élus regrettèrent ouvertement de n'avoir pas trafiqué les listes de recensement pour contrer cette loi qu'ils trouvaient inique.

Lorsque Étienne eut repris le chemin d'Auxerre, Paul et Hélène, rassurés sur l'état de Pierre, annoncèrent qu'ils allaient partir à leur tour. Ils étaient restés bien plus longtemps que prévu et devaient se dépêcher de rentrer à Paris avant l'arrivée des mauvais jours. Les adieux ne furent pas déchirants, car les amis avaient bien l'intention de se revoir sans trop tarder, Catherine envisageait avec plaisir de se

rendre de temps en temps dans la capitale et les Parisiens appréciaient les charmes de la campagne tant qu'ils n'y restaient pas à demeure.

La vie reprit son cours tranquille. Pierre avait retrouvé le chemin
de son atelier où il travaillait de longues heures avec Julien, mais sans
forcer comme il avait eu l'imprudence de le faire auparavant. Pour
le moment, aucun voyage vers Auxerre n'était prévu bien que la boutique fût quasiment vide. Étienne avait emporté toutes les réalisations terminées des deux amis et avait promis de leur trouver rapidement un transporteur, ce qui les obligeait à se concentrer uniforme-
ment sur la fabrication.

Depuis l'annonce de la loi sur la conscription, le village bruissait
de colère. Personne ne voulait voir partir tous les jeunes gens si longtemps, avec le risque qu'ils ne reviennent pas. Les Villedhuisiens
considéraient qu'ils avaient déjà payé un lourd tribut à la République
et qu'ils méritaient qu'on les laissât un peu en paix. Aussi, lorsque
Étienne revint, l'accueillirent-ils beaucoup plus fraîchement que
d'habitude, mais il s'avéra qu'il ne reparaissait à Villedhuis que pour
les affaires de Pierre et Philippe. D'ailleurs, il était accompagné d'une
troupe différente de celle qui le suivait d'ordinaire.

Les présentations faites, une discussion serrée s'engagea entre les
deux artisans, le représentant départemental et l'homme qui venait
de monter cette entreprise de transport et se nommait Eugène Verrier. Il s'agissait de se mettre d'accord sur la périodicité des voyages,
les garanties que le transporteur devait fournir à ses clients et le montant de la rémunération que Pierre et Philippe lui donneraient par
livraison effectuée. Étienne écoutait toutes les parties avec attention
et donnait un avis, toujours judicieux, lorsqu'il en sentait le besoin,
si bien qu'ils arrivèrent rapidement à un accord satisfaisant. Ensuite,
ils firent l'inventaire des meubles et objets divers que les deux artisans avaient fabriqués depuis la précédente visite d'Étienne et décidèrent que cela valait bien un premier voyage. Le chariot de transport qu'Eugène avait amené était assez différent de celui de Pierre.
Il était plus facile à charger et beaucoup mieux protégé, car malgré
ses efforts, le jeune homme n'avait jamais réussi à rendre le sien
complètement étanche. Ce fut avec une intense satisfaction que Philippe et lui regardèrent les employés d'Eugène charger tous ces objets qu'ils avaient créés avec amour et dont ils constataient que l'on
prenait grand soin. Ils savaient que le transporteur ferait l'impossible

pour apporter les marchandises intactes à destination, car il ne devait être payé que lorsque tout son chargement serait à l'abri dans la boutique. Pierre et Philippe établiraient une liste des marchandises expédiées qu'Eugène remettrait en arrivant à Étienne qui vérifierait que tout y était avant de lui verser sa rémunération. Ils étaient sûrs que le transporteur ne pourrait pas falsifier cette liste, car il ne savait ni lire ni écrire.

L'automne s'annonçait calme. On commentait la première exposition nationale des produits de l'industrie française qui venait de s'achever à Paris et dans laquelle on avait pu admirer des stands montrant des productions industrielles, agricoles et artistiques dont les meilleures avaient reçu un prix. C'était une nouveauté, car jusquelà les expositions annuelles n'avaient présenté que des artistes déjà distingués par d'autres académies en oubliant tout ce qui ne concernait pas les beaux-arts. Dans le village, on approuvait sans réserve cette nouveauté et, déjà, certains fermiers se voyaient présenter leurs produits à Paris dans les années à venir. Daniel Brisen suggéra que Pierre et Philippe aillent exposer les plus belles de leurs créations, mais les deux amis déclinèrent cette proposition en riant, arguant qu'ils étaient incapables de rivaliser avec les meilleurs artisans du pays.

Lors de la réunion cantonale, les élus, profitant de l'absence du représentant départemental, échangèrent les différentes astuces qu'ils avaient mises au point dans leurs villages pour que les jeunes gens échappent à la conscription. Pierre, qui avait lui-même tellement souffert de la guerre, ne pouvait pas réprouver ces manœuvres, mais il les mit en garde contre des stratagèmes trop voyants.

— Si les recruteurs ne trouvent aucun homme capable de répondre à l'appel dans vos villages, ils vont se poser des questions et risquent d'éventer vos ruses. Vous devez accepter d'en voir partir quelquesuns pour épargner les autres.

— Pierre a raison, assura Daniel, si vous n'êtes pas assez prudents, vous aurez tous des ennuis.

— Allez-vous vraiment laisser partir vos jeunes gens en âge de porter les armes ? demanda l'un des élus d'un air sceptique.

— Nous avons prévu quelques parades, répondit Daniel, mais certains n'y échapperont pas, malheureusement.

Une vive discussion s'engagea entre les conseillers, mais ils finirent par se ranger à l'avis des Villedhuisiens tout en reconnaissant que ce serait difficile de faire accepter ces changements par leurs concitoyens.

Étienne Servin revint à la mi-brumaire avec un groupe de soldats, ce qui n'augurait rien de bon, d'autant qu'il se rendit immédiatement à la mairie, avant même d'aller saluer son ami Pierre. Daniel ne fut pas surpris lorsqu'il lui annonça qu'il était là pour la conscription à laquelle il avait préféré procéder lui-même à Villedhuis plutôt que de la laisser à un quelconque recruteur d'armée. Il espérait ainsi que cela passerait mieux et ne donnerait pas lieu à des protestations ou des soulèvements comme il s'en trouvait dans d'autres régions. Daniel, résigné, sortit la liste des villageois de vingt à vingt-cinq ans pour la parcourir avec Étienne. Tous n'étaient pas concernés, car le Conseil des Cinq-Cents avait décidé de n'appeler que deux cent mille hommes sous les drapeaux, ce qui portait le quota de Villedhuis à trois hommes. C'était peu, mais Daniel essaya quand même d'épargner cette épreuve à ses administrés et de n'en envoyer qu'un ou deux en servant à son interlocuteur les excuses préparées. Étienne n'était pas dupe et, se retenant de sourire, il fit observer au maire que s'il y avait trop peu de jeunes gens disponibles, il ne pourrait pas mettre en place le tirage au sort servant à désigner les conscrits, ce qui serait injuste pour ceux qui ne pourraient s'y soustraire. Cet argument porta et Daniel se résigna à lui abandonner un peu plus de candidats qui choisiraient un numéro.

Le tirage au sort eut lieu sur la place du village, sous les regards hostiles de tous les habitants réunis. La colère grondait malgré les appels au calme lancés par le maire qui s'efforçait de raisonner ses administrés. Martine observait la scène, agrippée au bras de son époux en essayant de repousser le souvenir cuisant d'une autre conscription qui l'avait, naguère, rendue veuve. Catherine et Jeanne avaient, elles aussi, du mal à ne pas trembler devant cette situation que la signature de la paix, l'année précédente, leur avait fait espérer ne plus jamais revivre. Étienne annonça les noms des trois jeunes gens désignés par le sort pour partir à l'armée dans un silence pesant, rompu soudain par un hurlement de détresse. C'était la mère d'un des nouveaux conscrits qui s'effondra lourdement sur le sol. Immédiatement, l'on se précipita, Catherine s'élança vers la pauvre femme et s'agenouilla près d'elle pour la secourir, mais elle se redressa presque aussitôt d'un air grave.

— Elle est morte, dit-elle simplement.

— Vous voyez ce que vous avez fait ! hurla son fils, hors de lui, en se tournant vers Étienne. Je ne partirai pas !

Daniel posa une main apaisante sur le bras du révolté et se mit en devoir de le calmer en lui remontrant qu'il n'avait plus rien à faire au village et assurant qu'il se chargeait de l'inhumation de sa mère, qui n'avait pas d'autre famille. Plusieurs personnes présentes se mirent de la partie et réussirent finalement à éviter une explosion de colère qui aurait tout remis en cause. Cependant, lorsque Étienne repartit avec sa troupe et les trois conscrits, il n'eut pas droit aux saluts amicaux dont il avait l'habitude, beaucoup de villageois lui gardant rancune de son action.

— La pauvre femme n'avait plus que son fils, observa Catherine avec tristesse, c'est vraiment navrant.

— Quand donc cette guerre s'arrêtera-t-elle ? soupira Marie.

La colère du village était à peine apaisée lorsqu'une nouvelle visite la ranima. Le ministre des Finances avait décidé la création d'une agence des contributions dans chaque département, puis instauré de nouveaux impôts comme la contribution foncière et l'imposition sur les portes et fenêtres[46]. Aussi le délégué de cette agence vint-il à Villedhuis pour consulter le cadastre et faire le tour des maisons afin de percevoir ces nouveaux impôts. Il y eut beaucoup de protestations et Daniel, aidé des hommes les plus raisonnables du village, eut bien du mal à maintenir l'ordre. Le décompte des portes et fenêtres, qui ne pouvait se faire que de l'extérieur, fut plutôt bien accepté par les Villedhuisiens, car la plupart des maisons avaient peu d'ouvertures. Les plus grandes demeures, comme celle des Boredoux, ne comportaient qu'une porte et quelques fenêtres sur la rue, les autres, donnant sur la cour et n'étant pas visibles de l'extérieur, n'entraient donc pas dans le calcul. Mais la contribution foncière faillit mettre le feu aux poudres, car ceux qui possédaient les plus grandes terres étaient les paysans qui n'étaient pas, et de loin, les plus riches habitants du bourg. Les artisans, comme Philippe Levasseur et Pierre Boredoux, ne possédaient que leur jardin et se voyaient donc taxés beaucoup moins lourdement que les fermiers dont la terre était leur seule ressource. Les récoltes ayant partout été abondantes, le percepteur se montra inflexible, mais ne dut son salut qu'à la troupe de soldats qui

---

[46] Lois des 2 et 3 brumaire An VII (23 et 24 novembre 1798)

l'accompagnait, car certains paysans, perdant toute mesure, tentèrent de se jeter sur lui avec leur fourche. Le maire et ses amis poussèrent un soupir de soulagement en le voyant partir.

Pierre travaillait avec Julien à la fabrication des meubles qui partiraient dans la boutique d'Auxerre. Il y avait toujours des commandes à honorer, car beaucoup de clients voulaient personnaliser leurs meubles, mais, comme son apprenti devenait de plus en plus habile, Pierre pouvait consacrer le plus clair de son temps à ses réalisations personnelles. Eugène Verrier, le convoyeur, avait déjà effectué plusieurs voyages sans encombre et la boutique était maintenant toujours bien achalandée en marchandises diverses qui ravissaient les clients. Philippe, de son côté, cherchait un apprenti, comme il l'avait annoncé, pour augmenter sa production et pouvoir se consacrer à la création de ses bibelots et objets utilitaires. Mais aucun jeune garçon de Villedhuis ne lui convenait, aussi commençait-il à désespérer.

— C'est dommage que tu n'aies qu'une fille, lui dit un jour Pierre en riant.

— Oh, je sais ! soupira Philippe. Mais il semble que Dieu ne veuille pas nous envoyer un autre enfant.

— Je suis désolé, s'excusa Pierre, je ne voulais pas te faire de peine.

— Ce n'est rien.

— Mais, j'y pense ! Je pourrais en parler à la prochaine réunion cantonale ! Peut-être que tu trouveras ton apprenti dans l'un des autres villages du canton.

— Oui, c'est une bonne idée ! J'ai toute la place qu'il faut dans la maison pour loger un apprenti.

Pierre tint parole et lors de la réunion suivante, il passa de l'un à l'autre pour demander s'il ne connaissait pas dans son village des jeunes gens désireux d'entrer en apprentissage chez un savetier. Chacun promit de se renseigner et d'envoyer les éventuels candidats chez Philippe.

Les deux amis envisageaient de se rendre à Auxerre pour se rendre compte par eux-mêmes de la situation de la boutique et adapter leur travail aux besoins de Thérèse et de ses clients. Aussi, dans le courant de nivôse, préparèrent-ils un chargement de leurs dernières réalisations avec un enthousiasme renouvelé. Maintenant qu'ils n'étaient plus obligés de faire ce trajet tous les mois, ils retrouvaient le plaisir de voyager en conciliant loisir et travail. Bien sûr, ce n'était pas la meilleure période pour se déplacer, mais l'hiver était plutôt doux et les routes pas trop encombrées ce qui leur permit de progresser rapidement et agréablement. Dans les auberges, l'on ne parlait que de la guerre sur tous les fronts et chacun se réjouissait des victoires que les troupes de la France remportaient, tout en louant par-dessus tout la campagne du général Bonaparte au Moyen-Orient en s'efforçant d'oublier la cuisante défaite que l'amiral Nelson lui avait infligée à Aboukir le 14 thermidor de l'année précédente[47]. Pierre et Philippe écoutaient poliment ces discours en évitant soigneusement de donner leur avis sur la question.

Étienne les accueillit avec joie et les accompagna jusqu'à la boutique où Thérèse se montra, elle aussi, ravie de les revoir. Ils firent le tour du local avant de décharger leur marchandise et constatèrent avec satisfaction que les deux pièces semblaient bien remplies. Thérèse avait le chic pour placer les meubles et les objets dont elle disposait de façon à donner l'impression que l'échoppe était pleine alors qu'elle était aux trois quarts vide. Pourtant, même avec le chargement que les deux artisans apportaient, il restait encore beaucoup de place disponible.

— Décidément, cette boutique est trop grande pour nous, constata Pierre déçu, il faudrait y mettre le double de marchandises.

— Cela ne paraît pas, remarqua Étienne.

— Oui, mais les meubles commandés ne resteront pas longtemps ici et alors, ce sera encore plus vide.

— Si j'avais enfin un apprenti, je pourrais produire davantage d'objets, assura Philippe.

— Et moi, il m'en faudrait un second, bougonna Pierre.

— Ce qu'il vous faudrait vraiment, intervint Étienne, c'est un ouvrier sur place qui répondrait à toutes les commandes de meubles classiques et vous laisserait le loisir de vous consacrer à vos créations.

— Installer un atelier, ici ? Et avec quelqu'un que je ne connais pas ! Sûrement pas ! protesta Pierre.

— Moi, je dis ça pour vous aider, répondit Étienne.

En prenant le chemin du retour le lendemain, après une soirée très agréable avec Étienne et son épouse, les deux amis reparlèrent de cette stupéfiante suggestion. Ni l'un ni l'autre n'envisageait de prendre un ouvrier dont ils ne pourraient pas surveiller le travail et

---

[47] Bataille navale d'Aboukir, le 14 thermidor An VI (1er août 1798)

ils ne comprenaient pas comment leur ami avait pu imaginer une telle chose.

— C'est parce qu'il ne connaît pas notre métier, affirma Philippe, il ne se rend pas compte de nos contraintes.

— Oui, peut-être, répondit Pierre d'un air dubitatif, mais il se montre plus clairvoyant d'ordinaire.

De retour à Villedhuis, ils racontèrent leur voyage à Auxerre, évoquèrent les soucis que la taille de la boutique leur causait et rapportèrent les paroles d'Étienne qui amusèrent beaucoup leurs proches. Personne n'imaginait comment un ouvrier pourrait travailler sous la direction d'un patron éloigné de tant de lieues.

L'entreprise s'agrandit

Au début de pluviôse, un homme et son fils se présentèrent à l'entrée de Villedhuis et s'avancèrent gauchement dans la grand-rue en regardant autour d'eux avec timidité. Charles Dubois, qui revenait du moulin avec son âne portant un chargement de farine, s'arrêta près d'eux et leur demanda ce qu'ils cherchaient. Triturant son chapeau entre ses doigts, le père expliqua qu'on lui avait parlé d'une place d'apprenti pour son fils et qu'il venait le présenter. Heureusement, Charles savait de quoi il s'agissait, aussi lui indiqua-t-il volontiers la maison des Levasseur.

Ce fut le début d'un défilé continu de jeunes garçons, souvent conduits par leur père, mais parfois accompagnés par toute la famille, qui venaient postuler auprès de Philippe. La plupart du temps, ces adolescents n'avaient aucune idée du métier de savetier et ne savaient même pas s'ils aimaient travailler le bois, mais ils étaient souvent issus de familles nombreuses et leurs parents cherchaient à les caser à tout prix. Philippe commençait à s'arracher les cheveux de désespoir devant la totale incompétence des jeunes candidats et craignait de plus en plus de ne pas trouver d'apprenti. Il en parlait souvent avec Pierre qui se souvenait des difficultés qu'il avait lui-même rencontrées avant d'embaucher Julien.

— C'est navrant de voir tous ces jeunes gens de bonne volonté, mais totalement incapables de faire quoi que ce soit de leurs dix doigts, observa-t-il. Mais ne te désespère pas, ce serait bien le diable qu'il n'y en ait pas un seul dans la région qui te convienne.

— Oui, c'est aussi ce que je me dis et, chaque fois que quelqu'un se présente, j'espère que ce sera le bon. Mais jusqu'à présent, je n'en ai pas rencontré un, même passable.

— Est-ce que tous les villages du canton t'ont envoyé un candidat ?

— Oui, presque tous.

— Presque ?

— En fait, expliqua Philippe un peu embarrassé, aucun Pont-Ouannais ne s'est présenté, mais cela me semble normal.

— Oui, évidemment, reconnut Pierre pensif, mais c'est peut-être dommage, qui sait si tu ne trouverais pas ton apprenti chez eux.

— Nous ne le saurons jamais, de toute façon, conclut Philippe.

Le savetier se trompait lourdement. Quelques jours plus tard, un jeune garçon vint frapper à sa porte en regardant autour de lui d'un air méfiant. Jeanne lui demanda ce qu'il désirait, un peu surprise de cette attitude.

— On m'a dit que vous cherchiez un apprenti savetier, répondit le visiteur.

La jeune femme le conduisit à son mari sans oser lui demander pourquoi il n'était pas accompagné comme les autres. Philippe fut, lui aussi, très étonné devant ce candidat peu ordinaire, mais avant de l'interroger, il préféra lui mettre en main une chute de bois pour voir ce qu'il en ferait. Les explications pouvaient attendre. À sa grande surprise, le jeune garçon caressa l'objet amoureusement, puis il chercha un outil sur l'établi et commença à le tailler précautionneusement en suivant les veines du bois pour ne pas l'abîmer. Philippe sourit, il avait trouvé son apprenti.

— C'est très bien, mon garçon, dit-il pour l'arrêter. Maintenant, j'aimerais que tu me dises comment tu t'appelles et d'où tu viens.

— Je me nomme Jean Farraud, répondit l'adolescent d'un air embarrassé, et je viens de Pont-Ouanne.

— Ah, de Pont-Ouanne ! répéta Philippe songeur. Et pourquoi es-tu venu seul ?

— Depuis que j'ai appris que vous cherchiez un apprenti, j'ai demandé à mon père de me présenter, mais il refuse. Alors je suis venu en cachette.

— Je ne peux pas te prendre sans l'accord de ton père, observa Philippe. Tu vas devoir l'obtenir si tu veux travailler avec moi.

— C'est vrai ? Vous voulez bien me prendre ? s'exclama le garçon.

— J'ai vu tout de suite que tu aimais le travail du bois, alors oui, je te prendrais si ton père est d'accord.

— Je le convaincrai, affirma l'adolescent enthousiaste.

Philippe en était beaucoup moins sûr, mais il ne voulut pas altérer la confiance de son visiteur, aussi le raccompagna-t-il en lui assurant qu'il l'accueillerait avec plaisir. Mais, comme il s'en doutait, il n'eut pas de nouvelles. Les jours passaient sans que le jeune garçon revînt ni que sa famille se manifeste. Philippe raconta l'histoire à son ami, Pierre, qui se montra également fort sceptique sur les chances de l'adolescent d'obtenir la bénédiction de son père. Cependant, d'autres candidats continuaient à venir se présenter, décourageant Philippe chaque jour un peu plus.

— C'est quand même dommage que le seul à vraiment aimer le bois soit un Pont-Ouannais, se plaignait-il souvent à son ami.

— C'est vrai que tu n'as pas de chance, répondait Pierre en souriant. Il aurait mieux valu que tu ne le rencontres pas.

— Je ne peux quand même pas aller l'enlever de force !

— Non, évidemment, mais tu me donnes une idée. À la prochaine réunion de canton, je vais en parler au délégué de Pont-Ouanne. Peut-être pourra-t-il convaincre les parents de ton jeune prodige.

— Ce serait merveilleux !

À la fin du mois, lors de la réunion cantonale, Pierre s'entretint avec l'élu Pont-Ouannais comme promis à son ami. Le conseiller connaissait bien la famille Farraud et promit de s'entremettre pour convaincre le père de laisser son fils venir en apprentissage à Villedhuis. Cela redonna un peu d'espoir à Philippe, mais les jours passèrent sans apporter de nouvelles du jeune garçon. L'artisan avait rencontré tous les candidats du canton et maintenant, plus personne ne se présentait à son atelier où il travaillait avec de moins en moins d'enthousiasme. Comprenant son découragement, Pierre venait lui rendre visite dès qu'il le pouvait pour le réconforter et lui assurer qu'ils finiraient bien par trouver une solution.

— Il faut en parler à Étienne, suggéra-t-il un jour. Il est toujours de bon conseil et nous a souvent aidés dans des situations difficiles.

— C'est vrai, mais ne rêvons pas ! objecta Philippe. Il connaît surtout des gens d'Auxerre et, même lui, ne trouvera pas un habitant de la ville acceptant d'aller s'enterrer à la campagne.

— Pourquoi pas ? protesta Pierre. Nous habitions une ville bien plus grande qu'Auxerre et, pourtant, nous sommes heureux, ici !

— Vous n'auriez pas envisagé de quitter Paris si les circonstances ne vous y avaient pas obligés.

— Oui, tu as sûrement raison, reconnut le jeune homme.

À la mi-ventôse, les deux amis commentaient les dernières nouvelles de la guerre et Philippe s'amusait à voir Pierre rager contre le général Bonaparte qui remportait toutes les batailles qu'il engageait au Moyen-Orient, lorsque Jeanne vint les prévenir qu'un homme accompagné d'un jeune garçon demandait à parler au savetier. Étonnés, ils allèrent ensemble accueillir les visiteurs. Philippe reconnut immédiatement l'adolescent tandis que Pierre serrait chaleureusement la main de l'homme, qui n'était autre que le conseiller cantonal de Pont-Ouanne.

— Voilà, expliqua-t-il en poussant Jean Farraud en avant, j'ai réussi à convaincre son père de vous le confier pour en faire un bon artisan. Cela n'a pas été facile !

— Je vous crois volontiers, approuva Pierre. Comment avez-vous fait ?

— Il n'y a pas de savetier à Pont-Ouanne, ce qui ennuie beaucoup les villageois qui doivent aller loin pour se chausser. Alors j'en ai parlé au maire qui se réjouit à l'avance de le voir exercer son métier pour la commune.

— Cela veut dire qu'il me quittera lorsqu'il sera formé, observa Philippe pensif.

— Oui, mais ça te donne quelques années pour lui trouver un remplaçant, rétorqua Pierre. Et puis, nul ne sait ce qui peut arriver en attendant.

— Tu as raison, approuva Philippe qui sourit au jeune garçon. Allons, viens ! Je vais te montrer où tu logeras.

L'arrivée de Jean donna du travail supplémentaire à Philippe qui ne pouvait plus guère se consacrer à ses créations tant il était occupé à lui enseigner les rudiments de son métier. Pierre, qui était déjà passé par là avec Julien, le rassura en lui expliquant que c'était une étape nécessaire et qu'il rattraperait le temps perdu lorsque son apprenti commencerait à devenir autonome. En attendant, Jean se révélait un élève très appliqué et montrait son bonheur d'être là en jouant les grands frères auprès d'Irène, la fille des Levasseur. Il ne parlait guère de sa famille et ne manifestait aucun désir de retourner à Pont-Ouanne, même pour une journée. Il avait sympathisé avec Julien rencontré lors d'une soirée chez les Boredoux et passait tous ses jours de repos à musarder avec lui. Il confia même à Philippe qu'il n'avait aucune envie d'aller s'installer à Pont-Ouanne lorsqu'il aurait fini sa formation, ce que ce dernier lui conseilla de ne pas crier sur les toits pour le moment.

Le printemps arrivait, le convoyeur, Eugène Verrier, transportait les marchandises sans encombre, ce qui assurait un renouvellement régulier des objets de la boutique, mais sans parvenir à la remplir suffisamment pour répondre à la demande croissante des clients. Philippe était satisfait de son apprenti tout en se rendant compte que sa présence ne constituait pas la solution miracle à leur problème. Il en discutait avec Pierre, lors des soirées qu'ils passaient ensemble chez l'un ou l'autre couple, cherchant toujours de nouvelles idées avec le concours du père Craimen que cette question passionnait, au grand dam de leurs épouses et amies qui leur reprochaient de ne pas avoir d'autres conversations.

Cela ne les empêchait quand même pas de mener une existence agréable, participant à la vie sociale de Villedhuis, profitant des premiers rayons du soleil pour se promener dans les environs, allant même parfois jusque dans la forêt pour rendre visite à Charlotte Martin et refusant de se laisser perturber par les bruits inquiétants de défaite qui leur parvenaient. Car, après toutes les victoires accumulées par l'armée française, les troupes reculaient un peu partout. Même le général Bonaparte connaissait l'échec en Palestine, ce dont Pierre se réjouissait discrètement.

— Je voudrais vous entretenir un moment, demanda Julien à Pierre un matin de germinal.

— Mais, bien sûr ! répondit Pierre, surpris. Que t'arrive-t-il ?

— Vous me laissez fabriquer les meubles pour les commandes, tout seul maintenant. Cela signifie-t-il que mon apprentissage est fini ?

— Tu es déjà un bon menuisier, reconnut Pierre prudemment, mais tu peux encore t'améliorer. Voudrais-tu me quitter ?

— Oh, non ! protesta Julien. Mais je vous ai entendu parler d'installer un ouvrier dans la boutique d'Auxerre.

— On me l'a suggéré, mais je n'en ai pas l'intention. Pourquoi ?

— J'aimerais bien aller vivre en ville, répondit le jeune homme les yeux brillants.

— Mais en as-tu parlé à ton père ? s'étonna Pierre.

— Non, pas encore. Je me disais que si vous m'y envoyiez pour le travail, il accepterait.

Pierre sourit, amusé. C'était assez naturel, Julien avait seize ans et commençait à trouver que l'existence que l'on mène à la campagne était trop étriquée pour lui. La ville et ses lumières l'attiraient, comme beaucoup de jeunes gens qui espéraient y trouver de nouveaux amusements. Mais l'artisan ne voulait pas prendre une telle responsabilité.

— Il est vrai que je te pense capable de bien faire ce travail, expliqua-t-il, mais, comme je te l'ai dit, je n'ai pas l'intention d'installer un ouvrier dans la boutique. Et puis, j'ai besoin de toi ici.

— Mais cela simplifierait vos affaires ! plaida Julien. Vous l'avez dit vous-même ! Et vous pourrez former un autre apprenti à ma place !

— Encore faudrait-il que j'en trouve un, s'amusa Pierre. Regarde comme Philippe a eu du mal à recruter Jean.

— Vous avez Quentin qui ne demanderait pas mieux ! Il attend de travailler à l'atelier avec impatience.

— Quentin n'a pas encore dix ans, c'est un peu tôt.

— Mais il est déjà très adroit de ses mains.

— Tu veux vraiment me quitter, je vois, dit Pierre en riant. Mais il faudra convaincre ton père d'abord.

— Si vous m'aidez, il sera d'accord !

— Hum, je vais y réfléchir.

Pierre préféra en parler d'abord avec Philippe qui était autant concerné que lui sur le devenir de la boutique. Celui-ci se montra d'abord très réservé, s'interrogeant sur les réelles capacités de Julien à réaliser entièrement un meuble, sans aucun guide. Mais Pierre lui assura qu'après plus de deux ans d'apprentissage, il laissait l'adolescent gérer seul son travail, du début jusqu'à la fin, sans avoir besoin d'intervenir. Si bien qu'il finit par admettre que ce pouvait être la solution à leur problème. Restait, bien sûr, à obtenir l'autorisation du comte de Remargant qui ne semblait pas désireux de voir son fils s'éloigner de lui. Mais Pierre n'eut pas à entamer les négociations, car ce fut le comte qui vint le voir pour aborder le sujet.

— Mon fils me dit que vous désirez l'envoyer à Auxerre, commença-t-il.

— Je dirais que c'est plutôt le contraire, l'interrompit Pierre en souriant. C'est votre fils qui désire que je l'envoie travailler en ville.

— Ah, bon ? s'étonna le comte.

— Il m'a entendu parler d'une proposition que l'on m'a faite d'installer un ouvrier dans notre échoppe d'Auxerre, expliqua Pierre, ce qui l'a fait réfléchir et, finalement, il m'a demandé de l'y envoyer.

— Mais pourquoi mon fils voudrait-il partir ? s'interrogea le comte.

— C'est de son âge, sourit Pierre, il s'ennuie dans notre village et je le comprends. Quand j'étais jeune, je n'imaginais pas de vivre ailleurs qu'en ville.

— Je le trouve un peu jeune pour vivre seul dans une cité aussi grande.

— Je peux peut-être arranger cela avec mon ami, Étienne Servin. Il pourrait lui trouver un logement et le surveiller.

— Alors, vous envisagez vraiment de l'installer comme ouvrier dans votre boutique !

— Je pense qu'il en est parfaitement capable, si vous êtes d'accord, bien sûr ! Je n'ai plus grand-chose à lui apprendre et ce serait très pratique pour nous. La jeune veuve qui tient la boutique pourrait aussi s'occuper de lui. Mais peut-être avez-vous peur que quelqu'un reconnaisse votre fils ?

— Oh, non ! Nous ne sommes pas de la région et puis il était tout petit lorsque nous avons quitté notre logis, je ne pense pas qu'il y ait de risque. Non, je crains surtout qu'il mène une vie dissipée.

— Il sera entouré et surveillé. Et puis nous pouvons lui poser des conditions, par exemple s'il se conduit mal ou ne se montre pas assez assidu à son travail, il devra revenir ici.

— Oui, on peut tenter cela.

— Dois-je comprendre que vous êtes d'accord ?

— Oui, après tout mon fils devient un homme. Il est temps pour lui de vivre par lui-même.

— Alors, je vais aller voir Étienne pour tout mettre en place. Je pense que Julien pourra s'installer à Auxerre durant l'été.

Le jeune homme fut transporté de joie en apprenant que son père avait donné son accord pour qu'il allât vivre à Auxerre, mais il eut la sagesse de ne montrer qu'un plaisir mesuré afin de prouver sa maturité. D'ailleurs, les conditions qui accompagnaient son départ, que son père avait posées et que Pierre avait renforcées, douchaient fortement son enthousiasme. Il comprit vite qu'on ne lui accordait qu'une liberté surveillée et qu'il lui revenait de faire ses preuves. Mais le plus malheureux de ce départ fut Jean Farraud qui voyait s'en aller le seul ami qu'il eût réussi à se faire dans le village.

Pierre et Philippe se rendirent à Auxerre vers la fin du mois de germinal pour organiser l'installation de Julien et en profitèrent pour rapporter du bois, car leurs réserves commençaient à se vider. Comme d'habitude, Étienne s'offrit à les aider avant même qu'ils aient pu le demander, en proposant de loger Julien chez lui. Un peu gêné, Pierre lui fit remarquer qu'il avait déjà plusieurs enfants et que d'avoir un étranger chez soi en permanence pourrait vite se révéler difficile à vivre pour son épouse. Mais Étienne balaya l'objection d'un revers de la main en expliquant qu'en plus de l'appartement, il possédait un petit deux-pièces sous les combles qui conviendrait très bien au jeune homme. Il prendrait les repas du matin et du soir avec eux et dînerait avec Thérèse dans la boutique.

— Ne vous inquiétez pas, votre protégé sera bien dorloté… et surveillé, dit-il en souriant. Le concierge ferme la porte de l'immeuble à clef dès la tombée de la nuit et contrôle toutes les allées et venues, ainsi je serais immédiatement informé s'il découche.

— Je ne sais comment vous remercier.

— Voyons, c'est tout naturel ! On ne lâche pas un jeune homme, encore presque un enfant, dans une ville comme Auxerre, sans surveillance. Je ferais la même chose pour mes enfants.

Pierre et Philippe modifièrent l'aménagement de la boutique, en réservant une partie pour y installer l'atelier qu'utiliserait Julien, dans laquelle ils placèrent un établi et tous les outils dont il aurait besoin. Thérèse les aida du mieux qu'elle put, sans cacher son plaisir d'avoir enfin de la compagnie, car les journées lui semblaient bien longues lorsque les clients n'abondaient pas. Lorsque toutes les dispositions furent prises, les deux amis regagnèrent Villedhuis, fort satisfaits de la tournure prise par les événements.

Ils rapportaient une nouvelle qui fit hurler le père Craimen et les convainquit que l'Église avait encore beaucoup à craindre des dirigeants français. Le Pape Pie VI venait d'être transféré en France par les troupes du Directoire.

— C'est un sacrilège ! s'exclama le père Craimen. Faire prisonnier le Pape, c'est prendre l'Église en otage, Dieu punira les impies !

— Cela risque de provoquer des soulèvements en masse, observa Pierre.

— Et ce ne serait que justice !

— Ne croyez-vous pas que nous avons eu déjà trop de guerres civiles ? Faut-il que le sang coule encore ?

— C'est vrai, vous avez raison, reconnut le prêtre en se radoucissant, mais ce sacrilège me met hors de moi.

— Je pense que c'est une erreur qui ne peut que dresser encore plus les pays étrangers contre nous. Nous n'en avons pas fini avec la guerre !

— C'est vrai, le Directoire ne semble pas capable de gérer le pays correctement. Je me demande ce que nous allons devenir.

— Cette situation fait le jeu de l'intrigant corse !

— Allons, sourit le curé apaisé, si Bonaparte pouvait ramener le calme dans le pays, ce serait une bonne chose, vous ne trouvez pas ?

— Je ne sais plus ce qu'il faut croire, soupira Pierre, je voudrais seulement vivre en paix.

Le lendemain, Pierre expliqua à Julien et son père les dispositions qu'il avait arrêtées avec Étienne pour le jeune homme. Celui-ci écouta d'un air sérieux et promit de se comporter toujours comme il faut et d'être assidu dans son travail. D'ailleurs, sans vouloir se l'avouer, il était plutôt soulagé de pouvoir compter sur des adultes responsables en débutant cette nouvelle vie. Le comte se déclara enchanté de tout ce que Pierre avait fait pour son fils et l'en remercia vivement. Il fut décidé que Julien irait s'installer à Auxerre au début de messidor et que, dans l'intervalle, il commencerait à transmettre son savoir à Quentin qui le remplacerait à l'atelier.

Lorsque Pierre annonça cette décision à sa maisonnée, l'enfant sauta de joie, mais Catherine se montra consternée.

— Il est bien trop jeune pour entrer en apprentissage, même si c'est avec toi, protesta-t-elle. Et puis, il doit encore étudier.

— Je dois dire qu'il me manquera, reconnut le père Craimen, mais je comprends que vous vouliez l'initier à votre métier.

— Il a presque dix ans, ce n'est pas trop jeune, objecta Pierre, mais il continuera aussi à étudier avec vous, père, si vous le voulez bien.

— Mais ça lui fera des journées beaucoup trop longues ! s'exclama Catherine.

— Il pourra étudier le matin, par exemple, et apprendre avec moi l'après-midi, expliqua Pierre. Je n'ai pas l'intention de le surcharger de travail, voyons !

— Cela me paraît une excellente idée, approuva le prêtre.

— Oh, oui ! s'enthousiasma Quentin. Ça me plaira beaucoup ! Je te promets que j'étudierai bien. Allez ! dis oui, maman !

— Bon, soupira Catherine, si tout le monde est contre moi !

— Allons, insista Pierre, je ne vois pas ce qui te choque dans cet arrangement. Tu fais la même chose avec Bérangère.

— Mais, pas du tout !

— Si, voyons ! Tu lui apprends la couture, la cuisine et que sais-je encore, en plus des cours de ton père !

— Naturellement ! elle doit apprendre à tenir une maison pour devenir une bonne épouse !

— Et bien, Quentin doit apprendre un métier pour faire vivre sa future famille !

— Ah, oui ! Je n'y avais pas pensé, reconnut Catherine pensivement. Bon, je suis d'accord.

C'est ainsi que Quentin partagea désormais ses journées entre l'étude du latin et des classiques et l'apprentissage du travail du bois. Bérangère, quant à elle, apprenait sagement à lire, écrire et compter avec le père Craimen, qu'elle prenait pour son grand-père, tout en s'exerçant à devenir une bonne maîtresse de maison avec sa mère.

Julien était tellement heureux de son futur départ, qu'il montrait une patience à toute épreuve envers Quentin, même quand il faisait preuve de maladresse, ce qui était heureusement assez rare. L'enfant semblait avoir hérité de son père l'amour du bois et des beaux meubles et savait canaliser son énergie débordante pour se concentrer sur un travail réclamant minutie et délicatesse. Sans jamais le montrer, Pierre se sentait très fier de son fils lorsque celui-ci lui présentait des pièces de bois qu'il avait parfaitement assemblées. Mais, pour le moment, il s'intéressait surtout à Julien et passait en revue avec lui ses points forts et ses points faibles, l'incitant à faire et refaire les assemblages les plus difficiles afin de ne pas rencontrer de difficultés lorsqu'il serait seul. Il lui prodiguait les conseils qu'il jugeait nécessaires et promettait de venir assez souvent au début pour s'assurer que tout allait bien. À mesure que le temps passait, le rapprochant du départ, Julien oubliait son enthousiasme puéril et prenait conscience du formidable défi qu'il devait relever. S'installer seul dans l'atelier d'Auxerre signifiait qu'il devait fournir un travail parfait, à la hauteur de la réputation de Pierre pour ne pas faire de tort à son maître. Mais, au lieu de le décourager, cette exigence informulée renforçait sa détermination et le poussait à profiter de chaque instant passé avec l'artisan pour s'améliorer.

Les nouvelles qui parvenaient au village alimentaient les conversations durant les veillées villageoises où chacun donnait son avis, qu'il voulait éclairé, sur les derniers événements. L'on parlait du résultat des dernières élections qui avait donné la majorité aux Jacobins, du sort toujours incertain des armes ou des désaccords fréquents entre les dirigeants du pays, mais en gardant toujours une certaine légèreté de ton qui laissait à penser que ces grands problèmes ne concernaient pas vraiment les Villedhuisiens. Pourtant on sentait percer une certaine inquiétude sous l'indifférence affichée et les sourires se changeaient parfois en grimaces lorsque l'on évoquait le réveil de la chouannerie dans l'Ouest. Pierre n'avait pas osé se réjouir ouvertement en apprenant la retraite difficile de Bonaparte qui avait dû abandonner le siège de Saint-Jean d'Acre, en Palestine, mais il jubilait intérieurement en espérant voir ternir la gloire imméritée à ses yeux de ce général. La mort de Beaumarchais[48] les toucha davantage en leur rappelant le souvenir de jours plus heureux.

— C'était un bon écrivain, dit Pierre au père Craimen, mais pas seulement, il s'est également beaucoup battu pour faire reconnaître les droits des auteurs de théâtre, souvent bafoués par les comédiens.

— Je crois en avoir entendu parler, répondit le prêtre, mais je ne connais rien de son œuvre.

— Lorsque nous étions à Paris, nous sommes allés voir jouer « Le barbier de Séville », une pièce que j'ai beaucoup appréciée. Il en a écrit la suite qui s'appelle « Le mariage de Figaro », j'aurais voulu la voir, mais nous n'en avons pas eu le temps.

— Cela ne me dit rien du tout, avoua le père Craimen.

— Lorsque j'irai à Auxerre, j'essayerai de vous trouver un recueil de ses œuvres pour que vous puissiez juger par vous-même. Je crois d'ailleurs qu'il avait écrit une troisième pièce qui faisait suite au « Mariage de Figaro », mais j'en ai oublié le titre.

— Ce serait très aimable de votre part, je suis toujours curieux d'apprendre de nouvelles choses.

— Alors, c'est entendu, promit Pierre.

---

[48] 29 floréal An VII (18 mai 1799)

Le coup d'État

Comme prévu, Pierre organisa un voyage au début de messidor pour emmener Julien à Auxerre. Il en profitait pour emporter tous les meubles et objets terminés qui empliraient les espaces vides de l'échoppe et seraient remplacés au retour par les produits qu'il prévoyait d'acheter en ville. Fait exceptionnel, le comte de Remargant, qui sortait rarement de Villedhuis, avait décidé de les accompagner afin de voir par lui-même comment serait installé son fils. Bien entendu, l'indispensable Philippe Levasseur était aussi du voyage avec, lui aussi, une liste d'emplettes pour son travail, mais également pour son épouse qui trouvait bien pratiques les déplacements de son mari pour obtenir des marchandises inconnues au village.

Julien, qui était encore bien jeune lorsque son père l'avait amené à Villedhuis, regardait autour de lui avec intérêt, tout excité par ce voyage qui représentait en lui-même une aventure. Se souvenant des conseils qu'on lui avait prodigués avant le départ, il répondait aux gestes amicaux que les passants lui adressaient sur la route, mais évitait de se mêler aux conversations lors des étapes dans les auberges. Et lorsqu'on lui posait une question directe, il se contentait, en guise de réponse, de propos anodins prononcés sur un ton aimable. Mais, cette réserve ne l'empêchait pas de savourer chaque instant du trajet ni de profiter des moments de solitude pour poser mille questions à Pierre et Philippe qui s'efforçaient de le renseigner au mieux. Les deux amis, un peu étonnés, avaient constaté que l'adolescent semblait préférer s'adresser à eux plutôt qu'à son père qui se retranchait dans une attitude austère et n'entretenait avec son fils que des rapports formels. Cela les surprenait d'autant plus que le comte se montrait plutôt chaleureux envers eux et que ses propos démontraient, sans risque d'erreur, qu'il adorait son enfant.

Ils arrivèrent à Auxerre en fin d'après-midi et se rendirent donc directement chez Étienne, remettant au lendemain leur visite à la boutique. Comme à chaque fois, l'accueil fut très cordial et Pierre se chargea des présentations.

— Étienne, je vous présente Mr Remar et son fils, Julien, qui va loger chez vous. Mr Servin est le représentant du directoire départemental auprès de notre canton, ajouta-t-il en se tournant vers le comte.

Les deux hommes se saluèrent aimablement et, comme il se doit, le comte remercia leur hôte d'accueillir son enfant chez lui. Ces politesses d'usage terminées, Étienne emmena ses invités visiter le petit appartement qu'il avait fait aménager pour y loger le jeune artisan. Julien fit le tour des deux pièces en montrant un tel enthousiasme qu'il déclencha un vrai fou rire chez les quatre hommes, ce qui eut pour effet de détendre enfin l'atmosphère. Ils redescendirent dans l'appartement d'Étienne en conversant amicalement et s'installèrent au salon en attendant le souper. Pierre et Philippe connaissaient les opinions mesurées de leur ami et savaient que le comte ne risquait pas d'être choqué par des propos extrémistes, aussi bavardèrent-ils tranquillement, commentant les nouvelles que leur apprenait Étienne en toute licence. Le réveil des Jacobins les inquiétait beaucoup, ranimant l'inquiétude de voir revenir le régime de la Terreur.

— Le Directoire n'en finit pas de balancer entre la droite et la gauche sans jamais trouver de juste milieu, soupira Philippe. Quand va-t-il enfin trouver un équilibre ?

— C'est peut-être le régime qui est instable, avança Étienne. Il nous faudrait un homme fort qui rassemblerait tout le monde autour de lui.

— Ce serait revenir à la royauté, observa Pierre. Est-ce vraiment ce que vous voulez ?

— Non, je parle d'un républicain capable de protéger la démocratie. Un homme comme le général Bonaparte, par exemple.

— Il ne semble pas en excellente posture, remarqua Pierre tandis que Philippe dissimulait un sourire. Il a connu un échec retentissant en Palestine récemment, ce qui pourrait le déconsidérer aux yeux de la population.

— Oh, non ! Je ne pense pas. Il suffirait qu'il revienne en France pour retrouver sa popularité intacte.

— Nous verrons bien, conclut Philippe, mais il est certain qu'il faudrait trouver une véritable solution.

Le lendemain, ils se rendirent à la boutique pour y décharger les marchandises et présenter Julien à Thérèse. Les rapports entre les deux employés furent tout de suite des plus amicaux si bien que ce fut la jeune femme qui se chargea de faire visiter les locaux à son nouveau collègue. L'adolescent fut enchanté de découvrir le poste de travail bien outillé que Pierre lui avait installé et se montra impatient de s'attaquer à de nouveaux meubles. Pourtant, au lieu de le laisser dans la boutique lorsque le chariot fut vidé, son père et ses compagnons l'emmenèrent découvrir la ville en lui indiquant les lieux à fréquenter et ceux à éviter s'il voulait vivre tranquillement. Ce jour-là, ils l'accablèrent de conseils et recommandations en tous genres que Julien écouta poliment, sachant qu'ils étaient l'expression sincère de l'affection qu'ils lui portaient et de l'inquiétude qu'ils ressentaient à le laisser seul dans cette grande ville.

La seconde soirée, chez Étienne, fut aussi agréable et détendue que la précédente. Le représentant départemental assura les trois hommes qu'il s'occuperait de Julien comme si c'était son propre fils et promit de les tenir régulièrement au courant des événements importants de la vie de l'adolescent dont on ne pouvait espérer qu'il écrivît souvent à son père, malgré ses promesses.

Ce fut quand même avec un pincement au cœur que Julien les regarda partir le lendemain matin, songeant que ce jour marquait la rupture définitive avec son enfance. Mais il oublia vite cet instant de nostalgie en s'installant devant l'établi, flambant neuf, sur lequel il ferait ses premières armes d'ouvrier menuisier. Thérèse lui transmit les commandes à traiter en priorité et lui confia sa joie d'avoir enfin un compagnon avec qui bavarder pendant les longues heures pendant lesquelles elle attendait un hypothétique client. Un peu gêné, l'adolescent lui expliqua qu'avec Pierre il avait appris à travailler en silence pour mieux se concentrer, mais promit de faire un effort pour lui parler de temps en temps.

De leur côté, les trois hommes suivaient la route dans le mutisme, perdus dans des pensées qu'ils ne songeaient pas à partager. Il fallut qu'une des roues du chariot se prît dans une ornière pour qu'ils reviennent à l'instant présent. Philippe et le comte sautèrent de cheval et réussirent sans trop de difficultés à dégager le véhicule qui, heureusement, n'était pas lourdement chargé. Cette fois, en reprenant leur chemin, ils se mirent à échanger leurs impressions sur le court séjour à Auxerre et l'avenir qu'ils envisageaient pour Julien. Comme le comte se laissait aller à quelques confidences, Pierre osa lui poser la question qui lui brûlait les lèvres.

— J'ai été fort étonné que Julien s'adresse plus volontiers à nous qu'à vous qui êtes son père. Vous craint-il ?

— Je ne pense pas, répondit le comte sans paraître choqué, mais il est vrai que je parle peu avec lui.

— Mais pourquoi ?

— À la mort de sa mère, j'ai eu beaucoup de chagrin. C'est pourquoi j'ai laissé Émilie s'en occuper entièrement. Et puis les événements se sont précipités sans nous laisser de répit, nous avons eu la chance que Daniel Brisen nous vienne en aide, mais je crois que cela m'a poussé à me renfermer un peu trop. J'aime beaucoup mon fils, mais je ne sais pas le lui montrer.

— C'est dommage, commenta Pierre.

— Je sais, mais qu'y puis-je ?

— Essayer de parler avec lui, suggéra Philippe. Allez lui rendre visite quelquefois et intéressez-vous à la vie qu'il mène.

— Oui, je le ferais peut-être, car il va beaucoup me manquer.

Ils arrivèrent sans encombre à Villedhuis, quelques jours plus tard. Pierre eut plus de mal à s'habituer à l'absence de Julien qu'il ne l'aurait pensé, mais le plaisir d'enseigner son métier à Quentin combla rapidement ce vide. L'été s'annonçait beau et chaud, ce qui réjouissait les Villedhuisiens, qui prévoyaient déjà d'excellentes récoltes, et reléguait au second plan leurs inquiétudes sur l'état du pays.

Étienne saisit le prétexte de la réunion cantonale pour venir leur rendre visite, fin messidor, et leur donner des nouvelles de Julien. L'adolescent s'était bien adapté à cette vie si différente de celle qu'il menait au village et semblait beaucoup se plaire à Auxerre. Heureux de constater qu'il avait pris la bonne décision, Pierre décida d'inviter les Levasseur et le comte de Remargant à souper avec Étienne afin d'en parler tranquillement.

— Je suis heureux d'apprendre que Julien se plaît à Auxerre, déclara le comte à Étienne, et ne saurais assez vous remercier de ce que vous faites pour lui.

— C'est tout naturel, répondit Étienne, Julien est un garçon très agréable. Mes enfants l'ont immédiatement adopté et le considèrent comme un grand frère.

— Travaille-t-il sérieusement ? demanda Pierre.

— Oui, tout à fait, assura Étienne. Il est très ponctuel et passe ses journées dans la boutique à fabriquer ses meubles. Les premiers clients sont satisfaits et lui en ont commandé d'autres. Thérèse est un peu déçue, car il n'est pas très bavard, mais elle s'entend très bien avec lui.

— Il ne s'est pas fait de mauvaises relations, au moins ? s'inquiéta le comte.

— Oh, non ! Justement, comme je ne voulais pas que cela arrive, j'ai organisé quelques soupers chez moi pour qu'il rencontre des jeunes gens de bonne famille. Il a lié amitié avec quelques-uns d'entre eux et commence à sortir un peu avec eux, mais ne vous inquiétez pas, ce sont des soirées bien sages.

— Vous pensez à tout, observa Pierre admiratif.

— Je fais pour lui ce que je ferai pour mes fils lorsqu'ils auront son âge.

La soirée se poursuivit agréablement. Ils parlèrent de la boutique qui était enfin bien achalandée en permanence malgré l'engouement de la clientèle qui ne se démentait pas, des progrès de Quentin qui s'initiait à la menuiserie tout en continuant à accroître sa culture générale et de Jean Farraud, l'apprenti de Philippe, qui progressait lui aussi à la grande satisfaction de son maître et semblait avoir rompu toute relation avec sa famille. Mais, la soirée s'avançant, les sujets de conversation anodins s'épuisèrent et ils finirent par se résigner à évoquer la situation du pays.

— Je vais l'annoncer demain à la réunion, commença Étienne, bien que cela ne vous concerne pas, le Directoire a décidé d'un emprunt forcé de cent millions sur les riches pour équiper les troupes.

— Pourquoi dites-vous que cela ne nous concerne pas ? s'étonna Pierre.

— Je sais que vous gagnez bien votre vie, sourit Étienne, mais vous n'êtes quand même pas considérés comme assez riches pour être assujettis à cet emprunt. Et je ne crois pas qu'il y ait un habitant dans le canton qui doive payer pour cela.

— Eh bien, cela fera un sujet de mécontentement en moins, soupira Pierre. Vous allez constater que l'ambiance n'est pas très détendue pendant les réunions, en ce moment. Il y a bien trop de raisons de s'inquiéter.

— Oui, je veux bien le croire. D'ailleurs, j'ai une autre nouvelle qui risque d'attirer beaucoup de protestations. Vous n'êtes pas sans savoir que l'agitation royaliste a repris un peu partout dans le pays.

— Oui, j'espère que vous n'allez pas nous annoncer que des Muscadins rôdent dans le secteur.

— Non, heureusement. Mais pour réprimer cette agitation, le Conseil des Anciens a approuvé une loi instaurant un système d'otages[49].

— Comment cela ?

— Les administrations de chaque département doivent dresser une liste de gens indésirables, des nobles, des parents d'émigrés ou des contre-révolutionnaires notoires, qui pourront être retenus en otages pour faire pression sur les groupes royalistes. En cas d'assassinat de fonctionnaires, ils seront déportés et seront rendus responsables de tous les dégâts causés par les royalistes qu'ils devront rembourser aux victimes.

— C'est inique ! s'indigna Pierre. Je refuse d'établir pareille liste !

— Je sais que c'est injuste, soupira Étienne, je n'approuve pas non plus cette mesure, mais qu'y faire ? Personne ne vous demandera de vous charger de ces listes. C'est le directoire départemental qui les fera, j'ai un collègue qui ne demande que cela.

— C'est affreux ! s'exclama Philippe. Mais qui sera sur cette liste ?

— J'ai déjà affirmé haut et fort qu'il n'y a pas de contre-révolutionnaires dans mon canton, répondit Étienne, et nous n'avons pas non plus d'ancien aristocrate ni de parent d'émigrés, ce qui me fait vivement espérer que vous ne serez pas touchés.

— Oh, mon Dieu ! frissonna Catherine. On se croirait revenu aux jours noirs de la Terreur !

— J'espère que cette loi ne sera pas appliquée, dit Étienne d'un ton qui se voulait rassurant. Il y a quantité de lois, votées à Paris, qui sont restées lettre morte, il en sera de même pour celle-ci.

— Le Directoire est aux abois pour prendre pareille mesure, observa Pierre.

---

[49] 24 messidor An VII (12 juillet 1799)

— Je le crois aussi, approuva Étienne. Vous voyez qu'il nous faudrait un homme fort pour faire cesser cet état de choses !

— Oui, vous avez raison, reconnut Pierre tandis que Philippe et le père Craimen se détournaient pour cacher leur sourire.

L'intervention d'Étienne à la réunion du lendemain déclencha un tel tollé que Pierre et Daniel durent intervenir en menaçant de renvoyer tout le monde pour obtenir un peu de calme. Le représentant départemental réitéra sa conviction que le canton ne serait pas touché par ces mesures extrêmes et réussit à rassurer quelque peu les élus qui se promirent malgré tout de prévenir les habitants de leur village afin d'anticiper sur ces nouvelles menaces.

Dans les jours qui suivirent, ces nouvelles firent le tour du village et l'on ne parla plus que de cela dans les rues de Villedhuis comme dans les salons. Les passions s'exacerbaient et les plus fanfarons parlaient de prendre les armes si un détachement gouvernemental arrivait pour choisir des otages dans la commune. Personne n'évoquait ouvertement le père Craimen, mais quelques allusions discrètes prouvèrent aux Boredoux que personne n'avait oublié la menace que sa présence faisait peser sur le village. Pourtant, cette fois, Pierre et Catherine ne se sentirent pas rejetés et eurent la conviction que tous les villageois seraient avec eux si le pire devait se produire. Ils étaient définitivement devenus des Villedhuisiens à part entière.

Les nouvelles qui leur parvenaient prouvaient que la guerre civile s'était rallumée dans le pays, dans le Sud-ouest, les armées républicaines se battaient contre les royalistes, mais leur région restait tranquille et personne n'arriva d'Auxerre pour faire appliquer la loi sur les otages. Les travaux des champs, très absorbants, prenaient le pas sur les rumeurs invérifiables qui couraient sur les marchés si bien que, peu à peu, l'on finit par oublier ces mesures inappliquées pour s'intéresser à des préoccupations plus immédiates. La mort du Pape à Valence, au mois de fructidor, n'intéressa que le père Craimen qui se demandait où et comment se réunirait le conclave chargé de le remplacer, par contre l'annonce que le général Bonaparte quittait l'Égypte pour rentrer en France passionna tout le village. Chacun exprimait l'espoir qu'il allait appuyer le Directoire pour ramener enfin l'ordre dans le pays et même Pierre, qui se méfiait du général, reconnaissait qu'il fallait prendre des mesures radicales.

Le comte de Remargant, ravi, annonça aux Boredoux que Julien avait enfin écrit pour raconter comment il vivait à Auxerre. Pierre, amusé, l'écouta préciser avec force détails ce qu'Étienne leur avait narré en gros lors de sa visite, deux mois auparavant, mais il remarqua que, si l'adolescent décrivait sa vie sans rien cacher, il ne disait rien, en revanche, de ses sentiments. Aussi encouragea-t-il le comte à envisager un prochain voyage vers Auxerre pour resserrer les liens avec son fils. De son côté, l'artisan n'avait qu'à se louer des résultats de l'installation de son ancien apprenti dans la boutique. Les clients satisfaits remplissaient régulièrement le carnet de commandes et le stock était maintenant tellement fourni que Philippe et lui se demandaient s'ils n'allaient pas chercher un autre local pour y entreposer les marchandises qu'ils ne pouvaient pas exposer dans l'échoppe.

L'automne s'avançait, les récoltes battaient leur plein malgré les rumeurs alarmantes. La chouannerie reprenait dans l'Ouest, les armées reculaient un peu partout, le régime semblait prêt à s'écrouler, mais la vie continuait selon les rythmes immuables de la terre. Pierre reconnaissait que la situation était grave, mais cela ne l'empêcha pas de faire la grimace lorsqu'il apprit que le général Bonaparte avait débarqué en France et que des manifestations publiques de joie avaient eu lieu à Paris et un peu partout sur le territoire.

Le premier brumaire, le comte de Remargant vint rendre visite à Pierre pour lui annoncer son départ.

— Je vais aller passer quelques jours avec Julien, expliqua-t-il. Pensez-vous que Mr Servin accepterait de me loger ?

— Oh, certainement ! Vous avez pu constater qu'il est très accueillant et puis il aime beaucoup votre fils.

— Bon, alors c'est ce que je vais faire, décida le comte. Voulez-vous que je lui transmette un message ?

— Non, je n'ai rien de particulier à lui dire. En revanche, félicitez votre fils de ma part, car il fait un excellent travail et dites-lui de continuer ainsi.

— Je n'y manquerai pas, répondit le comte avec orgueil.

— Vous pouvez être fier de lui, appuya Pierre. Oh, et dites-lui aussi que j'attends le convoyeur ces jours-ci pour emporter les marchandises terminées.

Pierre était un peu inquiet, car le comte avait décidé de partir seul sans autre protection que son revolver malgré les bandes armées qui sévissaient sur les routes. Il avait bien essayé de le convaincre d'attendre le transporteur afin de voyager avec lui, mais Mr de Remargant n'avait rien voulu écouter, arguant qu'un voyageur isolé n'intéressait pas les pillards. Il était parti le lendemain matin, comme prévu, et Pierre l'avait regardé s'éloigner en tentant de juguler son angoisse.

Le mois passa dans une sourde inquiétude. Les rumeurs les plus folles circulaient dans le village, alimentées par les marchands ambulants qui, tous, avaient une nouvelle sensationnelle à annoncer, contredisant les précédentes. Les élus villedhuisiens n'avaient encore reçu aucune annonce officielle lorsque le comte de Remargant revint. Sa première visite fut pour Pierre.

— Mr Servin m'a chargé de vous annoncer sa prochaine visite et demande que vous réunissiez le conseil cantonal rapidement, déclara-t-il.

— Cela doit être sérieux, alors, commenta Pierre. Savez-vous de quoi il veut nous entretenir ?

— Oui, le général Bonaparte a fait un coup d'État le dix-huit brumaire avec l'aide de son frère, Lucien, qui présidait le conseil des Cinq-Cents. Il a été élu consul provisoire ainsi que Sieyès et Ducros. Une nouvelle constitution va être rédigée.

— Il a donc réussi, dit Pierre songeur. Alors la Révolution est morte, maintenant qu'il a pris le pouvoir, il ne le rendra plus. Qu'allons-nous devenir ?

— Je ne sais pas, Mr Servin n'a pas précisé quelles consignes le directoire départemental a reçues.

— Leur en a-t-on seulement envoyé ?

— Il ne me l'a pas dit, mais je le suppose.

— Tout ceci est bien confus, soupira Pierre.

Dès le départ du comte, il se précipita chez Daniel pour lui annoncer les nouvelles qu'il venait de recevoir et décider avec lui de la meilleure façon de réunir rapidement le conseil. Bientôt, tout le village fut en ébullition, la crainte se mêlait à l'espoir et chacun se demandait ce qui allait sortir de ce nouveau bouleversement.

Les élus réunis à Villedhuis attendirent Étienne pendant plusieurs jours, mais celui-ci ne se montra pas, si bien qu'ils finirent par rentrer chez eux, assez perplexes devant cette absence inexplicable. Ce fut seulement à la fin du mois de frimaire que le représentant départemental arriva enfin au village. Il se confondit en excuses pour ce retard et s'installa chez Pierre en attendant que le conseil fût de nouveau réuni.

— Je n'ai pas pu venir plus tôt, annonça-t-il, car il a fallu plus long-temps que prévu pour rédiger la nouvelle constitution. Elle a enfin été adoptée le vingt et un frimaire et met en place le Consulat. Les trois consuls qui ont été nommés pour dix ans sont Bonaparte, Cambacérès et Lebrun. Je vous laisserai une copie de la nouvelle constitution, vous verrez qu'elle diffère totalement de l'ancienne. Des élections seront bientôt organisées pour désigner les membres des deux nouvelles chambres, mais je n'en connais pas les modalités.

— Et nous, qu'allons-nous devenir ? demanda l'un des élus.

— Je n'en sais rien. Je pense que le général Bonaparte va modifier les institutions, mais pour le moment nous n'avons reçu aucune consigne vous concernant.

— C'est lui qui gouverne de fait, n'est-ce pas ? demanda Pierre.

— Il est premier consul et détient l'essentiel des pouvoirs, répondit Étienne.

Pierre hocha la tête sans faire de commentaires. Il constatait qu'il ne s'était pas trompé sur cet homme dont il s'était toujours méfié, le dictateur avait enfin montré son vrai visage. Il décida que si des élections étaient organisées pour renouveler le conseil cantonal, il refuserait de s'y engager à nouveau.

Épilogue

Catherine poussa la barrière qui séparait le jardin de la cour et sourit, tout en s'avançant sur le sol caillouteux vers la porte de l'office, en entendant les sifflements joyeux émanant de l'atelier qui répondaient au chant, pas toujours très juste, sortant de l'arrière-cuisine. En ce début du mois d'août 1815, malgré les difficultés que connaissait le pays à la suite de la défaite de Waterloo[50] et qui se répercutaient directement sur leurs vies, tout le monde dans la maison avait le cœur en fête, car Quentin et sa petite famille avaient annoncé leur arrivée imminente. Marie se montra sur le pas de la porte et lui adressa une grimace de contrariété qui fit presser le pas à la maîtresse de maison.

— Qu'y a-t-il encore ? demanda-t-elle d'une voix essoufflée lorsqu'elle l'eut rejointe.

— C'est ce soldat autrichien qui traîne toujours dans ma cuisine, ronchonna son amie. Combien de temps allons-nous encore devoir le supporter ?

— Je n'en sais rien, hélas ! C'est le lot des vaincus. Mais je trouve qu'il ne se conduit pas trop mal en comparaison avec d'autres. Celui qu'hébergent Patrick Prévost et son épouse fait montre d'une attitude particulièrement odieuse, m'a-t-on dit. Malheureusement, nous n'avons que le choix de subir tout ce qui leur plaira. Allons, oublie-le un peu et réjouissons-nous de l'arrivée des enfants !

---

[50] 18 juin 1815

Elles pénétrèrent ensemble dans la cuisine et furent soulagées de n'y plus trouver personne ce qui leur permit de se consacrer à leurs tâches habituelles sans être dérangées. Tout en préparant les plats préférés de leurs visiteurs, elles essayaient de se rappeler depuis combien de temps elles n'avaient pas vu les petits-enfants et s'efforçaient de deviner à quel point ils auraient changé. Puis, comme souvent, elles évoquèrent le petit garçon qu'elles avaient élevé ensemble et l'homme qu'il était devenu, les remplissant d'une fierté légitime.

Quentin avait suivi d'autant plus facilement la voie tracée par son père qu'il possédait, comme lui, un amour inné du travail du bois et n'avait eu aucune difficulté à gagner ses galons d'artisan. Pendant des années, il s'était formé patiemment au métier d'ébéniste en glanant tous les secrets de fabrication de Pierre, trop heureux de lui enseigner ce qu'il avait dû découvrir par lui-même, au prix de nombreux tâtonnements. Mais, il ne s'était pas arrêté là et s'était également tourné vers Philippe afin d'apprendre la sculpture et de pouvoir continuer à fournir en petits objets délicats les Auxerrois qui en étaient toujours aussi friands. Ainsi, cela lui permettrait de conserver l'intégralité de la production lorsque les deux amis ne se sentiraient plus assez alertes pour continuer leur activité. Lorsqu'il avait atteint l'âge adulte, il avait annoncé à ses parents, peu surpris, qu'il désirait épouser Irène Levasseur qui avait toujours tenu une place importante dans sa vie. Bien entendu, Philippe et Jeanne avaient donné leur accord avec empressement, en essayant, tout de même, de ne pas trop montrer à quel point ils avaient désiré ce mariage qui rapprochait encore davantage leurs deux familles et résolvait tous les problèmes d'héritage de leur entreprise commune. Par contre, les deux couples avaient dû faire contre mauvaise fortune bon cœur, lorsque s'était posée la question du logement des jeunes mariés, car Quentin leur avait précisé qu'il préférait aller vivre à Auxerre, ce qui simplifierait les relations de travail. Les futurs grands-parents se désolaient de ne pas voir grandir leurs petits-enfants, aussi le jeune couple avait-il dû promettre de revenir très fréquemment à Villedhuis afin de resserrer les liens familiaux. Et il avait tenu parole. Le toujours dévoué, Étienne Servin leur avait trouvé un appartement, grand et en bon état, dans le centre d'Auxerre pour un prix dérisoire, dans lequel ils s'étaient installés avec délice. Julien Remar, ravi de partager son expérience et son atelier avec Quentin, s'était institué leur mentor dans la découverte des joies de la vie citadine et leur avait fait rencontrer des jeunes gens de leur âge avec lesquels ils avaient noué des relations agréables. Et puis, les enfants étaient arrivés. Deux garçons, d'abord, coup sur coup, puis une petite fille, un peu plus tard, que ses deux frères aînés choyaient exagérément ce qui faisait dire à Marie qu'elle y gagnerait un caractère épouvantable. Depuis quelques années, Pierre et Philippe avaient transmis l'entreprise à Quentin, ne gardant plus pour eux qu'une activité réduite qui leur suffisait largement, et le jeune homme en avait profité pour s'associer avec Julien dont la manière de travailler s'accordait parfaitement avec la sienne.

— Philippe et Jeanne viennent souper avec nous, observa Marie. J'espère que les enfants n'arriveront pas trop tard !

— Ce doit être dur pour Jeanne de ne pas voir sa fille unique bien souvent, remarqua Catherine d'un air pensif. Moi, je crois que si je n'avais pas Bérangère, j'aurais désiré aller m'installer à Auxerre pour être auprès de mon fils.

— Ainsi, nous n'aurions peut-être pas eu à loger ce parasite ! commenta Marie avec dédain.

Catherine sourit et se détourna pour aller vérifier que les chambres étaient prêtes pour leurs visiteurs lorsque l'on frappa à la porte. Mais elle n'eut pas le temps d'aller jusqu'à l'entrée que l'huis fut violemment ouverte, lui précipitant dans les jambes deux petits lutins turbulents qui s'accrochèrent à sa robe en réclamant des bisous à cor et à cri. Elle se pencha pour les embrasser tout en souriant à sa fille qui tentait en vain de calmer sa progéniture.

— Je venais voir si je pouvais vous aider, car l'arrivée de tout ce petit monde doit vous donner bien du tracas, expliqua Bérangère en refermant la porte plus doucement.

— Comme si nous n'avions pas l'habitude d'avoir beaucoup de monde ! protesta Marie. Pendant la Révolution, nous avons été jusqu'à dix à vivre ici en permanence, sans compter les enfants de l'école !

— Oui, sourit la jeune femme qui connaissait l'histoire par cœur, mais vous n'avez plus le même âge.

— C'est ça, dis tout de suite que je suis vieille ! grommela Marie.

— Nous prenons tous de l'âge, intervint Catherine, mais je dirais surtout que tu deviens acariâtre !

Bérangère se mit à rire tandis que Marie regagnait sa cuisine d'un air vexé, sans oublier cependant d'y entraîner les enfants pour leur donner quelques douceurs, et Catherine en profita pour se rendre dans les chambres avec sa fille, tout en bavardant gaiement de tout et de rien. La jeune femme, elle aussi, s'était mariée avec quelqu'un du village, mais, contrairement à son frère, elle était restée à Villedhuis pour le plus grand plaisir de ses parents. Ainsi, ils pouvaient la voir aussi souvent qu'ils le désiraient et profiter de leurs petits-enfants avec bonheur.

— Je me réjouis de les revoir, dit Bérangère, mais les plus excités, ce sont les enfants qui attendent leurs cousins avec impatience.

— J'imagine que les enfants de ton frère sont tout aussi énervés, répondit sa mère. Ils adorent se retrouver pour jouer tous ensemble et se cacher un peu partout dans la maison et les dépendances.

— Ils trouvent ici la liberté qu'ils n'ont pas à Auxerre, observa la jeune femme. Avez-vous convié Perrine et le père Craimen au souper, ce soir ?

— Non. Tu sais qu'à leur âge, ils ne sortent plus guère. Nous irons leur rendre visite au presbytère, demain.

Le prêtre avait dû attendre 1802 ou comme l'on disait encore, l'an X de la révolution, pour pouvoir rouvrir son église et reprendre son sacerdoce ouvertement sans faire courir de risque à ses paroissiens. Napoléon, qui n'était pas encore empereur, avait signé un concordat avec le Pape, Pie VII, qui avait réorganisé la religion catholique dans le pays et offert la liberté de culte à tous les Français. Après avoir attendu prudemment quelques mois pour s'assurer qu'il n'y aurait pas de retour en arrière, comme cela était arrivé tout au long de la révolution, le curé avait demandé l'assentiment de ses concitoyens qui le lui avaient accordé surtout pour lui faire plaisir, car il y avait bien longtemps qu'ils ne ressentaient plus le besoin d'aller à la messe ni de recevoir les sacrements. Il avait fallu, malgré tout, le faire discrètement afin que les membres de l'assemblée cantonale, solidement implantée à Villedhuis, ne s'en étonnent pas. Mais, la chance les avait servis, car lors des élections, qui avaient eu lieu peu de temps après, la presque totalité des élus avait été remplacée et les nouveaux ne connaissaient pas le faux Mr Leblanc et ignoraient que l'église du village était désaffectée. Cependant, peu de monde assistait aux cérémonies et, d'ailleurs, l'âge aidant, il arrivait au père Craimen d'oublier carrément de célébrer la messe dominicale. À plus de 70 ans, il était devenu sourd et, s'il aimait toujours recevoir la visite de ses amis, il avait du mal à soutenir de longues conversations sans fatiguer et commençait à radoter, à leur grande tristesse. Perrine, qui n'était guère plus jeune que lui, se traînait sur deux cannes et n'entretenait plus la maison qu'une petite jeune fille du village tenait pour elle.

— C'est notre lot à tous de vieillir, soupira Catherine, mais lorsqu'ils partiront, j'aurai l'impression de perdre à nouveau mes parents.

— Ce n'est certainement pas pour tout de suite, la consola Bérangère.

En les rejoignant, Pierre lui évita de répondre. Il ne pouvait plus marcher sans une canne, mais, à 47 ans, il avait encore bon pied bon œil et déployait une énergie de jeune homme lorsqu'il s'agissait de jouer avec ses petits-enfants. Depuis que la responsabilité de l'entreprise ne reposait plus sur ses épaules, il savourait le plaisir de créer des meubles à son rythme, tout en profitant des plaisirs de la vie entre son épouse, tendrement aimée, et ses amis fidèles.

— J'ai fabriqué quelques petits meubles qui devraient plaire à Quentin, annonça-t-il joyeusement.

— Tu m'as l'air bien gai, remarqua Bérangère avec étonnement. Pourtant, loger l'occupant dans sa propre maison ne doit pas être bien agréable, d'autant que l'on raconte que ces soldats se comportent avec beaucoup de sans-gêne !

— C'est vrai, reconnut Pierre, mais au moins cela prouve que la bête est bien abattue !

— Toujours ta vieille animosité contre l'empereur, s'amusa sa fille.

— Le nôtre n'est pas trop désagréable, intervint Catherine.

À ce moment, un roulement dans la cour les prévint que les visiteurs attendus venaient d'arriver si bien qu'ils abandonnèrent ce sujet brûlant et se précipitèrent pour les accueillir.

La soirée fut d'autant plus joyeuse que le soldat autrichien, qui ne comprenait que très imparfaitement le français, abandonna la place rapidement, saoulé par ces conversations qui s'entrecroisaient autour de lui, roulant sur des sujets qu'il ne saisissait pas.

Annexe

Vendémiaire	22 septembre – 21 octobre
Brumaire	22 octobre – 20 novembre
Frimaire	21 novembre – 20 décembre
Nivôse	21 décembre – 19 janvier
Pluviôse	20 janvier – 18 février
Ventôse	19 février – 20 mars
Germinal	21 mars – 19 avril
Floréal	20 avril – 19 mai
Prairial	20 mai – 18 juin
Messidor	19 juin – 18 juillet
Thermidor	19 juillet – 17 août
Fructidor	18 août – 16 septembre

Les 6 jours de fin d'année (les *sans-culottides*) :

    17 septembre : jour de la vertu
    18 septembre : jour du génie
    19 septembre : jour du travail
    20 septembre : jour de l'opinion
    21 septembre : jour des récompenses
    Un jour de plus les années bissextiles : jour de la révolution

www.ingramcontent.com/pod-product-compliance
Lightning Source LLC
Chambersburg PA
CBHW070857260626
47162CB00007B/2481